Peter Robinson

KALT WIE DAS GRAB

Peter Robinson

KALT WIE DAS GRAB

Roman

Aus dem Englischen
von Susanne Aeckerle

Ullstein

Der Ullstein Verlag ist ein Unternehmen der Econ Ullstein List
Verlag GmbH & Co. KG
www.ullstein-verlag.de

Titel der amerikanischen Originalausgabe: Cold is the Grave

Published by Arrangement with Peter Robinson
Dieses Werk wurde vermittelt durch die Literarische Agentur
Thomas Schlück GmbH, 30827 Garbsen
Amerikanische Originalausgabe 2000 by William Morrow,
New York

Das Buch erscheint im Ullstein Verlag

Satz: LVD GmbH, Berlin
Gesetzt aus der Aldus
Druck und Verarbeitung: Friedrich Pustet
Grafischer Großbetrieb, Regensburg
Printed in Germany 2002
ISBN 3 550 08369 6

Für Sheila

Eiskalt bläst der Wind
Der Regen peitscht herab
Und kalt, kalt ist das Grab
In dem mein Lieb nun ruht

Traditionelle Folkballade

1

»Mami! Mami! Komm her!«

Rosalind strich die Mischung aus Pilzen, Olivenöl, Knoblauch und Petersilie zwischen Haut und Fleisch des Hühnchens, wie sie es vor kurzem in einem französischen Kochkurs gelernt hatte. »Mami kann jetzt nicht«, rief sie. »Sie hat zu tun.«

»Aber Mami! Du musst kommen! Da ist unsere Püppi.«

Woher hat er nur diese ordinären Ausdrücke, fragte sich Rosalind. Jedes Jahr gaben sie ein kleines Vermögen für die beste Schule in Yorkshire aus, und trotzdem klang er wie ein vulgärer Bauernlümmel. Vielleicht würde sich das bessern, wenn sie wieder nach Südengland zogen. »Benjamin«, rief sie. »Ich hab's dir doch gesagt. Mami hat zu tun. Daddy gibt heute Abend ein wichtiges Essen, und Mami muss es vorbereiten.«

Das Kochen machte Rosalind nichts aus – sie hatte sogar mehrere Kochkurse besucht und Spaß daran gehabt –, aber in diesem Moment wünschte sie, sie hätte sagen können, die »Köchin« bereite das Essen vor und Mami sei damit beschäftigt, ihre Abendgarderobe auszuwählen. Aber sie hatte keine Köchin, nur einmal pro Woche eine Putzfrau. Sie hätten es sich zwar leisten können, doch solche Extravaganzen erlaubte ihr Mann nicht. Ehrlich, dachte Rosalind manchmal, man könnte meinen, er sei in Yorkshire geboren, statt hier nur zu leben.

»Aber sie ist es!« beharrte Benjamin. »Unsere Püppi. Sie hat nichts an.«

Rosalind runzelte die Stirn und legte das Messer beiseite. Wovon redete er bloß? Benjamin war erst acht, und sie wusste aus Erfahrung, dass er eine blühende Fantasie hatte. Sie machte sich sogar Sorgen, dass ihn das später mal behindern könnte. Menschen mit zu viel Einbildungskraft, fand sie, neigen zu Untätigkeit und Tagträumen und kommen mit profitableren Aktivitäten nicht voran.

»Mami, beeil dich!«

Rosalind verspürte plötzlich leise Besorgnis, als änderte sich etwas in ihrem Universum für immer. Sie schüttelte das Gefühl ab, wischte sich die ölige Füllung von den Fingern, trank rasch einen Schluck Gin-Tonic und ging ins Arbeitszimmer, wo Benjamin am Computer gespielt hatte. Auf dem Weg hörte sie, wie sich die Haustür öffnete und ihr Mann verkündete, er sei wieder da. Früh. Sie runzelte die Stirn. Spionierte er ihr nach?

Aber erst mal wollte sie sehen, wovon Benjamin da eigentlich sprach.

»Siehst du«, sagte der Junge, als sie das Zimmer betrat. »Unsere Püppi.« Er deutete auf den Bildschirm.

»Red nicht so«, sagte Rosalind. »Ich hab's dir schon öfter gesagt. Das ist ordinär.«

Dann sah sie hin.

Zuerst war sie nur schockiert, das Bild einer nackten Frau auf dem Bildschirm zu sehen. Wie war Benjamin nur auf diese Website gestoßen? Er begriff ja nicht mal, was er da gefunden hatte.

Als sie sich dann über seine Schulter beugte und genauer hinschaute, schnappte sie nach Luft. Er hatte Recht. Was sie da sah, war ein Bild ihrer Tochter Emily, nackt wie am Tag ihrer Geburt, aber mit erheblich mehr Kurven, einer Tätowierung und einem Büschel blonder Schamhaare zwischen den Beinen. Das war ihre Emily, da gab es keinen Zweifel; das tränenförmige Muttermal auf der Innenseite ihres rechten Oberschenkels war der Beweis.

Rosalind fuhr sich durch die Haare. Was sollte das alles? Was war hier los? Rasch warf sie einen Blick auf die URL oben am Bildschirm. Rosalind hatte ein fotografisches Gedächtnis, würde die Webadresse also nicht vergessen.

»Siehst du«, sagte Benjamin. »Das ist unsere Püppi. Aber warum hat sie nichts an, Mami?«

Da geriet Rosalind in Panik. Mein Gott, *er* durfte das nicht sehen. Emilys Vater. Er durfte das auf keinen Fall sehen. Es würde ihn zerstören. Schnell griff sie nach der Maus, aber bevor ihre Finger die Seite wegklicken konnten, verriet ihr die tiefe Stimme hinter ihr, dass es zu spät war.

»Was ist denn?«, fragte er milde, legte die Hand väterlich auf die Schulter seines Sohnes.

Gleich darauf hörte Rosalind ihn scharf einatmen und wusste, dass er die Antwort bekommen hatte.

Seine Hand verkrampfte sich, und Benjamin zuckte zusammen. »Du tust mir weh, Daddy.«

Aber Chief Constable Jeremiah Riddle achtete nicht auf den Schmerz seines Sohnes. »Mein Gott!«, japste er und zeigte auf den Bildschirm. »Sehe ich das richtig? Ist sie das wirklich?«

Detective Chief Inspector Alan Banks stand über seine Reisetasche gebeugt und überlegte, ob er die Lederjacke oder die Windjacke mitnehmen sollte. Beide zusammen gingen nicht mehr rein. Er war sich nicht sicher, wie kalt es sein würde. Vermutlich nicht viel anders als in Yorkshire, nahm er an. Höchstens ein paar Grad wärmer. Aber im November wusste man ja nie. Schließlich entschied er sich, doch beide mitzunehmen. Er faltete die Windjacke zusammen, legte sie auf die bereits eingepackten Hemden, drückte kräftig und zog den widerstrebenden Reißverschluss zu. Für ein Wochenende kam es ihm fast zu viel vor, aber es passte doch alles in die nicht allzu schwere Reisetasche. Die Lederjacke würde er auf der Fahrt anziehen.

Jetzt musste er nur noch ein Buch und ein paar Kassetten auswählen. Vermutlich würde er sie nicht brauchen, aber er fuhr nicht gern irgendwohin, ohne etwas zu lesen und Musik dabei zu haben, falls es zu Verzögerungen oder Notfällen kam.

Diese Lektion hatte er auf die unangenehme Tour gelernt, als er eines Samstags vier Stunden lang in der Notaufnahme eines großen Londoner Krankenhauses warten musste, bis man ihm die Wunde neben seinem rechten Auge mit sechs

Stichen nähen konnte. Die ganze Zeit hatte er das Gazestück gegen die Schläfe gedrückt, um die Blutung zu stoppen, und den endlosen Strom von Drogenopfern, Selbstmordversuchen, Herzinfarkten und Verkehrsunfällen an sich vorbeiziehen sehen. Ihm war klar gewesen, dass ihre Verletzungen viel schlimmer waren und dringender behandelt werden mussten als sein kleiner Schnitt, aber er hätte sich bei Gott gewünscht, in diesem schmuddeligen Wartezimmer etwas anderes lesen zu können als den »Daily Mirror« vom Vortag. Sogar das Kreuzworträtsel war schon ausgefüllt. *Mit Tinte*.

Aber morgen würde er mit seiner Tochter Tracy über ein langes Wochenende nach Paris fahren – Galerien, Museen und Spaziergänge, üppige Mahlzeiten in kleinen Restaurants am linken Seineufer, hier und da ein Bier an den zinkbeschlagenen Theken in Montmartre mit Blick auf die Passanten. Tracy und er wollten den Eurostar nehmen, den Banks dank eines Sonderangebots in der Zeitung fast umsonst hatte buchen können. Schließlich *war* November, und die meisten zogen Lanzarote einem feuchten Wochenende in Paris vor. Er würde vermutlich kaum Musik oder Bücher brauchen, außer vor dem Schlafengehen, allein in seinem Zimmer, aber er beschloss, lieber vorzusorgen.

Banks trug die Reisetasche nach unten und kramte ein paar Ersatzbatterien aus der Schublade in der Anrichte. Zusammen mit dem Walkman steckte er sie in die Seitentasche, dazu die Kassetten, auf die er die CDs von Cassandra Wilson, Dawn Upshaw und Lucinda Williams überspielt hatte. Drei unterschiedlichere Frauenstimmen und Stilrichtungen ließen sich vermutlich nirgendwo sonst auf der Welt finden, aber er mochte sie alle und auch die große Stimmungsbandbreite, die sie abdeckten. Er ließ den Blick über das Bücherregal wandern und griff nach Simenons *Maigret und die hundert Galgen*. Normalerweise las Banks keine Kriminalromane, aber der Titel war ihm ins Auge gefallen, und jemand hatte ihm mal gesagt, er hätte eine Menge mit Maigret gemeinsam. Außerdem, so nahm er an, spielte das Ganze in Paris.

Als Banks mit dem Packen fertig war, goss er sich zwei Finger breit Laphroaig ein und entschied sich für die CD *Waltz for Debbie* von Bill Evans. Dann setzte er sich in den Sessel neben der Leselampe, stellte das Glas auf die Armlehne und legte die Füße hoch, während »My Foolish Heart« zögernd vorankam. Ein paar Torfstücke brannten im Kamin und passten sich mit ihrem Geruch dem rauchigen Geschmack des Islay Malt an.

Aber aus dem Kamin zog zu viel Rauch ins Zimmer. Banks überlegte, ob er einen Schornsteinfeger brauchte, weil vermutlich seit langer Zeit kein Feuer mehr entzündet worden war. Er hatte keine Ahnung, wie er einen Schornsteinfeger finden sollte, wusste nicht mal, ob es so ein exotisches Wesen überhaupt noch gab. Ihm fiel ein, wie fasziniert er als Kind gewesen war, wenn der Schornsteinfeger kam und seine Mutter alles im Zimmer mit alten Laken abdeckte. Banks durfte zusehen, wie der seltsame, mit Ruß bedeckte Mann die Verlängerung an seiner langen, dicken Bürste anbrachte und sie in den hohen Schornstein schob, musste aber aus dem Zimmer gehen, bevor die eigentliche Arbeit begann. Später, als er las, dass während der viktorianischen Zeit kleine Jungs nackt in die Schornsteine geschickt wurden, hatte er sich gefragt, ob ihr Schornsteinfeger so was wohl auch gemacht hatte. Doch dann wurde ihm klar, dass der Mann nicht alt genug war, damals schon gelebt zu haben, egal, wie uralt er dem ehrfurchtsvollen kleinen Jungen vorgekommen war.

Banks entschied, dass mit dem Schornstein alles in Ordnung war und der Wind vermutlich den Rauch zurückdrückte. Er hörte ihn um die dicken Mauern heulen, mit dem losen Fenster oben im Gästezimmer klappern, den Regen gegen die Scheiben peitschen. Da es in letzter Zeit viel geregnet hatte, konnte Banks auch das Rauschen von Gratly Falls vor dem Cottage hören. Das war kein beeindruckender Wasserfall, nur ein paar flache Stufen, keine mehr als einszwanzig oder einsfünfzig hoch. Sie verliefen quer durchs Dorf, dort, wo der Bach von den Dales herunterfloss, bevor er bei Helmthorpe in den Swain mündete. Aber die Musik des Wassers veränderte sich ständig und war eine große Freude für Banks, besonders wenn er im Bett lag und nicht einschlafen konnte.

Froh, an diesem Abend nicht vor die Tür zu müssen, machte Banks es sich in seinem Sessel bequem, trank seinen Single Malt und lauschte der vertrauten lyrischen Eröffnung vom »Waltz for Debbie«. Seine Gedanken wandten sich einem Problem zu, das immer dringlicher wurde seit seinem letzten Fall, einer zunächst unbedeutenden Sache, die ihm übertragen wurde, um ihn versagen und wie einen Trottel dastehen zu lassen.

Er hatte nicht versagt, und daher war Chief Constable Riddle, der Polizeipräsident, der Banks von Anfang an gehasst hatte, jetzt noch saurer auf ihn. Banks wurde wieder in die Niederungen der Schreibtischarbeit abgeschoben, ohne Aussicht, in vorhersehbarer Zukunft zum Zuge zu kommen. Seine Arbeit wurde immer langweiliger.

Und er sah nur einen einzigen Ausweg.

Obwohl Banks Yorkshire nur ungern verlassen wollte, vor allem, weil er sich das Cottage gerade erst gekauft hatte, musste er doch zugeben, dass seine Tage hier offenbar gezählt waren. Letzte Woche, nach langen und genauen Überlegungen, hatte er sich beim National Crime Squad beworben, der überregionalen Kriminalpolizei, die gegen das organisierte Verbrechen eingesetzt werden sollte. Als Chief Inspector würde Banks kaum mit verdeckten Ermittlungen zu tun haben, aber er würde die Einsätze leiten und den Adrenalinschub genießen, wenn ihnen ein großer Fang gelang. Außerdem waren mit diesem Posten Reisen verbunden, um englische Verbrecher aufzuspüren, die von Hauptquartieren in Holland, der Dordogne und Spanien aus operierten.

Banks wusste, dass ihm der nötige Bildungshintergrund für die Stellung fehlte, da er keinen Studienabschluss hatte, aber er besaß die Erfahrung und glaubte, dass das immer noch zählte, trotz Riddle. Die erforderlichen Prüfungen in Sprache, Logistik und Management würde er sicherlich bestehen, und er konnte auch auf ausgezeichnete Referenzen von allen zählen, mit denen er in Yorkshire zusammengearbeitet hatte, einschließlich der seines unmittelbaren Vorgesetzten Detective Superintendent Gristhorpe und Millicent Cummings, Leiterin der Abteilung Personalwesen. Banks konnte nur hoffen, dass die negative Beurteilung, die er mit Sicherheit von Riddle bekam, durch die Abweichung von den anderen Verdacht erregen würde.

Es gab noch einen anderen Grund für die Veränderung. Banks hatte in den letzten zwei Monaten viel über seine getrennt von ihm lebende Frau Sandra nachgedacht und war zu der Ansicht gekommen, dass die Trennung vielleicht doch nur vorübergehend war. Eine einschneidende Veränderung seiner Lebensumstände, wie zum Beispiel eine Anstellung beim NCS, könnte sicherlich von Vorteil sein. Das würde einen Umzug bedeuten, vielleicht zurück nach London, und Sandra liebte London. Er hatte das Gefühl, jetzt eine echte Chance zu haben, die Dinge in Ordnung zu bringen, die Dummheiten des vergangenen Jahres hinter sich zu lassen. Banks hatte seine kurze Affäre mit Annie Cabbot gehabt und Sandra ihre mit Sean. Dass Sandra immer noch mit Sean zusammenlebte, fiel Banks' Meinung nach nicht allzu sehr ins Gewicht. Die Menschen verharrten oft in Beziehungen, hatten nicht den Mut oder den Antrieb, es allein zu versuchen. Er war sicher, dass Sandra die Dinge anders sehen würde, wenn er ihr seine Zukunftspläne darlegte.

Als um neun das Telefon klingelte und ihn aus Bill Evans' erstaunlichen Keyboardkapriolen riss, dachte er zuerst, es wäre Tracy. Er hoffte, sie hatte ihre Meinung über das gemeinsame Wochenende nicht geändert; er musste unbedingt mit ihr über die Zukunft reden, brauchte ihre Hilfe, um Sandra zurückzubekommen.

Tracy war es nicht. Es war Chief Constable Jeremiah »Jimmy« Riddle, genau der, dessentwegen Banks überlegte, das Cottage zu verkaufen und die Grafschaft zu verlassen.

»Banks?«

Banks biss die Zähne zusammen. »Sir?«

Riddle zögerte. »Ich möchte Sie um einen Gefallen bitten.«

Banks meinte sich verhört zu haben. »Einen Gefallen?«

»Ja. Glauben Sie … ich meine, würde es Ihnen etwas ausmachen, bei mir vorbeizukommen? Es ist sehr wichtig. Sonst würde ich Sie nicht darum bitten. Nicht an einem so ungemütlichen Abend wie heute.«

Banks' Gedanken rasten. Riddle hatte noch nie so höflich mit ihm gesprochen, die Stimme fast ein wenig brüchig. Was um alles in der Welt ging hier vor? Noch ein Trick?

»Es ist schon spät, Sir«, sagte Banks. »Ich bin müde, und außerdem muss ich …«

»Hören Sie, ich bitte Sie um einen Gefallen, Mann. Meine Frau und ich mussten wegen der Sache in letzter Minute eine sehr wichtige Dinnerparty absagen. Können Sie nicht einmal Ihre Sturheit vergessen und tun, um was ich Sie bitte?«

Das klang schon mehr wie der alte Jimmy Riddle. Banks war kurz davor, ihm zu sagen, er könne ihn mal, als sich der Ton des Chief Constables erneut änderte und Banks aus dem Gleichgewicht brachte. »Bitte, Banks«, sagte Riddle. »Ich muss mit Ihnen über eine Sache reden. Etwas Dringendes. Keine Bange. Das ist kein Trick. Ich hab nicht vor, Ihnen eins auszuwischen. Darauf gebe ich Ihnen mein Wort. Ich brauche wirklich Ihre Hilfe.«

Selbst Riddle würde sich doch wohl nicht so weit herablassen, sich so einen Schwachsinn auszudenken, nur um Banks zu demütigen, oder? Jetzt war Banks neugierig und würde auf jeden Fall hinfahren. Er war nicht die Art Mann, einen so mysteriösen Anruf zu ignorieren, sonst hätte er gar nicht erst Polizist werden sollen. Er wollte bei diesem scheußlichen Wetter nicht raus, wollte seinen Laphroaig, Bill Evans und das knisternde Torffeuer nicht verlassen, wusste aber, dass er es tun musste. Er stellte das Glas beiseite, froh, dass er nur den einen kleinen Whisky getrunken hatte.

»Also gut«, sagte er, griff nach Bleistift und Papier neben dem Telefon. »Aber Sie müssten mir sagen, wo Sie wohnen und wie ich dahin komme. Ich glaube nicht, dass Sie mich schon mal zu sich eingeladen haben.«

Riddle wohnte auf halber Strecke zwischen Eastvale und Northallerton, eine Fahrt, für die Banks bei gutem Wetter eine Stunde gebraucht hätte, heute Abend aber deutlich länger. Es goss wie aus Kübeln; die Scheibenwischer liefen die ganze Zeit auf voller Stärke, und manchmal konnte Banks kaum ein paar Meter weit sehen. In zwei Tagen war Guy Fawkes Day, und auf den Dorfwiesen häuften sich vom Regen durchweichte Holzstöße und alte Möbel.

Das Haus der Riddles stand unter Denkmalschutz und hieß Old Mill, weil es ursprünglich von den Zisterziensermönchen der nahe gelegenen Abteil, als Mühle erbaut worden war. Das Haus aus Kalkstein mit einem Dach aus Steinplatten stand neben dem Mühlbach, der durch den Garten rauschte. Die alte Scheune auf der anderen Seite war zu einer Garage umgebaut worden.

Als Banks die kurze Kiesauffahrt hinauffuhr und vor dem Haus hielt, fiel ihm auf, dass nur hinter zwei Fenstern im Erdgeschoss Licht brannte und der Rest des Hauses dunkel war. Noch bevor er anklopfen konnte, wurde die Tür aufgerissen und Banks in einen schwach erleuchteten Flur gewinkt, wo ihm Riddle ohne große Umstände den Mantel abnahm und ihn dann in ein Wohnzimmer führte, das größer war als Banks' gesamtes Cottage. Überall freiliegende Balken, weiß getünchte Wände, bedeckt mit glänzend polierten Jagdhörnern und den unvermeidlichen Pferdeplaketten. Ein goldgerahmter Spiegel hing über einem Adam-Kamin, in dem ein mächtiges Feuer brannte, und neben den mit Sprossen unterteilten Fenstertüren stand ein kleiner Flügel.

Ein Haus wie dieses hätte Banks ohne weiteres mit jemandem in Verbindung gebracht, der hunderttausend Pfund im Jahr verdiente, aber trotz der Rustikalität, trotz der Hitze, die das Feuer ausstrahlte, kam ihm der Raum merkwürdig kalt, kahl und unpersönlich vor. Auf dem niedrigen Glastisch lagen keine Zeitschriften oder Zeitungen verstreut, auf dem Flügel häuften sich keine Noten. Das Holz glänzte, als sei es gerade eben gewachst worden, und alles war aufgeräumt, sauber und ordentlich. Was Banks, wenn er darüber nachdachte, von Riddle auch genau so erwartet hätte. Dieser Eindruck wurde noch durch die Stille verstärkt, die nur gelegentlich vom Heulen des Windes draußen und gegen die Fenster prasselnden Regen unterbrochen wurde.

Eine Frau kam ins Zimmer.

»Meine Frau Rosalind«, stellte Riddle vor.

Banks schüttelte Rosalind die Hand. Eine weiche Hand, aber ihr Handschlag war fest. Wenn dies zu einem Abend der Überraschungen werden sollte, dann war Rosalind Riddle die zweite.

Banks hatte die Frau des Chief Constables bisher nicht kennen gelernt – wusste nur, dass sie in Eastvale in einer Anwaltskanzlei arbeitete, die auf Grundbesitzübertragungen spezialisiert war –, und wenn er je einen flüchtigen Gedanken an sie verschwendet hätte, dann hätte er sie sich als stämmige, robuste und eher charakterlose Person vorgestellt. Warum, wusste er nicht, aber das war die Vorstellung, die ihm in den Sinn gekommen war.

Die Frau, die vor ihm stand, war jedoch elegant und groß, hatte die schlanke Figur eines Models und lange, wohlgeformte Beine. Sie trug einen schlichten grauen Rock und eine weiße Seidenbluse, und die zwei oben geöffneten Knöpfe gaben ein V von derselben bleichen Farbe frei wie ihre Gesichtshaut. Sie hatte kurzes blondes Haar – einer dieser teuren, struppigen Kurzhaarschnitte mit Strähnchen –, eine hohe Stirn, hoch angesetzte Wangenknochen und dunkelblaue Augen. Ihre Lippen waren voller, als man bei dieser Art Gesicht erwartet hätte, und der Lippenstift betonte das noch, machte einen Schmollmund daraus.

Ihr Gesichtsausdruck verriet nichts, aber Banks erkannte an ihrer brüsken Körpersprache, dass sie beunruhigt war. Sie stellte ihren Drink auf den Tisch und setzte sich auf das samtbezogene Sofa, schlug die Beine übereinander und beugte sich vor, die Hände auf dem Schoß. Banks fühlte sich an eine dieser eleganten, unnahbaren Blondinen aus Alfred Hitchcocks Filmen erinnert.

Riddle bat Banks, sich zu setzen. Er war immer noch in Uniform. Der große, zu Massigkeit neigende, aber nach wie vor durchtrainierte Mann setzte sich Banks gegenüber in einen Sessel, zupfte an den scharfen Bügelfalten seiner Hose und lehnte sich zurück. Er war völlig kahl, und buschige Augenbrauen wölbten sich über seinen harten, ernsten braunen Augen.

Banks hatte das Gefühl, dass sie nun beide nicht recht wussten, was sie sagen sollten. Man konnte die Spannung mit

Messern schneiden; irgendwas Schlimmes war passiert, etwas Heikles und Schmerzliches. Banks brauchte dringend eine Zigarette, aber das war ausgeschlossen. Er wusste, dass Riddle Rauch hasste, und im Zimmer hing ein süßer Lavendelduft, der garantiert noch nie von Zigarettenrauch besudelt worden war. Das Schweigen dehnte sich. Er kam sich allmählich vor wie Philip Marlowe zu Beginn eines Auftrags. Vielleicht sollte er den Riddles seine Honorarforderungen nennen und damit das Eis brechen, aber bevor er etwas Schnodderiges sagen konnte, sprach Riddle.

»Banks ... ich ... äh ... ich weiß, dass wir in der Vergangenheit unsere Differenzen hatten, und ich bin sicher, dass meine Bitte für Sie ebenso überraschend kommt wie für mich, sie auszusprechen, aber ich brauche Ihre Hilfe.«

Differenzen in der Vergangenheit? Das war die Untertreibung des Jahres. »Fahren Sie fort«, sagte er. »Ich höre.«

Riddle rutschte auf dem Sessel herum und zupfte wieder an den Bügelfalten. Seine Frau griff nach ihrem Glas. Der feuchte Ring, der auf dem Glastisch zurückblieb, war das Einzige, das die sterile Perfektion des Raumes störte.

»Es geht um etwas Persönliches«, meinte Riddle. »Sehr persönlich. Und inoffiziell. Bevor wir weitermachen, Banks, brauche ich Ihre absolute Zusicherung, dass nichts, was ich Ihnen sage, aus diesen vier Wände nach außen dringt. Kann ich mich darauf verlassen?«

Banks nickte.

»Entschuldigen Sie«, sagte Rosalind und wollte aufstehen. »Sie müssen mich für eine furchtbare Gastgeberin halten. Sie sind den ganzen Weg hierher gekommen, und ich habe Ihnen nicht mal einen Drink angeboten? Möchten Sie etwas, Mr. Banks? Vielleicht einen kleinen Whisky?«

»Der Mann muss fahren«, knurrte Riddle.

»Aber einen kann er doch wohl trinken?«

Banks hob die Hand. »Nein, vielen Dank.« Gerne hätte er um eine Tasse Tee gebeten, aber ihm war noch mehr daran gelegen, die Sache hinter sich zu bringen und nach Hause zu fahren. Wenn er es für eine Weile ohne Zigarette aushalten konnte, dann konnte er auch auf einen Drink verzichten. Er wünschte nur, sie würden endlich zur Sache kommen.

»Es geht um unsere Tochter«, setzte Rosalind Riddle an und knetete ihre Hände im Schoß. »Sie ist mit sechzehn ausgezogen.«

»Sie ist weggelaufen, Ros«, verbesserte Riddle, die Stimme dick vor Wut. »Machen wir uns doch nichts vor.«

»Wie lange ist das her?«, fragte Banks.

Riddle antwortete ihm. »Sechs Monate.«

»Das tut mir Leid«, sagte Banks, »aber ich weiß nicht ...«

»Unser Sohn Benjamin hat heute am frühen Abend am Computer gespielt«, warf Rosalind ein. »Zufällig ist er dabei auf Bilder auf einer dieser Sexseiten gestoßen.«

Banks wusste, dass es leicht genug war, Zugang zu Pornoseiten zu bekommen. Man brauchte zum Beispiel nur »Spice Girls« auf einer Suchmaschine einzugeben und konnte ohne weiteres bei »Spicy Girls« landen.

»Einige der Fotos ...«, fuhr Rosalind fort. »Na ja, sie waren von Emily, unserer Tochter. Benjamin ist erst acht. Er begreift noch nicht, was das wirklich bedeutet. Wir haben ihn ins Bett gebracht und ihm gesagt, er solle nicht darüber reden.«

»Sind Sie sicher, dass es Ihre Tochter war?«, fragte Banks. »Man kann diese Bilder manipulieren, wissen Sie. Köpfe und Körper austauschen.«

»Sie war es«, antwortete Rosalind. »Glauben Sie mir. Sie hat ein unverwechselbares Muttermal.«

»Das ist sicher alles sehr bestürzend«, meinte Banks. »Und Sie haben mein Mitgefühl. Aber was soll ich dabei tun?«

»Ich möchte, dass Sie sie finden«, sagte Riddle.

»Warum haben Sie das nicht selbst versucht?«

Riddle sah seine Frau an. Der Blick, den sie wechselten, sprach Bände. Uneinigkeit und gegenseitige Beschuldigungen standen zwischen ihnen. »Das hab ich«, sagte Riddle. »Aber ich wusste nicht, wo ich anfangen sollte. Offizielle Kanäle konnte ich nicht einschalten. Ich meine, es war ja nicht so, als sei ein Verbrechen passiert. Sie hatte kein Gesetz gebrochen. Und je weniger Leute davon wussten, desto besser.«

»Sie fürchteten um Ihren Ruf?«

Riddle hob die Stimme. »Ich weiß, was Sie denken, Banks, aber diese Dinge *sind* wichtig. Wenn Sie das nur begreifen würden, hätten Sie sicherlich mehr aus sich machen können.«

»Wichtiger als das Wohlergehen Ihrer Tochter?«

»Auf unseren Ruf zu achten, bedeutet nicht, dass meinem Mann oder mir unsere Tochter egal ist, Mr. Banks«, sagte Rosalind. »Und als ihre Mutter nehme ich diese Andeutung übel.«

»Dann entschuldige ich mich.«

Riddle übernahm wieder das Wort. »Schauen Sie, ich will damit sagen, Banks, dass ich vor dem heutigen Abend keinen wirklichen Grund sah, beunruhigt zu sein – Emily ist ein intelligentes und selbstständiges Mädchen, wenn vielleicht auch ein bisschen zu dickköpfig und rebellisch –, aber jetzt glaube ich, dass etwas Greifbares vorliegt, worüber ich mir Sorgen machen muss. Und das hat nicht nur mit Ambitionen und gutem Ruf zu tun, egal, was Sie denken.«

»Warum versuchen Sie nicht selbst, sie zu finden?«

»Seien Sie doch realistisch, Banks. Erstens kann ich mir nicht erlauben, auf eine Art private Rettungsmission zu gehen.«

»Und ich kann das?«

»Sie stehen nicht so sehr im Rampenlicht wie ich. Man könnte mich erkennen. Ich kann Sie von hier aus decken, falls Sie sich darum Sorgen machen. Schließlich *bin* ich der Polizeipräsident. Und ich komme auch für alle Ausgaben auf, solange sie sich in vernünftigem Rahmen halten. Aber Sie werden auf sich gestellt sein. Polizeiquellen und Ähnliches können Sie nicht benutzen. Ich möchte, dass die Sache unter uns bleibt. Eine Familienangelegenheit.«

»Sie meinen, Ihre Karriere ist wichtig und meine kann geopfert werden?«

»Vielleicht betrachten Sie es mal von einer anderen Warte. Für Sie könnte dabei durchaus auch etwas rausspringen.«

»Ach ja?«

»Sehen Sie es mal so. Wenn Sie erfolgreich sind, haben Sie meine Dankbarkeit gewonnen. Egal, was Sie von mir halten, ich bin ein Ehrenmann, ein Mann, der sein Wort hält, und ich verspreche Ihnen, dass Ihre Karriere in Eastvale nur davon profitieren kann, wenn Sie meiner Bitte nachkommen. Auch wenn Sie nichts erreichen.«

»Und der andere Grund?«

Riddle seufzte. »Falls Emily erfährt, dass ich nach ihr suche, wird sie sich sofort verdrücken, befürchte ich. Sie gibt mir die Schuld an all ihren Problemen. Daran hat sie in den Monaten vor ihrem Verschwinden keinen Zweifel gelassen. Ich möchte, dass Sie diskret vorgehen, Banks. Versuchen Sie, Emily zu finden, bevor sie merkt, dass jemand nach ihr sucht. Ich verlange nicht, dass Sie sie entführen oder so was. Finden Sie sie, sprechen Sie mit ihr, überzeugen Sie sich davon, dass es ihr gut geht, sagen Sie ihr, wir würden sie gern wiedersehen und über alles mit ihr reden.«

»Und ich soll sie überreden, nicht mehr für Pornoseiten im Internet zu posieren?«

Riddle wurde bleich. »Wenn Sie können.«

»Haben Sie eine Ahnung, wohin sie gegangen ist? Hat Sie sich mit Ihnen in Verbindung gesetzt?«

»Zwei Wochen nachdem sie fortgegangen ist, bekamen wir eine Postkarte von ihr«, antwortete Rosalind. »Sie schrieb, es ginge ihr gut und wir sollten uns keine Sorgen um sie machen. Oder nach ihr suchen.«

»Woher kam die Karte?«

»Aus London.«

»Das ist alles?«

»Ja, außer einer Karte zu Benjamins Geburtstag.«

»Hat sie auf der Karte sonst noch was geschrieben?«

»Nur, dass sie einen Job hätte«, fuhr Rosalind fort. »Damit wir nicht fürchten mussten, dass sie auf der Straße lebt oder so. Nur würde Emily nie auf der Straße leben. Sie hat schon immer viel Wert auf Bequemlichkeit gelegt.«

»Ros!«

»Aber das stimmt doch. Und du …«

»Gab es einen bestimmten Grund für ihr Verschwinden?«, unterbrach Banks. »Irgendeinen Auslöser? Einen Streit vielleicht?«

»Nichts Bestimmtes«, sagte Riddle. »Sie hat sich da reingesteigert. Kam einfach von der Schule nicht nach Hause.«

»Schule?«

Rosalind mischte sich ein: »Vor zwei Jahren haben wir sie auf ein sehr teures und angesehenes Mädcheninternat bei Warwick geschickt. Am Ende des letzten Trimesters, zu Beginn des Sommers, verschwand sie nach London, statt nach Hause zu kommen.«

»Allein?«

»Soweit wir wissen, ja.«

»Kam sie sonst in den Ferien immer nach Hause?«

»Ja.«

»Was hat sie diesmal davon abgehalten? Hatten Sie Probleme mit ihr?«

Riddle nahm den Faden wieder auf. »Als sie das letzte Mal hier war, in den Frühjahrsferien, gab es den üblichen Streit über zu spätes Heimkommen, Trinken in Pubs, Verkehren in den falschen Kreisen und so weiter. Aber nichts Ungewöhnliches. Sie ist ein sehr intelligentes Mädchen. In der Schule bekam sie gute Noten, aber es langweilte sie. Alles fiel ihr so leicht. Vor allem Sprachen. Darin ist sie besonders gut. Natürlich wollten wir, dass sie Abitur macht und studiert, aber sie wollte nicht. Sie wollte selbstständig sein. Wir haben ihr alles gegeben, Banks. Sie hatte ihr eigenes Pferd, bekam Klavierstunden, fuhr mit auf Klassenfahrt nach Amerika und zum Skifahren nach Österreich, bekam eine gute Schulbildung. Wir waren sehr stolz auf Emily. Wir haben ihr alles gegeben, was sie wollte.«

Nur vielleicht das nicht, was sie am meisten brauchte, dachte Banks. *Dich*. Um die schwindelnde Höhe eines Polizeipräsidenten zu erreichen, vor allem mit fünfundvierzig, wie Riddle es getan hatte, musste man zielbewusst, rücksichtslos und ehrgeizig sein. Und man musste flexibel sein, oft umziehen, was auf Kinder, die manchmal nur schwer neue Freunde fanden, eine verheerende Wirkung haben konnte. Dazu die langen Arbeitstage und die vielen Kurse, was hieß, dass Riddle vermutlich nur selten zu Hause gewesen war.

Banks war kaum jemand, der sich wegen Kindererziehung aufs hohe Ross schwingen konnte, musste er zugeben. Selbst um den Rang eines Chief Inspectors zu erreichen, war er als Vater mehr abwesend, als es für Brian und Tracy gut gewesen war. Zufällig hatten sie sich beide, insgesamt gesehen, gut entwickelt, aber Banks wusste, dass es eher ein Glücksfall war und wenig mit ihm als gutem Vater zu tun hatte. Das meiste hatte Sandra übernommen, und sie hatte ihn nicht immer mit den Problemen der Kinder belastet. Vielleicht hatte Banks seine Familie nicht dem Ehrgeiz geopfert, wie er es von Riddle vermutete, aber er hatte gewiss vieles dafür geopfert, ein guter Detective zu sein.

»Hat sie hier irgendwelche Freunde, denen sie sich anvertraut haben könnte?«, fragte er. »Jemand, der mit ihr in Verbindung geblieben ist?«

Rosalind schüttelte den Kopf. »Das glaube ich kaum«, sagte sie. »Emily ist sehr … unabhängig. Sie hatte viele Freunde, aber keine engeren. Das lag an den vielen Umzügen. Wenn sie weiterzieht, bricht sie hinter sich alle Brücken ab. Und sie war noch nicht sehr lange hier in der Gegend.«

»Sie erwähnten die ›falschen Kreise‹. Gab es einen Freund?«

»Nichts Ernsthaftes.«

»Sein Name könnte trotzdem hilfreich sein.«

Rosalind sah zu ihrem Mann, der sagte: »Banks, ich habe Ihnen schon gesagt, dass ich keine offizielle Ermittlung will. Wenn Sie sich an Emilys alten Freunde wenden und hier in der Gegend Fragen stellen, was glauben Sie, wie lange die Sache dann unter Verschluss bleibt? Sie ist nach London gegangen. Dort werden Sie sie finden.«

Banks seufzte. Es sah so aus, als müsste er die Ermittlung mit gebundenen Händen durchführen. »Kennt sie denn jemanden in London?«, fragte er. »Jemand, an den sie sich um Hilfe wenden könnte?«

Riddle schüttelte den Kopf. »Meine Zeit bei der Metropolitan Police liegt Jahre zurück. Sie war noch ein kleines Mädchen, als wir da weggezogen sind.«

»Ich weiß, dass es schwierig für Sie ist«, sagte Banks, »aber könnte ich wohl einen Blick auf die Website werfen?«

»Ros?«

Rosalind Riddle warf ihrem Mann einen finsteren Blick zu und sagte: »Kommen Sie mit.«

Banks musste sich unter einem niedrigen Balken durchbücken und folgte ihr in ein Arbeitszimmer voller Bücherregale. Auf dem Schreibtisch am Fenster stand ein orangefarbener *iMac*. Wind ratterte an den Scheiben hinter den schweren Vorhängen, und hin und wieder klang es, als schüttete jemand einen Eimer Wasser gegen die Fenster. Rosalind setzte sich und bog die Finger, aber bevor sie eine Taste berührte oder mit der Maus klickte, drehte sie ihren Stuhl um und schaute zu Banks auf. Er konnte ihren Gesichtsausdruck nicht deuten.

»Sie mögen uns nicht, stimmt's?«, fragte sie.

»Uns?«

»Leute wie uns. Leute, die ... na ja, wohlhabend sind, erfolgreich und ehrgeizig.«

»Ich kann nicht sagen, dass ich viel darüber nachdenke.«

»Oh doch, das tun Sie. Da irren Sie sich.« Ihre Augen wurden schmal. »Sie sind neidisch. Sie haben einen riesigen Komplex. Sie halten sich für besser als wir – irgendwie reiner –, nicht wahr?«

»Mrs. Riddle«, sagte Banks mit einem Seufzer, »ersparen Sie mir diesen Schwachsinn. Ich bin durch Wind und Wetter hierher gefahren, obwohl ich viel lieber bei Musik und einem guten Buch zu Hause sitzen würde. Wenn wir die Sache durchziehen wollen, dann machen wir bitte weiter, oder soll ich einfach nach Hause fahren und ins Bett gehen?«

Sie musterte ihn kühl. »Da hab ich wohl einen Nerv getroffen.«

»Was wollen Sie von mir, Mrs. Riddle?«

»Er denkt daran, in die Politik zu gehen, wissen Sie.«

»Davon hab ich gehört.«

»Jede Andeutung eines Familienskandals würde alles ruinieren, wofür wir jahrelang hart gearbeitet haben.«

»Das kann ich mir gut vorstellen. Am besten kommt man erst zu Amt und Würden und hat dann den Skandal.«

»Das ist zynisch.«

»Aber wahr. Lesen Sie die Zeitung.«

»Er sagt, Sie hätten die Tendenz, Wellen zu schlagen.«

»Ich gehe den Dingen gerne auf den Grund. Manchmal kommen dabei ein paar Boote ins Wanken. Je teurer die Boote, desto mehr Krach scheint es zu machen, wenn sie ins Wanken geraten.«

Rosalind lächelte. »Ich wünschte, ich könnte mir solche hehren Prinzipien leisten. Diese Aufgabe erfordert äußerste Diskretion.«

»Ich werde es mir merken. *Falls* ich die Aufgabe übernehme.« Banks hielt ihrem Blick stand, bis sie blinzelte und ihren Stuhl wieder zum Bildschirm umdrehte.

»Ich wollte das nur geklärt haben, bevor Sie sich Nacktfotos von meiner Tochter ansehen«, sagte sie, ohne ihn anzuschauen.

Er sah über ihre Schulter, während sie mit Tastatur und Maus arbeitete. Schließlich erschien eine Reihe daumennagelgroßer Fotos auf dem Schirm. Rosalind klickte eines an, und eine weitere Seite mit etwa fünf ebenso großen Fotos begann sich aufzubauen. Über den Fotos stand, der Name des Models sei Louisa Gamine und sie sei eine achtzehnjährige Biologiestudentin. Den Fotos nach war das durchaus glaubwürdig.

»Warum Louisa Gamine?«, fragte Banks.

»Keine Ahnung. Louisa ist ihr zweiter Vorname. Eigentlich Louise. Emily Louise Riddle. Wahrscheinlich denkt sie, Louisa klänge exotischer. Vielleicht fand sie, dass sie nach ihrem Verschwinden eine neue Identität brauchte?«

Das konnte Banks verstehen. Als er jünger war, hatte er immer bedauert, dass ihm seine Eltern keinen zweiten Vornamen gegeben hatten. Ja, er hatte sich sogar selbst einen ausgedacht: Davy, nach Davy Crockett, einem seiner Helden zu jener Zeit. Das hatte ein paar Monate angehalten, dann hatte er schließlich seinen eigenen Namen – Alan – akzeptiert.

Rosalind klickte eines der Bilder an, und es füllte allmählich den Bildschirm aus, baute sich von oben nach unten auf. Banks sah ein Amateurfoto vor sich, aufgenommen in einem schlecht ausgeleuchteten Schlafzimmer: Ein hübsches junges

Mädchen, das nackt im Schneidersitz auf einer hellblauen Steppdecke saß. Ihr Lächeln sah ein wenig gezwungen aus, und ihr Blick wirkte verschwommen.

Die Ähnlichkeit zwischen Louisa und ihrer Mutter war erstaunlich. Beide besaßen dieselbe langbeinige Anmut, dieselbe bleiche, fast durchscheinende Haut, denselben freigebigen Mund. Der einzige wirkliche Unterschied, abgesehen von ihrem Alter, war, dass Louisas blondes Haar bis über die Schultern herabhing. Ansonsten hatte Banks das Gefühl, er hätte genauso gut ein vor vielleicht fünfundzwanzig Jahren aufgenommenes Foto von Rosalind betrachten können, und das machte ihn verlegen. Er bemerkte eine tränenförmige Verfärbung auf der Innenseite von Louisas rechtem Oberschenkel: das Muttermal. Im Nabel trug sie eine Art kleinen Ring und darunter eine schwarze Tätowierung, die offenbar eine Spinne darstellen sollte. Banks dachte an Annie Cabbots tätowierte Rose über der linken Brust, wie lang es her war, seit er die Tätowierung zum letzten Mal gesehen hatte, und dass er sie vermutlich nie wieder sehen würde, vor allem, wenn es ihm gelang, sich mit Sandra auszusöhnen.

Die anderen Fotos waren ähnlich, alle im gleichen Raum aufgenommen, alle ebenso schlecht ausgeleuchtet. Nur die Stellungen waren unterschiedlich. Ihr neuer Nachname war durchaus passend, fand Banks, sie hatte definitiv etwas von einer *Gamine* an sich, einem jungen Mädchen mit boshaftem Charme. Da war noch etwas anderes an dem von ihr gewählten Nachnamen, aber er kam im Moment nicht darauf. Vielleicht würde es ihm später einfallen, wenn er nicht darüber nachdachte. Das funktionierte im Allgemeinen.

Banks betrachtete die Fotos genauer und nahm Rosalinds zartes Parfüm wahr, während er sich über ihre Schulter beugte. Er konnte ein paar Einzelheiten in dem Raum ausmachen – die Ecke eines Popstarposters, eine Reihe von Büchern – aber sie waren zu verschwommen, um von Nutzen zu sein.

»Genug gesehen?«, fragte Rosalind, sah mit schräg gelegtem Kopf zu ihm auf und deutete an, dass er vielleicht zu lange auf die Bilder starrte, den Anblick zu sehr genoss.

»Sie sieht aus, als wüsste sie, was sie tut«, sagte Banks.

Rosalind zögerte, sagte dann: »Emily ist sexuell aktiv, seit sie vierzehn war. Zumindest, soweit wir es wissen. Sie war dreizehn, als sie … widerspenstig wurde, also könnte es auch früher passiert sein. Das war zum Teil der Grund, warum wir sie aufs Internat geschickt haben.«

»Nicht ungewöhnlich«, sagte Banks und dachte alarmiert an Tracy. Er war sich sicher, dass sie so jung noch nicht sexuell aktiv gewesen war, konnte sie aber wohl kaum danach fragen. Er wusste nicht mal, ob sie jetzt aktiv war, wenn er es genau bedachte, und er glaubte nicht, dass er es wissen wollte. Tracy war neunzehn und demnach einige Jahre älter als Emily, aber sie war immer noch Banks kleines Mädchen. »Glauben Sie, das Internat hat geholfen?«, fragte er.

»Offensichtlich nicht. Sie ist ja nicht zurückgekommen.«

»Haben Sie mit dem Direktor gesprochen oder mit ihren Klassenkameradinnen?«

»Nein. Jerry hat zu viel Angst vor Indiskretionen.«

»Natürlich. Drucken Sie das aus.« Banks deutete auf ein Foto, auf dem Louisa am Bettrand saß, ausdruckslos in die Kamera starrte und nichts außer einem roten T-Shirt trug. »Kopf und Schultern reichen. Den unteren Teil können wir abschneiden.«

Rosalind blickte über die Schulter zu ihm, und er meinte, in ihrem Gesichtsausdruck eine gewisse Dankbarkeit zu erkennen. Zumindest wirkte sie nicht mehr so offen feindselig wie vorher. »Sie machen es?«, fragte sie. »Sie versuchen, Emily zu finden?«

»Ich versuche es.«

»Sie brauchen sie nicht zu überreden, nach Hause zu kommen. Das wird sie nicht wollen. Dafür garantiere ich.«

»Sie klingen, als ob Sie es auch nicht wollten.«

Rosalind runzelte die Stirn und meinte dann: »Vielleicht haben Sie Recht. Ich hatte Jerry vorgeschlagen, sie einfach ihren eigenen Weg gehen zu lassen. Sie ist alt genug und sicherlich auch gescheit genug, auf sich selbst aufzupassen. Und sie ist eine Unruhestifterin. Ich weiß, sie ist meine Tochter, und ich will nicht lieblos klingen, aber … Na ja, Sie sehen selbst, was nach nur sechs Monaten passiert ist. Die Tätowierung, diese Fotos … Sie kümmert sich nie um die Gefühle anderer. Ich kann mir gut vorstellen, in welchem Chaos das Leben hier versinken würde, wenn wir auch noch mit all ihren Problemen fertig werden müssten.«

»Auch noch?«

»Ach nichts. Es spielt keine Rolle.«

»Gibt es sonst noch was, das ich wissen sollte?«

»Ich weiß nicht, was Sie meinen.«

»Alles, was Sie mir nicht sagen.«

»Nein. Warum sollte es?«

Aber da war etwas, das spürte Banks, erkannte es an der Art, wie sich Rosalind beim Sprechen von ihm abwandte. Es konnten Familienprobleme sein, über die weder sie noch ihr Mann reden wollten. Und vielleicht hatten sie damit Recht. Vielleicht sollte er seine Neugier diesmal im Zaum halten und nicht im Trüben fischen, wie er es für gewöhnlich tat. Finde einfach das Mädchen, sagte er sich, versichere dich, dass sie nicht in Gefahr ist, und kümmer dich nicht um den Rest. Auf keinen Fall wollte er sich in die Probleme der Familie Riddle verwickeln lassen.

Er schrieb sich auf, was er der Website entnehmen konnte, die von einer Organisation namens GlamourPuss in Soho geführt wurde. Die zu finden, sollte nicht allzu schwer sein, dachte er, und die Auskünfte würden ihn zu Emily führen, oder Louisa, wie sie sich jetzt nannte. Er hoffte nur, dass sie nicht auf den Strich ging, wie so viele Teenager, die auf Porno-Websites auftauchten. Sie klang nicht wie der Typ, der durch Prostitution zu Geld kommen wollte, aber es hörte sich so an, als würde sie wegen des Nervenkitzels alles ausprobieren. Damit würde er sich befassen, wenn es so weit war.

Rosalind druckte das Foto aus, nahm eine Schere aus der Schreibtischschublade und schnitt alles unter dem Nabelring ab, bevor sie Banks den Ausdruck reichte. Banks folgte ihr zurück ins Wohnzimmer, wo Riddle saß und ins Nichts starrte.

»Alles erledigt?«, fragte er.

Banks nickte. Er setzte sich gar nicht erst wieder hin. »Verraten Sie mir eins«, sagte er. »Warum ich? Sie wissen verdammt gut, wie die Dinge zwischen uns stehen.«

Riddle schien leicht zusammenzuzucken, und Banks war erstaunt, wie giftig seine eigene Stimme klang. Nach kurzem Zögern schaute ihm Riddle in die Augen. »Zwei Gründe«, sagte er. »Erstens, weil Sie der beste Detective in der Grafschaft sind. Damit will ich nicht sagen, dass ich mit Ihren Methoden oder Ihrem Verhalten einverstanden bin, aber Sie erzielen Ergebnisse. Und bei dieser unorthodoxen Angelegenheit könnten, um es mal so zu sagen, einige Ihrer einzelgängerischen Fähigkeiten zur Abwechslung durchaus mal von Nutzen sein.«

Selbst mit einem schwachen Lob von Riddle bedacht zu werden, war eine neue Erfahrung für Banks. »Und zweitens?«, fragte er.

»Sie haben selbst eine Tochter im Teenageralter, nicht wahr? Tracy heißt sie. Stimmt's?«

»Ja.«

Riddle spreizte die Hände, die Handflächen nach oben. »Dann wissen Sie, worauf ich hinauswill. Ich glaube, Sie können sich in etwa vorstellen, wie ich mich fühle.«

Und zu seiner Überraschung konnte Banks das. »Ich kann nicht vor nächster Woche anfangen«, sagte er.

Riddle beugte sich vor. »Sie haben momentan nichts Dringendes zu tun.«

»Ich wollte über das Wochenende mit Tracy wegfahren. Nach Paris.«

»Bitte fangen Sie gleich an. Spätestens morgen Früh. Ich muss es wissen.« In Riddles Stimme schwang eine Verzweiflung mit, wie sie Banks von ihm noch nie gehört hatte.

»Warum ist es so dringend?«

Riddle starrte in den riesigen Kamin, als richtete er seine Worte an die Flammen. »Ich habe Angst um sie, Banks. Sie ist so jung und verletzlich. Ich will sie zurück. Zumindest muss ich wissen, wie es ihr geht und was sie macht. Stellen Sie sich vor, wie es Ihnen dabei ginge. Stellen Sie sich vor, Ihre Tochter wäre in Schwierigkeiten.«

Verdammt noch mal, dachte Banks und sah sein Wochenende mit Tracy in Paris den Bach hinuntergehen. *Töchter*. Wer braucht die? Nichts als Ärger. Aber Riddle hatte tatsächlich einen Nerv getroffen. Jetzt gab es kein Zurück mehr, keine Möglichkeit, den Auftrag abzulehnen. Banks wusste, dass er nach London fahren *musste*, um Emily Louise Riddle zu finden.

»Oh Dad! Das kann doch nicht dein Ernst sein! Du hast mich mitten in der Nacht geweckt, weil du mir sagen willst, dass wir doch nicht nach Paris fahren können?«

»Tut mir Leid, Liebes. Wir müssen die Reise noch ein wenig verschieben.«

»Das glaub ich einfach nicht. Ich hab mich seit Ewigkeiten auf dieses Wochenende gefreut.«

»Ich auch, Schatz. Aber was soll ich machen?«

»Und du willst mir nicht sagen, warum?«

»Ich kann nicht. Ich hab's versprochen.«

»Du hast mir ein Wochenende in Paris versprochen. Und es fällt dir offensichtlich ganz leicht, *das* Versprechen zu brechen.«

Touché. »Ich weiß. Es tut mir Leid.«

»Traust du mir nicht zu, den Mund zu halten?«

»Doch, selbstverständlich. Aber das ist es nicht.«

»Was dann?«

»Ich kann's dir jetzt einfach noch nicht sagen. Mehr nicht. Vielleicht nächste Woche, wenn alles gut geht.«

»Ach, lass nur.« Tracy verfiel in schmollendes Schweigen, genau wie ihre Mutter es tat, und sagte dann: »Es ist doch nicht gefährlich, oder?«

»Natürlich nicht. Es ist eine Privatangelegenheit. Ich helfe einem ...« Fast hätte Banks »Freund« gesagt, konnte sich aber gerade noch bremsen. »Ich helfe jemandem. Jemand, der in Schwierigkeiten ist. Glaub mir, Liebes, wenn du die Einzelheiten wüsstest, würdest du erkennen, dass ich nicht anders kann. Hör zu, wenn das vorbei ist, mache ich es wieder gut. Versprochen.«

»Kenn ich schon. War ich schon. Hab das T-Shirt.«

»Gib mir ein bisschen Spielraum, Tracy. Die Sache ist nicht einfach für mich, weißt du. Nicht nur du bist traurig. Ich habe mich genauso auf Paris gefreut.«

»Okay, ich weiß. Tut mir Leid. Aber was ist mit den Fahrkarten? Dem Hotel?«

»Das Hotel lässt sich leicht absagen. Ich werde sehen, ob ich die Fahrkarten umtauschen kann.«

»Da müsstest du schon großes Glück haben.« Wieder hielt sie inne. »Warte mal! Mir ist da gerade eine Idee gekommen.«

»Was denn?«

»Tja, ich weiß, dass du nicht mitkannst, aber es gibt doch keinen Grund, warum ich nicht fahren sollte, oder?«

»Nicht, dass ich wüsste. Aber willst du wirklich ganz allein nach Paris? Für eine junge Frau allein ist das viel zu gefährlich.«

Tracy lachte. »Ich kann auf mich aufpassen, Dad. Ich bin jetzt ein großes Mädchen.«

Ja, dachte Banks, ein großes Mädchen von gerade mal neunzehn Jahren. »Das kannst du bestimmt«, sagte er. »Aber ich würde mir Sorgen machen.«

»Du machst dir ständig Sorgen. Das können Väter am besten: sich Sorgen um ihre Töchter machen. Außerdem dachte ich nicht unbedingt daran, alleine zu fahren.«

»Was soll das heißen?«

»Ich wette, Damon würde gern mitfahren. Er hat morgen auch keine Vorlesungen. Ich könnte ihn fragen.«

»Warte mal«, sagte Banks. »Damon? Wer zum Teufel ist Damon?«

»Mein Freund. Ich wette, der ist ganz heiß auf ein Wochenende mit mir in Paris.«

Das wette ich auch, dachte Banks, dem das Herz sank. Die Sache lief überhaupt nicht so, wie er erwartet hatte. Er hatte Beschuldigungen erwartet, Wut, aber dies …? »Ich weiß nicht, ob das so eine gute Idee ist«, meinte er lahm.

»Natürlich ist es das. Und das weißt du auch. Außerdem sparen wir Geld.«

»Wie das?«

»Na ja, wir brauchen zum Beispiel nur ein Hotelzimmer abzubestellen.«

»Tracy!«

Sie lachte. »Ach Dad. Eltern sind so dusselig. Wenn Kids miteinander schlafen wollen, muss das nicht nachts in einer fremden Stadt passieren. Sie können es tagsüber im Studentenwohnheim tun, weißt du.«

Banks schluckte. Jetzt hatte er die Antwort auf die Frage, die er nicht hatte stellen wollen. Wer A sagt, muss auch B sagen. »Du und Damon … ich meine …?«

»Keine Bange. Ich bin ein sehr vorsichtiges Mädchen. Also, das einzige Problem ist jetzt, die Fahrkarten vor morgen zu bekommen. Du würdest wohl heute Abend nicht mehr herfahren wollen, oder?«

»Nein, würde ich nicht«, sagte Banks. Dann wurde er schwach. Schließlich hatte sie Recht. Es gab keinen Grund, ihr das Wochenende zu verderben, nur weil ihm seines verdorben worden war, von Damon einmal ganz abgesehen. »Aber wie es so aussieht, muss ich morgen sowieso nach London, also kann ich auch bis dort zusammen mit dir im Zug fahren.« Und mir diesen Damon anschauen, wenn ich schon da bin, dachte er. »Ich geb dir die Karten dann.«

»Super!«

Banks war niedergeschlagen. Tracy schien sich viel mehr darauf zu freuen, mit Damon zu fahren als mit ihm. Aber das war nur natürlich; sie war jung. »Bis morgen Früh dann«, sagte er. »Am Bahnhof. Zur verabredeten Zeit.«

»Klasse, Dad. Tausend Dank.«

Nachdem er aufgelegt hatte, ließ sich Banks in seinen Sessel zurückfallen und griff nach den Zigaretten. Er musste nach London, daran gab es keinen Zweifel. Erstens hatte er es versprochen, und zweitens gab es etwas, wovon Riddle nichts wusste. Tracy war selbst mal kurz davor gewesen, von zu Hause wegzulaufen. Das war um ihren dreizehnten Geburtstag herum, und der Gedanke, was dann hätte passieren können, verfolgte ihn.

Das war kurz vor ihrem Umzug von London nach Eastvale passiert. Tracy war tagelang traurig gewesen, weil sie sich von ihren Freunden trennen musste, und eines Abends, als Banks zufällig mal zu Hause war, hatte er unten Geräusche gehört. Als er nachsah, fand er Tracy mit einem Koffer in der Hand an der Haustür. Am Ende war es ihm gelungen, sie ohne Zwang zum Bleiben zu überreden, aber es hatte Spitz auf Knopf gestanden. Ein Teil ihres Abkommens hatte darin bestanden, ihrer Mutter nichts davon zu erzählen, was er auch nie getan hatte. Sandra hatte die ganze Sache verschlafen. In der Erinnerung an jenen Abend konnte er sich in etwa vorstellen, was Riddle jetzt durchmachte.

Trotzdem, war das der Dank dafür, dass er seinem Feind einen Gefallen tat? Er musste nach einem fortgelaufenen Teenager suchen, während seine eigene Tochter ein schnuckeliges Wochenende mit ihrem Freund in Paris verbrachte. Wo blieb da die Gerechtigkeit? fragte er sich. Als Antwort bekam er nur das Heulen des Windes und die unaufhörliche Musik des Wasser, das über die Gratly Falls rauschte.

2

Am Freitagnachmittag ging Banks im kühlen Novembersonnenschein die Old Compton Street entlang, nachdem er am Morgen mit Tracy und Damon nach London gefahren war. Nach einem gegrunzten »Hi« hatte Damon fast kein Wort mehr gesagt. Der Zug war ziemlich voll gewesen, und sie konnten nicht zusammensitzen, was Tracy und Damon zu erleichtern schien. Banks hatte einen Platz weiter hinten gefunden, neben einem jungen Geschäftsmann mit frischem Gesicht, der zu viel Aftershave aufgetragen hatte und Free-Cell auf seinem Laptop spielte.

Während der Fahrt hatte Banks Lucinda Williams' *Car Wheels on a Gravel Road* gehört und *Der große Schlaf* gelesen, den er gegen *Maigret und die hundert Galgen* ausgetauscht hatte, als sich herausstellte, dass er nicht nach Paris fahren würde. Vor ein paar Wochen hatte er den Film mit Humphrey Bogart gesehen und ihn so gut gefunden, dass er das Buch lesen wollte. Außerdem kam ihm Raymond Chandler für die Aufgabe, die er vor sich hatte, passender vor: *Banks, Privatdetektiv.*

Kurz vor King's Cross waren seine Gedanken zu Tracys Freund zurückgekehrt.

Banks wusste nicht recht, was er von Damon halten sollte. Das Grunzen war nicht mehr, als er von den Freunden seiner Tochter erwartet hätte, und er interpretierte auch nichts hinein, außer vielleicht, dass es dem Jungen ein bisschen peinlich war, plötzlich dem Vater des Mädchens, mit dem er schlief, gegenüberzustehen. Selbst bei dem Gedanken daran wurde Banks die Brust eng, obwohl er sich sagte, er hätte keinen

Grund, sich aufzuregen, und sollte sich nicht einmischen. Auf keinen Fall wollte er sich von seiner Tochter entfremden, vor allem jetzt, wo er hoffte, wieder mit ihrer Mutter zusammenzukommen. Es würde auch nichts nützen. Tracy führte ihr eigenes Leben, und sie war kein Dummkopf. Hoffte er.

Er hatte sich in King's Cross von dem jungen Paar verabschiedet und als Erstes in dem kleinen Hotel in Bloomsbury eingecheckt, in dem er am Abend zuvor ein Zimmer reserviert hatte. Es hieß einfach nur Hotel Fifty-five, nach der Hausnummer, und er stieg gerne dort ab, weil es ruhig war, diskret, gut gelegen und nicht allzu teuer. Riddle hatte zwar gesagt, er würde ihm alle Auslagen erstatten, aber Banks hätte das Gesicht des Chief Constables nicht sehen wollen, wenn er ihm eine Rechnung des Dorchester vorlegte.

Der morgendliche Regen hatte während der Fahrt aufgehört, und der Tag war windig und kühl, mit einem klaren blauen Himmel, wie man ihn nur im November hat. Vielleicht würden die Holzhaufen doch noch rechtzeitig vor der Guy-Fawkes-Nacht austrocknen, dachte Banks, als er den Reißverschluss seiner Lederjacke ein bisschen höher zog. Leise klopfte er mit der Aktentasche gegen seinen Oberschenkel, im Rhythmus der Hip-Hop-Musik, die aus einem Sexshop wehte.

Mit Soho verbanden Banks starke Gefühle und Erinnerungen, seit er dort Streife gegangen oder vom Revier in der Vine Street aus mit dem Polizeiwagen herumgefahren war, nachdem man das Revier in den frühen Siebzigerjahren wieder eröffnet hatte. Sicherlich war der Stadtteil seither gesäubert worden, aber Soho würde nie richtig sauber sein. Sauberkeit lag nicht in seiner Natur.

Er liebte den Hauch von Verbrechertum, den er immer spürte, wenn er die Old Compton Street oder Dean Street entlangging, wo Betrug und Schieberei nur um Haaresbreite von einem legitimen Geschäftsabschluss entfernt waren. Banks erinnerte sich an die kalten Morgendämmerungen am Berwick Street Market, eine Zigarette und einen Becher mit heißem, süßem Tee in der Hand, an die Plaudereien mit Sam, dessen alter brauner Collie Fetchit den ganzen Tag unter dem Stand lag und die Welt mit traurigen Augen an sich vorbeiziehen ließ. Während die anderen ihre Stände aufbauten – mit Obst, Geschirr, Besteck, Unterwäsche und Socken, Uhren, Eierschneidern und was sonst noch –, hatte Banks von Sam erfahren, was davon heiße Ware war und was nicht. Der gute Sam war vermutlich inzwischen tot, genau wie Fetchit. Sie waren damals schon alt, als Banks noch neu im Beruf war.

Nicht dass Soho jemals ohne seine dunklen Seiten gewesen wäre. Banks hatte hier sein erstes Mordopfer gefunden, in einer Gasse nahe der Frith Street: eine siebzehnjährige Prostituierte, erstochen und verstümmelt, die Brüste abgeschnitten und mehrere innere Organe entfernt. »Huldigung an Jack the Ripper« hatten die Zeitungsschlagzeilen verkündet. Banks hatte auf der Stelle gekotzt und immer noch Albträume wegen der langen Minuten, die er allein mit der ausgeweideten Leiche kurz vor Morgengrauen in einer dreckigen Gasse von Soho verbringen musste.

Wie allen Toten in seinem Leben, hatte Banks auch dieser einen Namen gegeben: Dawn Wadley. Da er zu der Zeit noch neu auf dem Revier war, hatte er die Aufgabe übernehmen müssen, es ihren Eltern mitzuteilen. Nie würde er den erstickenden Geruch nach Urin, verdorbenem Fleisch und ungewaschenen Windeln in der engen Wohnung im zehnten Stock einer Mietskaserne im East End vergessen, oder Dawns ausgelaugte Junkie-Mutter, der das Schicksal einer Tochter, die sie vor Jahren aufgegeben hatte, scheinbar völlig egal war. Für sie war der Mord an Dawn bloß ein weiteres Glied in der endlosen Kette grausamer Lebensschläge, als sei es nur passiert, um sie weiter hinunterzuziehen.

Banks bog in die Wardour Street. Soho hatte sich verändert, wie der Rest der Stadt. Die alten Buchhandlungen und Videoläden gab es immer noch, genau wie die Raymond Revue Bar, aber billiger Sex war deutlich im Schwinden begriffen. An seine Stelle waren jüngere Menschen getreten, viele davon schwul, die in ihre Handys brabbelten, während sie in schicken Straßencafés Cappuccino tranken. Junge Männer mit kahlen Köpfen und Ohrringen flirteten an Straßenecken mit glatt rasierten Jungs aus Palmer's Green oder Sudbury Hill. Überall gab es Schwulenbars, und die Party hörte nie auf.

Banks überprüfte die Adresse von GlamourPuss Ltd., die er gleich beim ersten Suchen gefunden hatte – im Telefonbuch. Manchmal sind die Dinge wirklich einfach.

Von außen sah das Gebäude aus wie viele andere Geschäftshäuser in Soho auch: heruntergekommen, abblätternde Farbe an den Türen, das Linoleum auf den knarrenden Böden aufgeplatzt und abgetreten. Aber drinnen, hinter der zweiten Tür, war alles Hightechglanz und Topfpalmen, und man roch noch die frische Wandfarbe.

»Kann ich Ihnen helfen, Sir?«

Zu Banks' Überraschung saß eine Empfangsdame hinter dem brusthohen, halbrunden Tresen aus schwarzem Plexiglas. Darauf stand, in geschwungenen, pinkfarbenen, mit Glitzer bestreuten Buchstaben, das Logo der Firma: »GlamourPuss Ltd.: Erotik und mehr!« Banks war irgendwie der Ansicht, dass Frauen – jedenfalls anständige Frauen – nichts mit der Pornoindustrie zu tun haben wollten, ja, sie sogar verbieten würden, wenn sie könnten. Vielleicht war das hier eine unanständige Frau? Oder war sie die respektable Fassade des Pornos? Wenn ja, war sie etwa neunzehn, hatte kurzes, hennagefärbtes Haar, bleiche Haut und einen Ohrstecker im rechten Nasenflügel. Auf einem kleinen Namensschild über ihrem flachen Busen stand: »Tamara. Kunden Schnittstellen Officer«. Banks verschlug es den Atem. *Können wir unsere Schnittstellen verbinden, Tamara?*

»Ich möchte den Chef sprechen«, sagte er.

»Haben Sie einen Termin, Sir?«

»Nein.«

»Was ist der Zweck Ihres Besuchs?«

Sie klang wie jemand von der Einwanderungsbehörde, dachte Banks gereizt. Früher hätte er wahrscheinlich nur in ihre gepiercte Nase gekniffen und wäre einfach reingegangen. Unter normalen Umständen würde er das sogar heute noch tun, aber er durfte nicht vergessen, dass er als Privatmann hier war, nicht offiziell als Polizist. »Man könnte es ein Geschäftsangebot nennen«, sagte er.

»Verstehe. Bitte nehmen Sie einen Moment Platz, Sir. Ich schau mal, ob Mr. Aitcheson frei ist.« Sie deutete auf die orangefarbenen Plastikstühle hinter ihm. Zeitschriften waren auf dem davor stehenden Couchtisch ausgebreitet. Banks hob zwei hoch. Hauptsächlich Computerkram. Kein *Playboy* oder *Penthouse* in Sicht. Er schaute zu Tamara, die leise ins Telefon sprach. Sie lächelte. »Er wird gleich kommen, Sir.« Dachte sie, er wollte sich bewerben? Als was?

Banks fühlte sich allmählich wie in einem Zahnarztwartezimmer, nicht wie in einem Handelszentrum für Pornos, und der Gedanke beruhigte ihn nicht. Die Dinge hatten sich tatsächlich verändert, seit er in Soho Streife gegangen war, so sehr, dass er sich wie ein Tattergreis vorkam, obwohl er erst Mitte vierzig war. Damals wusste man wenigstens, wo man stand: Leute wie GlamourPuss Ltd. betrieben ihre Geschäfte, wie es dem Namen entsprach, von schmuddeligen Büros in schmuddeligen Kellern aus. Sie hatten keine Websites im Internet. Sie hatten keine »Client Interface Officers«. Und sie kamen mit Sicherheit nicht unter ihren Steinen hervor, um Fremde, die vage Geschäftsangebote unterbreiten wollten, mit so offenen Armen zu empfangen, wie dieser junge Mann es jetzt tat: lächelnd, die Hand ausgestreckt, in Anzug und Krawatte.

»Aitcheson«, sagte er. »Terry Aitcheson. Und Sie sind?«

»Banks. Alan Banks.«

»Freut mich, Sie kennen zu lernen, Mr. Banks. Folgen Sie mir. Wir gehen in mein Büro. Da haben wir mehr Ruhe als hier.«

Banks folgte ihm, an Tamara vorbei, die ihm kurz zuwinkte und mit der Nase zuckte, was schmerzhaft aussah. Sie durchquerten einen offenen Raum voll mit modernsten Computern und betraten ein kleines Büro mit Blick auf die Wardour Street. Auch hier war weder auf dem Schreibtisch noch an den Wänden irgendwas zu sehen, das GlamourPuss Ltd. mit Pornografie in Verbindung brachte.

Aitcheson setzte sich, verschränkte die Hände im Nacken und lächelte immer noch. Von nahem sah er älter aus, als Banks zuerst geschätzt hatte, vielleicht Ende dreißig, wurde allmählich kahl und hatte gelbe Schneidezähne, die ziemlich lang und wölfisch wirkten. Ein paar Schuppen verunzierten die Schultern seines Anzugs. Eigentlich ziemlich unfair, dachte Banks, dass man immer noch Schuppen hat, auch wenn man kahl wird. »Also gut, Mr. Banks«, sagte Aitcheson, »was kann ich für Sie tun? Sie erwähnten ein Geschäftsangebot.«

Jetzt fühlte sich Banks etwas mehr zu Hause. Abgesehen von dem öligen Lächeln und dem Anzug, hatte Banks schon öfter mit Schwachköpfen wie Aitcheson zu tun gehabt, auch wenn ihre Büros nicht so hübsch waren und sie sich nicht hinter einer Fassade des Anstands verbargen. Er nahm das beschnittene Foto von Emily Riddle aus der Aktentasche und legte es vor Aitcheson auf den Schreibtisch. »Ich möchte von Ihnen wissen, wo ich dieses Mädchen finden kann«, sagte er.

Aitcheson betrachtete das Foto. Sein Lächeln verschwand kurz, wurde dann aber wieder voll aufgedreht, als er das Foto zu Banks zurückschob. »Ich fürchte, wir können solche Informationen über unsere Models nicht preisgeben, Sir. Zu ihrem eigenen Schutz, wissen Sie. In diesem Geschäft gibt es ein paar … na ja, ziemlich merkwürdige Menschen, wie Sie sicher verstehen werden.«

»Sie ist also eines Ihrer Models?«

»Das war ganz generell gemeint, Sir. Selbst wenn sie es wäre, könnte ich Ihnen die gewünschte Information nicht geben.«

»Erkennen Sie sie?«

»Nein.«

»Und wenn ich Ihnen sage, dass dieses Foto von einer Ihrer Websites stammt?«

»Wir haben mehrere Websites laufen, Sir. Sie dienen als unsere Hauptschnittstelle mit der Öffentlichkeit.« Er lächelte. »Man muss heute im Internet sein, wenn man im Geschäft bleiben will.«

Schnittstelle. Schon wieder dieses Wort. Es schien bei GlamourPuss Ltd. das Modewort zu sein. »Vermitteln Sie auch Hostessen?«

»Eine unserer Tochtergesellschaften ist eine Hostessenagentur, ja, aber Sie können nicht mit dem Bild eines Mädchens von einer unserer Websites aufkreuzen und dieses

Mädchen anfordern. Das wäre von unserer Seite gleichbedeutend mit Zuhälterei.«

»Und das machen Sie nicht?«

»Nein, das machen wir nicht.«

»Worin besteht dann Ihr Geschäft?«

»Ich hätte gedacht, das sei offensichtlich. Erotik in all ihren Spielarten. Sexhilfen, Videos, Magazine, erotisches Verpackungsmaterial und Service, Websitedesign und Hosting, CD-Roms, Reiseveranstaltungen.«

»Erotisches Verpackungsmaterial und Service?«

Aitcheson lächelte. »Das ist eine Variante von Bondage, erotischen Fesselspielen. Mumifizierung ist am beliebtesten. Manche vergleichen es mit einem erotisch-meditativen Stadium, eine Art sexuelles Nirwana. Aber es gibt auch welche, die sich lieber in Frischhaltefolie einwickeln lassen, mit Rosendornen, die gegen ihre Haut drücken. Alles eine Frage des Geschmacks.«

»So wird es wohl sein«, sagte Banks, der immer noch nicht über die Mumifizierung hinweg war. »Und Reiseveranstaltungen? Was für Reiseveranstaltungen?«

Aitcheson schenkte Banks ein herablassendes Lächeln. »Sagen wir, Sie wären schwul und würden gern mit Gleichgesinnten eine Nilfahrt machen. Wir können das arrangieren. Oder ein Wochenende in Amsterdam. Eine Sextour durch Bangkok.«

»Rabattgutscheine für die Bordelle? Fünfzig Pence Nachlass beim Kauf des nächsten Dildos? So was in der Art?«

Aitcheson wollte sich erheben. Das Lächeln war verblasst. »Ich befürchte, dass ich Ihnen leider nicht mehr Zeit widmen kann, Sir.«

Banks stand auf, beugte sich über den Schreibtisch und drückte Aitcheson zurück auf den Stuhl. Der Stuhl rollte zurück, knallte gegen die Wand und riss ein Stück Verputz heraus.

»Also, hören Sie mal!« rief Aitcheson.

Banks schüttelte den Kopf. »Nein, Sie hören mir zu. Das Foto stammt von Ihrer Website. Selbst wenn Sie sich nicht erinnern, es hineingestellt zu haben, können Sie rausfinden, woher es kam.«

»Was hat das alles mit Ihnen zu tun? Warten Sie mal. Sind Sie ein Bulle?«

Banks zögerte und betrachtete das Foto erneut. Die jüngere Version von Rosalind Riddle – bleiche Haut, aufgeworfene Lippen, hohe Wangenknochen, blaue Augen – sah unter ihren Zotteln mit einer Art spöttischer, einladender Sexualität zu ihm auf. »Das ist meine Tochter«, sagte er. »Ich versuche sie zu finden.«

»Tja, das tut mir Leid, aber wir sind kein Suchdienst für vermisste Kinder. Dafür gibt es Organisationen …«

»Wirklich schade«, unterbrach Banks. »Wo sie doch noch so jung ist.«

»Was soll das heißen?«

Banks klopfte auf das Foto. »Sie war höchstens fünfzehn, als das aufgenommen wurde.«

»Hören Sie, ich bin nicht verantwortlich für …«

»Ich denke, Sie werden herausfinden, dass das Gesetz etwas anderes sagt. Glauben Sie mir, ich habe mich kundig gemacht.« Banks beugte sich vor und stützte sich mit den Händen auf dem Schreibtisch ab. »Mr. Aitcheson«, sagte er, »hier ist mein Geschäftsangebot. Eigentlich besteht es aus zwei Teilen, falls eines allein Ihnen nicht zusagt. Zugegeben, ich bin nicht vollkommen davon überzeugt, dass der Gerechtigkeit Genüge getan wird, wenn man Polizei und Anwälte einschaltet. Sie etwa? Ich meine, Sie könnten vermutlich eine Anklage wegen Verbreitung und Veröffentlichung unzüchtiger Fotos von Minderjährigen abwehren. Vermutlich. Aber das könnte teuer werden. Und ich glaube nicht, dass Ihnen diese Art von *Schnittstelle* mit Ihrem Publikum gefallen würde. Können Sie mir folgen? *Kinderpornografie* ist ein so emotionaler Ausdruck, nicht wahr?«

Aitchesons Lächeln war jetzt vollkommen verschwunden. »Sind Sie wirklich kein Bulle?«, flüsterte er. »Oder Anwalt?«

»Ich? Ich bin nur ein einfacher Arbeiter.«

»Zwei Teile. Sie sprachen von zwei Teilen.«

»Ach ja«, sagte Banks. »Wie gesagt, ich bin nur ein einfacher Arbeiter und möchte ungern selbst mit dem Gesetz in Konflikt kommen. Außerdem wäre das schlecht für die kleine

Louisa, nicht wahr – all das Rampenlicht, Zeugenaussagen vor Gericht und so. Peinlich. Also, ich arbeite im Norden auf dem Bau, und meine Kollegen sind ziemlich konservativ, fast prüde, wenn es um solche Sachen geht. Sie haben zwar nichts dagegen, sich Titten im *Playboy* anzusehen, aber glauben Sie mir, ich hab sie über Kinderpornografie reden hören, und ich möchte nicht derjenige sein, der das abkriegt, was sie sich für Leute ausdenken, die das Zeug verbreiten, wenn Sie wissen, was ich meine.«

»Ist das eine Drohung?«

»Warum nicht? Ja, so könnte man es nennen: eine Drohung. Klingt gut. Wenn Sie mir jetzt sagen, was ich wissen will, werde ich den Jungs auf dem Bau nichts davon erzählen, wie GlamourPuss die kleine Louisa ausgenutzt hat. Einige kennen sie schon, seit sie ein Baby war, wissen Sie. Sie sind sehr beschützend. Übrigens werden die meisten nächste Woche herkommen, wenn Leeds gegen Arsenal spielt. Die haben bestimmt nichts dagegen, mal kurz in Ihrem Büro vorbeizuschauen, vielleicht ein paar Umbauten vorzunehmen. Klingt das für Sie wie ein guter Deal?«

Aitcheson schluckte und starrte Banks an, der seinem Blick standhielt. Schließlich kam das Lächeln wieder zum Vorschein, diesmal ein bisschen schwächer. »Das ist wirklich eine Drohung, oder?«

»Ich dachte, das hätte ich bereits klar gemacht. Sind wir uns einig?«

Aitcheson lenkte ein. »In Ordnung, in Ordnung. Ich schau mal, was ich tun kann. Können Sie Montag wiederkommen? Wir schließen über das Wochenende.«

»Ich würde es lieber jetzt hinter mich bringen.«

»Das könnte eine Weile dauern.«

»Ich kann warten.«

Banks wartete. Nach zwanzig Minuten kam Aitcheson mit besorgtem Blick ins Büro zurück. »Tut mir Leid«, sagte er, »aber wir haben die Information nicht, die Sie verlangen.«

»Wie bitte?«

»Wir haben sie nicht. Die Adresse des Models. Sie ist nicht in unseren Unterlagen, kein Teil unserer … Ich meine, es war eine Amateuraufnahme. Soviel ich mich erinnere, war sie die Freundin des Fotografen. Er hat ab und zu für uns gearbeitet und hat die Fotos offenbar nur aus Jux gemacht. Bestimmt wusste er nicht, wie alt das Model wirklich war. Sie sieht viel älter aus.«

»Das war schon immer so«, sagte Banks. »Eine Menge Jungs sind dadurch in Schwierigkeiten geraten. Na gut, ich bin erleichtert, dass sie nicht in Ihren Unterlagen ist, aber damit sind wir nicht viel weiter als am Anfang, nicht wahr? Können Sie das irgendwie wieder gutmachen?«

Aitcheson zögerte, sagte dann: »Ich sollte das nicht tun, aber ich kann Ihnen den Namen und die Adresse des Fotografen geben. Craig Newton. Wie gesagt, er hat hin und wieder für uns gearbeitet, und wir haben ihn immer noch in unserer Adressenkartei. Wir haben sogar vor kurzem eine Umzugsmeldung von ihm erhalten.«

Banks nickte. »Besser als nichts.« Aitcheson schrieb die Adresse auf. Der Fotograf wohnte in Stony Stratford, einer Pendlerstadt. Banks erhob sich. »Eine Sache noch«, sagte er.

»Ja?«

»Die Fotos von Louisa auf Ihrer Website. Löschen Sie die.«

Aitcheson erlaubte sich ein selbstzufriedenes Lächeln. »Das habe ich bereits getan. Während Sie gewartet haben.«

Banks lächelte ebenfalls und tippte sich mit dem Zeigefinger an die Nase. »Guter Junge«, sagte er. »Sie lernen rasch.«

Wieder im Hotel, griff Banks nach dem Telefon und tat das, was er seit gestern, als er von seiner Londonreise erfuhr, vor sich hergeschoben hatte. Was nicht daran lag, dass er es nicht tun wollte, aber er war nervös und unsicher über den Ausgang des Gesprächs. Und es stand so viel auf dem Spiel.

Sie nahm beim vierten Klingeln ab. Banks' Herz klopfte laut. »Sandra?«

»Ja. Wer ist da? Alan?«

»Ja.«

»Was willst du? Ich bin ein bisschen in Eile. War gerade auf dem Weg zur Tür.«

»Um dich mit Sean zu treffen?«

»Solche Bemerkungen kannst du dir sparen. Und wenn du es genau wissen willst, nein. Sean ist unterwegs, macht Fotos von der Flutkatastrophe in Wales.«

Na, hoffentlich schwemmt die Flut ihn weg, dachte Banks, hielt sich aber zurück. »Ich bin in der Stadt«, sagte er. »In London. Ich hatte überlegt, ob du vielleicht morgen Abend Zeit hast, mit mir essen zu gehen. Oder wir könnten auch nur was trinken. Uns zum Lunch treffen.«

»Was machst du hier? Arbeitest du?«

»Sozusagen. Hast du Zeit?«

Er meinte fast, Sandra am anderen Ende überlegen zu hören. Schließlich sagte sie: »Ja. Zufällig. Ja, hab ich. Sean kommt erst am Sonntag zurück.«

»Also, gehst du morgen Abend mit mir essen?«

»Ja. In Ordnung. Das ist eine gute Idee. Es gibt ein paar Dinge zu besprechen.« Sie nannte ein Restaurant in der Camden High Street, nicht weit von ihrer Wohnung entfernt. »Halb acht?«

»Sagen wir lieber acht, damit nichts schief geht?«

»Gut, um acht.«

»Schön. Bis dann.«

»Bis dann.«

Sandra legte auf, und Banks hörte nur noch das Rauschen im Ohr. Vielleicht hatte sie ihn nicht direkt mit offenen Armen willkommen geheißen, aber sie hatte ihn auch nicht abgewiesen. Wichtiger noch, sie hatte sich einverstanden erklärt, ihn morgen zu treffen. Und ein Abendessen war viel intimer als ein Lunch oder ein schnelles Glas am Nachmittag. Das war ein gutes Zeichen.

Als Banks am späten Nachmittag den Zug von Euston aus nahm, war es bereits dunkel. Der Virgin InterCity raste so schnell durch Hemel Hempstead, dass Banks kaum das Stationsschild entziffern konnte, doch dann wurde er bei Berkhamsted aus keinem ersichtlichen Grund langsamer, außer dass Züge das hin und wieder taten; hatte was mit Blättern auf den Schienen oder einer Kuh in einem Tunnel zu tun.

Graham Greene kam aus Berkhamsted, erinnerte sich Banks aus *Eine Art Leben*, das er vor ein oder zwei Jahren gelesen hatte. Greene war einer seiner Lieblingsautoren, seit Banks während seiner Zeit bei der Londoner Polizei den *Dritten Mann* im Fernsehen gesehen hatte. Danach hatte er, in seiner üblichen zwanghaften Art, alles gesammelt und gelesen, was er von Greene in die Finger kriegen konnte, von den unterhaltsamen bis zu den seriösen Romanen, Filmen auf Video, Essays und Kurzgeschichten.

Besonders beeindruckt hatte ihn die Geschichte des neunzehn- oder zwanzigjährigen Greene, der mit einem geladenen Revolver zum Ashbridge Park in Berkhamsted gegangen war, um Russisches Roulett zu spielen. Es war ein bisschen unheimlich, sich jetzt diesen linkischen, schlaksigen jungen Mann vorzustellen, der einer der berühmtesten Autoren des Jahrhunderts werden sollte, wie er in jenem Herbst vor über fünfundsiebzig Jahren ein leeres Patronenlager anklickte, nicht weit von dort, wo der Zug gerade angehalten hatte.

Banks war ebenfalls beeindruckt von dem, was Greene über Kindheit geschrieben hatte, dass wir alle »Emigranten aus einem Land sind, an das wir zu wenig Erinnerung haben«, wie wichtig die Fragmente sind, an die wir uns deutlich erinnern, und wie viel Zeit wir damit verbringen, uns aus diesen Fragmenten zu rekonstruieren.

Den größten Teil seines Lebens hatte Banks nicht viel über seine Vergangenheit nachgedacht, aber seit Sandra ihn vor einem Jahr verlassen hatte, merkte er, dass er immer wieder zu bestimmten Vorfällen zurückkehrte, zu Momenten der Freude und Angst und zu Schuldgefühlen, zusammen mit Gegenständen, Ansichten, Klängen und Gerüchen, die diese Momente zurückbrachten, als suche er nach Anhaltspunkten für seine Zukunft. Er erinnerte sich, dass Greene als Kind einige Begegnungen mit dem Tod gehabt hatte, die ihm halfen, sein Leben zu formen. Banks hatte Ähnliches erlebt, und er glaubte, dass diese Erlebnisse auf eine obskure, symbolische Weise dazu beigetragen hatten, dass er Polizist geworden war.

Zum Beispiel erinnerte er sich an den heißen Sommertag, als Phil Simpkins ein Seil um den hohen Baum im Kirchhof geschlungen und mit einem Tarzanschrei hinabgestürzt war, direkt auf die spitzen Zaunpfähle. Nie würde Banks das platschende Geräusch vergessen, mit dem der Körper aufgeprallt war. Erwachsene waren nicht zugegen. Banks und zwei andere Jungs hatten ihren zuckenden und schreienden Freund vom Zaun gehoben und nicht gewusst, was sie tun sollten, als er sie mit Blut bespritzte, das aus einer aufgerissenen Oberschenkelarterie sprudelte, und verblutete. Später hatte jemand gesagt, sie hätten ihm eine Aderpresse anlegen und Hilfe holen sollen. Aber sie waren in Panik geraten und erstarrt. Hätte Phil überlebt, wenn sie gehandelt hätten? Banks glaubte nicht, aber es war eine Möglichkeit und ein Fehler, mit dem er leben musste.

Dann gab es noch Jem, einen Nachbarn aus seiner Zeit in Notting Hill, der an einer Überdosis Heroin gestorben war. Und Graham Marshall, einen scheuen, stillen Klassenkameraden, der eines Tages verschwand und nie gefunden wurde. Auf seine Art fühlte sich Banks auch für sie verantwortlich. So viele Todesfälle für jemanden, der so jung war. Manchmal meinte Banks, Blut an den Händen zu haben, zu viele Menschen enttäuscht zu haben.

Der Zug hielt in Milton Keynes. Banks stieg aus, ging die Treppe hinauf und überquerte die Fußgängerbrücke zum Bahnhofsausgang.

Er war noch nie in Milton Keynes gewesen, hatte aber viele Witze darüber gehört. Eine dieser neuen Städte, Ende der Sechzigerjahre nach einem bestimmten Raster gebaut, mit geplanten Sozialeinrichtungen, tiefer gelegten Fußgängerwegen statt Bürgersteigen und jeder Menge Kreisverkehr. So was würde sich vielleicht in Amerika gut machen, aber die Engländer hatten nur Hohn und Spott dafür übrig. Aber da Milton Keynes mit dem Zug nur etwas über eine halbe Stunde von London entfernt lag und man hier viel billiger lebte, war es ein idealer Ort für Pendler.

Wegen der Dunkelheit konnte man momentan nicht viel davon erkennen. Das Taxi schien von einem Kreisverkehr in den nächsten zu fahren, alle mit Nummern versehen wie V5 und H6. Banks sah keine Bürgersteige oder Fußgänger. Er hatte keine Ahnung, wo er war.

Schließlich, als das Taxi nach Stony Stratford kam, sah er eine typische alte Dorfstraße vor sich, mit Pubs und kleinen Läden. Er fragte sich kurz, ob das alles künstlich war, nur Fassaden, die die Illusion eines echten englischen Dorfes inmitten der modernen Beton- und Glasarchitektur vermitteln sollten. Doch es sah zumindest sehr echt aus, und als das Taxi in eine Straße mit hohen Reihenhäusern aus der Vorkriegszeit bog, nahm Banks an, dass es wirklich echt war.

Der junge Mann, der ihm die Tür öffnete, schien Mitte bis Ende zwanzig zu sein. Er trug schwarze Jeans und ein graues Sweatshirt mit dem Logo eines amerikanischen Footballteams. Er war etwa so groß wie Banks, um die einsfünfundsiebzig, hatte lockiges dunkles Haar und fein geschnittene Gesichtszüge. Seine Nase hatte einen kleinen Höcker, als sei sie mal gebrochen worden und nicht richtig zusammengewachsen, und er hielt so etwas wie eine flache Vakuumflasche in der Hand, die er sanft hin und her bewegte. Banks erkannte sie als Entwicklerdose.

Craig Newton, falls er das tatsächlich war, wirkte sowohl verwirrt als auch verärgert über den Fremden, der an einem frühen Freitagabend auf seiner Türschwelle stand. Banks sah nicht wie ein Versicherungsvertreter aus – gingen die denn überhaupt noch von Tür zu Tür in dieser Zeit der Postwurfsendungen und Internetreklame? Er sah auch nicht wie ein Erweckungsprediger oder Polizist aus.

»Wofür sammeln Sie?«, fragte Newton. »Ich habe zu tun.«

»Mr. Newton? Craig Newton?«

»Ja. Was wollen Sie?«

»Macht es Ihnen was aus, wenn ich kurz reinkomme?«

»Ja. Sagen Sie mir, was Sie wollen.«

»Es geht um Louisa.«

Craig Newton trat einen Schritt zurück, war sichtlich verblüfft. »Louisa? Was ist mit ihr?«

»Sie kennen sie also?«

»Natürlich kenne ich sie. Wenn es dieselbe Person ist, über die wir reden. Louisa. Louisa Gamine.« Er sprach den Namen italienisch aus, mit der Betonung auf dem *e*. »Was ist los? Ist Louisa was passiert?«

»Kann ich reinkommen?«

Er trat beiseite und machte Banks Platz. »Ja, entschuldigen Sie. Bitte.«

Banks folgte ihm durch einen schmalen Flur in das Vorderzimmer. Diese alten Reihenhäuser waren nicht sehr breit, machten das aber durch ihre Länge wieder wett; Küche und Badezimmer waren nachträglich hinten angebaut worden. Das Zimmer, angenehm unaufgeräumt, verriet Banks als Erstes, dass Newton vermutlich allein lebte. Einige Zeitschriften, die hauptsächlich mit Fotografie oder Film zu tun hatten, lagen auf dem Couchtisch verstreut, dazu ein paar leere Dosen Lager. Weiter hinten stand ein Fernseher. »Die Simpsons« liefen. In der Luft lag ein schwacher Marihuanageruch, obwohl Newton nicht bedröhnt wirkte.

»Ist Louisa was passiert?«, fragte er erneut. »Sind Sie deswegen hier? Sind Sie Polizist?«

»Ihr ist nichts passiert, soweit ich weiß«, erwiderte Banks. »Und nein, ich bin kein Polizist. Ich suche nach ihr.«

Newton runzelte die Stirn. »Sie suchen nach Louisa? Warum? Das verstehe ich nicht.«

»Ich bin ihr Vater.« Diese Lüge kam ihm jetzt, nach der wenigen Übung, ziemlich leicht über die Lippen, und Banks war sich nicht sicher, wie er das fand. Irgendwas wie »der Zweck heiligt die Mittel« kam ihm in den Sinn, und er fühlte sich noch unbehaglicher. Allerdings hatte er im Laufe seiner Arbeit schon genug gelogen, warum sollte ihn das als Privatmann also stören? Alles zu einem guten Zweck, wenn es einem davongelaufenen Teenager half, zu sich zu kommen, *und* Banks endgültig von Jimmy Riddle befreite.

Craig hob die Augenbrauen. »Ihr *Vater* …?« Dann schien er plötzlich die Entwicklerdose wahrzunehmen, die er immer noch schüttelte. »Mist. Hören Sie, ich muss das hier fertig machen, sonst ist die Arbeit einer ganzen Woche im Eimer. Kommen Sie mit, wenn Sie wollen.«

Banks folgte ihm nach oben, wo Craig ein Zimmer in eine Dunkelkammer verwandelt hatte. Im Moment war keine völlige Dunkelheit erforderlich, daher brannte ein schwaches rotes Licht an der Wand. Mit geübten, sparsamen Bewegungen leerte Craig den Entwickler aus der Dose, goss das Stopbad hinein und schüttelte die Dose wieder eine Weile lang. Danach leerte er sie erneut und füllte sie mit dem Fixierer.

Banks bemerkte verschiedene Fotos von Emily Riddle, die an eine Korkwand gepinnt waren. Keine Nacktfotos, aber professionelle Aufnahmen. Auf manchen trug sie ein trägerloses schwarzes Abendkleid und hatte ihr Haar hochgesteckt. Ein anderes zeigte sie in einer Weste und ausgebeulten Jeans, mit freiem Nabel und der Spinnentätowierung; sie versuchte, wie Kate Moss oder Amber Valletta auszusehen.

»Die sind gut«, sagte er zu Craig.

Craig warf einen Blick darauf. »Sie könnte als Model arbeiten«, sagte er traurig. »Sie ist ein Naturtalent.«

Der scharfe Chemikaliengeruch versetzte Banks nicht in das Leben mit Sandra zurück, die eine begeisterte Amateurfotografin war, sondern in seine Kindheit, wo er mit seinem Onkel Ted gern in die Dunkelkammer auf dem Speicher gegangen war und beim Entwickeln und Vergrößern zugeschaut hatte. Das Vergrößern gefiel ihm am besten – wenn das leere Fotopapier in die Entwicklerschüssel gelegt wurde und man sehen konnte, wie das Bild langsam zum Vorschein kam. Das war wie Magie. Jedes Mal, wenn sie Onkel Ted besuchten, drängelte er ihn, mit in die Dunkelkammer gehen zu dürfen. Auch dort war ein rotes Licht an der Wand befestigt, fiel ihm ein, gerade hell genug, dass man etwas sehen konnte, und es tauchte den kleinen Raum in ein merkwürdiges Glühen. Aber am besten erinnerte er sich an die scharfen Chemiegerüche und wie die Chemikalien Onkel Teds Fingernägel braun gefärbt hatten, genau wie das Nikotin Banks' Finger verfärbt hatte, als er zu rauchen anfing. Er hatte die Finger mit Bimsstein geschrubbt, damit seine Mutter nichts merkte.

Dann hörten die Besuche bei Onkel Ted abrupt auf, und niemand sagte warum. Erst Jahre später dachte Banks wieder an diese Zeit und bekam es allein heraus. Er erinnerte sich an die Hand seines Onkels auf seinem Po, die ihn vielleicht ein bisschen rieb, oder den Arm, den er ihm in onkelhafter Weise lässig um die Schultern legte. Mehr nicht. Nie mehr als das. Aber es hatte so was wie einen Skandal gegeben, der nichts mit Banks zu tun hatte, sondern mit jemand anderem. Onkel Ted brach plötzlich die Verbindung zum örtlichen Jugendclub ab und fungierte nicht mehr als Führer der Jungsbrigade. Nichts wurde gesagt, die Polizei wurde nicht eingeschaltet, und doch galt Onkel Ted von nun an als Paria in der Gemeinde. So ging man damals mit solchen Dingen in diesen eng miteinander verbundenen Arbeiterschichtgemeinden um. Zweifellos lauerten ein oder zwei Väter eines Nachts Onkel Ted auf und verprügelten ihn, aber Banks hatte nichts davon gehört. Onkel Ted wurde einfach nie mehr erwähnt, und wenn Banks nach ihm fragte oder ihn besuchen wollte, presste seine Mutter die Lippen zu einem scharfen weißen Strich zusammen – eine deutliche Warnung, den Mund zu halten, sonst würde es was setzen. Schließlich sprach auch Banks nicht mehr von ihm und wandte sich den Mädchen zu.

»Okay«, sagte Craig, goss den Fixierer aus und steckte einen Schlauch in die Dose, der an einen Kaltwasserhahn angeschlossen war. »Jetzt haben wir eine halbe Stunde Zeit.«

Banks folgte ihm nach unten, in Gedanken immer noch halbwegs bei Onkel Ted, ging langsam zu Erinnerungen an Sandra über und wie sie sich einmal im roten Dunkelkammerlicht geliebt hatten.

Im Wohnzimmer waren die »Simpsons« von einer Dokumentation über Hollywood abgelöst worden. Craig schaltete den Fernseher aus, und sie setzten sich in dem schmalen Raum einander gegenüber.

Banks griff nach seinen Zigaretten; er hatte schon lange ohne eine auskommen müssen. »Macht es Ihnen was aus, wenn ich rauche?«

»Nein, überhaupt nicht.« Craig reichte ihm einen kleinen Aschenbecher vom Kaminsims. »Ich rauche selbst nicht, aber es stört mich nicht.«

»Zumindest keine Zigaretten.«

Craig wurde rot. »Na ja, ein bisschen Gras hat noch keinem geschadet, oder?«

»Wahrscheinlich nicht.«

Er musterte Banks nach wie vor argwöhnisch und misstrauisch. »Sie sind also Louisas Vater«, sagte er. »Komisch,

Sie sehen gar nicht italienisch aus. Sie sagte, ihr Vater sei Italiener. Hätte ihre Mutter irgendwo in der Toskana oder so im Urlaub kennen gelernt.«

»Was hat sie über mich gesagt?«

»Nicht viel. Nur dass Sie ein langweiliger, spießiger alter Scheißer sind.«

Tja, dachte Banks, wenn man rumläuft und sich als jemand anderer ausgibt, muss man sich auf gelegentliche, wenig schmeichelhafte Bemerkungen einstellen – besonders, wenn man sich für Jimmy Riddle ausgibt. Was das betraf, lag Emily Riddle vermutlich nicht so falsch. »Wissen Sie, wo Louisa ist?«

»Hab sie seit zwei Monaten nicht mehr gesehen«, erwiderte Craig. »Nicht, seitdem ich hier rausgezogen bin.«

Banks zeigte ihm das Foto. »Das ist doch die Person, über die wir reden, oder?«

Craig betrachtete das Foto und schluckte. »Sie haben die also gesehen?«

»Ja. Ist es dasselbe Mädchen, über das wir reden?«

»Ja. Das ist sie. Louisa.«

»Meine Tochter. Was ist passiert? Die Fotos auf der Website?«

»Hören Sie, es tut mir Leid. Das war nur ein Jux, wirklich. Ging sowohl von mir aus als auch von ihr. Von ihr noch mehr, ehrlich. Obwohl ich nicht erwarte, dass Sie mir glauben.«

»Sie haben die Fotos gemacht?«

»Ja. Damals lebten wir zusammen. Vor drei Monaten.«

»Hier?«

»Nein. Da hab ich noch in London gewohnt. Hatte eine kleine Wohnung in Dulwich.«

Emily Riddle legte ein flottes Tempo vor, dachte Banks. Erst drei Monate von zu Hause weg, und sie lebte schon mit jemandem zusammen. »Wie sind die Fotos auf die Website von GlamourPuss gekommen?«

Craig sah weg, starrte in den leeren Kamin. »Ich bin nicht stolz darauf«, sagte er. »Ich hab manchmal für die gearbeitet. Ich bin mit einem der Kerle, der die Website betreut, in die Schule gegangen, und ich hab ihn in einem Pub getroffen, als ich knapp bei Kasse war, direkt nach dem College. Ich habe Fotografie studiert, hab mein Diplom gemacht, aber am Anfang war es schwer, ins Geschäft zu kommen. Egal, er hat mir hin und wieder ein bisschen bezahlte Arbeit angeboten. Models. Das war nicht viel anders als die Aktstudien im College.«

Womit er nicht Unrecht hatte, dachte Banks. Sandra war ebenfalls Fotografin, und Banks hatte bei ihr eine Menge Aktfotos gesehen, von männlichen und weiblichen Modellen, die sie im Kameraclub aufgenommen hatte. Er deutete auf das beschnittene Foto von Louisa. »Sind Sie dafür bezahlt worden?«

»Nein. Guter Gott, nein. Das war keine bezahlte Arbeit. Wie gesagt, es war ein Jux. Ein blöder Spaß. Wir waren ... na ja, wir hatten ein bisschen Gras geraucht, wenn Sie es denn wissen müssen. Nachdem ich die Fotos gemacht hatte, meinte Louisa, ich solle sie mit dem anderen Zeug auf die Website stellen – den professionellen Aufnahmen. Sie sagte, sie fände das ziemlich cool. Rick gefielen die Fotos, also haben wir sie in die Amateurgalerie gestellt. Aber das ist alles. Ich meine, Louisa hat keine Verbindung zu den sonstigen Geschäften von GlamourPuss.«

Genau, was Aitcheson ihm gesagt hatte. Vielleicht stimmte es. »Ich bin froh, das zu hören. Sind Sie sicher?«

»Absolut sicher. Sie hatte nie was damit zu tun. Die Fotos waren eine einmalige Sache. Ein Witz. Ich hab eine neue Digitalkamera ausprobiert und ... na ja, da führte eins zum anderen.«

»In Ordnung«, sagte Banks. »Lassen Sie uns das abhaken. Ich möchte Louisa wirklich finden, nur um mit ihr zu reden. Das können Sie sicher verstehen. Wissen Sie, wo sie ist?«

»Das war keine Lüge. Ich weiß nicht, wo sie ist. Ich hab sie seit zwei Monaten nicht mehr gesehen.«

»Was ist passiert?«

»Sie hat einen anderen Kerl kennen gelernt.«

»Und Sie verlassen?«

»Wie der Blitz.«

»Wer ist der Kerl?«

»Ich weiß seinen Namen nicht ... Ich ...«, Craig wandte sich ab.

»Craig? Stimmt was nicht?«

»Nein. Vielleicht. Ich weiß nicht.«

»Reden Sie mit mir, Craig.«

Craig stand auf. »Wie wär's mit einem Drink?«

»Wenn Ihnen das die Zunge lockert.«

»Ist Lager okay?«

»Lager ist prima.«

Craig holte zwei Dosen aus dem Kühlschrank und reichte Banks die eine. Der nahm sie, riss den Verschluss auf, ließ den Schaum hochsteigen und wieder sinken. Er nahm einen Schluck und lehnte sich im Sessel zurück. »Ich warte.«

»Sind Sie wirklich kein Bulle?«

»Das hab ich Ihnen doch gesagt. Ich bin Louisas Vater. Warum?«

»Ich weiß nicht. Irgendwie ... Na, egal. Außerdem sehen Sie nicht alt genug aus, um ihr Vater zu sein. Zumindest nicht so, wie ich Sie mir vorgestellt habe. Ich hätte eher einen Glatzkopf im verknautschten Anzug erwartet, ehrlich gesagt. Mit komischem Akzent und fuchtelnden Armen.«

»Danke für das Kompliment«, sagte Banks, »aber für wie alt haben Sie sie denn gehalten?«

»Louisa? Neunzehn. War sie wenigstens, als ich sie kennen lernte.«

»Wie lange ist das her?«

»Drei oder vier Monate. Wieso?«

»Weil sie da gerade sechzehn geworden war.«

Craig verschluckte sich an seinem Bier. »Das kann nicht sein! Herr im Himmel! Ich hätte doch nie ... Sie haben die Fotos gesehen. Sie sind ihr Vater, um alles in der Welt!«

»Beruhigen Sie sich«, sagte Banks. »Louisa hat schon immer älter ausgesehen, auch wenn sie sich oft nicht so verhielt.«

»Sie hatte so was ... ich weiß nicht ... sie wirkte jung, aber gereift, gleichzeitig weltklug und unschuldig. Das war ja das Anziehende an ihr. Für mich jedenfalls. Sie war ein wandelndes Bündel von Widersprüchen. Ich schwöre, wenn Sie ich wären und sie hätte Ihnen gesagt, sie sei neunzehn, sogar einundzwanzig, hätten Sie es ihr geglaubt.«

»Wie alt sind Sie?«

»Siebenundzwanzig. Hören Sie, es tut mir Leid. Wirklich. Die ganze Sache tut mir Leid. Aber sie hat gesagt, sie wäre neunzehn, und ich habe ihr geglaubt. Was soll ich dazu sagen? Ja, ich fand sie anziehend. Aber ich bin kein Kinderverführer. So war das überhaupt nicht. Meine früheren Freundinnen waren übrigens fast alle älter als ich. Sie hatte diese Aura, als wüsste sie über alles Bescheid, aber im Innersten war sie auch verletzlich, und man hatte das Gefühl, sie beschützen zu müssen. Das ist schwer zu erklären.«

Banks war traurig und wütend, als wäre es wirklich seine Tochter, um die es hier ging. Blödsinn. »Was ist passiert? Sie sagten, Sie wüssten nicht, wo sie ist, sie hätte einen neuen Freund. Wen?«

»Ich hab doch schon gesagt, dass ich nicht weiß, wie er heißt. Sonst würde ich Ihnen den Namen nennen. Ich habe keine Ahnung, wer er ist. Ich weiß nur, dass sie mit ihm zusammen war, als ich sie das letzte Mal gesehen habe. Sie kamen aus einem Pub in Soho, ganz in der Nähe von GlamourPuss. Ich war mit meinem alten Schulfreund Rick einen trinken, wollte sehen, ob ich ihm ein paar Aufträge abluchsen kann. Ich hatte ein paar mögliche Kandidatinnen auf der Straße fotografiert. Weil ich sauer war, dass Louisa mich ohne ein Wort verlassen hatte, ging ich zu ihr und versuchte mit ihr zu reden.«

»Und dann?«

»Haben mich zwei Schläger in die Mangel genommen.« Er deutete auf seine Nase. »Daher hab ich das.« Dann zeigte er auf seinen Kopf. »Außerdem bin ich auf den Bürgersteig geknallt, und die Platzwunde musste mit sieben Stichen genäht werden.«

»Zwei Schläger?«

»So sahen sie aus. Leibwächter. Gorillas. Keiner sagte ein Wort. Alles passierte blitzschnell.«

»Wann war das?«

»Vor etwa einem Monat.«

»Was hat Louisa gemacht?«

»Sie hing an dem Arm von diesem Kerl und hat eigentlich gar nichts gemacht. Sie wirkte high. Ich meine, wirklich high, nicht nur ein paar Drinks und 'ne kleine Tüte. Als ich zu Boden ging, hörte ich sie kichern.«

»Und der Mann, mit dem sie zusammen war? Wie sah der aus?«

»Unbewegtes Gesicht. Scharfe Züge, wie aus Granit gemeißelt. Harte Augen. Kein Blinzeln. Kein Lächeln. Kein Wort. Als ich am Boden lag, trat mich einer der Schläger, und dann sind sie alle einfach verschwunden. Jemand kam aus dem Pub und half mir hoch, und das war's dann. Ich hatte Glück, dass sie meine Kamera nicht zerbrochen haben. Eine Minolta. Eine teure.«

Banks dachte kurz nach. Was er da gehört hatte, gefiel ihm ganz und gar nicht. »Können Sie mir sonst noch was über diesen Mann erzählen?«

Craig zuckte mit den Schultern. »Eigentlich nicht. Ich hab ihn nicht so genau gesehen. Groß. Vielleicht einsfünfundachtzig oder mehr. Sah älter aus.«

»Als wer?«

»Mehr in Ihrem Alter als in meinem.«

Banks hörte seinen Magen knurren. Ihm fiel ein, dass er seit der einen Scheibe Toast am Morgen nichts mehr gegessen hatte. Allerdings war er mit Newton noch nicht fertig, hatte noch nicht alles erfahren, was er wissen musste. »Kann man hier irgendwo einigermaßen vernünftig essen?«, fragte er.

»Auf der High Street gibt's zwei ganz gute Inder, wenn Sie so was mögen.«

»Gehen Sie mit? Auf meine Kosten.«

Craig sah ihn überrascht an. »Klar. Warum nicht? Ich muss nur noch die Negative zum Trocknen aufhängen. Bin gleich wieder da.« Er verließ das Zimmer. Banks blieb, wo er war, trank sein Lager aus und dachte wieder an Dunkelkammern, Onkel Ted und Sandra nackt unter dem Rotlicht. Abendessen. Morgen.

Sie gingen die schmale High Street entlang. Der Wind hatte nachgelassen, aber der Abend war kühl, und sie begegneten kaum jemandem. Banks war froh, die warme Lederjacke angezogen zu haben. An der Wand eines Hauses war eine Plakette angebracht, die sich auf Richard III. bezog. Also hatte Stony Stratford auch noch einen historischen Hintergrund.

»Angeblich soll er hier die Prinzen abgeholt haben«, sagte Craig. »Bevor sie in den Tower kamen. Sie wissen schon, die beiden, die er umgebracht hat.«

Craig wählte ein relativ billiges indisches Restaurant aus. Drinnen war es angenehm warm, und die exotischen Gerüche ließen Banks das Wasser im Mund zusammenlaufen, kaum dass er eingetreten war. Nachdem sie ihr Bier bestellt hatten und in Erwartung auf den Hauptgang an Poppadams knabberten, nahm Banks das Thema Louisa wieder auf. »Hat sie diesen Freund vorher schon mal erwähnt?«

»Nein. An einem Tag schien alles in Ordnung, am nächsten packte sie ihr Zeug – das wenige, was sie hatte – und war weg, bevor ich heimkam. Ich musste an dem Tag bei einer Hochzeit fotografieren. Meine ersten Hochzeitsfotos, und das war eine große Sache. Als ich nach Hause kam, fand ich nur eine Nachricht vor. Ich hab sie noch Wort für Wort im Kopf.« Er schloss die Augen. »›Tut mir Leid, Craig, es funktioniert einfach nicht mit uns beiden. Du bist ein lieber Kerl. Vielleicht sehen wir uns mal wieder. Gruß und Kuss, Louisa.‹ Das war alles.«

»Sie hatten keine Ahnung, was da lief? Dass sie jemand anderen kennen gelernt hatte?«

»Zu der Zeit nicht. Aber der Typ ist ja meistens der Letzte, der es erfährt, oder?«

»Hatten Sie sich gestritten?«

»Ja, aber das war bei Louisa nichts Ungewöhnliches.«

»Haben Sie sich viel gestritten?«

»Ziemlich viel.«

»Worüber?«

»Ach, das Übliche. Sie langweilte sich. Unserem Leben fehle es an Glanz und Aufregung, sagte sie. Sie wollte mehr ausgehen. Sie meinte, ich würde ihr nicht genug Aufmerksamkeit schenken, sie für selbstverständlich nehmen.«

»Stimmte das?«

»Vielleicht. Einiges davon. Ich hab sehr viel gearbeitet, bezahlte Aufträge wie die Hochzeit. Wahrscheinlich hab ich mehr Zeit in der Dunkelkammer verbracht als mit ihr. Und die Hälfte der Zeit wusste ich nicht, wo sie war. Ich meine, wir lebten erst seit einem Monat oder so zusammen. Wir waren schließlich nicht verheiratet oder so.«

»Sie ist viel allein ausgegangen?«

»Sie sagte, sie würde mit ihren Freundinnen durch die Clubs ziehen. Manchmal kam sie erst morgens um zwei oder drei nach Hause. Sagte, sie wären in der Disco gewesen. Tja, man hält ein Mädchen wie Louisa nicht fest, indem man ihm die Flügel beschneidet, also konnte ich nicht viel dagegen tun. Aber es hat mich schon ein bisschen gewurmt.«

»Kannten Sie ihre Freundinnen?«

»Nur Ruth. Durch die habe ich Louisa kennen gelernt.«

»Ruth?«

»Ja. Ruth Walker.«

»Woher kannte sie Louisa?«

»Keine Ahnung. Aber Ruth nimmt immer Streunerinnen bei sich auf. Hat ein Herz aus Gold. Tut alles für einen. Louisa hat bei ihr gewohnt, als ich sie kennen lernte. Ich kannte Ruth aus dem College. Sie hatte da einen Computerkurs belegt und half mir mit digitaler Fotosoftware aus. Wir wurden Freunde. Ich besuche sie ab und an, wissen Sie, nehm sie mit in den Pub oder geh mit ihr ins Kino und zu Konzerten – sie hat's total mit Livemusik – und als ich mal wieder zu ihr kam, saß Louisa auf Ruths Sofa. Ich würde nicht sagen, dass es Liebe auf den ersten Blick war, aber irgendwas war da.«

Begierde, zweifellos, dachte Banks. »Hatten Sie was mit Ruth?«

»Ruth und ich? Nee. Absolut nicht. Wir waren nur Freunde.«

Das Essen kam – Baltigarnelen für Craig und Lamm Korma für Banks, dazu Pullaoreis, Mangochutney und Naan – und sie unterbrachen ihr Gespräch, während sie sich die Speisen auftaten. Die unvermeidliche Sitarmusik zirpte im Hintergrund.

»Na gut«, sagte Banks nach ein paar Bissen, die seinen knurrenden Magen beruhigten. »Was passierte dann?«

»Ruth hatte Louisa einen Job bei der Firma besorgt, in der sie auch arbeitete, nicht weit von Canary Wharf. Nichts Tolles, nur so eine Art Botenjob. Louisa hatte keine große Arbeitserfahrung. Aber das brachte ein paar Kröten ein, half ihr, auf die Beine zu kommen.«

»Hat Louisa viel von ihrer Vergangenheit erzählt?«

»Nur Negatives. Klang, als hätten Sie ihr das Leben ganz schön schwer gemacht. Tut mir Leid, aber Sie haben danach gefragt.«

»Hab ich wohl.« Banks probierte das Lamm. Es war ein bisschen fett, aber es würde gehen. Er tunkte Soße mit seinem Naan auf.

»Aber sie hat's in dem Job auch nicht lange ausgehalten«, fuhr Craig fort. »Konnte sich nicht mit Büroarbeit anfreunden. Oder mit irgendwelcher Arbeit.«

»Wieso das?«

»Das liegt an ihrer Einstellung, glaube ich. Louisa denkt, andere wären nur dazu da, für sie zu arbeiten, nicht umgekehrt. Sie ist verdammt hochnäsig.«

»Wie hat sie sich danach über Wasser gehalten?«

»Sie hatte etwas Geld auf der Bank. Hat zwar nicht gesagt wie viel, aber sie schien nie knapp bei Kasse zu sein. Manchmal hat sie sich von Ruth oder mir was geliehen. Die konnte das Geld zum Fenster raushauen, sag ich Ihnen.«

»Und der neue Freund?«

Craig nickte. »Wenn der sich Gorillas leisten kann, wird er ja wohl im Geld schwimmen, oder? Ist ganz schön aufgestiegen, die kleine Louisa.«

Das stimmt, dachte Banks. Und wenn der Kerl Gorillas braucht, dann ist anzunehmen, dass er sein Geld auf zwielichtige Weise verdient, auf eine Weise, mit der er sich Feinde macht, die ihm was antun wollen, auf eine Weise, die Emily ebenfalls in Gefahr bringen könnte. Je mehr Banks zu hören bekam, desto mehr Sorgen machte er sich um das Mädchen. »Haben Sie wirklich keine Ahnung, wer er ist und wo ich die beiden finden kann?«

»Tut mir Leid. Wenn ich es wüsste, würde ich es Ihnen sagen. Glauben Sie mir.«

»Meinen Sie, Ruth Walker könnte es wissen?«

»Kann sein. Mir wollte sie nichts verraten, als ich sie gefragt habe, aber ich glaube, Louisa hat ihr gesagt, ich sei besessen von ihr, würde sie verfolgen oder so.«

»Haben Sie das getan?«

»Natürlich nicht.«

»Wie kommen Sie dann darauf?«

»Einfach wie Ruth mich angesehen hat. Zwischen Ruth und mir hat sich was verändert seit der Sache mit Louisa. Aber Ihnen erzählt sie es vielleicht.«

Banks zuckte die Schultern. »Könnte einen Versuch wert sein.«

Craig gab ihm die Adresse von Ruths Wohnung in Kennington. »Wissen Sie, ich mochte Louisa wirklich«, meinte er nachdenklich. »Vielleicht hab ich sie geliebt … ich weiß nicht. Sie war ziemlich wild, und ihre Launen … tja, ich kann nur sagen, im Vergleich zu ihr wirken manche dieser Divas ausgeglichen. Aber ich mochte sie. Trotzdem, vielleicht bin ich ohne sie besser dran. Wenigstens kann ich mich jetzt auf meine Arbeit konzentrieren, und das muss ich wirklich. Der Himmel weiß, dass sie mich völlig durcheinander gebracht hat. Aber nachdem sie mich verlassen hatte, war da eine Weile lang ein großes Loch in meinem Leben. Ich weiß, das klingt kitschig, aber ich hatte keine Energie in mir, keinen echten Willen weiterzumachen. Die Welt war nicht mehr dieselbe. Nicht mehr so strahlend. Nicht mehr so interessant. Grau.«

Willkommen in der Realität, dachte Banks. Eigentlich wollte er hart zu Craig Newton zu sein – schließlich hatte Craig die Nacktfotos von Emily gemacht, die auf der GlamourPuss Website zur freien Verfügung für alle Perversen gelandet waren –, aber der Junge erwies sich als ziemlich sympathisch. Wenn man Craig glauben konnte, hatte er Emily tatsächlich für neunzehn gehalten – und wer hätte das nicht getan, nach allem, was Banks bisher gesehen und gehört hatte –, und die Webfotos waren nur ein dummer Witz. Außerdem hatte Craig Emily wohl wirklich gemocht, war wirklich nicht nur auf den Sex mit ihr aus oder was ein sechzehnjähriges Mädchen einem Siebenundzwanzigjährigen sonst zu bieten hatte, und das hob ihn in Banks' Achtung ein ganzes Stück.

Andererseits klang dieser neue Freund nach Ärger, und Emily Louise Riddle klang wie eine gottverdammte Zicke.

»Warum sind Sie hier rausgezogen?«, fragte Banks. »Wegen Louisa?«

»Teilweise. Das war ungefähr um die Zeit. Komisch, ich hab den Wegzug aus London ein- oder zweimal erwähnt, und Louisa wurde ganz kalt mir gegenüber, wie immer, wenn sie ihren Willen nicht durchsetzen konnte oder was hörte, das ihr nicht passte. Aber mir wurde hier eine Partnerschaft in einem kleinen Studio angeboten, von einem Typ, mit dem ich auf dem College war. Diesmal eine ehrliche, legitime Arbeit, hauptsächlich Porträts und Hochzeiten. Kein Porno. Von London hatte ich sowieso die Schnauze voll. Nicht nur wegen der Sache mit Louisa, sondern auch anderer Sachen wegen. Zu teuer. Zu schwer, seinen Lebensunterhalt zu verdienen. Zu viel Konkurrenz. Schreckliche Arbeitszeiten. Man muss sich da schon furchtbar abstrampeln, und das ist eigentlich nicht mein Ding. Ich dachte mir, es ist vielleicht besser, ein großer Fisch in einem kleineren Teich zu sein.«

»Und?«

Craig sah von seinen Garnelen auf und grinste. »Scheint zu funktionieren.« Dann hielt er inne. »Das ist schon ziemlich verrückt. Ich hätte nie gedacht, dass ich irgendwann mit Louisas Vater beim Essen sitzen und mich vernünftig mit ihm unterhalten würde. Ich muss schon sagen, Sie sind ganz anders, als ich es mir vorgestellt hatte.«

»Das sagten Sie schon. Ein langweiliger alter Sack.«

»Ja nun, das hat sie gesagt. Hat ihr nichts erlaubt, sie nirgends hingehen lassen. Hat sie praktisch wie eine Gefangene gehalten.«

»Die Tochter eingesperrt?«

»Ja. Haben Sie das gemacht?«

»Sie wissen, wie sie ist. Was hätte ich Ihrer Meinung nach tun sollen?«

»Mit Louisa? Ich dachte, ich würde sie kennen. Jetzt bin ich mir nicht mehr so sicher. Nach allem, was Sie sagen, hat sie mir von Anfang an eine Menge Lügen aufgetischt. Wie kann ich ihr jetzt noch irgendwas glauben? Was macht man mit jemandem wie ihr?«

Allerdings, dachte Banks und fühlte sich ein bisschen schuldig wegen seiner Täuschung. Was macht man? Je länger er vorgab, Louisas Vater zu sein, umso tiefer schlüpfte er in diese Rolle, merkte er. So sehr, dass er im Bummelzug zurück nach Euston, zu dem Craig ihn freundlicherweise gebracht hatte, beim Gedanken an das, was seine eigene Tochter mit Damon in Paris trieb, nicht mehr wusste, ob er wütend auf Tracy oder auf Emily Riddle war.

Und je mehr er darüber nachdachte, desto klarer wurde ihm, dass das Finden von Emily Riddle nie seine Hauptsorge gewesen war. Wirklich zu schaffen machte ihm die Frage, was er tun sollte, nachdem er sie gefunden hatte.

3

Der Samstagmorgen zog kühl und bedeckt herauf, aber der Wind riss die jagenden Wolken bald auf. »Genug blauer Himmel für ein neues Babyhäubchen«, pflegte Banks' Mutter zu sagen. Banks ließ sich bei Kaffee und getoastetem Teekuchen Zeit in einem Café an der Tottenham Court Road, nicht weit von seinem Hotel entfernt, las die Morgenzeitung und beobachtete die Passanten, die sich die Auslagen in einem Elektronikladen auf der anderen Straßenseite ansahen.

Er hatte gut geschlafen. Das überraschte ihn, denn es war dasselbe Hotel, in dem er und Detective Sergeant Annie Cabbot während seines letzten Falls übernachtet hatten. Gott sei Dank nicht im selben Zimmer, aber auf derselben Etage. Erinnerungen an ihre Haut, die sich warm und feucht an ihn geschmiegt hatte, hielten ihn länger wach, als ihm lieb war, und gaben ihm leise Schuldgefühle, aber schließlich war er in einen tiefen und traumlosen Schlaf gesunken, aus dem er ungewöhnlich erfrischt aufwachte.

Laut Stadtplan lebte Ruth Walker nicht weit von der engen Wohnung an der Clapham Road, in der Banks und Sandra Anfang der Achtzigerjahre ein paar Jahre gewohnt hatten, als die Kinder noch klein waren. Nicht gerade die »gute alte Zeit«, aber doch größtenteils glücklich, bis sein Job ihm zu viel abverlangt hatte. Einfacher, vielleicht. Sandra hatte eine Teilzeitstelle als Empfangsdame an der Kennington Park Road, erinnerte er sich, und Banks war für gewöhnlich zu beschäftigt gewesen, Räuber und Gendarm zu spielen, um mit seiner Frau ins Theater zu gehen oder den Kindern bei den Hausaufgaben zu helfen.

Sein Zielort war vom West End per Luftlinie nicht viel mehr als zwei Meilen entfernt, und er beschloss, ein Spaziergang würde ihm gut tun. Banks ging in Städten immer gern zu Fuß, und London eignete sich dafür ganz besonders. Um Paris war er betrogen worden, also würde er nun das Beste aus dieser Situation machen. Wenn er jetzt losging, würde er gegen Mittag dort ankommen. Falls Ruth ihm Louisas Adresse gab, würde er Louisa am frühen Abend zwischen sechs und sieben aufsuchen, zu einer Zeit, zu der üblicherweise die meisten Leute zu Hause waren. Das sollte ihm genügend Zeit lassen, um sich um acht mit Sandra in Camden Town zu treffen.

Ein kühler Wind wehte vom schlammigen Fluss herauf und pfiff Banks um die Ohren, als er die Lambeth Bridge überquerte. Er schaute zurück. Lichtstrahlen fielen durch die Wolken auf das Parlamentsgebäude. Schon seltsam, dachte Banks, aber wenn man zu Besuch in eine Stadt kommt, in der man lange gelebt hat, sieht man sie anders, wird mehr zum Touristen im eigenen Land. Als er noch hier lebte, hatte er vermutlich kaum auf Big Ben und das Parlamentsgebäude geachtet. Selbst jetzt galt sein Polizistenblick mehr den beiden verschlagen aussehenden Skinheads auf der anderen Straßenseite, die zwei japanischen Touristen zu folgen schienen, als der Schönheit der Londoner Architektur.

Gegen halb eins erreicht Banks die Straße, in der Ruth wohnte, nicht weit von der Kennington Road. Die Reihenhäuser aus Ziegelstein waren drei Stockwerke hoch und so schmal, dass sie wie ein Mund voll schlechter, eng stehender Zähne wirkten. Hier und da hatte jemand die Fensterrahmen bunt gestrichen oder ein paar Topfpflanzen in das Erkerfenster gestellt.

An der Klingel vom dritten Stock stand »R. A. Walker«, was sofort verriet, dass hier eine Frau wohnte. Banks klingelte und hörte das entfernte Läuten. Er wartete, aber niemand machte auf. Dann klingelte er noch mal. Wieder nichts. Nachdem er noch ein paar Minuten auf der Schwelle gestanden hatte, gab er auf. Er hatte nicht vorher anrufen wollen – Überraschung funktionierte in Situationen wie dieser oft am besten, fand er –, also war er auf Warten eingerichtet.

Banks beschloss, zum Lunch zu gehen und in einer Stunde oder so wiederzukommen. Wenn sie dann nicht da war, musste er sich etwas anderes überlegen. Er fand einen annehmbaren Pub auf der Main Street und genehmigte sich ein Pint, während er seine Zeitung zu Ende las. Ein paar Stammgäste standen an der Bar, und eine Gruppe Jugendlicher hatte sich um die Videospiele versammelt. Ein Mann mit einer karierten Mütze schlüpfte immer wieder um die Ecke zum Wettbüro und erzählte beim Zurückkommen allen mit lauter Stimme, wie viel er verloren hatte und dass das Pferd, auf das er gesetzt hatte, in die Leimfabrik gehörte. Alle lachten nachsichtig. Niemand kümmerte sich um Banks, was ihm gerade recht war. Nach einem Blick auf die Speisekarte bestellte er Hühnerpastete. Das wäre was für Annie Cabbot gewesen, dachte Banks, als er zwischen den Erbsen und Karotten vergeblich nach Fleisch suchte. Annie war Vegetarierin.

Kurze Zeit später stand er wieder auf Ruth Walkers Türschwelle und drückte lange auf die Klingel. Diesmal wurde er mit einer misstrauischen Stimme aus der Sprechanlage belohnt.

»Wer ist da?«

»Ich komme wegen Louisa«, sagte Banks. »Louisa Gamine.«

»Louisa? Was ist mir ihr? Sie ist nicht hier.«

»Ich muss mit Ihnen reden.«

Eine lange Pause entstand, so lang, dass Banks schon meinte, Ruth hätte eingehängt, dann sagte die Stimme: »Kommen Sie rauf. Oberste Etage.« Der Summer ertönte, und Banks drückte die Haustür auf.

Auf der Treppe lag ein Läufer, allerdings so abgetreten, dass das Muster an manchen Stellen kaum noch zu erkennen war. Essensgerüche drangen auf Banks ein, während er die schmale Treppe hinaufstieg: ein Hauch von Curry, Knoblauch und Tomatensoße. Oben gab es nur eine Tür. Sie öffnete sich nach seinem Klopfen fast sofort, und eine junge Frau betrachtete ihn aus zusammengekniffenen Augen. Nachdem sie ihn eine

Weile gemustert hatte, öffnete sie die Tür weiter und ließ Banks herein.

Das Beste, was Banks zu Ruth Walker einfiel, war »unscheinbar«. Eine gemeine und unfaire Beschreibung, wie er wusste, aber es stimmte. Ruth war die Art Mädchen, die, in Banks' Jugend, immer mit einer attraktiven Freundin herumlief, derjenigen, die man wirklich haben wollte. Die Ruths dieser Welt versuchte man für gewöhnlich an *seine* Freunde loszuwerden. Es gab nichts Hervorstechendes an ihr, bis vielleicht auf die offensichtliche Intelligenz in ihren beunruhigenden und ruhelosen grauen Augen. In ihre Stirn schien sich bereits ein permanentes Stirnrunzeln eingegraben zu haben.

Sie trug einfache, ausgebeulte Jeans und ein T-Shirt von einer alten Oasis-Tournee. Ihr Haar, schwarz gefärbt, stachelig geschnitten und mit Gel eingeschmiert, passte überhaupt nicht zu ihrem runden Gesicht. Genauso wenig wie die vielen Ohrringe und Ohrstecker. Ihre Haut sah trocken wie Pergament aus, und sie litt immer noch unter Akne.

Die Wohnung war geräumig, hatte eine hohe Decke, und als Lampenschirme dienten Japanballons. Das Bücherregal bestand aus Brettern, über Ziegelsteine gelegt, und enthielt nur wenige zerfledderte Taschenbücher und ein paar Softwarehandbücher. Auf dem Schreibtisch unter dem Fenster stand ein Computer. Ein Schaffell lag auf dem Holzboden, und eine gebrauchte, dreiteilige Sitzgarnitur war mit Flickendecken und bunten Überwürfen bedeckt. Das Zimmer wirkte gemütlich. Ruth Walker, musste Banks zugeben, hatte es sich in ihrer Wohnung hübsch gemacht.

»Für gewöhnlich lasse ich keine Fremden rein«, sagte sie.

»Eine gute Einstellung.«

»Aber Sie haben Louisa erwähnt. Sie sind doch nicht einer ihrer neuen Freunde, oder?«

»Nein, bin ich nicht. Sie mögen sie nicht?«

»Die sind mir egal.« Ruth schniefte und griff nach einer Packung Embassy Regal, die auf dem Couchtisch lag. »Schlechte Angewohnheit. Hab ich mir auf der Uni angewöhnt. Möchten Sie eine Tasse Tee?«

»Bitte.« Das würde die Sache erleichtern, dachte Banks, die richtige Atmosphäre schaffen für die Art lockerer Unterhaltung, die er führen wollte. Ruth legte die Zigaretten weg, ohne sich eine anzuzünden, und ging in die Küche. Sie humpelte leicht. Nicht so sehr, dass es sie behinderte, aber doch merklich, wenn man genau hinsah. Banks sah sich die Buchtitel an: Maeve Binchy, Rosamunde Pilcher, Catherine Cookson. Ein paar CDs lagen verstreut neben der Stereoanlage, aber Banks hatte von den meisten Gruppen noch nie gehört, bis auf die Manic Street Preachers, Sheryl Crow, Beth Orton, Radiohead und P. J. Harvey. Doch Ruth hatte wahrscheinlich auch noch nichts von Arnold Baxter oder Gerald Finzi gehört.

Als Ruth mit dem Tee zurückkam und sich ihm gegenübersetzte, schien sie ihn immer noch mit ihren misstrauischen grauen Augen zu mustern. »Louisa«, sagte sie, als sie sich endlich die Zigarette angezündet hatte. »Was ist mit ihr?«

»Ich suche nach ihr. Wissen Sie, wo sie ist?«

»Warum?«

»Spielt das eine Rolle?«

»Könnte sein. Sie könnten ihr etwas antun wollen.«

»Nein, keinesfalls.«

»Was wollen Sie dann von ihr?«

Banks zögerte. Warum nicht noch mal? Schließlich war er mit seiner Lüge schon so weit gekommen, und sie ging ihm inzwischen so leicht von den Lippen, dass er fast selbst daran glaubte, auch wenn er Emily Riddle noch nie getroffen hatte. »Ich bin ihr Vater«, sagte er. »Ich will nur mit ihr reden.«

Ruth starrte ihn einfach aus schmalen Augen an. »Das glaube ich nicht.« Sie schüttelte den Kopf.

»Was glauben Sie nicht?«

»Dass Sie Louisas Vater sind.«

»Warum nicht?«

»Zum einen würde er nie nach ihr suchen.«

»Ich liebe meine Tochter«, sagte Banks, was ja zumindest stimmte.

»Nein. Das meine ich nicht. Ich habe ein Foto gesehen. Ein Familienfoto, das sie bei ihren Sachen hatte. Es hat keinen Zweck zu lügen. Ich weiß, dass Sie es nicht sind.«

Wieder zögerte Banks. Er war verblüfft darüber, dass Emily ein Familienfoto mitgenommen hatte, aber auch über Ruths sofortige Aufdeckung seiner kleinen Täuschung. Zeit, die Richtung zu wechseln. »Na gut«, sagte er, »ich bin nicht ihr Vater. Aber er hat mich gebeten, nach ihr zu suchen, sie nach Möglichkeit zu finden und zu fragen, ob sie mit ihm reden will.«

»Warum ist er nicht selbst gekommen?«

»Aus Furcht, dass sie sich, wenn sie davon erfährt, erst recht dünnmacht.«

»Das stimmt«, sagte Ruth. »Hören Sie, warum sollte ich Ihnen irgendwas sagen? Louisa ist aus freien Stücken von zu Hause weggegangen, wozu sie gesetzlich das Recht hat. Sie ist nach London gekommen, um ihr eigenes Leben zu führen, unabhängig von ihren Eltern. Warum soll ich ihr das verderben?«

»Ich werde sie nicht zu irgendwas zwingen, was sie nicht will«, sagte Banks. »Sie kann durchaus in London bleiben. Ihr Vater will nur wissen, was sie macht, wo sie wohnt und ob es ihr gut geht. Und wenn sie mit ihm reden will, prima, wenn nicht …«

»Warum sollte ich Ihnen vertrauen? Sie haben mich bereits belogen.«

»Ist sie in Schwierigkeiten, Ruth?«, fragte Banks. »Braucht sie Hilfe?«

»Hilfe? Louisa? Sie machen wohl Witze. Die landet doch immer auf den Füßen, egal, was passiert. Nachdem sie zuerst auf dem Rücken gelandet ist.«

»Ich dachte, sie wäre Ihre Freundin?«

»War sie. Ist sie.« Ruth machte eine ungeduldige Geste. »Sie nervt mich nur manchmal, das ist alles. Das tun die meisten Menschen. Ärgern Sie sich nicht auch von Zeit zu Zeit über Ihre Freunde?«

»Aber gibt es denn Grund, sich Sorgen zu machen?«

»Das weiß ich wirklich nicht.«

Banks trank einen Schluck Tee, der bitter schmeckte. »Wo haben Sie sie kennen gelernt?«

»In der Nähe von King's Cross. Sie kam auf mich zu und hat mich nach dem Weg zur nächsten Jugendherberge gefragt.

Wir kamen ins Gespräch. Ich sah, dass sie gerade angekommen war und nicht recht wusste, was sie tun und wo sie hingehen sollte.« Ruth zuckte die Schultern. »Ich weiß, wie einsam und freudlos London sein kann, besonders, wenn einem hier alles neu ist.«

»Also haben Sie sie zu sich mitgenommen?«

»Sie tat mir Leid.«

»Und Sie hat hier mit Ihnen gelebt?«

Ruth errötete. »Hören Sie, ich bin keine Lesbe, falls Sie das denken. Ich hab ihr mein Gästezimmer angeboten, bis sie auf die Beine kam. Mehr nicht. Kann man denn niemandem mehr etwas Gutes tun, ohne dass sofort eine Sexsache daraus wird?«

»So habe ich das nicht gemeint«, sagte Banks. »Tut mir Leid, wenn ich Sie verärgert habe.«

»Ja ... na gut. Passen Sie in Zukunft lieber auf, was Sie sagen.«

»Louisa und Sie sind aber trotzdem Freundinnen, sagen Sie?«

»Ja. Sie ist eine Weile hier geblieben. Ich hab ihr einen Job vermittelt, aber das war nichts für sie. Dann hat sie Craig kennen gelernt, einen Typ, den ich vom College kenne, und ist bei ihm eingezogen.«

Ruth sprach in seltsam gleichgültigem Ton, aber Banks hatte den Eindruck, dass da vieles unter der Oberfläche brodelte, was sie nicht preisgeben wollte. Außerdem hatte er das Gefühl, dass sie ständig einschätzte, abwog und berechnete und dass die kleine Lüge, bei der sie ihn erwischt hatte, ihr die Oberhand über ihn gab. »Ich habe mit Craig Newton gesprochen«, sagte er, »und der hat mir erzählt, dass Louisa ihn wegen ihres neuen Freundes verlassen hat. Scheint ein ziemlich zwielichtiger Typ zu sein. Wissen Sie, wer das ist?«

»Nur so ein Kerl, den sie auf einer Party getroffen hat.«

»Waren Sie auch dort? Kennen Sie ihn?«

»Ja.«

»Haben Sie die beiden seither gesehen?«

»Sie waren mal hier. Ich glaube, Louisa wollte mit ihm angeben. *Er* war gewiss nicht beeindruckt von dem, was er hier sah.«

»Kennen Sie seinen Namen?«

»Barry Clough.«

»Und seine Adresse?«

Ruth griff nach einer weiteren Zigarette, und als sie sie angezündet und den ersten Zug gemacht hatte, nickte sie. »Ja. Die wohnen in einer dieser schicken Villen draußen in Little Venice. Louisa hat mich mal zu einer Dinnerparty eingeladen – natürlich mit Catering. Ich glaube, damit wollte sie *mich* beeindrucken.«

»Hat das geklappt?«

»Dazu braucht es mehr als ein großes Haus und ein paar ehemalige Rockstars. Und vielleicht einen parlamentarischen Hinterbänkler und ein oder zwei korrupte Bullen.«

Banks lächelte. »Wovon lebt er?«

»Ist eine Art Geschäftsmann. Mit Verbindungen zur Musikindustrie. Wenn Sie mich fragen, der ist Drogendealer.«

»Wie kommen Sie darauf?«

»Schickes Haus. Überall liegt Koks herum. Rockstars. Leuchtet doch ein, oder?«

»Nimmt Louisa Drogen?«

»Ist der Papst Pole?«

»Wann haben die beiden sich kennen gelernt?«

»Vor etwas über zwei Monaten.«

»Haben Sie sich seit der Zeit oft mit ihr getroffen?«

»Nicht sehr oft. Sie hören sich allmählich wie ein Bulle an, wissen Sie.«

Banks gefiel es nicht, dass sie ihn ansah, als wisse sie Bescheid. »Ich mach mir einfach nur Sorgen«, sagte er.

»Warum? Sie ist ja nicht Ihre Tochter.«

Banks wollte nicht von seiner Tochter sprechen, die in diesem Moment zweifellos Hand in Hand mit Damon durch Paris schlenderte oder die Sehenswürdigkeiten vielleicht sogar in den Wind schlug und das Wochenende stattdessen lieber im Bett verbrachte. »Ihr Vater ist ein guter Freund von mir«, sagte er, wobei ihm die Worte fast im Hals stecken blieben. »Ich fände es schrecklich, wenn ihr etwas zustieße.«

»Dafür ist es ein bisschen spät, oder? Schließlich ist sie schon seit fast sechs Monaten hier. Er hätte sich damals etwas mehr anstrengen sollen, sie zu finden, wenn Sie mich fragen.« Sie hielt inne, kniff wieder die Augen zusammen, sagte dann: »Bei Ihnen bin ich mir nicht so sicher. Sie verschweigen mir etwas. Sie haben sie doch nicht etwa gebumst? Ihr würde ich das glatt zutrauen. Sie war keine Unschuld vom Lande, als sie nach London kam. Sie kannte sich aus.«

»Für mich ist sie ein bisschen zu jung«, sagte Banks.

Ruth lachte krächzend. »In Ihrem Alter, würde ich meinen, geht es doch meist darum, je jünger, desto besser. Warum gibt es wohl all die dreizehn-, vierzehnjährigen Prostituierten? Weil den Mädchen das gefällt?«

Banks spürte die Schärfe ihrer Bemerkung, aber ihm fiel keine passende Anwort ein. »Wir schweifen ab.«

»Nicht, wenn Sie wollen, dass ich Ihnen Louisas Adresse gebe. Ich muss mich doch erst vergewissern, dass Sie kein Perverser sind, kein Fiesling, nicht wahr? Und kommen Sie mir nicht mit dieser Altersklamotte. Louisa könnte einen neunzigjährigen Bischof aus seiner Soutane rauslocken, wenn sie wollte.«

»Ich kann nur wiederholen, was ich Ihnen bereits gesagt habe. So was ist nicht vorgefallen. Ich habe selbst eine Tochter in Louisas Alter.«

»Ach ja?«

»Ja.«

»Wie heißt sie?«

Überrascht erwiderte Banks: »Tracy.«

Ruth schätzte ihn erneut ein. »Sie sehen nicht alt genug aus.«

»Wollen Sie meine Geburtsurkunde sehen?«

»Nein, das ist nicht nötig. Außerdem tragen Sie die ja wohl nicht mit sich herum, oder?«

»Das war ein … ach, vergessen Sie's.« Banks fand, er hatte eigentlich genug von Ruth Walker und ihrer Scharfzüngigkeit. Kein Wunder, dass Emily bei der ersten Gelegenheit mit Craig Newton abgehauen war.

Ruth stand auf und trat ans Fenster. »Ist das zu fassen? Dieser alte Schwachkopf«, sagte sie gleich darauf, als spräche sie mit sich selbst. »Der macht Nachtwachen, als Sicherheitsbeamter. Hat keine Ahnung, dass seine Frau jede Nacht mit dem Typ aus Nummer dreiundfünfzig vögelt. Widerlicher Kerl. Vielleicht sollte ich es ihm sagen?«

Bevor Banks eine Bemerkung machen konnte, wirbelte Ruth herum, verschränkte die Arme und bedachte ihn mit einem selbstgefälligen Lächeln. »In Ordnung«, verkündete sie. »Ich sage Ihnen, wo sie wohnen. Aber Sie verschwenden Ihre Zeit. Sie hat die Schnauze voll von Leuten wie Ihnen. Sie wird Ihnen gar nicht erst zuhören.«

»Einen Versuch ist es trotzdem wert. Zumindest kann ich rausfinden, ob es ihr gut geht und was sie vorhat.«

Ruth warf ihm einen mitleidigen Blick zu. »Vielleicht«, sagte sie. »Und vielleicht auch nicht.«

Kurz nach sechs stieg Banks aus der U-Bahn an der Warwick Avenue und ging zu der Adresse, die Ruth ihm gegeben hatte. An einem schönen Sommerabend wäre Banks vielleicht die Stufen zum Kanal hinuntergegangen und hätte die bunt bemalten Hausboote bewundert, aber es war schon am späten Nachmittag dunkel geworden, es hatte sich noch mehr abgekühlt, und der Wind roch nach Regen.

Die Adresse stellte sich als ein villenähnliches Gebäude heraus, kantig und zurückgesetzt, umgeben von einer hohen Mauer. In der Mauer befand sich ein Eisentor. Ein verschlossenes Eisentor.

Banks hätte sich treten können, dass er nicht auf so was vorbereitet gewesen war. Wenn Louisas Freund sich mit Gorillas umgab, war er auch jemand, der in einer verdammten Festung lebte. An Emily Riddle heranzukommen, würde nicht so einfach sein wie an eine Tür zu klopfen oder auf eine Klingel zu drücken.

An der Vorderseite des Hauses schien Licht durch die dunklen Vorhänge an zwei Fenstern im Erdgeschoss und einem im ersten Stock, und über der Haustür brannte eine Laterne. Banks überlegte, wie er am besten vorgehen sollte. Er konnte einfach klingeln und über die Sprechanlage probieren, ob sie ihn reinließen. Er konnte aber auch über das Tor klettern und an die Haustür klopfen. Und dann? Die junge Maid in Nöten retten? An ihrem Haar zum Fenster hinaufklettern? Sie sich über die Schulter werfen und fliehen? Soviel er wusste, war Emily Riddle nicht in Nöten und wurde auch nicht in einem Turm gefangen gehalten. Ja, es mochte sogar sein, dass sie sich bestens amüsierte.

Banks stand vor dem Tor und starrte durch die Gitterstäbe, das Gesicht so nahe an den Stäben, dass er die vom Eisen ausströmende Kälte spürte. Eigentlich blieb ihm keine andere Wahl, als die Sprechanlage zu benutzen und einfach zu hoffen, dass man ihn reinließ. Diesmal konnte er sich natürlich nicht als Emilys Vater ausgeben, aber wenn er behauptete, er hätte eine wichtige Botschaft ihrer Familie für sie, könnte es klappen.

Bevor er auf den Summer drücken konnte, packte ihn eine starke Hand am Nacken und presste sein Gesicht gegen die Gitterstäbe; das kalte Eisen brannte an seinen Wangen. »Was zum Teufel machen Sie hier?«, fragte eine Stimme.

Im ersten Moment war Banks versucht, dem Mann fest gegen das Schienbein oder auf den Spann zu treten, sich aus seinem Griff zu befreien, herumzuwirbeln und ihm einen Kinnhaken zu versetzen. Aber er hielt sich zurück, durfte nicht vergessen, warum er hier war und wer er zu sein vorgab. Wenn er seinen Angreifer zusammenschlug, wohin würde ihn das bringen? Wahrscheinlich nirgendwohin. Andererseits bot sich ihm so vielleicht die beste Möglichkeit, ins Haus zu kommen.

»Ich suche Louisa«, sagte er.

Der Griff lockerte sich. Banks drehte sich um und sah einen Mann in einem eng sitzenden Anzug vor sich, der aussah wie einer von Mike Tysons Sparringpartnern. War wohl doch gut, dass ich mich nicht gewehrt habe, dachte Banks.

»Louisa? Was wollen Sie von Louisa?«, fragte der Mann.

»Ich will nur mit ihr reden«, erwiderte Banks. »Ihr Vater schickt mich.«

»Fick dich ins Knie«, meinte der Schläger.

»Ich wollte gerade klingeln«, fuhr Banks fort. »Ich hab nur nachgesehen, ob Licht brennt, ob jemand zu Hause ist.«

»Ach ja?«

»Ja.«

»Ich glaube, Sie kommen besser mit«, sagte der Gorilla, was genau das war, worauf Banks gehofft hatte. »Woll'n mal sehen, was Mr. Clough dazu zu sagen hat.«

Der Gorilla steckte eine Schlüsselkarte in den Mechanismus neben der Sprechanlage, tippte eine siebenstellige Zahl ein, die er sich zu Banks' Verwunderung offenbar merken konnte, und das Tor glitt auf gut geölten Scharnieren zurück. Inzwischen hatte er Banks am Ellbogen gepackt, aber nur fest genug, um ein paar kleine Knochen zu brechen, und führte ihn über einen kurzen Weg zur Eingangstür, die er mit einem einfachen Yale-Schlüssel öffnete. Manchmal sind Sicherheitsmaßnahmen, genau wie Schönheit, eben doch nur oberflächlich.

Sie traten in einen hell erleuchteten Flur, der bis zu einer schimmernden modernen Küche am anderen Ende des Hauses führte. Mehrere Türen gingen vom Flur ab, alle geschlossen, und gleich rechts führte eine mit dicken Läufern belegte Treppe in die oberen Stockwerke. Hier war es wesentlich schicker als in Ruths Wohnung, dachte Banks, und viel protziger, als es sich Craig Newton jemals hätte leisten können. *Die fällt immer auf die Füße*. Die Riddles hatten gesagt, sie hätten Emily alle Vorteile geboten, die man mit Geld kaufen kann – eigenes Pferd, Klavierstunden, Urlaube, teure Schule –, und sie hatten mit Sicherheit ein sehr verwöhntes Gör herangezogen, so wie es hier aussah.

Gedämpfte Musik kam aus einem der Zimmer. Ein Popsong, den Banks nicht erkannte. Kaum hatte sich die Haustür hinter ihnen geschlossen, rief der Gorilla: »Boss?«

Eine Tür öffnete sich, und ein großer Mann kam heraus. Er war nicht fett oder übermäßig muskulös wie der Gorilla, sah aber aus, als stemmte er ein- oder zweimal pro Woche Gewichte im Fitnessstudio. Wie Craig Newton schon gesagt hatte, war das Gesicht des Mannes kantig, wie aus Stein gemeißelt, und er sah gut aus, wenn man diesen Typ mochte, der ein bisschen wie ein jüngerer Nick Nolte wirkte.

Er trug einen cremefarbenen Armanianzug über einem roten T-Shirt, war tief gebräunt und hatte einen langen grauen

Pferdeschwanz. Eine dicke Goldkette hing um seinen Hals, passend zu der an seinem Handgelenk, und an seiner haarigen rechten Hand prangte ein klobiger Siegelring. Banks hielt ihn für Anfang bis Mitte vierzig, also nicht viel jünger als Jimmy Riddle. Oder Banks selbst, was das betraf.

Das harte Glitzern in seinen Augen und das selbstsichere Auftreten machten deutlich, dass er jemand war, vor dem man sich in Acht nehmen musste. Banks hatte diesen Blick schon in den Augen hart gesottener Verbrecher gesehen, Leute, die meinen, die Welt gehöre ihnen, und Hindernisse einfach beiseite fegen wie Schuppen vom Kragen.

»Wen haben wir denn da?«, fragte er und musterte Banks.

»Hab ihn am Tor herumlungern sehen, Boss. Stand einfach da. Sagt, er wolle zu Louisa.«

Barry Clough hob die Brauen, aber die Härte in seinen Augen wich um kein Jota. »Ist das wahr? Was wollen Sie denn von Louisa, kleiner Mann?«

»Ihr Vater hat mich gebeten, nach ihr zu sehen«, sagte Banks. »Er möchte, dass ich ihr eine Nachricht bringe.«

»Privatdetektiv?«

»Nur ein Freund der Familie.«

Clough musterte Banks genauer, minutenlang, wie es ihm vorkam, dann blitzte Humor in seinen Augen auf, so wie ein Hai blitzschnell durchs Wasser schießt. »Kein Problem«, sagte er und führte Banks ins Zimmer. »Ein Mädchen sollte mit seiner Familie in Verbindung bleiben, sage ich immer, obwohl ich nicht behaupten kann, dass sie mir je angeboten hat, mich mit zu sich nach Hause zu nehmen und mir Mami und Daddy vorzustellen. Ich weiß nicht mal, wo die wohnen.«

Banks schwieg. Der Gorilla trat von einem Fuß auf den anderen.

»Sie haben Glück, dass wir hier sind«, sagte Clough. »Louisa und ich sind erst vor zwei Tagen aus Florida zurückgekommen. Kann das verdammte Winterwetter in England nicht ausstehen. Wir verschwinden von hier, sooft wir können. Ich hole sie. Legen Sie doch in der Zwischenzeit ab. Einen Drink?«

»Nein, danke. Es wird nicht lange dauern.«

Clough sah auf seine Uhr. Eine teure. »Sie haben zwanzig Minuten«, sagte er. »Dann müssen wir zu einer Guy-Fawkes-Party. Wollen Sie wirklich keinen Drink?«

»Nein, danke.«

Banks setzte sich, als Clough das Zimmer verließ. Er hörte gedämpfte Schritte auf der Treppe. Der Gorilla war in der Küche verschwunden. Der Raum, in dem Banks sich befand, war altmodisch getäfelt, was er nach der hell erleuchteten Halle und der modernen Küche nicht erwartet hatte. Bilder hingen an den Wänden, hauptsächlich englische Landschaften. Zwei davon sahen alt und echt aus. Keine Constables oder so, aber trotzdem wahrscheinlich recht wertvoll. An einer Wand stand eine abgeschlossene und mit Gitterstäben versehene Vitrine voller Waffen. Deaktivierte Sammlerstücke, nahm Banks an. Niemand wäre so dumm, funktionierende Waffen auf diese Weise auszustellen.

Scheite knisterten und Funken flogen aus einem großen Kamin. Die Musik kam aus einer teuren Stereoanlage auf der anderen Seite des Zimmers. Jetzt, wo er es besser hören konnte, merkte Banks, dass er das Stück doch kannte. »Heart and Soul«, von einem alten Joy-Division-Album.

Von oben waren Stimmen zu hören, aber Banks konnte nicht verstehen, was gesagt wurde. Irgendwann wurde eine Frauenstimme so schrill, dass er den Trotz darin erkennen konnte, dann, nach einer geblafften Anordnung des Mannes, verstummte sie. Ein paar Sekunden später öffnete sich die Tür, und sie kam herein. Er hatte sie nicht die Treppe herunterkommen hören, hörte auch ihre Schritte auf dem Perserteppich nicht.

Craig Newton hatte Recht. Eine Mischung aus Unschuld und Erfahrung. Sie hätte sechzehn sein können, was sie war, aber genauso gut auch sechsundzwanzig, und in gewisser Weise erinnerte sie Banks in natura mehr an ihre Mutter als auf den Fotos, die er gesehen hatte: blaue Augen, kirschrote Lippen. Was er den Fotos allerdings nicht hatte entnehmen können, waren die Sommersprossen auf ihrer kleinen Nase und den hohen Wangenknochen, und dass ihre Augen von einem viel blasseren Blau waren als die von Rosalind. Die

Sonne in Florida hatte ihrer Haut nicht viel anhaben können, denn sie war genauso blass wie die ihrer Mutter. Vielleicht hatte sich Emily nur drinnen aufgehalten oder war mit einem Sonnenschirm herumspaziert wie eine Südstaatenschönheit.

Rosalind war etwas kleiner und hatte eine vollere Figur als ihre Tochter, und natürlich war die Frisur anders. Emily hatte einen fransigen Pony, und ihr feines, naturblondes Haar fiel ihr glatt bis auf die Schultern und wippte beim Gehen. Groß und langbeinig, hatte sie das magersüchtige, vollblütige Aussehen eines professionellen Models. Heroin-Chic. Sie trug Caprihosen aus Denim und einen lockeren Pullover. Sie war barfuß, fiel ihm auf, zeigte ihre wohlgeformten Knöchel und die schlanken Füße mit den knallrot lackierten Zehennägeln. Aus irgendeinem Grund kam Banks die Zeile aus Coleridges Gedicht »Christabel« in den Sinn: »... ihre blau-geäderten Füße waren unbeschuht.« Das war ihm immer wie ein unwahrscheinlich erotisches Bild vorgekommen, seit er in der Schule dieses Gedicht gelesen hatte, und jetzt wusste er warum.

Obwohl sich Emily stilvollendet und selbstbeherrscht bewegte, hatte sie ein wenig Schlagseite, und als Banks genauer hinsah, bemerkte er ein paar winzige weiße Pulverspuren in der weichen Vertiefung zwischen ihrer Nase und der Oberlippe. Noch während er hinsah, kam ihre spitze rosa Zunge aus dem Mund und leckte sie auf. Sie lächelte ihn an. Ihr Blick war etwas verschleiert und die Pupillen erweitert, kleine Lichtpunkte tanzten darin wie Feldspat, der die Sonne auffängt.

»Ich glaube nicht, dass ich schon das Vergnügen hatte«, sagte sie und streckte ihm ihre Hand hin. Banks stand auf und streckte ebenfalls die Hand aus. Ihre kühlen, weichen Finger lagen eine Sekunde lang locker in seinen, dann zog sie sie zurück. Er stellte sich vor. Emily setzte sich in einen Lehnstuhl am Feuer, schlug die Beine unter und spielte mit einem losen Faden an ihrem Pulloverärmel.

»Sie sind also Banks«, sagte sie. »Ich habe von Ihnen gehört. Detective Chief Inspector Banks. Stimmt's?«

»Ja. Nur Gutes, hoffe ich?«

Sie lächelte. »Zumindest Interessantes.« Dann wurde ihr Gesichtsausdruck gelangweilt. »Was will Daddy nach all der Zeit von mir? O Himmel, was ist das für eine verdammt stumpfsinnige Musik? Manchmal legt Barry absolut deprimierendes Zeug auf.«

»Joy Division«, sagte Banks. »Er hat Selbstmord begangen. Der Leadsinger.«

»Das wundert mich nicht. Ich würde auch Selbstmord begehen, wenn ich mich so anhörte.« Sie stand auf, stellte die CD ab und ersetzte sie durch Alanis Morisettes *Jagged Little Pill*. Alanis sang davon, was sie wirklich wollte. Sie klang nicht viel fröhlicher als Joy Division, dachte Banks, aber die Musik war beschwingter, moderner. »Im Grunde seines Herzens ist Barry immer noch ein alter Punker. Wussten Sie, dass er früher Roadie bei einer Punkband war?«

»Was macht er jetzt?«, fragte Banks beiläufig.

»Er ist Geschäftsmann. Ein bisschen dies, ein bisschen jenes. Sie wissen schon.« Sie lachte. Es klang wie ein zerspringendes Kristallglas. »Wenn ich es recht bedenke, weiß ich eigentlich nicht genau, was er macht. Barry ist dauernd unterwegs. Er redet nicht viel davon.« Sie legte den Finger an die Lippen. »Alles furchtbar geheim.«

Das wette ich, dachte Banks. Er versuchte, ihren Akzent einzuordnen, aber es gelang ihm nicht. Riddle war wahrscheinlich in mehr Grafschaften stationiert gewesen, als er warme Mahlzeiten genossen hatte, um mit Mitte vierzig Polizeipräsident zu werden. Und so hatte sich Emily einen eher charakterlosen Akzent zulegt, nicht direkt hochgestochen, aber doch auch ohne die rauen Kanten, die regionale Dialekte verleihen. Banks wusste, dass auch sein Akzent schwer einzuordnen war, da er in Peterborough aufgewachsen war, über zwanzig Jahre lang in London gelebt hatte und nun schon seit etwa sieben Jahren in Nord-Yorkshire war.

Während Emily sprach, wanderte sie im Zimmer herum, berührte Gegenstände, nahm von Zeit zu Zeit einen in die Hand, wie einen gläsernen Briefbeschwerer mit Rosenmuster, und stellte ihn wieder hin oder verschob ihn. Schließlich blieb sie am Kamin stehen, lehnte den Ellbogen auf den Sims, die Faust an der Wange, eine Hüfte vorgestreckt. »Haben Sie schon gesagt, warum Sie gekommen sind?«, fragte sie. »Ich erinnere mich nicht.«

»Sie haben mir noch keine Möglichkeit dazu gegeben.«

Emily legte die Hand vor den Mund und unterdrückte ein Kichern. »Oooh, das tut mir Leid. Typisch für mich. Nur reden, reden, reden.«

Banks sah einen Aschenbecher mit ein paar ausgedrückten Kippen auf dem Tisch stehen. Er griff nach seinen Zigaretten, hielt sie Emily hin, die eine nahm, zündete sich selbst eine an und sagte: »Ich habe vor zwei Tagen mit Ihrem Vater gesprochen, Emily. Er macht sich Sorgen um Sie. Er möchte, dass Sie sich mit ihm in Verbindung setzen.«

»Ich heiße Louisa. Und ich gehe nicht nach Hause.«

»Das hat niemand verlangt. Aber es würde Ihnen nicht schaden, wenn Sie sich mit ihm in Verbindung setzen und ihn wissen lassen, was Sie machen und wo Sie sind, oder?«

»Er würde bloß wütend werden.« Sie verzog den Mund, schob sich vom Kamin weg. »Wie haben Sie mich gefunden? Ich habe niemandem erzählt, wo ich herkomme. Ich hab nicht mal meinen wirklichen Namen benutzt.«

»Ich weiß«, sagte Banks. »Aber, ehrlich: Louisa *Gamine*. Sie sind ein cleveres Mädchen, haben eine teure Schulbildung genossen. Es hat etwas gedauert, aber am Ende hatte ich es. *Gamine* bedeutet ein Mädchen mit boshaftem Charme, aber ›gamine‹ ist ein Anagramm von ›Enigma‹, was Rätsel bedeutet oder, auf Englisch, Riddle. Ihr Vater sagte, Sie könnten gut mit Sprache umgehen.«

Sie klatschte in die Hände. »Gut gemacht. Sie haben's kapiert. Was für ein brillanter Detektiv. Aber das beantwortet meine Frage immer noch nicht.«

»Ihr kleiner Bruder hat Ihr Foto im Internet gesehen.«

Emily sackte die Kinnlade herunter, und sie plumpste auf den Sessel. Schwer zu sagen, aber Banks hatte den Eindruck, dass ihre Reaktion echt war. »Ben? Ben hat das gesehen?«

Banks nickte.

»Oh Scheiße.« Sie schnippte die halb gerauchte Zigarette ins Feuer. »Das hätte nicht passieren sollen.«

»Davon gehe ich aus.«

»Und er hat's Mum erzählt?«

»Ja.«

»Sie hätte es niemals Dad gesagt. Nicht in einer Million Jahre. Sie weiß genauso gut wie ich, wie er ist.«

»Ich weiß nicht, wie er es rausgefunden hat«, sagte Banks, »aber er hat.«

Emily lachte. »Ich hätte zu gern sein Gesicht gesehen.«

»Nein, hätten Sie nicht.«

»Und er hat Sie geschickt, damit Sie nach mir suchen?«

»So ungefähr.«

»Warum?«

»Warum er mich geschickt hat?«

»Na, dass er sich nicht die Mühe macht, selbst zu kommen, ist mir verdammt klar, aber warum Sie? Er mag Sie nicht mal.«

»Aber er weiß, dass ich gute Arbeit leiste.«

»Lassen Sie mich raten. Er hat versprochen, Sie in Ruhe zu lassen, wenn Sie seiner Bitte nachkommen? Verlassen Sie sich nicht darauf.«

»Das tue ich, ehrlich gesagt, auch nicht, aber ich habe ...«

»Was?«

»Egal. Spielt keine Rolle.«

»Was wollten Sie sagen?«

»Nichts.« Banks wollte ihr nicht von Tracy erzählen, dass er das hier auf merkwürdige Weise für sie tat, seine Abwesenheit und seine Unzulänglichkeit als Vater damit wieder gutzumachen versuchte.

Emily schmollte ein wenig, erhob sich wieder, ging vor Banks auf und ab und zählte imaginäre Punkte an ihren Fingern ab. »Woll'n mal sehen ... das Foto hat Sie zu GlamourPuss geführt ... richtig? Das führte Sie zu Craig ...? Aber er weiß nicht, wo ich bin. Ich hab niemanden ... Ah, Ruth! Ruth hat es Ihnen gesagt?«

Banks schwieg.

»Klar, wer denn sonst? Diese eifersüchtige Kuh! Sie ist ganz heiß darauf, mich in Schwierigkeiten zu bringen, die hässliche Ziege, nur weil ich jemanden wie Barry kennen gelernt habe und sie immer noch in ihrer miesen kleinen Wohnung in Kennington hockt. Wissen Sie …«

»Was?«

»Nichts. Egal.«

»Was wollten Sie sagen?«

Emily lächelte. »Nein. Jetzt bin ich dran, Sie auf die Folter zu spannen.« Bevor sich Banks eine Antwort überlegen konnte, kniete sie sich vor ihn hin, sah ihn mit ihren funkelnden blauen Augen an. »Sie haben sie auch gesehen, oder? Die Fotos.«

Banks schluckte. »Ja.«

»Haben sie Ihnen gefallen? Haben die Fotos Sie erregt?«

»Nicht besonders.«

»Lügner.« Sie sprang wieder auf, ein triumphierendes Lächeln im Gesicht. »Außerdem war das nur ein Witz. Eine Albernei. Daddy hat nichts zu befürchten. Ich hab ja nicht vor, Karriere in der Pornoindustrie zu machen oder so.«

»Das freut mich zu hören«, sagte Banks.

»Er hat nur Angst, dass ich seinen makellosen Ruf beflecke, oder?«

»Das gehört auch dazu.« Banks hielt es nicht für nötig, ein idealisiertes Bild von Riddle zu malen, besonders nicht für seine ausgerissene Tochter. Sie kannte ihn wahrscheinlich besser als alle anderen. »Aber er schien sich echte Sorgen um Sie zu machen.«

»Hat er bestimmt.« Emily hatte sich wieder gesetzt und wirkte nachdenklich. »Chief Constable Jeremiah Riddle, Verfechter von Familienwerten und häuslicher Harmonie, der fürsorgliche, besorgte Bulle. ›Meine Tochter, die Nutte‹ würde schlecht zu dem Bild passen, was?«

»Es kann doch nicht schaden, wenn Sie ihn anrufen und ihm versichern, dass alles in Ordnung ist, oder?«, meinte Banks. »Und was ist mit Ihrer Mutter? Die ist krank vor Sorgen.«

Emilys Augen blitzten auf. »Sie haben ja keine Ahnung. Was wissen Sie schon davon?« Sie fummelte am Pulloverkragen und schien sich in sich zurückzuziehen. »Bei denen ist es wie im Gefängnis. Du kannst da nicht hingehen. Du kannst das nicht tun. Du kannst ihn nicht sehen. Du kannst nicht mit ihr reden. Vergiss deinen Klavierunterricht nicht. Hast du deine Hausaufgaben gemacht? Sei vor acht Uhr zu Hause. Ich konnte nicht atmen. Es hat mich erstickt. Ich konnte nicht frei sein, nicht ich selbst sein.«

»Und sind Sie das jetzt?«

»Natürlich bin ich das.« Sie stand wieder auf. Rote Flecken glühten auf ihren Wangen. »Sagen Sie Dad, er kann mich mal. Sagen Sie ihm das. Soll er sich doch Fragen stellen. Soll er sich doch Sorgen machen. Ich denk nicht dran, ihm seinen Seelenfrieden zu geben. Weil … wissen Sie, was?«

»Was?«

»Weil er sowieso nie da war. Er hat diese verdammten Regeln aufgestellt und dann … war er nie da, um sie durchzusetzen. Das musste Mami machen. Und ihr war das ziemlich egal. *Er war nie da, um seine eigenen, dämlichen Regeln durchzusetzen.* Ist das nicht ein Witz?« Wieder lehnte sie sich an den Kamin. Alanis Morisette sang davon, jemanden glatt zu durchschauen, und Banks wusste, was sie meinte. Trotzdem, er hatte seine Aufgabe erfüllt, hatte getan, worum man ihn gebeten hatte. Er konnte Jimmy Riddle Emilys Londoner Adresse geben, konnte ihm von Barry Clough erzählen. Wenn Riddle die örtliche Polizei herschicken und Cloughs Waffensammlung überprüfen lassen, die polizeilichen Buchprüfer auf seine Geschäftsinteressen ansetzen und das Drogendezernat anrufen wollte, war das seine Sache. Banks' Job war beendet. Alles Weitere musste Riddle veranlassen. Banks riss ein Blatt aus seinem Notizblock und schrieb etwas darauf. »Falls Sie Ihre Meinung ändern oder mir noch etwas sagen wollen, hier ist die Adresse des Hotels, in dem ich wohne. Sie können anrufen und eine Nachricht hinterlassen, falls ich nicht da bin.«

Einen Augenblick lang dachte er, sie würde den Zettel nehmen, aber sie tat es nicht. Sie warf nur einen Blick darauf, knüllte ihn zusammen und schmiss ihn ins Feuer. Die Tür öffnete sich, und Barry Clough kam herein, ein Lächeln im Gesicht. Er tippte auf seine Armbanduhr. »Du musst dich fertig machen, Schatz«, sagte er zu Emily. »In einer halben

Stunde sollen wir bei Rod sein.« Er sah zu Banks. Das Lächeln war aus seinem Gesicht verschwunden. »Und Ihre Zeit ist um, Mister«, sagte er, deutete mit dem Daumen zur Tür. »Schwingen Sie sich auf Ihr Fahrrad.«

4

Als Banks in Camden Town die U-Bahn verließ, hatte er sich bereits um fünf Minuten verspätet. Das Nieseln war in Dauerregen übergegangen, und die Pfützen im Rinnstein spiegelten die Neonreklamen und das Licht der Autoscheinwerfer wider. Zum Glück war das Restaurant nicht weit von der Haltestelle entfernt.

Banks schlug den Jackenkragen hoch, war aber trotzdem durchnässt, als er das Restaurant erreichte. Zuerst erkannte er die Frau, die ihm lächelnd von einem Tisch am Fenster zuwinkte, nicht wieder. Obwohl er Sandra vor zwei Monaten flüchtig gesehen hatte, war ihr Äußeres inzwischen völlig verändert. Sie hatte sich das blonde Haar kurz schneiden und legen lassen. Die neue Frisur betonte die dunklen Augenbrauen noch mehr, und Banks hatte Sandras Brauen schon immer sehr sexy gefunden. Außerdem trug sie eine Goldrandbrille, nicht viel größer als die »Omabrillen«, die in den Sechzigerjahren so beliebt gewesen waren. Banks hatte sie noch nie mit Brille gesehen, hatte nicht gewusst, dass sie eine brauchte. Soweit er das erkennen konnte, wirkte auch ihre Kleidung anders, ein bisschen bohemehaft: schwarzer Schal, rotes Seidentuch, ein rot und schwarz gemusterter Pullover.

Banks schob sich auf den Stuhl ihr gegenüber. Er war völlig ausgehungert. Es schien ewig her, seit er in Kennington die Hühnerpastete gegessen hatte. »Tut mir Leid, dass ich zu spät komme«, sagte er und trocknete sich das Haar mit einer Serviette ab. »Ich hatte vergessen, wie schrecklich die U-Bahn sein kann.«

Sandra lächelte. »Macht doch nichts. Sonst war ich immer diejenige, die zu spät kam, weißt du noch?«

Banks ging nicht darauf ein. Er sah sich um. Im Restaurant war viel los, Kellner wieselten herum, Gäste kamen und gingen. Es war eines der Lokale, das schick war, weil es sich einfach gab: zerkratzte Holztische, Schweinekoteletts, Steaks und Kartoffelbrei. Aber der Kartoffelbrei kam mit Knoblauch und sonnengetrockneten Tomaten und kostete als Extrabeilage drei Pfund.

»Ich hab schon mal Wein bestellt«, sagte Sandra. »Einen halben Liter Hauswein. Claret. Ich weiß, dass du lieber Roten trinkst. In Ordnung?«

»Klar.« Banks hatte bei Clough einen Drink abgelehnt, weil er sich dem Dreckskerl nicht verpflichtet fühlen wollte, aber jetzt brauchte er einen. »Du siehst gut aus«, sagte er. »Du hast dich verändert. Was nicht heißen soll, dass du früher nicht gut ausgesehen hast. Du weißt schon, was ich meine.«

Sandra lachte, errötete ein wenig und wandte sich ab. »Danke«, sagte sie.

»Wieso trägst du eine Brille?«

»Eine Alterserscheinung«, antwortete sie. »Kann dir jederzeit nach dem vierzigsten Geburtstag passieren.«

»Dann lebe ich von geborgter Zeit.«

Ein Kellner brachte Wein und überließ es ihnen, sich selbst einzuschenken. Anspruchsvoll in seiner Anspruchslosigkeit. Sandra schwieg, während Banks die Gläser füllte, prostete ihm dann zu. »Wie geht's dir, Alan?«

»Gut«, erwiderte Banks. »Wirklich gut. Könnte nicht besser sein.«

»Und die Arbeit?«

»Arbeite ich nicht ständig?«

»Ich dachte, Jimmy Riddle hätte dich in die Pampa geschickt?«

»Selbst Riddle benötigt hin und wieder meine besonderen Fähigkeiten.« Banks nahm einen Schluck Wein. Sehr süffig. Er sah sich um und stellte fest, dass man hier rauchen durfte.

»Darf ich eine schnorren?«, fragte Sandra.

»Klar. Kannst es immer noch nicht ganz aufgeben, was?«

»Nicht ganz. Oh, Sean mag es nicht. Will mich dauernd dazu bringen aufzuhören. Aber ich glaube nicht, dass ein oder zwei Zigaretten pro Monat der Gesundheit schaden.«

Gutes Zeichen, dachte Banks: Sean, der Nörgler. »Wahrscheinlich nicht«, sagte er. »Ich warte immer noch auf die Verkündung, dass sie sich die ganze Zeit geirrt haben und Zigaretten tatsächlich gut für einen sind. Und dass in Wirklichkeit all das rohe Gemüse und Obst der Gesundheit schaden.«

Sandra lachte. »Da musst du lange warten.« Sie stieß mit ihm an. »Prost.«

»Prost. Ich war heute Mittag da draußen, wo wir mal gewohnt haben. Kennington.«

»Wirklich? Warum? Aus sentimentalen Gründen?«

»Arbeit.«

»Eine sehr enge Wohnung, soweit ich mich erinnere. Viel zu klein für die Kinder. Und der Zahnarzt, für den ich gearbeitet habe, war ein Grabscher.«

»Das hast du mir nie erzählt.«

»Es gibt vieles, was ich dir nie erzählt habe. Du schienst für gewöhnlich genug um die Ohren zu haben.«

Ein paar Minuten lang widmeten sie sich der Speisekarte. Banks sah, dass er sich beim Kartoffelbrei nicht getäuscht hatte. Oder beim Knoblauch und den sonnengetrockneten Tomaten. Oder dem Preis. Er bestellte Wildwurst mit geschmortem Rotkraut und Knoblauchkartoffelbrei. Keine sonnengetrockneten Tomaten. Für einen Abend wie diesen schien es das perfekte Essen zu sein. Sandra entschied sich für Steak und Pommes frites. Nachdem sie bestellt hatten, rauchten und tranken sie eine Weile schweigend. Jetzt, wo er mit ihr zusammen war, wusste Banks nicht, wie er das, was er zu sagen hatte, ansprechen sollte. Er kam sich merkwürdig gehemmt vor, wie ein Teenager bei seiner ersten Verabredung.

Wenn Sandra diesen Blödsinn mit Sean hinter sich lassen und zurückkommen würde, wollte er sagen, war es immer noch möglich, ihre Beziehung wieder aufzubauen und weiterzumachen. Ja, sie hatten die Doppelhaushälfte in Eastvale verkauft, und Banks' Cottage war ein bisschen klein für zwei, aber für eine Weile würde es gehen. Wenn Banks die Versetzung zum National Crime Squad durchbekam – falls man sie ihm anbot –, war es sowieso ungewiss, wo sie letztlich landen würden. Und da Riddle ihm jetzt einiges schuldig war, stand einer ausgezeichneten Bewertung nichts mehr im Wege.

»Ich hab mich letzte Woche mit Brian getroffen«, sagte Sandra.

»Das hat er mir erzählt, als ich ihn neulich abend angerufen habe. Ich wollte mich mit ihm treffen, während ich hier bin, aber er sagte, sie hätten einen Auftritt in Schottland.«

Sandra nickte. »Stimmt. In Aberdeen. Er ist ganz aufgeregt wegen der Aussichten, weißt du. Sie haben ihre erste CD fast fertig.«

»Ich weiß.« Ihr Sohn Brian spielte in einer Rockband. Sie hatten gerade ihre erste CD für ein Indie-Lable aufgenommen und waren kurz davor, einen Vertrag mit einer großen Plattenfirma abzuschließen. Bei seinem letzten Besuch in London hatte Banks die Band spielen hören und war total verblüfft, welches Talent sein Sohn als Sänger, Gitarrist und Songwriter hatte. Seither betrachtete er ihn in einem völlig neuen Licht, als eigene Persönlichkeit, nicht nur als Erweiterung der Familie. Davor hatte er Brian fast als Faulenzer abgetan, als Gammler, nachdem er nur einen mittelmäßigen Abschluss geschafft hatte. Aber jetzt war Brian für Banks ein selbstständiger Mensch: unabhängig, talentiert und frei. Das Gleiche war ihm mit Tracy passiert, als er sie mit ihren neuen Freunden in einem Pub getroffen hatte, kurz nachdem sie an die Uni gegangen war. Da wusste er, dass er sie verloren hatte – zumindest die Tochter aus seiner Phantasie –, aber an ihrer Stelle hatte er eine junge Frau vorgefunden, die er mochte und bewunderte, auch wenn sie jetzt mit dem einsilbigen Damon in Paris war. Loslassen kann schmerzlich sein, hatte Banks mit den Jahren gelernt, aber manchmal schmerzt es mehr, wenn man festzuhalten versucht.

»Ich dachte, du wolltest dieses Wochenende mit Tracy nach Paris?«

»Das hat sie dir erzählt?«

»Natürlich. Warum nicht? Schließlich bin ich ihre Mutter.«

Banks nahm noch einen Schluck Wein. »Ist was dazwischen gekommen«, sagte er. »Sie ist mit einem Freund gefahren.«

Sandra hob die Augenbraue. »Einem Freund?«

»Einem Knaben namens Damon. Scheint ganz in Ordnung zu sein. Tracy kann selbst auf sich aufpassen.«

»Das weiß ich, Alan. Es ist nur … einfach schwierig, mehr nicht.«

»Was ist schwierig?«

»Zwei Kinder auf diese Weise großzuziehen.«

»Getrennt?«

»Du weißt, was ich meine.«

»Selbst wenn wir noch zusammen wären, wäre es nicht anders. Wir ziehen sie nicht mehr groß. Sie sind jetzt erwachsen, Sandra. Sie leben nicht mehr zu Hause. Je eher du das akzeptierst, desto besser.«

»Glaubst du, das weiß ich nicht? Ich sag ja nur, dass es schwer ist. Sie kommen mir beide jetzt so fern vor.«

»Das sind sie. Aber wie gesagt, das wäre nicht anders gewesen.«

»Vielleicht.«

Ihr Essen kam, und sie langten beide zu. Die Wurst war gut, mehr Fleisch als Fett, und auch der Kartoffelbrei schmeckte. Sandra war mit ihrem Steak ebenfalls zufrieden. Nach ein paar weiteren Bissen sagte sie: »Erinnerst du dich, als ich in Gratly vorbeigekommen bin, um dich zu besuchen?«

»Wie könnte ich das vergessen?«

»Ich möchte mich entschuldigen. Es tut mir Leid. Ich hätte es nicht tun sollen. Nicht unangekündigt. Das war unfair.«

»Ist schon gut.«

»Wie geht es ihr?«

»Wem?«

»Du weißt, wen ich meine. Deine hübsche junge Freundin. Wie hieß sie noch?«

»Annie. Annie Cabbot. Detective Sergeant Annie Cabbot.«

»Ja, stimmt.« Sandra lächelte. »Ich kann nicht glauben, dass du mir vormachen wolltest, ihr würdet arbeiten. Sie barfuß in diesen engen Shorts. Das war doch so eindeutig wie nur was. Na egal, wie geht es ihr?«

»Ich habe sie in letzter Zeit nicht oft gesehen.«

»Sag bloß nicht, ich hab sie verjagt?«

»So was in der Art.«

»Tja, sie scheint nicht viel Durchhaltevermögen zu haben, wenn sie sich von so einer Kleinigkeit verjagen lässt.«

»Sieht so aus.«

»Es tut mir Leid, Alan. Ehrlich. Ich will dir nichts verderben. Ich möchte wirklich, dass du jemanden findest. Ich möchte, dass du glücklich bist.«

Banks aß weiter und trank noch mehr Wein. Bald war die Karaffe leer. »Noch eine?«, schlug er vor.

»Gern«, sagte Sandra. »Ich trink allerdings wahrscheinlich nur noch ein Glas. Wenn du glaubst, dass du den Rest alleine schaffen kannst …«

»Ich muss ja nicht fahren.« Banks bestellte den Wein und füllte ihre Gläser, als er gebracht wurde.

»Gibt es etwas … ich meine, gibt es einen besonderen Grund, warum du dich mit mir treffen wolltest?«, fragte Sandra.

»Brauche ich einen Grund, um mit meiner Frau zum Essen zu gehen?«

Sandra zuckte zusammen. »Ich meinte nicht, dass du einen *brauchst,* nur … Also ehrlich, Alan, wir leben jetzt seit einem Jahr getrennt. In der ganzen Zeit haben wir kaum miteinander gesprochen. Und wenn, dann hauptsächlich am Telefon. Du kannst nicht erwarten, dass ich mich nicht frage, ob du irgendwas im Schilde führst.«

»Ich dachte nur, es sei Zeit, das Kriegsbeil zu begraben.«

Sandra musterte ihn. »Bist du sicher?«

»Ja, bin ich.«

»Na gut. Betrachte es als begraben.« Wieder stießen sie mit den Gläsern an. »Wie geht es Jenny Fuller?«

Jenny war eine gemeinsame Bekannte, eine klinische Psychologin, die Banks bei einer Reihe von Fällen um Hilfe gebeten hatte. »Ich sehe sie nicht sehr häufig. Sie hat viel zu tun, seit sie wieder in York lehrt.«

»Weißt du«, sagte Sandra, spielte mit den letzten Fritten und blickte ihn von der Seite an, »es gab mal eine Zeit, in der ich dachte, du und Jenny … ich meine, sie ist eine sehr attraktive Frau.«

»Das hat sich nie ergeben«, erwiderte Banks, der sich oft gefragt hatte, wieso nicht, obwohl sie beide es zu wollen schienen. Schicksal, nahm er an. »Sie hat einen schlechten Geschmack, was Männer betrifft«, sagte er und musste lachen. »Das war nicht so gemeint, wie es klang. Ich wollte damit nicht sagen, dass ich für sie eine besonders gute Wahl gewesen wäre, nur dass sie immer wieder an Männer gerät, die sie schlecht behandeln, als würde sie ständig dieselbe Beziehung durchleben, versuchen, alles richtig zu machen, und jedes Mal versagen. Sie kann den Kreislauf nicht durchbrechen.«

»Ich weiß, was du meinst«, sagte Sandra. »Sie hat mir mal erzählt, dass sie trotz allem, was sie erreicht hat, nur sehr wenig Selbstvertrauen besitzt, wenig Selbstachtung. Ich weiß auch nicht.«

Sie beendeten ihre Mahlzeit, schoben die Teller beiseite, und Banks zündete sich eine weitere Zigarette an. Sandra lehnte ab. Während sie auf der Toilette war, goss sich Banks mehr Wein ein und überlegte, wie er das Thema anschneiden sollte, das ihm so am Herzen lag. Als sie durch das Restaurant zurückkam, bemerkte er, dass sie Jeans zu ihren fließenden, mehrschichtigen Tops trug und immer noch eine gute Figur hatte. Sein Herz machte einen kleinen Satz, und auch ein anderer Körperteil bewegte sich ungebeten.

Sandra sah auf die Uhr, als sie sich setzte. »Ich kann nicht mehr lange bleiben«, sagte sie. »Ich habe versprochen, mich um halb zehn mit ein paar Freunden zu treffen.«

»Party?«

»Mmm. So was in der Art.«

»In Eastvale hast du das nie gemacht.«

»Seitdem hat sich einiges geändert. Außerdem klappen sie in Eastvale um neun die Bürgersteige hoch. Das hier ist London.«

»Vielleicht hätten wir nie wegziehen sollen«, meinte Banks. »Damals schien es eine gute Idee zu sein. Ich meine, lass uns ehrlich sein, ich war ganz schön ausgebrannt. Ich dachte, ein ruhigeres Leben würde uns einander näher bringen. Zeigt mal wieder, wie viel ich weiß.«

»Damit hatte es nichts zu tun, Alan. Es hätte keine Rolle gespielt, wo wir waren. Selbst wenn du da warst, warst du immer woanders.«

»Was soll das heißen?«

»Denk mal darüber nach. Die meiste Zeit hast du gearbeitet, und den Rest der Zeit hast du an die Arbeit gedacht. Du warst einfach nicht zu Hause. Das Schlimmste ist, dass dir das gar nicht klar war; du dachtest, alles wäre in Butter.«

»Das war es auch, oder? Bis du Sean kennen gelernt hast.«

»Sean hat nichts damit zu tun. Lass ihn aus dem Spiel.«

»Nichts lieber als das.«

Sie verstummten. Sandra wirkte unruhig, als wolle sie noch etwas loswerden, bevor sie ging. »Bleib wenigstens noch auf einen Kaffee«, sagte Banks. »Und wir lassen Sean aus dem Spiel.«

Ihr gelang ein dünnes Lächeln. »Na gut. Ich nehme einen Cappuccino. Und sag bloß nicht, das hätte ich in Eastvale auch nie getan. Man kriegt noch nicht mal einen verdammten Cappuccino in Eastvale.«

»Inzwischen schon. In dieser schicken neuen Kaffeebar gegenüber vom Gemeindezentrum. Die hat erst nach deinem Weggang aufgemacht. Da gibt's sogar Latte.«

»Der Norden wird also auch allmählich weltstädtisch?«

»Aber ja. Die Leute kommen von meilenweit her.«

»Um ihre Schafe zu verkaufen. Ich erinnere mich.«

»Yorkshire hat dir nie gefallen, oder?«

Sandra schüttelte den Kopf. »Ich hab's versucht, Alan. Ehrlich. Um deinetwillen. Um der Kinder willen. Ich hab's versucht. Aber letztlich hast du wohl Recht. Ich bin ein Großstadtmädchen. So ist es nun mal.«

Banks füllte sein Weinglas, als Sandras Cappuccino kam. »Ich habe mich um eine andere Stellung beworben«, sagte er schließlich.

Sie hielt inne, die schaumige Tasse halb erhoben. »Du verlässt doch nicht etwa die Polizei?«

»Nein, das nicht.« Banks lachte. »Ich fürchte, die Polizei wird immer ein Teil von mir sein.«

Sandra stöhnte.

»Aber ich werde Yorkshire höchstwahrscheinlich verlassen. Kann sogar gut möglich sein, dass ich hier stationiert werde. Ich habe mich beim National Crime Squad beworben.«

Sandra runzelte die Stirn und trank einen Schluck Kaffee. »Davon hab ich vor einer Weile in der Zeitung gelesen. So eine Art englisches FBI, stand da. Wie ist es dazu gekommen? Ich dachte, wenigstens du wärest glücklich, da oben durch kniehohen Schafsdung zu waten. Liegt es an Jimmy Riddle?«

Banks klopfte seine Zigarette am Aschenbecher ab. »Das hat eine Menge Gründe«, sagte er, »und Jimmy Riddle spielte dabei eine große Rolle. Jetzt bin ich mir dessen nicht mehr so sicher. Aber vielleicht ist meine Zeit da auch einfach abgelaufen, und ich hinke dir nur etwas hinterher. Ich weiß nicht. Ich glaube, ich brauche eine neue Aufgabe. Eine Herausforderung. Und vielleicht bin ich im Grunde meines Herzen auch ein Großstadtjunge.«

Sandra lachte. »Na, dann viel Glück. Ich hoffe, du bekommst, was du dir wünschst.«

»Das könnte auch Reisen bedeuten. Europa. Gefährliche Kriminelle in der Dordogne jagen.«

»Schön für dich.«

Banks drückte die Zigarette aus und trank von seinem Wein. Also los, dachte er. »Wir leben jetzt seit einem Jahr getrennt, stimmt's?«

Sandra runzelte die Stirn. »Stimmt.«

»Das ist nicht so lange, wenn man darüber nachdenkt? Oder? Menschen geben Dinge auf und kehren zu ihnen zurück. Wie beim Rauchen.«

»Wovon um alles in der Welt redest du?«

»Vielleicht war das kein so guter Vergleich. So was hab ich nie gut hingekriegt. Ich will damit sagen, dass sich manche Menschen für ein Jahr oder mehr trennen, andere Sachen machen, an anderen Orten leben und dann … wieder zusammenkommen. Nachdem sie die Sache überwunden haben. Menschen können auch eine Sucht sein wie Zigaretten, aber gesünder. Man kann sie nicht aufgeben.«

»Zusammenkommen?«

»Ja. Nicht wie vorher, natürlich. Es könnte nie wie früher sein. Dafür haben wir uns beide zu sehr verändert. Aber besser. Es könnte besser werden. Das könnte bedeuten, du müsstest für eine Weile nach Yorkshire zurückkommen, nur bis alles geregelt ist, aber ich verspreche – und das meine ich ernst –, dass, selbst wenn es mit dem NCS nicht klappt, ich mich versetzen lasse. Ich hab immer noch Kontakte zur Metropolitan Police. Die haben garantiert was für einen Polizisten mit meiner Erfahrung.«

»Warte mal, Alan. Damit wir uns richtig verstehen. Du schlägst vor, dass ich nach Yorkshire komme und mit dir in diesem winzigen Cottage wohne, bis du hier einen Job bekommst?«

»Ja. Natürlich, wenn du das nicht willst, wenn du lieber warten willst, bis ich hier was finde, kann ich das verstehen. Ich weiß, das Cottage ist für zwei einfach zu klein. Ich meine, du könntest ab und zu für ein Wochenende kommen. Wir könnten uns treffen. Uns verabreden, wie ganz am Anfang unserer Beziehung.«

Sandra schüttelte langsam den Kopf.

»Was ist? Dir gefällt die Idee nicht?«

»Alan, du hast kein Wort von dem gehört, was ich gesagt habe, oder?«

»Ich weiß, dass es schlimm war. Ich weiß, dass du gehen musstest. Das werfe ich dir auch gar nicht mehr vor. Ich will nur sagen, dass wir es noch mal versuchen könnten. Diesmal würde es anders sein.«

»Nein.«

»Was soll das heißen?«

»Nein heißt nein.«

»Na gut.« Banks leerte sein Glas und goss sich wieder ein. Von der zweiten Karaffe war nicht mehr viel übrig. »Dich damit so zu überfallen, war sicher ein Schock. Aber warum denkst du nicht wenigstens mal darüber nach? Über uns. Ich entschuldige mich, dass ich so damit herausgeplatzt bin. Man ergreift eben die Gelegenheiten, wo und wann sie sich einem bieten.«

»Hörst du denn nicht, was ich sage, Alan? NEIN. Nein. Wir ziehen nicht wieder zusammen, weder in Yorkshire noch hier in London. Als ich ausgezogen bin, gebe ich zu, wusste ich nicht, was aus uns werden würde, wie ich mich nach einem Jahr fühlen würde.«

»Und jetzt weißt du es?«

»Ja.«

»Also?«

»Es tut mir Leid, Alan. Himmel, warum musst du die Sache so furchtbar schwierig machen?« Sie nahm die Brille ab und wischte sich mit dem Handrücken über die Augen.

»Ich verstehe nicht.«

»Alan, wir ziehen nicht wieder zusammen. Jetzt nicht. Nächsten Monat nicht. Nie. Was ich dir die ganze Zeit sagen will, ist, dass ich die Scheidung möchte. Sean und ich wollen heiraten.«

Banks schaute in den großen Spiegel und sah kurzes schwarzes Haar, noch feucht von den Regentropfen, die auch auf den Schultern seiner schwarzen Lederjacke glitzerten. Hinter den aufgereihten Whiskyflaschen sah er ein Gesicht, das vielleicht zu hager und scharfkantig war, um gut aussehend genannt zu werden, und zwei helle, etwas verschwommen blickende blaue Augen. Er sah die Art Kerl, um den man einen weiten Bogen macht, außer man ist auf Ärger aus.

Um ihn herum ging das Leben weiter. Das Paar neben ihm stritt mit leisen, angespannten Stimmen. Ein Betrunkener laberte über Manchester United. Lärmende Jugendliche warfen Geld in die Automaten, und die Automaten piepten und klingelten vor Dankbarkeit. Die Luft hing voller Zigarettenrauch und roch nach Hopfen und Gerste. Barkeeper schossen herum und führten gebrüllte Bestellungen aus, traten ungeduldig von einem Fuß auf den anderen, während aus den Portionierern die armselige Menge an Rum oder Wodka rann. Einer, der Tropfen aus einer Flasche Limejuice in ein Pint Lager schüttelte, murmelte: »Himmel Herrgott, beeil dich. Da kann ich ja sogar schneller pissen.«

Banks nahm einen großen Schluck Bier und zündete sich eine weitere Zigarette an, staunte zum wiederholten Mal innerhalb der letzten Stunde darüber, wie ruhig er war. So ruhig hatte er sich seit Ewigkeiten nicht mehr gefühlt. Bestimmt nicht in den letzten paar Monaten mit Sandra. Nachdem sie vorhin die Bombe hatte platzen lassen, war sie in Tränen aufgelöst aus dem Restaurant gestürzt und hatte Banks mit dem Wein und der Rechnung sitzen lassen. Das ganze Lokal schien still zu werden, als der Druck auf seinen Ohren zunahm und er das Gefühl hatte, am ganzen Körper von Nadeln gepikt zu werden. *Scheidung. Sean heiraten.* Hatte sie das wirklich gesagt?

Sie hatte, wurde ihm klar, als er bezahlte und über die regennassen Straßen von Camden Town in den ersten Pub stolperte, den er sah. Und jetzt saß er hier an der Bar, bei seinem zweiten Pint, fragte sich, wo die Wut war, der Schmerz, der Zorn, den er empfinden sollte. Er war betäubt, geplättet, erschlagen, wie es jeder sein würde, der so etwas zu hören bekam. Aber er hatte nicht das Gefühl, ihm sei der Boden unter den Füßen weggezogen worden. Warum?

Die Antwort, als sie ihm einfiel, war so einfach, dass er sich hätte treten können. Sandra hatte schlicht und ergreifend Recht. Sie würden nicht wieder zusammenkommen. Er hatte sich lange genug etwas vorgemacht, und die Realität hatte ihn endlich eingeholt. Ganz mechanisch hatte er einfach das getan, was er meinte, tun zu müssen. Im Grunde wollten sie *beide* nicht mehr zusammenkommen. Es war vorbei. Und auf diese Weise ließ sich am besten ein Schlussstrich ziehen. Scheidung. Heirat mit Sean.

Klar wusste Banks, dass man zwanzig Jahre Ehe nicht vollkommen abschreiben kann und es immer einen Rest von Zuneigung, sogar Liebe und vielleicht Schmerz geben würde. Aber – und das war das Wichtige – es war endlich vorbei. Keine Unklarheit mehr, keine vergeblichen Hoffnungen, keine kindischen Illusionen, dass äußere Veränderungen – ein neuer Wohnort, ein neuer Job – alles wieder in Ordnung bringen würden. Jetzt konnten sie sich beide von dem toten Ding verabschieden, das ihre Ehe war, und mit ihrem Leben weitermachen.

Ja, es würde Traurigkeit geben. Manches würden sie bedauern. Durch Brian und Tracy würden sie jedoch immer miteinander verbunden bleiben. Aber Banks erkannte, als er sein Spiegelbild hinter der Bar betrachtete, dass er, wenn er wirklich ehrlich mit sich war – und dies war der richtige Moment dafür –, eigentlich feiern sollte, statt seine Trauer zu ertränken. Morgen würde er Sandra anrufen und ihr sagen, sie solle die Scheidung einreichen, solle Sean heiraten, ihm sei das recht. Aber heute wollte er seine Freiheit feiern. Was er wirklich empfand, war Erleichterung. Die Schuppen waren ihm von den Augen gefallen. Weil es keine Hoffnung gab, gab es Hoffnung.

Und daher hob er feierlich den Rest seines Pints und zog ein oder zwei neugierige Blicke auf sich, als er seinem Spiegelbild zuprostete.

Die nasse Straße warf die Neon- und Scheinwerferlichter zurück wie ein Bild aus Fingerfarben, während Banks ein wenig unsicher zum nächsten Pub wankte. Er hörte das Knallen fernen Feuerwerks und sah Raketen in den Himmel schießen. Noch wollte er nicht in sein einsames Hotelzimmer zurück, war nicht müde genug, trotz des langen Tages.

Der nächste Pub, den er fand, war nicht ganz so voll, und er setzte sich an einen leeren Tisch in einer Ecke, neben einer Gruppe von Rentnern, die schon ordentlich gebechert hatte. Banks wusste, dass er etwas betrunken war, aber er wusste ebenfalls, dass er noch klar denken konnte. Und so wanderten seine Gedanken zu allem, was vor dem Essen mit Sandra passiert war, und er merkte, wie beunruhigt er war. Besonders über das Treffen mit Emily Riddle in Barry Cloughs Villa. Je mehr er darüber nachdachte, desto ungereimter kam ihm alles vor.

Emily war offensichtlich high gewesen. Ob von Koks oder Heroin, konnte Banks nicht mit Sicherheit sagen, aber das weiße Pulver auf ihrer Oberlippe deutete eindeutig auf das eine oder andere. Koks, nahm er an, angesichts ihrer Ruhelosigkeit und der Stimmungsschwankungen. Vermutlich hatte sie auch Marihuana geraucht. Craig Newton hatte ebenfalls gesagt, dass sie high war, als er sie auf der Straße getroffen hatte und von Cloughs Gorillas zusammengeschlagen worden war. War Emily also ein Junkie oder nahm sie nur gelegentlich Drogen? Manchmal ging das eine direkt in das andere über.

Dann war da Barry Clough selbst: die teure Villa, das Gold, die Möbel, der Armanianzug, die Waffen. Banks hatte nur erfahren, dass Clough »Geschäftsmann« war, und der Begriff deckte alle möglichen Sünden ab. Was hatte er wirklich mit der Musikindustrie zu tun? Auf welcher Art Party hatte er Emily kennen gelernt? Dass der Mann ein Ganove war, bezweifelte Banks nicht, aber in welche kriminellen Aktivitäten er verwickelt war, ließ sich nicht so einfach sagen. Wie kam er an sein Geld? Drogen, vielleicht. Pornografie? Möglich. Auf jeden Fall konnte für Emily nichts Gutes dabei herauskommen, egal, wie toll sie das auch jetzt fand, und erst recht nicht für Jimmy Riddles Karriereaussichten.

Banks hatte sich nicht wohl dabei gefühlt, einfach so aus Cloughs Haus zu verschwinden. Ebenso wenig hatte es ihm gefallen, sich nicht mit dem Gorilla am Tor anzulegen. Unter normalen Umständen wäre er voller Autorität da reinmarschiert und hätte die Zähne gezeigt, aber er handelte als Privatmann und musste hinnehmen, was sie ihm auftischten. Außerdem war er gezwungen, diskret vorzugehen, und wer wusste, welch unangenehme Enthüllungen ans Licht kämen, wenn er Clough verärgerte? Ein Teil von Banks, vermutlich auf Grund des erhöhten Alkoholkonsums, wollte zurückgehen und sich Clough vornehmen, ihn so aus der Fassung bringen, dass er sich verriet. Aber Banks war vernünftig genug, dem nicht nachzugeben. Zumindest nicht heute Abend.

Stattdessen hielt er sich an den Gott des gesunden Menschenverstandes, trank sein Pint aus, ging auf die Straße und winkte sich ein Taxi heran. Jetzt brauchte er erst mal Schlaf, und der nächste Tag mochte bringen, was er wollte.

Der nächste Tag kam viel zu schnell. Banks' Digitaluhr auf dem Nachttisch zeigte 3.18 Uhr, als das Telefon klingelte.

Stöhnend rieb er sich den Schlaf aus den Augen, tastete im Dunkeln herum und fand endlich den Hörer.

»Banks«, grunzte er.

»Tut mir Leid, Sie um diese Uhrzeit zu stören, Sir«, sagte der Mann vom Empfang, »aber hier in der Halle ist eine junge Dame. Sie scheint sehr verstört zu sein. Sie sagt, sie sei Ihre Tochter, und besteht darauf, zu Ihnen hinaufzukommen.«

In Banks verschlafenem, vom Alkohol umnebelten Hirn hatte nur der Gedanke Platz, dass Tracy unten stand und in Schwierigkeiten war. Vielleicht hatte sie mit Sandra gesprochen und war wegen der Scheidung völlig durcheinander. »Schicken Sie sie rauf«, sagte er, stand auf, knipste die Tischlampe an und schlüpfte in seine Sachen. Sein Kopf tat ihm weh, und sein Mund war trocken. Er nahm an, Tracy würde ein paar Minuten brauchen, bis sie sein Zimmer im zweiten Stock erreichte, daher ging er rasch ins Bad, schluckte ein paar Kopfschmerztabletten aus seiner Reiseapotheke und trank zwei Glas Wasser. Dann füllte er den kleinen Kessel, schaltete ihn ein und hängte einen Teebeutel in den Topf.

Als es leise an der Tür klopfte, war Banks klar geworden, dass irgendwas nicht stimmen konnte. Tracy wusste natürlich, wo er war; er hatte ihr den Namen des Hotels genannt, bevor sie mit Damon nach Paris fuhr. Aber es war immer noch Samstagnacht oder Sonntagmorgen, also waren die beiden doch wohl noch in Paris.

Als er die Tür öffnete, stand Emily Riddle vor ihm. »Darf ich reinkommen?«, fragte sie.

Banks trat zur Seite und verschloss die Tür hinter ihr. Emily trug ein lockeres schwarzes Abendkleid, tief ausgeschnitten über ihren kleinen Brüsten und an der Seite bis zum Oberschenkel geschlitzt. Gänsehaut bedeckte ihre nackten Arme. Ihr blondes, hochgestecktes Haar hing wirr durcheinander, die Reste einer schicken Frisur, aufgelöst von Wind und Regen. Sie sah wie eine ungezogene Debütantin aus. Eine fünfundzwanzigjährige ungezogene Debütantin, um genau zu sein. Aber noch bemerkenswerter war der Riss an der rechten Schulter ihres Kleides und das getrocknete Blut in ihrem Mundwinkel. Auf der Wange war ein Striemen zu sehen, der sich vermutlich zu einem Bluterguss auswachsen würde. Ihre Augen wirkten schwer, waren halb geschlossen.

»Ich bin so müde«, sagte sie, warf ihre Handtasche aufs Bett und ließ sich in den Sessel sinken.

Der Kessel kochte, und Banks goss Tee auf. Emily nahm ihm die heiße Tasse aus der Hand und drückte sie an sich, als bräuchte sie die Wärme. Ihre Augen öffneten sich ein wenig weiter.

Plötzlich kam Banks das Zimmer sehr klein vor. Er setzte sich auf die Bettkante. »Was ist los?«, fragte er. »Was ist passiert, Emily? Wer hat Ihnen das angetan?«

Emily begann zu weinen.

Banks holte ihr ein Papiertaschentuch aus dem Bad, und sie wischte sich über die Augen. Sie waren blutunterlaufen und rosa an den Rändern. »Ich muss ja schön aussehen«, sagte sie. »Haben Sie eine Zigarette, bitte?«

Banks gab ihr eine und zündete sich selbst auch eine an. Nachdem sie ein paar Züge genommen und etwas Tee getrunken hatte, schien sie sich mehr zusammenzureißen.

»Was ist passiert?«, wiederholte Banks. »Hat Clough das getan?«

»Ich will nach Hause. Nehmen Sie mich mit nach Hause? Bitte?«

»Morgen Früh. Erzählen Sie mir, was passiert ist.«

Ihre Augen schlossen sich, und sie lehnte sich im Sessel zurück, die Beine ausgestreckt und an den Knöcheln übereinander geschlagen. Banks machte sich Sorgen, dass sie auf den Boden rutschen könnte, aber es gelang ihr, sitzen zu bleiben. Sie sah Banks mit schmalen Augen an und blies Rauch aus der Nase. Das brachte sie zum Husten und verdarb den blasierten Eindruck, den sie vermutlich machen wollte.

»Erzählen Sie mir, was passiert ist«, sagte er erneut.

»Ich will nicht darüber reden. Ich bin gerannt … im Regen … hab ein Taxi gefunden und bin hergekommen.«

»Aber Sie haben die Adresse weggeworfen.«

»Ich kann mir solche Sachen merken. Muss sie nur einmal anschauen. Wie meine Mutter.« Sie drückte die Zigarette aus und schien einzudösen.

»Hat Clough Ihnen das angetan? War er es?«

Sie tat, als schliefe sie.

»Emily?«

»Hä?«, fragte sie, ohne die Augen zu öffnen.

»War das Clough?«

»Ich will nicht zu ihm zurück. Ich kann da nicht wieder hin. Bringen Sie mich nach Hause?«

»Morgen. Morgen bringe ich Sie nach Hause.«

»Kann ich heute Nacht hier bleiben?«

»Ja.« Banks stand auf. »Ich besorge Ihnen ein Zimmer. Ich glaube nicht, dass das Hotel ausgebucht ist.«

»Nein.« Sie riss die Augen auf und setzte sich so schnell auf, dass sie Tee über ihr Kleid verschüttete. Falls die heiße Flüssigkeit sie verbrüht hatte, ließ sie sich nichts anmerken. »Nein«, wiederholte sie. »Ich will nicht allein sein. Ich hab Angst. Kann ich nicht hier bei Ihnen bleiben? Bitte?«

Gott im Himmel, dachte Banks. Wenn jemand das erfuhr, konnte er seine Karriere vergessen. Aber was blieb ihm anderes übrig? Sie war verstört und hatte Angst. Irgendwas Schlimmes war ihr passiert. Er konnte sie nicht einfach im Stich lassen.

»Na gut«, sagte er. »Nehmen Sie das Bett, ich schlafe auf der Couch.«

Er beugte sich vor und wollte ihr aufhelfen. Sie wirkte apathisch. Als sie endlich hochkam, stolperte sie gegen seine Brust und schlang ihm die Arme um den Hals. »Haben Sie was zu rauchen?«, fragte sie. »Die Wirkung lässt nach. Ich brauch was zum Abfedern. Ich glaube, die haben mir was in meinen Drink getan.« Unter dem dünnen Stoff des Kleides spürte er ihren warmen Körper, der sich gegen seinen drückte, und dachte an die Nacktfotos, die er von ihr gesehen hatte. Er schämte sich für seine Erektion und hoffte, sie würde sie nicht bemerken, aber als er ihre Arme löste und zur Seite trat, lächelte sie boshaft und sagte: »Ich hab Ihnen doch gesagt, dass Sie ein Lügner sind.«

Sie machte etwas mit den Trägern ihres Kleides, und es glitt ihr von den Schultern über die Hüften zu Boden. Darunter trug sie einen weißen Bikinislip und sonst nichts. Ihre Nippel hoben sich dunkel und hart von ihren weißen Brüsten ab. Die tätowierte Spinne zwischen ihrem Nabelring und dem Gummi des Slips schien sich zu bewegen, als webte sie ein Spinnennetz.

»Verdammt noch mal«, sagte Banks, griff nach dem Bettüberwurf und wickelte ihn um sie. Sie kicherte und fiel auf das Bett. »Natürlich haben Sie nichts zu rauchen«, sagte sie. »Sie sind ein Bulle. Detective Chief Inspector Bonks. Nein, tut er nicht. Ja, tut er. Nein, tut er nicht.« Wieder kicherte sie, drehte sich auf die Seite, steckte den Daumen in den Mund und zog die Beine an. »Halten Sie mich«, sagte sie und nahm den Daumen kurz aus dem Mund. »Bitte legen Sie sich zu mir und halten Sie mich fest.«

Banks schüttelte den Kopf und flüsterte: »Nein.« Auf gar keinen Fall würde er sich zu ihr ins Bett legen, wie sehr sie auch behauptete, sie bräuchte Trost. Wenn er es genau bedachte, sollte er sie eigentlich rausschmeißen und die Laken zerreißen, aber das ging nicht. Stattdessen gelang es ihm, sie besser zuzudecken, und sie leistete keinen Widerstand. Eine Weile murmelte sie vor sich hin, so gut das mit dem Daumen im Mund ging, dann hörte er sie leise schnarchen.

Banks wusste, dass er in dieser Nacht keinen Schlaf mehr finden würde. Morgen Früh, wenn die Geschäfte aufmachten, würde er in die Oxford Street gehen und ihr was zum Anziehen kaufen, dann würden sie den ersten Zug zurück nach Eastvale nehmen. Er würde sie zum Haus ihres Vaters fahren und sie dort abliefern, würde den Riddles den Rest überlassen. Seine Aufgabe war erledigt.

Aber während er auf seinem Sessel saß und eine weitere Zigarette rauchte, dem Rattern von Wind und Regen am Fenster und Emilys rauem Schnarchen zuhörte, konnte er nicht anders, als über die ganze Situation nachzugrübeln. Das gefiel ihm alles nicht. Er war Polizist, eine Straftat war begangen, das Gesetz gebrochen worden. Er sollte etwas unternehmen, statt hier rauchend im Sessel zu sitzen, während die sechzehnjährige Tochter seines Polizeipräsidenten praktisch nackt in seinem Bett schlief, den Daumen im Mund, im Grunde nichts als ein Kind in einem Frauenkörper.

3.52 Uhr. Eine endlose Zeit bis zum Morgengrauen. Er schaute durch die Vorhänge, sah den weißen Mond zwischen den grauen Wolken auftauchen. Emily bewegte sich, drehte sich um, furzte und schnarchte weiter. Banks griff nach seinem Walkman auf dem Tisch neben sich und legte die Kassette von Dawn Upshaw ein. Songs über den Schlaf.

Come, Sleep, and with
Thy sweet deceiving
Lock me in delight awhile.

Auf Schlaf bestand wenig Hoffnung, dachte Banks, nicht nach dem Tag, den er hinter sich hatte.

5

Charlie Courage wurde Anfang Dezember ermordet, ungefähr einen Monat nachdem Banks Emily Riddle bei ihrem Vater abgeliefert hatte. Sie war ein wenig mitgenommen und angeschlagen gewesen, aber nicht ernsthaft beschädigt. Aus ihrem Schweigen während der Zugfahrt zurück nach Yorkshire hatte er geschlossen, dass sie sich wohl eine Zeit zurückhalten würde, bevor sie sich wieder der Welt zuwandte. Danach war Banks mit größeren Veränderungen im Revier von Eastvale beschäftigt gewesen.

Die sieben Bezirke der Grafschaftspolizei waren in drei zusammengefasst worden, und Eastvale war das neue Präsidium der so genannten »Western Division«, die fast die gesamte Grafschaft westlich der A1 bis zur Grenze von Lancashire und von der Grenze bei Durham im Norden bis zur Grenze von West Yorkshire im Süden umfasste. Weite Landstriche des Gebietes bestanden aus Heideland und Mooren, einschließlich großer Teile des Nationalparks Yorkshire Dales, und die Haupterwerbszweige waren Dienstleistung, Tourismus, Landwirtschaft und ein paar kleine Industriebetriebe. Es gab keine ausgedehnten urbanen Gebiete, allerdings einige größere Städte wie Harrogate, Ripon, Richmond, Skipton und Eastvale selbst.

Natürlich geschahen genug Verbrechen, und wegen des neuen Status war das Revier von Eastvale auf das angrenzende Gebäude ausgedehnt worden, wo Vic Mansons Fingerabdruckkartei, die Abteilungen für Spurensicherung, Computer und Fotografie untergebracht waren. Die Renovierungsarbeiten waren noch nicht abgeschlossen, und überall war Krach und Staub.

Während die kleinen Wachen die Polizeiarbeit in ihren Gebieten wie zuvor fortsetzten – ja sogar mehr Autonomie bekamen –, war Eastvale jetzt für die meisten Kriminalfälle in der neuen Western Division zuständig. Niemand war sich bisher sicher, wie viele Kriminalbeamte – oder Verbrechensmanagementpersonal, wie manche es jetzt gern nannten – man ihnen letztlich zur Verfügung stellen würde oder wo man sie unterbringen sollte, aber die Neueinstellungen hatten bereits begonnen.

Einer der ersten Schritte, die Millicent Cummings, die Personalchefin, unternommen hatte, war die Versetzung von Detective Sergeant Annie Cabbot zu der neuen Mannschaft. Millie sagte Banks, sie sei der Meinung, Annie hätte mit ihm bei ihrem vorherigen Fall gut zusammengearbeitet, egal, was Chief Constable Riddle von dem etwas verunglückten Ausgang hielt, und da Annie sich so bald wie möglich um die Beförderung zum Inspector bewerben würde, könnte ihr die Erfahrung nur gut tun.

Millie wusste natürlich nichts, genauso wenig wie Riddle oder sonst jemand, von Banks' Affäre mit Annie, und jetzt konnte Banks kaum mehr etwas sagen. Es war eine gute Gelegenheit für sie, wieder näher ans Geschehen zu kommen, und er würde ihr sicherlich nicht im Weg stehen. Annie war eine hervorragende Polizistin, und wenn es ihr gelang, mit ihm zusammenzuarbeiten, könnte er zumindest versuchen, sich darauf einzustellen.

Die Grafschaft hatte ebenfalls einen neuen Assistant Chief Constable bekommen, einen stellvertretenden Polizeipräsidenten (Verbrechensbekämpfung) namens Ron McLaughlin, unter dem Spitznamen »Roter Ron« bekannt, weil er mehr der Linken zuneigte als die meisten höheren Polizeibeamten. Chief Constable McLaughlin war als harter, aber fairer Mann bekannt, einer, der die Fähigkeiten seiner Beamten voll ausnützte, und man sagte ihm nach, dass er sich hin und wieder gerne einen Malt Whisky genehmigte.

An einem nebligen Tag mit Sprühregen bekam Riddle die Gelegenheit, sein Versprechen Banks gegenüber einzulösen. Während des vergangenen Jahres waren alle Schwerverbrechen, die nicht von Superintendent Gristhorpe, Sergeant Hatchley, oder wer sonst zu dem Zeitpunkt gerade als Kriminalpolizist dem Revier von Eastvale zugeteilt war, bearbeitet werden konnten, an andere Reviere oder an die überregionale Kriminalpolizei weitergeleitet worden, damit Banks Zeit hatte, seine Dienststunden mit Büroarbeiten und Verwaltungsaufgaben zu füllen.

Seit er Riddle den Gefallen getan hatte, Emily nach Hause zu bringen, seit den großen Veränderungen auf dem Revier und seit die Sache mit Sandra endlich vorüber war, hatte der Gedanke, aus dem Cottage in Gratly auszuziehen und beim NCS einzusteigen, seine Anziehungskraft verloren, und Banks hatte seine Bewerbung zurückgezogen. Eastvale sah wieder verlockender aus, und er wusste, dass er hier bleiben wollte.

Trotz des Nieselregens und des trüben grauen Himmels war Banks in heiterer, optimistischer Stimmung. Er las einen Bericht über die plötzliche Zunahme von Autodiebstählen in ländlichen Gebieten und trat, weil er eine Pause brauchte, ans Fenster, um eine verbotene Zigarette zu rauchen und auf den spätnachmittäglichen Marktplatz hinunterzuschauen.

Die Bauarbeiter waren zum Glück still, planten zweifellos ihren nächsten großen Angriff, und Banks' Radio spielte leise im Hintergrund Prokofjews 3. Klavierkonzert. Die Weihnachtsbeleuchtung von Eastvale, Mitte November von einer drittklassigen Fernsehpersönlichkeit, von der Banks noch nie gehört hatte, angeschaltet, bot einen prächtigen Anblick vor seinem Fenster. Sie hing über der Market Street und dem Platz wie ein strahlendes Gitterwerk aus Juwelen. Bald würde man den großen Weihnachtsbaum am Marktkreuz aufstellen, der Kirchenchor würde mittags und am frühen Abend Weihnachtslieder singen und für wohltätige Zwecke sammeln.

Brian meinte, er wäre wohl über die Feiertage mit der Band unterwegs, aber Tracy hatte am Vortag angerufen und versprochen, Weihnachten mit ihrem Vater zu verbringen, bevor sie am zweiten Weihnachtsfeiertag zu ihrer Mutter nach London fuhr. Banks hatte sich nie viel aus Weihnachten gemacht, hatte über die Feiertage zu oft arbeiten und sich um die vielen Selbstmorde und häuslichen Mordfälle kümmern müssen, die um diese Jahreszeit überdurchschnittlich zunahmen, aber in diesem Jahr wollte er feiern. Er würde sich Mühe geben, Geschenke und einen kleinen Baum kaufen, ihn schmücken, etwas Gutes kochen.

Das letzte Weihnachten war ein totaler Reinfall gewesen. Er hatte alle Einladungen von Freunden und Kollegen zum Essen, zu Drinks und Partys abgelehnt und die gesamten Feiertage allein in der Doppelhaushälfte in Eastvale verbracht, die er einst mit Sandra geteilt hatte. Er hatte sich in Selbstmitleid gesuhlt und viel zu viel Whisky getrunken. Brian und Tracy hatten ihn natürlich angerufen, und es war ihm gelungen, ihre Sorgen zu zerstreuen, aber er konnte nicht leugnen, dass es eine schlimme Zeit gewesen war. Dieses Jahr würde es anders werden. Von Delia Smith gab es ein Kochbuch für Weihnachtsessen, fiel ihm ein; vielleicht würde er auf dem Heimweg bei Waterstone's vorbeigehen und es kaufen.

Das Telefon trieb ihn zurück an den Schreibtisch. »Banks.«

»Chief Inspector Banks? Mein Name ist Collaton, Detective Inspector Mike Collaton. Ich rufe aus Market Harborough an, Bezirkspolizei Leicestershire. Ich habe gerade mit dem Grafschaftspolizeipräsidium gesprochen, und man hat mich an Sie verwiesen.«

»Was kann ich für Sie tun?«

»Heute Vormittag hat ein Autofahrer hier in der Nähe angehalten und ist in einen Waldweg zum Pinkeln gegangen. Er hat eine Leiche gefunden.«

»Und?« Banks klopfte mit dem Bleistift auf den Schreibtisch, fragte sich, was das mit ihm zu tun hatte.

»Der Tote ist einer von Ihren. Dachte, es könnte Sie vielleicht interessieren.«

»Einer meiner was?«

»Örtlicher Ganoven. Ein Mann namens Charles Courage. Genau wie die Brauerei. Wohnte in der Cutpurse Lane siebzehn in Eastvale.« Er lachte. »Beutelschneidergasse. Klingt, als hätte der keine passendere Adresse finden können, bei seinem Vorstrafenregister.«

Großer Gott, Charlie Courage! Die Adresse mochte zwar passen, aber sein Name nicht, denn Charlie Courage war alles andere als mutig und seit Jahren ein Dorn im Fleisch der Polizei von Eastvale. In Wahrheit war er ein Kleinkrimineller, ein eher unbedeutender Ganove, aber für Eastvale war er immer noch ein großer Fisch in einem kleinen Teich. Charlie Courage hatte ein bisschen von allem gemacht – außer Dingen, die mit Gewalt oder Sex zu tun hatten –, von Hehlerei bis zum Schafeklauen, als sich das noch gelohnt hatte. Eins musste man ihm lassen: Charlie war eine Persönlichkeit. Vor zwei oder drei Jahren hatte er einen Stand auf dem Markt von Eastvale gehabt, wie sich Banks erinnerte, direkt vor der Polizeistation, wo er in aller Öffentlichkeit Videos und CDs verkauft hatte, die höchstwahrscheinlich »von einem Laster gefallen waren«. Während Banks ihn über örtliche Einbrüche befragte, hatte er einmal sogar eine CD von Mozarts C-Moll-Messe gekauft, eingespielt von der Akademie für Alte Musik, zum Preis von 3 Pfund 99. Banks hatte nicht gefragt, woher sie kam. Um gerecht zu sein, musste man sagen, dass Charlie auch gelegentlich als Polizeiinformant gedient hatte. Gerüchten zufolge war er in letzter Zeit sauber geblieben.

»Sie haben von ihm gehört?«, fuhr Inspector Collaton fort.

»Allerdings. Was ist passiert?«

»Er wurde erschossen. Offenbar mit einer Schrotflinte. Sieht ziemlich scheußlich aus.«

»Kann es ein Unfall sein oder selbst zugefügt?«

»Nur, wenn er sich selbst in die Brust geschossen hat, wieder aufgestanden ist, nachdem er tot war, und die Waffe versteckt hat. Wir können sie nirgends finden.«

»Sind Sie sicher, dass es Charlie ist? Was um alles in der Welt hat er denn da unten gemacht? Sieht ihm gar nicht ähnlich, sein Kirchspiel zu verlassen.«

»Darauf können wir leider auch kein Licht werfen. Aber er ist es auf jeden Fall. Ich hab ihn anhand der Fingerabdrücke identifiziert. Hat offenbar mal zwei Jahre gesessen, wegen einer Sache, die mit Schafen zu tun hatte. Ich hab von euch da oben und euren Schafen gehört. War das eine von diesen Unaussprechlichkeiten?«

Banks lachte. »Er hat Schafe geklaut. Waren mal eine ganze Menge wert. Vielleicht erinnern Sie sich. Was das andere betrifft, ich hab keine Ahnung, was Charlie in seiner Freizeit gemacht hat. Soweit ich weiß, war er allein stehend, also konnte er machen, was er wollte. Können Sie mir sonst noch was sagen?«

»Nicht viel. Ich hab mich umgehört, und er scheint keine lebenden Verwandten zu haben.«

»Klingt nach Charlie. Ich glaube, die hatte er nie.«

»Also, ich wollte Sie fragen, ob Sie sich vielleicht mal in seinem Haus umsehen könnten. Würde meinen Jungs Arbeit abnehmen. Wir sind hier ein bisschen unterbesetzt.«

»Sind wir das nicht alle? Klar. Ich schau mich mal um. Was ist mit seinem Auto?«

»Keine Spur von einem Auto. Vielleicht kommen Sie ja morgen mal her, sehen sich den Fundort an und tauschen ein paar Ideen aus oder so? Ich habe das Gefühl, wenn es Antworten gibt, werden sich die eher bei Ihnen da oben finden. Die Obduktion wird übrigens morgen Nachmittag durchgeführt.«

»In Ordnung«, sagte Banks. »In der Zwischenzeit sehe ich mir Charlies Wohnung mal kurz an und organisiere eine gründliche Durchsuchung für später. Wenn er tot ist, brauche ich keinen Durchsuchungsbefehl. Ich komme morgen Früh zu Ihnen.«

Banks notierte sich Collatons Wegbeschreibung zur Polizeiwache Fairfield Road in Market Harborough, legte auf und ging ins Hauptbüro der Kriminalpolizei. Seit der Umorganisation waren ihnen drei neue Beamte zugeteilt und drei weitere versprochen worden. Constable Gavin Rickerd war ein sommersprossiger, unscheinbarer Typ, der am liebsten Anoraks oder Parkas trug. Banks wurde das Gefühl nicht los, dass der Junge in einem früheren Leben, wenn nicht in diesem, Trainspotter gewesen war. Kevin Templeton war geschniegelter, ein bisschen Hansdampf in allen Gassen, aber er machte seine Arbeit und konnte erstaunlich gut mit Menschen umgehen, besonders mit Kindern.

Der dritte Neuzugang war Constable Winsome Jackman, die aus einem Dorf in den Cockpit Mountains stammte, hoch über Montego Bay in Jamaika. Warum sie ihre Insel für die wechselhaften Sommer und scheußlichen Winter in North Yorkshire verlassen hatte, konnte Banks nicht begreifen. Zumindest oberflächlich. Doch wenn er genauer darüber nachdachte, konnte er sich vorstellen, dass ein Dorf in den Bergen von Jamaika wohl nicht der richtige Ort für eine kluge und schöne Frau wie Winsome war, um ihre Karriere voranzubringen.

Warum sie nicht Model geworden war, statt zur Polizei zu gehen, fand Banks ebenfalls unbegreiflich. Sie hatte die Figur dafür, und ihr Gesicht zeigte in den hohen Wangenknochen und der dunklen Ebenholzfarbe Spuren ihrer Abstammung von den Maroons. Sie hätte Naomi Campbell mit Sicherheit ausstechen können, und nach allem, was Banks über das Supermodel in der Zeitung gelesen hatte, war Winsome eine viel nettere Person. Einige der Jungs nannten sie »Lose-Some«, weil sie, als sie noch Streife ging, einen Straßenräuber in einem Einkaufszentrum gestellt hatte, nur um ihn nicht halten zu können und entwischen zu lassen. Sie nahm es gutmütig hin und teilte ebenso aus. Das musste man, wenn man die einzige Schwarze in der Abteilung war.

Wie sich herausstellte, war niemand im Büro außer Kevin Templeton und Annie, die von ihrem Computerbildschirm aufsah, als Banks hereinkam.

»Hallo«, sagte sie und warf ihm ein rasches Lächeln zu. Annie hatte ein tolles Lächeln. Obwohl es nicht mehr war als das Zucken ihres rechten Mundwinkels, neben dem kleinen Muttermal, begleitet vom flüchtigen Aufblitzen ihrer mandelförmigen Augen, war es überwältigend. Banks spürte, wie sein Herz einen kleinen Satz machte. Gott, er hoffte, dass die Zusammenarbeit nicht zu schwierig würde.

»Schauen Sie, was Sie über einen örtlichen Ganoven namens Charlie Courage rausfinden können«, sagte er. Dann, mehr oder weniger einem plötzlichen Impuls folgend, fügte er hinzu: »Wollen Sie morgen mit mir nach Market Harborough fahren?« Er merkte, dass er die Luft anhielt, nachdem die Worte raus waren, und hätte sie am liebsten zurückgenommen.

»Warum nicht?«, erwiderte sie nach kurzer Pause. »Wär mal 'ne nette Abwechslung.«

»Viel zu tun?«

»Nichts, was die Jungs nicht allein schaffen können.«

Kevin Templeton grunzte aus seiner Ecke.

»Gut, ich hole Sie hier gegen neun ab.«

Zurück in seinem Büro, merkte Banks, wie sehr er hoffte, dass die Zusammenarbeit mit Annie klappen würde. Er arbeitete gern mit weiblichen Detectives, und er vermisste seine frühere Mitarbeiterin, Constable Susan Gay, trotz ihrer Unsicherheit und Schroffheit immer noch. Bei seiner vorherigen Zusammenarbeit mit Annie hatte er ihre fast telepathischen Kommunikationsfähigkeiten schätzen gelernt, wie auch ihre Art, Logik und Intuition mit ihrer einzigartigen Denkweise verbinden zu können. Ebenso sehr hatte er ihre Berührungen und ihr Lachen geschätzt, aber das war eine andere Sache, eine, auf die er sich jetzt nicht mehr einlassen konnte. Oder doch?

Er verließ das Büro in guter Stimmung. Im Augenblick sah es so aus, als würde Riddle Wort halten, und Banks hatte endlich einen Fall, in den er sich verbeißen konnte. Natürlich war es eigentlich Collatons Fall, aber Collaton hatte sofort um Hilfe gebeten, was Banks zu der Vermutung führte, dass sich der Inspector nicht gern für längere Zeit von Heim und Herd entfernen wollte, um die Wurzeln des Verbrechens im tristen Yorkshire zu suchen, vor allem, wo Weihnachten vor der Tür stand. Tja, hat er gut gemacht, dachte Banks. Zusammenarbeit der Polizeikräfte und all das. Collatons Verlust war Banks Gewinn.

Kurz nach fünf parkte Banks hinter einem blauen Metro vor Charlie Courages zweistöckigem Haus. Cutpurse Lane war ein enges Sammelsurium aus Reihenhäuschen hinter dem Gemeindezentrum. Die meisten stammten aus dem achtzehnten Jahrhundert, hatten das Klo im Hof und keine Vorgärten. Während der Yuppiemanie nach »Schmuckstücken« vor einigen Jahren hatten ein paar junge Paare Häuschen in der Cutpurse Lane gekauft und Badezimmer und Dachfenster eingebaut.

Soweit Banks wusste, wohnte Charlie Courage schon seit Jahren hier. Was auch immer Charlie mit seinen unrechtmäßigen Gewinnen gemacht hatte, in die Verbesserung seiner Lebensumstände hatte er sie jedenfalls nicht gesteckt. Das war ein Syndrom, das Banks selbst bei erfolgreicheren Kleinkriminellen als Charlie erlebt hatte. Er hatte sogar mal einen Gangster gekannt, der es pro Jahr leicht auf siebenstellige Summen brachte und trotzdem kaum oberhalb der Armutsgrenze im East End hauste. Banks fragte sich, wofür um alles in der Welt sie das gestohlene Geld ausgaben, außer in manchen Fällen für gewaltigen Drogenkonsum. Gaben sie es der Wohlfahrt? Kauften sie ihren Eltern das Traumhaus, nach dem die sich immer gesehnt hatten? Die Menschen hatten seltsame Prioritäten. Charlie Courage war jedoch kein Drogenabhängiger gewesen und auch nicht für seine Freigebigkeit bekannt. Und er hatte keine lebenden Verwandten gehabt. Also blieb es ein Rätsel.

Zuerst klopfte Banks beim Nachbarn an. Die Tür wurde von einem kleinen, stämmigen Mann in einem verknitterten, rehbraunen Pullover mit V-Ausschnitt geöffnet. Der Mann erinnerte Banks auf enervierende Art an Hitler, bis hin zu dem kleinen Schnauzer und dem irren Glitzern in den Augen. Der vermeintliche Hitler blieb im Türrahmen stehen. Im Zimmer hinter ihm dröhnte ein Fernseher.

Banks zeigte ihm seinen Ausweis. »Knightley«, sagte der Mann. »Kenneth Knightley. Kommen Sie doch aus dem Regen rein.« Banks nahm die Einladung an. Der Nieselregen war von der Art, die einem direkt durch den Regenmantel auf die Haut und bis auf die Knochen drang.

Banks folgte Knightley in ein kleines, aufgeräumtes Wohnzimmer mit Rosentapete und ein paar örtlichen Landschaftsbildern über dem Kaminsims. Banks erkannt Gratly Falls, direkt vor seinem Cottage, und ein romantisches Aquarell von den Ruinen der Devraulx Abtei in der Nähe von Lyndgarth. Im Kamin brannte ein Feuer und machte das Zimmer ein bisschen zu warm und stickig für Banks' Geschmack. Er roch schon den Dampf, der aus seinem Regenmantel aufstieg.

»Es geht um Ihren Nachbarn Charlie Courage«, sagte er. »Wann haben Sie ihn zum letzten Mal gesehen?«

»Ich hab nicht viel mit ihm zu tun«, antwortete Knightley. »Außer dass wir uns grüßen. Er bleibt meistens für sich, und ich bin nicht sehr gesellig, seit Edie gestorben ist, um die Wahrheit zu sagen.« Er lächelte. »Edie hat ihn übrigens nicht gemocht. Dachte, dass mit dem was nicht stimmt. Warum? Was ist passiert?«

»Ich muss Ihnen leider sagen, dass Mr. Courage tot ist. Sieht so aus, als sei er ermordet worden.«

Knightley wurde blass. »Ermordet? Wo? Ich meine, doch nicht …«

»Nein. Nicht nebenan. Ziemlich weit weg sogar. In Leicester.«

»Leicester? Aber der ist doch nie irgendwo hingefahren. Als ich mal mit ihm geredet habe, hat er mir erzählt, dass er nicht daran dächte, nach Torremolinos oder Alicante in Urlaub zu fahren. Yorkshire sei gut genug für ihn. Charlie mochte keine fremden Orte oder Fremde, und das fing für ihn in Ripton an.«

Banks lächelte. »Solchen Leuten bin ich auch schon begegnet. Aber wie auch immer, er landete am Ende in Leicestershire. Tot.«

»Wahrscheinlich hat das ihn umgebracht. Sich in Leicestershire wiederzufinden.« Knightley hielt inne und fuhr sich mit der Hand über die Stirn. »Tut mir Leid, ich sollte nicht so schnodderig sein. Schließlich ist ein Mann tot. Ich weiß aber nicht, wie ich Ihnen helfen kann.«

»Wann haben Sie ihn zum letzten Mal gesehen?«

»Vor zwei Tagen, glaube ich.«

»Könnten Sie das etwas genauer sagen?«

»Lassen Sie mich nachdenken. Am frühen Sonntagnachmittag. Da muss es gewesen sein, weil ich gerade aus The Oak zurückkam. Ich gehe jeden Sonntagmittag hin, um Domino zu spielen.«

»Und wann kamen Sie zurück?«

»Kurz nach zwei. Ich kann mich nicht an diese neuen Zeiten gewöhnen, ganztags geöffnet und all das. Ich halte mich an die alten Zeiten.«

»Wie wirkte er?«

»Wie immer. Ein bisschen verschlagen. Sagte Hallo, und das war's.«

»Verschlagen?«

»Der sah immer verschlagen aus. Als hätte er gerade was Illegales gemacht und sei sich nicht sicher, ob er damit durchkäme.«

»Ich weiß, was Sie meinen«, sagte Banks. Charlie Courage hatte tatsächlich meist gerade etwas Illegales gemacht. »Ihnen ist also nichts Merkwürdiges oder Andersartiges an seinem Verhalten aufgefallen?«

»Nichts.«

»War er allein?«

»Soweit ich sehen konnte, ja.«

»Kam er oder ging er?«

»Wie bitte?«

»Kam er gerade nach Haus oder wollte er weggehen?«

»Ah, verstehe. Er wollte weg.«

»Mit dem Auto?«

»Ja. Er hat einen blauen Metro. Der steht für gewöhnlich … warten Sie mal …« Knightley stand auf und ging zum Vorhang, den er ein paar Zentimeter zur Seite schob. »Ja, da ist er«, sagte er und deutete auf die Straße. »Parkt da draußen.« Banks sah das Auto vor seinem und nahm sich vor, es untersuchen zu lassen.

»Haben Sie in den letzten paar Tagen jemanden bei ihm im Haus gesehen oder gehört?«

»Nein. Tut mir Leid, dass ich Ihnen nicht helfen kann. Wie gesagt, da ist nichts Ungewöhnliches vorgefallen. Er fuhr zur Arbeit und kam wieder nach Hause. Still wie eine Maus.«

»Arbeit? Charlie?«

»Ja, ja. Wussten Sie das nicht? Er hatte einen Job als Nachtwächter in dem neuen Firmenpark an der Ripton Road. Daleview heißt der, glaube ich.«

»Den kenne ich.«

Firmenpark. Ein weiterer Eintrag für Banks' lange Liste widersprüchlicher Begriffe wie militärischer Geheimdienst. Aber es war eine interessante Neuigkeit: Charlie Courage hatte einen Job. Und auch noch als Nachtwächter. Banks fragte sich, ob Charlies Arbeitgeber von dessen Vergangenheit wusste. Dem nachzugehen, lohnte sich.

»Gibt es sonst noch etwas, womit Sie mir weiterhelfen können, Mr. Knightley?«

»Ich glaube nicht. Und es hat keinen Zweck, Mrs. Ford von gegenüber zu fragen. Die ist stocktaub.«

»Sie haben nicht zufällig einen Schlüssel für das Haus von Mr. Courage?«, fragte Banks.

»Einen Schlüssel? Nein. Wie gesagt, wir haben nicht viel mehr als Höflichkeiten ausgetauscht.«

Banks erhob sich. »Ich muss mich da drüben genau umschauen. Wenn es keinen Schlüssel gibt, muss ich irgendwie einbrechen, also wundern Sie sich nicht, wenn Sie nebenan merkwürdige Geräusche hören.«

Knightley nickte. »In Ordnung. Alles klar. Charlie Courage. Ermordet. Herr im Himmel, wer hätte das gedacht?«

Banks ging hinten um die Reihenhäuser herum, um zu sehen, ob es eine einfache Möglichkeit gab, in Charlies Haus zu kommen. Eine schmale Gasse mit Kopfsteinpflaster führte hinter den Häusern vorbei. Jedes Haus hatte eine hohe Mauer und ein solides Holztor. Manche Mauern waren oben mit zerbrochenem Glas bedeckt, und einige Tore hingen locker in den Angeln. Banks hob den Riegel und drückte gegen Charlies Tor. Der verblichene grüne Anstrich war zerkratzt, und eine der rostigen Angeln war gebrochen, sodass das Tor über die Steinplatten kratzte, als Banks es öffnete. Der Hinterhof war klein und größtenteils von einer trüben Pfütze bedeckt, die sofort in Banks' Schuhe eindrang. Als Erstes drehte Banks, aus Gewohnheit, den Türknauf.

Die Tür öffnete sich.

Vielleicht hatte Charlie keine Zeit gehabt, richtig abzuschließen, bevor er entführt wurde, dachte Banks, als er vorsichtig das dunkle Haus betrat. Er fand einen Lichtschalter an der rechten Wand und knipste ihn an. Er stand in der Küche. Nicht viel da, außer einem Stapel dreckigen Geschirrs, der darauf wartete, gespült zu werden. Was nun nicht mehr geschehen würde.

Banks ging weiter ins Wohnzimmer, das aufgeräumt war und keine Kampfspuren aufwies. Als er den neu aussehenden Fernseher und den DVD-Spieler sah, die man sich sicher nicht vom Gehalt eines Nachtwächters leisten konnte, bekam Banks eine Ahnung davon, was Charlie mit seinem Geld gemacht hatte. Banks ging die Treppe hinauf.

Oben gab es zwei kleine Schlafzimmer, ein Bad mit einer fleckigen Wanne und eine winzige Toilette mit einem zehn Jahre alten »Playboy« auf dem Boden und eine Ausgabe von Harold Robbins' *Die Unersättlichen*, die auf einer Rolle Toilettenpapier lag. Das eine Schlafzimmer war leer bis auf ein paar Kartons mit Heftchen – meist Softpornos – und gebraucht gekauften Taschenbüchern, und im anderen, offensichtlich Charlies Schlafzimmer, gab es nur ein ungemachtes Bett und ein paar Kleidungsstücke.

Unten fand Banks in einer Schublade der Anrichte die einzig interessanten Gegenstände: die Besitzurkunde des Hauses, Charlies Führerschein, ein Scheckbuch und Kontoauszüge, denen zu entnehmen war, dass Charlie fünf mal innerhalb des letzten Monats 200 Pfund in bar eingezahlt hatte, zusätzlich zu seinem regulären Gehalt, wie es aussah. Tausend Pfund. Interessant, dachte Banks. Das erklärte zumindest den neuen Fernseher und den DVD-Spieler. Was hatte der betrügerische kleine Teufel angestellt? Und hatte ihn das getötet?

Der Mittwochmorgen zog genauso trübe herauf wie der Dienstag. Es war noch dunkel, als Banks nach Eastvale fuhr und unterwegs heißen schwarzen Kaffee aus einem speziell für Autofahrer entworfenen Becher trank. Die anderen Beamten waren schon im Büro, und Sergeant Hatchley sah besonders enttäuscht aus, dass er die Gelegenheit für eine Fahrt nach Leicestershire verpasst hatte. Oder er war vielleicht eifersüchtig, weil Banks in Annies Begleitung fuhr. Er warf Banks einen bitteren, niedergeschlagenen Blick zu, der besagte, dass die höheren Tiere immer die Puppen kriegten, und was sollte ein armer Sergeant denn machen? Wenn der nur wüsste.

»Du fährst, nehme ich an?«, fragte Annie, als sie auf den Parkplatz kamen.

Das war noch etwas, was Banks an Annie schätzte: Sie lernte schnell und hatte ein gutes Gedächtnis. Es war ungewöhnlich für einen Chief Inspector, sein eigenes Auto zu fahren. Einen Fahrer zu haben, war einer der Vorteile seiner Stellung, aber Banks fuhr gerne, selbst bei diesem Wetter. Er behielt gern die Kontrolle. Jedes Mal, wenn er andere fahren ließ, egal wie gut sie fuhren, wurde er unruhig und gereizt bei jedem kleinen Fehler, den sie machten, wollte ständig auf Kupplung und Bremse treten. Es schien viel einfacher, selbst zu fahren, darum machte er es. Annie verstand das und stellte seine Eigenheit nicht in Frage.

Banks schob eine Kassette mit Mozarts Bläserquintetten in den Rekorder des Cavalier, als er vom Parkplatz bog. »Mmm, das ist schön«, sagte Annie. »Mozart gefällt mir.« Dann lehnte sie sich zurück und verfiel in Schweigen. Auch das mochte Banks an ihr, wie er sich erinnerte. Ihre konzentrierte, selbstgenügsame Art. Wie sie sich in den merkwürdigsten Sitzhaltungen wohl fühlen und entspannen und wie gut sie schweigen konnte. Er hatte eine Weile gebraucht, sich an ihren absoluten Mangel an Respekt vor Vorgesetzten zu gewöhnen, besonders vor *ihm*, genau wie an ihre eher lässige Art, sich zu kleiden. Die hatte sie aus der Künstlerkommune übernommen, in der sie aufgewachsen war, umgeben von bärtigen Typen wie ihrem malenden Vater Ray Cabbot. Heute trug sie spitze rote Stiefel, die ihr bis über die Knöchel reichten, schwarze Jeans und einen Fair-Isle-Pullover unter ihrer lockeren Wildlederjacke. Ziemlich konservativ für Annie.

»Wie gefällt es dir in Eastvale?«, fragte er, nachdem er sich in den Verkehr auf der A1 eingefädelt hatte.

»Schwer zu sagen. Ich hab ja noch kaum meine Füße unter den Schreibtisch gestellt.«

»Wie geht's mit dem Fahren?«

»Ich brauche pro Strecke etwa eine Dreiviertelstunde. Das geht.« Sie sah ihn von der Seite an. »Ungefähr genauso lange wie du, wenn ich mich recht erinnere.«

»Stimmt. Hast du mal dran gedacht, das Haus in Harkside zu verkaufen?«

»Hab ich, aber ich glaube nicht, dass ich das mache. Wenigstens jetzt noch nicht. Ich will erst mal abwarten.«

Banks erinnerte sich an Annies winziges, enges Cottage im Zentrum eines Labyrinths schmaler, gewundener Straßen im Dorf Harkside. Er erinnerte sich an seinen ersten Besuch, als sie ihn impulsiv zum Essen eingeladen und ein vegetarisches Nudelgericht gekocht hatte, während sie Wein tranken und Emmylou Harris hörten; erinnerte sich, wie er nach dem Essen zum Rauchen in den Hinterhof gegangen war, ihr den Arm um die Schultern gelegt und den dünnen BH-Träger gespürt hatte. Trotz aller Warnzeichen … erinnerte er sich auch daran, wie er die kleine tätowierte Rose direkt über ihrer Brust geküsst hatte, an ihre Körper, verschwitzt und müde, an die ungewohnten Straßengeräusche am nächsten Morgen.

Er bog von der A1 auf die M1. Laster bespritzten seine Windschutzscheibe mit öligem Regen, den die Scheibenwischer kaum bewältigen konnten. Staus bildeten sich vor Baustellen, auf denen nicht gearbeitet wurde. Ein Wahnsinniger in einem roten BMW drückte kaum einen halben Meter hinter Banks auf die Lichthupe und raste, als Banks die Spur wechselte, mit weit über hundert davon.

»Was hast du über Charlie rausgefunden?«, fragte er, als er sich dem Rhythmus der Autobahn angepasst hatte.

Annie hatte die Augen geschlossen und öffnete sie nicht. »Wenig. Wahrscheinlich nicht mehr, als du bereits weißt.«

»Erzähl's mir trotzdem.«

»Er wurde als Charles Douglas Courage im Februar 1946 geboren …«

»So weit brauchst du nicht zurückzugehen.«

»Ich finde das ganz hilfreich. Damit gehört er zu der Generation, die direkt nach dem Krieg geboren wurde, als die Männer ausgehungert nach Sex heimkamen und ihr Leben weiterführen wollten. 1956 war Charlie zehn, vermutlich zu jung für Elvis Presley, aber 1966 war er zwanzig und wahrscheinlich ganz wild auf Sex, Drogen und Rock and Roll, wie ihr alle in eurer Jugend. Vielleicht hat seine Verbrecherkarriere damals begonnen.«

Banks riskierte, den Blick von der Straße zu nehmen und sie anzusehen. Ihre Augen waren immer noch geschlossen, aber sie hatte ein kleines Lächeln auf den Lippen. »Charlie hatte es nicht mit Drogen«, sagte er.

»Vielleicht lag es dann am Rock and Roll. Zum ersten Mal wurde er 1968 für Hehlerei verhaftet – gestohlene Langspielplatten. *Sergeant Pepper's Lonely Hearts Club Band*, um genau zu sein, geklaut aus einer Fabrik bei Manchester.«

»Ein Musikliebhaber, unser Charlie«, sagte Banks. »Erzähl weiter.«

»Danach folgte eine Reihe kleinerer Vergehen – Ladendiebstahl, Diebstahl eines Autoradios –, und 1988 wurde er für Viehdiebstahl verhaftet. Um genau zu sein, siebzehn Schafe von einer Farm in der Nähe von Relton. Wurde zu achtzehn Monaten verurteilt.«

»Schlussfolgerung?«

»Er ist ein Dieb. Er klaut alles, selbst wenn es auf vier Beinen läuft.«

»Und danach?«

»Scheint er nichts mehr angestellt zu haben. Hat der Polizei von Eastvale bei verschiedenen Gelegenheiten geholfen, meist kleinere Sachen, die er durch seine alten Kontakte erfuhr.«

»Hast du davon eine Liste?«

»Constable Templeton arbeitet daran.«

»Na gut«, sagte Banks. »Und dann?«

»Eine Reihe von Aushilfsjobs, zuletzt als Nachtwächter im Daleview-Firmenpark. Da hat er seit September gearbeitet.«

»Hm. Die müssen ja sehr vertrauensvoll sein in Daleview«, meinte Banks. »Ich glaube, einer von uns sollte da morgen mal vorbeischauen. Sonst noch was?«

»Das ist es in etwa. Alleinstehend. War nie verheiratet. Mutter und Vater tot. Keine Geschwister. Merkwürdig, was?«

»Was denn?«

Annie setzte sich auf und sah ihn an. »Dass ein Kleinkrimineller wie Charlie Courage so weit von zu Hause ermordet wird.«

»Wir wissen noch nicht, wo er ermordet wurde.«

»Eine intuitive Vermutung. Man schießt keinen mit einer Schrotflinte in die Brust und fährt dann drei Stunden mit ihm durch die Gegend, während er das ganze Auto vollblutet, oder?«

»Nicht ohne eine Riesenschweinerei zu machen. Weißt du, es könnte sein, dass man Charlie auf die lange Fahrt mitgenommen hat.«

»Die lange Fahrt?«

Banks warf ihr einen Blick zu. Sie sah verwirrt aus. »Noch nie von der langen Fahrt gehört?«

Annie schüttelte den Kopf. »Ich glaube nicht.«

»Warte mal eben ...« Ein langsamer Laster vor ihnen spritzte die Windschutzscheibe so voll, dass die Scheibenwischer nicht mehr nachkamen. Vorsichtig wechselte Banks die Spur und überholte den Laster. »Die lange Fahrt«, fuhr er fort, nachdem er wieder sehen konnte. »Stell dir vor, du hast jemand Bösartigen verärgert – bist mit den Fingern in der Ladenkasse erwischt worden oder hast aus dem Nähkästchen geplaudert –, und er beschließt, dich auszuschalten, ja?«

»Okay.«

»Er hat eine Reihe von Möglichkeiten, alle mit ihren Vor- und Nachteilen, und das ist eine davon. Was er tut, oder eher, was seine Vollstreckungsgehilfen tun, ist, dich abzuholen und eine Fahrt mit dir zu machen. Eine lange Fahrt. Das erfüllt einen doppelten Zweck. Erstens verwirrt es die örtliche Polizei, weil das Verbrechen weit vom eigentlichen Ursprung entfernt verübt wird. Kapiert?«

»Und zweitens? Lass mich raten.«

»Mach nur.«

»Ihn zu Tode zu ängstigen.«

»Genau. Angenommen, sie fahren mit dir von Eastvale nach Market Harborough. Du weißt genau, was am Ende der Fahrt passieren wird. Sie sorgen dafür, dass du keinen Zweifel hast, dass du weißt, es gibt keine Begnadigung, keine Umwandlung des Todesurteils, also hast du drei Stunden oder so Zeit, über dein Leben nachzudenken und dessen bevorstehendes und unausweichliches Ende. Ein Ende, das erwartungsgemäß schmerzhaft und brutal sein wird.«

»Grausame Dreckskerle.«

»Wir leben in einer grausamen Welt«, sagte Banks. »Aber aus ihrer Sichtweise ist das ein Abschreckungsmittel für andere Möchtegerndiebe und Verräter. Und vergiss nicht, das Opfer hat auch keine blütenreine Weste. Meist ist es ein Kleinkrimineller, der einen mächtigeren Gauner verärgert hat.«

»Charlie Courage, der Kleinkriminelle. Passt haargenau.«

»Eben.«

»Außer, dass er in letzter Zeit angeblich sauber geblieben ist und es keine Gangsterbosse in Eastvale gibt.«

»Vielleicht ist er nicht so sauber geblieben, wie wir gedacht haben. Vielleicht ist es ihm nur gelungen, keine Aufmerksamkeit zu erregen. Und es müssen auch keine Großgangster sein. Ich rede hier nicht von der Mafia oder den Triaden. Es gibt eine Menge kleinerer Ganoven, denen ein Leben nicht viel wert ist. Vielleicht ist Charlie mit so einem in Konflikt geraten. Denk mal darüber nach. Charlie hat als Nachtwächter gearbeitet. Er hat im letzten Monat tausend Pfund auf sein Konto eingezahlt, zusätzlich zu seinem Gehalt. Was sagt dir das, Annie?«

»Dass er entweder Informationen verkauft oder jemanden erpresst hat. Oder er wurde dafür bezahlt, wegzusehen.«

»Genau. Und die Sache muss weit über seine Hutschnur gegangen sein. Vielleicht bekommen wir ein besseres Bild, wenn wir morgen mit dem Manager von Daleview reden. Wir sind fast da.«

Banks umfuhr Leicester in Richtung Market Harborough, etwa dreizehn Meilen südlich gelegen. Als sie dort in die High Street kamen, war es fast Mittag, und Banks brauchte weitere zehn Minuten, um die Polizeiwache zu finden.

Bevor sie ausstiegen, sah Banks Annie fragend an. »Kriegen wir das hin?«

»Was meinst du damit?«

»Du weißt, was ich meine. Das hier. Die Zusammenarbeit.«

Sie schenkte ihm ein strahlendes Lächeln. »Tja, bis jetzt scheint es ganz gut zu klappen, oder?«, meinte sie und stieg aus dem Auto.

Inspector Collaton stellte sich als gemütlicher Bär heraus, mit schütterem grauem Haar, einem roten Gesicht und der langsamen Art eines Mannes vom Land. Ein Jahr vor der Pensionierung, schätzte Banks. Kein Wunder, dass Collaton sich keine Mordermittlung aufhalsen wollte. Collaton sah auf die Uhr und fragte: »Haben Sie schon gegessen?«

Die beiden schüttelten den Kopf.

Collaton nahm seinen Regenmantel vom Garderobenständer. »Ich kenn da ein nettes Lokal.«

Sie folgten ihm zu einem kleinen Pub zwei Straßen entfernt. Nach dem Lächeln und den Begrüßungen zu schließen, war Collaton hier gut bekannt. Er führte sie zu einem Ecktisch, wo sie etwas abgeschieden saßen, und bot an, die erste Runde Drinks zu holen. Annie bat um einen Tomatensaft, doch Banks wusste, dass sie gerne Bier trank. Er bestellte ein Pint vom besten örtlichen Bitter. Im Kamin brannte ein Feuer, und Wände und Decke waren mit Weihnachtsschmuck dekoriert. Außer dem leisen Stimmengemurmel an der Bar war es hier recht ruhig. So mochte Banks seine Pubs, sie waren aber leider heutzutage viel zu selten geworden. Wie Annie das immer in Pubs tat, schien sie sich dem harten Stuhl anzupassen, streckte ihre Beine aus und schlug die Knöchel übereinander. Inspector Collaton hob die Augenbrauen beim Anblick ihrer roten Stiefel, sagte aber nichts.

Nachdem Banks auf Collatons Empfehlung Wildpastete bestellt und sich Annie, als Vegetarierin, für einen Imbiss aus Brot und Käse entschieden hatte, zündete sich Banks, wie er zu seiner Überraschung feststellte, die erste Zigarette des Tages an.

»Wir haben hier nicht viele Mordfälle«, sagte Collaton nach dem ersten Schluck.

Das überraschte Banks nicht. Nach allem, was er bisher gesehen hatte, schätzte er Market Harborough als etwas kleiner als Eastvale ein – vielleicht siebzehn- oder achtzehntausend Einwohner –, und Charlie Courage war in diesem Jahr das erste Mordopfer von Eastvale. Dazu noch im Dezember. »Haben Sie eine Ahnung, warum die sich für Ihr Gebiet entschieden haben?«, fragte er.

Collaton schüttelte den Kopf. »Eigentlich nicht. Ist recht gut von der M1 zu erreichen«, sagte er, »liegt aber etwas vom Weg ab. Wenn sie ihn irgendwo hinbringen wollten und er Ärger gemacht hat ...«

»Zeugen?«

»Keiner hat irgendwas gesehen oder gehört. Wir haben die Leiche bei Husbands Bosworth gefunden, nicht weit von der Autobahn entfernt, und um diese Jahreszeit ist da kein Mensch. Im Sommer ist mehr Betrieb, Touristen und so.«

Banks nickte. Genau wie in Eastvale. »Irgendwelche Spuren?«

»Reifenspuren. Sonst nichts.«

»Irgendwas Interessantes oder Ungewöhnliches an der Leiche?«

»Nur das Übliche. Außer, dass sein Geldbeutel fehlt.«

»Ich bezweifle, dass es ein Raubmord war«, sinnierte Banks. »In London kann es schon vorkommen, dass ein Straßenräuber jemanden mit der Schrotflinte abknallt, aber doch nicht auf einer abgelegenen Landstraße in den Midlands.«

»Denk ich auch«, stimmte Collaton zu. »Möglich, dass sie den Geldbeutel nur mitgenommen haben, um seine Identität ein bisschen länger zu verschleiern. Vielleicht wussten die nicht, dass er ein Vorstrafenregister hat und wir ihn darüber identifizieren konnten.«

»Kann sein.«

»Hat er in letzter Zeit was angestellt?«

»Das wissen wir noch nicht«, erwiderte Banks. »Den Gerüchten zufolge soll er sauber geblieben sein. Hatte eine Stelle als Nachtwächter. Wir wissen, dass er im vergangenen Monat fünf Bareinzahlungen von je zweihundert Pfund gemacht hat, und dieses Geld wird er vermutlich nicht auf ehrliche Weise verdient haben.«

Ihr Essen kam. Collaton hatte Recht gehabt mit der Wildpastete. Annie knabberte an ihrem Käse und den eingelegten Zwiebeln. Collaton beobachtete sie aus den Augenwinkeln, wenn er meinte, dass niemand hinsah. Zuerst dachte Banks, sie verblüffe ihn nur, wie das oft der Fall war, dann merkte er, dass der schmutzige alte Kerl ein Auge auf sie geworfen hatte. Und dabei war er alt genug, ihr Vater zu sein.

Plötzlich traf Banks die Erinnerung an Emily Riddle in seinem Hotelzimmer fast wie ein Schlag. Nicht so sehr wegen ihrer weißen, schlanken Nacktheit, der tätowierten Spinne und dem Gefühl ihres an ihn gedrückten Körpers, sondern wegen des zerrissenen Kleides, ihrer Angst, dem geronnenen Blut in ihrem Mundwinkel und Barry Clough. Warum um alles in der Welt hatte er die Sache nicht weiter verfolgt? Am nächsten Morgen war er nur in die Oxford Street gegangen, sobald die Geschäfte aufmachten, und hatte ihr, da er sich mit dem Einkauf von Frauenkleidung nicht gut auskannte, einen Jogginganzug gekauft, weil das am einfachsten schien. Obwohl er sie über die vergangene Nacht ausgefragt hatte, wollte sie nichts dazu sagen, hatte die ganze Fahrt über mürrisch geschwiegen. Erinnerte sie sich überhaupt noch daran, wie sie in sein Hotelzimmer gekommen war, und an ihren plumpen Versuch, ihn zu verführen?

Als er sie vom Bahnhof nach Hause gefahren und bei ihren Eltern abgeliefert hatte, sah sie ihn mit einem Blick an, den er schwer deuten konnte. Traurig, ja, teilweise, und vielleicht ein bisschen enttäuscht; niedergeschlagen, ein wenig verletzt, aber nicht ganz ohne Zuneigung, eine Art komplizenhafte Anerkennung, als hätten sie etwas gemeinsam durchgestanden, ein Abenteuer erlebt. Banks hatte unterwegs beschlossen, dass kein Grund bestand, Riddle von den Londoner Ereignissen zu erzählen. Wenn Emily das tun wollte, war ihm das recht, aber sein Teil der Vereinbarung war erfüllt. Jetzt war sie Riddles Problem.

Trotzdem, es hatte in den letzten Wochen an ihm genagt – besonders Clough. Vielleicht könnte er, wenn er in den nächsten zwei Tagen Zeit dazu hatte, ein paar diskrete Ermittlungen bei alten Freunden von der Londoner Polizei durchführen, rausfinden, ob Clough ein Vorstrafenregister hatte und in welcher Branche er tätig war. Dirty Dick Burgess sollte das wissen, schließlich arbeitete er seit einer Weile in einer der Topabteilungen für Verbrechensbekämpfung. Aber Riddle hatte Banks gebeten, diskret zu sein, und manchmal, wenn man Dinge in Bewegung setzte, konnte man sie nicht so leicht wieder stoppen, wie man gerne wollte, und man wusste nicht, in welche Richtung sie führen würden. Das war Banks' Problem, wie Riddle ihm oft genug gesagt hatte: Banks wusste nicht, wann er die Finger von einer Sache lassen sollte.

»Sir?«

Banks kam mit einem Ruck in die Gegenwart zurück, als er Annies Ellbogen in den Rippen spürte. »Entschuldigung. War meilenweit weg.«

»Inspector Collaton hat gefragt, ob wir uns nach dem Essen die Fundstelle anschauen wollen.«

Banks sah zu Collaton, der ihn besorgt anblickte, ob wegen Banks' Gesundheit oder seiner Unaufmerksamkeit, war nicht klar. »Ja«, sagte Banks und schob seinen leeren Teller beiseite. »Ja, wir sollten uns auf jeden Fall die letzte Ruhestätte des armen alten Charlie anschauen.«

Nachdem sie sich die Stelle angesehen hatten, an der die Leiche von Charlie Courage gefunden worden war, neben einem schlammigen Pfad in einem Waldstück nahe von Husbands Bosworth, fuhren sie zur Obduktion ins Krankenhaus von Market Harborough.

Courages Leiche war bereits am Vortag fotografiert, gewogen, gemessen und geröntgt worden, und man hatte ihr die Fingerabdrücke abgenommen. Jetzt arbeiteten sich Dr. Lindsey, der Pathologe vom Innenministerium, und seine Assistenten methodisch und geduldig durch eine Routine, die sie schon oft genug durchgeführt haben mussten. Lindsey begann mit einer genauen äußeren Untersuchung, wobei er der Schusswunde besondere Aufmerksamkeit schenkte.

»Eindeutig eine Schrotflintenwunde«, sagte er. »Zwölfkalibrig, so wie es aussieht. Entfernung etwa zwei bis drei Meter.« Er deutete auf die zentrale Eintrittswunde über dem Herzen und die zahllosen kleinen Löcher außen herum, verursacht von den Schrotkugeln. »Bei einer noch kürzeren Entfernung wäre die Einschusswunde praktisch rund gewesen. Sehr viel weiter weg, und der Schuss hätte sich über eine weitere Fläche verteilt. Hier ist immer noch ein bisschen Pfropfmaterial in den Wunden. Schauen Sie.« Er hielt ein Stück hoch. »Hängt natürlich davon ab, ob eine abgesägte Flinte verwendet wurde, was sich so nicht genau sagen lässt. Aber es wurde auf jeden Fall aus nächster Nähe geschossen. Und nach dem Einschusswinkel der größten Wunde zu urteilen, war der Mörder entweder sehr groß oder das Opfer lag auf den Knien.«

Falls Banks' Annahme stimmte, dass Charlie auf die lange Fahrt mitgenommen worden war, hatte der Mörder höchstwahrscheinlich eine abgesägte Schrotflinte benutzt. Die gesetzlich vorgeschriebene Länge für den Lauf einer Schrotflinte war sechzig Zentimeter, den Schaft nicht eingerechnet, und kein Verbrecher läuft oder fährt mit so was Großem rum.

»Dann sind da die Blutergüsse«, fuhr Dr. Lindsey fort und deutete auf die Verfärbungen um Charlies Bauch und die Nieren. »Sieht aus, als wäre er entweder mit Faustschlägen oder einem harten Gegenstand verprügelt worden, bevor man ihn tötete. Genug, dass er mindestens eine Woche lang Blut gepisst hätte.«

»Vielleicht wollte jemand, dass er sang?«, meinte Collaton.

»So wie ich Charlie kenne, hätte der seine Großmutter verraten, wenn man auch nur mit der Faust vor seiner Nase rumwedelte. Vielleicht wollten sie was aus ihm rauskriegen, aber ich wette, er hat es ihnen sofort gesagt, und dann haben sie ihn aus lauter Spaß weiter verprügelt.«

Als Nächstes setzte Dr. Lindsey den üblichen Y-förmigen Schnitt. Er entnahm Blutproben, entfernte und untersuchte dann die inneren Organe, arbeitete sich von der Luftröhre und der Speiseröhre zu dem vor, was vom Herzen übrig geblieben war, und hinunter zur Milz und der Blase.

Während der ganzen Zeit behielt Banks Annie im Auge. Er wusste nicht, wie gut sie die Obduktion einer ziemlich frischen Leiche verkraften würde, weil die letzte ein nach fünfzig Jahren ausgegrabenes Skelett gewesen war. Obwohl sie ein wenig bleich wurde, als Dr. Lindsey die Bauchhöhle öffnete, und laut schluckte, während er die verschiedenen Organe mit einem schmatzenden Geräusch wie beim Austernschlürfen herauszog, hielt sie sich gut.

Bis sich die Motorsäge in den Schädel fraß. Da schwankte Annie, schlug die Hand vor den Mund, machte ein gurgelndes Geräusch und rannte aus dem Raum. Dr. Lindsey verdrehte die Augen, und Collaton sah zu Banks, der nur die Schultern zuckte.

Dr. Lindsey entfernte das Gehirn, betrachtete es, ließ es wie eine Grapefruit von einer Hand in die andere fallen und legte es dann zum Wiegen und Zerteilen beiseite.

»Tja«, sagte er, »bevor wir nicht die Testergebnisse der Blut- und Gewebeproben vorliegen haben, wissen wir nicht, ob er vor der Erschießung vergiftet wurde. Ich bezweifle das allerdings. Nach dem Blut zu urteilen, würde ich sagen, die Schusswunde war die Todesursache. Sie hat sein Herz aufgerissen. Und auf Grund der Fahlheit der Haut würde ich ebenfalls sagen, dass er an der Stelle ermordet wurde, an der man ihn gefunden hat.«

»Haben Sie den Zeitpunkt des Todes bestimmen können?« fragte Banks, obwohl er wusste, dass alle Pathologen diese Frage am meisten hassten.

Dr. Lindsey runzelte die Stirn und wühlte in den Notizen auf dem Labortisch. »Ich habe am Tatort einige Berechnungen angestellt. Nur grob geschätzt, natürlich. Ich hab sie hier irgendwo. Na, wo ... ah, hier ist es. Totenstarre, Temperatur ... dazu das kalte Wetter und der Regen ... er wurde Dienstag, also gestern, um sechzehn Uhr gefunden, und ich vermute, dass er da mindestens schon vierundzwanzig Stunden tot war, wenn nicht länger.«

Charlie war am Sonntagnachmittag gegen zwei Uhr von seinem Nachbarn gesehen worden, und wenn er irgendwann am Montagnachmittag umgebracht worden war, blieben über vierundzwanzig Stunden, die letzten vierundzwanzig Stunden seines Lebens, ungeklärt. Wenn sie wieder in Eastvale waren, würde Banks eine Haus-zu-Haus Befragung in der Nachbarschaft durchführen lassen, um zu erfahren, ob jemand Charlie später als Sonntagmittag gesehen hatte und ob er mit einer anderen Person zusammen gesehen wurde. Charlie war nicht mit seinem Auto zu der Straße bei Husbands Bosworth gefahren, und er war bestimmt nicht zu Fuß gekommen. Die frischen Reifenspuren, die Collatons Männer entdeckt hatten, gehörten höchstwahrscheinlich zu dem Auto, das Charlie zu dem abgelegenen Weg gebracht hatte. Abhängig davon, wie gut die Abdrücke waren, konnte es möglich sein, sie einem bestimmten Autotyp zuzuordnen – falls sie das Auto fanden und die Reifen nicht gewechselt worden waren.

Für den Augenblick hatten sie von Dr. Lindsey so weit alles erfahren, und Banks dankte ihm für die prompte Obduktion. Zusammen mit Collaton verließ er den Raum und hielt auf den Fluren Ausschau nach Annie.

Sie fanden sie draußen, im nebligen, grauen Nachmittagslicht, wo sie tief die frische Luft einatmete. Als Annie sie kommen sah, schaute sie weg und fuhr sich durch das kastanienbraune Haar. »Himmel, es tut mir Leid. Ich komm mir wie ein Idiot vor.«

»Ist schon in Ordnung«, sagte Banks. »Machen Sie sich keine Sorgen.«

»Das war schließlich nicht meine erste Obduktion.« Sie verzog das Gesicht. »Alles ging gut, ehrlich, bis ... Der Geruch, als die Säge sich in den Knochen fraß, und das Geräusch. Ich konnte nicht ... Es tut mir Leid. Ich komm mir wie ein totaler Idiot vor.«

Banks erlebte zum ersten Mal, dass Annie während der Arbeit die Fassung verlor. »Wie schon gesagt«, meinte er, »machen Sie sich keine Sorgen. Sollen wir zurückfahren?«

Sie nickte. Er nahm an, dass es eine stille Fahrt werden würde. Annie war eindeutig sauer auf sich, weil sie Schwäche gezeigt hatte.

Banks sah zu Collaton. Der nachsichtige Ausdruck, mit dem der Inspector Annie betrachtete, deutete darauf hin, dass er ihr vermutlich alles verziehen hätte.

Banks kam erst spät nach Hause, nachdem er noch auf der Wache gewesen war und Anordnungen für den folgenden Morgen getroffen hatte. Der Verkehr auf der M1 war mörderisch gewesen, besonders um Sheffield, und der Nebel auf der

A1 hatte ihn zum Kriechen gezwungen, immer in Sichtweite der Rücklichter des vor ihm fahrenden Lasters. Banks musste daran denken, wie er sich das letzte Mal im Nebel verfahren hatte, auf der Suche nach dem Haus eines Freundes, und dem Auto vor ihm blind in eine Privateinfahrt gefolgt war. Es war ihm schrecklich peinlich gewesen, als der gereizte Fahrer ihn fragte, was zum Teufel er hier wollte.

Annie erholte sich viel schneller von ihrer Verlegenheit, als Banks erwartet hatte. Er durfte nicht vergessen, dass sie nicht Susan Gay war und Annie sich nicht so viel darum kümmerte, ob sie schwach oder inkompetent wirkte. Sie machte einfach mit ihrer Arbeit und ihrem Leben weiter.

Der Nebel im Tal behinderte ihn auch auf dem Weg nach Hause. Graue Nebelschwaden zogen sich die Talwände hoch und wirbelten über der Straße vor ihm. Die Straße führte vom Tal hinauf, wo sich der Swain durch The Leas wand und sich der meiste Nebel sammelte. Banks kannte die Straße gut genug, um keine unnötigen Risiken einzugehen.

Im Cottage fand er zwei Nachrichten auf dem Anrufbeantworter vor. Die erste stammte von Tracy, die fragte, ob er eine Idee hätte, was sie ihrer Mutter zu Weihnachten schenken könnte. Vielleicht ein Hochzeitskleid? dachte Banks. Aber das würde er Tracy nicht sagen.

Der nächste Anrufer nannte seinen Namen nicht, aber Banks wusste sofort, wer es war: »Hallo, ich bin's. Hören Sie, es tut mir Leid, dass ich nicht früher angerufen habe … das war vermutlich sehr unhöflich von mir … Ich meine, ich hab mich nie richtig bei Ihnen bedankt, wissen Sie, für alles, was Sie für mich getan haben. Ich nehme an, dass ich ziemlich durch den Wind war.« Hier machte sie eine Pause. Banks hörte sie an einer Zigarette ziehen und den Rauch ausstoßen. Er meinte, auch Hintergrundgeräusche wahrzunehmen. »Wie auch immer, Sie müssen mir erlauben, Sie wenigstens zum Lunch einzuladen. Hey, hören Sie, ich bin morgen in Eastvale, warum treffen wir uns nicht im Black Bull an der York Street, gegenüber vom Castle Hill, sagen wir, so gegen eins? Passt Ihnen das?« Wieder Schweigen in der Leitung, als erwartete sie tatsächlich eine Antwort. Dann seufzte sie. »Na gut, dann bis morgen. Und es tut mir Leid. Ehrlich. Ciao.«

Banks erinnerte sich, wie er Emily zum letzten Mal an der Tür des Mühlenhauses gesehen hatte, in dem pinkfarbenen Jogginganzug, den er in der Oxford Street gekauft hatte und den sie offensichtlich scheußlich fand; und daran, wie sie ihm diesen rätselhaften Blick zugeworfen hatte, als er sie bei ihren Eltern ablieferte. Er erinnerte sich an Jimmy Riddles abgehackten Dank und an Rosalinds kühles Schweigen. Alles blieb unausgesprochen, aber Banks hatte Riddles unbeholfene, verborgene Liebe zu seiner Tochter und Rosalinds Distanziertheit gespürt.

Emily Riddle wollte sich also bei ihm bedanken. Sollte er hingehen? Ja, dachte er und griff nach der Flasche Laphroaig. Zum Teufel, ja, er würde hingehen.

6

Der Black Bull war abends ein Pub für junge Leute, mit Livemusik und einem stetigen Strom illegaler Drogen, hauptsächlich Ecstasy und Crystal. Mehr als einmal war der Pub Ziel der »Operation Kneipenbeobachtung« der Eastvaler Polizei gewesen, wobei jedes Mal einige Verhaftungen vorgenommen wurden. Zur Mittagszeit hatte der Black Bull aber einen ganz anderen Charakter, und die meisten Gäste arbeiteten in den verschiedenen Büros und Läden an der York Street. Leise Musik kam aus der Musikbox, und die einzigen Drogen, die konsumiert wurden, waren Nikotin und Alkohol, vielleicht noch ein bisschen Koffein für diejenigen, die Tee oder Kaffee zu ihren Pasteten und Chips vorzogen.

Als Banks um Punkt ein Uhr eintraf, war von Emily weit und breit nichts zu sehen. Er holte sich ein Pint und fand einen Tisch am Fenster. Auf der Straße war viel los, und die Autos spritzten schmutziges Wasser von den Pfützen hoch.

Während Banks die Tafel studierte und sich zwischen Bar-BQ-Chicken und Thai Red Curry zu entscheiden versuchte, stürmte Emily herein, ganz außer Atem, genau wie Jenny Fuller das immer machte, als sei es äußerst anstrengend gewesen, nur fünfzehn Minuten zu spät zu kommen. Emily ließ ihre voll gestopfte Handtasche auf den Stuhl neben Banks plumpsen, warf ihm ein spitzbübisches Lächeln zu und ging zur Bar. Als sie zurückkam, hatte sie einen dieser seltsamen Cocktails in der Hand, den junge Leute, besonders junge Mädchen, für so interessant zu halten schienen; in diesem Fall war es Kahlua mit Cola. Sie muss dem Wirt weisgemacht haben, dass sie nicht mehr unter den Jugendschutz fällt, dachte

Banks, obwohl Emily, um die Wahrheit zu sagen, wirklich wie weit über achtzehn aussah. Noch bevor sie sich richtig setzte, hatte sie eine Zigarette im Mund. Sie trug leicht ausgestellte Jeans, die wie auf ihren Körper gemalt wirkten, und er fragte sich, wie man sich in ihnen überhaupt hinsetzen konnte. Aber es war ein Beweis für Emilys natürlichen Stil, dass sie nicht im Mindesten nuttig aussah, und sie trug auch kein Make-up. Nicht dass sie das gebraucht hätte. Sobald sie die Zigarette angezündet und einen Schluck von ihrem Drink genommen hatte, schälte sie sich aus ihrem mittellangen Jackett, unter dem sie eine schwarze Seidenbluse trug. Nachdem sie über ihr Haar gestrichen hatte, schien sie zum Reden bereit zu sein, zappelte aber immer noch herum.

In manchen Momenten nahm Banks in ihr die weltgewandte junge Frau wahr, weise genug, sich in allem auszukennen und es zu ihrem Vorteil zu nutzen. Dann wieder sah er den linkischen, nervösen Teenager, der einem Erwachsenen nicht in die Augen schauen konnte. Ihre Kindheit lag noch zu kurz zurück, um deren Wert zu erkennen. Wenn man in Emilys Alter war, erinnerte sich Banks, wollte man nur diese magische Welt der Privilegien und der Freiheit betreten, die man um sich herum sah – die Welt der Erwachsenen. Daher das Rauchen, das Trinken, der Sex. Man erkannte erst sehr, sehr viel später – zu spät, wie manche sagen würden –, dass die Privilegien und die Freiheit einen sehr hohen Preis hatten.

»Haben Sie sich schon entschieden?«, fragte sie.

»Für was entschieden?«

»Was Sie essen wollen. Ich lade Sie ein. Hab ich Ihnen doch am Telefon gesagt.«

»Das ist nicht nötig.«

»Ich weiß. Daddy hat Sie wahrscheinlich schon gut dafür bezahlt, dass Sie mich nach Hause gebracht haben. Aber ich möchte es gerne.«

»Dann nehme ich das Thai Red Curry.« Banks bestellte normalerweise keine so exotischen Dinge in Pubs, aber der Black Bull hatte einen guten Ruf. »Und er hat mir nichts bezahlt.«

Sie hob die sauber gezupften Augenbrauen.

»Nur, damit Sie es wissen.«

Emily zögerte und sagte dann: »In Ordnung.« Sie winkte die Frau herbei, die am nächsten Tisch servierte, und gab ihre Bestellung auf. Die Frau runzelte die Stirn und entgegnete, Emily müsse an der Bar bestellen, und stakte davon.

»Dumme Kuh.« Emily verzog das Gesicht. Wieder ganz das Kind.

Banks schob seinen Stuhl kratzend über den Steinboden zurück. »Ich mach das schon.« Er wollte nicht, dass sie noch mal die sicherlich schmerzhafte Prozedur des Hinsetzens durchmachen musste. Bei diesen engen Jeans würde sie sich vielleicht die Milz oder die Blase einquetschen.

»Nein.« Mit erstaunlicher Agilität sprang sie auf. »Ich hab gesagt, dass ich Sie einlade.«

Banks sah ihr nach, wie sie zur Bar ging, auf ihren Plateausohlen noch größer, als sie schon war, und bemerkte, dass die Augen aller Männer ihr folgten. Hier gab es keinen, der nicht alles für sie getan hätte. Oder mit ihr. Die Frauen wandten sich jedoch angewidert ab und warfen missbilligende Blicke in Banks' Richtung. Wieso zum Teufel, fragte sich Banks, saß er hier in diesem Pub zusammen mit der Tochter des Polizeipräsidenten, die mit ihrem Drink eindeutig das Jugendschutzgesetz brach – selbst wenn Kahlua mit Cola kein echter Drink war – und Gott weiß welche Gesetze sonst noch, allein mit ihrem Aussehen? Zum Glück konnte man die Männer nicht wegen ihrer Fantasien verhaften. Noch nicht.

»Geschafft.« Emily setzte sich wieder und fischte die Zigarette aus dem Aschenbecher. »Zumindest bringen sie es einem an den Tisch. Man muss nicht aufstehen und es selbst holen. Also wirklich, die Dienstleistung in diesem Land lässt schwer zu wünschen übrig.«

Banks überlegte, wie viele andere Länder sie wohl kannte, und machte sich klar, dass sie vermutlich mehr herumgekommen war als seine Tochter. Polizeipräsidenten reisen ständig auf Kosten des Steuerzahlers nach Amerika, Belgien, Südafrika oder Peru. Er fragte sich, ob der Service in Peru besser war als in Yorkshire. Vermutlich.

»Was essen Sie?«, fragte er.

»Ich? Nichts. Ich esse mittags nichts.«

»Und abends auch nicht, so wie Sie aussehen.«

»Na, na. Erinnern Sie sich, in dem Hotelzimmer hatten Sie nichts gegen mein ›Aussehen‹.«

Also hatte sie es nicht vergessen. Banks merkte, wie er rot wurde, und es wurde noch schlimmer, als er sah, dass Emily ihn auslachte. »Hören Sie …«, sagte er, aber sie winkte ab.

»Keine Bange. Ich hab Daddy nichts erzählt.« Sie spitzte den Mund und wackelte mit den Schultern. »Außerdem ist es dieses Elfenhafte. Den meisten älteren Männern gefällt das. Ihnen nicht?«

»Was ist mit den Jungs in Ihrem Alter?«

Sie schnaubte. »Die sind so unreif. Na ja, sie sind gut zum Tanzen und Drinkskaufen, aber das ist auch alles. Die meisten können nur über Fußball und Sex reden.« Sie leckte sich über die kirschroten Lippen. »Ich ziehe Ältere vor.«

Banks schluckte. Er begriff, woher das kam: ein Vater, der nie da war, jemand, den sie verzweifelt lieben und von dem sie geliebt werden wollte. »Wie Barry Clough?«, fragte er.

Ein Schatten huschte über ihre feinen Porzellanzüge. »Das ist einer der Punkte, über den ich mit Ihnen sprechen wollte«, sagte sie. Dann erhellte sich ihr Gesicht zu einem Lächeln. »Aber zuerst möchte ich Ihnen wirklich danken. Das meine ich ernst. Ich weiß, ich war nicht sehr nett zu Ihnen, aber ich finde es toll, was Sie für mich getan haben. Wie Sie sich um mich gekümmert haben. Ich war wirklich durch den Wind. Vollkommen.«

»Erinnern Sie sich noch an vieles?«

»In dem Hotelzimmer? Ja. Bis ich eingeschlafen bin. Sie waren der perfekte Gentleman. Und am nächsten Morgen sind Sie losgegangen und haben mir den Jogginganzug gekauft. Einen pinkfarbenen. Er war hässlich, aber das war lieb von Ihnen. Es tut mir Leid, dass ich auf dem Heimweg nicht sehr freundlich war. Mir ging es echt nicht gut.«

»Thai Curry?«

Die Kellnerin hielt ihm einen dampfenden Teller mit Curry vor die Nase. Banks nickte, und sie knallte den Teller hin, wobei sie das Essen fast auf den Tisch schwappen ließ.

Dann warf sie Emily einen finsteren Blick zu und verschwand.

»Was hat die denn?«, fragte Emily. »Also wirklich! Die dumme Kuh.«

»Sie mag Sie nicht«, sagte Banks. »Sie mag nicht, wie Sie sie behandelt haben, und ich glaube, sie mag auch Ihr Aussehen nicht.«

»Was kümmert es mich denn, ob sie mein Aussehen mag?«

»Sie haben gefragt. Ich habe Ihnen nur geantwortet.«

»Aber wozu ist sie denn hier, außer um die Leute zu bedienen? Sie wird ja schließlich dafür bezahlt.«

»Hören Sie, ich werde mich nicht mit Ihnen streiten. Es gehört nicht zu ihrem Job, Bestellungen anzunehmen, und Sie können ganz schön patzig sein.« Banks probierte sein Curry. Es war gut und scharf.

Emily funkelte ihn ein paar Sekunden lang an, schmollte, spielte dann mit dem großen Ring an ihrem Zeigefinger. »Dämliche alte Zicke«, murmelte sie.

Banks ignorierte sie und aß weiter, trank wegen der Schärfe gelegentlich einen Schluck Bier. Er war schneller mit dem Pint fertig, als er beabsichtigt hatte, und bevor er sie aufhalten konnte, war Emily aufgesprungen und bestellte ihm ein neues. Diesmal wurde sie von der Barfrau bedient, nicht vom Wirt, und Banks bemerkte, dass sie sich unterhielten. Emily nahm etwas aus ihrer Handtasche und zeigte es ihr.

»Worum ging's denn?«, fragte er, als sie zurückkam.

»Ach, nichts«, sagte sie und stellte ihren Drink ab. »Himmel, hier herrscht ja noch finsteres Mittelalter.«

»Wieso?«

»Ich hab nur nach einem TVR gefragt, und glauben Sie, die dumme Trulla hinter der Bar hatte eine Ahnung, wovon ich rede?«

»Ich muss sagen, dass ich auch keine Ahnung habe, wovon Sie reden.«

Emily sah ihn an, als käme er von einem anderen Stern. »Ihr musste ich das auch erklären. Das ist Tequila, Wodka und Red Bull. Tolles Zeug, gib einem ein echtes Alkohol-High, ohne das Genuschel und das Torkeln. Ich und … na ja, Sie wissen, wer ... wir haben das immer im Cicada Dust in Clerkenwell getrunken.«

»Und?«

Sie verzog das Gesicht. »Was glauben Sie?«

»Die haben das hier nicht.«

»Natürlich nicht.«

»Und was haben Sie stattdessen genommen?«

»Einen Snowball.«

Den kannte Banks: Advocaat und Limonade. Er hätte gedacht, das sei längst aus der Mode. Seine Mutter hatte manchmal zu Weihnachten einen Snowball getrunken. Nur den einen, für gewöhnlich, sie war nie eine große Trinkerin gewesen. »Mmm, der schmeckt gut.« Emily hielt ihm das Glas hin. »Wollen Sie mal probieren?«

»Nein, danke. Haben Sie noch Verbindung mit den Leuten in London? Craig? Ruth?«

Emily schüttelte den Kopf. »Kaum.«

»Craig sagte, Barrys Gorillas hätten ihn vor einem Pub in Soho zusammengeschlagen, während Sie lachend zugeschaut hätten.«

»Der verdammte Lügner.«

»Stimmt das nicht?«

»Doch, schon, aber nicht so, wie er es erzählt hat.«

»Wie dann?«

»Das war in Clerkenwell, vor Barrys Club. Craig hat von dem Club erfahren und fing an, da rumzuhängen, angeblich, um Fotos zu machen. Er war wie besessen. Er wollte nicht loslassen. Ich hab ihm gesagt, er solle wegbleiben, aber er kümmerte sich nicht darum. Er kam sogar rein, aber Barry hat ihm Lokalverbot erteilt. Als er draußen auf mich zukam, hat das das Fass zum Überlaufen gebracht. Ich hätte nicht zugelassen, dass sie ihn so verprügeln, aber das ist alles so schnell gegangen. Ehrlich, er war selbst daran Schuld.«

»Er sagte, er wisse nicht, wo Sie wohnen.«

»Das stimmt. Ich hatte Ruth gebeten, es ihm nicht zu sagen. Den Club kannte er aber schon von früher, von der Party.«

»Was für einer Party?«

»Die, auf der ich Barry kennen gelernt habe. Im Haus eines Promoters. Ruth hat uns mitgenommen. Sie kennt Leute aus der Musikszene und so.«

»Craig war auch da?«

»Ja. Daher wusste er, dass Barry einen Club in Clerkenwell hat. Nach dem Abend hab ich mich öfter mit Barry getroffen, und eine Woche später oder so habe ich Craig verlassen. Er fing an, mir auf den Geist zu gehen.«

»Verstehe. Und haben Sie gelacht, als er zusammengeschlagen wurde?«

»Ich habe nicht gelacht. Ich habe geweint. Der Trottel.«

»Warum sollte er mich belügen?«

»Die Wahrheit würde ihn nicht gerade gut dastehen lassen, oder? Craig mag oberflächlich nett und ausgeglichen wirken, aber er hat auch eine gemeine Ader, wissen Sie.«

»Hat er Sie je geschlagen?«

»Nein. Er wusste, dass ich mir das nicht gefallen lassen würde. Es war nur … na ja, wenn ich spät nach Hause kam oder so, blieb er immer wach und wartete auf mich, schrie mich an, nannte mich Nutte und Schlampe und so Zeug. Das war gemein. Hässlich. Und am nächsten Morgen wurde er dann so sentimental, sagte, er würde mich lieben, und kaufte mir Geschenke, und dabei wollte er mir doch bloß an die Wäsche.«

»Ich verstehe immer noch nicht, warum er mich belügen sollte. Er glaubte, ich sei Ihr Vater. Er muss doch angenommen haben, dass ich die Wahrheit herausbekomme, wenn ich Sie finde.«

Emily lachte. »Dummkopf. Das ist das Letzte, was ich meinem Vater erzählen würde. Denken Sie mal darüber nach.«

Banks tat, wie ihm befohlen. Sie hatte Recht. »Aber Sie erzählen es mir.«

»Das ist was anderes. Sie sind nicht mein Vater. Sie sind überhaupt nicht wie er. Sie sind …«

»Was bin ich?«

»Na ja, mehr wie ein Freund. Ein netter dazu.«

»Ich fühle mich geschmeichelt, Emily, aber das erzählen Sie Ihrem Vater besser nicht.«

Sie kicherte und legte die Hand vor den Mund, als sei es ihr peinlich, sich bei etwas Kindlichem ertappt zu haben. »Damit haben Sie Recht.«

»Haben Sie von Craig gehört, seit Sie wieder in Yorkshire sind?«

»Nein. Seit der Nacht vor dem Club hab ich nichts mehr von ihm gehört.«

»Was ist mit Ruth?«

»Mit der hab ich zweimal telefoniert. Aber ich hab ihr nicht viel Grund gegeben, mich zu mögen, oder? Ich glaube, sie war in Craig verknallt, und ich hab ihn ihr weggenommen.«

»Das war ebenso sehr seine Entscheidung. Außerdem wird sie darüber hinwegkommen.«

»Mag sein … na ja … Ruth hat auch ohne mich schon genug Probleme.«

»Was soll das heißen?«

»Nichts. Sie ist nur ziemlich daneben. Haben Sie das nicht gemerkt?«

»Sie kam mir ein bisschen merkwürdig vor.« Allerdings nicht viel merkwürdiger als Emily selbst, dachte Banks. Er schob den leeren Teller beiseite und zündete sich eine Zigarette an. Sich vor Emily als positives, nicht rauchendes Rollenvorbild aufzubauen, hatte wenig Zweck. »Erzählen Sie mir, was in jener Nacht in London passiert ist?«, fragte er. »Bevor Sie zu mir ins Hotel kamen.«

Emily leckte den Rand ihres Glases ab. »Ich hab darüber nachgedacht.«

»Und?«

Sie schaute sich um, beugte sich dann verschwörerisch vor. »Ich hab beschlossen, es Ihnen zu erzählen.«

Banks roch den Advocaat in ihrem Atem. Er lehnte sich zurück. »Ich bin ganz Ohr.«

Annie war nicht vollkommen ehrlich mit Banks gewesen, gestand sie sich am Nachmittag des nächsten Tages ein, während sie zum Daleview-Firmenpark hinausfuhr, um sich mit Ian Bennett, Charlie Courages Chef bei SecuTec, zu treffen. Wie gewöhnlich, wenn sie es zu schwierig fand, über etwas zu reden, hatte sie sich völlig unbekümmert gegeben. Das war aber alles nur Fassade und nichts dahinter. In Eastvale zu arbeiten, zusammen mit Banks, machte ihr mehr aus, als sie zugeben wollte. Sie war durchaus in der Lage, ihren Job von ihrem Privatleben zu trennen, hatte das Gefühl, einwandfrei zu arbeiten, egal mit wem, aber diese Nähe zu Banks könnte ihren Entschluss ins Wanken bringen, die Beziehung zu beenden. Schließlich hatte sie ihn nicht aufgegeben, weil sie ihn nicht mochte, sondern weil sie nach zu kurzer Zeit zu viel für ihn empfand und weil er so viele Komplikationen aus seiner vorherigen Beziehung mitbrachte, einer über zwanzigjährigen Ehe. Jetzt, wo sie wieder mit ihm zusammenarbeitete, musste sie sich eingestehen, dass sie immer noch eine Schwäche für ihn hatte.

Zum Teufel damit, sagte sie sich und warf einen raschen Blick auf die Karte, die neben ihr lag. Fast da. Sie würde einfach ihre verdammte Arbeit machen und sehen, wie es weitere lief. Eines hatte die kurze Romanze mit Banks allerdings bewirkt: Sie hatte Annies Glauben an ihre Arbeit erneuert, hatte sie darüber nachdenken lassen, warum sie überhaupt Polizistin geworden war. Jetzt fühlte sie sich sicherer, hatte mehr Selbstvertrauen, und sie würde sich auf jeden Fall um die Beförderung zum Inspector bewerben. Nicht dass der Job alles war, den Fehler würde sie nicht machen und zu einer alten Jungfer ohne Eigenleben werden, aber sie war bereit, alles zu geben, was notwendig war. Und da ihr Arbeitsleben anstrengend sein würde, brauchte sie keine Komplikationen im Privatleben. Was sich mit Banks in ihrem Bett nicht vermeiden ließe.

Am schwarzen Schmiedeeisenzaun zu ihrer Linken war ein Schild mit der Aufschrift DALEVIEW-FIRMENPARK angebracht, dazu eine Liste mit den hier ansässigen Firmen. Annie fuhr durch das Tor, das vermutlich mehr zum Schmuck diente als zur Sicherheit, dachte sie und sah sich nach dem Büro von SecuTec um.

Der Firmenpark bestand aus einem großen, einstöckigen Ziegelsteinkomplex in Form eines Fünfecks, unterteilt in einzelne Flügel, jeder mit einem eigenen Logo, und einige mit

Schaufenstern und Parkplätzen für zwei oder drei Autos davor. Obwohl es eigentlich kein Einkaufszentrum war, gab es einen Laden für Töpferwaren und einen Handarbeitsladen, ein Geschäft für Treppenlifte, eine Möbelwerkstatt und ein Aga-Zentrum. In den anderen Flügeln waren Büros untergebracht, zum Beispiel eine Agentur für Ferienhäuser und ein Vertrieb für Fitnessvideos, wie Annie bemerkte. Sie fragte sich, ob das ein Euphemismus für das war, was sie wirklich vertrieben. Wenn das nur die Tarnung für ein Pornounternehmen war, konnte es einen Zusammenhang mit dem Mord an Charlie Courage geben.

Ian Bennett öffnete die Bürotür, bevor Annie sie noch ganz erreicht hatte.

»Detective Sergeant Cabbot«, sagte sie und angelte nach ihrem Dienstausweis.

»Lassen Sie nur.« Bennett lächelte. »Ich glaube Ihnen auch so. Kommen Sie rein.«

Sie folgte ihm in das kleine Büro.

»Das trägt eine gut angezogene junge Polizistin also heutzutage.« Er musterte sie von oben bis unten.

Unter ihrem marineblauen, offenen Mantel trug sie Stiefel, eine schwarze Strumpfhose, einen kurzen Denimrock und einen weißen Pullover, was sie alles nicht besonders auffällig fand. Was hatte er erwartet? Eine Uniform? Ein Twinset und Perlen?

Bennett war jünger, als Annie nach der Stimme am Telefon erwartet hätte, vermutlich in ihrem Alter, Anfang dreißig, hatte dickes, welliges dunkles Haar und eine Bräune, die nicht von der Wintersonne in Yorkshire stammen konnte. Er sah aus, als triebe er Sport, um sich fit zu halten, irgendwas, bei dem man viel laufen musste, wie Tennis oder Squash, und wenn sein Gehalt vermutlich auch nicht für Armani reichte, trug er doch teure Designerklamotten, die ihn einiges gekostet haben dürften. Ein Handy beulte ostentativ die Tasche seiner Wildlederjacke aus. Annie nahm an, dass der BMW, neben dem sie parkte, ihm ebenfalls gehörte.

»Das trägt ein gut angezogener junger Yuppie also heutzutage, um die Mädels zu beeindrucken«, gab sie zurück und merkte, kaum hatte sie es ausgesprochen, dass das kein guter

Anfang für eine Befragung war. Das ist dein Problem, Annie: du hast Trottel noch nie gut ertragen können, womit du wenigstens eins mit Alan Banks gemeinsam hast. *Hör auf, an ihn zu denken.*

SecuTec besaß nur ein kleines Büro in Daleview, wo Charlie Courage seine Zeit als Nachtwächter verbracht hatte. Annie sah sich um und bemerkte, dass er zu seiner Unterhaltung einen kleinen Fernseher gehabt hatte, dazu eine Möglichkeit zum Teekochen und eine Mikrowelle zum Aufwärmen seines Mitternachtssnacks. Das Büro war zu klein für zwei Leute und roch nach warmem Plastik. Annie setzte sich an den Tisch, der wohl Charlie gehört hatte, und Ian Bennett lehnte sich an die gegenüberliegende Wand neben den Firmenkalender. Wie auf den meisten dieser Kalender war darauf eine lächelnde, vollbusige Blondine mit schmaler Taille in einem Bikini abgebildet. In der Hand hielt sie einen Schraubenschlüssel.

Bennett wurde rot bei der Beleidigung. »Das hab ich wohl verdient«, sagte er und strich sich über das Haar. »Ich sag immer was Blödes, wenn ich einer attraktiven Frau begegne. Können wir noch mal von vorne anfangen?«

Annie schenkte ihm ein dünnes Lächeln. »Wird wohl am besten sein.«

Bennett räusperte sich. »Ich fürchte, ich kann Ihnen nicht viel sagen«, begann er. »Ich kannte Mr. Courage nicht besonders gut.«

»Wann hat er zum letzten Mal gearbeitet?«

»Sonntagabend. Er hatte die Schicht von 16 Uhr bis Mitternacht.«

»Sind Sie sicher? Haben Sie ihn gesehen?«

»Nein, aber er hat sich eingeloggt. Ich meine, er muss sich einloggen, damit wir wissen, dass jemand da ist.«

»Wie hat er das gemacht?«

Bennett deutete auf den Schreibtisch. »Computer.«

»Könnte das auch jemand anders gemacht haben? Vorgegeben haben, er zu sein?«

»Ich nehme an, dass das möglich ist. Aber derjenige hätte den Benutzernamen und das Passwort von Mr. Courage wissen müssen.«

»Verstehe. Hat er immer diese Schicht gearbeitet?«

»Nein. An anderen Tagen hat er von Mitternacht bis acht Uhr morgens gearbeitet.«

»War er der einzige Nachtwächter?«

»Nein. Das ist folgendermaßen geregelt: An den Tagen, an denen die Firmen geöffnet sind, arbeitet der andere Sicherheitsbeamte, Colin Finch, von vier bis Mitternacht und Mr. Courage von Mitternacht bis acht, wenn die Firmen morgens wieder aufmachen. Am Sonntag wechseln sie sich ab. Colin arbeitet Samstag von vier bis Mitternacht, Charlie von Mitternacht bis acht. Dann arbeitet Colin von acht bis vier und so weiter.«

»Verstehe.« Annie konnte sich noch sehr genau an den Horror des Schichtdienstes erinnern. Meistens hatte sie jedes Zeitgefühl verloren. »Colin Finch muss demnach Mr. Courage gesehen haben, als sie Sonntag um vier die Schichten wechselten?«

»Ja. Das nehme ich an.«

»Können Sie mir seine Adresse geben?«

»Selbstverständlich.« Bennett fummelte am Computer rum und nannte Annie eine Adresse in Ripton. »Er kommt übrigens heute um vier, falls Sie dann noch hier sind.«

Annie sah auf die Uhr. Es war halb drei. »Wussten Sie, dass Mr. Courage vorbestraft war?«

Die Frage schien Bennett verlegen zu machen. »Ach ja? Äh, nein, das wussten wir nicht.«

»Eine Sicherheitsfirma wie Ihre überprüft doch gewiss mögliche Angestellte?«

»Normalerweise tun wir das. Ja, natürlich. Aber in diesem Fall … tja … das muss uns durchgegangen sein.«

»›Durchgegangen sein‹?«

»Ja.«

»Verstehe.« Annie machte sich eine Notiz in ihrem brandneuen Notizbuch. Tatsächlich schrieb sie »nicht vergessen, was zum Abendessen bei Marks & Sparks einzukaufen«, aber das brauchte Bennett nicht zu wissen. »Hat es in den letzten paar Monaten irgendwelche Vorfälle im Park gegeben? Seit Mr. Courage hier seine Arbeit aufgenommen hat?«

»Nein. Überhaupt nichts. Was SecuTec angeht, so schien Mr. Courage seine Arbeit gut zu machen.«

»Nichts wurde gestohlen?«

»Nichts.«

»Die anderen Mieter sind alle zufrieden?«

»Ja. Wie schon gesagt, es gab keine Probleme, keine Beschwerden. Ich nehme an, der Polizei käme so was nie in den Sinn, aber haben Sie mal daran gedacht, dass Mr. Courage auf die rechte Bahn zurückgekommen war, wie man so sagt? Ich meine, nur weil ein Mann ein paar Fehler macht, muss er doch nicht für immer verdorben sein, oder?«

Annie seufzte. Mit diesem Knaben würde sie nicht viel weiterkommen, das merkte sie jetzt schon.

»Mr. Bennett«, sagte sie, »warum überlassen Sie die Rückfall-kontra-Rehabilitationsdebatte nicht den Leuten, die wissen, wovon sie reden, und beantworten einfach meine Fragen?«

Er lächelte. »Ich dachte, das würde ich tun. Ich habe Ihnen gesagt, dass es keine Probleme gab. Ich habe mir nur die Bemerkung erlaubt, das könnte darauf hindeuten, dass Mr. Courage sich geändert hatte. Sie glauben doch, dass Kriminelle ihr Verhalten ändern können, oder, Detective Constable Cabbot?«

»Detective *Sergeant*«, korrigierte Annie und fügte im Geiste »Schwachkopf« hinzu. »Und ich erlaube mir nur die Bemerkung, dass Sie viel schneller wieder in Ihrem BMW sitzen und zu Ihrem nächsten Termin sausen können, wenn Sie einfach meine Fragen beantworten.«

Bennett fummelte an seinem Handy, als hoffte er, es würde klingeln. »Fahren Sie fort«, sagte er mit einem langen, leidvollen Seufzer.

Annie lächelte in sich hinein. Zweifellos würde er den Gästen seiner heutigen Dinnerparty oder wem immer von seiner Begegnung mit der Polizeibrutalität erzählen. »Welche Aufgaben hatte Mr. Courage?«, fragte sie.

»Er musste durch den Park gehen und einmal pro Stunde alle Türen überprüfen. Um ehrlich zu sein, es war kein aufreibender Job. Er hatte nicht viel zu tun.«

»Kann ich mir vorstellen, bei all diesen modernen Alarmanlagen. Warum haben Sie überhaupt einen Nachtwächter angestellt?«

»Das ist eine Frage des äußeren Eindrucks. Den Mietern gefällt das. Ob Sie es glauben oder nicht, egal, welche ausgeklügelten Alarmanlagen man einbaut, die Leute fühlen sich trotzdem sicherer, wenn ein menschliches Wesen da ist.«

»Wie tröstlich«, sagte Annie. »Dann brauche ich mir ja keine Sorgen wegen Robocop mehr zu machen.«

»Wie bitte?«

»Ein Witz. Vergessen Sie's.«

»Oh, verstehe. Ein Bulle mit einem Sinn für Humor. Na gut, jemanden auf dem Gelände zu haben, hält auch die Vandalen ab.«

»Was ist mit Hunden?«

»Auch die können nützlich sein, aber man kann sie nicht alleine lassen. Außerdem hat man dann das Problem mit den Prozessen, wenn sie tatsächlich mal jemanden beißen.«

»Wie hat Mr. Courage die Stelle bekommen?«

»Er hat sich ganz normal beworben. Ich muss sagen, er wirkte glaubwürdig genug.«

»Das Zeichen für einen Meisterverbrecher.«

»Soll das wieder ein Witz sein?« Bennett lächelte.

Annie lächelte nicht. »Mr. Courage wurde per Scheck bezahlt, wenn ich richtig informiert bin?«

»Nein. Sein Gehalt wurde ihm aufs Konto überwiesen.«

»Gab es Bonuszahlungen in bar?«

Bennett runzelte die Stirn. »Bonuszahlungen in bar? Ich weiß nicht, was Sie meinen.«

»Geld bar auf die Hand.«

»Keinesfalls. Das gibt es bei SecuTec nicht.«

»Und keine der Firmen im Park hat Geld als gestohlen gemeldet, während Mr. Courage hier als Nachtwächter angestellt war?«

»Nein.«

Annie schloss das Notizbuch. »In Ordnung, Mr. Bennett«, sagte sie. »Sie können jetzt gehen. Wir werden uns später vielleicht noch mal mit Ihnen in Verbindung setzen.«

»Gut. Fühlen Sie sich hier ganz wie zu Hause, aber vergessen Sie nicht abzuschließen, wenn Sie gehen.«

Bennett rannte praktisch aus dem Büro. Von der Tür aus sah Annie, wie er den BMW zurücksetzte und – hätte es vorher nicht so stark geregnet – sicherlich in einer Staubwolke davongebraust wäre. So raste er durch eine Pfütze und spritzte eine Frau nass, die gerade in den Handarbeitsladen gehen wollte. Sie sah an ihrem durchnässten Regenmantel und den Strumpfhosen hinunter, warf dem Auto einen bösen Blick nach und schüttelte die Faust.

Annie dachte, sie hätte nicht so scharf mit Bennett sein sollen, während sie ihn durch das Tor und nach rechts auf die Hauptstraße abbiegen sah. Er war in der Tat ein blasierter Schwachkopf, aber sie war schon genug von seiner Sorte begegnet und setzte sie normalerweise nicht so unter Druck. Bennett sah auch wie einer aus, der sich beschweren könnte. Würde das eine Auswirkung auf ihre Bewerbung zum Inspector haben? Das bezweifelte sie. Aber sie nahm sich vor, sich von Schwachköpfen und Trotteln nicht mehr so reizen zu lassen.

Jetzt musste sie nur entscheiden, ob sie nach rechts oder links gehen und eine Stunde mit den Leuten reden wollte, die in Daleview ihre Firmen hatten. Sie würden vermutlich sehr viel mehr über die alltäglichen Abläufe wissen als der dämliche Mr. Ian Bennett. Und mit etwas Glück hatte sich bis dahin Colin Finch zu seiner Schicht eingefunden.

»Barry war sehr wütend, nachdem Sie gegangen waren«, sagte Emily und spielte mehr mit einer weiteren Zigarette, als sie zu rauchen. »Ich hab ihn noch nie so wütend gesehen. Wenn er wütend ist, wird er ganz kalt. Er läuft nicht rot an und schreit oder so wie Dad, er setzt nur dieses starre Lächeln auf und macht alles auf eine sehr langsame, sorgfältige Weise, glättet die Kissen auf dem Sofa oder zündet sich eine Zigarette an. Und er spricht sehr leise. Beängstigend.«

»Wissen Sie, warum er wütend war?«

»Weil Sie kamen und Fragen gestellt haben. Er mag es nicht, wenn jemand Fragen stellt, besonders nicht Fremde.«

»Was hat er mit Ihnen gemacht?«

»Barry? Nichts. Das habe ich Ihnen doch gesagt. Er war auf seine kalte Art wütend. Er hat mir nur gesagt, ich solle mich für die Party fertig machen, dann haben wir uns noch etwas Koks reingezogen und sind losgefahren.«

»Was war das für eine Party?«

»Ach, das Übliche. Leute aus dem Musikgeschäft, ein paar unbedeutendere Bands, Groupies, dazu ein paar junge Veranstalter, andere Clubbesitzer. Die Art Leute, die Barry sammelt. Draußen gab es ein Freudenfeuer und Feuerwerk, aber wir blieben die meiste Zeit drinnen.«

»Drogen?«

Sie lachte. »Aber ja. Natürlich. Es gab immer Drogen.«

»Dealt Barry?«

»Nein. Er kauft nur.«

»Erzählen Sie weiter.«

Emily zögerte. Trotz ihres Draufgängertums merkte Banks, dass sie Schwierigkeiten hatte, darüber zu sprechen. »Barry war den ganzen Abend so komisch. Ich hab versucht ... na ja ... mich von ihm fern zu halten, bis sich seine Laune gebessert hatte, bin auf Distanz gegangen, hab mit ein paar von den Musikern gesprochen und so, aber er kam immer wieder an, lächelte auf seine kalte Art, legte mir den Arm um die Schultern, berührte mich ... kniff mich sogar ... tat mir weh ...« Sie nahm einen Schluck von ihrem Snowball, verzog das Gesicht und sagte: »Ich glaube, ich mag das doch nicht. Würden Sie mir ein Lager mit Lime holen oder so was? Ich bin durstig.«

»Ich kaufe Ihnen nichts Alkoholisches, Emily. Sie sind noch nicht volljährig.«

»Seien Sie kein Spielverderber. Ich trinke doch schon Alkohol, oder?«

»Das stimmt. Ich sollte wahrscheinlich nicht mal hier mit Ihnen sitzen. Aber ich bin nun mal hier. Wenn Sie wollen, dass ich Ihnen was zu trinken hole, kriegen Sie eine Limonade oder eine Cola.«

»Dann erzähle ich Ihnen den Rest der Geschichte nicht.«

»Spielt keine Rolle.«

»Mistkerl. Und ich dachte, Sie wären mein Freund.«

Banks schwieg. Emily stolzierte zur Bar und zog wieder alle Männerblicke auf sich. Banks trank einen Schluck Bier und zündete sich die zweite Zigarette an. In den nächsten Tagen würde er definitiv ein paar Ermittlungen wegen Mr. Barry Clough und seiner »geschäftlichen« Aktivitäten anstellen.

Emily kam mit einem Pint Lager und Lime zurück und verschüttete etwas, als sie sich triumphierend wieder setzte. Eine Weile sagte sie nichts, nahm dann einen langen Schluck, zögerte und setzte ihre Erzählung fort. »Es war ziemlich spät. Ich weiß nicht genau. Zwei oder drei Uhr morgens. Alle waren ziemlich fertig. Mir war ganz komisch, als hätte mir jemand was in den Drink getan. Könnte eine dieser Partydrogen gewesen sein, mit denen man Mädchen gefügig macht, aber ich hatte so viel anderes Zeug intus, dass ich nicht einschlief. Ich hatte nur ein merkwürdiges Gefühl. Als würde ich gleiten. Dann kam Barry, nahm mich beiseite und sagte, er wollte, dass ich etwas für ihn tat.« Während sie sprach, sah sie in ihr Glas und rieb mit den Fingern der rechten Hand über die Tischplatte. Banks bemerkte die abgekauten Nägel. »Er nahm mich mit nach oben in eines der Schlafzimmer. Ich dachte, ich sollte ihm einen blasen. Das wollte er manchmal. Mir war überhaupt nicht danach, ich war so weggedriftet, aber ... wenn er mich dann eine Weile in Ruhe ließ ... Wie auch immer, das war es nicht. Barry öffnete die Schlafzimmertür, und da lag Andy. Splitterfasernackt, und er ... ich meine, wir hatten alle V & E genommen, also war er, na ja, er war ...«

»V und E?«

Sie sah ihn als, als wäre er ein Idiot. »Viagra und Ecstasy. Also, wie gesagt, er war ... als hätte er einen Laternenpfahl zwischen den Beinen. Barry gab mir einen Schubs und sagte, ich solle nett zu Andy sein, dann hörte ich, wie sich die Tür schloss. Als Barry mich schubste, fiel ich aufs Bett, und Andy zerrte an meinem Kleid rum, rieb sich an mir. Es war widerlich. Ich war zwar stoned, und ich geb zu, dass ich nicht immer ein braves Mädchen war, aber das ging dann doch zu weit. Ich meine, es sollte doch wohl meine Entscheidung sein, mit wem ich Sex habe, nicht die eines anderen, oder? Und es war gar nicht wegen Andy. Ich meine, er ist ein mieser kleiner Typ, aber der Gedanke, dass Barry mich ihm überlassen hatte, als eine Art Strafe dafür, dass Sie gekommen waren und Fragen gestellt hatten … ich weiß nicht. Das hat mich einfach krank gemacht.«

Sie hielt inne und nahm einen Schluck von ihrem Bier. Banks spürte, wie er gleichzeitig wütend wurde und ein schlechtes Gewissen bekam. Schließlich war es sein Auftauchen gewesen, das Emily Probleme verursacht hatte. Er sagte sich, dass sie auch so in jedem Fall mit jemandem wie Clough irgendwann an diesem Punkt gelandet wäre, aber das half ihm im Moment auch nicht. Ihm fiel der Abend in einem Londoner Bistro ein, vor noch gar nicht langer Zeit, als ihm Annie Cabbot von der sexuellen Erniedrigung erzählt hatte, die ihr ein paar Polizeikollegen angetan hatten. »Wer war dieser Andy? Kannten Sie ihn?«

»Wie gesagt, ich hatte ihn schon öfter gesehen. Er ist einer von Barrys Laufburschen. Zumindest hatte ich gehört, wie Barry ihn rumkommandierte. Hat ihn auch total verarscht. Andy stottert, wissen Sie. Das war mit das Demütigendste an der Sache. Als hätte Barry mich einem seiner Angestellten überlassen. Jemand, den er für einen Schwachkopf hielt. Ich kam mir wertlos vor. Wie Scheiße.«

»Wie ist sein voller Name?«

»Andrew Handley. Aber alle nennen ihn Andy Pandy. Na ja, den Rest kennen Sie. Oder das meiste davon.«

»Wie sind Sie da weggekommen?«

»Wir haben gerangelt. Er hatte nicht mit Widerstand gerechnet, darum hab ich ihm einfach das Knie in die Eier gestoßen, und er hat mich geschlagen und losgelassen. Die Tür war nicht verschlossen. Ich bin rausgerannt, nach unten und aus dem Haus, ohne mich umzudrehen. Ich hatte nur Angst, dass Barry mir unten auflauern und mich festhalten würde, aber er war nicht zu sehen. Ich hatte Glück. Wir waren in der Nähe des Victoriabahnhofs, also bin ich zum Taxistand gerannt, und das Einzige, was mir einfiel, war Ihr Hotel. Und das ist alles. Die traurige Geschichte von Barry und Emily. Oder Barry und Louisa.«

»Hat er Sie schon vorher misshandelt?«

»Nein. Aber ich hab ihm auch nie Grund dazu gegeben.«

»Was soll das heißen?«

Emily dachte kurz nach. »Mit Craig war das einfach. Er war eifersüchtig, vielleicht ein bisschen zu sehr, und das machte ihn verrückt. Mit Barry ist das anders. Er ist besitzergreifend, nicht eifersüchtig. Er erwartet Loyalität. Man weiß, dass es bestimmte Grenzen gibt, die man nicht überschreiten darf. Ich bin kein Dummkopf. Ich kann zwar nicht genau sagen, was er macht, aber ich weiß, dass es vermutlich gesetzwidrig ist. Und ich weiß, dass er Menschen Schmerzen zufügt. Ich hab gesehen, was er mit Craig gemacht hat.«

»Gehörte das zu seiner Anziehungskraft?«

»Was? Dass er Menschen Schmerz zufügt?«

»Dass er ein Krimineller ist und Ihr Vater Polizist. Schließlich sind sie beide etwa im selben Alter.«

Emily schnaubte. »So was könnte mein Vater sagen. Nehmt ihr alle denselben Kurs in Poppsychologie?«

»Dahinter steckt eine gewisse Logik.«

»Überhaupt nicht. Barrys Anziehung besteht darin, dass es aufregend ist, mit ihm zusammen zu sein, dass er tolle Partys gibt, tolle Drogen hat und die Leute ihn respektieren.«

»Ihn fürchten, meinen Sie.«

»Was auch immer. Wenn Furcht die einzige Möglichkeit ist, sich Respekt zu verschaffen, was soll daran falsch sein? Niemand kommt Barry blöd.«

»Warum sind Sie dann nicht mehr bei ihm?«

Wieder rieb sie auf der Tischplatte herum. »Das hab ich Ihnen doch gerade erzählt.«

Ein verwirrtes Kind. Banks musste sich zurückhalten, um sich nicht vorzubeugen und seine Hand über ihre zu legen. Von seiner Seite her wäre das nur eine väterliche Geste gewesen, aber er war sich bewusst, dass weder Emily noch sonst jemand im Pub das so sehen würde. Im fiel ebenfalls auf, dass Emily bei der ganzen Liste von Barry Cloughs Vorteilen Sex nicht erwähnt hatte, nicht gesagt hatte, er sei toll im Bett. Banks zweifelte keinen Moment daran, dass Clough Emily sexuell ausgenutzt hatte – das hatte sie bereits zugegeben –, aber für sie, nahm er an, was das nur der Preis, den sie für das erregende Leben zahlen musste, nicht für das gemeinsame Vergnügen. Und dass sie sich so niedrig bewertete, war ein Grund zur Sorge.

»Haben Sie Angst vor ihm, Emily?«

»Natürlich nicht. Nur …«

»Was?«

Sie runzelte die Stirn. »Er ist sehr besitzergreifend, wie ich schon sagte. Barry verliert nicht gern seinen wertvollen Besitz.«

Eine Stunde später war Annie nass und durchgefroren und nicht viel klüger. Sie war von einem Ende zum anderen gelaufen, hatte mit Managern und Arbeitern gesprochen und absolut nichts erfahren. Wenn irgendwas Zwielichtiges im Daleview-Firmenpark vorgekommen war, hatte man das sehr geheim gehalten.

Mit großer Erleichterung näherte sie sich der vorletzten Firma. Banks hatte ein Treffen am späten Nachmittag einberufen, um die bisher gesammelten Erkenntnisse zusammenzutragen, und danach hatte Annie die Vision von einem langen heißen Bad, einem Mikrowellenessen von Marks und Sparks und einem Abend allein, an dem sie tun und lassen konnte, was sie wollte.

Das Handarbeitsgeschäft war warm und trocken und roch nach parfümierten Kerzen, hauptsächlich nach Rosen und Zitrone. Es war die Art von Geschäft, in der alle Ecken und Winkel voll gestopft waren mit so wichtigen Dingen wie Nadelkissen, Garn, Etuis, Stickmustern, Nadeleinfädlern, Stickrahmen, Stichumrechnern und tausend anderen merkwürdigen Dingen. Fertige Stickbilder hingen an den Wänden. Eher ein Ausstellungsraum als ein Geschäft. Einen Ladentisch gab es nicht, dafür eine bequem aussehende Sitzgarnitur, auf der sich die Kunden niederlassen und besprechen konnten, was sie einkaufen wollten.

Eine junge Frau kam aus dem Büro hinter dem Laden, dieselbe Frau, die Bennett bei seinem hastigen Abgang nassgespritzt hatte. Annie stellte sich vor und sagte, sie habe alle

Firmen vom SecuTec Büro aus im Uhrzeigersinn abgeklappert.

Die Frau reichte ihr die Hand. »Ich heiße Natalie«, sagte sie. »Willkommen in meinem Reich, wenn man das so nennen kann. Ich kann Ihnen gar nichts sagen, aber ich habe gerade den Kessel aufgestellt, wenn Sie ein paar Minuten im Warmen bleiben wollen.«

»Gerne«, erwiderte Annie. »Für eine Tasse Tee könnte ich jetzt glatt einen Mord begehen.« Wenn das Annehmen einer kostenlosen Tasse Tee bereits als Korruption galt, gab es keinen Polizisten in ganz England, der nicht korrupt war.

»Ist gleich fertig.« Natalie ging zurück ins Büro.

Annie sah sich die Stickmuster an und fragte sich, ob diese Arbeit wohl entspannend oder frustrierend war. Plötzlich kam ihr eine Erinnerung an ihre Mutter in den Sinn, wie sie im Schneidersitz auf dem Boden saß, die langen Haare um sich gebreitet, und eines ihrer fließenden Samtgewänder voller Perlenstickerei trug. Sie arbeitete an einem Stickbild einer örtlichen Dorfszene. Es war eine seltsame Vorstellung, weil Annie noch nie zuvor an ihre Mutter mit einer Handarbeit gedacht hatte, obwohl sie wusste, dass ihre Mutter sich alle Kleider selbst genäht hatte und die immer wunderschön bestickt waren. Sie würde anrufen und Ray fragen, ihren Vater. Vielleicht gab es noch einige der Stickbilder in der Kommune bei St. Ives, und sie konnte eines zur Erinnerung mitnehmen. Ihre Mutter war gestorben, als Annie erst fünf war. Sie bildete sich ein, ihre Mutter würde aufschauen und ihr zulächeln. Annie war plötzlich traurig. Natalie kam mit dem Tee zurück.

Offenbar war Annie die Traurigkeit anzusehen.

»Was ist los?«, fragte Natalie. »Sie sehen aus, als wäre Ihnen ein Geist begegnet, meine Liebe.«

»Ach, nichts. Erinnerungen, mehr nicht.«

Natalie sah sich im Ausstellungsraum um, als suche sie nach dem anstößigen Objekt. Annie beschloss, dass es Zeit war, auf den eigentlichen Zweck ihres Besuchs zurückzukommen. »Danke für den Tee«, sagte sie und trank einen Schluck. »Ich weiß, Sie meinten, Sie könnten mir nichts sagen, aber ich nehme an, Sie haben gehört, was mit Mr. Courage passiert ist?«

»O ja. Hier spricht sich alles schnell rum. Schließlich sind die meisten schon seit der Eröffnung des Firmenparks hier, also kennen wir uns alle. Sollen wir uns nicht setzen?« Sie deutete auf die Sitzgarnitur, und Annie nahm auf dem Sessel Platz. Sie war so erschöpft, dass sie befürchtete, überhaupt nicht mehr aufstehen zu können.

»Haben Sie ihn gekannt?«, fragte sie.

»Nein. Aber ich weiß, dass er noch nicht lange hier war.«

»Seit September.«

»Ach ja? Wenn Sie das sagen. Mr. Bennett hat ihn rumgeführt, bevor er anfing, und uns allen vorgestellt, damit wir ihn wiedererkannten und wussten, wen wir anrufen mussten, wenn es Probleme gab; aber danach habe ich ihn nie wieder gesehen. Wissen Sie, ich bin meistens schon um fünf Uhr weg, außer donnerstags und freitags, da habe ich bis sieben Uhr offen. Zumindest bis nach Weihnachten, dann hat das nicht viel Sinn mehr, bis das Wetter besser wird. Sie wären erstaunt, wie viele Touristen im Frühjahr und Sommer hier vorbeikommen, aber den meisten Umsatz mache ich mit Stammkunden. Handarbeit ist was ziemlich Spezielles. Die Kunden wissen, was sie wollen, und sie wissen, dass ich es da habe. Natürlich rufen sie für gewöhnlich vorher an. Ach du liebe Zeit, da rede und rede ich. Aber ich hab Sie gewarnt, dass ich nichts weiß.«

Annie lächelte und trank ihren Tee. »Das macht doch nichts«, sagte sie. »Gibt mir die Möglichkeit, mich aufzuwärmen und meinen Tee zu trinken. Bisher haben alle, mit denen ich gesprochen habe, gesagt, es hätte keine Vorfälle im Park gegeben, nicht mal Bagatelldiebstähle. Stimmt das?«

»Na ja, ich kann nicht für alle sprechen, aber bei mir im Laden wird manchmal was gestohlen. Nichts Großes, verstehen Sie, aber irritierende kleine Dinge. Stickgarn, Nadelpäckchen, solche Sachen.«

»Kinder?«

»Das bezweifle ich. Hier kommen nicht viele Kinder her. Handarbeit ist für die jüngere Generation heutzutage kaum noch interessant.«

»Wenn es das jemals war.«

»Aber trotzdem, man kann davon leben. Na ja, mit Ladendiebstählen muss man in einem Geschäft wie meinem rechnen, aber wie gesagt, es war nichts Ernsthaftes.«

»Es gibt gut organisierte Banden von Ladendieben. Halten Sie die Augen offen. Wenn es schlimmer wird, sagen Sie uns Bescheid.«

Natalie nickte.

Annie bewegte sich. »So gern ich auch bleiben würde, ich kann leider nicht den ganzen Tag hier sitzen«, sagte sie mit einem raschen Blick aus dem Fenster. Draußen regnete es immer noch. Sie schaute auf die Liste, die Bennett ihr gegeben hatte, und stand auf. »Noch einer.«

Natalie runzelte die Stirn. »Nicht wenn Sie im Uhrzeigersinn von SecuTec aus gegangen sind. Da ist keiner mehr.«

Annie sah auf ihre Liste. »Was soll das heißen? Ich habe hier eine Firma namens PKF Computersysteme stehen, direkt nebenan.«

»Die Computerleute? Die sind weg.«

»Wann sind sie ausgezogen?«

»Über das Wochenende. Mr. Bennett ist wahrscheinlich noch nicht dazu gekommen, die Liste zu aktualisieren.«

»Wie viele haben dort gearbeitet?«

»Nur zwei, soviel ich feststellen konnte. Das ist eine der kleineren Firmen.«

»Kennen Sie ihre Namen?«

»Tut mir Leid. Ich habe sie kaum gesehen. Die waren nicht sonderlich gesellig.«

»Und die Leute, die kamen und gingen?«

»Nur Lieferwagen. Das Übliche.«

»Na gut. Vielen Dank, dass Sie mir Ihre Zeit geopfert haben. Und für den Tee.«

»War mir eine Freude. Hellt diesen trüben Nachmittag auf.«

Annie verließ das Handarbeitsgeschäft und ging eine Tür weiter. Sollte es je ein Firmenschild gegeben haben, dann war es jetzt abmontiert. Statt der Schaufenster gab es hier nur drei kleinere Fenster an der Vorderfront. Annie schaute durch eines hinein, und soviel sie sehen konnte, war drinnen alles leer, komplett ausgeräumt. Mehr brauchte es nicht, um die kleine Alarmglocke in ihrem Polizistenkopf zum Klingeln zu bringen. Charlie Courage, zuletzt von einem Nachbarn am Sonntagnachmittag gesehen, hatte angeblich an dem Tag die Schicht von vier bis Mitternacht gehabt und wurde am Dienstag fast zweihundert Meilen entfernt tot aufgefunden. Im letzten Monat hatte er fünf Barzahlungen über zweihundert Pfund erhalten. Und jetzt war diese Computerfirma über das Wochenende getürmt.

Es lohnte sich bestimmt, sich in den verlassenen Räumen mal kurz umzuschauen, und wenn sie fertig war, dachte Annie, hatte sich Colin Finch vermutlich im Büro von SecuTec eingefunden. Das sollte ihr genug Zeit lassen, mit ihm zu reden, bevor sie zu dem Treffen auf die Dienststelle zurückfuhr.

»Ich will Sie nicht dazu aufstacheln, sich als Racheengel zu betätigen«, sagte Emily. »Sie haben Ihre Rolle als Ritter in schimmernder Rüstung bereits gespielt, vielen Dank.«

»Warum erzählen Sie mir das dann alles?«

»Weil Sie gefragt haben. Und weil ich Ihnen eine Erklärung schulde. Nur deshalb.«

»Sie haben zugegeben, dass Sie sich vor Clough fürchten.«

»Das war dumm von mir.« Sie schauderte leicht zusammen. »Liegt wohl daran, dass ich darüber geredet habe, mich erinnert habe, wie er sich in jener Nacht benommen hat. Und ich …«

»Was?«

»Ach, nichts.«

»Los, spucken Sie's aus.«

»Ach, nur dass ich dachte, ich hätte Jamie im Swainsdale-Einkaufszentrum gesehen.« Sie lachte, tippte sich mit dem Finger an die Stirn. »Bekloppt. Die paranoide Emily, so werden sie mich nennen.« Ihre Nägel waren fast bis aufs Fleisch abgekaut, bemerkte Banks.

»Jamie wer?«

»Jamie Gilbert. Er ist einer von Barrys engsten Mitarbeitern. Barry spricht, und Jamie springt. Ich mag ihn nicht. Er sieht gut aus, ist aber ein gemeiner Kerl. Bei dem läuft's mir kalt den Rücken runter.«

»Wann haben Sie ihn gesehen?«

»Vor zwei Tagen. Montag, glaube ich. Aber er kann es nicht gewesen sein. Ich muss es mir eingebildet haben. Barry weiß nicht mal, wer ich wirklich bin oder wo ich wohne. Louisa Gamine, erinnern Sie sich?«

»Wie könnte ich das vergessen?« Banks war sich sicher, dass ein Mann wie Barry Clough durchaus die Möglichkeit hatte, alles rauszukriegen, was er wollte. »Aber seien Sie vorsichtig. Wenn Sie meinen, ihn oder Clough hier in der Gegend noch mal zu sehen, sagen Sie mir Bescheid. In Ordnung?«

»Ich kann selbst auf mich aufpassen.«

»Emily, versprechen Sie mir, dass Sie mir Bescheid sagen, wenn Sie einen von den beiden sehen.«

Emily wedelte mit der Hand. »Okay. Okay. Machen Sie sich nur nicht ins Hemd.«

»Sie haben mir nicht gesagt, was Clough geschäftlich macht.«

»Weil ich es nicht weiß.«

»Sind Sie sicher, dass er kein Drogendealer ist?«

»Ja. Ich meine, ich glaube nicht. Wie gesagt, er hatte immer Drogen rumliegen. Er kennt Leute, tut Leuten einen Gefallen und so, besorgt ihnen vielleicht was, aber er ist kein Dealer. Da bin ich mir sicher.«

»Wie kommt er dann an sein Geld?«

»Ich hab doch schon gesagt, dass ich es nicht weiß. Er hat nie mit mir darüber gesprochen. Was Barry angeht, sind Frauen nur fürs Vergnügen da, nicht fürs Geschäft. Zum einen hat er seinen Club. Der kostet ihn ziemlich viel Zeit. Und dann betreut er sicher auch noch ein paar Bands und macht Konzertpromotion. Er hat im ganzen Land Geschäftsinteressen. Dauernd ist er unterwegs. Leeds. Dover. Manchester. Bristol. Manchmal hat er mich mitgenommen, aber um ehrlich zu sein, war es ziemlich langweilig, in irgendeinem Hotelzimmer auf ihn zu warten oder im Regen durch die Straßen einer schmuddeligen kleinen Stadt zu gehen. Einmal hat er mich sogar gefragt, ob ich mit hierher kommen wolle.«

»Hier? In den Black Bull?«

»Nach Eastvale, Dummkopf. Können Sie sich das vorstellen? Barry und ich, wie wir durch Eastvale schlendern? Also wirklich, meine *Mutter* arbeitet hier.« Sie schlug auf den Tisch, dass die Gläser wackelten. »Ich will nicht mehr über ihn reden. Es ist vorbei. Barry wird das nächste kleine Mädchen aufgabeln, und ich mache mit meinem Leben weiter.«

»Wie läuft es zu Hause?«

Sie verzog das Gesicht. »Wie erwartet.«

»Und das heißt?«

»Langweilig. Die wollen nur, dass ich mich ruhig verhalte und nicht im Weg bin. Mutter lässt mich ziemlich links liegen. Dad hat ständig seine Politikkumpel da. Sie sollten sehen, wie manche von denen mich anglotzen. Aber er merkt das nicht. Ist zu sehr damit beschäftigt, seine Zukunft zu planen.«

»Und was ist mit Ihnen? Was haben Sie vor?«

Emilys Gesicht erhellte sich, und sie nahm einen großen Schluck Bier. »Ich hab mir überlegt, dass ich vielleicht doch auf die Uni gehe.«

»Müssen Sie dafür nicht erst Abitur machen?«

»Klar. Aber das kann ich auch auf einem dieser Colleges machen. Oder sogar zu Hause. Das ist nicht so schwer.«

»Ah ja.« Banks war selbst die mittlere Reife schwer gefallen. »Und auf welche Uni wollen Sie gehen?«

»Oxford oder Cambridge, natürlich.«

»Natürlich.«

Ihre Augen wurden schmal. »Machen Sie sich über mich lustig?«

»Würde mir nicht im Traum einfallen.«

»Was Sie nicht sagen. Na ja … also … ich hab mir überlegt, ich hätte auch nichts dagegen, in Amerika zu studieren. Harvard oder Stanford oder so. Nicht in Bryn Mawr. Hört sich zu sehr an wie die hässliche kleine Stadt in Wales, in der wir eine Weile gewohnt haben, als ich noch klein war. Und auch nicht in Poughkeepsie. Das klingt, als würden die da nur furzen.«

»Was wollen Sie denn studieren?«

»Da bin ich mir noch nicht sicher. Vielleicht Sprachen. Oder Schauspiel. Bei Schulaufführungen war ich immer gut. Aber ich hab noch viel Zeit, darüber nachzudenken.«

»Ja, die haben Sie.« Banks schüttelte eine weitere Zigarette aus dem Päckchen. Emily gab ihm Feuer mit einem goldenen Feuerzeug. »Ich will nicht wie Ihr Vater klingen«, fuhr er fort, »aber diese Drogensache ...«

»Das kann ich aufgeben, wann immer ich will.«

»Sind Sie sicher?«

»Klar. Ich hab sowieso nie viel genommen. Nur ein bisschen Koks, Crystal, V & E.«

»Viagra und Ecstasy?«

»Sie haben es sich gemerkt.«

»Das haben Sie genommen?«

»Klar.«

»Aber Viagra ... ich meine, wie wirkt das? Bei Frauen?«

Sie warf ihm ein verschmitztes Grinsen zu und tätschelte seinen Arm. »Tja, ich hab zwar keinen Ständer gekriegt, aber es geilt einen echt auf. Gibt einem richtig Schub, so ähnlich wie Speed.«

»Ah ja. Und es hat Ihnen nichts ausgemacht, das Zeug aufzugeben?«

»Ich bin ja nicht süchtig, wenn Sie darauf hinauswollen. Ich kann jederzeit aufhören.«

»Ich habe nicht behauptet, dass Sie süchtig sind. Nur, dass es schwierig sein kann, ohne Hilfe von außen davon loszukommen.«

»Ich geh nicht in eine dieser verdammten Kliniken mit all den Verlierern, wenn Sie das meinen. Ich denk nicht daran!« Sie verzog den Mund und schaute weg.

Banks hob die Hände. »Schon gut, schon gut. Ich will ja nur sagen, falls Sie merken, dass Sie Hilfe brauchen ... Na ja, an Ihren Vater können Sie sich wohl kaum wenden. Mehr nicht.«

Emily starrte ihn eine Weile an, als wolle sie das Gesagte verdauen und übersetzen. »Danke«, sagte sie schließlich, wich seinem Blick aus und lächelte schwach. »Wissen Sie, warum mein Vater Sie nicht leiden kann?«

Banks war so verblüfft, dass er sich verschluckte und husten musste. Als er wieder zu Atem kam, meinte er: »Persönlichkeitskonflikt?«

»Weil er Sie beneidet. Deswegen.«

»Mich beneidet?«

»Ja. Bestimmt. Ich hab ihn mit Mutter reden hören. Wissen Sie, dass er glaubt, Sie hätten was mit einer pakistanischen Nutte in Leeds?«

»Sie ist nicht aus Pakistan, sondern aus Bangladesch. Sie ist keine Nutte. Und außerdem hatten wir nie was miteinander.«

»Egal. Und die Musik. Die macht ihn verrückt.«

»Aber wieso?«

»Wissen Sie das nicht?«

»Sonst würde ich nicht fragen.«

»Weil Sie ein Leben haben. Sie haben ein Verhältnis, Sie hören sich Opern oder was immer an, und Sie erledigen Ihre Arbeit, erzielen Ergebnisse. Dad hält sich streng an die Vorschriften. Hat er schon immer getan.«

»Aber er ist der jüngste Chief Constable, den wir je hatten. Warum um alles in der Welt sollte er eifersüchtig auf meine Leistungen sein?«

»Sie kapieren's immer noch nicht, oder?«

»Offenbar nicht.«

»Er ist neidisch. Sie sind alles, was er gerne wäre, aber nicht sein kann. Er hat einen Kurs eingeschlagen, den er nicht mehr ändern kann, auch wenn er wollte. Er hat alles geopfert, nur um dahin zu kommen. Glauben Sie mir, ich weiß, was ich sage. Ich gehöre auch zu dem, was er geopfert hat. Alles, was er hat, ist sein Ehrgeiz. Er hat keine Zeit, Musik zu hören, mit seiner Familie zusammen zu sein, nebenbei eine andere Frau zu haben, ein Buch zu lesen. Als hätte er einen Pakt mit dem Teufel geschlossen und ihm im Tausch gegen weltliche Macht und Status alles andere überlassen. Und da ist noch was. Er kann mit Politik umgehen, jede Menge Examen ablegen und Kurse absolvieren, ist in Management- und Verwaltungsaufgaben besser als sonst jemand bei der Polizei, aber in einer Sache ist er eine absolute Niete.«

»Und die wäre?«

»Er kann kein Verbrechen aufklären, selbst wenn ihm die Beweise direkt unter der Nase liegen.«

»Was spielt das für eine Rolle?«

»Weil er deswegen zur Polizei gegangen ist.«

»Woher wissen Sie das?«

»Ich weiß es nicht, ich rate nur. Aber ich hab mal seine Bücher gesehen, als wir meine Großeltern in Worthing besucht haben. Lauter Taschenbücher aus den Sechzigerjahren, ganz ordentlich mit seinem Namen drin. All diese Bücher von Penguin mit dem grünen Einband. Detektivgeschichten. Sherlock Holmes. Agatha Christie. Ngaio Marsh. Dieser langweilige alte Mist. Und ich hab welche durchgeblättert. Wissen Sie, was er gemacht hat? Er hat sich Notizen am Rand gemacht, wer seiner Meinung nach der Täter war, was die Hinweise bedeuteten. Ich hab sogar eins gelesen, während wir dort waren. Mehr daneben hätte er kaum liegen können.«

Banks fühlte sich unwohl. Dieser intime Blick in Riddles Kindheitsträume kam ihm fast obszön vor. »Wo haben *Sie* Ihren Kurs in Poppsychologie absolviert?«, fragte er, versuchte die ganze Sache beiseite zu wischen.

Emily lächelte. »Es hat eine gewisse Logik. Denken Sie darüber nach. Hören Sie, es war nett mit Ihnen, aber ich muss wirklich los. Ich hab um drei eine Verabredung. Und heute Abend wollen wir durch die Clubs ziehen.« Sie packte ihre Handtasche zusammen, die mehr an einen kleinen Rucksack erinnerte, strich sich über das Haar und stand auf. »Vielleicht können wir das ja mal wiederholen?«

»Gerne«, sagte Banks. »Aber nächstes Mal zu meinen Bedingungen oder überhaupt nicht.«

»Ihren Bedingungen?«

»Kein Alkohol.«

Sie streckte ihm die Zunge aus. »Spielverderber. Ciao.« Dann griff sie nach ihrer Jacke, drehte sich schwungvoll um und stolzierte aus dem Pub. Alle Männer sahen ihr mit Hundeaugen nach, was manchen barsche Bemerkungen ihrer neben ihnen sitzenden Frauen einbrachte. Eine Frau warf Banks einen besonders feindseligen Blick zu, als hielte sie ihn für einen Kinderschänder.

Nachdem Emily gegangen war, blieb Banks noch ein paar Minuten sitzen und dachte darüber nach, was sie gesagt hatte. Selbstanalyse hatte früher nicht zu seinen Gewohnheiten gehört, und er hatte sich erst nach der Trennung von Sandra, sogar erst nach dem Umzug ins Cottage damit beschäftigt. Dort hatte er viele Abende damit verbracht, den Sonnenuntergang über den mit Steinplatten belegten Dächern von Helmthorp und die länger werdenden Schatten an den fernen Talwänden zu betrachten, während er in sich ging, seine Motive überprüfte, überlegte, was ihn zu dem Mann gemacht hatte, der er war, und warum er all die Fehler begangen hatte. Da war er, ein Mann in den Vierzigern, der eine Bestandsaufnahme seines Lebens machte und herausfand, dass es alles gar nicht so war, wie er gedacht hatte.

Riddle hasste ihn also, weil Banks als Detektiv ein Naturtalent war und ein Leben zu haben schien, einschließlich einer imaginären Geliebten. Ein Teil von Riddles Neid, wenn es denn Neid war, beruhte demnach auf Irrtümern. Was konnte mitleiderregender sein, als einen Mann um ein Leben zu beneiden, das man sich nur einbildete? Natürlich war das bloß die Analyse eines frühreifen Teenagers, aber vielleicht lag sie gar nicht so falsch. Schließlich hatte Riddle Banks von Anfang an nie eine Chance gegeben. Aber, dachte Banks und trank den letzten Schluck seines Pint, das war jetzt nicht mehr sein Problem. Jetzt, wo Riddle mit dem Rücken zur Wand stand, konnten die Dinge nur besser werden. Als Banks den Kragen hochschlug und den Pub verließ, war er sich bewusst, dass die Augen der Frauen Löcher in seinen Regenmantel brannten.

7

Sergeant Jim Hatchley kam als Letzter zu der für Donnerstagnachmittag angesetzten Besprechung, kreuzte um zwanzig nach fünf auf, roch nach Ale und Tabak und sah aus, als hätte man ihn rückwärts durch eine Hecke gezerrt. Banks, Annie Cabbot und die Constables Rickerd, Jackman und Templeton hatten sich bereits im »Sitzungssaal« versammelt, so genannt wegen der Wandtäfelungen und der Ölbilder toter Mühlenbesitzer. Eine dünne Staubschicht von den Renovierungsarbeiten hatte sich sogar über den langen Banketttisch gelegt, der für gewöhnlich so glänzend poliert war, dass man sich darin spiegeln konnte.

»Entschuldigung, Sir«, murmelte Hatchley und setzte sich.

Banks wandte sich an Annie Cabbot, die gerade ihren Bericht über den Nachmittag im Daleview-Firmenpark begonnen hatte. »Fahren Sie fort, Sergeant Cabbot«, sagte er. »Wo wir jetzt alle hier sind.«

»Na ja, Sir, sehr viel ist dem nicht hinzuzufügen. Charlie kam Sonntagnachmittag zur Arbeit, wie gewöhnlich, loggte sich ein und ging um Mitternacht nach Hause. Colin Finch, seine Ablösung für die Schicht von Mitternacht bis acht, sagte, er habe ihn um vier und um Mitternacht gesehen, also wissen wir, dass Charlie noch lebte, als er den Park verließ.«

»Hat Finch noch mehr gesagt?«, fragte Banks.

»Nur, dass er Charlie kaum gekannt hätte. Sie begegneten sich wie Schiffe in der Nacht. Seine Worte, nicht meine. Und ihm ist nichts Zwielichtiges in Daleview aufgefallen. Auch von den anderen, mit denen ich gesprochen habe, scheint keiner Charlie gekannt zu haben – kein Wunder, wenn man bedenkt, dass er für gewöhnlich gearbeitet hat, wenn die anderen nach Hause gegangen waren –, und es sind keine Vorfälle im Park gemeldet worden, sodass er kaum etwas zu tun hatte.«

»Könnte sein Tod demnach nichts mit seiner Arbeit zu tun haben?«, fragte Banks.

»Das ist möglich«, erwiderte Annie und sah zu Hatchley. »Schließlich war er vorbestraft. Hat sich früher mit ziemlich finsteren Gestalten abgegeben. Aber eines war in der Tat merkwürdig.«

»Ja?«

Annie nahm einen Umschlag aus ihrer Aktentasche und legte ihn auf den Tisch. »Eine der Firmen aus Daleview – PKF Computersysteme – ist Sonntagabend mit Sack und Pack ausgezogen.«

»Bei Nacht und Nebel?«

»Nein, Sir. Alles ganz ordnungsgemäß, laut Colin Finch. Nur sehr kurzfristig. Um Mitternacht, als seine Schicht begann, waren sie schon weg.«

»Konnten sie ihre Rechnungen nicht bezahlen?«

»Sie waren nichts schuldig, als sie ausgezogen sind, aber ich denke schon, dass Geldprobleme dahinter steckten.«

»Vermutlich«, sagte Banks. »Aber sie haben nichts angestellt?«

»Nein. Allerdings ein interessantes Timing, oder?«

»In der Tat.« PKF war während Charlie Courages letzter Schicht ausgezogen. Banks mochte Zufälle ebenso wenig wie jeder andere anständige Polizist. »Fahren Sie fort.«

»Na ja, da Ian Bennett mir freie Hand gelassen hatte und die Schlüssel alle in Mr. Courages altem Büro hingen, hab ich mich in den Räumen von PKF kurz umgesehen.«

»Irgendwas gefunden?«

»Alles total ausgeräumt. Sie hatten sich offensichtlich Mühe gegeben, nichts zurückzulassen. Nur das hier. Ich fand es eingeklemmt hinter dem Heizkörper. Muss dahinter gefallen sein.« Sie hielt den Umschlag hoch und klopfte dagegen. Eine angeknackste, vierzehn mal zwölf Zentimeter große Hartplastikhülle fiel auf den Tisch.

»Eine CD-Hülle«, sagte Banks. »Für eine Computerfirma nichts Ungewöhnliches. Software und so.«

»Ja«, stimmte Annie zu. »Ist vielleicht völlig bedeutungslos. Wahrscheinlich ist die ganze PKF-Sache bedeutungslos, aber ich bin trotzdem vorsichtig mit der Hülle umgegangen. Wir könnten sie auf Fingerabdrücke überprüfen.«

»Glauben Sie, an PKF ist was faul?«

Annie lehnte sich zurück. Sie sah sogar aus, als fände sie die harten und sitzunfreundlichen Stühle im Sitzungssaal bequem, dachte Banks. »Ich weiß nicht, Sir. Mir ist nur der Zeitpunkt aufgestoßen, der Auszug am selben Wochenende, an dem Courage verschwand. Es könnte sich lohnen, die Firma zu überprüfen, rauszufinden, wer die Leute sind und was sie machen. Könnte uns helfen, eine Erklärung für Charlies plötzlichen Reichtum zu finden.«

Banks nickte. »Da haben Sie Recht. Das können Sie sich morgen vornehmen. Und es kann auch nicht schaden, sich mit Vic Manson wegen der Fingerabdrücke in Verbindung zu setzen. Wenn einer der Mitarbeiter von PKF in der Kartei ist, genau wie Charlie ...« Er schaute zu den drei Constables am anderen Ende des Tisches. Sie hatten eine Haus-zu-Haus-Befragung durchgeführt, um zu ermitteln, ob jemand Charlie nach Sonntagmittag noch gesehen hatte. »Was haben Sie rausgefunden?«

Winsome Jackman sprach als Erste. »Ein Nachbar hat ihn am späten Sonntagnachmittag zur Arbeit gehen sehen, Sir, und der Mann von gegenüber hat gesehen, wie Charlie am Montagmorgen um acht seine Milch reinholte.«

»Sonst noch jemand?«

Winsome schüttelte den Kopf. Kevin Templeton sagte: »Mrs. Finlay, der Frau aus Nummer zweiundvierzig, ist etwas aufgefallen. Sie sagt, sie hätte Charlie etwas später am Montagmorgen mit zwei Männern in ein Auto steigen sehen.«

»Beschreibung?«

»Nicht sehr brauchbar, Sir.« Templeton malte im Staub auf der Tischplatte herum, während er sprach. »Einer war mittelgroß, der andere ein bisschen größer. Sie trugen Jeans und Lederjacken, braun oder schwarz. Der größere hatte schütteres Haar, der andere kurzes blondes. Sie sagte, sie hätte sie nicht allzu gut gesehen und nicht besonders darauf geachtet. Ich habe sie gefragt, ob sie dächte, Mr. Courage sei auf irgendeine Weise gezwungen worden, in das Auto zu steigen, und sie meinte, den Eindruck hätte sie nicht gehabt, aber sie könnte sich täuschen.«

Banks seufzte. Das war typisch für die meisten Zeugenaussagen. Natürlich achtete man nicht sonderlich darauf, wenn man nicht wusste, dass es um etwas Folgenschweres ging wie die letzte Fahrt eines Mannes. Die meisten Menschen sehen nicht viel an der Peripherie, sind mehr damit beschäftigt, was sie selbst tun, wohin sie wollen, was sie denken. »Was ist mit dem Auto?«

»Helle Farbe. Vielleicht weiß. Mehr konnte sie nicht dazu sagen. Nichts Auffälliges, sah aber neu aus, frisch poliert.«

»Na gut«, sagte Banks. »Die Zeit? Konnte sie die genauer angeben?«

»Etwas, Sir«, erwiderte Templeton. »Sie sagt, es kann nicht lange nach zehn gewesen sein, weil sie gerade angefangen hatte, sich die ›Frauenstunde‹ im Radio anzuhören, und die beginnt um zehn.«

»Interessant.«

»Vielleicht war die Fahrt vorher verabredet?«, meinte Annie. »Hätte doch sein können, dass er sich darauf freute. Vielleicht dachte er, sie fahren irgendwo hin, wo es nett ist und er noch mehr Geld bekommt?«

»Könnte sein.« Banks wandte sich an Hatchley. »Was hat Ihr Nachmittag an den Fleischtöpfen von Eastvale ergeben, Jim?«

Hatchley kratzte sich an seiner Knollennase. »Charlie war in was Unsauberes verwickelt, soviel ist klar.«

»Erzählen Sie.«

Hatchley holte sein Notizbuch raus. Arbeiter fingen irgendwo im Anbau an zu hämmern. Hatchley hob die Stimme. »Laut Len Jackson, einem seiner alten Kumpel, hatte Charlie eine hübsche kleine Einnahmequelle, und damit meinte er nicht seinen Job in Daleview.«

»Hing es damit zusammen?«

»Das hat Charlie nicht verraten. Er hat sich ziemlich vage ausgedrückt. Allerdings hat er gesagt, dass es ihm bereits was eingebracht hätte und er schon bald ein größeres Stück vom Kuchen bekäme. Was er jetzt bekam, waren Peanuts im Vergleich zu dem, was er bald kriegen würde.«

»Interessant. Aber er sagte nicht, welcher Kuchen?«

»Nein, Sir. Charlie war da offensichtlich sehr zugeknöpft. Er wollte, dass seine alten Kumpel erfuhren, wie gut es ihm ging, aber nicht, was er da machte. Hatte wohl Angst vor der Konkurrenz, nehme ich an.«

»Na gut«, sagte Banks. »Wenigstens wissen wir, dass wir auf der richtigen Spur sind. Jetzt müssen wir nur noch rausfinden, was er gemacht hat und wer dahinter steckte. Klingt ganz einfach, was?« Er schüttelte den Kopf. »Charlie, Charlie, du hättest diesmal sauber bleiben sollen.«

»Er hat nie die ganz großen Dinger gedreht«, fügte Hatchley hinzu. »Die Sache muss ihm weit über den Kopf gewachsen sein, ohne dass er wusste, womit er es zu tun hatte.«

Banks nickte. »Gut, das wär's für heute.«

Wieder in seinem Büro, die Tür wegen des Baulärms fest geschlossen, rief Banks Inspector Collaton in Market Harborough an, um ihn auf den neuesten Stand zu bringen. Dies geschah mehr aus beruflicher Höflichkeit, denn sonst gab es kaum etwas zu berichten. Danach beschloss er, für heute Schluss zu machen. Er räumte seinen Schreibtisch auf und schloss ihn ab, ging dann zur Tür. Annie Cabbot war eine halbe Treppe unter ihm. Beim Klang seiner Schritte drehte sie sich um. »Ach, du bist es. Auf dem Weg nach Hause?«

»Außer du hast Lust, noch schnell was trinken zu gehen oder so?«

»Ich glaube nicht«, sagte sie. »Der verdammte Regen ist mir bis in die Knochen gedrungen. Ich will mir nur noch schnell was zum Essen holen, dann ein langes heißes Bad und ein gutes Buch.«

»Ein andermal?«

Sie lächelte und stieß die Tür auf. »Ja. Ein andermal.«

Vielleicht hätte sie Banks' Angebot, mit ihm etwas trinken zu gehen, annehmen sollen, dachte Annie, als sie den Marktplatz überquerte. Das hätte doch nichts geschadet, nur ein kurzer Drink und ein bisschen Geplauder. Sie wollte nicht den Eindruck machen, ihn ständig abzuweisen, und schließlich standen die Männer ja nicht Schlange um ihre Gunst. Aber sie war noch immer ein bisschen empfindlich, und ihre innere Stimme hatte ihr geraten, sich zurückzuhalten; sie war dem Rat gefolgt. Nicht dass sie immer auf ihre innere Stimme hörte, sonst wäre sie in ihrem Leben nie in Schwierigkeiten geraten und hätte sich wahrscheinlich zu Tode gelangweilt. Aber diesmal hörte sie darauf, zumindest für den Augenblick.

Obwohl es immer noch nach Regen roch, war es jetzt trocken, und der Abend war relativ mild. Bunte Lichter hingen über der Market Street und um das Marktkreuz, und viele Leute waren unterwegs. Annie hatte Glück, dass die Geschäfte vor Weihnachten so lange aufhatten, sonst hätte ihr Abendessen nur aus ein paar verschimmelten Karotten und Kartoffeln bestanden. An der Gallows View gab es einen indischen Laden, der immer geöffnet war, aber die Auswahl war klein, außerdem lag er zu weit in die falsche Richtung. Annie wollte etwas Einfaches, das sie im Wasserbad heiß machen oder für eine halbe Stunde in den Ofen schieben konnte.

Am Ende musste sie sich zwischen einer vegetarischen Lasagne und indonesischem Curry entscheiden. Die Lasagne gewann, hauptsächlich, weil Annie noch eine Flasche Sainsbury's Chianti zu Hause hatte, die gut dazu passen würde. Außerdem brauchte sie Eier, Milch, Müsli und Brot fürs Frühstück.

Während sie durch die vollen Gänge wanderte und den Blick über die unzähligen Fertigmahlzeiten für Alleinstehende streifen ließ, fiel ihr ein Buch ein, das sie vor vielen Jahren gelesen hatte – ihr Vater hatte es ihr gegeben –, in dem die von den Supermärkten verwendeten unterschwelligen Strategien zur Kaufanregung beschrieben wurden. Das Licht, zum Beispiel, und die hypnotische Musik. Um diese Jahreszeit war das natürlich ausschließlich Weihnachtsmusik, aufgesetzt fröhlich und süßlich. Annie dachte manchmal, wenn sie noch einmal »fa-la-la-la-la« hören müsste, würde sie schreien. Die Hersteller benutzten auch bestimmte Farben für die Verpackungen, und da war noch was über leuchtende Dinge auf Augenhöhe gewesen, die einen verführten, sofort zuzugreifen. Sie konnte sich nicht mehr an alle Einzelheiten erinnern, aber das Buch hatte Eindruck auf sie gemacht, und sie fühlte sich immer manipuliert, wenn sie einen Supermarkt mit mehr verließ, als sie hatte kaufen wollen. Was sie ständig tat. Diesmal war es das Schokoladeneis. Es hatte weder auf Augenhöhe gelegen, noch war es die Farbe der Verpackung, die Annie angezogen hatte, aber obwohl es in der Tiefkühltruhe lag, schien es zu schreien: »Kauf mich! Kauf mich!«, und jetzt lag es in ihrem Einkaufskorb, während sie an der Kasse wartete.

Wenn sie schon seit ein paar Monaten in Eastvale wäre, dachte sie, hätte sie Banks Angebot vielleicht angenommen. Aber es war einfach zu früh: zu bald nach ihrer Affäre, zu bald nach der Versetzung. Und um die Wahrheit zu sagen, traute sie sich selbst nicht so ganz, was ihn betraf. Ein oder zwei Drinks könnten ihre Hemmungen ein bisschen zu sehr lockern, wie es ihr fast passiert war, als sie zum letzten Mal ausgegangen waren. Und wo stände sie dann? Es war in Ordnung gewesen, mit Banks zu schlafen, als sie noch in Harkside und er in Eastvale gearbeitet hatte, aber jetzt, wo sie auf demselben Revier arbeiteten, könnte es peinlich werden.

Plötzlich sah Annie jemanden, den sie kannte, jemand, den sie nie wieder zu sehen erwartet hatte, nicht hier, nirgends. Und jemand, den sie nie wieder sehen wollte. Er ging auf die Weinabteilung zu. Offenbar hatte er sie nicht bemerkt. Was zum Teufel machte er hier? Annie merkte, wie ihre Haut klamm wurde und ihr Herz schneller schlug.

»Das macht fünf Pfund und zweiundsiebzig Pence«, sagte die füllige, lächelnde Kassiererin. Annie fummelte in ihrem Geldbeutel, fand eine Fünf-Pfund-Note und vier Zwanzig-Pence-Stücke, die ihr prompt aus den zitternden Händen fielen. Sie hob sie auf und reichte sie der Frau.

»Was ist los, Liebes? Sie sehen aus, als wäre Ihnen ein Geist begegnet.«

»So was in der Art«, murmelte Annie, steckte den Geldbeutel weg und eilte mit ihren Einkäufen aus dem Laden. Sie riskierte einen raschen Blick über die Schulter. Er stand bei den Sonderangeboten und betrachtete Etiketten und Preise. Sie war sich immer noch sicher, dass er sie nicht gesehen hatte.

Draußen auf der York Road atmete sie erst mal tief durch. Ihr Herz raste noch immer, und sie merkte, wie sie innerlich zitterte. Der Mann, den sie gesehen hatte, war Wayne Dalton, dessen war sie sich sicher. Detective Inspector Wayne Dalton. Einer der beiden Männer, die sie vor zwei Jahren festgehalten hatten, während der dritte sie vergewaltigte.

Banks wusste, dass er Annie nicht aus einem Impuls heraus hätte fragen sollen, und hoffte, er hatte sie damit nicht endgültig verschreckt. Er wollte nicht den Eindruck erwecken, sie zu bedrängen, vor allem, wo sie jetzt zusammenarbeiteten und er, technisch gesehen, ihr Vorgesetzter war. Annie würde ihm zwar nie sexuelle Belästigung vorwerfen, aber …

Wie sich herausstellte, entwickelte sich sein Abend genau so, wie er es brauchte. Er machte sich ein Sandwich mit Käse und Zwiebeln zum Tee und aß es, während er in der Küche Zeitung las. Sein Sohn Brian rief gegen neun an, ganz aufgeregt wegen der CD. Banks fragte ihn, ob er je von Barry Clough gehört hätte. Hatte er nicht, aber er sagte, er würde seine Kollegen aus der Musikbranche fragen. Außerdem erinnerte er Banks daran, dass Punk schon ziemlich lang zurückläge, als ob Banks das nicht wüsste.

Nach dem Lunch mit Emily Riddle hatte Banks ebenfalls das Bedürfnis, mit Tracy zu sprechen. Er brauchte das für sein inneres Gleichgewicht. Das über einstündige Gespräch mit Emily hatte seine Vorstellung von Teenagern ziemlich erschüttert. Er wollte sich die Bestätigung holen, dass sie nicht alle so waren, besonders seine eigene Tochter nicht.

Aber trotz all der Verrücktheit und allem, was sie durchgemacht hatte, schien Emily einen kühlen Kopf bewahrt zu haben, wenn man ihrem Gerede über Abitur und Studium glauben konnte. Wie Banks hatte auch Tracy hart arbeiten müssen, um dahin zu gelangen, wo sie jetzt war. Sie war ein kluges Mädchen, aber keine von denen, die sich nicht anstrengen mussten. Je mehr sie tat, desto besser waren ihre Noten. Emily schien zu glauben, ihre Fortschritte in der Welt seien nur eine Frage der Wahl, einer Entscheidung, was sie tun wollte, dann würde ihr alles in den Schoß fallen. Vielleicht war es bei ihr so. Nachdem sich sein erster Eindruck etwas relativiert hatte, konnte Banks nicht anders, als Emily sympathisch zu finden, aber sie war die Art Mädchen, über die er sich Sorgen machte und die ihn ständig nerven würde. Jimmy Riddle tat ihm fast Leid.

Tracy nahm nicht ab. Bestimmt war sie mit Damon unterwegs. Banks hinterließ eine Nachricht, nichts Dringendes, nur die Bitte, ihn anzurufen, falls sie nicht zu spät heimkam.

Statt Torf zündete Banks diesmal ein Holzfeuer an, obwohl es kein besonders kalter Abend war, und setzte sich in den Lehnsessel, den er bei einer Auktion erworben hatte. Die blaue Wandfarbe, von der er befürchtet hatte, sie könnte im Winter zu kalt wirken, sah doch schön aus, dachte er, während er die Schatten der Flammen beobachtete, die über die Wände flackerten. Das knorrige Holz knackte und knisterte im Kamin. Es ließ Banks an seine Kindheit denken, als die Kohle, die sie verfeuerten, manchmal gezischt und geknackt hatte. Im Haus hatte es keine andere Heizung gegeben, daher hatte sein Vater im Winter die Aufgabe gehabt, noch im Dunkeln aufzustehen und das Feuer anzuzünden. Wenn Banks vor der Schule zu seinem Marmeladenbrot herunterkam, brannte das Feuer für gewöhnlich schon fröhlich und hatte den größten Teil der kalten, feuchten Nachtluft vertrieben. In den Jahren dazwischen, den verschiedenen Wohnungen in London und der Doppelhaushälfte in Eastvale, hatte er weder ein Kohle- noch ein Holzfeuer gehabt, nur Gas oder Strom, daher war es ein Luxus, den er sich in diesem Winter oft gönnte.

Er legte die erste CD von Miles Davis' Konzert in der Carnegie Hall auf, die mit Gil Evans und seinem Orchester, griff nach dem neuesten Roman von Kate Atkinson, der aufgeschlagen auf der Armlehne lag, ungefähr halb gelesen, und zündete sich eine Zigarette an. Obwohl er vorgehabt hatte, früh ins Bett zu gehen, genoss er sowohl das Buch als auch die Musik so sehr, dass er ein weiteres Scheit aufs Feuer warf und die zweite CD auflegte. Um viertel nach elf legte er das Buch kurz beiseite, um sich die Liveversion des Adagio aus Rodrigos *Concierto de Aranjuez* anzuhören, da klingelte das Telefon.

In der Annahme, es sei Tracy, drehte er die Stereoanlage leiser und griff nach dem Hörer. Als Erstes drang laute Musik aus dem Hintergrund an sein Ohr. Er konnte nicht genau erkennen, was es war, aber es klang wie eine Art Post-Rave-Techno-Tanzmischung. Als Nächstes hörte er die schrille Stimme von Constable Rickerd, die gegen die Musik anbrüllte.

»Sir?«

»Ja.« Banks seufzte. »Was ist?«

»Tut mir Leid, Sie zu stören, Sir, aber ich habe heute Nacht Dienst.«

»Das weiß ich. Was ist los? Kommen Sie schon zur Sache! Und müssen Sie so brüllen?«

»Na ja, ich bin in der Bar None, Sir. Hier ist es ziemlich laut.«

Die Bar None war einer der beliebtesten Nachtclubs für junge Leute in Eastvale. Er befand sich zwischen den Läden am Marktplatz, gegenüber der Polizeiwache, öffnete für gewöhnlich eine Stunde, bevor die Pubs schlossen, und zog die Kids an, die zu betrunken waren, um nach Leeds oder Manchester zu fahren, wo es viel bessere Clubs gab. »Hören Sie«, sagte Banks, »wenn es eine Schlägerei oder so was gegeben hat, will ich es nicht wissen.«

»Nein, Sir, das ist es nicht.«

»Was dann?« Wegen der lauten Musik verstand Banks Rickerds nächste Worte nicht. »Können Sie nicht dafür sorgen, dass die Musik leiser gestellt wird?«, brüllte er.

»Wir haben hier einen verdächtigen Todesfall«, sagte Rickerd.

»Wie verdächtig?«

»Na ja, sie ist tot, Sir. Dessen bin ich mir ziemlich sicher. Inspector Jessup stimmt mir da zu. Und auch die Jungs vom

Krankenwagen. Sieht aus, als hätte jemand sie zusammengeschlagen.«

Wenn Chris Jessup, Inspector bei der uniformierten Polizei, die Sache für ernst genug hielt, Banks anzurufen, dann war dem höchstwahrscheinlich auch so. »Wer ist das Opfer?«, fragte er.

»Besser, Sie kommen her, Sir …« Wieder was Unverständliches. »… schaffe ich … nicht allein.«

»Wie viele seid ihr?«

»Inspector Jessup und ich und drei Streifenpolizisten, Sir.«

»Das sollte reichen. Ich bin sicher, Inspector Jessup weiß genau, was zu tun ist. Helfen Sie ihm, dafür zu sorgen, dass niemand den Club verlässt. Und sichern Sie den Tatort ab. Niemand darf sich der Leiche nähern, bis ich da bin, auch nicht die Sanitäter. Verstanden?«

»Ja, Sir.«

»Sie sollten besser auch Dr. Burns anrufen. Er wird eine Weile brauchen, bis er dort ist.« Banks wollte Rickerd gerade auffordern, die Spurensicherung anzufordern, beschloss aber zu warten, bis er sich selbst ein Bild gemacht hatte. Es war sinnlos, Steuergelder zu verschwenden, bevor er nicht wusste, womit er es zu tun hatte. »Haben Sie den Namen des Opfers?«

»Ja, Sir. Sie hatte einen Führerschein und einen dieser Ausweise dabei, die Clubs ausgeben. Mit Foto.«

»Gute Arbeit. Wie ist ihr Name, Rickerd?«

»Walker, Sir. Ruth Walker.«

»Mist«, sagte Banks. »Ich bin gleich da.«

Konnte es dieselbe Ruth Walker sein, mit der Banks in London gesprochen hatte? Wenn ja, was zum Teufel machte sie in einem Nachtclub in Eastvale, außer sie war von London gekommen, um mit Emily Riddle durch die Clubs zu ziehen? Und wenn Ruth tot war, hätte es Banks nicht gewundert, wenn Emily ebenfalls in Schwierigkeiten steckte.

Banks griff nach seinen Zigaretten und nahm die Lederjacke vom Haken an der Tür. Bevor er das Haus verließ, ging er zurück zum Telefon. Er musste sich zwischen Jim Hatchley, der in Eastvale wohnte, und Annie Cabbot entscheiden, die eine ebenso lange Fahrt haben würde wie Banks. Annie gewann spielend. Er wäre ein Lügner gewesen, wenn er abgestritten hätte, Annies persönlichen Charme dem hässlichen Gesicht Jim Hatchleys vorzuziehen, aber er tat es nicht nur aus selbstsüchtigen Motiven. Annie war neu in Eastvale und brauchte alle Erfahrung, die sie kriegen konnte. Sie war ehrgeizig, während Hatchley zufrieden war, für den Rest seiner Tage ein Detective Sergeant zu bleiben. Annie würde die Gelegenheit begrüßen, wohingegen Hatchley darüber grummeln würde, mitten in der Nacht aus dem Bett gezerrt zu werden. Hatchley musste an seine Frau und sein Baby denken, während Annie allein lebte.

Ja, ja, alles vernünftige Argumente, dachte Banks beim Wählen. Er war berechtigt, sie zu jeder Tages- und Nachtzeit anzurufen, aber er musste sich eingestehen, dass er sich immer noch von ihr angezogen fühlte. Und nach Sandras Ankündigung, sie wolle sich scheiden lassen und wieder heiraten, hoffte Banks, vielleicht die Hindernisse aus dem Weg räumen zu können, die sich zwischen ihm und Annie aufgetürmt hatten, und das wieder anzufachen, was zwischen ihnen gewesen war.

Aber selbst dieser Wunsch kam erst an zweiter Stelle hinter seiner Besorgnis um Ruth Walker und Emily Riddle.

Annie war wie von Furien gehetzt nach Hause gefahren und hatte, als sie ihr kleines Cottage erreichte, die Tür verschlossen, abgeriegelt und die Kette vorgelegt, dann die Hintertür und alle Fenster überprüft. Erst als sie sich vergewissert hatte, dass alles abgesichert war, hatte sie sich ein großes Glas Wein eingegossen und sich gesetzt.

Ihre Hand zitterte immer noch, bemerkte sie, als sie den ersten Schluck nahm. Und sie dachte, sie hätte das Erlebnis überwunden. Am Anfang hatte die Therapie geholfen, aber als die Therapeutin sagte, sie könne nichts mehr für sie tun, war es Annies innere Stärke gewesen, die sie wieder hochgebracht hatte. Durch Meditation, Yoga und Diät hatte sie sich langsam selbst geheilt. Auch der Rückzug aufs Land, die große Stadt für das friedliche Provinznest Harkside aufzugeben, hatte geholfen.

Nach wie vor hatte sie Träume, in denen sie die Angst, die Klaustrophobie und die Machtlosigkeit durchlebte, die sie während der Tat empfunden hatte, und wachte schweißgebadet und schreiend auf. Und hin und wieder überkamen sie düstere Stimmungen, in denen sie sich wertlos und beschmutzt vorkam. Aber nicht mehr so oft. Außerdem konnte sie jetzt damit umgehen, wusste, wo die Stimmungen herkamen, und konnte fast aus sich heraustreten und sie betrachten, sich von den schlechten Gefühlen distanzieren, sie isolieren wie einen Tumor. Annie war sogar so weit gegangen, sich nach zwei Jahren eine romantische und sexuelle Affäre mit Banks zu erlauben, was äußerst befriedigend gewesen war, nicht zuletzt, weil sie zu ihrer Freude feststellte, dass sie noch dazu fähig war. Das Ende hatte nichts mit ihrem Vergewaltigungserlebnis zu tun, war nur simple, altmodische Furcht vor einer Bindung, vor emotionaler Verstrickung, etwas, das schon immer ein Teil von ihr gewesen war.

Was zum Teufel machte Wayne Dalton in Eastvale? Das war es, was sie wissen wollte. Verfolgte er einen Fall? War er nach Eastvale versetzt worden? Sie glaubte nicht, dass sie mit ihm zusammenarbeiten konnte, nach allem, was passiert war. Als Letztes hatte sie gehört, dass er zur Metropolitan Police übergewechselt war. Er war doch wohl nicht auf der Suche nach ihr? Um sie zu quälen? Ja, sie hatte sich am nächsten Morgen bei ihrem Superintendent beschwert, aber es hatte keine Beweise gegeben, nur ihr Wort gegen das der drei anderen. Der Superintendent hatte gewusst, dass etwas vorgefallen war, und wusste ebenfalls, dass er es nicht auf seiner Wache breitgetreten haben wollte, vielen Dank! Also wurde Annie eilends in die Wüste geschickt, und die drei Männer wurden ermutigt, nach einem Klaps auf die Finger, sich nach eigenem Gutdünken versetzen zu lassen.

Später, in der Badewanne, erinnerte sich Annie an das gerötete und verschwitzte Gesicht von Wayne Dalton, die kleinen roten Haare in seiner Nase, während er über ihr stand, sie fest hielt und darauf wartete, an die Reihe zu kommen. Was nicht geschehen war. Sie erinnerte sich, wie sie nach ihrer Flucht stundenlang durch die Straßen geirrt war, sich schließlich in ihre Badewanne gelegt hatte, genau wie jetzt, Radio gehört hatte, die Geräusche des normalen Lebens, und sich den Dreck vom Körper geschrubbt hatte. Was sie nicht hätte tun sollen. Wovon sie ihrerseits allen Vergewaltigungsopfern abriet. Aber es war viel leichter zu raten: »Tun Sie, was ich sage, nicht, was ich getan habe.« Damals hatte sie nicht nachgedacht, hatte nur fliehen wollen, eine Möglichkeit finden wollen, das Geschehene ungeschehen zu machen, zu einem Tag in der Zeit zurückzukehren, als es noch nicht passiert war. Töricht, vielleicht, dachte sie, aber vollkommen verständlich.

Und sie lag immer noch in der Wanne, bei ihrem dritten Glas Wein, als um zwanzig nach elf das Telefon klingelte.

Fünf vor zwölf hielt Banks, der mit weit überhöhtem Tempo gefahren war, auf dem Marktplatz neben dem Krankenwagen und lief zur Tür des Clubs. Rickerd hatte einen Streifenpolizisten als Wache an der Tür aufgestellt, wie Banks befriedigt bemerkte, und sogar blauweißes Polizeiband über den Eingang gespannt. Als Banks die Treppe hinunterging, stellte er ebenfalls befriedigt fest, dass die Musik abgeschaltet war und nur das Gemurmel der festgehaltenen Clubgäste, die grummelnd an den Tischen saßen, an sein Ohr drang.

»Hier herüber, Sir.«

Die einzige Lichtquelle waren die bunten Discolichter, die sich über der Tanzfläche drehten, unheimlich ohne die Begleitung von Musik und sich windender Körper. Banks konnte Rickerd und Jessup ausmachen, die an der Tür zur Damentoilette standen, zusammen mit den Sanitätern, zwei Uniformierten und einem jungen Mann. Bevor er sie erreichte, zupfte ihn jemand am Ärmel.

»Entschuldigen Sie, haben Sie hier das Sagen?«

»Sieht so aus«, sagte Banks. Der Sprecher, der Jeans und ein weißes Hemd trug, war vermutlich Anfang zwanzig, mager, hatte glänzende Augen und erweiterte Pupillen. Es war nicht besonders heiß in der Bar None, aber sein Gesicht war mit einem Schweißfilm bedeckt.

»Warum hält man uns hier fest? Wir warten schon seit fast einer Stunde. Sie können uns nicht einfach festhalten.«

»Soweit ich weiß, ist hier ein schweres Verbrechen verübt worden, Sir«, sagte Banks. »Bis wir uns einen Überblick verschafft haben, können wir leider keinem erlauben, das Lokal zu verlassen.« Er merkte, dass der Junge immer noch seinen Ärmel gepackt hielt, und machte sich frei.

»Aber das ist ungeheuerlich. Ich will nach Hause.«

Banks beugte sich vor, nahe genug, um das Bier und die Fisch und Chips im Atem des Jungen zu riechen. »Hör zu, Kleiner«, flüsterte er, »setz dich zu deinen Kumpels und halt den Mund. Noch ein Wort, und ich hetze die Drogenfahndung auf dich. Verstanden?«

Der Junge sah aus, als wolle er weiter protestieren, überlegte es sich aber anders und schwankte zu dem Tisch zurück, an dem seine Freunde saßen. Banks ging zu Rickerd und Jessup. Einer der Sanitäter sah ihn an und schüttelte traurig den Kopf. Annie Cabbot war noch nicht eingetroffen. Sie hatte gereizt geklungen, als er anrief, und er hoffte, er hatte sie nicht geweckt. Sie hatte das verneint.

»Hier drinnen, Sir.« Rickerd deutete mit bleichem Gesicht auf die Damentoilette. »Kein schöner Anblick.« Jemand hatte Polizeiband vor den Eingang gespannt und so den inneren Tatort gesichert. Das war oft hilfreich, weil man sich erlauben konnte, manche Leute in den äußeren Kreis einzulassen, die sich dann privilegiert fühlten, am eigentlichen Tatort aber keine Spuren verwischen konnten.

»Wer ist das?« Banks deutete auf den jungen Mann neben Rickerd.

»Er hat sie gefunden, Sir.«

»Gut. Behalten Sie ihn im Auge. Ich rede später mit ihm. Haben Sie Dr. Burns angerufen?«

»Ja, Sir. Er sagt, er käme so schnell wie möglich.«

Banks wandte sich an Inspector Jessup. »Was ist passiert, Chris?«

»Der Anruf kam um sechs Minuten nach elf. Von dem Jungen, den Sie gerade gesehen haben. Er heißt Darren Hirst. War anscheinend mit dem Opfer zusammen. Sie ist auf die Toilette gegangen und kam nicht wieder. Er hat sich Sorgen gemacht, ist reingegangen und hat uns angerufen.«

Banks streifte seine Latexhandschuhe über und duckte sich unter dem Polizeiband hindurch.

Die Damentoilette war klein, angesichts der Größe des Clubs. Weiße Fliesen, drei Kabinen, zwei Waschbecken unter einem langen Spiegel. Der übliche Kondomautomat hing an der Wand, einer, der alle Arten von Geschmacksrichtungen und Farben führte – Lager & Lime, Rhabarber & Vanillesoße, Curry & Chips. Die Kabinen hatten dünne Holztüren. »Cindy lutscht schwarze Schwänze« stand in Lippenstift auf eine Tür geschmiert.

»Da drinnen«, sagte Rickerd und deutete auf die letzte Tür.

»War sie verriegelt?«

»Ja, Sir.«

»Wie haben Sie sie geöffnet?«

Rickerd nahm die Brille ab und putzte sie mit einem weißen Taschentuch. Eine Angewohnheit, die Banks schon früher an ihm beobachtet hatte. »Von der nächsten Kabine aus, Sir. Ich bin auf die Klobrille gestiegen, hab mich über die Trennwand gebeugt und den Riegel mit einem Stock zurückgezogen. Das war ganz einfach. Wir haben Glück, dass die Tür nach außen aufgeht.«

»Also Mord in einer abgeriegelten Toilette«, murmelte Banks und fand, dass Rickerd mehr Initiative gezeigt hatte, als man ihm zutraute.

»Ich habe nicht mehr angerührt als nötig, Sir. Nur um sicherzustellen, wer sie ist und dass sie tot war. Inspector Jessup hat es überwacht, und die anderen haben dafür gesorgt, dass keiner das Lokal verließ.«

»In Ordnung. Das haben Sie gut gemacht.« Banks zog die Tür langsam mit den Fingerspitzen auf, bemühte sich, keine Spuren zu verwischen.

»Es ist nicht zu fassen, Sir«, sagte Rickerd. »So was hab ich noch nie gesehen.«

Banks auch nicht.

Die Leiche des Mädchens war seitlich zwischen den Wänden eingekeilt, ihr Rücken ragte dreißig Zentimeter über die Toilette, die Knie waren gegen die eine Wand gedrückt, die Schultern gegen die andere, der Hals in einem merkwürdigen

Winkel abgeknickt. Blut war aus ihrer Nase gelaufen, und Gesicht und Kopf wiesen Quetschungen auf. Zerbrochenes Spiegelglas und weißes Pulver lagen zwischen dem Inhalt ihrer Handtasche auf dem Boden verstreut. Banks wusste, dass die Augen von Toten keinen Ausdruck haben, aber ihre waren voller Entsetzen und Schmerz, als hätte sie dem Sensenmann direkt ins Gesicht geblickt. Ihr Gesicht war dunkelrot, und ihre Mundwinkel waren mit der Parodie eines Grinsens nach oben gezogen.

Aber das Schlimmste von allem, was Banks das Blut in den Ohren kreischen, weiche Knie kriegen und ihn so zittrig werden ließ, dass er sich am Türrahmen fest halten musste, um nicht umzukippen, war, dass es sich nicht um die Leiche von Ruth Walker handelte. Es war Emily Riddle.

8

»Alan?« Die Stimme schien aus weiter Ferne zu kommen. »Alan? Treibst du dich jetzt schon auf Damentoiletten rum?«

Banks spürte, wie ihn jemand am Ärmel berührte, drehte sich um und sah Annie Cabbot im Türrahmen stehen. Kein Anblick war ihm je so willkommen gewesen. Er wollte sich in ihre Arme fallen lassen, wollte, dass sie seinen Kopf streichelte und sein Gesicht küsste und ihm sagte, alles sei in Ordnung, er hätte nur einen bösen Traum gehabt.

»Alan, du bist ja aschfahl. Ist alles in Ordnung?«

Banks trat von der Tür weg, damit Annie besser sehen konnte. »Meine Tochter ist nicht viel älter als sie«, sagte er.

Annie runzelte die Stirn und kam näher. Banks beobachtete sie, sah, wie ihre Blicke herumschossen und alle Einzelheiten aufnahmen: die ungewöhnliche Lage der Leiche, den zerbrochenen Spiegel, das weiße Pulver, die verstreuten Kosmetika, die Quetschungen. Ein paar Knöpfe von Emilys schwarzer Seidenbluse waren aufgesprungen und gaben die schwarze Spinnentätowierung auf der hellen Haut unter dem Nabelring frei. Annie berührte nichts, nahm aber alles in sich auf. Und als sie fertig war, sah auch sie bleich aus.

»Ich verstehe, was du meinst«, sagte sie, als sie beide wieder vor der Toilette standen. »Armes Mädchen. Was, denkst du, ist da passiert?«

»Auf den ersten Blick sieht es so aus, als hätte jemand sie zu Tode geprügelt, aber das ergibt keinen Sinn.«

»Nein«, stimmte Annie zu. »Da drin ist ja kaum genug Platz für einen, ganz zu schweigen von einem Zweiten, der auch noch Boxhiebe austeilt.«

»Und die Kabine war von innen verschlossen«, fügte Banks hinzu. »Könnte sein, dass sie anderswo zusammengeschlagen wurde, dann hier reingekrochen ist und sich eingesperrt hat, bevor sie starb, vielleicht in dem vergeblichen Versuch, sich vor ihrem Angreifer zu schützen …« Er zuckte die Schultern. Eine ziemlich dünne These. Selbst wenn sie sich eingeschlossen hatte, um den Schlägen zu entkommen, wieso lag sie denn seitlich über die Toilette gekrümmt da? So eine Leichenstellung hatte Banks noch nie gesehen, und obwohl er eine Ahnung hatte, wie es dazu gekommen sein könnte, brauchte er das Expertenwissen eines Arztes. »Wir müssen auf den Doktor warten. Ah, wenn man vom Teufel spricht.«

Dr. Burns kam über die Tanzfläche und begrüßte sie. »Wo ist sie?«, fragte er.

Banks zeigte auf die Damentoilette. »Versuchen Sie, so wenig wie möglich zu verändern. Die Fotografen waren noch nicht da.«

»Ich tue mein Bestes.« Burns duckte sich unter dem Absperrband hindurch.

»Ruf die Spurensicherung und den Fotografen an«, sagte Banks zu Annie. Er deutete auf Rickerd und senkte die Stimme. »Constable Rickerd hat mich angerufen, und ich wollte sicher sein, dass es tatsächlich um ein Verbrechen geht, bevor ich Himmel und Hölle in Bewegung setze.«

»Was ist mit den Leuten im Club?«

»Die bleiben alle hier. Einschließlich der Angestellten. Chris Jessups Jungs haben Anweisung, dafür zu sorgen, dass alle an ihren Plätzen bleiben. Wie viele zwischen dem Anruf des Freundes und Jessups Eintreffen abgehauen sind, lässt sich nicht sagen.«

»Für einen Club wie diesen ist es immer noch früh«, meinte Annie. »Um diese Zeit kommen die Leute eher, als dass sie gehen.«

»Außer, sie haben jemanden umgebracht. Bitte die Streifenpolizisten, sich von jedem Namen und Adresse zu notieren.«

Annie wollte gehen.

Banks hielt sie zurück. »Da ist noch was, Annie.«

»Ja?«

»Mach dich auf den schlimmsten Wirbel gefasst, der dir in deinem Leben als Polizistin je begegnet ist.«

»Warum?«

»Weil das Opfer Emily Riddle ist, die Tochter des Chief Constables.«

»Großer Gott«, entfuhr es Annie.

»Du sagst es.«

Annie ging, um ihren Pflichten nachzukommen, während Banks sich Darren Hirst vorknöpfte, den Jungen, der die Leiche gefunden hatte. Er schien immer noch im Schockzustand zu sein, zitterte, hatte Tränen in den Augen. Banks konnte das gut verstehen, nachdem er Emilys Leiche gesehen hatte. Während seiner Berufsjahre war er mit vielen Todesarten konfrontiert worden, und obwohl er sich nie ganz daran gewöhnen würde, war er dem Jungen gegenüber natürlich im Vorteil. Banks bat einen Streifenpolizisten, den Eingang zur Toilette zu bewachen, und führte Darren zu einem leeren Tisch. Der Barkeeper drückte sich in der Nähe herum, wollte offensichtlich wissen, was vorging, wagte aber nicht zu fragen. Banks winkte ihn zu sich.

»Wann haben Sie heute Abend aufgemacht?«, fragte er.

»Um zehn. Am Anfang ist nie viel los. Die meisten kommen für gewöhnlich erst nach elf.«

»Gibt es hier Überwachungskameras?«

»Sind bestellt.«

»Na toll. Ist die Bar noch geöffnet?«

»Der andere Polizist hat gesagt, ich soll nichts mehr ausschenken«, meinte der Mann.

»Da hat er Recht«, entgegnete Banks, »aber dieser Junge hat einen ziemlichen Schock gehabt, und für mich war es auch keine freudige Überraschung, also bringen Sie uns bitte zwei doppelte Brandys, ja?«

»Ich dachte, Sie dürfen im Dienst nicht trinken.«

»Bringen Sie sie einfach.«

»Ist ja schon gut. Kein Grund, sauer zu werden.« Der Barkeeper ging davon. Als er wiederkam, knallte er die Gläser auf den Tisch. Sie waren nicht bis zum Eichstrich gefüllt, aber Banks bezahlte trotzdem.

»Wann kann ich gehen?«, wollte der Mann wissen. »Ich frag nur, weil wir kein Geld verdienen, wenn wir nichts ausschenken, und es lohnt sich nicht, den Laden noch länger offen zu halten.«

»Er ist nicht offen«, sagte Banks. »Und wenn Sie weiter solchen Scheiß labern, werden Sie auch in der vorhersehbaren Zukunft nicht wieder aufmachen. Auf der Toilette liegt ein totes Mädchen, falls Sie das noch nicht mitgekriegt haben.«

»Verdammte Drogensüchtige«, murmelte der Barkeeper und stapfte davon.

»Also gut, Darren«, meinte Banks, nachdem der Barkeeper außer Hörweite war. »Können Sie mir sagen, was passiert ist?« Banks zündete sich eine Zigarette an. Darren lehnte die angebotene Zigarette ab. Der Brandy war von mieser Qualität, aber die Schärfe brachte ein bisschen Wärme in Banks' Adern zurück.

»Sie sagte, ihr sei nicht gut«, begann Darren nach einem Schluck Brandy. Sein Gesicht nahm ein wenig Farbe an.

»Gehen Sie ein bisschen weiter zurück«, bat Banks. »Wie gut kannten Sie sie? War sie Ihre Freundin?«

»Nein, nichts in der Art. Ich meine, ich kenne sie aus der Gruppe. Wir sind nur Freunde, mehr nicht. Hängen zusammen rum. Sie ist ein bisschen merkwürdig und wild, die Emily, aber man kann viel Spaß mit ihr haben. Angefangen haben wir im Cross Keys, unten am Castle Hill.«

»Das kenne ich.«

»Danach sind wir ein bisschen durch die Stadt geschlendert und haben rasch was im Queen's Arms getrunken. Dann sind wir hierher gekommen.« Er deutete auf eine Gruppe verstörter Teenager an einem Tisch auf der anderen Seite des Raumes. »Die anderen sitzen da drüben.«

»Wann habt ihr euch im Cross Keys getroffen?«

»Gegen halb sieben oder sieben.«

»Wissen Sie, wann Emily kam?«

»Sie kam als Letzte. Muss so gegen sieben gewesen sein, vielleicht ein paar Minuten später.«

Blieben also vier ungeklärte Stunden zwischen der Verabredung um drei, die Emily Banks gegenüber erwähnt hatte, und dem Treffen mit ihren Freunden im Cross Keys.

»Wie wirkte sie?«

»Wie immer.«

»Normal?«

»Für Emily schon.«

»Und wann seid ihr hierher gekommen?«

»Gegen halb elf. War nicht viel los. Wie der Barkeeper gesagt hat, der Betrieb beginnt eigentlich erst gegen halb zwölf oder so. Aber man kriegt was zu trinken, es gibt Musik und man kann tanzen.«

»Wie viele Leute waren Ihrer Meinung nach hier?«

»Nicht viele. Es kamen immer noch welche, aber viel los war, wie gesagt, nicht.«

»Waren es mehr als jetzt?«

Darren sah sich um. »Nein, ungefähr genau so viele.«

»Was geschah dann?«

»Wir haben was getrunken, dann ging Emily aufs Klo. Danach haben wir getanzt, und dann sagte sie, ihr wäre nicht gut.«

»Hat sie gesagt, warum?«

Darren schüttelte den Kopf. »Nur, dass ihr nicht gut sei. Sie sagte, ihr Hals sei steif.« Er rieb sich den Hals und sah zu Banks. »Lag das an den Drogen? Es waren Drogen, oder?«

»Warum fragen Sie?«

»Nur wegen ihres Verhaltens. Na ja, sie schien hoch oben durch ihre eigene Welt zu fliegen. Wie gesagt, sie ist ziemlich wild.«

»Wie gut kannten Sie Emily, Darren?«

»Eigentlich kaum. In den Schulferien hing sie mit mir und Rick und Jackie und Tina da drüben rum. Mehr nicht. Ich hatte nie was mit ihr. Sie war nicht an mir interessiert, auf diese Weise, meine ich. Wir haben nur manchmal zusammen getanzt, sind mit der Clique ausgegangen. Haben Spaß gehabt.« Er fuhr sich durch das ölige Haar.

»Haben Sie ihr je Drogen besorgt, Darren?«

»Ich? Nie. Ich rühr das Zeug nicht an.«

In seinem Ton war etwas, das Banks veranlasste, ihm zu glauben. Zumindest für den Augenblick. »Na gut. Ihr war also schlecht. Was ist dann passiert?«

»Sie sagte, sie bräuchte noch mehr Medizin.«

»Was hat sie damit gemeint?«

»Mehr Drogen, nehme ich an. Was immer sie genommen hat.«

»Fahren Sie fort.«

»Also ging sie wieder aufs Klo.«

»Wie lange, nachdem sie das erste Mal auf der Toilette war?«

»Weiß nicht. Fünfzehn, zwanzig Minuten vielleicht.«

Banks sah auf und entdeckte Peter Darby, den Fotografen, der mit seiner abgenutzten Pentax um den Hals hereinkam. Banks deutete auf die Toiletten, wo der Uniformierte nach wie vor Wache hielt, und Darby nickte. Annie kam an den Tisch und berichtete, die Spurensicherung sei auf dem Weg. Banks bat sie, die Aussagen von Darrens und Emilys Freunden aufzunehmen. Er trank den Brandy aus und fragte Darren: »Was ist dann passiert?«

»Sie blieb lange weg. Ich fing an, mir Sorgen zu machen, vor allem, weil sie doch gesagt hatte, ihr sei schlecht.«

»Wenn Sie sagen, lange, wie viel Zeit meinen Sie dann?«

»Ich weiß nicht. Zehn Minuten. Viertelstunde. Vielleicht länger. Man rechnet nicht damit, dass jemand so lange auf dem Klo bleibt, wenn's ihm gut geht. Ich dachte, dass sie sich vielleicht übergeben muss. Sie hatte den ganzen Abend getrunken, ziemlich viel durcheinander, und sie hat nichts gegessen, als wir im Cross Keys waren.«

Mittags im Black Bull auch nicht, wie sich Banks erinnerte. Und auch dort hatte sie eine recht seltsame Mischung getrunken. »Sind in der Zeit viele Leute auf die Damentoilette gegangen und wieder rausgekommen?«

»Darauf hab ich nicht geachtet. Aber es war ja ziemlich ruhig, also werden es wohl nicht so viele gewesen sein.«

»Haben Sie keines von den Mädchen gebeten, nach ihr zu schauen? Jackie oder Tina?«

»Tina ist nach fünf Minuten reingegangen und kam gleich wieder. Sie sagte, Emily würde komische Geräusche machen, als würde sie sich übergeben oder so, und sie würde die Tür nicht aufmachen.«

»Nicht wollen oder nicht können?«

Darren zuckte die Schultern.

»Was haben Sie dann gemacht?«

»Ich hab erst überlegt und dann beschlossen, selber reinzugehen und nachzusehen.«

»Wann war das?«

»Muss so fünf oder zehn Minuten später gewesen sein.«

»Waren in der Zwischenzeit andere auf die Toilette gegangen?«

»Wie gesagt, ich hab nicht die ganze Zeit darauf geachtet, aber ich sah zwei Mädchen reingehen und wieder rauskommen.«

»Sind die noch hier?«

Darren zeigte auf zwei Mädchen an getrennten Tischen.

»Gut«, meinte Banks, »mit denen reden wir später. Sie haben nicht gesagt, dass irgendwas los war?«

»Nein. Nur Tina, die meinte, Emily würde sich übergeben.«

»Und dann sind Sie selbst auf die Damentoilette gegangen?«

»Schließlich schon. Ich hab mir Sorgen gemacht. Ich meine, ich hatte mit ihr getanzt. Irgendwie fühlte ich mich ...«

»Verantwortlich?«

»In gewisser Weise. Ja.«

»Obwohl sie nichts mit Ihnen hatte?«

»Trotzdem war sie eine Freundin.«

»Was haben Sie da drin vorgefunden?«

Darren sah weg und wurde wieder bleich. »Das wissen Sie. Sie haben es selbst gesehen. Gott, es war entsetzlich. Als wenn sie nicht mal menschlich wäre.«

»Tut mir Leid, Ihnen das zuzumuten, Darren, aber es könnte wichtig sein. Beschreiben Sie mir, was Sie vorgefunden haben. War zu dem Zeitpunkt jemand dort?«

»Nein.«

»War die Kabinentür abgeschlossen?«

»Ja.«

»Woher wussten Sie dann, dass etwas nicht stimmt?«

»Zuerst habe ich ihren Namen gerufen, und sie hat nicht geantwortet. Dann hab ich, na ja, an der Tür gelauscht und konnte nichts hören. Keine Geräusche, kein Würgen, noch nicht mal Atmen. Da hab ich echt Angst gekriegt.«

»Und was haben Sie gemacht?«

»Ich bin in die nächste Kabine gegangen und aufs Klo gestiegen. Die Trennwände gehen nicht bis zur Decke, man kann sich drüberbeugen und runterschauen. Da hab ich sie gesehen. Sie hat zu mir hochgeschaut ... so zusammengeschlagen und verkrümmt ... und ihre Augen ...« Er schlug die Hände vors Gesicht und fing an zu weinen.

Banks legte Darren die Hand auf die Schulter. »Ist schon gut, Darren. Weinen Sie nur.«

Darren ließ seinen Tränen freien Lauf, wischte sich dann mit dem Ärmel über die Augen und sah auf. »Wer macht denn so was?«

»Wir wissen es nicht. Wir wissen auch nicht, wie es geschehen ist. Haben Sie sonst noch jemand auf die Toilette gehen sehen, während sich Emily übergeben hat, abgesehen von den beiden Mädchen, die Sie erwähnt haben?«

»Nein. Aber ich sagte ja schon, dass ich nicht dauernd hingesehen habe.«

»Sie haben aber bestimmt ziemlich oft hingesehen, wenn Sie sich Sorgen gemacht haben. Sie müssen die Tür im Auge behalten haben, um zu sehen, ob Emily herauskam.«

»Kann schon sein. Aber mir ist sonst niemand aufgefallen.«

»Sind Männer reingegangen?«

»Nein.«

»Ist jemand reingekommen oder rausgegangen, während Sie nach Emily geschaut haben?«

»Nein. Hören Sie, ich hab's nicht getan. Sie ...«

»Das sagt auch niemand, Darren. Ich versuche nur, alles zu klären. Als Sie sie entdeckt haben, wussten Sie da, dass sie tot war?«

»Wissen konnte ich das nicht. Ich meine, ich hab ihr nicht den Puls gefühlt oder so. Ich habe nichts angefasst. Aber ihre Augen waren offen, starr, und ihr Hals war in einer merkwürdigen Stellung, als hätte ihn jemand gebrochen. Und ich konnte keine Lebenszeichen sehen.«

»Was haben Sie gemacht?«

»Ich bin zum Manager gegangen, und der hat die Polizei angerufen.«

»Hat sonst noch jemand die Toilette betreten, bevor Inspector Jessup und Constable Rickerd eintrafen?«

»Ich glaube nicht. Der Manager hat schnell nachgeschaut – ich war die ganze Zeit dabei –, dann hat er die Polizei und den Krankenwagen gerufen. Er blieb an der Tür stehen, bis der Polizist kam, und hat keinen auf die Damentoilette gelassen. Ein paar Mädchen hat er aufs Herrenklo geschickt. Die haben gemeckert. Daran kann ich mich erinnern. Aber die Polizei war sehr schnell hier.«

»Die hatte es ja auch nicht weit. Hat jemand den Club verlassen?«

»Zwei oder drei, kann sein. Aber die meisten kamen erst. Es war ja noch früh. Und ich hab wirklich nicht darauf geachtet. Ich hab mir Sorgen wegen Emily gemacht, und danach war ich einfach wie erstarrt. Die Musik hat noch ziemlich lange weitergespielt … nachdem ich sie gefunden hatte. Die Leute haben getanzt. Selbst nachdem die Polizei da war. Die wussten ja nicht, dass was Schlimmes passiert war.«

»Gut, Darren, wir haben es fast. Sie halten sich wirklich prima. Ist während des Abends irgendwas Merkwürdiges passiert, entweder hier oder im Cross Keys oder im Queen's Arms, das Sie veranlasste, sich Sorgen um Emily zu machen?«

»Nein. Nichts, was mir einfiele.«

»Sie schien guter Stimmung zu sein?«

»Ja.«

»Hat sie sich mit jemandem gestritten?«

»Nein.«

»Hat sie telefoniert?«

»Nicht, dass ich wüsste. Alles lief ganz normal.«

»Hat sie Drogen erwähnt?«

»Nein.«

»Hatten Sie den Eindruck, dass sie etwas genommen hatte, bevor Sie hierher kamen?«

»Kann sein, dass sie ein bisschen high war, als sie ins Cross Keys kam.«

»Um sieben?«

»Ja. Ich meine, sie war nicht bedröhnt oder so, nur so albern. Aber das hat sich gegeben.«

Da hat sie wahrscheinlich die Drogen bekommen, dachte Banks – zwischen dem Zeitpunkt, als sie ihn im Black Bull verlassen hatte, und ihrer Ankunft im Cross Keys vier Stunden später. In der Zwischenzeit hatte sie mit jemandem Gras geraucht oder Koks geschnupft. Himmel, warum hatte er sie nicht gefragt, wohin sie wollte? Hätte sie ihm das denn gesagt? »Haben Sie gesehen, dass sie hier mit jemandem geredet hat, bevor sie aufs Klo ging?«, fragte er.

»Nur mit uns. Wir saßen zusammen an einem Tisch. Wir kannten sonst niemanden hier. Ich hab die Drinks geholt.«

»Hätte sie hier von jemandem Drogen kaufen können?«

»Kann schon sein, aber ich hab's nicht gesehen.«

»Vielleicht auf der Toilette?«

»Möglich.«

»Was ist mit dem Cross Keys?« Das Cross Keys war nicht gerade ein Drogenmekka wie der Black Bull, aber so ganz unschuldig ging es da auch nicht zu. »Haben Sie sie dort mit Fremden reden sehen?«

»Nein. Ich glaube nicht.«

»Ist sie für längere Zeit verschwunden?«

»Nein.«

»In Ordnung, Darren. Sie müssen später noch eine offizielle Aussage machen, aber das ist kein Grund zur Sorge.«

»Kann ich jetzt gehen?«

»Leider nicht.«

»Kann ich mich zu meinen Freunden setzen?«

»Selbstverständlich.«

»Darf ich mein Handy benutzen? Ich möchte meine Mum und meinen Dad anrufen, ihnen sagen … na ja, dass ich wahrscheinlich später komme.«

»Tut mir Leid, Darren«, sagte Banks. »Noch nicht. Wenn Sie ihnen unbedingt Bescheid geben wollen, sagen Sie es einem der Uniformierten, und er erledigt das für Sie. Setzen Sie sich jetzt zu Ihren Freunden.«

Darren schlurfte zu dem Tisch, und Banks stand auf und sah Dr. Burns aus der Toilette kommen. Der Blitz von Peter Darbys Kamera flammte in der offenen Tür hinter ihm auf.

»Also, was ist es?«, fragte Banks, nachdem er für sich und Dr. Burns einen Tisch gefunden hatte, an dem sie nicht belauscht werden konnten. Banks hatte eine Vermutung, obwohl er es noch nie in natura gesehen hatte, wollte aber erst die Meinung von Dr. Burns hören. Was zum Teil daran lag, dass er nicht wie ein Idiot dastehen und voreilige Schlüsse ziehen wollte. Schließlich konnte es immer noch sein, dass Emily zu Tode geprügelt worden war.

»Ich bin mir noch nicht sicher.« Burns schüttelte den Kopf.

»Aber Ihr erster Eindruck. Ich wette, Sie haben eine ziemlich gute Vorstellung.«

Burns verzog das Gesicht. »Wir Ärzte äußern uns nicht gern über erste Eindrücke.«

»Ist sie zusammengeschlagen worden?«

»Das bezweifle ich sehr.«

»Die Blutergüsse?«

»Ich würde sagen, die hat sie sich wahrscheinlich zugezogen, als ihr Kopf während der Krämpfe gegen die Wände geprallt ist. Warten Sie mal, ist mit Ihnen alles in Ordnung?«

»Ja, es geht schon.« Banks fummelte nach einer weiteren Zigarette, um den Gallegeschmack loszuwerden. »Was meinen Sie mit Krämpfen?«

»Wie gesagt, ich glaube nicht, dass jemand sie angegriffen hat. Sie war allein da drinnen. Ihnen wird das weiße Pulver und der zerbrochene Spiegel auch aufgefallen sein.«

Banks nickte.

»Kokain, höchstwahrscheinlich.«

»Wollen Sie damit sagen, sie ist an einer Überdosis Kokain gestorben?«

»Moment, das hab ich nicht gesagt.«

»Aber möglich ist es?«

Burns zögerte. »Hm. Möglich. Eine Überdosis Kokain kann in extremen Fällen Krämpfe und Zuckungen auslösen.«

»Aber?«

»Es müsste schon äußerst rein sein. Wie gesagt, möglich ist es, aber es ist nicht die wahrscheinlichste Erklärung.«

»Und die wäre?«

»Wie lange ist sie tot?«

»Die Polizei wurde um sechs Minuten nach elf gerufen, also muss es einige Zeit davor gewesen sein. Ich war zehn vor zwölf hier.«

Burns sah auf die Uhr. »Und jetzt ist es zwanzig nach. Das heißt, sie kann nicht länger als, sagen wir, anderthalb Stunden tot sein. Und doch ist die Leichenstarre vollständig eingetreten. Das ist höchst ungewöhnlich. Ich nehme an, dass Ihnen die Steifheit auch aufgefallen ist?«

»Ja. Also, woran ist Sie Ihrer Meinung nach gestorben?«

»Meiner Vermutung nach, und das bleibt eine Vermutung, bis wir die toxikologischen Ergebnisse haben, ist sie an einer Strychninvergiftung gestorben.«

»Das ist mir auch in den Sinn gekommen, obwohl ich alles andere als ein Experte bin. Ich hab noch nie einen tatsächlichen Fall von Strychninvergiftung gesehen, nur in den Lehrbüchern darüber gelesen.«

»Geht mir nicht anders. Ist heutzutage äußerst selten. Aber das würde die Krämpfe auslösen. Dabei ist sie in der winzigen Kabine derartig gegen die Wände geprallt, dass sie all diese Blutergüsse und Quetschungen davontrug. Ihr durchgebogener Rücken deutet auf den letzten Strychninkrampf hin – man nennt ihn *opisthotonus* –, und Ihnen sind sicher auch die verzerrten Gesichtsmuskeln aufgefallen, diese extreme Grimasse, das Grinsen – *risus sardonicus* – und das dunkle Gesicht, die wilden, starrenden Augen?«

Diese Eindrücke konnte man unmöglich vergessen, und Banks wusste, dass sie noch jahrelang in seinen Albträumen auftauchen würden, wie er auch immer noch von Dawn Wadley träumte, der ausgeweideten Prostituierten aus Soho.

»Ich zögere, mich ohne eine volle toxikologische Überprüfung festzulegen, aber die wird nicht lange dauern. Es ist eines der Gifte, das sich am leichtesten feststellen lässt. Ich habe bisher noch nie in einem durch Strychnin ausgelösten Todesfall ermittelt, doch für mich sieht es danach aus. Das ist allerdings nur mein erster Eindruck. Ich hab auch ein bisschen von dem Pulver auf die Zunge genommen. Neben der Taubheit, die Kokain auslöst, hat es bitter geschmeckt. Was auf Strychnin hindeutet.«

»Woran ist sie gestorben? Herzversagen?«

»Höchstwahrscheinlich ist sie erstickt. Kann aber auch die schiere Erschöpfung durch die Krämpfe gewesen sein. Ihr Hals ist möglicherweise gebrochen, aber das muss erst die Obduktion bestätigen. Keine schöne Sache, wie immer man es betrachtet.«

»Nein. Aber absichtlich herbeigeführt?«

»Oh, das nehme ich doch an. Sie nicht? Einen Selbstmord halte ich für ziemlich ausgeschlossen. Selbst wenn sie sich umbringen wollte, wäre Strychnin wahrscheinlich nicht ihre erste Wahl gewesen. Von so was habe ich noch nie gehört. Außerdem war es, soweit ich das erkennen kann, mit Kokain gemischt. Das heißt, sie wollte sich amüsieren, nicht sterben.«

»Besteht die Möglichkeit, dass es eine schlechte Lieferung war?«

»Möglich ist das immer. Dealer verschneiden die Drogen, die sie verkaufen, mit dem unmöglichsten Zeug, einschließlich Strychnin. Aber gewöhnlich nicht in tödlichen Mengen.«

»Wie viel ist nötig, um einen Menschen zu töten?«

»Das variiert. Schon fünf Milligramm können tödlich sein, vor allem, wenn sie direkt in den Blutkreislauf gelangen, unter Umgehung des Verdauungstraktes. Wenn es eine schlechte Lieferung war, erfahren wir das sowieso ziemlich schnell.«

»Sie meinen, dann kriegen wir haufenweise solcher Todesfälle?«

»Möglich.«

»Gott bewahre uns«, sagte Banks.

»Das hängt von einer Reihe von Faktoren ab. Wie gesagt, eine tödliche Dosis kann stark variieren. Was dieses Mädchen umgebracht hat, muss für andere nicht tödlich sein. Sie war ziemlich dünn, und es sieht nicht so aus, als hätte sie viel gegessen. Jemand mit einem höheren Körpergewicht, jemand, der kräftiger ist, robuster … wer weiß? Aber wir hören davon, wenn was passiert.«

Banks fiel wieder ein, dass Emily mittags nichts gegessen hatte und, laut Darrens Angabe, abends auch nicht. »Aber wenn sie es geschnupft hat, spielt der Mageninhalt doch keine Rolle.«

»Nein, nicht so sehr wie bei der oralen Einnahme. Doch der allgemeine Gesundheitszustand und der Mageninhalt sind Faktoren, die wir in Betracht ziehen müssen.«

»Und wenn es keine schlechte Lieferung war, dann hatte es jemand speziell auf sie abgesehen.«

»Das fasst es in etwa zusammen. Wie Sie es auch betrachten, jemand hat sie umgebracht. Aber das ist Ihr Gebiet, nicht wahr? Ah, da kommen die Kosmonauten.«

Banks blickte hoch und sah die Spurensicherung in ihren weißen Schutzanzügen hereinkommen.

»Ich lasse den Leichenwagen kommen«, sagte Dr. Burns. »Besser, ich sage denen, dass sie ein Brecheisen mitbringen sollen, um sie da rauszukriegen. Und morgen Früh setze ich mich sofort mit Dr. Glendenning in Verbindung. So, wie ich ihn kenne, hat er die Obduktion bis Mittag durchgeführt.« Er erhob sich, blieb aber noch kurz stehen. »Kannten Sie sie, Alan? Sie scheinen sich die Sache sehr zu Herzen zu nehmen.«

»Ich kannte sie flüchtig«, erwiderte Banks. »Ich kann es Ihnen auch gleich sagen, bevor Sie es von jemand anders erfahren. Sie ist die Tochter des Polizeipräsidenten.«

Dr. Burns reagierte genau wie Annie.

»Und, Doc?«

»Ja?«

»Wir behalten die Sache vorerst für uns, ja? Das Strychnin.«

»Meine Lippen sind versiegelt.« Dr. Burns drehte sich um und ging.

Einen Augenblick stand Banks allein da, beobachtete die sich drehenden Discolichter und hörte das Gemurmel gedämpfter Unterhaltungen rings um sich. Peter Darby kam aus der Toilette und sagte, er habe alles, was er brauche. Die Spurensicherung nahm alles auseinander, sammelte Proben für die Untersuchung. Banks beneidete sie nicht um die Aufgabe, in einer Toilette zu arbeiten; man wusste nie, was man sich dabei einfangen konnte. Vic Manson würde in Kürze nach Fingerabdrücken suchen, die vermutlich genauso zahlreich waren wie die von der Spurensicherung gefundenen Schamhaare, und bald würde der Leichenwagen kommen und Emily Riddles Leiche in den Keller des Eastvaler Krankenhauses bringen.

Alles so verdammt vorhersehbar. Routinevorgänge, an denen Banks wieder und wieder beteiligt gewesen war. Aber diesmal war ihm nach Weinen zu Mute. Immer wieder musste er daran denken, wie begeistert Emily ihm ihre Zukunft beschrieben hatte, dass sie nicht nach Poughkeepsie oder Bryn Mawr wollte, weil die Namen so doof klangen. Er dachte daran, wie sie in dem Londoner Hotel aufgetaucht war und sich als seine Tochter ausgegeben hatte, wie ihr Kleid zu Boden geglitten war und er sie weiß und nackt vor sich stehen sah. Dachte an ihren bedröhnten, pubertären Versuch, ihn zu verführen. Gott, wenn sie nur gewusst hätte, wie nahe sie ihrem Ziel gekommen war. Und wie sie sich dann wie ein kleines Kind zusammengerollt hatte, den Daumen im Mund, mit der Decke über sich, während er rauchend im Sessel gesessen hatte, Dawn Upshaws Songs über den Schlaf und dem Klappern der Fenster gelauscht hatte, wie die Wintersonne aufgegangen war und versucht hatte, sich durch die grauen, schmierigen Wolken zu zwängen.

Tot.

Und vielleicht seinetwegen, weil er sich zur Verschwiegenheit verpflichtet und nichts getan hatte, trotz seiner Bedenken.

Annie kam von dem Tisch, wo sie mit Emilys Freunden gesprochen hatte. Banks erzählte ihr von Dr. Burns' Vermutungen und dem Strychnin. Annie stieß einen leisen Pfiff aus. »Hast du von denen was erfahren?«, fragte er.

»Nicht viel. Sie sagen, sie sei ein bisschen high gewesen, als sie im Cross Keys ankam, und sie sind sich sicher, dass sie hier was genommen hat, als sie zum ersten Mal aufs Klo ging.«

»Stimmt mit dem überein, was Darren gesagt hat. Kann dann aber nicht dieselbe Lieferung gewesen sein, oder?«

»Wohl kaum. Glaubst du ihnen?«

»Zum größten Teil. Vielleicht sollten wir sie morgen etwas mehr unter Druck setzen. So, wie es aussieht, hat sie sich kurz nach der ersten Dosis schlecht gefühlt, hat sich noch mehr reingezogen, und dann setzten die Krämpfe ein.«

»Und was jetzt?«

»Wir können damit anfangen, alle Anwesenden zu durchsuchen. Momentan sind sie alle Verdächtige, einschließlich der Angestellten. Kannst du das organisieren?«

»Natürlich. Wir werden wohl kaum Probleme damit haben, berechtigten Verdacht anzuführen, oder?«

»Glaube ich auch nicht.« Die so genannten PACE-rules – der 1984 zum Schutz von Verdächtigen erlassene »Police and Criminal Evidence Act« – besagten, dass man »berechtigten Verdacht« haben musste, bevor man Leute durchsuchte, und wenn man sie an einem anderen Ort als der Polizeiwache durchsuchte, ohne sie vorher zu verhaften, musste man berechtigte Gründe zu der Annahme haben, dass sie eine Gefahr für sich selbst oder andere darstellten. Da die Tochter des Chief Constables wenige Meter entfernt tot dalag und der Verdacht auf Strychninvergiftung bestand, nahm Banks nicht an, dass sie wegen ihrer Vorgehensweise Schwierigkeiten bekommen würden. »Aber halt dich zurück. Wenn jemand Theater macht, bring ihn auf die Wache und übergib ihn dem Haftbeamten. Ich will, dass wir uns streng an die Vorschriften halten. Du solltest auch besser Detective Superintendent Gristhorpe informieren.«

»Mach ich.«

»Außerdem möchte ich, dass alle bekannten Koksdealer aus der Gegend zum Verhör vorgeladen werden. Und wir müssen das Einsatzzentrum auf der Wache in Betrieb nehmen.« Banks sah auf die Uhr. »Vermutlich werden wir das nicht alles bis morgen Früh hinkriegen – besonders, was die Zivilangestellten angeht –, aber bis dahin brauchen wir auf jeden Fall einen Büromanager.«

»Constable Rickerd?«

Banks schaute zu Rickerd, der auf der anderen Seite des Clubs Aussagen aufnahm. »Gute Idee«, sagte er. »Soll er mal zeigen, was er draufhat.«

Während Rickerd nur minimale Ermittlungsfähigkeiten zeigte, hatte er ein fast zwanghaftes Interesse an Einzelheiten und Organisation. Genau das, was man von einem guten Büromanager erwartete, da seine Aufgabe darin bestand, die Aufzeichnungen zu überwachen und alle vom Tatort und während der Ermittlungen zusammengetragenen Informationen auf dem neuesten Stand zu halten.

In Wahrheit brauchte man jemanden, der über mehr als nur Organisationstalent verfügte, aber Rickerd würde das schon hinkriegen. Vielleicht fand er dabei sein wahres Metier. Banks hatte geahnt, dass es sich eines Tages auszahlen würde, einen Trainspotter bei der Kripo zu haben. Rickerd war genau der Typ, der ein kleines Notizheft voll gedruckter Zugnummern mit sich rumtrug und sie sauber mit Stift und Lineal ausstrich, sobald er eine davon tatsächlich sah. Für Züge mit Dampfloks war er allerdings zu jung. Als Banks Kind gewesen war, hatte es noch einige davon gegeben, mit so exotischen Namen wie »The Flying Scotchman«, schlanke, stromlinienförmige Schönheiten. Viele von Banks' Freunden waren Trainspotter gewesen, aber den ganzen Tag auf einem zugigen Bahnsteig zu stehen und Nummern aufzuschreiben, die man später in einem kleinen Buch durchstrich, hatte für ihn nie einen Reiz gehabt. Heutzutage, wo all die Dieselloks wie geklont aussahen, konnte Trainspotting erst recht nicht mehr reizvoll sein.

Banks rief Rickerd zu sich und erklärte, was er von ihm wollte. Rickerd trabte los, offensichtlich stolz darauf, dass man ihm eine solche Verantwortung übertrug. Dann zündete sich Banks eine Zigarette an und lehnte sich gegen eine Säule. »Ich fahr besser los und sag ihren Eltern Bescheid«, meinte er seufzend.

»Das kann doch einer der Uniformierten machen.« Mit einer seltsam intimen Geste legte ihm Annie die Hand auf den Arm. »Um ehrlich zu sein, Alan, du siehst völlig fertig aus. Vielleicht sollte ich dich heimbringen.«

Wäre das nicht schön? dachte Banks. Zu Hause. Annie. Vielleicht sogar im Bett. Das Adagio vom *Concierto de Aranjuez*, das leise von unten heraufklang. Die Uhr zurückgestellt, so dass nichts von alldem hier je passiert war. »Nein«, sagte er. »Ich muss das selbst machen. So viel bin ich ihnen schuldig.«

Annie runzelte die Stirn. »Das verstehe ich nicht. Was bist du ihnen schuldig?«

Banks lächelte. »Ich erzähl's dir später.« Dann ging er die Treppen hinauf auf den verlassenen Marktplatz.

Banks war fast übel, als er sich mit schwerem Herzen gegen halb zwei morgens dem Haus der Riddles näherte. Die alte Mühle stand in fast vollkommener Dunkelheit hinter der Ligusterhecke, nur aus einem der Erdgeschosszimmer drang ein schwacher Lichtschein durch die Vorhänge, und Banks fragte sich, ob damit wohl Einbrecher abgeschreckt werden sollten. Doch dann sah er, dass sich der Vorhang beim Knirschen seiner Autoreifen auf dem Kies bewegte. Er hätte wissen müssen, dass Jimmy Riddle noch lange nach Mitternacht arbeitete. Harte Arbeit und viele Überstunden hatten ihn schließlich dahin gebracht, wo er war.

Als Banks den Motor abstellte, hörte er den Mühlbach durch den Garten rauschen. Das erinnerte ihn an den Wasserfall vor seinem eigenen bescheidenen Cottage. Er hatte kaum Zeit anzuklopfen, bevor das Flurlicht anging und die Tür geöffnet wurde. Dahinter stand Riddle in einem Oxfordhemd und grauen Chinos; es war das erste Mal, dass Banks ihn in Freizeitkleidung sah.

»Banks? Ich dachte doch, dass es Ihr Wagen war. Was um alles …«

Aber er verstummte, als sich die Erkenntnis auf seinem Gesicht abzeichnete, dass etwas Schlimmes passiert sein musste. Ob er nun als Polizist gut gewesen war oder nicht, Riddle war lange genug dabei, um zu wissen, dass ein Besuch mitten in der Nacht nicht aus gesellschaftlichen Gründen geschah. Und er wusste genug, um Banks' Gesichtsausdruck zu deuten.

»Vielleicht könnten wir uns setzen und etwas trinken«, sagte Banks, während Riddle beiseite trat und ihn vorbeiließ.

»Sagen Sie mir erst, was passiert ist.« Riddle lehnte sich an die Tür, nachdem er sie geschlossen hatte.

Banks konnte ihm nicht in die Augen blicken. »Es tut mir Leid, Sir«, sagte er. Diese Ehrbezeichnung klang ihm seltsam in den Ohren. Er hatte bisher nie »Sir« zu Riddle gesagt, außer in sarkastischem Ton.

»Es geht um Emily, nicht wahr?«

Banks nickte.

»Mein Gott.«

»Sir.« Banks nahm Riddle am Ellbogen und führte ihn ins Wohnzimmer. Riddle sank in einen Sessel, und Banks fand den Barschrank. Er goss ihnen beiden einen steifen Whisky ein; Alkohol am Steuer war ihm momentan völlig egal. Riddle nahm das Glas, trank aber nicht sofort.

»Ist sie tot?«, fragte er.

»Ja.«

»Was ist passiert? Wie?«

»Wir sind uns noch nicht sicher, Sir.«

»War es ein Unfall? Ein Autounfall?«

»Nein, nichts in der Art.«

»Nun reden Sie schon, Mann. Hier geht es um meine Tochter.«

»Das weiß ich, Sir. Darum versuche ich ja, es Ihnen so schonend wie möglich beizubringen.«

»Dafür ist es jetzt zu spät, Banks. Was war es? Drogen?«

»Zum Teil.«

»Was soll das heißen, ›zum Teil‹? Entweder waren es Drogen oder keine. Sagen Sie mir endlich, was passiert ist.«

Banks zögerte. Es war schrecklich, dem Vater eines toten Mädchens sagen zu müssen, wie qualvoll sie gestorben war, aber er durfte nicht vergessen, dass Riddle auch der Chief Constable war, ein Profi, und die Sache schnell genug in Erfahrung bringen würde. Dann besser von ihm. »Wir halten die Sache momentan noch streng vertraulich, aber Dr. Burns meint, es könnte mit Strychnin versetztes Kokain gewesen sein.«

Riddle setzte sich mit einem Ruck auf und verschüttete Whisky auf seine Hose. Er machte sich nicht mal die Mühe, ihn wegzuwischen. »*Strychnin!* Mein Gott, wie …? Ich verstehe nicht.«

»Sie hatte in einem Nachtclub in Eastvale Kokain genommen«, sagte Banks. »In der Bar None. Vielleicht haben Sie von dem Club gehört?«

Riddle schüttelte den Kopf.

»Nun ja, wenn der Doktor Recht hat, muss jemand Strychnin in ihr Kokain gemischt haben.«

»Guter Gott, Banks, ist Ihnen klar, was Sie da sagen?«

»Allerdings, Sir. Ich sage damit, dass Ihre Tochter aller Wahrscheinlichkeit nach ermordet wurde.«

»Ist das ein dummer Scherz?«

»Glauben Sie mir, ich wünschte, es wäre so.«

Riddle fuhr sich über den schimmernden kahlen Schädel, eine Geste, die Banks früher lächerlich gefunden hatte und die jetzt auf Verzweiflung deutete. Riddle trank einen Schluck Whisky und stellte dann die hoffnungslose Frage, die jeder in seiner Situation stellt: »Sind Sie sicher, dass es kein Irrtum ist?«

»Kein Irrtum, Sir. Ich habe sie selbst gesehen. Ich weiß, dass es kein Trost ist, aber es muss sehr schnell gegangen sein«, log Banks. »Sie kann nicht sehr gelitten haben.«

»Blödsinn. Ich bin kein Idiot, Banks. Ich habe die Lehrbücher gelesen. Ich weiß, wie Strychnin wirkt. Sie hat Krämpfe gehabt, ihr Rückgrat hat sich durchgebogen. Sie hat ...«

»Nicht«, unterbrach Banks. »Es hat keinen Zweck, sich zu quälen.«

»Wer?«, fragte Riddle. »Wer würde Emily so was antun wollen?«

»Ist Ihnen irgendwas Merkwürdiges aufgefallen, seit sie zurück ist?«

»Nein.«

»Was war heute, in den letzten paar Tagen? Irgendwelche Verhaltensänderungen?«

»Nein. Hören Sie, Sie waren in London, Banks. Sie haben sie gefunden. Was ist mit den Leuten, mit denen sie dort zusammen war? Dieser Clough. Glauben Sie, er hat was damit zu tun?«

Banks zögerte. Barry Clough war der Erste, der ihm in den Sinn gekommen war, als Dr. Burns von dem vergifteten Kokain gesprochen hatte. Banks dachte auch daran, dass Emily ihm erzählt hatte, Clough könne es nicht ausstehen, wertvolle Besitztümer zu verlieren. »Das ist durchaus eine Möglichkeit«, sagte er.

Riddle zupfte an seinen Bügelfalten und stieß dann einen langen Seufzer aus. »Sie tun, was immer Sie tun müssen, Banks. Das weiß ich. Wo auch immer Sie das hinführt.«

»Ja, Sir. Gibt es …?«

»Was?«

»Irgendwas, das Sie mir sagen wollen?«

Riddle schwieg. Ein paar Augenblicke lang schien er zu überlegen, schüttelte dann den Kopf. »Tut mir Leid. Ich kann Ihnen nicht helfen. Jetzt hab ich es nicht mehr in der Hand.« Mit einem Schluck trank er den restlichen Whisky aus. »Ich fahre ins Leichenschauhaus und identifiziere sie.«

»Das kann bis morgen warten.«

Riddle erhob sich und ging im Zimmer auf und ab. »Aber ich muss irgendwas tun. Ich kann nicht nur … Ich meine, Himmel, Mann, Sie haben mir gerade gesagt, dass meine Tochter ermordet worden ist. Vergiftet. Was erwarten Sie denn von mir? Soll ich mich hinsetzen und weinen? Eine verdammte Schlaftablette nehmen? Ich bin Polizist, Banks. Ich muss etwas tun …«

»Alle erdenklichen Maßnahmen sind bereits ergriffen worden«, sagte Banks. »Ich glaube, es wäre besser, wenn Sie sich um Ihre Frau und Ihren Sohn kümmern.«

»Schmieren Sie mir doch keinen Honig um den Bart, Banks. Mein Gott, wenn die Presse davon Wind bekommt!«

Da haben wir's wieder, dachte Banks. Sein verdammter *Ruf*. Nur aus Mitgefühl für Riddles Verlust sagte Banks milde: »Die Presse hatte noch nichts mitgekriegt, als ich den Tatort verlassen habe, aber ich glaube nicht, dass es lange dauern wird. Morgen Früh werden die überall rumwieseln. Wir hoffen, dass wir den Strychninaspekt noch unter Verschluss halten können.«

Riddle schien in sich zusammenzusacken, hatte alle Energie verloren. Er sah müde aus. »Ich wecke Ros und sag es ihr. Ich danke Ihnen, dass Sie hergekommen sind, Banks. Ich meine, persönlich, wissen Sie, statt jemand anders zu schicken. Am besten, Sie kehren zum Tatort zurück und behalten die Sache in der Hand. Ich verlasse mich auf Sie, und diesmal ist es mir egal, wie Sie die Ermittlung führen und wem Sie auf die Zehen treten.«

»Ja, Sir.« Riddle hatte Recht. Das Beste, was Banks jetzt tun konnte, war, sich ganz auf die Ermittlung zu konzentrieren. Außerdem wollten Menschen mit ihrer Trauer allein gelassen werden. »Irgendwann muss ich mit Ihnen beiden sprechen«, sagte er. »Morgen?«

»Selbstverständlich.« Sie hörten ein Geräusch an der Tür und drehten sich um. Benjamin Riddle stand da und hielt einen abgenutzten Teddybär umklammert. Er rieb sich die Augen. »Ich hab Stimmen gehört, Daddy, und hab Angst gekriegt. Was ist los? Ist was passiert?«

9

Es war immer noch dunkel, als Banks am nächsten Morgen nach Eastvale fuhr, und dünner Nebel hing in den Senken und Mulden der Straße, an den Häusern, den Pflastersteinen und dem alten Kreuz auf dem Marktplatz. Um diese Zeit des Morgens gingen die Lichter in den kleinen Büros über den Läden an, die zum Teil schon geöffnet hatten, und der Nebel ließ das Licht wie hinter einem dünnen Schleier verschwimmen. Die Luft war mild und feucht.

An der Bar None auf der anderen Seite des Platzes flatterte immer noch das Absperrband, und ein Streifenpolizist hielt Wache. Nachdem Banks am vorherigen Abend Riddles Haus verlassen hatte, war er in den Club zurückgekehrt, wo die Spurensicherung nach wie vor an der Arbeit war und Annie Aussagen aufnahm. Superintendent Gristhorpe war ebenfalls aus Lyndgarth gekommen.

Banks war noch eine Weile dort geblieben und hatte Gristhorpe alles berichtet, aber es gab nichts, was er vor Ort noch hätte tun können. Als die Medienleute aufdringlich wurden und Kommentare verlangten, fuhr Banks nach Hause und verbrachte ein paar schlaflose Stunden auf dem Sofa, wo er über Emily Riddles grausigen Tod nachdachte, bevor er wieder auf die Wache fuhr. Er versuchte, die Schuldgefühle in Schach zu halten, die ihn wie gierige Haie umkreisten. Teilweise gelang es ihm, was daran lag, dass er eine Aufgabe zu erfüllen hatte, etwas, worauf er sich konzentrieren und den Rest ausschließen konnte. Aber das Problem war, dass diese Gefühle anwachsen würden, selbst wenn er nicht hinschaute, und eines Tages so übermächtig wären, dass er sie nicht mehr ignorieren konnte. Dann, das wusste er aus Erfahrung, war es meistens zu spät, noch eine positive Wendung zu finden. Aber im Moment konnte er sich ein Versinken in Schuldgefühlen nicht leisten.

Die Bauarbeiter waren noch nicht aufgetaucht, daher war es ruhig im Anbau. Banks ging in sein Büro, las die Kopien der Berichte von letzter Nacht durch und machte sich Notizen über seine eigenen Eindrücke. Wie die meisten guten Polizisten tat er das für sich selbst, nicht für die Akten. Es waren sehr persönliche Eindrücke, die manchmal zu etwas führten, oft aber auch nicht. Was sie auch sein mochten, sie waren kein Ersatz für Fakten oder Beweise. Zum Beispiel notierte er sich, dass Darren Hirst seiner Meinung nach die Wahrheit sagte und Emilys Drogen höchstwahrscheinlich nicht aus dem Cross Keys oder der Bar None stammten. Wie er den Berichten entnahm, saßen bereits ein paar sehr verschlafene örtliche Drogendealer in der Arrestzelle im Keller des Reviers. Weitere würden bald folgen.

Als die Sonne die Nase über den wolkigen Horizont hob, ging es auf dem Revier bereits geschäftig zu. Die Einsatzzentrale nahm Form an und war schon fast funktionsfähig, dank Constable Rickerd, der die ganze Nacht aufgeblieben war und alles organisiert hatte. Computerverbindungen waren installiert, Telefonleitungen aktiviert worden, und Zivilangestellte übernahmen die Dateneingabe, das Eingeben und Übertragen der Berichte. Als Banks die erste Kaffeepause machte, war Assistant Chief Constable McLaughlin vom Grafschaftspräsidium in Newby Wiske bei Northallerton eingetroffen. Er hatte sich im Sitzungssaal eingerichtet, und fünfzehn oder zwanzig Minuten später wurde Banks zu ihm zitiert.

McLaughlin, Annie Cabbot und Superintendent Gristhorpe warteten schon auf ihn. Banks begrüßte sie und setzte sich. Annie sah müde aus, hatte wahrscheinlich ebenso wenig Schlaf bekommen wie Banks. Außerdem wirkte sie nervös, was ungewöhnlich für sie war.

»Red Ron« McLaughlin war an die fünfzig, groß und schlank, hatte kurzes, schütteres graues Haar, das er nach vorne kämmte, und einen kleinen grauen Schnurrbart. Er trug eine

Brille mit Silberfassung, die auf seiner Nasenspitze balancierte, und hatte die Angewohnheit, über die Brillenränder zu sehen, wenn er mit jemandem sprach. Seine Augen hatten denselben Grauton wie sein Haar.

»Ah, Chief Inspector Banks«, sagte er, schob ein paar Papiere herum und sah über den Brillenrand. »Gut. Ich komme gleich zur Sache. Ich habe mich heute Morgen mit Chief Constable Riddle getroffen – genauer gesagt, er ist zu mir gekommen – und er hat darauf gedrungen, dass Sie die Ermittlungen zum Mord an seiner Tochter übernehmen. Was halten Sie davon?«

»Ich hatte gehofft, den Fall zu bekommen«, erwiderte Banks, »hatte aber, ehrlich gesagt, nicht damit gerechnet, dass er mir zugeteilt würde.«

»Warum nicht?«

»Weil ich die Tote kannte, Sir. Nur flüchtig, aber ich kannte sie. Und ihre Familie. Ich bin davon ausgegangen, dass wir jemanden von außerhalb beauftragen würden.«

»So würde es normalerweise auch gehandhabt werden.« McLaughlin kratzte sich am Ohr. »Der Chief Constable hat mir die Sache erklärt«, fuhr er fort. »Offenbar hat er Sie gebeten, nach London zu fahren und seine Tochter zu finden. Stimmt das?«

»Ja, Sir.«

»Und Sie haben sie dann nach Hause begleitet?«

»Ja, Sir.« Banks merkte, dass Annie ihn anstarrte, wandte ihr aber nicht den Blick zu.

»Ich glaube kaum, dass Sie das als Ermittlungsleiter disqualifiziert. Sie etwa?«

Banks dachte einen Moment lang nach. Er würde Red Ron von dem Lunch erzählen müssen. Garantiert würde sich jemand melden und davon berichten, und das schon bald, nachdem der Mord an Emily in den Frühstücksnachrichten gekommen war. Im Black Bull waren sie genügend Leuten aufgefallen, von denen vermutlich mindestens einer oder zwei wussten, wer Banks war.

Andererseits, wenn er McLaughlin alles erzählte, war er den Fall mit Sicherheit los, ganz egal, was Riddle wollte. Es war ein heikler Balanceakt. Außerdem bestand das Risiko, dass jemand vom Hotel Fifty-Five in London Emilys Foto in der Zeitung sah und sich meldete, obwohl Banks glaubte, dass es lange genug zurücklag und Emily an dem Abend völlig anders ausgesehen hatte in ihrem Partykleid und mit den hochgesteckten Haaren.

Trotzdem, wenn Banks den Posten als Ermittlungsleiter akzeptierte, befand er sich in der besten Position, eventuell auftauchende Schwierigkeiten abzuwehren. Hinzu kam, dass er mehr über Emilys Leben in London wusste als alle anderen hier, was ihm bei der Verfolgung möglicher Spuren einen Vorteil verschaffte. Es war verdammt unethisch, das wusste er, vermutlich mehr, als alles, was er je getan hatte. Schließlich hatte Riddle ihm immer wieder angekreidet, dass Banks zu einzelgängerisch war. Aber, schätzte Banks, das war wohl auch der Grund gewesen, warum Riddle ihn gebeten hatte, nach London zu fahren, und warum er jetzt wollte, dass Banks die Ermittlung leitete. Riddle hatte es gestern Nacht selbst so gesagt.

»Nein, Sir«, antwortete Banks schließlich. »Ich würde den Fall gern übernehmen.« Noch während er die Worte aussprach, war er sich bewusst, dass er sich hier womöglich sein eigenes Grab schaufelte. Den neuen stellvertretenden Polizeipräsidenten von Anfang an zu verärgern, würde Banks gerade noch fehlen. Aber es ließ sich nicht ändern. Emily kam an erster Stelle, so viel war er ihr zumindest schuldig. Er hatte gesagt, er hätte sie nur flüchtig gekannt. Das war keine Lüge, aber wie bei vielen unbefriedigenden Wahrheiten wurde zu viel ausgelassen. Wie konnte Banks die Bindung beschreiben, die er zu Emily empfand? Das war nicht nur rein väterlich, aber auch keine simple Freundschaft.

»Wie Sie alle wissen, bin ich neu in diesem Amt und dieser Region«, erklärte McLaughlin. »Ich habe meine Hausaufgaben gemacht, habe das Revier studiert, aber man kann nicht von mir erwarten, dass ich nach so kurzer Zeit vollkommen auf dem Laufenden bin. Laut Mr. Riddle sind Sie der beste Mann für diesen Fall. Superintendent Gristhorpe ist ebenfalls der Meinung, und ich habe in Ihren Personalakten nichts gefunden, was dem widerspricht.«

Das überraschte Banks; er hatte gedacht, Riddle hätte die Akten mit negativen Berichten gespickt. Aber McLaughlin runzelte die Stirn und fuhr fort: »Damit will ich nicht sagen, dass Sie keine schwarzen Flecken auf der Weste haben, Banks. Sie haben ein paar Fehler gemacht, die Sie hoffentlich unter meinem Kommando nicht wiederholen werden, aber die Anzahl der von Ihnen gelösten Fälle spricht für sich. Hier wird sich einiges verändern durch die Neuorganisation, und ich hoffe, Sie werden dabei eine große Rolle spielen. Ist das klar?«

»Ja, Sir.«

»Dann wäre das geklärt«, sagte McLaughlin. »Sie leiten die Ermittlungen im Fall Emily Riddle. Ich nehme an, Sie werden nichts dagegen haben, als stellvertretende Ermittlungsleiterin zu fungieren, Sergeant Cabbot?«

»Nein, Sir«, erwiderte Annie. »Vielen Dank.«

McLaughlin wandte sich an Gristhorpe. »Und Sie halten Verbindung zu mir im Präsidium, Superintendent. In Ordnung?«

Gristhorpe nickte.

»Was ist mit HOLMES?«, fragte McLaughlin.

HOLMES, Abkürzung für Home Office Large Major Enquiry System, war ein Computersystem, das seit der Fahndung nach dem Yorkshire Ripper entwickelt worden war. Alles wurde dort eingegeben, von Zeugenaussagen bis zu den Berichten der Spurensicherung. Alles wurde mit Verweisen und Querverweisen versehen, damit nichts in unübersichtlichem Papierkram verloren ging, wie es bei der Identifizierung des Rippers geschehen war. »Ich glaube, wir sollten es jetzt aktivieren«, sagte Banks. »Angesichts der Schwere des Falls. Ich setze Constable Jackman daran. Sie ist ein ausgebildeter Operator.«

»Gut, machen Sie das.« McLaughlin sah von Banks zu Annie. »Übrigens, Dr. Glendenning hat angeboten, die Obduktion heute am frühen Nachmittag durchzuführen, also essen Sie nicht zu schwer zu Mittag. Ich denke, Sie sollten beide anwesend sein. Ich teile Ihnen auch so bald wie möglich zusätzliche Beamte zu«, fuhr McLaughlin fort. »Da ist höchstwahrscheinlich einiges an Beinarbeit zu erledigen. Wie ich höre, führen Sie bereits eine weitere Mordermittlung durch. Können Sie das beides parallel schaffen?«

»Ich glaube schon, Sir.« Banks erinnerte sich, dass er oft mehrere schwere Fälle gleichzeitig bewältigen musste, als er bei der Londoner Polizei gearbeitet hatte. »Offiziell ist der Mord an Charlie Courage immer noch der Fall von Inspector Collaton. Von der Polizei in Leicestershire. Sergeant Cabbot hat einige vorläufige Ermittlungen durchgeführt, aber ich kann Sergeant Hatchley die Sache übergeben.«

McLaughlin zögerte, legte die Fingerspitzen aneinander und blickte über den Brillenrand. »Wir wollen uns nicht den Anschein geben, dass wir jemanden favorisieren, meine Damen und Herren«, sagte er, »aber es lässt sich nicht leugnen, dass wir diesem Fall in der Tat oberste Priorität geben. Schon irgendwelche Ideen, Chief Inspector Banks?«

»Dazu ist es noch zu früh, Sir. Ich möchte noch mal mit der Familie sprechen, vielleicht am späteren Nachmittag.«

»Chief Constable Riddle hat erwähnt, dass seine Tochter in London mit gewissen zwielichtigen Typen Kontakt hatte. Gibt es da was?«

»Möglich«, erwiderte Banks. »Vor allem einer namens Barry Clough. Den werde ich mir sehr genau ansehen.«

»Sonstige Entwicklungen? Sergeant Cabbot?«

»Wir haben gestern Nacht die Gäste im Club durchsucht, Sir«, berichtete Annie, »dabei aber nichts gefunden bis auf ein paar Tabletten Ecstasy, ein bisschen Marihuana und ein oder zwei Amphetaminpillen.«

»Alles streng nach Vorschrift, hoffe ich?«

»Ja, Sir. Zwei haben die Durchsuchung verweigert, und ich habe sie aufs Revier bringen lassen. Sie wurden vom Haftbeamten verwarnt, bevor eine Leibesvisitation vorgenommen wurde. Beide hatten Drogen in ausreichender Menge zum Verkauf dabei. Bei einem wurde Crystal gefunden, bei dem anderen eine Substanz, bei der es sich vermutlich um Kokain handelt.«

»Irgendwelche Verbindungen mit dem Tod von Ms. Riddle?«

»Soviel wir beurteilen konnten, war das Kokain nicht mit Strychnin verschnitten, aber wir halten den Mann fest, während die Substanz im Labor untersucht wird.«

McLaughlin notierte sich etwas auf seinem Block. »Was ist mit Überwachungskameras?«, fragte er. »Gab es im Club welche?«

»Leider«, sagte Banks, »sind in der Bar None noch keine installiert, aber vielleicht entdecken wir etwas auf unseren.«

Die Installation von Videoüberwachungskameras war während des Sommers auf dem Revier ein umstrittenes Thema gewesen, als Eastvale ein Problem mit der öffentlichen Ordnung hatte, ausgelöst von betrunkenen Rüpeln, die sich nach der Polizeistunde am Marktkreuz versammelten. Schlägereien zwischen rivalisierenden Banden waren ausgebrochen, die oft aus den umliegenden Dörfern in die Stadt kamen, oder zwischen örtlichen Rowdys und Rekruten vom nahe gelegenen Armeestützpunkt. In einem Fall war eine ältere Touristin von einem fliegenden Glas im Gesicht getroffen worden und musste mit sechzehn Stichen genäht werden.

Knaresborough, Ripon, Harrogate und Leeds hatten Überwachungskameras im Stadtzentrum anbringen lassen und die Verhaftungszahlen erheblich gesteigert, aber zuerst hatte der Stadtrat von Eastvale die Nase gerümpft und gemeint, das würde den Etat übersteigen und sei völlig unnötig, weil die Polizeiwache direkt am Marktplatz lag und die Beamten ja nur aus dem Fenster zu schauen brauchten.

Nach ausführlichen Debatten, und eigentlich auch nur, weil die Verhaftungsrate in Ripton so beeindruckend war, gab der Stadtrat schließlich nach, und vier Kameras wurden probeweise installiert. Die Bilder wurden direkt in den kleinen Kommunikationsraum im Erdgeschoss des Reviers übertragen, wo die Bänder regelmäßig nach Gesichtern bekannter Unruhestifter und Anzeichen krimineller Aktivitäten durchgeschaut wurden. Für Banks' Geschmack roch das alles ein bisschen zu sehr nach Big Brother, aber er musste zugeben, dass in einem Fall wie diesem die Bänder vielleicht von Wert sein könnten.

»Sie werden uns zumindest verraten, ob jemand den Club verlassen hat, nachdem Emily und ihre Freunde eintrafen«, fuhr er fort. »Darren Hirst war gestern Abend zu verstört und verwirrt, um sich daran zu erinnern.«

»Gute Idee«, meinte McLaughlin. »Bringt es was, den Hergang zu rekonstruieren?«

Banks atmete tief durch. Der Moment war gekommen. »Das glaube ich nicht, Sir. Ich habe mich gestern Mittag kurz mit Emily getroffen. Sie wollte sich bei mir bedanken, weil ich sie überredet hatte, nach Hause zu kommen, und sie hat sich auch besorgt über diesen Clough geäußert.«

»Fahren Sie fort«, sagte McLaughlin ausdruckslos.

Banks spürte, wie sich Annies Blick wieder seitlich in seinen Kopf bohrte. Selbst Gristhorpe runzelte die Stirn. »Sie verließ den Black Bull, weil sie sich, wie sie sagte, um drei mit jemandem treffen wollte. Wir wissen nicht, wo sie sich zwischen diesem Zeitpunkt und dem Treffen mit ihren Freunden um sieben im Cross Keys aufgehalten hat. Darren sagte, sie habe ein wenig high gewirkt, als sie im Cross Keys ankam, daher schätze ich, dass sie mit jemandem Drogen genommen hat, vielleicht mit demjenigen, der ihr das vergiftete Kokain gegeben hat. Danach war sie den ganzen Abend mit der Gruppe zusammen. Ich glaube, eine konzentrierte Medienkampagne würde mehr bringen. Poster, Fernsehen, Zeitungen.«

»Ihr Treffen mit dem Opfer macht mir zu schaffen«, sagte McLaughlin.

»Das war vollkommen harmlos, Sir. Wir haben uns die ganze Zeit in der Öffentlichkeit aufgehalten, und ich bin noch geblieben, nachdem Emily gegangen war. Ich glaube, sie war ernsthaft besorgt wegen Clough. Sie hatte das Gefühl, mit ihrem Vater nicht darüber sprechen zu können, aber sie wollte mir Bescheid geben.«

»Warum Ihnen?«

»Weil ich Clough kennen gelernt habe, als ich nach ihr suchte. Sie wusste, dass ich verstehen würde, wovon sie sprach.«

»Unangenehmer Bursche?«

»Sehr unangenehm, Sir.«

»Hat sie irgendwelche Andeutungen gemacht, was sie vorhatte oder mit wem sie sich treffen wollte?«

»Nein, Sir. Ich wünschte, sie hätte das getan.« Banks wünschte, er hätte sie wenigstens gefragt.

»Worüber hat sie gesprochen?«

»Wie gesagt, sie war dankbar dafür, dass ich sie zum Heimkommen überredet hatte. Sie sprach von ihrer Zukunft. Sie wollte Abitur machen und in Amerika studieren.«

»Und sie äußerte sich besorgt über Clough?«

»Ja, Sir.«

»Hat sie gesagt, dass er sich mit ihr in Verbindung gesetzt hat, sie bedroht hat oder so?«

»Sie sagte, er hätte keine Verbindung aufgenommen, aber sie wirkte besorgt. Sie sagte, er würde nicht gern wertvolle Besitztümer verlieren. Und sie meinte, einen seiner Angestellten im Swainsdale-Einkaufszentrum gesehen zu haben.«

»Glauben Sie, sie wusste, dass ihr etwas zustoßen würde, dass sie Angst um ihr Leben haben musste?«

»So weit würde ich nicht gehen, Sir.«

»Trotzdem«, sagte McLaughlin, »sie war eine Bürgerin, die sich Sorgen wegen einer gefährlichen Situation machte, in die sie sich gebracht hatte. Und sie bat die Polizei um Hilfe. War es nicht so?«

»Ja, Sir.« Banks war erleichtert, dass McLaughlin es für richtig gehalten hatte, ihm einen Rettungsring zuzuwerfen. Aber er sah keinen Sinn darin, McLaughlin zu erzählen, dass Emily in seiner Gegenwart Alkohol getrunken hatte oder dass sie eine halbe Nacht zusammen in einem Londoner Hotelzimmer verbracht hatten.

»Gut. Ich überlasse es Ihnen, den entsprechenden Bericht darüber zu schreiben, damit wir ihn zu den Akten nehmen können, falls es Schwierigkeiten geben sollte. Ich nehme an, Sie hatten zu dem Zeitpunkt zu viel zu tun und haben das Schreiben des Berichts nur verschoben?«

»Ja, Sir.«

»Sehr verständlich. Und ich muss Ihnen ja nicht sagen, dass schnelle, positive Ergebnisse in dieser Sache für uns alle von Vorteil wären.«

»Nein, Sir.«

Damit verließ Ron McLaughlin den Sitzungssaal.

»Sie können ebenfalls gehen, Sergeant Cabbot«, sagte Gristhorpe. »Alan, ich möchte noch kurz mit Ihnen sprechen.«

Annie warf Banks einen kurzen, beleidigten Blick zu und ging. Banks und Gristhorpe sahen sich an. »Schreckliche Geschichte«, sagte Gristhorpe. »Egal, was man von Jimmy Riddle hält.«

»Allerdings, Sir.«

»Dieses Treffen, Alan? Das ist nur einmal passiert und genau so, wie Sie es beschrieben haben?«

»Ja, Sir.«

Gristhorpe räusperte sich. Er sieht alt aus, dachte Banks – das widerspenstige Haar in letzter Zeit noch grauer, dunkle Säcke unter den Augen, sein normalerweise gerötetes, pockennarbiges Gesicht bleicher als sonst. Er schien auch abgenommen zu haben; sein Tweedjackett wirkte viel zu groß. Allerdings, hielt sich Banks vor Augen, war Gristhorpe ebenfalls den größten Teil der Nacht auf den Beinen gewesen, und er wurde nicht jünger.

»Sie war ein gutes Mädchen«, sagte Banks. Dann schüttelte er den Kopf. »Nein. Was rede ich da? Das stimmt nicht. Sie war das, was man ein wildes Kind nennt. Sie war nervig, konnte einen rasend machen und hat Jimmy Riddle bestimmt zur Verzweiflung gebracht.«

»Aber Sie mochten sie?«

»Ich konnte nicht anders. Sie war verwirrt, vielleicht ein bisschen durchgedreht, rebellisch.«

»So wie Sie, als Sie jung waren?«, meinte Gristhorpe mit einem Lächeln.

»Gottbewahre! Nein. Sie war all das, von dem ich hoffte, dass Tracy es nicht werden würde, was ja zum Glück auch nicht passiert ist. Vielleicht fiel es mir leichter, ihren Schwung zu bewundern, weil ich nicht ihr Vater und sie nicht mein Problem war. Aber sie war eher verwirrt als schlecht, und ich glaube, sie hätte sich gefangen, wenn man ihr die Chance gegeben hätte. Sie war ihrem Alter einfach zu weit voraus. Ich will den Dreckskerl schnappen, der ihr das angetan hat, Sir. Vielleicht mehr, als ich je einen Dreckskerl schnappen wollte.«

»Seien Sie vorsichtig, Alan.« Gristhorpe beugte sich vor und legte die Arme auf den Tisch. »Sie wissen genauso gut wie ich, dass Sie nicht mal in die Nähe dieses Falls kämen, wenn Jimmy Riddle nicht wäre. Aber wenn Sie irgendwas vermasseln, weil Sie es zu persönlich nehmen, mache ich Sie schneller fertig, als Sie denken können. Und das wird nichts sein im Vergleich zu dem, was McLaughlin mit Ihnen anstellen wird. Kapiert?«

»Kapiert«, sagte Banks. »Keine Bange. Ich halte mich an die Vorschriften.«

Gristhorpe lehnte sich zurück und lächelte. »Nein, Alan«, sagte er. »Das werden Sie nicht. Warum sollte man Ihnen sonst den Fall übertragen? Ich will damit nur sagen, dass Sie sich Ihr Urteil nicht von Wut und Rachegelüsten trüben lassen sollen. Sehen Sie sich die Beweise und die Fakten genau an, bevor Sie Schritte unternehmen. Stürmen Sie nicht einfach los, wie Sie es in der Vergangenheit getan haben.«

»Ich will's versuchen«, sagte Banks.

»Tun Sie das.«

Jemand klopfte an die Tür, und Gristhorpe rief ihn herein. Es war ein Streifenpolizist aus dem Erdgeschoss. »Ein Inspector Wayne Dalton von der Kripo Northumbria möchte zu Chief Inspector Banks, Sir.«

Banks hob die Augenbrauen und schaute zu Gristhorpe. »Na gut«, sagte er und sah auf die Uhr. »Geben Sie ihm einen Kaffee und setzen Sie ihn in mein Büro. Ich kann ein paar Minuten für ihn erübrigen.«

Banks war nicht der einzige, der eine schlaflose Nacht hinter sich hatte. Auch Annie Cabbot hatte die ein, zwei Stunden, die sie kurz vor Morgengrauen im Bett verbracht hatte, wach gelegen und war bei jedem kleinsten Geräusch zusammengezuckt. Sie hatte sich einzureden versucht, nicht so schwach zu sein. Schließlich hatte sie Dalton und seinen Genossen vor zwei Jahren davon abgehalten, sie zu vergewaltigen, also warum sollte sie sich seinetwegen jetzt Sorgen machen? Ihr Kampfsporttraining lag zwar schon einige

Zeit zurück, aber sie konnte sich gut verteidigen, wenn es darauf ankam.

Das Problem war, dass Vernunft um vier oder fünf Uhr morgens wenig zählt. Um diese Zeit schläft die Vernunft, und der Geist gebiert Monster: Monster der Furcht und der Paranoia. Und so hatte sie sich herumgewälzt und Bilder von Daltons verschwitztem Gesicht und den hasserfüllten Augen vor sich gesehen, von der toten Emily Riddle, eingeklemmt in der Toilettenkabine in der Bar None, die Augen vor Entsetzen weit aufgerissen und die Gesichtsmuskeln zu einer Grimasse verzerrt.

Doch jetzt, im trüben Tageslicht, als sie aus der Besprechung kam und auf ihr Büro zuging, merkte sie, dass sie körperlich keine Angst vor Dalton hatte. Sie hatte immer gewusst, dass er nur als Teil einer Gang gewalttätig werden konnte. Sein Auftauchen hatte sie erschüttert, das war alles, Erinnerungen an jene Nacht aufgerührt, die sie lieber vergessen wollte. Blieb nur das Problem, dass sie nicht wusste, was sie seinetwegen tun sollte.

Sie dachte daran, sich an Banks zu wenden, schob den Gedanken aber rasch wieder fort. Um die Wahrheit zu sagen, war sie ziemlich sauer auf ihn. Warum hatte er ihr nicht gestern Abend von seiner Beziehung zu dem Opfer erzählt? Dazu wäre genug Zeit gewesen. Dann wäre sie sich heute Morgen mehr wie eine stellvertretende Ermittlungsleiterin vorgekommen statt wie eine Idiotin, als der Chief Constable die Sache angesprochen hatte.

In gewisser Weise bedauerte sie jetzt, Banks überhaupt von der Vergewaltigung erzählt zu haben, aber wenn man einander so nahe ist, kommt es unweigerlich zu dummen Geständnissen; niemand sonst wusste davon, nicht einmal ihr Vater. Und jetzt, wo sie tatsächlich mit Banks zusammenarbeitete, würde sie, obwohl sie ihn immer noch mochte, darauf achten, alles auf einer strikt berufsmäßigen Ebene zu halten. Ihre Karriere entwickelte sich wieder in die richtige Richtung, und sie wollte sich nichts vermasseln. McLaughlin hatte ihr eine große Chance gegeben, als stellvertretende Ermittlungsleiterin Punkte zu sammeln. Heulend zu ihrem

Chef zu rennen, war das Letzte, was sie wollte. Nein, Dalton war ihr Problem, und sie würde mit ihm fertig werden, so oder so.

Banks fand Inspector Dalton in seinem Büro stehend vor, das Gesicht zur Wand, einen Styroporbecher mit Kaffee in der Hand, den Blick auf den Dalesman-Kalender gerichtet. Das Dezemberbild zeigte den mit Schnee und Eis bedeckten Goredale Scar in der Nähe von Malham. Dalton drehte sich um, als Banks eintrat. Er war etwa einsachtzig groß und dünn wie eine Bohnenstange, hatte bleiche, wässrig blaue Augen und ein langes, dünnes Gesicht mit einem fast zerknirschten Ausdruck und dünnem, rötlichem Haar. Banks schätzte sein Alter auf um die vierzig. Dalton trug einen leichten braunen Anzug, weißes Hemd und Krawatte. Er hatte sich beim Rasieren geschnitten, und etwas Blut war in der Nähe seines Kinns getrocknet.

Er streckte die Hand aus. »Detective Inspector Wayne Dalton. Hier scheint ja ziemliche Aufregung zu herrschen.«

»Haben Sie es noch nicht gehört?«

»Was gehört?«

»Die Tochter des Chief Constables ist letzte Nacht ermordet worden.«

Dalton verdrehte die Augen und pfiff. »Oje. Wenn Sie den Dreckskerl schnappen, der das getan hat, wäre ich nicht gern an seiner Stelle.«

»Wir kriegen ihn. Setzen Sie sich doch. Was bringt Sie so weit nach Süden?«

»Ist wahrscheinlich pure Zeitverschwendung«, sagte Dalton und nahm Banks gegenüber Platz, »aber es sieht so aus, als würde sich einer unserer Fälle bis auf Ihr Gebiet erstrecken.«

»Wäre nicht das erste Mal. Wir sind schnell zu einer sehr kleinen Insel geworden.«

»Das können Sie laut sagen. Na gut, am letzten Sonntag – eigentlich am frühen Montagmorgen, gegen 0.30 Uhr, um so genau zu sein, wie es uns zu diesem Zeitpunkt möglich ist – wurde ein weißer Lieferwagen auf der B6348 zwischen der A1 und dem Dorf Chatton überfallen. Die Ladung wurde gestohlen, und der Fahrer liegt immer noch im Koma.«

»Wie heißt er?«

»Jonathan Fearn.«

Banks klopfte mit dem Bleistift auf den Schreibtisch. »Nie von ihm gehört.«

»Dafür gibt es auch keinen Grund. Allerdings wohnte er hier.« Dalton sah in sein Notizbuch. »Darlington Road sechsundzwanzig.«

»Die kenne ich.« Banks machte sich eine Notiz. »Wir überprüfen ihn. Vorstrafen?«

»Nein. Interessant ist jedoch, dass dieser weiße Lieferwagen von einer Firma namens PKF Computersysteme gemietet wurde und …«

»Moment mal. Haben Sie PKF gesagt?«

»Ja. Ergibt es allmählich einen Sinn?«

»Nicht viel, aber fahren Sie fort.«

»Also, wir haben PKF überprüft und, um es kurz zu machen, festgestellt, dass es die Firma nicht gibt.«

»Was soll das heißen?«

»Genau das, was ich sage. PKF Computersysteme ist nicht als existierende Firma eingetragen.«

»Das heißt, jemand hat sich den Namen ausgedacht …«

»… Briefpapier gedruckt, ein Telefon anschließen lassen, ein Bankkonto eröffnet … genau. Eine Scheinfirma.«

»Irgendeine Ahnung, wer dahinter steckt?«

» Ich hatte gehofft, Sie könnten mir dabei vielleicht helfen. Wir haben PKF bis zum Daleview-Firmenpark zurückverfolgt, hier bei Eastvale, und wir haben herausbekommen, dass der Lieferwagen unterwegs zu einem neuen Geschäftszentrum in der Nähe von Wooler gewesen sein muss. Zumindest hatte PFK dort ab jenem Montagmorgen Räume gemietet.«

»Lassen Sie mich rekapitulieren«, sagte Banks. »PKF, eine Firma, die nicht existiert, zieht Sonntagnacht mit Sack und Pack aus dem Daleview-Firmenpark aus, wo sie nicht mehr als zwei oder drei Monate in Betrieb war, und bringt alles über die A1 zu einem anderen Firmenpark in der Nähe von Tyneside, wo sie ebenfalls Räume gemietet hat. Ein paar Meilen vor dem Ziel wird der Lieferwagen überfallen und die Ladung geklaut. Richtig?«

»So weit ja.«

»Am Dienstag«, fuhr Banks fort, »wurde der Nachtwächter vom Daleview-Firmenpark tot in einem Waldstück bei Market Harborough, Leicestershire, aufgefunden. Erschossen mit einer Schrotflinte.«

»Hinrichtung?«

»Sieht so aus. Wir nehmen an, dass er Montagnachmittag ermordet wurde.«

»Ein Zusammenhang?«

»Würde ich sagen. Sie nicht? Vor allem, nachdem sich herausstellte, dass unser Nachtwächter pro Woche zweihundert Pfund zusätzlich zu seinem Gehalt auf die Bank eingezahlt hat.«

»Und PKF eine Scheinfirma ist.«

»Genau.«

»Haben Sie eine Ahnung, was in dem Lieferwagen gewesen sein könnte?«, fragte Dalton.

»Das Einzige, was mein Sergeant gefunden hat, als sie die Räume von PKF in Daleview überprüfte, war eine leere CD-Hülle.«

»CDs? Das ist das erste Mal, dass ich von einem Überfall wegen einer Ladung CDs gehört habe.«

»Wir wissen nicht, ob das der Grund ist. Ich will damit nur sagen, dass wir eine CD-Hülle bei PKF gefunden haben, was zu deren Arbeit in der Computerbranche passt. Vielleicht hatten es die Diebe auf Computerausrüstungen abgesehen?«

»Könnte sein. Das Zeug ist wertvoll.«

»Irgendwelche Anhaltspunkte?«

Dalton schüttelte den Kopf. »Wir haben die Räume im Auge behalten, die sie in der Nähe von Wooler angemietet haben, aber bisher hat sich niemand dort blicken lassen. Angesichts dessen, was passiert ist, rechnen wir auch nicht mehr damit. Es war spät und auf einer abgelegenen Straße, also gibt es keine Zeugen. Sie haben den Lieferwagen in einer Parkbucht stehen lassen. Wie gesagt, der Fahrer liegt nach wie vor im Koma, und bis alle gefundenen Fingerabdrücke ausgewertet sind, kann eine Ewigkeit vergehen. Sie und ich wissen beide, dass jemand, der einen professionellen Überfall durchführt, sowieso Handschuhe trägt. Das hier war unser einziger Hinweis – PKF und der Daleview-Firmenpark.«

»Gut.« Banks stand auf. »Wir bleiben wegen dieser Sache in Verbindung.«

»Macht es Ihnen was aus, wenn ich noch ein oder zwei Tage hier bleibe, mich in Daleview umschaue und ein bisschen herumstochere?«

»Seien Sie mein Gast.« Banks zog seinen Block zu sich heran. »So, wie es im Moment bei uns aussieht, können wir alle Hilfe brauchen, die wir kriegen können. Sie sollten sich auch mit Inspector Collaton in Market Harborough in Verbindung setzen. Sieht so aus, als hinge das alles zusammen. Wo sind Sie untergekommen?«

»Im Fox and Hounds an der North Market Street. Bin gestern Abend angekommen. Hübsche Zimmer.«

»Ich weiß, wo das ist«, sagte Banks. »Sagen Sie uns Bescheid, wenn Sie was rausfinden.«

»Mach ich.« Mit einem freundlichen Salut legte Dalton die Fingerspitzen an die Stirn und verließ das Büro.

Banks ging zum Fenster und schaute auf den kopfsteingepflasterten Marktplatz hinunter. Die goldenen Zeiger auf dem blauen Zifferblatt der Kirchturmuhr standen auf Viertel nach zehn. Der Morgennebel hatte sich aufgelöst, und heller würde es den ganzen Tag über nicht werden. Er sah Inspector Dalton über den Platz gehen, innehalten und einen Moment vor dem abgesperrten und bewachten Eingang der Bar None stehen bleiben, dann nach links in die York Road zur Bushaltestelle und zum Swainsdale-Einkaufszentrum abbiegen.

Banks fand es schwer, seit dem Mord an Emily noch Enthusiasmus für die Ermittlungen im Mordfall Charlie Courage aufzubringen, aber er wusste, dass er dranbleiben musste. Er wusste ebenfalls, dass er PKF hätte überprüfen müssen, wie Dalton es getan hatte. Weitere Zeichen von Verschleppung, und Red Ron würde ihm, zu Recht, die Leviten lesen. Emily hatte Priorität, ja, aber das hieß nicht, dass der arme Charlie nicht zählte. Vielleicht stieß Dalton ja auf etwas Nützliches. Banks würde ihn mit Hatchley zusammenbringen und mit Annie, damit sie ihm berichtete, was sie in Daleview entdeckt hatte.

Das graue Licht schien alles zu überdecken und sämtliche Farben zu schlucken, und Banks wünschte sich, er könnte für zwei Wochen an einen warmen und sonnigen Ort flüchten, einen hübschen Fleck am Strand finden, wo er den ganzen Tag lang Romane und Biografien lesen und den Wellen lauschen konnte. Normalerweise hatte er für solche Art Urlaub nichts übrig, zog es vor, fremde Städte zu Fuß zu erforschen, aber die langen, dunklen Winter in Yorkshire hatten etwas an sich, das in ihm Sehnsucht nach den Kanaren oder Azoren weckte. Oder nach Montego Bay. Doch wenn er es sich hätte leisten können, wäre er am liebsten für eine Weile nach Mexiko gefahren und hätte sich die Mayaruinen angesehen. Aber das kam nicht in Frage, vor allem wegen der Hypothek für das Cottage und Tracys Studium.

Außerdem, dachte Banks, öffnete das Fenster ein paar Zentimeter und zündete sich eine Zigarette an, konnte er Emily jetzt nicht im Stich lassen. Er war verantwortlich für das, was mit ihr passiert war, zumindest teilweise. Wenn er nicht nach London gefahren und die Sache mit Clough ins Rollen gebracht hätte, wäre sie wahrscheinlich nicht zurückgekommen und tot in einem schäbigen Nachtclub in Eastvale geendet. Sie war den Weg von Graham Marshall gegangen, von Jem und Phil Simpkins, und Banks konnte und wollte nicht einfach loslassen. Er *musste* etwas tun.

»Legen Sie los, Ned«, sagte Banks. Er befand sich zusammen mit den Constables Winsome Jackman und Kevin Templeton, Annie Cabbot und dem zivilen Videotechniker Ned Parker im Überwachungsraum im Erdgeschoss.

Auf dem Bildschirm war der Marktplatz vor der Polizeiwache zu sehen, ein Teil des Queen's Arms rechts, der Kirchenfront links und alle Läden, Pubs und Büros direkt gegenüber, einschließlich des Eingangs zur Bar None. Das körnige

Schwarzweißbild hatte einen leichten Fischaugeneffekt, und das Strahlen der Weihnachtsdekoration rief ein paar Probleme mit dem Kontrast hervor, aber man konnte trotzdem genug erkennen. Ob es allerdings möglich sein würde, jemanden, der aus der Bar None kam, allein mit Hilfe dieser Bilder zu identifizieren, wagte Banks zu bezweifeln.

Die Uhrzeit war unten rechts auf dem Bildschirm eingeblendet, und da das Band um 10:00 begann, drückte Parker auf schnellen Vorlauf, so dass die Menschen, die den Marktplatz überquerten, wie Statisten aus einem Film über die Keystone Cops aussahen. Gegen fünfundzwanzig nach zehn bemerkte Banks eine Gruppe von Leuten, die von rechts auf den Bildschirm kamen, vom Ausgang des Queen's Arms, und bat Parker, auf Normalgeschwindigkeit zu schalten. Dann sah er Emily über den Marktplatz gehen. Sie schien auf dem Kopfsteinpflaster ein wenig zu schwanken, was ihn angesichts der Plateausohlen, die sie trug, und der Menge des genossenen Alkohols nicht überraschte.

Als sie zum Marktkreuz kam, drehte sie sich zur Polizeiwache um, führte einen kleinen Tanz auf und verbeugte sich danach schwungvoll vor der Kamera, aber bevor sie weiterging, zeigte sie den Stinkefinger. Dann stolzierte sie mit übertrieben wackelnden Hüften zum Nachtclub. Die anderen lachten. Banks lächelte, während er sie beobachtete, vergaß für den Augenblick beinahe, dass sich diese freche kleine Geste nie wiederholen würde.

Banks sah sie in den Club gehen und bat Parker, das Band in Normalgeschwindigkeit weiterlaufen zu lassen, um die anderen, die folgten, zu beobachten. Soweit er erkennen konnte, tat sich auf dem Marktplatz nichts Verdächtiges. Keine kleinen Tütchen mit weißem Pulver wechselten den Besitzer. Während er auf den Bildschirm schaute, wünschte er sich, das sehen zu können, was im Club vorging, aber da gab es ja leider keine Kameras.

Um 10:47 kamen zwei Leute aus dem Club und bogen in die York Street. Banks konnte ihre Gesichtszüge nicht erkennen, aber es sah aus wie ein Junge in Jeans und einer kurzen Lederjacke und ein Mädchen in einem langen Mantel und einem weichen Hut. Er bat Parker, das Bild anzuhalten, aber das half auch nicht viel.

Danach gingen drei weitere Paare hinein, aber keiner kam mehr heraus. Als Constable Rickerd und Inspector Jessup ins Bild kamen, wies Banks Parker an, das Gerät auszuschalten.

Allmählich sah es sehr danach aus, dass Emily sich ihr Kokain beschafft hatte, lange bevor sie in die Bar None ging, genau wie Banks vermutet hatte, und das würde es umso schwieriger machen herauszufinden, wer sie mit der tödlichen Mischung versorgt hatte.

»Na gut.« Banks stand auf und streckte sich. »Mehr Unterhaltung gibt's heute nicht. Winsome, lassen Sie bitte Darren Hirst herbringen. Vielleicht kann er dabei helfen, die beiden zu identifizieren, die den Club verlassen haben.«

»Auf freundliche Art, Sir?«

»Ja. Er ist kein Verdächtiger, hilft uns nur bei den Ermittlungen.«

Winsome lächelte über die abgedroschene Phrase. »Mach ich, Sir.«

»Kevin, ich möchte, dass Sie bei Parker bleiben und versuchen, ein vernünftiges Bild der beiden zu bekommen, die gegangen sind. Etwas, das wir rumzeigen können.«

»In Ordnung, Guv.«

»Und, Kevin?«

»Guv?«

»Bitte nennen Sie mich nicht ›Guv‹. Da komme ich mir vor wie im Fernsehen.«

Templeton grinste. »In Ordnung, *Sir.*«

Dann sah Banks auf die Uhr und wandte sich an Annie. »Wir müssen los. In ein paar Minuten haben wir eine Verabredung mit Dr. Glendenning.«

Nach Emily Riddles Obduktion fuhr Banks hinaus zur alten Mühle. Er hatte Faurés Requiem aufgelegt und war immer noch wütend und benommen von dem, was er gerade gesehen hatte. Es war nicht das erste junge Mädchen, bei dessen Obduktion durch Dr. Glendenning er zugeschaut hatte, aber es war das erste, dessen Vitalität er gekannt hatte, das ihm seine Ängste und Träume anvertraut hatte. Als er sah, wie Dr. Glendennings Skalpell zum Anlegen des Y-Schnitts durch die Spinnentätowierung fuhr, wäre es Banks fast so ergangen wie Annie in Market Harborough. Annie hat diesmal jedoch alles gut überstanden. Still und angespannt, aber gefasst, selbst als sich die Säge in Emilys Schädel fraß.

Dr. Glendenning hatte Dr. Burns' ursprüngliche Annahme bestätigt, dass Strychnin, in hohem Verhältnis mit pharmazeutischem Kokain gemischt, die Todesursache war. Glendenning hatte den einfachen toxikologischen Test auf Strychnin selbst durchgeführt, hatte ein paar der verdächtigen Kristalle in Schwefelsäure aufgelöst und den Rand der Lösung mit einem Kristall Kaliumchromat berührt. Es hatte sich purpurrot verfärbt, war dann karmesinrot und schließlich farblos geworden. Ein positiver Befund. Weitere toxikologische Tests würden in Wetherby durchgeführt werden, aber für den Augenblick reichte das. Bisher wussten die Medien nur, dass Emily vermutlich an einer Überdosis Drogen gestorben war, aber es würde nicht lange dauern, bis irgendein cleverer Reporter die Wahrheit erschnüffelt hatte. Manchmal schien die Presse sogar noch findiger zu sein als die Polizei.

Wie sich herausstellte, war Emilys Genick nicht gebrochen. Sie war erstickt. Außer der Tatsache, dass sie tot war, hatte Glendenning Banks ebenfalls mitgeteilt, dass sie in einem außerordentlich guten Gesundheitszustand gewesen war. Die Drogen, der Alkohol und die Zigaretten hatten offensichtlich noch keine Zeit gehabt, ihre Spuren zu hinterlassen.

Die alte Mühle stand am Ende einer Sackgasse, genau wie Banks' bescheidenere Unterkunft, so dass die Streifenpolizisten über hundert Meter entfernt an der Abzweigung zur Hauptstraße stehen konnten, um die Reporter abzuweisen. Die Riddles bekamen sie so nicht einmal zu sehen. Banks zeigte seinen Dienstausweis und wurde durchgewinkt. Rosalind kam zur Tür und führte ihn in dasselbe Zimmer, in dem er Riddle die Nachricht überbracht hatte. Sie war schwarz gekleidet, und man sah ihren Augen den Schlafmangel an.

Riddle hatte sie wahrscheinlich sofort geweckt, nachdem Banks in der Nacht zuvor gegangen war. Seitdem hatten sie sicher beide nicht geschlafen.

»Banks.« Riddle erhob sich langsam, als Banks das Zimmer betrat. Er trug dasselbe wie am vorherigen Abend, alles ein bisschen stärker verknautscht. Er wirkte abgespannt, und seine Bewegungen hatten etwas Lustloses und Niedergeschlagenes, wie Banks es noch nie an ihm erlebt hatte. Riddle war immer energisch und abrupt aufgetreten. Vielleicht hatte er ein Beruhigungsmittel genommen, oder die Ereignisse der letzten Zeit hatten schließlich ihren Tribut gefordert. Was auch immer es war, der Mann sah so aus, als könnte er sowohl einen Arzt wie auch viel Schlaf gebrauchen. »Gibt es was Neues?«, fragte er, ohne viel Hoffnung in der Stimme.

»Bisher leider nicht.« Banks wollte die Obduktion nicht erwähnen, obwohl Riddle klar sein musste, dass sie inzwischen durchgeführt worden war. Hoffentlich besaß der Chief Constable genug gesunden Menschenverstand, das nicht in Gegenwart seiner Frau anzusprechen.

»Bestätigte Todesursache?«, fragte er.

»Wie wir gedacht hatten.«

Rosalind fuhr sich mit der Hand an die Kehle. »Strychnin. Ich hab davon gelesen.«

Banks sah zu Riddle. »Sie haben ihr gesagt ...«

»Rosalind weiß, dass sie mit niemandem über die Todesursache sprechen darf. Aber ich nehme nicht an, dass man es noch lange geheim halten kann?«

»Das bezweifle ich«, sagte Banks. »Nachdem jetzt die Obduktion durchgeführt wurde. Glendenning ist absolut verlässlich, doch es gibt immer jemanden, der die Katze aus dem Sack lässt. Mrs. Riddle«, fuhr er fort und rutschte an den Rand des Sessels, »ich muss Ihnen ein paar Fragen stellen. Ich werde versuchen, es so schmerzlos wie möglich zu machen.«

»Ich verstehe. Jerry hat es mir erklärt.«

»Gut. Emily war seit etwa einem Monat aus London zurück. Hat sie Ihnen in dieser Zeit Grund zur Sorge gegeben?«

»Nein«, erwiderte Rosalind. »Sie hat sich sogar äußerst gut benommen. Im Vergleich zu früher.«

»Das bedeutet?«

»Das bedeutet, Chief Inspector, dass sie die ganze Nacht wegblieb, wenn sie das wollte. Emily war schon immer ein willensstarkes Kind, wie Sie sich sicher denken können, und schwer zu kontrollieren. Aber ich habe keine Anzeichen von Drogenkonsum gesehen, und sie war im Umgang mit mir im Allgemeinen höflich und zuvorkommend.«

»Ich nehme an, das war nicht immer der Fall?«

»Nein.«

»Ist sie seit ihrer Rückkehr häufig ausgegangen?«

»Nicht oft. Gestern Abend erst zum zweiten oder dritten Mal.«

»Und davor?«

»Vorgestern. Mittwoch. Sie ist mit Freunden ins Kino gegangen. In das neue Kinozentrum in Eastvale, und eine Woche oder so davor war sie auf der Geburtstagsfeier eines Freundes in Richmond. Beide Male kam sie kurz nach Mitternacht heim.«

»Was hat sie sonst so gemacht?«

»Ob Sie es glauben oder nicht, sie blieb zu Hause und hat viel gelesen. Videos angeschaut. Sie hat sich auch nach Colleges erkundigt. Ich glaube, sie hatte endlich beschlossen, das Leben ein bisschen ernster zu nehmen.«

»Hat Sie Ihnen je anvertraut, ob sie Probleme hat? Mit Jungs oder so?«

»Das war nicht Emilys Art«, sagte Rosalind. »Sie war immer sehr verschlossen, schon als kleines Kind. Gab sich gern geheimnisvoll.«

»Was ist mit Freunden?«

»Ich glaube nicht, dass es einen bestimmten gab. Sie war mit einer ganzen Gruppe zusammen.«

»Es muss schwer für sie gewesen sein, hier Freundschaften zu schließen, weil sie ja nur in den Ferien nach Hause kam.«

»War es auch. Und Sie haben es vielleicht selber erlebt, dass man hier Leute aus dem Süden nicht mit offenen Armen empfängt, selbst heutzutage nicht. Aber wenn sie in den Ferien nach Hause kam, hat sie sich mit Leuten getroffen. Ich weiß nicht. Sie schien keine großen Schwierigkeiten zu haben,

Bekanntschaften zu schließen. Sie war kontaktfreudig. Und natürlich hatte sie immer noch Verbindung zu Schulkameraden aus der Saint Mary's School hier. Das ist ja erst zwei Jahre her.«

»Was ist mit Darren Hirst? Hat sie den mal erwähnt?«

»Ja. Es war übrigens seine Geburtstagsparty, auf der sie letzte Woche war. Aber er war nicht ihr fester Freund, nur Teil der Gruppe, mit der sie zusammen war. Der Junge mit dem Auto. Sie sind hergekommen, um sie am Mittwoch abzuholen – Darren und ein Mädchen, Nina oder Tina oder so –, und wirkten ganz nett, obwohl es mir nicht passte, dass Emily mit Leuten zusammen war, die zum größten Teil drei oder vier Jahre älter waren als sie. Ich wusste, dass sie in Pubs ging und dort auch Alkohol bekam, und das gefiel mir nicht. Das habe ich ihr oft genug gesagt, aber sie hat mir nur vorgeworfen, ich würde ständig meckern, und am Ende habe ich es aufgegeben.«

»Hat sie jemals jemanden namens Andrew Handley erwähnt?«

»Nein.«

»Andy Handy?«

»Ist das ein Witz? Wer ist das?«

»Kein Witz. Das ist sein Spitzname. Er ist ein Kollege des Mannes, mit dem Emily in London zusammengelebt hat.«

»Nie von ihm gehört.« Rosalind zog ein Papiertaschentuch aus einer Schachtel aus dem Tisch und schnäuzte sich. »Tut mir Leid«, murmelte sie. »Entschuldigen Sie bitte.«

Riddle rutschte näher und berührte sie zögernd an der Schulter, ohne viel Wärme, wie es schien. Rosalind versteifte sich und wandte sich ab. Banks meinte, etwas in ihren Augen zu sehen, als sie sich abwandte – Furcht oder Verwirrung vielleicht. Hatte sie den Verdacht, dass ihr Mann etwas mit Emilys Tod zu tun hatte? Oder beschützte er sie? Was immer es war, etwas stimmte ganz und gar nicht mit der Familie Riddle.

»Hat Emily über ihre Zukunftspläne mit Ihnen gesprochen, Mrs. Riddle?«, fragte Banks und lenkte die Befragung in eine Richtung, von der er meinte, Rosalind könne vielleicht etwas besser damit umgehen.

»Nur, dass sie ihr Abitur machen und studieren wollte«, erwiderte Rosalind und tupfte sich noch immer die Augen ab. »Vorzugsweise in Amerika. Ich glaube, sie wollte so weit wie möglich von hier und von uns weg.«

Aus den Augen, aus dem Sinn, dachte Banks. Und weniger in der Lage, Riddles gerade in Gang gekommene politische Karriere zu zerstören, falls die nicht bereits restlos zerstört war. Banks dachte an seinen ersten Besuch, als die Riddles ihn gebeten hatten, nach London zu fahren und Emily zu finden, und er den Eindruck hatte, dass Rosalind sie nicht besonders gern wieder zu Hause haben wollte. Jetzt hatte er denselben Eindruck. »Und Sie waren damit einverstanden?«

»Natürlich. Alles besser als nach London abzuhauen und mit einem ... ich weiß nicht, einem Drogendealer zusammenzuleben.«

»Wir wissen nicht, ob er Drogendealer ist«, sagte Banks. »Emily hat sogar geschworen, er wäre keiner, und ich neige dazu, ihr zu glauben.«

»Tja, Emily konnte Männer immer um den kleinen Finger wickeln.«

»Clough nicht. Gegen den kam sie nicht an.«

»Glauben Sie wirklich, er könnte für die Tat verantwortlich sein?«, fragte Riddle.

»O ja. Meinem Eindruck nach ist er ein gefährlicher Mann, der es nicht leiden kann, wenn man ihm in die Quere kommt.«

»Aber warum sollte er ihr etwas antun? Er hatte kein wirkliches Motiv.«

»Ich weiß es nicht«, sagte Banks. »Ich kann nur sagen, ich habe ihn kennen gelernt und bin überzeugt davon, dass er nicht sauber ist. Vielleicht hat er es aus reiner Boshaftigkeit getan, weil er es nicht liebte, auf Schwierigkeiten zu stoßen. Oder er dachte, sie wisse zu viel über seine Geschäfte. Hat Sie mit Ihnen je über ihn gesprochen?«

»Nein. Was unternehmen Sie seinetwegen?« fragte Riddle.

»Ich fahre morgen Früh nach London. Aber davor will ich herausfinden, ob es hier noch irgendwelche Hinweise gibt, denen ich nachgehen sollte.« Banks zögerte. »Ich habe mich gestern Mittag mit Emily zum Lunch getroffen und ...«

»Sie haben was?«

»Sie hat mich angerufen und gefragt, ob sie sich mit mir treffen könne, sagte, sie käme nach Eastvale. Sie wollte sich bei mir bedanken.«

»Das hat sie uns nicht erzählt.« Riddle sah zu Rosalind, die die Stirn runzelte.

»Na ja, Ihre Frau hat gerade gesagt, dass Emily verschlossen sei. Und angesichts dessen ist meine nächste Frage wahrscheinlich Zeitverschwendung, aber als sie ging, sagte sie, sie würde sich mit jemand anderem treffen. Hat Sie Ihnen gesagt, dass sie sich an dem Nachmittag mit jemandem in Eastvale treffen wollte?«

Beide schüttelten den Kopf. »Was hat sie zu Ihnen gesagt?« fragte Rosalind. »Hat Sie Ihnen irgendwas erzählt?«

»Worüber?«

»Ich weiß es nicht. Irgendwas, das erklären könnte, was passiert ist.«

»Nur, dass sie meinte, einen von Cloughs Männern in Eastvale gesehen zu haben. Ich nehme an, das hat sie Ihnen gegenüber auch nicht erwähnt?«

»Nein«, erwiderte Rosalind.

»Wann haben Sie sie gestern zum letzten Mal gesehen?«

»Gar nicht«, antwortete Riddle. »Wir waren beide schon längst aus dem Haus, als sie aufgestanden ist, und als wir zurückkamen, war sie ausgegangen.«

»Also haben Sie sie am Mittwoch zum letzten Mal gesehen?«

»Ja.«

»Hat sie jemanden angerufen oder Anrufe bekommen?«

»Nicht dass ich wüsste«, sagte Riddle. »Ros?«

Rosalind schüttelte den Kopf.

»Hat sie viel Zeit am Telefon verbracht, während sie hier war?«

»Nicht sehr viel, nein.«

»Habe ich Ihre Erlaubnis, bei der British Telecom eine Auflistung Ihrer Telefongespräche anzufordern, seit Emily nach Hause gekommen ist?«

»Selbstverständlich«, sagte Riddle. »Ich werde das selbst veranlassen.«

»Das ist nicht nötig, Sir. Constable Templeton kann das erledigen. Hat sie Besuch aus London bekommen, oder ist sie selbst noch mal hingefahren?«

»Soweit wir wissen, nicht«, erwiderte Riddle.

»Sind Sie sich beide sicher, dass es niemanden gibt, den ich mir wegen dieser Sache genauer anschauen sollte?«

»Ja«, sagte Riddle nach kurzer Überlegung. »Zumindest hier nicht. Wie Ros sagte, zog Emily mit einer Gruppe herum. Sie waren wahrscheinlich mit ihr im Club. Reden Sie mit denen und finden Sie heraus, ob die was damit zu tun haben könnten.«

»Wir haben bereits mit ihnen gesprochen, aber wir werden weiter dranbleiben. Allerdings muss ich nach meinem ersten Eindruck sagen, dass ich es für unwahrscheinlich halte. Wissen Sie, woher Emily ihre Drogen bekam?«

Rosalind übernahm die Antwort. »Ich habe Ihnen doch gesagt, dass sie meiner Meinung nach keine Drogen genommen hat, seit sie heimgekommen ist.«

»Sind Sie sicher?«

»Nicht vollständig. Aber ... ich ...« Sie sah zu ihrem Mann und errötete, bevor sie fortfuhr. »Ich habe einmal ihr Zimmer durchsucht. Und ein- oder zweimal in ihre Handtasche geschaut. Ich habe nichts gefunden.«

»Also, an dem Abend, an dem sie gestorben ist, hat sie definitiv Kokain genommen«, sagte Banks.

»Vielleicht war es das erste Mal seit ihrer Rückkehr aus London?«

»Als Sie ihre Handtasche durchsucht haben, Mrs. Riddle, ist Ihnen da ein Führerschein und eine Altersnachweiskarte aufgefallen?«

Rosalind sah ihn verwirrt an. »Ein Führerschein? Großer Gott, nein. Emily war zu jung zum Fahren. Außerdem habe ich nicht in ihren Geldbeutel geschaut.«

»Ich will damit nicht sagen, dass sie tatsächlich Auto gefahren ist, aber als man sie fand, hatte sie einen Führerschein in der Handtasche, und der Beamte vor Ort dachte, es sei ihrer. Er fand auch eine dieser Karten, die Clubs als Altersnachweis ausgeben, obwohl es keine sind. Daher gab es zuerst Verwirrung wegen der Identifizierung.«

»Das sagt mir gar nichts«, meinte Rosalind. »Ich verstehe nicht.«

»Was ist mit dem Namen Ruth Walker?«

Banks sah einen seltsamen Ausdruck in Rosalinds Augen aufblitzen, vielleicht ein überraschtes Wiedererkennen, aber es war so schnell verschwunden, dass er seinem Urteil nicht traute. Sie presste die Lippen zusammen. »Nein.«

»Sie war in London mit Emily befreundet. Angeblich hat diese Ruth sie auf der Straße getroffen und bei sich aufgenommen, als Emily nach London kam. Davon wussten Sie nichts?«

»Nein.«

»Und Craig Newton? Klingelt da was?«

»Wer ist das?«

»Ihr erster Freund in London. Zwischen ihm und Clough hat es Ärger gegeben. Als ich mit Craig gesprochen habe, kam er mir eigentlich ganz vernünftig vor, aber er könnte eifersüchtig gewesen sein und einen Groll auf Emily gehegt haben, weil sie ihn sitzen ließ. Sie hat mir erzählt, dass er ihr gefolgt ist und sie belästigt hat.« Banks erhob sich. »Gut, auf diese Fragen werde ich wohl nur in London Antworten finden. Aber Ihnen fällt im Moment wirklich niemand ein, der etwas gegen Emily gehabt haben könnte?«

Beide schüttelten den Kopf.

Banks sah zu Riddle. »Sie sind Polizist, Sir. Könnte es sein, dass jemand gegen Sie einen Groll hegt?«

»Also, hören Sie, Banks. Ich treibe mich doch schon seit Jahren nicht mehr in den Schützengräben herum. Das ist nicht die Aufgabe eines Chief Constables.«

»Trotzdem ...?«

»Nein, so auf Anhieb fällt mir da niemand ein.«

»Würden Sie bitte Ihre früheren Verhaftungen durchgehen, egal, wie lange sie zurückliegen? Nur der Form halber.«

»Natürlich.« Riddle brachte Banks zur Tür. »Wir bleiben in Verbindung, ja?« Er packte Banks' Arm. »Ich bin angewiesen worden, vorerst nicht ins Büro zu kommen, daher habe ich Urlaub genommen. Aber ich bin sicher, ich könnte dort mehr ausrichten. Trotzdem, sobald Sie etwas wissen, will ich es sofort erfahren. Verstanden? Sofort.«

Banks nickte, und Riddle ließ ihn los.

Als Banks in die Einsatzzentrale zurückkam, erfuhr er, dass Darren Hirst schon wieder weg war. Constable Jackman hatte ihn vernommen und sagte, der Junge habe nichts zu dem Paar sagen können, das die Bar None um 10.47 Uhr verlassen hatte. Er konnte sich nicht mal erinnern, sie überhaupt gesehen zu haben. Jetzt ging es darum, das ziemlich verschwommene und körnige Bild, das Ned Parker von dem Überwachungsvideo abgenommen hatte, zu vervielfältigen und herumzuzeigen. Es war möglich, dass jemand die beiden in den Pubs um den Marktplatz gesehen hatte. Wahrscheinlich würde nichts dabei herauskommen, aber das war bei der Polizeiarbeit oft so.

Banks erfuhr ebenfalls, dass drei Leute, die gestern um die Mittagszeit im Black Bull gewesen waren, angerufen und gesagt hatten, sie hätten das Opfer dort mit einem älteren Mann gesehen. Einer hatte den Mann eindeutig als »den Detective, der im Sommer wegen der Stauseesache im Fernsehen war« identifiziert. Wie gut, dass Banks McLaughlin und den Riddles davon erzählt hatte.

Danach ging Banks zum Büro der Detectives. Auf dem Flur hörte es sich an, als risse jemand die Boden mit einem Presslufthammer auf. Banks schloss die Tür hinter sich und lehnte sich an die Wand. Hatchley und Annie Cabbot saßen an ihren Schreibtischen. Annie warf ihm einen finsteren Blick zu, und Hatchley sagte, er habe in der Entführung eines Außerirdischen ermittelt.

Banks lächelte. »Wie bitte? Seit wann arbeiten Sie bei der ›Akte X‹?«

»Es stimmt«, erwiderte Hatchley. »Gott ist mein Zeuge.« Er lachte, was eher wie Husten klang. »Der Spielzeugladen an der Elmet Street«, fuhr er fort. »Die haben da einen aufblasbaren kleinen grünen Mann als Werbung für ein neues Produkt, und jemand hat ihn geklaut. Wahrscheinlich ein Kind. Trotzdem, das ist die Entführung eines Außerirdischen.«

Banks lachte. »Den Witz müssen wir uns merken. Haben Sie je von einem Mann namens Jonathan Fearn gehört?«, fragte er.

»Kommt mir irgendwie bekannt vor.« Hatchley kratzte sich am Ohr. »Wenn ich den Richtigen im Kopf habe, ist er ein arbeitsloser Rowdy, der hin und wieder auch mal was nicht ganz Astreines macht. Wir hatten ihn über die Jahre als Fahrer bei zwei Lagerhauseinbrüchen im Auge.«

»Aber er ist nicht vorbestraft?«

Hatchley zuckte die Schultern. »Hat Glück gehabt. Das kommt vor. Aber es wird nicht anhalten.«

»Seine Glückssträhne ist bereits zu Ende. Er liegt im Krankenhaus von Newcastle im Koma.«

Hatchley stieß einen Pfiff aus. »Lieber Himmel. Was ist passiert?«

Banks erzählte ihm, was er darüber wusste. »Gibt es eine Verbindung zwischen diesem Fearn und Charlie Courage?«

»Könnte sein«, meinte Hatchley. »Ich meine, sie verkehrten in denselben Pubs, und beide hatten nichts gegen einen kleinen Diebstahl von Zeit zu Zeit. Klingt für mich wie zwei von derselben Sorte.«

»Danke, Jim«, sagte Banks. »Hören Sie sich ein bisschen um, ja? Schauen Sie, ob Sie eine Verbindung finden können.«

Hatchley, der sich immer freute, wenn er seine Arbeit in Pubs erledigen konnte, strahlte. »Mit Vergnügen.«

»Hier treibt sich irgendwo ein Detective Inspector Dalton rum. Aus Northumberland, ist im Fox and Hounds abgestiegen. Der könnte Ihnen vielleicht weiterhelfen. Setzen Sie sich mit ihm in Verbindung.«

»Mach ich.«

Annie folgte Banks aus dem Büro und holte ihn im Flur ein. »Können wir kurz reden?«

»Natürlich«, erwiderte Banks. »Aber nicht hier. Der Krach macht mich verrückt. Queen's Arms?«

»Ist mir recht.«

Banks und Annie gingen über den Marktplatz zum Queen's Arms.

»Ich möchte nur wissen, was zum Teufel du dir eigentlich denkst«, sagte Annie, als sie ihre Getränke geholt und sich in eine ruhige Ecke gesetzt hatten. Sie sprach leise, aber mit Wut in der Stimme, und saß steif auf ihrem Stuhl.

»Was meinst du damit?«

»Du weißt verdammt gut, was ich meine. Was ist da zwischen dir und dem Opfer gelaufen?«

»Emily Riddle?«

»Wer denn sonst?«

Banks seufzte. »Es tut mir Leid, dass es so passieren musste, Annie, und ich entschuldige mich, wenn ich dich in Verlegenheit gebracht habe. Ich hätte es dir erzählt, ehrlich. Ich hatte nur nicht den richtigen Zeitpunkt gefunden.«

»Du hättest es mir gestern Abend am Tatort sagen können.«

»Nein, konnte ich nicht. Da war zu viel los, zu viel zu tun, zu organisieren. Und ich war ziemlich fertig, nachdem ich sie gesehen hatte – in Ordnung?«

»Nein, ist es nicht. Du hast mich heute Morgen wie eine komplette Idiotin dastehen lassen. Ich arbeite genauso lange wie du an dem Fall, und du ziehst einen Verdächtigen aus dem Hut, von dem ich noch nie gehört habe. Ganz zu schweigen von dem Treffen mit dem Opfer an ihrem Todestag.«

»Hör zu, ich hab gesagt, das es mir Leid tut. Was soll ich sonst noch sagen?«

Annie schüttelte den Kopf. »So geht das nicht, Alan. Wenn ich als deine stellvertretende Ermittlungsleiterin fungieren soll, kann ich nicht die Letzte auf dieser verdammten Welt sein, die von wichtigen Entwicklungen erfährt.«

»Das war keine wichtige Entwicklung. Es war bereits passiert.«

»Hör auf mit der Haarspalterei. Du hast einen Verdächtigen benannt. Du hattest eine Beziehung zu dem Opfer. Das hättest du mir sagen müssen. Es könnte sich auf die Ermittlungen auswirken.«

»Es *wirkt* sich auf die Ermittlungen aus. Und ich *werde* es dir erzählen, wenn du mich lässt.«

»Besser spät als nie.«

Banks erzählte ihr von London, von GlamourPuss, Clough, Ruth Walker und Craig Newton – alles, bis auf die Nacht im Hotelzimmer – und von dem, worüber er am Tag zuvor mit Emily beim Lunch gesprochen hatte. Als er fertig war, schien Annie wieder entspannt auf ihrem Stuhl zu sitzen, so wie sie es normalerweise tat.

»Ich habe es dir nicht verheimlicht, Annie«, sagte er. »War einfach nur schlechtes Timing. Ehrlich.«

»Und das ist wirklich alles?«

»Ja. Pfadfinderehrenwort.«

Annie lächelte dünn. »Nächstes Mal, wenn so was passiert, sagst du es mir aber gleich, ja?«

»Versprochen. Verzeihst du mir?«

»Ich arbeite daran. Und wie geht es jetzt weiter?«

»Ich fahre morgen nach London und stelle da ein paar Nachforschungen an.«

»Und ich?«

»Ich möchte, dass du dich hier um alles kümmerst. Ich bin wahrscheinlich nur über das Wochenende weg, aber es gibt eine Menge zu tun. Lass Poster machen, setz dich mit dem Lokalfernsehen in Verbindung, schau zu, ob du die Fernsehleute dazu bringen kannst, die Bevölkerung um Hinweise zu bitten. Von jedem, der Emily zwischen kurz vor drei, als sie den Black Bull verließ, und sieben, als sie sich mit ihren Freunden im Cross Keys traf, gesehen hat. Und sie sollen die Tatsache hervorheben, dass sie viel älter aussah, obwohl sie erst sechzehn war. Männer werden sich mit Sicherheit erinnern, wenn sie Emily gesehen haben. Lass die örtlichen Busse und Taxis überprüfen. Setz Constable Templeton darauf an, eine Befragung von Haus zu Haus rund um den Black Bull durchzuführen. Vielleicht bekommen wir sogar Verstärkung. Wer weiß? Wir könnten Glück haben. Möglicherweise hat jemand gesehen, wie Clough ihr ein Gramm Koks übergab.«

»Klar.«

»Und da ist noch was.«

»Was denn?«

»Ich hatte heute Morgen Besuch von einem Inspector Dalton. Kriminalpolizei Northumbria. Es geht um Charlie Courage. Sieht so aus, als gebe es eine Verbindung zu einem überfallenen Lieferwagen da oben im Norden. Da du die ersten Ermittlungen in Daleview durchgeführt hast, möchte ich dich bitten, mal kurz mit dem Mann zu reden, bevor du die Akte Sergeant Hatchley übergibst. Vielleicht kann dieser Dalton uns helfen. Er ist im Fox and Hounds abgestiegen. Man weiß ja nie. Wenn du Glück hast, lädt er dich zu einem Bier ein.«

Am Abend warf Banks ein paar Klamotten in seine Reisetasche, zusammen mit Evelyn Waughs *Gilbert Pinfolds Höllenfahrt* und den Kassetten von Renée Fleming und Captain Beefheart. Er würde sich einen tragbaren CD-Spieler kaufen, beschloss er; allmählich wurde es zu zeitaufwändig und teuer, alles auf Kassette zu überspielen, und die Spieldauer der CDs den auf neunzig oder hundert Minuten beschränkten Kassettenformaten anzupassen, wurde immer schwieriger.

Als er fertig gepackt hatte, rief er Brian an, der beim dritten Klingeln abnahm.

»Hi, Dad. Wie läuft's?«

»Bestens. Hör zu, ich bin dieses Wochenende wieder in deiner Nähe. Bist du zufällig in der Gegend? Ich werde zwar viel zu tun haben, aber wir könnten uns vielleicht zum Lunch oder auf einen Drink treffen.«

»Tut mir Leid«, erwiderte Brian. »Wir haben ein paar Gigs in Southampton.«

»Tja, du kannst deinem Vater nicht vorwerfen, dass er es nicht versucht. Dann vielleicht ein andermal. Pass auf dich auf, und ich hoffe, ihr habt einen Riesenerfolg.«

»Danke. Ach, Dad?«

»Ja?«

»Erinnerst du dich an diesen Typ, nach dem du mich vor einiger Zeit gefragt hast, diesen Exroadie?«

»Barry Clough?«

»Genau den.«

»Was ist mit ihm?«

»Eigentlich nichts, aber ich hab mit einem der Produzenten im Aufnahmestudio gesprochen, einem Mann namens Terry

King. Alter Kerl wie du, ist schon ewig dabei, seit der Punkzeit. Du weißt schon: Sex Pistols, The Clash, solche Bands? Du wirst dich doch wohl noch daran erinnern?«

»Brian«, sagte Banks und lächelte, »ich erinnere mich sogar an Elvis. Jetzt hör auf mit der Altersdiskriminierung und komm zur Sache.«

»Viel ist es wirklich nicht. Nur dass er sich an Clough erinnerte. Hat sich damals anders genannt, hatte einen von diesen dämlichen Punknamen wie Sid Vicious – Terry konnte sich nicht mehr genau erinnern –, aber er war es. Offenbar wurde er von seinem Roadiejob gefeuert.«

»Weswegen?«

»Wegen heimlicher Mitschnitte von Livekonzerten. Nicht nur von den Bands, mit denen er gearbeitet hat, auch von all den großen Namen.«

»Verstehe.« Banks erinnerte sich an das blühende Geschäft mit Bootlegs in den Siebzigern. Erst Bob Dylan, Jimi Hendrix, The Doors und andere Bands, und keiner bekam auch nur einen Penny von den illegalen Verkäufen zu sehen. Dasselbe passierte später mit einigen Punkbands. Nicht dass sie das Geld gebraucht hätten, und die meisten waren auch zu stoned, irgendwas zu merken, aber das war nicht der Punkt. Cloughs Arbeitgeber hatte es bemerkt und ihn rausgeworfen.

»Wie gesagt, viel ist es nicht. Aber er sagte, er hätte gehört, dass dieser Clough jetzt ein Gangster sei. Ein gefährlicher Bursche. Sei vorsichtig, Dad.«

»Bin ich. Ich bin ja auch nicht gerade ein unterernährter Winzling, weißt du.«

»Stimmt. Oh, da ist noch was.«

»Ja?«

»Da ist dieses Auto, das ein Kumpel von mir verkauft. Nur drei Jahre alt, hat die Steuermarke und alles. Ich hab noch …«

»Brian, was willst du?«

»Na ja, ich hab den Kaufpreis schon um zweihundert runtergehandelt, aber ich hab mich gefragt, weißt du, ob du mir vielleicht aushelfen könntest?«

»Was? Ich soll meinem reichen und berühmten Rockstarsohn aushelfen?«

Brian lachte. »Ach, hör doch auf.«

»Wie viel brauchst du?«

»Dreihundert Pfund kämen mir sehr gelegen. Ich geb's dir zurück, sobald ich wirklich reich und berühmt bin.«

»In Ordnung.«

»Ehrlich?«

»Hab ich doch gesagt, oder?«

»Toll! Danke, Dad. Vielen Dank. Du bist Klasse.«

»Bitte schön. Bis später.«

Banks legte auf. Dreihundert Pfund hatte er kaum übrig. Aber er würde sie schon irgendwie zusammenkratzen. Schließlich hatte er einiges gespart durch die ins Wasser gefallene Reise nach Paris, und er hatte Tracy für das Wochenende ja auch etwas gegeben. Er erinnerte sich, wie sehr er sich ein Auto gewünscht hatte, als er jung war. Die Jungs mit den Autos schienen alle Mädchen zu kriegen. Als er nach London aufs College ging, hatte er sich schließlich einen rostigen VW Käfer gekauft. Der hatte den Kurs über durchgehalten und war dann, an einem kalten, regnerischen Sonntag im Januar, auf dem nördlichen Autobahnring zusammengebrochen, und Banks hatte sein nächstes Auto erst bekommen, als er schon mit Sandra verheiratet war. Ja, er würde einen Weg finden, Brian auszuhelfen.

Als Nächstes rief er Tracy an und war überrascht, als sie sofort abnahm. »Dad! Ich wollte sowieso mit dir sprechen. Ich hab gerade die Sache von Mr. Riddles Tochter in den Nachrichten gehört. Geht es dir gut? Ich weiß, du verstehst dich nicht mit ihm, aber … Kanntest du sie?«

»Ja«, sagte Banks. Dann erzählte er Tracy in groben Zügen von seiner Fahrt nach London, um Emily zu finden, statt mit seiner Tochter an dem Wochenende nach Paris zu fahren.

»Oh, Dad. Hab bloß kein schlechtes Gewissen, weil du jemandem einen Gefallen getan hast. Zuerst war ich enttäuscht, aber Damon und ich hatten ein wunderbares Wochenende.«

Darauf wette ich, dachte Banks und biss sich auf die Zunge.

Tracy redete weiter. »Ich habe nur gehört, dass sie gestorben ist, nachdem sie eine Überdosis Kokain in der Bar None genommen hat, und alle sagen, sie hätte ein ziemlich wildes Leben geführt. Hängt das mit dem zusammen, was in London passiert ist?«

»Ich weiß es nicht«, erwiderte Banks. »Vielleicht.«

»Wie schrecklich. War es absichtlich?«

»Könnte sein.«

»Hast du eine Ahnung, wer …? Nein, ich weiß, das sollte ich nicht fragen.«

»Ist schon gut, Liebes. Im Moment wissen wir noch gar nichts. Ein paar Hinweise, denen wir nachgehen, sonst nichts. Ich fahre morgen nach London. Ich wollte nur vorher mit dir sprechen, wollte wissen, ob es bei unserer Verabredung für Weihnachten bleibt.«

»Natürlich. Das würde ich um nichts in der Welt verpassen wollen.«

»Gut.«

»Sie war erst sechzehn, oder?«

»Stimmt.«

Tracy zögerte. »Hör mal, Dad … Ich möchte nur, dass du weißt … Ich meine, ich weiß, dass du dir manchmal um mich Sorgen machst. Mir ist klar, dass Mom und du euch um mich Sorgen gemacht habt, als wir noch zusammenlebten, aber das war wirklich nicht nötig. Ich … ich meine, ich hab so was nie gemacht.«

»Das weiß ich.«

»Nein, Dad. Du weißt es nicht. Du kannst es nicht wissen. Selbst wenn du wusstest, auf welche Anzeichen du achten musst, warst du nie da. Ich will dich nicht damit nerven. Dein Beruf verlangt dir viel ab, und ich weiß, dass du uns geliebt hast, aber du warst einfach nie da. Aber egal, ich sag dir die Wahrheit. Du denkst, ich sei immer das brave Mädchen gewesen, aber das stimmt nicht. Ich hab mal probiert, Marihuana zu rauchen, aber ich mochte das Gefühl nicht. Und einmal hat mir ein Mädchen bei einer Party Ecstasy gegeben. Das mochte ich auch nicht. Mein Herz hat viel zu schnell geschlagen, und ich hab nur geschwitzt und mich gefürchtet. Ich glaube, was Drogen betrifft, bin ich ein Versager.«

»Das hör ich gerne.« Banks wollte sie fragen, ob sie auch schon mit vierzehn sexuell aktiv gewesen war, fand aber, dass es nicht fair war, seiner Tochter diese Frage zu stellen. Sie würde es ihm von sich aus sagen, wenn und wann sie wollte.

»Na ja«, fuhr Tracy fort, »du hast bestimmt viel zu tun. Und ich bin sicher, wenn jemand ihn schnappt, dann bist du das.«

Banks lachte. »Vielen Dank für dein Vertrauen. Pass auf dich auf, Liebes. Bis bald.«

»Wiederhören, Dad.«

Banks legte den Hörer langsam auf und ließ sich wieder von der Stille umfangen. Er hatte immer dasselbe leere, einsame Gefühl, wenn er mit jemandem telefoniert hatte, den er liebte, als sei die Stille irgendwie aufgeladen mit der Abwesenheit dieses Menschen. Rasch schüttelte er das Gefühl ab. Draußen war es mild genug, und ihm blieb immer noch Zeit, auf seine kleine Terrasse beim Wasserfall zu gehen, eine Zigarette zu rauchen und ein oder zwei Schluck Laphroaig zu trinken.

10

»Barry Clough«, sagte Superintendent Richard »Dirty Dick« Burgess und kaute an einem besonders zähen Stück seines Steaks. »Das ist mal ein interessanter Kerl.«

Es war Samstagmittag, und Banks und Burgess saßen in einem Pub an der Oxford Street, die Luft um sie herum voller Rauch und Stimmengemurmel. Es war ein milder Tag, viel wärmer als bei Banks' letztem Besuch in London Anfang November. Der Pub war voll mit Leuten, die ihre Weihnachtseinkäufe machten und eine kurze Pause einlegten; ein mutiges Paar saß sogar draußen an einem Tisch. Burgess trank Lager und Lime, aber Banks hatte sich zu seinem Hühnchen nur Kaffee bestellt. Er hatte einen geschäftigen Tag vor sich und musste hellwach bleiben.

Banks hatte Burgess angerufen, bevor er am Morgen von Eastvale losgefahren war. Wenn jemand Informationen über Clough ausgraben konnte, dann war das Dirty Dick Burgess. Er hatte in letzter Zeit etwas Schwierigkeiten bekommen, weil er die Ermittlung im Mordfall eines jungen Schwarzen verschleppt hatte. Deswegen hatte man ihn zum National Criminal Intelligence Service versetzt, wo er nicht so viel Schaden anrichten konnte. Es schien Burgess überhaupt nicht zu stören, dass man ihn als Rassisten bloßgestellt hatte; er nahm es mit seiner üblichen Sorglosigkeit hin.

Die beiden kannten sich seit Jahren, und obwohl sie sich in der Gesellschaft des anderen einigermaßen wohl fühlten, bestand ihre Beziehung hauptsächlich aus Gegensätzlichkeiten. Banks hatte nichts für Burgess' stark rechtsgerichtete Einstellung übrig und stimmte genauso wenig mit seinen rassistischen und sexistischen Ansichten überein. Burgess seinerseits hatte Banks einen »Roten« genannt. Ungefähr das Einzige, was sie gemeinsam hatten, war ihre Herkunft aus der Arbeiterschicht. Burgess war, im Gegensatz zu Banks, jedoch ein Arbeiterkind aus der Thatcher-Zeit, der in den Achtzigern zur Polizei gekommen war; jemand, der über seine einfache Herkunft triumphiert hatte, sich dann vor allem materielle Vorteile verschaffte und weder Sympathie noch Solidarität für jene aus seiner Schicht empfand, die seinem Beispiel nicht folgen konnten oder wollten.

Banks, so hoffte er zumindest, hatte sich das Mitgefühl für seine Mitmenschen bewahrt, besonders für die Unterdrückten und gelegentlich sogar die Kriminellen. Es war nach all seinen Jahren als Polizist nicht leicht, diese Einstellung beizubehalten, aber er hatte sich geschworen, kurz nachdem er Dawn Wadleys verstümmelte Leiche in einer Gasse von Soho gefunden hatte, dass er sofort den Dienst quittieren würde, wenn er kein Mitgefühl mehr empfand. Er hatte gemeint, dass seine Versetzung von der Metropolitan Police in die sanfteren Gefilde von Eastvale ihm das Leben leichter machen würde, aber irgendwie schien ihm auch ohne das schiere Ausmaß des menschlichen Elends, das in London sein tägliches Brot gewesen war, jeder Fall mehr zuzusetzen. So ähnlich wie bei Leuten, denen es schwer fällt, auf den Tod Tausender Menschen bei einer fernen Flutkatastrophe oder einem Erdbeben zu reagieren, die aber zusammenbrechen, wenn der nette alte Nachbar überfahren wird.

»Der Tod jedes Menschen schwächt mich, weil ich mit der Menschheit verbunden bin«, hatte John Donne gesagt, und Banks wusste genau, was Donne meinte.

Das Seltsame am täglichen Kampf gegen Mörder, Zuhälter, Drogendealer, Straßenräuber und den Rest war, dass man sich davon distanzieren konnte. Zum einen dadurch, dass man einen makaberen Sinn für Humor entwickelte, geschmacklose Witze an Tatorten riss, sich nach einer Obduktion mit den Jungs betrank, und zum anderen, weil man eine Mauer um seine Gefühle errichtete. Aber in Eastvale, wo Banks mehr Zeit hatte, sich auf wichtige Fälle zu konzentrieren – vor allem bei Morden –, war seine Abwehr allmählich ausgehöhlt worden, bis er nur noch ein Bündel bloßliegender Nervenenden war. Jeder Fall fraß ein bisschen mehr an seiner Seele, so schien es ihm zumindest.

Banks erinnerte sich an einige der Opfer, besonders die jungen – Deborah Harrison, Sally Lumb, Caroline Hartley. Alle diese Opfer waren ihm ans Herz gewachsen. Sogar Gloria Shackleton, lange vor Banks' Geburt ermordet, hatte erst vor ein paar Monaten regelrecht von ihm Besitz ergriffen. Und jetzt Emily Riddle. Es spielte keine Rolle, dass alle sagten, man dürfe sich nicht persönlich in einen Fall hineinziehen lassen, dachte Banks. Man *musste* sich persönlich hineinziehen lassen; schließlich ging es doch wohl um mehr als nur reine Verbrechensstatistiken.

»Das Problem ist«, fuhr Burgess fort, »dass wir einfach nicht genug über ihn wissen.«

»Ist er vorbestraft?«

Burgess schnaubte. »Wurde '74 wegen Drogenbesitz verhaftet. Halbes Pfund schwarzer Nepalese. Sagte, der sei für den Eigenbedarf. Tja, ich hätte ihm geglaubt – könnte ich selbst in einer Woche leicht aufbrauchen –, aber der Richter nicht. Clough hat achtzehn Monate gekriegt, war nach neun wieder draußen.«

»Dealt er immer noch?«

»Nicht dass wir wüssten. Wenn ja, macht er das nicht in großem Stil.« Burgess schob seinen Teller weg. »Zu zäh für meine Zähne«, sagte er. Abgesehen von seinen schiefen und verfärbten Zähnen, bemerkte Banks, schien Burgess in besserer Verfassung zu sein als bei ihrem letzten Treffen. Er hatte sogar etwas abgenommen. Sein graues Haar trug er immer noch zum Pferdeschwanz gebunden, was Banks irritierte, weil er fand, dass Männer mittleren Alters mit Pferdeschwanz wie Wichser aussahen, und Burgess' graue Augen waren so scharf, zynisch und weltverdrossen wie immer.

Ihr letztes Treffen hatte, wie Banks sich erinnerte, vor über einem Jahr in Amsterdam stattgefunden, als Burgess betrunken in einen Kanal gefallen war. Banks hatte ihm rausgeholfen und ihn mit zurück ins Hotel genommen, und er sah es noch vor sich, wie Burgess eine Spur dreckigen Kanalwassers durch die Hotelhalle hinter sich herzog, mit quatschenden Schuhen und hoch erhobenem Kopf in gerader Linie zu gehen und seine Würde zu bewahren versuchte. Er hatte dieselbe abgeschabte Lederjacke angehabt wie heute.

»Wie bezahlt er diese riesige Villa?«, fragte Banks.

»Welche?«

»Little Venice. Sie meinen, er hat mehr als eine?«

»Klar. Wir wissen von zwei. Die eine in Little Venice und eine bei Arenys de Mar in Spanien.«

»Wo kriegt er sein Geld her?«

»Er ist ein Gangster.«

»Das hab ich auch gehört. Ich wusste nicht, dass die wieder in Mode sind.«

»Sind eigentlich nie aus der Mode gekommen. Haben sich nur angepasst, die Namen geändert, sich auf andere Geschäfte verlegt.«

»Und was für eine Art Gangster ist Clough?«

Burgess zündete sich eine seiner kleinen Zigarren an, bevor er antwortete. »Zunächst mal«, sagte er, »hat er eine legitime Fassade. Er besitzt eine sehr erfolgreiche Bar in Clerkenwell. Beliebt bei den schnieken Jungs aus der Stadt. Lässt gute Bands auftreten, serviert erstklassiges Essen und teure Getränke. Sie kennen diese Dinger: ›Wie wär's mit ein bisschen Koks und einer Crème Caramel zum Abschluss eines perfekten Abends, Liebling?‹ Dann gehen sie heim und vögeln sich die Seele aus dem Leib. Wir wissen, dass er an allem Möglichen beteiligt ist, aber wir haben ihm nie etwas nachweisen können. Er leitet die Sachen, delegiert, macht sich nicht die Hände schmutzig. Im Allgemeinen finanziert er zwielichtige oder regelrecht kriminelle Unternehmungen und schaufelt einen großen Anteil ein. Soviel wir wissen, hat er einen Haufen Geld damit gemacht, vor Jahren Bands im Musikgeschäft zu promoten und zu managen. Das Geld hat er in kriminelle Aktivitäten investiert.«

»Bootlegging.«

»Was?«

»So hat er sein Geld gemacht«, erklärte Banks. »Illegale Mitschnitte von Livekonzerten, die er auf Platten gepresst und verkauft hat.«

Burgess' Augen wurden schmal. »Sie scheinen eine Menge über ihn zu wissen. Sind Sie sicher, dass ich fortfahren soll?«

Banks lächelte. »So kann man schon mit kleinen Dingen Erfolg haben. Das ist alles, was ich weiß. Aber es sieht so aus, als hätte sich das ausgezahlt.«

»Und wie.«

»Woran ist er denn jetzt interessiert, wenn schon nicht an Drogen?«

»An allem Möglichen. Er ist innovativ, das muss ich ihm lassen. Bevorzugt neuere, sicherere Geschäfte als die altbewährten. Daher sehe ich ihn nicht als Drogendealer. Er nimmt Drogen, ja, aber er dealt nicht damit. Er hat keine Mädchen laufen oder kassiert Schutzgebühren. Nicht Barry Clough. Waffen, das ist jedoch etwas anderes. Erinnern Sie sich an die Sache mit den reaktivierten Waffen vor etwa einem Jahr? Da oben in Ihren Wäldern, oder?«

»Thirsk«, sagte Banks. »Ja, ich erinnere mich.« Getarnte Polizisten, die sich als Londoner Gangster ausgaben, hatten vier Männer wegen einer Verschwörung zur Übergabe von Schusswaffen und Munition und wegen des Verkaufs verbotener Waffen verhaftet. Da nach dem Massaker in der Schule von Dunblane striktere Waffengesetze eingeführt worden waren, war es schwieriger, an Schusswaffen zu kommen, weil das Risiko, sie zu besitzen oder zu verkaufen, viel höher geworden war. Das hatte auch die Preise in die Höhe getrieben. Um die Lücke zu füllen, waren Werkstätten wie die in der Nähe von Thirsk entstanden. Man brauchte etwa zwei Stunden, um eine Uzi zu reaktivieren, die für den legalen Verkauf an einen Sammler unbrauchbar gemacht worden war, und man konnte sie für etwa 1250 Pfund verkaufen. Tanfogliopistolen brachten pro Stück einen Tausender ein. Mengenrabatt war möglich. Natürlich waren diese Waffen bei Drogengangs besonders beliebt.

»Wir dachten, wir hätten Clough wegen dieser Sache am Haken, aber wir konnten nicht beweisen, dass er damit zu tun hatte.«

»Wie sind Sie auf ihn gekommen?«

»Indizienbeweise. Kleinigkeiten von Informanten. Er ist zwei Mal in die Gegend dort gefahren, kurz vor den Verhaftungen. Einer der Verhafteten war bei einem Besuch in Cloughs Haus beobachtet worden. Clough ist selbst Waffensammler. Er hatte Verbindungen sowohl zur Drogenszene als auch zum Waffenhandel. So was in der Art.«

Banks nickte. Ihm war klar, was Burgess meinte. Man wusste genau, dass ein Mann schuldig war, aber wenn man nicht genug Beweise erbringen konnte, um den Crown Prosecution Service, die Strafverfolgungsbehörde, dafür zu interessieren, konnte man es vergessen. Und diese Behörde war äußerst schwer für etwas zu interessieren, das nicht niet- und nagelfest war. Banks erinnerte sich auch an die Waffen in der Vitrine bei Clough. Trotzdem, kein Beweis.

»Was ist passiert?«

»Wir haben ihn ein bisschen unter Druck gesetzt. Nicht ich persönlich, verstehen Sie, aber wir haben ihn unter Druck gesetzt. Ich glaube, er hat sich von diesem Geschäftszweig abgewandt, zumindest für eine Weile. Außerdem hat er wahrscheinlich gemerkt, dass es nicht so lukrativ war, wie er gehofft hatte. Wenn man es genau betrachtet, ist Waffen zu reaktivieren mühsamer, als man denkt. Und schließlich werden sie nach wie vor in Mengen eingeschmuggelt. Himmel, ich weiß, wo ich für fünfzig Pfund eine Uzi kaufen könnte, keine zwanzig Minuten von hier.«

»Und danach?«

»Wir vermuten, und Sie wissen, was ich meine, wenn ich betone, dass es nur eine Vermutung ist?« Burgess streifte Asche ab und zwinkerte Banks zu. »Wir *vermuten*, zum einen, dass er hinter einer der großen Schmuggelorganisationen steckt. Alkohol und Zigaretten. Hoher Profit, geringes Risiko. Sie wissen das vielleicht nicht, Banks, aber ich habe eine Zeit lang mit dem Amt für Zölle und Verbrauchssteuern zusammengearbeitet, und etwa achtzig Prozent der Zigaretten und fünf Prozent des in diesem Lande konsumierten Biers sind geschmuggelt. Haben Sie eine Ahnung, über welche Art von Profiten wir hier reden?«

»Angesichts der vielen Menschen, die rauchen und trinken, kann ich mir vorstellen, dass sie sehr hoch sind.«

»Und das ist noch untertrieben.« Burgess deutete mit der Zigarre auf Banks. »Ein Mann wie Clough könnte fünfzig Leute anstellen, um das Zeug aus Lagerhäusern in Europa zu den Einzelhändlern hier zu bringen. Sobald sie in Dover durch den Zoll sind, bringen sie es in Vertriebszentren – Gewerbegebiete, Firmenparks und so – wo ihre Vertreter die Ware abholen und an die Einzelhändler verkaufen. Läden, Pubs, Clubs, Fabriken. Auch Schulen. Himmel, es gibt sogar Tierhandlungen und Eiswagen, die geschmuggelten Alkohol verkaufen.«

»Und Clough macht da in großem Stil mit?«

»Das *vermuten* wir. Ich meine, er fährt die Laster natürlich nicht selbst oder liefert ein, zwei Kartons bei der örtlichen Frittenbude ab. Wann immer Clough von einem Aufenthalt in seiner Villa in Spanien zurückkommt, kann man sich darauf verlassen, dass er so blitzsauber ist wie das Skalpell eines Chirurgen. Es macht mich wirklich wütend, Banks, dass jedes Mal, wenn ein gesetzestreuer Bürger wie ich sein geschmuggeltes französisches Lager trinkt, vermutlich ein Profitanteil an einen Gangster wie Clough geht.«

»Was haben Sie also gegen ihn in der Hand?«

»Wieder mal herzlich wenig. Hauptsächlich Indizien. Vor einiger Zeit hat der Zoll in Dover einen Laster angehalten und sieben Millionen Zigaretten gefunden. Sieben verdammte Millionen. Hätte auf dem Schwarzmarkt einen Gewinn von einer halben Million Pfund gebracht – und fragen Sie mich nicht, wie viel das in Euro ist. Cloughs Name tauchte während der Ermittlung auf.«

»Und woran ist er noch beteiligt?«

Burgess schnippte Asche auf den Boden. »Wie gesagt, das volle Ausmaß seiner Unternehmungen kennen wir nicht. Er ist vorsichtig. Er hat den Dreh raus, immer einen Schritt voraus zu sein, zum Teil, weil er Aufträge nach außen vergibt, und zum Teil, weil er außerhalb von London operiert, kleine Werkstätten aufmacht wie die in Thirsk und sie wieder schließt, bevor ihm jemand auf die Schliche kommt. Er benutzt

Scheinfirmen, schiebt andere vor, so dass sein Name nie in den Papieren auftaucht.«

Irgendwas von dem, was Burgess gesagt hatte, ließ bei Banks etwas klingeln. Ein sehr fernes Klingeln und ein dünner Zusammenhang, aber nicht unmöglich. »Je von PKF Computersystemen gehört?«, fragte er.

Burgess schüttelte den Kopf.

»Einem Mann namens Courage? Charlie Courage?«

»Nein.«

»Jonathan Fearn?«

»Nein. Ich kann sie überprüfen, wenn Sie wollen.«

»Spielt keine Rolle«, sagte Banks. »Der eine ist tot, und der andere liegt im Koma. Würde Mord überhaupt zu Cloughs Stil passen?«

»Ich würde sagen, ein Mann, der in kriminelle Aktivitäten auf dieser hohen Ebene verwickelt ist, muss ein gewisses Maß an Drohung aufrechterhalten, nicht wahr? Und wenn er das tut, muss er es ab und zu in die Tat umsetzen, sonst fürchtet sich keiner mehr. Er muss seine Mitarbeiter in Schach halten. Geht doch nichts über einen netten kleinen Mord, um die Jungs auf Trab zu bringen.« Burgess trank einen Schluck von seinem Lager und Lime. »Zwei Wochen nachdem Cloughs Name im Zusammenhang mit der beschlagnahmten Lieferung auftauchte, wurden zwei bekannte Gangster in Dover erschossen. Keine nachweisbare Verbindung, natürlich, aber es waren Geschäftsrivalen. Da unten herrscht der reinste Krieg.«

Banks schob den Rest seines Hühnchens beiseite, das viel zu trocken war, und zündete sich eine Zigarette an. Ihm war nach einem Pint zu Mute, aber er hielt sich zurück. Wenn er heute Abend zu Barry Clough wollte, wie er es sich vorgenommen hatte, musste er einen klaren Kopf behalten, besonders nach dem, was Burgess gesagt hatte. »Was ist mit Frauen?«, fragte er.

Burgess runzelte die Stirn. »Wie meinen Sie das?«

»Nach allem, was ich höre, ist Clough ein Frauenheld.«

»Das hab ich auch gehört. Und offenbar mag er sie jung.«

»Hat er je unter Verdacht gestanden, eine Frau verletzt oder getötet zu haben?«

»Nein. Was nicht heißt, dass er es nicht getan und damit durchgekommen ist. Wie gesagt, Clough ist gut darin, immer einen Schritt voraus zu sein. Die Sache ist, dass sich bei jemandem wie ihm die Leute nicht gern vorwagen und zu erkennen geben, wenn Sie wissen, was ich meine.«

»Stimmt.« Banks probierte seinen Kaffe. Er schmeckte bitter, als hätte die Kanne zu lange auf der Wärmeplatte gestanden. Trotzdem, immer noch besser als Pulverkaffee. »Schon mal von Andrew Handley gehört?«

»Andy Pandy? Klar. Das ist einer von Cloughs Hauptlaufburschen.«

»Gefährlich?«

»Könnte sein.«

»Gewalttätigkeit gegen Frauen?«

»Nicht dass ich wüsste. Geht es um Jimmy Riddles Tochter?«

»Ja«, erwiderte Banks. Der Mord an Emily Riddle hatte am heutigen Morgen in allen Zeitungen gestanden. Wie Banks vermutet hatte, war die Presse schnell dahinter gekommen, dass sie an mit Strychnin versetztem Kokain gestorben war, und das war eine viel aufsehenerregendere Nachricht als eine langweilige Drogentote.

»Sie leiten die Ermittlung?«

»Ja.«

Burgess klatschte in die Hände und verstreute Asche über die Reste seines Steaks. »Ja, leck mich doch!«

»Nein danke. Nicht direkt nach dem Essen«, sagte Banks. »Was ist so merkwürdig daran?«

»Als ich das letzte Mal von Ihnen gehört habe, hatte Jimmy Riddle Sie vom Dienst suspendiert. Ich musste für Sie die Kastanien aus dem Feuer holen.«

»Sie waren doch derjenige, der sie mit all Ihrem Mantel-und-Degen-Schwachsinn da reingeworfen hat«, sagte Banks. »Aber trotzdem vielen Dank.«

»Undankbarer Kerl. Vergessen Sie's. Und jetzt setzt er Sie auf den Fall seiner Tochter an. Wo ist der Zusammenhang? Warum Sie?«

Banks erzählte ihm, wie er Emily in London gefunden hatte.

»Warum haben Sie das gemacht? Damit Riddle Sie in Frieden lässt?«

»Zum Teil, nehme ich an. Zumindest am Anfang. Aber vor allem war es eine Herausforderung. Ich hatte nach dem Fiasko in Hobb's End schon wieder zwei Monate lang Schreibtischarbeit gemacht, und das war endlich echte Arbeit. Es gab mir auch einen Kick, allein loszuziehen, außerhalb der Regeln zu arbeiten.«

Burgess grinste. »Ach, Banks, Sie sind genau wie ich, wenn man es von nahem betrachtet, nicht wahr? Haben Sie ein paar Schädel eingeschlagen?«

»Brauchte ich nicht.«

»Haben Sie sie gevögelt? Das Mädchen?«

»Himmel noch mal.« Banks biss die Zähne zusammen. »Sie war sechzehn.«

»Na und? Was soll sein? Verstößt nicht gegen das Gesetz. Und sie war bestimmt recht knackig.«

In Augenblicken wie diesem hätte Banks Burgess am liebsten erwürgt. Stattdessen schüttelte er nur den Kopf und ignorierte die Bemerkung.

Burgess lachte. »Typisch. Der Ritter in schimmernder Rüstung, das sind Sie, was, Banks?«

Genau so hatte ihn Emily im Black Bull genannt, erinnerte sich Banks. »Kein sonderlich erfolgreicher«, sagte er.

Burgess nahm einen langen Zug aus seiner Zigarre. Er rauchte auf Lunge, fiel Banks auf. »Sie war sechzehn und ging auf dreißig zu, nach dem, was ich über den Buschtelegrafen gehört habe.«

»Was haben Sie gehört?«

»Nur dass sie ein verrücktes Mädel war, eine ziemliche Peinlichkeit für ihren alten Herrn.«

»Das stimmt allerdings.«

»Und er wollte, dass Sie ihm weitere Peinlichkeiten ersparen?«

»So was in der Art.«

»Irgendeine Ahnung, wer es war?«

»Barry Clough steht ziemlich weit oben auf meiner Liste.«

»Sind Sie deswegen hier? Um ihm ein bisschen auf den Zahn zu fühlen?«

»Das *ist* mir schon in den Sinn gekommen. Ich glaube, ich werde ihm heute Abend mal einen Besuch abstatten.«

Burgess drückte die Zigarre aus und hob die Augenbrauen. »Ach ja? Was dagegen, wenn ich Sie begleite?«

Die Brücke war eine andere, aber es war beinahe eine Wiederholung seines ersten Besuchs, dachte Banks, als er auf dem Weg nach Kennington über die Vauxhall Bridge ging. Er sah auf die Uhr. Fast drei. Letztes Mal war Ruth um diese Zeit zu Hause gewesen. Er hoffte nur, sie hatte eine Sonntagsroutine, an die sie sich hielt.

Wie sich herausstellte, hätte er sich keine Sorgen zu machen brauchen. Ruth kam beim ersten Klingeln an die Sprechanlage und drückte auf den Summer.

»Sie schon wieder«, sagte sie, nachdem sie ihn reingelassen hatte. »Was wollen Sie diesmal?«

Banks zeigte ihr seinen Dienstausweis. »Ich komme wegen Emily.«

Triumph blitzte in ihren Augen auf. »Ich wusste doch, dass Sie nicht ganz koscher sind. Das habe ich Ihnen schon das letzte Mal gesagt, als Sie hier waren. Ein Bulle.«

»Letztes Mal war ich inoffiziell hier, Ruth. Ich entschuldige mich dafür, mich als Emilys Vater ausgegeben zu haben – Sie haben mir ja sowieso nicht geglaubt –, aber es schien mir die beste Möglichkeit, meine Aufgabe durchzuführen.«

»Der Zweck heiligt die Mittel? Typische Polizistenmentalität.«

»Sie kannten also ihren richtigen Namen?«

»Was?«

»Sie wirkten nicht überrascht, als ich sie eben Emily genannt habe.«

»Das war der Name, der gestern in der Zeitung stand.«

»Aber Sie kannten ihn schon vorher, stimmt's?«

»Ja, ich kannte ihren richtigen Namen. Sie hat ihn mir gesagt. Na und? Ich respektierte ihr Recht, ihn nicht zu benutzen. Wenn sie sich Louisa Gamine nennen wollte, hatte ich nichts dagegen.«

»Kann ich mich setzen?«

»Von mir aus.«

Banks setzte sich. Diesmal bot Ruth ihm keinen Tee an. Sie setzte sich nicht, zündete sich aber eine Zigarette an und ging auf und ab. Sie wirkte gereizt, nervös. Banks bemerkte, dass sie ihre Haarfarbe geändert hatte; jetzt war es blond statt schwarz und immer noch sehr kurz geschnitten. Es sah überhaupt nicht besser aus, betonte nur ihr käsiges Aussehen. Sie trug ausgebeulte Jeans mit einem Loch am Knie und ein formloses blaues Oberteil, eine Art Malerkittel. So was, was man zu Hause trägt, wenn man allein ist und niemanden erwartet. Ruth schien ihr Aussehen jedoch egal zu sein. Sie entschuldigte sich nicht, um sich umzuziehen oder sich zu schminken. Banks fand das anerkennenswert. Die Musik im Hintergrund war etwas zu laut: Lauryn Hill, wie es klang, die von ihren neuesten Missgeschicken sang.

»Warum setzen Sie sich nicht und reden mit mir?«, fragte Banks.

Ruth warf ihm einen finsteren Blick zu. »Ich mag es nicht, wenn man mich belügt. Das habe ich Ihnen schon beim letzten Mal gesagt. Die Leute denken immer, sie könnten einfach auf mir rumtrampeln.«

»Ich entschuldige mich nochmals.«

Ruth funkelte ihn weiter durch schmale Augen an, dann drehte sie die Musik leiser, setzte sich ihm gegenüber und schlug die Beine übereinander. »Na gut. Ich sitze. Sind Sie jetzt zufrieden?«

»Zumindest ist es ein Anfang. Sie wissen, was passiert ist?«

»Das hab ich schon gesagt. Ich hab's in der Zeitung gelesen und im Fernsehen gesehen.« Dann schien sie einen Moment lang etwas weicher zu werden. »Schrecklich. Die arme Emily. Ich konnte es nicht glauben.«

»Es tut mir Leid. Ich weiß, dass Sie mit ihr befreundet waren.«

»War es ... ich meine ... waren Sie da? Haben Sie sie gesehen?«

»Ich war am Tatort«, erwiderte Banks, »und ja, ich habe sie gesehen.«

»Wie hat sie ausgesehen? Ich weiß nicht viel über Strychnin, aber … war es, Sie wissen schon, wirklich so grauenvoll?«

»Ich halte es für keine gute Idee …«

»Ging es schnell?«

»Nicht schnell genug.«

»Also hat sie gelitten?«

»Ja.«

Ruth sah weg, schniefte und griff nach dem Päckchen Taschentücher, das auf dem niedrigen Tisch neben ihr lag. »Entschuldigen Sie«, sagte sie. »Das sieht mir gar nicht ähnlich.«

»Ich möchte Ihnen nur ein paar Fragen stellen, Ruth, dann gehe ich. In Ordnung?«

Ruth putzte sich die Nase und nickte. »Ich weiß allerdings nicht, wie ich Ihnen helfen soll.«

»Sie würden sich wundern. Haben Sie mit Emily gesprochen, seit sie London verlassen hat?«

»Nur zweimal am Telefon. Ich glaube, nachdem sie sich von diesem Barry getrennt hat, hatte sie mir gegenüber ein schlechtes Gewissen, weil sie mich vernachlässigt hat. Was mir zwar nichts ausgemacht hat. Es war ihr Leben. Und es passiert mir dauernd. Dass die Leute mich vernachlässigen.«

»Wann haben Sie zum letzten Mal mit ihr gesprochen?«

»Vor einer Woche, vielleicht vor zwei … so genau weiß ich das nicht mehr.«

»Hatte sie irgendwas auf dem Herzen?«

»Wie meinen Sie das?«

»Hat Sie Ihnen irgendwelche Ängste anvertraut?«

»Nur wegen des Psychopathen, mit dem sie zusammengelebt hat.«

»Barry Clough?«

»Ja, genau dem.«

»Was hat sie über ihn gesagt?«

»Sie hat sich nicht über die blutrünstigen Details ausgelassen, hat nur gesagt, er hätte sich als völlige Fehlinvestition herausgestellt, und sie schien Angst zu haben, dass er sich an ihr rächen könnte. Hat sie ihm Geld geklaut?«

»Warum fragen Sie?«

Ruth zuckte die Schultern. »Keine Ahnung. Er ist reich. So was sähe ihr ähnlich.«

»Hat sie Ihnen je etwas gestohlen?«

»Soviel ich weiß nicht.« Ruth rang sich ein Lächeln ab. »Na ja, bei mir gibt's ja auch nicht viel zu klauen. Jemand hat mir bereits im zarten Kindesalter den Silberlöffel aus dem Mund gerissen. Ich habe immer arbeiten müssen, um über die Runden zu kommen.«

»Wann haben Sie Ihren Führerschein zum ersten Mal vermisst, Ruth?«

»Meinen Führerschein? Woher wissen Sie das? Vor Ewigkeiten.«

»Wie lange ist das her?«

»Fünf, sechs Monate?«

»Während Emily bei Ihnen gewohnt hat?«

»Ja, kurz nachdem sie hier eingezogen ist, aber ... Sie wollen doch nicht sagen ...? Emily?«

»Als ich telefonisch benachrichtigt wurde, hat mir der Beamte vor Ort gesagt, bei dem Opfer handelte es sich um Ruth Walker. Er hat den Namen vom Führerschein abgelesen.«

»Verdammt! Da war er also. Ich dachte einfach, ich hätte ihn verloren. Ich verliere öfter was. Besonders irgendwelche Papierschnipsel.«

»Was haben Sie gemacht?«

»Einen neuen beantragt. Einen von denen mit Foto. Aber was konnte Emily denn mit dem alten anfangen?«

»Ich glaube, sie hat ihn benutzt, um eine dieser Altersnachweiskarten zu bekommen, die die Clubs ausgeben. Nach allem, was ich gehört habe, dürfte sie damit keine großen Schwierigkeiten gehabt haben. Die Dinger werden jungen Mädchen regelrecht nachgeworfen, egal, ob sie einen Altersnachweis erbringen oder nicht. Auf der Karte ist Emilys Foto, aber Ihr Name und, wie ich annehme, Ihr Geburtsdatum. 23. Februar 1977.«

»Lieber Himmel.« Ruth schüttelte den Kopf. »Ich wusste nichts davon.«

»Und vielleicht wollte sie sogar Auto fahren.«

»Für Fahrstunden war sie zu jung.«

»Das hält viele nicht vom Fahren ab.«

»Kann schon sein.«

»Einige der geschicktesten Autodiebe, denen ich begegnet bin, waren zwischen zehn und dreizehn.«

»Sie müssen es ja wissen.«

»Was hat sie über Barry Clough gesagt?«

»Nur, dass sie dachte, sie hätte ihn mächtig sauer gemacht, als sie ohne Abschied verschwunden ist, und dass er nicht die Art Mann wäre, der so was einfach vergisst.«

»Klang sie verängstigt?«

»Verängstigt eigentlich nicht. Vielleicht ein bisschen nervös, auf diese alberne Art. Sie konnte ganz schön mutig tun, die gute Louisa. Emily.«

»Wann hat sie Ihnen ihren richtigen Namen verraten?«

»Kurz nachdem sie bei mir eingezogen ist. Sie hat mich gebeten, ihn niemandem zu verraten und sie Louisa zu nennen, also habe ich mich an ihren Wunsch gehalten.«

»Haben Sie Clough gesagt, wie sie wirklich hieß?«

Ruth fuhr mit einem Ruck hoch. »Hören Sie mal! Warum sollte ich das tun?«

»Ich frage ja nur. Sie haben es also nicht getan?«

»Absolut nicht.«

»Hat er sich mit Ihnen in Verbindung gesetzt, nach ihr gefragt?«

»Nein. Ich hab ihn seit Ewigkeiten nicht gesehen.«

»Was ist mit Craig? Haben Sie es ihm erzählt?«

»Nein, aber er könnte es wissen. Sie hat es ihm vielleicht selbst gesagt.«

»Aber Sie nicht?«

»Ich habe es niemandem gesagt. Ich kann Geheimnisse bewahren.«

Banks zündete sich eine Zigarette an und lehnte sich im Sessel zurück. »Wie geht es Ihnen, Ruth?«

Sie runzelte die Stirn. »Was meinen Sie damit?«

»Nur eine einfache Frage. Sind Sie gesund? Glücklich?«

»Mir geht es gut. So gut, wie man es erwarten kann. Warum wollen Sie das wissen?«

»Wie läuft's mit der Arbeit?«

»Gut.«

»Was machen Sie genau?«

»Ich arbeite mit Computern. Ziemlich langweiliges Zeug.«

»Aber regelmäßige Arbeit? Gut bezahlt?«

»Regelmäßig. Mehr kann man dazu nicht sagen.«

»Haben Sie ein Auto?«

Ruth stand auf, und Banks folgte ihr zum Fenster. »Da«, sagte sie und zeigte nach unten, »den klapprigen beigen Fiesta da drüben.«

Banks lächelte. »So einen hatte ich vor ein paar Jahren auch«, sagte er. »Genauer gesagt, einen Cortina. Keiner will glauben, dass ich je so ein Ding gefahren habe. Die werden seit Jahren nicht mehr gebaut. Aber es war ein gutes Auto, solange es hielt.«

»Tja«, sagte Ruth und verschränkte die Arme. »Meiner muss noch ein paar Jahre länger halten, soviel ist sicher.«

Sie setzten sich wieder. »Haben Sie in letzter Zeit irgendwelche Fahrten unternommen?«, fragte Banks.

»Nein.«

»Haben Sie einen Freund?«

»Was interessiert Sie das?«

»Ich bemühe mich nur, freundlich zu sein.«

»Das können Sie sich sparen. Vergessen Sie nicht, Sie sind ein Bulle und ich bin eine Verdächtige.«

»Eine Verdächtige? Wie kommen Sie darauf?«

Ein hässliches Grinsen breitete sich über Ruths Gesicht. »Weil ich euch Bullen kenne. Sonst wären Sie nicht hier und würden mir alle möglichen Fragen stellen. Aber ich war es nicht. Sie können mir das nicht anhängen.«

»Das versuche ich auch gar nicht. Woher kennen Sie die Bullen, Ruth? Sind Sie mal verhaftet worden?«

»Nein. Aber ich lese Zeitung, sehe Nachrichten. Ich weiß, was für rassistische, sexistische Dreckskerle ihr seid.«

Banks lachte. »Sie müssen Dirty Dick meinen.«

»Was?«

»Egal. Aber da Sie nun schon mal annehmen, eine Verdächtige zu sein, könnten Sie mir auch gleich sagen, wo Sie am Donnerstag waren.«

»Ich war hier. Zu Hause.«

»Nicht bei der Arbeit?«

»Ich war erkältet. Bin ich immer noch. Hab Donnerstag und Freitag gefehlt. Heißt das, ich habe kein Alibi?«

»Sie haben in letzter Zeit keine Fahrten unternommen?«

»Nein. Das hab ich doch schon gesagt. Ich war nirgends. Und zu Ihrer Information, ich schlafe auch mit niemandem. Heutzutage muss man vorsichtig sein. Es hat sich vieles verändert, seit Sie jung waren. Für uns ist Aids eine ständige Bedrohung. Zu Ihrer Zeit konnten Sie sich schlimmstenfalls Filzläuse holen und Tripper. Aber beides brachte Sie nicht um.«

Banks lächelte. »Damit haben Sie wohl Recht. Haben Sie im letzten Monat irgendwann Emily in Yorkshire besucht?«

»Nein.«

»Warum nicht?«

»Ich hatte zu viel zu tun. Außerdem hat sie mich nie darum gebeten.« Ruth schnaubte. »Jetzt verstehe ich, warum.«

»Wieso?«

»In der Zeitung stand, ihr Vater sei Chief Constable und ihre Mutter Anwältin. Das klingt nicht nach Leuten, denen sie jemanden wie mich unbedingt vorstellen wollte.«

»Ach, ich weiß nicht«, sagte Banks. »Sie sollten nicht so hart mit sich sein.«

Ruth errötete. »Ich weiß, was ich bin.«

»Kennen Sie Emilys Mutter? Rosalind?«

»Nein. Woher sollte ich?«

»War nur eine Frage.«

»Wie gesagt, Emily hätte mich kaum mit nach Hause genommen, um mich ihrer Mum und ihrem Dad vorzustellen.«

»Wahrscheinlich nicht. Sie haben also nie mit Emilys Mutter gesprochen?«

»Sie war ein- oder zweimal am Telefon, als ich angerufen habe.«

»Sie *haben* also mit ihr gesprochen?«

»Nur, um hallo zu sagen und nach Emily zu fragen.«

»Rosalind hat Ihnen keine Fragen gestellt?«

»Nein. Sie wollte nur meinen Namen wissen, mehr nicht.«

»Und Sie haben ihn ihr genannt?«

»Wieso nicht? Was soll das? Wollen Sie jetzt darauf hinaus, dass ihre Mutter sie umgebracht hat?«

»Das glaube ich kaum. Ich will nur Klarheit schaffen. Haben Sie Craig in letzter Zeit gesehen?«

Ruth machte es sich auf dem Sessel bequemer, schlug die Beine unter. »Ja, er hat mich angerufen, nachdem er gestern Morgen in den Nachrichten von Emily gehört hat. Wir haben uns zum Lunch getroffen. Er musste sowieso in die Stadt.«

»Weswegen? Hatte er einen Termin bei GlamourPuss?«

»Woher soll ich das wissen? Er hat's mir nicht gesagt.«

»Wie wirkte er?«

»Ganz okay, schätze ich. Ich meine, wir waren beide verstört. Emily ist in unser beider Leben hineingeschneit und wieder verschwunden. Aber wenn Sie ihr begegnet sind, dann wissen Sie, dass sie mit Sicherheit einen Eindruck hinterlassen hat. Der Gedanke, dass ihr jemand das antun konnte ... ist zu schwer zu ertragen. Sind Sie sicher, dass es nicht nur ein Unfall war? Eine Überdosis?«

»Wir sind uns sicher.«

»Wie gesagt, wir waren ... na ja, wir konnten es nicht fassen. Was ist mit ihrem Vater?«

»Was soll mit ihm sein?«

»Glauben Sie, er hat es getan? Ich meine, sie hat dauernd gesagt, wie schrecklich er war, und wenn jemand an Drogen und Gift rankommen kann, dann ist es die Polizei.«

»Vergessen Sie nicht, er war derjenige, der sie zurückhaben wollte.«

»Ja«, sagte Ruth, beugte sich vor und senkte die Stimme zu einem Flüstern. »Das haben Sie mir erzählt. Aber warum wollte er sie zurückhaben? Haben Sie je darüber nachgedacht?«

Obwohl Samstag war, hatte an diesem Wochenende niemand von der Kripo in Eastvale dienstfrei. Die Überstunden würden ein Vermögen kosten, aber Chief Constable McLaughlin und Superintendent Gristhorpe würden kaum zögern, sie abzuzeichnen; bei diesem Fall gab es keine Einschränkungen. Wenn Annie die Leiche nicht gesehen hätte, wäre ihr bei dieser Bevorzugung vielleicht etwas unwohl gewesen, aber da sie sie gesehen hatte, hätte sie, selbst wenn das Opfer eine pockennarbige Hure gewesen wäre, heute an dem Fall gearbeitet, und sogar unentgeltlich, wenn es hätte sein müssen.

Und Banks, der Ermittlungsleiter, war in London. Was Annie die Verantwortung überließ. Sie begriff, dass er den Hinweisen nachgehen musste, von denen er bereits wusste, aber das bürdete ihr eine unerträglich schwere Last auf, besonders nach so wenig Schlaf, und sie war seinetwegen immer noch ein bisschen gereizt. Nach ihrem kurzen Gespräch am vorherigen Tag war sie ihm gegenüber etwas weicher geworden, aber sie hatte nach wie vor das Gefühl, dass er etwas zurückhielt. Sie wusste nicht, was es war oder worum es ging – vermutlich hatte es was mit Emilys Aufenthalt in London zu tun –, doch es gab ihr das Gefühl, dass er etwas wusste und sie nicht. Und das gefiel ihr ganz und gar nicht.

Am Morgen war sie bereits im Einsatzzentrum gewesen, in dem die übliche Geschäftigkeit herrschte. Winsome saß am Computer und stöhnte über den immer höher werdenden Stapel grüner Formulare zur Eingabe in HOLMES, und Kevin Rickerd sah aus, als hätte er seine wahre Lebensbestimmung darin gefunden sicherzustellen, dass jedes Schnipselchen mit Informationen ordentlich eingetragen und nummeriert wurde. Er sah ebenfalls so aus, als hätte er seit dem Mord nicht mehr geschlafen.

Dann hatte Annie die Nachforschungen zu Emilys Verbleib zwischen drei und sieben Uhr organisiert. Sie hatte am vergangenen Tag die Flugblätter bestellt, die bereits auf sie warteten, als sie zum Dienst kam. Banks hatte ihr das Foto gegeben, das dafür verwendet werden sollte, und Annie fand, dass Emily darauf etwas nuttig aussah. Er hatte gesagt, dass sich die Leute so an sie erinnern würden und es keinen Zweck hätte, ihre Eltern um ein Schulfoto oder eine geschönte Porträtaufnahme zu bitten, die sie sicherlich besaßen. Er hatte ebenfalls darauf bestanden, bei der Beschreibung zu betonen, dass sie älter als sechzehn aussah.

Unter dem Foto stand die Frage »HABEN SIE DIESES MÄDCHEN GESEHEN?« und darunter die Beschreibung, der Zeitraum, an dem sie interessiert waren, und eine Kontakttelefonnummer. Annie hatte ein halbes Dutzend Uniformierter ausgeschickt, die die Flugblätter an Plakatwänden und Telefonmasten entlang der Hauptstraßen und in so vielen Schaufenstern wie möglich anbringen sollten. Danach sollten die Beamten eine Haus-zu-Haus Befragung im Zentrum von Eastvale und dem Gebiet um den Black Bull durchführen. Soweit sie wussten, fuhr Emily trotz des gestohlenen Führerscheins nicht und hatte auch keinen Zugang zu einem Auto, also konnte man davon ausgehen, dass sie im Ort geblieben war. Sie hätte natürlich einen Bus oder Zug nehmen können, also wurde auch dort nachgefragt. Es bestand die gute Chance, dass ein Busfahrer, Mitreisende oder der Fahrkartenverkäufer sich an sie erinnerten, falls sie in den fehlenden vier Stunden irgendwo hingefahren war.

Annie selbst sollte in den Abendnachrichten auftreten, wie ihr mit etwas Bangen wieder einfiel. Sie mochte diese Fernsehauftritte nicht, fühlte sich unwohl dabei, weil sie wusste, dass man nur dazu da war, den Nachrichtensprecher gut aussehen zu lassen, egal, wie ernst und überzeugend man auch auftrat. Aber das war nur ein Vorurteil, das sie schlucken musste, wenn sie den Aufruf um Mithilfe rüberbringen wollte.

Erst kurz vor Mittag fand Annie die erste wirkliche Möglichkeit an diesem Tag, sich an ihren Schreibtisch zu setzen und ein bisschen Detektivarbeit zu leisten, während Kevin Templeton im Hintergrund telefonierte. Obwohl es ein Schuss ins Blaue war, wollte sie überprüfen, ob es andere Verbrechen mit gleichartiger Vorgehensweise unter Verwendung von mit Strychnin versetztem Kokain gegeben hatte. Das PHOENIX System, eingerichtet von der nationalen Verbrechenskartei, bot ihr nichts. Aber es bestand natürlich die Möglichkeit, dass so ein Mörder nie gefasst worden war.

CATCHEM bot mehr Optionen, wenn auch nicht viele. Im Wesentlichen konnte man die Einzelheiten über das Opfer eingeben, die hervorstechenden Merkmale des Verbrechens, und das System lieferte einem eine Wahrscheinlichkeitsskala in verschiedenen Kategorien. Nachdem sie etwas rumprobiert hatte, fand Annie heraus, dass Emily ihren Mörder nicht unbedingt gekannt haben musste und der Mörder durchaus jemand sein konnte, der sich von der Gesellschaft herabgesetzt fühlte und sadistische Tendenzen hatte.

So viel über Computer.

Sie wollte gerade zum Essen gehen, als Sergeant Hatchley hereinkam. Annie war eine der wenigen Frauen vom Polizeirevier in Eastvale, oder der Western Division, wie es jetzt offiziell hieß, die nichts gegen Sergeant Hatchley hatte. Sie hielt ihn zwar für einen Angeber und wusste, dass er kein weiches Herz hatte – Hatchley konnte sehr hart sein –, aber sie glaubte auch nicht, dass er so beschränkt war, wie er sich selbst darstellte, oder so voreingenommen, wie er tat. Manche Männer, war ihr mit der Zeit klar geworden, verhalten sich so, wie man es ihrer Meinung nach von ihnen erwartet, besonders in Institutionen wie der Polizei oder der Armee. Innerlich sehnen sie sich oft verzweifelt danach, jemand anderer zu sein, so zu sein, wie sie sich wirklich *fühlen*. Aber das verleugnen sie. Es war eine Art schützende Fassade. Hatchley war kein Miezekätzchen, doch Annie vermutete, dass er eine Verständnistiefe und ein Mitgefühl besaß, mit denen er nicht recht umgehen konnte. Ehe und Vaterschaft hatten ebenfalls ein paar raue Kanten abgeschliffen, hatte Annie zumindest gehört.

Natürlich hatte Annie, trotz Banks' gestriger kleiner Stichelei, Dalton im Fox and Hounds nicht aufgesucht und fühlte sich ein bisschen schuldig, weil sie ihn Hatchley angehängt hatte. Aber nicht sehr schuldig. Hatchleys Augen hatten bei der Aussicht auf ein Pint aufgeleuchtet. Annie wusste, dass es nur eine Frage der Zeit war, bis sie Dalton über den Weg lief, wenn er noch länger blieb. Er konnte sogar in diesem Moment ins Revier marschieren, und dann würde sie ihm nicht mehr ausweichen können. Sie wollte ihm nicht begegnen, wollte nicht mit ihm reden, aber sie hatte keine Angst vor ihm und dachte nicht daran, ihm weiterhin auszuweichen.

Hatchley begrüßte sie und murmelte was über schmerzende Füße.

»Wo waren Sie?«, fragte Annie und fühlte sich versöhnlich, nachdem sie ihn um den Gefallen gebeten hatte. »Doch nicht eine weitere Entführung Außerirdischer?«

»Leider nicht. Der verdammte Charlie Courage. Wissen Sie, manchen Leuten scheint es völlig egal zu sein, wie viel Unannehmlichkeiten sie machen, wenn sie sich ermorden lassen.«

Annie lächelte. »Waren Sie noch mal in Daleview?«

»Ja. Und es hat genauso wenig gebracht wie bei Ihrem Besuch.«

»Niemand hat den Lieferwagen gesehen?«

»An einem Sonntagabend um zehn Uhr? Keiner da.«

»Außer Charlie.«

»Außer den Leuten von PKF, die wir zu finden versuchen, Charlie selbst und Jonathan Fearn, dem Fahrer, der immer noch in Newcastle im Koma liegt.«

»Was Besseres kann einem in Newcastle gar nicht passieren.«

»Nee, Mädel, so schlimm ist es nicht. Gibt ein paar gute Pubs da. Davon abgesehen, hat Charlie, laut meinen Gewährsleuten, Jonathan Fearn tatsächlich gekannt, also haben wir eine Verbindung, wie schwach auch immer. Zwei vom selben Schlag.«

»Vielleicht hat Courage ihm den Job besorgt, dachte, er würde Fearn einen Gefallen tun?«

»Kann sein.«

»Was haben Sie von diesem Inspector rausgefunden ... wie heißt er noch?«

»Dalton. Detective Inspector Wayne Dalton. Scheint ein ganz netter Kerl zu sein. Aber wenn Sie mich fragen, macht der hier nur einen Wochenendurlaub.«

»Im Dezember?«

»Warum nicht? Das Wetter ist nicht allzu schlecht. Offenbar wandert er gern. Hat davon geredet, am Sonntagmorgen nach Reeth zu gehen. Sagt, wenn er um neun Uhr losgeht, kann er sich um zwölf ein Pint und Roastbeef in The Bridge in Grinton gönnen. The Bridge serviert ein leckeres Roastbeef mit Yorkshire Pudding. Das Bier ist auch gut. Allerdings würde ich da nie zu Fuß hingehen.«

Wenn man ihn so ansah, konnte man das gerne glauben. Hatchley war über einsfünfundachtzig groß, hatte feines, schütteres Haar, die »Roastbeef-Haut« eines Mannes mit Blutdruckproblemen und, großzügig berechnet, mindestens fünfzehn Kilo Übergewicht.

Annies Gedanken schweiften ab. Vielleicht war das die Antwort. Wenn Dalton für Sonntag tatsächlich eine Wanderung plante, bestand die Aussicht, dass nicht viele Menschen unterwegs sein würden. Mitten im Nichts war der beste Ort, sich ihm entgegenzustellen. Der Gedanke gefiel ihr. Sie würde sich am Sonntagmorgen absetzen müssen, aber das war vermutlich zu schaffen, wenn sie bis dahin alles durchorganisiert hatte. Schließlich hatte sie das Sagen, solange Banks weg war, also würde niemand Fragen stellen, wenn sie das Revier für ein paar Stunden verließ.

Konnte sie es wagen? Was würde sie sagen, wenn sie sich ihm auf einem einsamen Wanderpfad entgegenstellte? Was würde er tun? Würde er körperliche Gewalt anwenden, vielleicht sogar versuchen, sie für immer loszuwerden? Nachdem sie ihn wiedergesehen hatte, glaubte Annie nicht, dass sie sich deshalb Sorgen zu machen brauchte.

Aber wenn sie es recht bedachte, machte sie sich weniger Sorgen darüber, was er ihr an einem einsamen Ort antun könnte, als was *sie ihm* antun könnte.

Barry Cloughs Villa in Little Venice war hell erleuchtet, als Banks und Burgess am Samstagabend kurz nach acht ankamen. Jemand hatte die Fassade sogar mit Weihnachtslichten dekoriert und einen großen Christbaum in den Garten gestellt.

»Bisschen früh für eine Party, oder?«, meinte Burgess mit einem Blick auf seine Uhr.

»Für diese Kerle ist es nie zu früh«, erwiderte Banks. »Ihr ganzes Leben ist eine einzige Party.«

»Hey, hey, Banks. Ist Neid nicht eine der sieben Todsünden? Du sollst nicht begehren deines Nachbarn Arsch und all das.«

Das Eisentor war offen, aber vor dem Hauseingang stand ein Gorilla und kontrollierte die Einladungen. Keiner von den beiden, die Banks bei seinem vorherigen Besuch gesehen hatte. Vielleicht verbrauchte Clough seine Gorillas wie andere ihre Chauffeure oder Hausmädchen. Heutzutage war es nicht einfach, gute Dienstboten zu bekommen. Banks und Burgess zeigten ihre Dienstausweise, aber der Gorilla war eindeutig nicht darauf programmiert, mit so was fertig zu werden. So wie sich sein Gesicht vor Konzentration verzog, zweifelte Banks daran, dass der Mann überhaupt begriff, was er vor sich hatte.

»Die bedeuten, dass wir umsonst reinkommen«, sagte Burgess.

»Da muss ich erst beim Boss nachfragen. Warten Sie hier.«

Der Gorilla öffnete die Tür und ging hinein, und bevor er sie wieder schließen konnte, war Burgess ihm gefolgt, mit Banks auf den Fersen. Banks wurde klar, dass er nicht vergessen durfte, mit wem er hier war, was für ein Unsicherheitsfaktor Burgess sein konnte, und dass er, Banks, auf der Hut sein musste. Trotzdem, er hatte den Mistkerl selbst dazu eingeladen, und es war gut, jemanden dabei zu haben, auf den Verlass war, wenn die Scheiße zum Kochen kam. Burgess ging Schwierigkeiten nie aus dem Weg, egal, in welcher Form sie auftauchten.

Das Haus war voller Menschen. Allen Arten von Menschen. Jungen, alten, gefährlich aussehenden, bohemienhaften, gut gekleideten, abgerissenen, schwarzen, weißen – was auch immer. Musik dröhnte aus Boxen, die, diskret außer Sichtweite, überall angebracht zu sein schienen. »Tales of Brave Ulysses« von Cream, bemerkte Banks. Wie retro! Aber Clough musste Mitte zwanzig gewesen sein, als er als Roadie für die Punkband gearbeitet hatte, was bedeutete, dass er noch Teenager war, als Cream bekannt wurde, etwa im selben Alter wie Banks. Die Luft roch nach Marihuana.

Der Gorilla, der seinen Fehler bemerkte, drängte sich grob durch die Menge im Flur, rempelte zwei alles andere als nüchterne Gäste an, deren Drinks überschwappten, und kehrte, bevor der Song zu Ende war, mit Barry Clough im Schlepptau zurück.

Der große Mann selbst.

»Sind wir zur unpassenden Zeit gekommen, Barry?«, fragte Burgess.

Nachdem ein Ausdruck kalter Wut über seine gemeißelten Gesichtszüge geglitten war, lächelte Clough mit der Wärme eines Piranhas, klatschte in die Hände und rieb sie aneinander. »Ganz und gar nicht. Ganz und gar nicht.« Sein schwarzes T-Shirt spannte sich über seinem Bizeps, und an Brust und Schultern traten die Muskeln hervor. Für das wahre Aussehen eines Rebellen fehlte nur noch die in den aufgekrempelten Ärmel gesteckte Zigarettenpackung. Diesmal trug er keinen Schmuck und ließ das ergraute Haar, hinter die Ohren gesteckt, offen auf die Schultern herabhängen. Dafür war Banks ihm dankbar; zwei Pferdeschwänze dieser Art wären selbst ihm zu viel gewesen. Das offene Haar ließ Clough jünger und weicher aussehen, aber die eisige Drohung in seinem Blick und das Wölfische seiner scharf geschnittenen Züge waren unverkennbar.

»Tales of Brave Ulysses« ging in »swlabr« über. Jemand prallte von hinten gegen Banks und murmelte eine Entschuldigung. Er drehte sich um und sah ein attraktives junges Mädchen vor sich, nicht viel älter als Emily. Sie kam ihm vage bekannt vor, aber bevor er sich erinnern konnte woher, verschwand sie in der Menge.

»Können wir hier irgendwo in Ruhe reden?«, fragte Banks, an Clough gewandt.

Clough schien einen Moment über die Frage nachzudenken, den Kopf zur Seite gelegt, als sei es seine Entscheidung; eine nicht allzu subtile Art, einen psychologischen Vorteil in der Befragung zu gewinnen. An Banks war das verschwendet. Mit einer Kopfbewegung deutete er auf die Treppe. »Da oben, zum Beispiel«, sagte er.

Schließlich nickte Clough kaum wahrnehmbar und führte sie die Treppe hinauf. Das erste Zimmer, dessen Tür er öffnete, war von einem Paar besetzt, das sich zuckend und stöhnend auf einem Haufen Gästemänteln wand.

»Das ist aber höchst unhygienisch«, sagte Burgess. »Wenn ich zu einer Party gehe, erwarte ich nicht, dass mein Regenmantel hinterher mit Liebessaft von anderen Leuten beschmiert ist.«

Clough verzog einen Winkel seines schmalen Mundes zu so etwas wie einem Lächeln. »Die sind viel zu stoned, um überhaupt was zu merken«, erwiderte er und wandte sich dann an Banks. »Sie sind doch wohl nicht von der Drogenfahndung, oder?«

Banks schüttelte den Kopf.

»Ich hab nämlich einige wichtige Leute hier. Sogar ein paar Bullen. So was ist immer so unangenehm. Dagegen würde die Drogenrazzia bei den Stones sich wie eine Teegesellschaft im Pfarrhaus ausnehmen.«

»An die erinnere ich mich«, sagte Burgess. »War zwar nicht selbst dabei, aber ich hätte zu gern die junge Dame mit dem Marsriegel kennen gelernt.« Ein mageres junges Mädchen mit einem Joint in der Hand kam im Flur an ihnen vorbei. »In der Tat«, fuhr Burgess fort und schnappte sich den Joint, »genießen ein paar von uns Bullen ab und zu gern mal ein bisschen Dope zur Entspannung.« Er nahm einen tiefen Zug, hielt den Rauch eine Weile zurück und blies ihn langsam aus. »Schwarzer Pakistane? Nicht schlecht.« Dann ließ er den Joint auf den Teppich fallen und trat ihn aus. »Entschuldigen Sie, Banks«, sagte er, nachdem er fertig war. »Hab vergessen, dass Sie vielleicht auch einen Zug wollten. Andererseits kommen Sie mir nicht wie ein Doperaucher vor.«

»Ist schon gut«, sagte Banks, der nichts dagegen gehabt hätte, den Stoff bei einer anderen Gelegenheit wieder mal auszuprobieren. Aber er wollte einen klaren Kopf behalten, Emilys wegen. Stattdessen zündete er sich eine Zigarette an.

»Verstehe«, sagte Clough und blickte auf das Brandloch im Teppich. Er sah zu Burgess. »Sie sind der böse Bulle und er ist der gute, stimmt's?«

»Sie haben keine Ahnung.«

Ein muskulöser junger Mann mit gebleichtem Blondhaar kam auf sie zu, als sie den Flur entlanggingen. »Alles in Ordnung?«, fragte er Clough. »Ich glaube nur, dass Mr. Burgess nicht auf der Einlandungsliste stand.«

»Ja, alles in bester Ordnung. Vielleicht sollten wir ihn in Zukunft mit einladen. Scheint das Herz und die Seele jeder Party zu sein.«

»Wer ist das?«, fragte Banks, an Burgess gewandt.

»Jamie Gilbert. Widerlicher kleiner Psychopath. Barrys Chefgorilla.«

Gilbert ging lachend davon, und Clough verbesserte: »Jamie ist mein *Verwaltungsassistent.*«

»Tja, damit sind eine Menge Sünden abgedeckt«, schoss Burgess zurück.

Endlich fanden sie ein leeres Zimmer. Völlig leer. Keine Möbel. Weiße Wände. Weiße Bodenbretter.

»Was Besseres haben Sie nicht zu bieten?«, fragte Banks.

Clough zuckte die Schultern. »Entweder das oder gar nichts.«

Zumindest dröhnte hier die Musik von unten nicht so laut, und es gab Licht. Eine Befragung durchzuführen, während sie auf dem Fußboden saßen, wäre nicht sehr würdevoll gewesen, also blieben sie alle stehen und lehnten sich an die Wand. Dadurch wurde das Gespräch merkwürdig dreiseitig.

Clough verschränkte die Arme. »Also, worum geht es hier?«

»Sagen Sie nicht, dass Sie keine Ahnung haben«, meinte Banks.

»Klären Sie mich auf. Bei Ihrem letzten Besuch haben Sie behauptet, Sie seien ein Freund von Emilys Vater.«

»Ich dachte, sie wurde Louisa genannt?«

»Nein, dachten Sie nicht. Sie kannten ihren Namen. Ich hab ihn erst durch die Zeitung erfahren.«

»Sie wissen also, was passiert ist?«

»Ich weiß, dass sie tot ist. Hat nichts mit mir zu tun.«

»Na, dann entschuldigen Sie, dass wir Sie in Betracht gezogen haben«, warf Burgess ein. Er hatte zugestimmt, dass Banks den größten Teil der Befragung durchführen würde, aber Banks wusste, wie unmöglich es war, Dirty Dick völlig zum Schweigen zu bringen. Clough starrte Burgess an, als sei er ein Stück Hundescheiße an seinem Schuh. Er wusste nicht, dass Burgess solche Blicke genoss; sie brachten ihn nur noch mehr auf Touren.

Banks hörte von unten die schwachen Klänge von »White Room«. Also ein »best of« Album und nicht *Disraeli Gears,* wie er zuerst gemeint hatte. Der Song war seltsam passend, dachte Banks und schaute sich in dem weißen Zimmer um.

Er war sich nicht sicher, was er von diesem Gespräch erwartete. Bestimmt nicht, dass Clough gestand. Zumindest wollte Banks mit der Gewissheit weggehen, dass er den richtigen Mann im Visier hatte, ein instinktives Gefühl, wenn schon nichts anderes. Dann würde er mit der langsamen, mühseligen Plackerei beginnen, genug Beweise zu sammeln, was aber nur der Anfang des Kampfes war.

Zwischen dem Widerstreben des Crown Prosecution Service, jemanden anzuklagen, und den teuren Anwälten, die sich Clough zweifellos leisten konnte, bestand jede Möglichkeit, dass der Mann mit einem Mord durchkommen konnte. Und dann? Private Rache? Würde Riddle es selbst tun oder versuchen, Banks anzuheuern, um Clough zu töten, wie er ihn benutzt hatte, um Emily zu finden? Himmel, irgendwo musste man die Grenze ziehen, und für Banks lag sie vor einem Mord, egal, wie verachtenswert das Opfer war. Bei Burgess war er sich da allerdings nicht so sicher; manchmal nahmen dessen zynische graue Augen den Ausdruck eines stahlharten Killers an.

»Wir haben nichts anderes erwartet«, fuhr Banks fort, »aber lassen Sie uns etwas weiter zurückgehen. Was haben Sie empfunden, als Emily Sie verlassen hat?«

»Was soll das heißen, mich verlassen hat? Ich hab sie rausgeworfen.«

»Nicht nach dem, was ich gehört habe.«

»Dann haben Sie was Falsches gehört.«

»Na gut.« Banks hob die Hand. »Ich merke, dass Sie in dieser Hinsicht empfindlich sind, also machen wir weiter. An jenem letzten Abend, bei der Party, haben Sie sie in ein Zimmer mit Andrew Handley geschubst, ja?«

»Ich hab sie nirgends hingeschubst. Sie war so stoned, dass sie kaum laufen konnte. Sie ist selbst hineingestolpert.«

»Aber Sie leugnen nicht, dass sie mit Handley in einem Zimmer war?«

»Warum sollte ich?«

»Und dass er versucht hat, sie zu vergewaltigen?«

»Vergewaltigung ist ein bisschen stark für das, was da passiert ist.«

»*Versuchte* Vergewaltigung, vielleicht? Ich glaube nicht.«

»Nennen Sie es, wie Sie wollen. Das hatte nichts mit mir zu tun. Wenn Andy es mit der kleinen Schlampe treiben wollte, war das seine Sache.«

»Und Emily ist geflohen, weggerannt?«

»Wann hat Sie Ihnen das alles erzählt ... warten Sie mal.« Clough legte die Hand an die Schläfe, als würde er angestrengt überlegen. »Warten Sie mal. Jetzt kapier ich. Nachdem sie die Party verlassen hat, ist sie zu Ihnen gerannt. Stimmt's? Sie wusste, in welchem Hotel Sie waren. Sie hat die Nacht mit Ihnen verbracht. Deswegen sind Sie so sauer. Sagen Sie, Chief Inspector Banks, fanden Sie sie gut? Hat es Ihnen gefallen, wie sie mit ihrer nassen, rauen kleinen Zunge Ihren ...«

Clough beendete den Satz nicht, denn während Banks gegen den Drang ankämpfte zuzuschlagen, kam Burgess ihm zuvor und verpasste Clough einen Schlag mit dem Handrücken, der ihn an die gegenüberliegende Wand prallen ließ. Typisch für Burgess; es war in Ordnung, wenn er Banks damit aufzog, mit Emily geschlafen zu haben, aber auf andere traf das nicht zu. Clough sah aus, als wolle er zurückschlagen. Seine Muskeln zuckten, er wischte sich einen Blutfaden aus dem Mundwinkel und warf Burgess einen mörderischen Blick zu. Aber er riss sich zusammen. Und um gerecht zu sein, dachte Banks, musste man anerkennen, dass er nichts von Anzeige oder Rache verlauten ließ.

Clough fuhr sich mit der Zunge über die Lippen. »Tut mir Leid«, sagte er und lehnte sich wieder an die Wand. »Ich hab mich etwas hinreißen lassen. Sehr ungehörig von mir, Schlechtes über die Toten zu sagen. Ich entschuldige mich.«

Banks entspannte sich und bot ihm eine Zigarette an. »Entschuldigung angenommen.«

Clough nahm die Zigarette und zündete sie mit seinem eigenen Feuerzeug an. »Danke. Hab meine unten vergessen. Ich war in der Küche und genoss gerade ein Glas Château Margaux, als Sie beide hereinplatzten.«

»Wir sorgen dafür, dass Sie zu Ihrem Wein zurückkommen, bevor er sich in Essig verwandelt, Mr. Clough«, erwiderte

Banks. »Aber keine Ausflüchte mehr, in Ordnung? Beantworten Sie nur meine Fragen.«

»Ja, Officer.« Clough lächelte, worauf die Blutkruste in seinem Mundwinkel wieder aufplatzte und erneut etwas Blut über sein Kinn lief. Er wischte es mit dem Handrücken weg und rauchte weiter. Blut befleckte den Filter der Zigarette.

»Nachdem Emily gegangen war, haben Sie sie überprüft und herausgefunden, wo sie lebte?«

»Warum sollte ich das tun? Ich war fertig mit ihr. Sie war die Mühe nicht wert.«

»Sie haben also nichts unternommen?«

»Nein.«

»Wussten Sie, wer sie war?«

»Das habe ich erst aus der Zeitung erfahren. Ich hab also mit der Tochter eines Polizeipräsidenten geschlafen, ja?« Er lachte. »Was meine Bekannten wohl dazu sagen werden.«

»Ihre Bekannten sind Kriminelle?«

»Das grenzt jetzt schon an Verleumdung, wissen Sie.«

»Verklagen Sie mich.«

»Ist die Mühe nicht wert.«

»Ihnen ist wohl vieles nicht der Mühe wert, was, Barry?«

»Was soll ich sagen? Das Leben geht weiter. Nutze den Augenblick. Lebe für das Hier und Jetzt.«

Banks sah zu Burgess. »Und ich habe nie glauben wollen, wenn es hieß, Drogen könnten permanenten Schaden anrichten.«

Burgess lachte.

»Wo hatten Sie das Strychnin her, Barry?«

»Das was?«

»Sie haben mich schon verstanden.«

»Das Zeug rühr ich nicht an. Ich hab gehört, es sei schlecht für die Gesundheit.«

Banks seufzte. »Ist Andrew Handley heute Abend hier? Ich würde gern mit ihm sprechen.«

»Da wette ich drauf. Leider ist er nicht da. Genauer gesagt, er steht nicht mehr in meinen Diensten.«

»Sie haben ihn gefeuert?«

»Sagen wir lieber, unsere Wege trennten sich.«

»Haben Sie seine Adresse?«

»So nahe standen wir uns nicht. Das war nur eine geschäftliche Verbindung.«

»Je von PKF Computersysteme gehört?«

»Was?«

Flackerte da ein kurzes Wiedererkennen auf? Ließ Cloughs Wachsamkeit für einen Augenblick nach? Banks wusste, dass er sich das genauso gut einbilden konnte, aber er meinte, seine innere Antenne hätte etwas aufgeschnappt. Es war nicht so weit hergeholt, wie er ursprünglich gedacht hatte, als Burgess ihm von Cloughs Geschäftspraktiken erzählte. Such dir einen Firmenpark, mach deine schmutzigen kleinen Geschäfte und zieh dann, bevor irgendjemand was spitzkriegt, woanders hin. Wohin der weiße Lieferwagen, gemietet von der Firma PKF, die nicht existierte, unterwegs war, als er überfallen wurde. Der Fahrer lag nach wie vor im Koma. Es gab genügend Firmenparks und Gewerbegebiete im Land, die meisten ziemlich abgelegen. Von dort aus ließ sich gut operieren. Und Emily hatte gesagt, Clough sei geschäftlich in Eastvale gewesen. Außerdem hatte sie gemeint, Jamie Gilbert dort gesehen zu haben. Könnte darin ein Motiv für den Mord an ihr liegen? Hatte sie irgendwas über Cloughs Geschäftsunternehmen gewusst? Wie ihre Mutter hatte sie ein fotografisches Gedächtnis, erinnerte sich Banks.

»PKF«, wiederholte Banks.

»Nein, nie davon gehört. Warum, sollte ich das?«

»Charlie Courage?«

»An einen Mann mit so einem Namen würde ich mich sicherlich erinnern.«

»Aber Sie erinnern sich nicht.«

»Nein.«

Banks spürte, dass Burgess allmählich ungeduldig wurde. Vielleicht zu Recht; sie schienen nicht voranzukommen. »Wo waren Sie letzten Donnerstagnachmittag?«

»Warum? Ist es da passiert?«

»Beantworten Sie nur die verdammte Frage«, blaffte Burgess mit weltverdrossener Stimme.

Clough würdigte ihn keines Blickes. »Ich war im Ausland.«

»Den ganzen Tag?«

»Sogar die ganze Woche. In Spanien.«

»Wie schön für Sie. Sind Sie sicher, dass Sie nicht für ein oder zwei Stunden in Yorkshire vorbeigeschaut haben?«

»Warum sollte ich? In Spanien ist das Wetter viel besser.«

»Vielleicht ein Wochenende auf dem Land? Kleiner Rachefeldzug gegen Emily? Schließlich verlieren Sie nicht gern Ihre wertvollen Besitztümer, oder?«

Clough lachte. »Wenn sie Ihnen das erzählt hat, war ihre Einschätzung von sich reichlich übertrieben.«

»Ein bisschen überprozentiges Kokain, Barry? Um sie leiden zu lassen?«

»Sie sind verrückt.« Clough drückte sich von der Wand ab. »Hören Sie, ich habe viel Geduld mit Ihnen gehabt, aber das ist absurd. Zeit für Sie, dahin zu verschwinden, wo Bullen nach dem Dunkelwerden hinkriechen, und Zeit für mich, zu meinem Vergnügen zurückzukehren. Weitere Auskünfte gebe ich nur noch in Anwesenheit meines Anwalts.«

»Der hier ist?«

Clough grinste. »Zufällig ja.« Dann öffnete er die Tür und bedeutete ihnen zu gehen. Einen Moment lang rührten sie sich nicht, sahen aber ein, dass es keinen Zweck mehr hatte. Banks nickte Burgess zu, und sie verließen den Raum. Als Burgess beim Hinausgehen an Clough vorbeikam, hörte Banks Clough flüstern: »Und glauben Sie nicht, dass ich vergesse, was Sie da drinnen mit mir gemacht haben. Dafür mach ich Sie fertig, kleiner Mann. Ich besitze Leute, die viel wichtiger sind als Sie.«

Burgess mimte übertriebenes Erschrecken. »Oooh! Ich mach mir gleich in die Hose.«

Sie schoben sich an den Leuten vorbei, die die Treppe hinaufkamen und hinuntergingen, drängten sich durch die Eingangshalle und sagten dem Gorilla gute Nacht, der nur grunzte. Während sie noch in seiner Hörweite waren, sagte Banks: »Vielleicht sollten wir ja doch die Drogenfahndung rufen?«

Der Rausschmeißer verschwand wie der Blitz im Haus.

»Spielverderber«, sagte Burgess. »Außerdem sind die wahrscheinlich schon da drinnen.«

Sie gingen zum Tor hinaus und in Richtung des Kanals. »Das war ein interessanter Abend«, meinte Burgess. »Sehr interessant. Danke für die Einladung. Hat mir Spaß gemacht.«

»Es war mir ein Vergnügen.«

»Und eines muss ich sagen, Banks. Sie überraschen mich.«

»Wovon reden Sie?«

»Ach, nun hör sich das einer an. So bescheiden. So naiv. Das Mädchen, Banks. Das Mädchen im Hotelzimmer. Sie sind ein ganz Stiller, was? Aber Sie haben verborgene Tiefen. Meine Bewunderung für Sie ist gerade enorm gestiegen. Ich wusste nicht, wie nahe ich dran war, ins Schwarze zu treffen.«

Banks biss die Zähne zusammen. Sie befanden sich jetzt in der Nähe des Regent's Canal, der Little Venice den Namen gab. Für Banks weckte er in diesem Moment keine schönen Erinnerungen an Venedig, sondern an Amsterdam und an Burgess, der fluchend im dreckigen Wasser herumfuchtelte. Die Stufen hinunter, ein kleiner Schubs, ein winziger Tritt. Aber nein. Das wäre zu kindisch.

»Da ist nichts passiert«, sagte Banks.

»Wie gesagt, enorm gestiegen«, wiederholte Burgess und legte Banks den Arm um die Schultern. »Und jetzt, Sie alter Schwerenöter, wo die Nacht noch jung ist, schlage ich vor, dass wir in den nächsten Pub gehen und uns ordentlich besaufen. Was meinen Sie, Banks?«

11

Annie hielt nicht inne, um die Torheit ihrer Handlungen zu bedenken – oder deren mögliche Konsequenzen –, bis sie Wayne Dalton die Skelgate Lane hinauf folgte, einen schmalen, von Mauern begrenzten Pfad nördlich der Schule von Reeth.

Vor einer Stunde, nachdem sie Winsome Jackman und Kevin Templeton gebeten hatte, sie zu vertreten, hatte sie auf der North Market Street gegenüber vom Fox and Hounds gehalten und war dann Dalton zum Marktplatz hinunter gefolgt, wo er sein Auto geparkt hatte. Danach war sie ihm bis Reeth hinterhergefahren, ein Weg von einer halben Stunde, und der Rest war einfach.

Obwohl es ein perfekter Tag zum Wandern war, parkten nur wenige Autos auf dem Kopfsteinpflaster vor den Läden und keine auf der Dorfwiese selbst. Annie sah einige Leute in Wanderkleidung. Ein paar Wolken schwebten am blauen Winterhimmel, verdunkelten ab und zu die Sonne, aber die Temperatur lag bei zehn Grad, und es war kaum windig.

Die Skelgate Lane war überwachsen, steinig und an manchen Stellen schlammig nach den letzten Regenfällen. Annie hatte zwar solide Wanderschuhe an, dachte aber, während sie durch den unvermeidlichen Matsch platschte, dass ihre roten Gummistiefel vielleicht passender gewesen wären.

Was zum Teufel hatte sie sich eigentlich bei der ganzen Sache gedacht? fragte sie sich nach der ersten halben Meile. Die Ermittlungen zum Mord an Emily Riddle, bei denen sie stellvertretende Ermittlungsleiterin war, liefen auf vollen Touren, waren immer noch in der kritischen ersten Phase, und sie überließ zwei Constables die Verantwortung, während sie sich die Zeit nahm, alte Rechnungen zu begleichen oder gegen Windmühlen zu kämpfen. Ihr Verhalten verstieß gegen ihr Gefühl der Professionalität, aber wenn sie es recht bedachte, war ihr Beruf der Grund, warum sie es tat. Die Angelegenheit mit Dalton war etwas, das sie rasch klären musste, weil es sie zu sehr ablenkte.

Sie hatte sich wie ein anonymer Wanderer gekleidet, dunkler Anorak, schwarze, in graue Wollsocken gestopfte Jeans, feste Wanderschuhe, Mütze und ein Eschenstock. Sie trug keinen Rucksack, auch keine Generalstabskarte in einer Plastikhülle um den Hals. Stattdessen hatte sie ein kleines Buch über örtliche Wanderwege dabei, und als sie kurz stehen blieb und darin nachsah, erkannte sie, wohin Dalton wahrscheinlich wollte. Es war ein leicht zu bewältigender Weg von fünfeinhalb Meilen über die Hügel oberhalb des Swale, dann hinunter und am Fluss entlang zurück bis nach Grinton, wo man um die Mittagszeit ankommen würde. Sie suchte nach einem guten Aussichtspunkt, wo sie sich ihm entgegenstellen konnte, und entschied, dass es am besten war, zu warten, bis sie auf dem Rückweg die Drehbrücke bei Reeth erreicht hatten. Dann befanden sie sich in der Nähe des alten Corpse Way nach Grinton.

Annie hatte zwei Möglichkeiten: Entweder zur Drehbrücke zu gehen und dort zwei Stunden lang auf ihn zu warten, oder ihm in sicherem Abstand zu folgen. Sie entschied sich für Letzteres, weil es einige mögliche Abzweigungen von der Route gab. Durch die Yorkshire Dales zogen sich Hunderte von Fußpfaden, ausgeschildert oder nicht, die in alle möglichen Richtungen führten und nicht alle in den Wanderführern verzeichnet waren. Dalton konnte zum Beispiel bei Calver Hill ins Arkengarthdale abbiegen oder über das Hochtal nach Gunnerside gehen, was den Rückweg nach Grinton allerdings wesentlich verlängern würde – dann käme er erst zum Abendessen statt zum Mittagessen an.

Außerdem würde er sie, auch wenn sie nur zehn Meter von ihm entfernt war, nicht erkennen in ihrem Anorak und der Mütze, weil er nicht erwartete, sie zu sehen.

Annie hatte immer darüber gestaunt, dass man selbst im Sommer meilenweit durch die Dales wandern konnte und dabei kaum jemandem begegnete. Im Winter war das noch unwahrscheinlicher. Auf den Hügeln, nachdem sie aus der Skelgate Lane ins offene Heidemoor gekommen war, traf sie auf eine kleine Gruppe von Wanderern, wahrscheinlich einem Club, die in die andere Richtung gingen. Alle sagten beim Vorübergehen höflich guten Morgen. Danach sah sie keinen Menschen mehr außer Dalton, eine gute halbe Meile vor ihr, bekleidet mit einem auffallenden roten Anorak. Dadurch blieb er für sie gut sichtbar.

Der Wanderführer riet ihr, stehen zu bleiben und die Aussicht von Fremington Edge im Osten und von Harkenside auf der anderen Seite des Tales zu genießen, aber obwohl sie gelegentlich zu den Wolkenschatten sah, die über die braungrünen Hänge mit den typischen Trockenmauern glitten – ein Feld war wie ein Milchkrug geformt, ein anderes wie eine Teetasse –, war Annie nicht in der Stimmung für Sehenswürdigkeiten.

Trotzdem erinnerte sie der Weg über den Höhenrücken mit dem Blick hinunter ins Tal an die Spaziergänge mit ihrem Vater über die Klippen um St. Ives, als sie jünger war. Wie er ihr Beispiele interessanter Perspektiven, Formen, Strukturen und Farben in der Landschaft gezeigt hatte, wie er ständig stehen blieb und hektisch skizzierte, Augen und Geist ganz auf die Finger konzentriert. In solchen Augenblicken hätte Annie genauso gut nicht da sein können; sie existierte nicht.

Heute fehlte nur das Donnern der Wellen und das Kreischen der Möwen. Hier waren es Hasen, die durch das verdorrte Heidekraut hoppelten, und aufgeschreckte Moorhühner. Für kurze Zeit schlug das Wetter um, ein steifer Westwind kam auf und blies ihr Hagelkörner ins Gesicht. Sie musste sich gegen den Wind stemmen, um vorwärts zu kommen, schaute gelegentlich hoch und sah den roten Anorak in der Ferne.

Als sie zu dem steilen Abstieg in das Dorf Healaugh kam, hatten sich Wind und Hagelschauer gelegt, und während sie durch die stillen Straßen ging, hätte sie sich fast einbilden können, es sei Sommer. Ein Mann im weißen Kittel verkaufte von einem kleinen Lieferwagen aus Fleisch und Gemüse an die Dorfbewohner. Alle hielten inne und sahen sie an, als sie vorbeiging. Keiner lächelte oder sagte etwas, sie starrten sie nur an. Ein merkwürdiges Gefühl. Die Leute schienen nicht direkt unfreundlich zu sein, aber reserviert, fast traurig, als wollten sie ihr sagen, dass ihre Welt nicht Annies war und es nie sein würde, dass sie nicht hierher gehörte und weitergehen sollte.

Was sie tat.

Kurz nach dem Dorf, von wo aus es zurückging, führte der Pfad Annie durch ein Feld hinunter zum Fluss. Sie sah Daltons roten Anorak hin und wieder zwischen den kahlen Erlen aufblitzen, die den Swale säumten. Leere braune Samenkapseln hingen nach wie vor an vielen Ästen und gaben den Bäumen eine schokoladenbraune Farbe.

Je näher sie kam, desto nervöser und verwirrter wurde Annie. Sie hatte immer noch keine körperliche Angst vor Dalton, aber seine Ankunft in Eastvale und die Erinnerungen, die dadurch wach wurden, hatten sich auf ihr sonst so ruhiges emotionales Zentrum verheerend ausgewirkt. Zum einen wusste sie nicht, was sie zu ihm sagen sollte. Was sagte man zu einem Mann, der ein williger Mittäter bei einer Vergewaltigung gewesen war, einem Mann, der einen selbst vergewaltigt hätte, wenn es ihr nicht gelungen wäre, sich aus seinem Griff zu befreien und zu fliehen? Wie würde er reagieren? Vielleicht, dachte sie, war es doch keine so gute Idee gewesen. Sie könnte bei der Drehbrücke einfach nach links abbiegen und hinauf nach Reeth gehen, wo ihr Auto stand, die ganze Sache vergessen und sich wieder an die Arbeit machen.

Aber sie ging weiter.

Es war nur eine kleine Brücke. Hier wand sich der Fluss durch Wiesen, auf denen Kühe grasten. Doch es war eine echte Drehbrücke, und Annie verspürte einen leichten Angstschauer, als sie die hölzernen, etwas schwankenden Planken betrat. Sie hatte zwar keine richtige Phobie, wurde aber stets ein bisschen nervös auf Brücken, obwohl sie nicht wusste, warum.

Dalton war auf der anderen Seite am Flussufer stehen geblieben, etwa hundert Meter vor ihr, und schien ihr Näherkommen zu beobachten. Mit einem leichten Schwindelgefühl blieb Annie auf der Brücke stehen und tat so, als würde sie die Aussicht genießen, wartete darauf, dass er den ersten Schritt tat. Aber es geschah nichts. Er blieb, wo er war, und sah sie an. Das Herz schlug ihr bis zum Hals. Hatte er sie erkannt? Hatte er gewusst, dass sie ihm die ganze Zeit gefolgt war?

Ihr blieb nur eine Möglichkeit, wenn sie nicht weglaufen wollte. Sie ging durch das Tor auf der anderen Seite der Brücke und über den grasbewachsenen Pfad auf ihn zu. Er ließ sie nicht aus den Augen, aber sie spürte von seiner Seite kein Wiedererkennen. Ihre Furcht verwandelte sich rasch in Wut. Wie konnte er es wagen, sie nicht wiederzuerkennen, nach allem, was er ihr angetan hatte? Sie atmete tief durch, um ruhig und gelassen zu bleiben. Das half ein wenig.

Schließlich, etwa fünf oder sechs Meter von Dalton entfernt, blieb sie stehen und nahm die Mütze ab, ließ ihr kastanienbraunes, lockiges Haar frei auf die Schultern fallen. Jetzt sah sie, dass er sie erkannte. Er hatte bisher nicht gewusst, wer sie war, aber nun wusste er es. Sie hörte sogar, wie er scharf einatmete.

»Sie«, sagte er.

»Hallo, Wayne«, gab sie zurück. »Ja, ich bin es. Schön, Sie wiederzusehen.«

Banks wachte gegen acht Uhr am Sonntagmorgen aus einem verstörenden Traum auf. Er war durch eine unbekannte Landschaft gewandert, die sich dauernd veränderte, mal ländlich und mal städtisch war. Irgendwo gab es einen Fluss oder vielleicht einen Kanal. Was es auch war, im Traum hatte er das Gefühl, dass der Wasserlauf nie weit entfernt war. Es regnete ununterbrochen, und es herrschte ständig Zwielicht, egal, wo er war und wie lange er zu gehen schien. Andere Menschen glitten wie Schatten vorbei, aber er erkannte niemanden. Er hatte das Gefühl, dass er jemandem folgen sollte, wusste aber nicht, wem oder warum.

Plötzlich befand er sich auf einer grünen Eisenbrücke, und vor ihm ging ein Mann. In dem Moment stieg Panik in Banks auf, und er hatte das Gefühl, nicht mehr atmen zu können. Er wollte aufwachen, aus dem Traum ausbrechen. Der Mann drehte sich um. Er war jedoch kein Monster, sondern nur ein völlig normal aussehender Mann.

»Ich weiß, dass du nach mir gesucht hast«, sagte er lächelnd zu Banks. »Mein Name ist Graham Marshall. Ich war in der Armee. Dann habe ich mir die Haare schneiden lassen. Jetzt stehe ich im Regen. Emily ist bei mir, aber sie kann sich dir im Moment nicht zeigen.« Dann begann er, eine konfuse Lebensgeschichte zu erzählen, an die Banks sich nicht erinnern konnte, als er schweißgebadet vom Läuten ferner Kirchenglocken aufwachte.

Draußen war es immer noch dunkel, und Banks knipste die Nachttischlampe an. Er war in einem kleinen Hotel in der Nähe von King's Cross, nicht in dem, wo er mit Annie und Emily gewesen war. Dort hatte er nicht noch einmal übernachten wollen.

Als er einigermaßen zu sich gekommen war, stellte er mit Erleichterung fest, dass er nur einen milden Kater hatte. Was daran lag, wie er sich erinnerte, dass er Burgess' Einladung abgelehnt hatte, mit in dessen Wohnung zu kommen und die ganze Nacht Whisky zu trinken. Er wurde doch nicht etwa weiser im Alter? Trotzdem war er froh, nur durch ein paar Pubs gezogen und einige Pints getrunken zu haben. Für Burgess musste es ein langweiliger Abend gewesen sein; sie waren in keine Schlägereien verwickelt worden und hatten auch keine Frauen aufgegabelt. Burgess hatte hauptsächlich über Clough geredet, und Banks hatte den Eindruck gewonnen, dass, selbst wenn es ihm nicht gelang, Clough den Mord an Emily anzuhängen, für den Mann die Tage in Freiheit gezählt waren.

Das einzige Problem mit Clough als Verdächtigem war, dass er durch Emilys Tod nichts zu gewinnen hatte. Trotzdem bestand immer noch die Möglichkeit, dass sie ihn bestohlen hatte, wie Ruth Walker andeutete, oder dass sie zu viel über seine Geschäftsunternehmen wusste, obwohl Banks der Meinung war, sie hätte ihm davon erzählt, falls das der Fall war. Möglich war auch, dass Clough nur *glaubte,* sie wisse zu viel. Das setzte natürlich voraus, dass die ganze Sache mit Logik und Profit zusammenhing. Und wenn nicht? Clough war sicher fähig, jemanden zu töten, und wenn Emily ihn auf irgendeine Weise gedemütigt hatte, war er vermutlich fähig, sie aus schierer Bösartigkeit zu töten.

Banks stand auf und goss sich ein Glas Wasser ein. Der Traum und der Alkohol hatten seinen Mund austrocknen lassen. Während er in der winzigen Kabine duschte, verdrängte er den Traum über Graham Marshall und dachte wieder an das, was Ruth gesagt hatte. Ihren Worten nach kam auch Riddle als Verdächtiger in Betracht, jemand, den Banks als Verdächtigen total übersehen hatte.

Er fand es schwer, sich ernsthaft vorzustellen, dass ein Mann wie Jimmy Riddle seiner Tochter absichtlich mit Strychnin versetztes Kokain gab, selbst wenn er aus irgendeinem obskuren Grund ihren Tod wollte. Und ihr Tod hatte nicht dazu beigetragen, Riddle von der Schande ihrer Abenteuer zu befreien, sondern hatte sogar den gegenteiligen Effekt, denn die Sensationspresse veröffentlichte bereits Geschichten über die Tochter des Chief Constables und ihr wildes Leben. Das würde Riddles angehender Karriere als Politiker oder seinem Ansehen bei der Polizei kaum gut tun.

Dann gab es noch Rosalind Riddle. Banks hatte ihr gegenüber schon von Anfang an ein merkwürdiges Gefühl gehabt, schon als Riddle ihn bat, nach London zu fahren und Emily zu finden. Rosalind hatte den Anschein erweckt, Emily aus irgendeinem Grund nicht wieder zu Hause haben zu wollen. Kürzlich hatte sie sogar geleugnet, je von Ruth Walker gehört zu haben, doch Ruth hatte gesagt, sie habe mehrmals mit ihr am Telefon gesprochen. Das bedeutete vermutlich gar nichts, erkannte Banks, bloß eine Erinnerungslücke, ein missverstandener Name oder eine schlechte Verbindung, aber Rosalinds Rolle bei der ganzen Sache gab ihm zu denken. Sie verschwieg ihm etwas, nur was? Ob es für die Ermittlung wichtig war, konnte er nicht sagen. Alle Familien haben Geheimnisse, die hinter den Schutzmauern schwären können.

Banks beschloss, sich momentan auf den Ermittlungsstrang zu konzentrieren, den er in London verfolgte, wo Emily die meisten Drogen genommen hatte und mit zwielichtigen Gestalten zusammengekommen war: vor allem Clough, natürlich, der log, wenn er den Mund aufmachte. Dann Ruth Walker, die für Banks ein Rätsel blieb, jedoch eine Frau zu sein schien, die überaus verbittert war. Und schließlich Craig Newton, der gekränkte Exfreund und Verfolger, der Amateur-Pornofotograf, den Banks heute erneut aufsuchen würde.

Nach einem raschen Frühstück, bestehend aus Kaffee und Toast, und einem kurzen Spaziergang in den St. Pancras Gardens, um einen klaren Kopf zu bekommen, fühlte Banks sich bereit, den Tag in Angriff zu nehmen. Bis Euston war es nur eine halbe Meile, also ging er zu Fuß durch die ruhigen Straßen von Somers Town zur Eversholt Street. Nach Milton Keynes gab es eine regelmäßige Zugverbindung, selbst am Sonntag, und er musste nur zwanzig Minuten auf den nächsten InterCity warten.

Während das städtische Erscheinungsbild Londons allmählich Vororten zwischen grünen Feldern und grasenden Kühen wich, machte Banks sich Notizen über das Gespräch mit Barry Clough vom vergangenen Abend. Manchmal machte er das direkt vor Ort, besonders von wichtigen Einzelheiten, aber während er mit Clough und Burgess in dem weißen Zimmer stand, war ihm das unpassend erschienen. Obwohl sein Gedächtnis in vieler Hinsicht mittelmäßig war, konnte er sich Gespräche zum Glück gut merken und sie zumindest innerhalb weniger Tage fast wörtlich wiedergeben.

Er dachte auch an die bevorstehende Befragung von Craig Newton und versuchte, sich eine Strategie zurechtzulegen. Diesmal kam er in offiziellem Auftrag, nicht als Privatdetektiv für Jimmy Riddle. Bei Craig Newton aufzutauchen und sein Vertrauen zu gewinnen, würde heikel und schwierig werden nach all den Lügen, die er ihm bei seinem letzten Besuch aufgetischt hatte. Bei Ruth Walker war es dasselbe gewesen, aber Craig Newton erschien ihm wesentlich empfindsamer als Ruth. Andererseits hatte Craig ihn ebenfalls belogen.

Obwohl Banks zum ersten Mal bei Tageslicht hier war, sah er auf der Taxifahrt zu Craigs Haus genau wieder nur wenig von Milton Keynes, nur etwas Beton und Glas. Vielleicht gab es sonst nichts zu sehen.

Craig Newton war zu Hause, und obwohl er verblüfft schien, Banks wieder zu sehen, bat er ihn herein. Seit dem letzten Besuch hatte sich hier wenig verändert, es war immer noch das Haus eines Junggesellen, mit kleinen Zeitungs- und Zeitschriftenstapeln hier und da und Kaffeeringen auf dem Couchtisch.

»Es tut mir Leid«, sagte Craig. »Sie wissen … wegen Ihrer Tochter. Ich hab es in der Zeitung gelesen.«

Banks kam sich beschissen vor. Craig schien ein vertrauensvoller Typ zu sein, und er musste ihn enttäuschen. Aber eine harte Lektion über die Realität der Täuschung würde dem Jungen auf lange Sicht bestimmt nicht schaden. Da Banks seit Jahren Polizist war, hatte er schon vor langer Zeit aufgehört, jeden dazu bringen zu wollen, ihn zu mögen. Trotzdem fühlte er sich immer noch beschissen, als er seinen Dienstausweis rauszog.

Craig sah ihn mit offenem Mund an. »Aber … Sie sagten …? Das verstehe ich nicht.«

»Ganz einfach, Craig«, sagte Banks und setzte sich. »Ich habe gelogen. Emilys Vater wollte, dass ich sie finde, und vorzugeben, er zu sein, statt Ihnen alles erklären zu müssen, schien mir eine gute Idee. Das können Sie doch sicher verstehen, oder?«

»Ich glaube schon, aber …«

»Das war eine ganz einfache Strategie. Jeder würde mehr Mitgefühl mit dem Vater des Mädchens haben als mit einem Polizisten.«

»Darum haben Sie gelogen?«

»Ja.«

Craig schien sich in sich zurückzuziehen. »Was wollen Sie diesmal?«

»Mehr Informationen. Ich bin nicht der einzige, der gelogen hat, oder, Craig?«

»Sie haben mit Louisa gesprochen?«

»Sie müssen gewusst haben, dass ich das tun würde.«

»Was hat sie über mich gesagt?«

»Dass Sie sie belästigt haben, ihr gefolgt sind, sie verfolgt haben.«

»Ich habe ihr nie was angetan. Ich hab nur … ich …«

»Was, Craig?«

»Ich habe sie geliebt. Können Sie das nicht verstehen?«

»Das gab Ihnen nicht das Recht, ihr zu folgen und sie zu ängstigen, wenn sie Sie nicht sehen wollte.«

»Sie zu ängstigen? Das ist doch lächerlich. Sie hat mich kaum wahrgenommen.«

»Clough aber schon, nicht wahr?«

»Wer?«

»Ach, hören Sie auf, Craig. Sie wussten seinen Namen, oder? Sie wollten nur nicht, dass ich mit ihm darüber rede, wie Sie Emily verfolgt haben.«

Craig rieb sich die Nase. »Dieser Dreckskerl.«

»Damit haben Sie Recht. Aber lassen wir das für den Augenblick, ja?«

»Von mir aus gerne. Ihr wirklicher Name ist Emily. Stimmt das?«

Banks nickte.

»Und Gamine?«

»Ein Witz. Ein Anagram von Enigma, was eine Art Rätsel ist. Riddle auf Englisch. Emily Louise Riddle war ihr wirklicher Name, und ihr Vater ist mein Chef.«

»Verstehe. Da hatten Sie vermutlich keine andere Wahl. Ich hätte Ihnen wohl von Anfang an nicht trauen sollen. Jetzt komme ich mir wie ein richtiger Idiot vor.«

»Das ist nicht nötig. Welchen Grund hätten Sie gehabt, in mir einen Lügner zu sehen?«

»Keinen. Aber trotzdem … ich war misstrauisch. Das habe ich Ihnen gesagt. Ich fand es merkwürdig, wie Sie mir Fragen gestellt haben.«

Banks lächelte. »Ja, ich erinnere mich. Also halten Sie sich das zugute und lassen Sie uns weitermachen.«

»Ich weiß nicht, wie ich Ihnen helfen soll. In der Zeitung stand, sie hätte in einem Club vergiftetes Kokain genommen, stimmt das?«

»Ja. Haben Sie Emily je mit Kokain versorgt, Craig?«

»Nein. Ich bin kein Dealer. War ich nie.«

»Ein Benutzer?«

»Ich hab es gelegentlich geschnupft. Allerdings nicht lange.«

»Sie muss es irgendwo bekommen haben.«

»Fragen Sie ihren neuen Freund.«

»Ich bezweifle, dass sie es zum ersten Mal genommen hat.«

»Tja, dann sollten Sie Ruths Freunde fragen. Von mir hat sie keines bekommen.«

»Was soll das heißen, ›Ruths Freunde‹?«

»Nur, dass die mehr mit Drogen zu tun haben als ich.«

»Mit dem Verkauf?«

»Nein. Sie nehmen sie nur. Die Musikszene. Die Clubszene. Solche Sachen.«

»Was ist mit Strychnin?«

»Was soll damit sein?«

»Benutzen Sie es für Ihre Arbeit?«

»Ich bin doch kein verdammter Rattenfänger.«

»Ich meinte, bei der Fotografie.«

»Nein.«

»Wo waren Sie letzten Donnerstag?«

Craig runzelte die Stirn. »Donnerstag? Kann mich nicht erinnern. Ich könnte nachsehen ... warten Sie mal. Das könnte der Tag gewesen sein ...« Er stand auf und zog einen Taschenkalender aus seiner Jacke im Flur. Als er das richtige Datum aufschlug, sah er erleichtert aus. »Ja, das war der Tag. Ich war in Buckingham, hab ein paar Publicityfotos für die Uni gemacht.«

»Hat jemand Sie dabei gesehen?«

»Der Mann, der die Werbebroschüre zusammengestellt hat. Ein Dozent von der Jurafakultät. Kanadier. Ich kann Ihnen seinen Namen geben.«

»Bitte.«

Craig nannte Banks den Namen.

»Wie lange waren Sie mit ihm zusammen?«

»Etwa eine Stunde oder so am Morgen.«

»Und dann?«

»Dann bin ich rumgelaufen und hab die Fotos gemacht.«

»Sie waren also für den Rest des Tages sich selbst überlassen?«

»Ja, aber da waren Leute, die mich gesehen haben müssen. Bin ich ein Verdächtiger?«

»Was denken Sie denn? Emily hat mit Ihnen Schluss gemacht, und Sie haben sie verfolgt. Es wäre nicht das erste Mal, dass so etwas zu einem Mord führt. Wenn Sie allerdings ein Alibi haben, kann ich Sie sofort von meiner Liste streichen. Macht das Leben einfacher.«

Aber Craig Newton hatte kein Alibi. Er hätte leicht in drei Stunden von Buckingham nach Eastvale fahren können. Banks hatte über den Zeitablauf nachgedacht und war zu dem Schluss gekommen, dass man zwar nicht genau wusste, *wann* Emily das tödliche Gift erhalten hatte, es aber unwahrscheinlich war, dass sie einen Kokainvorrat lange hätte rumliegen lassen, ohne welches zu nehmen. Außerdem lebte sie wieder zu Hause, und dort hätte sie nicht gewagt, es zu schnupfen. Und allein hätte es sowieso nicht viel Spaß gemacht. Kokain war eine Gesellschaftsdroge, und sie hätte es wahrscheinlich für eine Party aufgehoben oder für einen Zug durch die Clubs. Am meisten Sinn ergab die Annahme, dass sie das Zeug erst am Donnerstagnachmittag nach einer Probe guten, unverschnittenen Kokains bekommen hatte. Das würde auch erklären, warum sie leicht high war, als sie im Cross Keys auftauchte.

»Ich habe sie nicht umgebracht. Ich hab sie geliebt.«

»Craig, wenn Sie so lange in diesem Geschäft wären wie ich, würden Sie wissen, dass Liebe eines der stärksten Motive ist.«

»Das mag in der verdrehten Welt so sein, in der Sie leben, aber verzeihen Sie mir, wenn ich noch nicht die Chance hatte, so zynisch zu werden. Ich habe sie geliebt. Ich hätte ihr nie etwas angetan.«

»Wahrscheinlich nicht«, sagte Banks. »Was für ein Auto fahren Sie?«

»Einen Nissan.«

»Farbe?«

»Weiß. Ich nehme an, Sie wollen auch das Kennzeichen wissen?«

»Bitte.«

Craig sagte es ihm. Noch bedeutete es nichts, aber wenn sie auf jemanden stießen, der gesehen hatte, wie Emily in ein Auto stieg, könnte es von Wert sein. »Sie sollten sich um diesen Freund von ihr kümmern, wissen Sie«, fuhr Craig fort. »Statt unschuldige Menschen wie mich zu schikanieren.«

»Das sagten Sie schon. Glauben Sie mir, Craig, wir kümmern uns um ihn. Und ich schikaniere Sie nicht. Wenn ja, würden Sie es merken.«

»Warum verhaften Sie ihn nicht?«

»Keine Beweise. Sie überschätzen unsere Macht. Wir können nicht einfach rumlaufen und Leute ohne Beweise verhaften.« Tatsächlich konnte er das, aber das brauchte Craig nicht zu wissen, und Banks hatte keine Lust, ihm den Unterschied zwischen »verhaften« und »anklagen« zu erklären. »Schauen Sie, Craig, mir ist klar, dass Ihnen meine Fragen nicht viel Spaß machen, aber es hat mir auch keinen Spaß gemacht, Emilys Leiche zu sehen.«

»War sie ...? Ich meine ... ich hab davon gehört, was Strychnin anrichtet.«

»Haben Sie sich je mit Emily in Verbindung gesetzt, nachdem sie wieder zu Hause war?«

»Ich wusste nicht mal, dass sie nach Hause zurückgekehrt war. Sie haben mir nicht Bescheid gegeben, ob Sie sie gefunden haben oder ob sie bereit war, wieder zurückzugehen. Um ehrlich zu sein, wenn ich die Zeitung nicht so ausführlich gelesen hätte, wüsste ich überhaupt nicht, dass sie tot ist. Ich erkannte das Foto, aber den Namen nicht.«

»Soviel ich weiß, waren Sie gestern in London?«

»Das stimmt.«

»Aus einem bestimmten Grund?«

»Ich weiß nicht, was Sie das angeht, aber ich hatte zwei Geschäftstermine – und sie sind in meinem Kalender verzeichnet, Sie können es also überprüfen, wenn Sie wollen Außerdem wollte ich mir neue Fotoausrüstungen anschauen. Die Hauptstraße hier mag zwar recht malerisch sein, aber selbst Ihnen ist vielleicht aufgefallen, dass sie kaum mit Fotoläden gespickt ist.«

»Und Sie haben mit Ruth Walker zu Mittag gegessen?«
»Stimmt ebenfalls.«
»Sie war erkältet, oder?«
»Sie hat ein bisschen geschnieft, ja. Na und?«
»Worüber haben Sie geredet?«
»Wir waren beide wie betäubt wegen Louisas Tod. Wir haben sie ein wenig zusammen betrauert, unsere Erinnerungen an sie ausgetauscht. Schließlich ist sie für uns beide wichtig gewesen.«
»Könnte Ruth eifersüchtig auf Sie und Emily gewesen sein?«
»Ich wüsste nicht, warum. Ruth und ich hatten nie was miteinander.«
»Aber sie könnte es sich gewünscht haben.«
»Sie hat nie was gesagt. Wie ich Ihnen schon sagte, Ruth und ich waren nur gute Freunde. Zwischen uns war nie etwas ... Sie wissen schon ... in der Art.«
»Zumindest nicht in Ihrem Kopf.«
»Das ist der einzige, über den ich sprechen kann.«
»Vielleicht wollte sie, dass da etwas war?«
Craig zuckte die Schultern. »In der Richtung hatte ich nichts für sie übrig, und ich bin mir ziemlich sicher, dass sie das wusste. Außerdem ist es absurd. Wenn Ruth auf jemanden eifersüchtig sein sollte, dann auf den neuen Freund. Er hat uns beiden Emily weggenommen.«
»Eifersucht ist selten rational, Craig. Emily ist in Ihrer beider Leben hineingeschneit und hat Sie beide beiseite geworfen. Zumindest drückt Ruth das so aus. Wie haben Sie es empfunden?«
»Ruth kann ein bisschen melodramatisch werden, wenn ihr danach ist. Wie ich es empfunden habe? Das wissen Sie verdammt gut. Ich habe es Ihnen beim letzten Mal gesagt, als Sie sich für ihren Vater ausgegeben haben. Ich war am Boden zerstört. Gekränkt. Todunglücklich. Aber ich bin darüber hinweggekommen.«
»Erst, nachdem Sie sie eine Weile verfolgt haben.«
»Ja, gut, ich bin nicht stolz darauf. Ich konnte nicht klar denken.«

»Vielleicht haben Sie auch nicht klar gedacht, als Sie sie umgebracht haben?«

»Das ist absurd. Egal, wie zynisch Sie sind, ich habe sie geliebt und hätte ihr nie etwas angetan.«

»Das sagten Sie bereits. Sind Sie sich sicher?«

»Natürlich bin ich mir sicher. Hören Sie, wollen Sie damit andeuten, dass ich sie, drei Monate nachdem sie mich verlassen hat, umgebracht habe?«

»Andere haben länger über solche Dinge gebrütet. Besonders, wenn sie ihr Opfer erst verfolgt haben.«

»Tja, ich nicht. Und ich hab allmählich die Schnauze voll. Ich will keine Fragen mehr beantworten.« Er stand auf. »Und wenn Sie sonst noch was von mir wollen, müssen Sie mich verhaften.«

Banks seufzte. »Das will ich nicht, Craig. Ehrlich nicht. Zu viel Papierkram.«

»Dann gehen Sie besser. Mir reicht's.«

»Na gut«, sagte Banks, der fast alle ihm wichtigen Fragen gestellt hatte. »Aber da ist noch eine kleine Sache, bei der Sie mir vielleicht helfen könnten.«

Craigs Augen wurden schmal. »Was denn noch?«

»Als ich letztes Mal hier war, erzählten Sie mir, Sie hätten Schnappschüsse auf der Straße gemacht, als Sie Emily und ihren Freund in London gesehen haben, stimmt's?«

»Ja.«

»Haben Sie wirklich Fotos gemacht oder nur so getan?«

»Ich hab ein paar Schnappschüsse gemacht. Ja.«

»Haben Sie die Fotos von dem Tag noch?«

»Ja.«

»Haben Sie eins von Clough?«

»Ich glaube schon. Warum?«

»Ich weiß, dass Sie sauer auf mich sind, Craig, aber würden Sie mir einen Gefallen tun und einen Abzug für mich machen?«

»Das könnte ich schon. Aber wozu? Ah, verstehe. Sie wollen es bei sich da oben im Norden rumzeigen, nicht wahr? Rausfinden, ob ihn jemand dort gesehen hat. Ich nehme an, er hat ein wasserdichtes Alibi?«

»So was in der Art«, erwiderte Banks. »Glauben Sie mir, es wäre eine große Hilfe für mich.«

»Zumindest denken Sie wieder in die richtige Richtung«, sagte Craig. »Ich kann Ihnen bis morgen ein paar Abzüge machen.«

»Wie wär's jetzt?«

»Jetzt?«

»Je eher, desto besser.«

»Aber ich muss sie erst raussuchen. Ich meine ... es dauert ein bisschen.«

»Ich kann wiederkommen.« Banks sah auf die Uhr. Mittagszeit. »Ich könnte in den nächsten Pub gehen, was essen, während Sie die Abzüge machen, und sie dann hier abholen.«

Craig seufzte. »Alles, nur um Sie loszuwerden. The Plough ist nicht schlecht, kurz vor dem Kreisverkehr, am Ende der High Street. Und Sie brauchen nicht zurückzukommen. Ich bring die Abzüge da hin. Halbe Stunde bis Stunde, ja?«

»Ich warte auf Sie«, sagte Banks.

»Könnten Sie mir auch einen Gefallen tun?«

»Kommt darauf an.«

»Wann ist die Beerdigung?«

»Hängt davon ab, wann der Coroner die Leiche freigibt.«

»Geben Sie mir Bescheid? Ihre Eltern kennen mich nicht und werden mich daher nicht einladen, aber ich ... na ja ... ich möchte wenigstens dort sein.«

»Keine Bange, Craig. Ich sage Ihnen Bescheid.«

»Danke. Dann mach ich mich jetzt mal an die Arbeit.«

Annie hatte sich alles Mögliche vorgestellt, wie dieser Augenblick – die Konfrontation mit ihrem Vergewaltiger – ausgehen könnte, doch ihr war nie der Gedanke gekommen, dass er in ihr ein Gefühl der Leere, der Enttäuschung hervorrufen würde.

Aber genau das empfand sie, als sie am Ufer des Swale vor Wayne Dalton stand, mit einem dampfenden Kuhfladen zwischen sich. Sie empfand sogar Gleichgültigkeit.

Ihr Herz raste immer noch, aber das lag mehr an der Anspannung und der langen Wanderung als an der tatsächlichen Begegnung, und Dalton sah aus wie ein schuldbewusster

Schuljunge, den man beim Masturbieren auf dem Klo erwischt hat. Statt des Monsters, das sie in ihrer Vorstellung geschaffen hatte, stand ein allzu menschliches Wesen vor ihr. Dalton war nicht Furcht erregend; er war jämmerlich.

Eine Weile starrten sie sich nur an. Keiner sagte ein Wort. Annie merkte, wie sie sich beruhigte. Ihr Herz schlug wieder im normalen Rhythmus. Sie hatte sich in der Gewalt.

Schließlich brach Dalton das Schweigen. »Was machen Sie hier?«

»Ich arbeite hier. In Eastvale. Ich bin Ihnen gefolgt.«

»Mein Gott. Ich hatte keine Ahnung … Was wollen Sie?«

»Das weiß ich nicht«, erwiderte Annie aufrichtig. »Ich dachte, ich wollte Rache, aber jetzt, wo ich hier bin, kommt mir das unwichtig vor.«

»Wenn Ihnen das ein Trost ist«, sagte Dalton und wich ihrem Blick aus, »es gibt keinen Tag, an dem ich jenen Abend nicht bereut habe.«

»Bereut, dass Sie das, womit Sie angefangen hatten, nicht beendet haben?«

»So meine ich das nicht. Wir waren von Sinnen, Annie. Ich weiß nicht, wie das passiert ist. Der Alkohol. Der Herdentrieb.« Er schüttelte den Kopf.

»Ich weiß es. Ich war dabei.« So ruhig sie innerlich auch war, spürte Annie doch, wie ihr Tränen in die Augen stiegen, und sie wollte keinesfalls vor Dalton weinen. »Wissen Sie, ich habe von diesem Augenblick geträumt, davon, einen von Ihnen allein zu treffen, ihn fertig zu machen. Aber jetzt, wo wir hier sind, spielt das eigentlich keine Rolle mehr.«

»Es spielt eine Rolle, Annie. Für mich schon.«

»Was soll das heißen? Und wagen Sie es nicht, mich Annie zu nennen.«

»Entschuldigung. Die Schuldgefühle. Das meine ich. Womit ich tagein, tagaus leben muss.«

Annie konnte nicht anders, sie musste lachen. »Oh, Wayne«, sagte sie, »das ist mal ein guter Witz. Ein sehr guter. Bitten Sie *mich* um Vergebung?«

»Ich weiß nicht, worum ich Sie bitte. Nur um eine … eine Art Ende, einen Schlussstrich.«

»Verstehe. Sie wollen einen Abschluss. Beliebter Ausdruck, dieser Tage, besonders bei Opfern. Jeder will, dass die Bösen eingesperrt werden. Gibt ihnen das Gefühl eines Abschlusses. Sind Sie hier das Opfer, Wayne, ist es das?« Annie merkte, dass sie beim Sprechen wütend wurde, wie sich die Gleichgültigkeit in etwas anderes verwandelte, etwas Härteres. Zwei Wanderer näherten sich ihnen langsam vom Wald hinter den Flusswiesen.

»Das meine ich nicht«, sagte Dalton.

»Dann sagen Sie mir genau, was Sie meinen, Wayne, denn aus meiner Sicht sind *Sie* der Böse.«

»Hören Sie, ich weiß, dass es falsch war, was wir getan haben, und ich weiß, dass Trunkenheit und Teil der Gruppe zu sein keine Entschuldigung ist. Aber so bin ich nicht. Es war das erste, das einzige Mal, dass ich so etwas getan habe.«

»Sie wollen mir also weismachen, dass Sie kein Serienvergewaltiger sind und daher eigentlich ein guter Kerl, wenn man es recht bedenkt? Ist es das? Sie haben an dem Abend nur einen dummen kleinen Fehler gemacht, als Sie und Ihre Kumpel ein bisschen zu viel getrunken hatten und dieses junge Ding da war, das Sie regelrecht provoziert hat.« Annies Stimme hob sich, aber sie konnte nicht anders. Sie verlor die Kontrolle. Mühsam riss sie sich zusammen.

»Himmel, das habe ich doch nicht gesagt. Sie verdrehen meine Worte.«

»Oh, *entschuldigen Sie*«, sagte Annie und schüttelte den Kopf. »Ich weiß nicht, was schlimmer ist, ein reuevoller Vergewaltiger oder ein reueloser.«

»Stellen Sie doch nicht alles auf den Kopf. Ich habe Sie nicht vergewaltigt.«

»Nein. Sie haben Ihre Chance nicht bekommen, oder? Aber Sie haben mich fest gehalten, haben geholfen, mir den Schlüpfer runterzureißen, und haben dagestanden und genüsslich zugeschaut, während Ihr Freund mich vergewaltigt hat. Ich habe Ihr Gesicht gesehen, Wayne. Erinnern Sie sich? Ich weiß, was Sie empfunden haben. Sie haben nur darauf gewartet, an die Reihe zu kommen, nicht wahr? Wie ein kleines Kind an der Schaukel. Und Sie hätten es getan, wenn Sie die Chance gehabt hätten. Für mich sind Sie nicht anders als die anderen. Sie sind genauso schlimm wie die anderen.«

Dalton seufzte und schaute zu Boden. Annie funkelte ihn wütend an, während die Wanderer vorbeigingen. Sie grüßten, aber weder Annie noch Dalton grüßten zurück.

»Und was wollen Sie nun von mir?«, fragte Dalton.

»Was ich will? Ich will Sie nicht mehr im Polizeidienst sehen. Am liebsten sähe ich Sie im Gefängnis. Aber das wird wohl nicht passieren, oder? Würde ich mich stattdessen mit einer Entschuldigung zufrieden geben? Ich glaube nicht.«

»Was kann ich denn sonst tun?«

»Sie könnten zugeben, was passiert ist. Sie könnten zum Chief Superintendant gehen und ihm sagen, dass Sie gelogen haben, dass ihr drei von Sinnen wart und mich vergewaltigt habt. Dass ich euch nicht verführt oder ermutigt oder auf den Gedanken gebracht habe, ihr drei könntet mich bis zur Bewusstlosigkeit bumsen. Das können Sie tun.«

Dalton schüttelte den Kopf. Alle Farbe war aus seinem Gesicht gewichen. »Das kann ich nicht. Sie wissen, dass ich das nicht kann.«

Annie sah ihn an. Wieder spürte sie das Brennen in den Augen. »Dann verschwinden Sie! Verschwinden Sie sofort aus meinem Leben und kommen Sie nie wieder in meine Nähe.«

Sie drehte sich um und überquerte die Drehbrücke in Richtung Reeth, während ihr die Tränen wie Feuer über die Wangen liefen. Sie drehte sich nicht noch einmal nach Dalton um, der ihr hinterher blickte und dabei ein Bild des Jammers bot.

12

Banks erfuhr in der Besprechung am frühen Montagnachmittag wenig mehr, als er bereits wusste. Die Haus-zu-Haus-Befragung und das Herumzeigen von Emilys Foto am Wochenende hatten ergeben, dass mehrere Personen meinten, Emily am Donnerstagnachmittag in verschiedenen Einkaufsstraßen von Eastvale gesehen zu haben, immer allein, aber eine Zeugin glaubte, sie hätte sie mit jemand zusammen gesehen. Leider erwies sich die Zeugin als so wenig brauchbar wie die meisten; sie hatte nur gesehen, dass Emily vor dem Red Lion Hotel beim großen Kreisverkehr an der York Road in ein Auto gestiegen war. Sie meinte, es wäre gegen drei Uhr gewesen. Von den Kellnern in der Bar des Red Lion hatte keiner Emily gesehen, und Banks war sicher, dass sie sich an sie erinnert hätten.

Was die Automarke betraf, sahen sie für die Zeugin alle gleich aus. Sie konnte nur sagen, dass der Wagen eine helle Farbe hatte. Ihr war auch nichts Seltsames dabei aufgefallen; das Mädchen schien den Fahrer zu kennen und lächelte beim Einsteigen, als hätte sie auf das Auto gewartet. Nein, die Zeugin hatte den Fahrer nicht richtig gesehen, nur, dass er oder sie möglicherweise blond war.

Falls man der Zeugin also glauben konnte, war Emily um die Zeit des Treffens, das sie beim Lunch erwähnt hatte, in ein helles Auto zu jemandem eingestiegen, den sie vermutlich kannte und dem sie vertraute. Sie hatte den Black Bull kurz vor halb drei verlassen. Constable Templeton hatte die Busfahrpläne überprüft und herausgefunden, dass Emily den um Viertel vor drei genommen haben musste, um rechtzeitig an der York Road zu sein.

Wenn – und das war ein sehr wackeliges *wenn* – die Zeugin Recht hatte, warf die Beobachtung mehrere interessante Fragen auf. Banks trat in seinem Büro ans Fenster und zündete sich eine verbotene Zigarette an. Der Himmel war bedeckt, aber es war recht mild für die Jahreszeit. Ein paar Arbeiter von der Stadt stellten auf dem Marktplatz den Weihnachtsbaum auf, beobachtet von einer Schulklasse und deren Lehrer. Aus dem Anbau hinten am Korridor war das hohe Kreischen eines elektrischen Bohrers zu hören, was Banks an den Zahnarzt erinnerte und leicht erschaudern ließ.

Zunächst mal, dachte Banks, warum hatte sich Emily mit jemandem am Stadtrand getroffen statt in einem anderen Pub oder im Swainsdale-Einkaufszentrum? Vor allem, wenn dieser Jemand ein Auto hatte und ohne weiteres ins Stadtzentrum fahren konnte. Antwort: Weil sie sich mit jemandem traf, der vorhatte, sie zu ermorden und auf dieser Vereinbarung bestanden hatte, um nicht mit Emily gesehen zu werden. Die Geheimnistuerei ließ sich auch leicht durch die Tatsache erklären, dass es dabei um den Verkauf von Drogen ging.

Einspruch: Wenn diese Person Emily töten wollte, warum war sie dann nicht mit ihr aufs Land gefahren, hatte sie dort in aller Ruhe umgebracht und die Leiche an einem Ort vergraben, wo man sie nie finden würde?

Das wiederum führte zu der Frage über die Art, wie sie getötet worden war. Gift, so besagt zumindest das Klischee, ist die Waffe einer Frau. In diesem Fall, wenn Emilys Mörder zum Zeitpunkt ihres Todes nicht in der Bar None gewesen war, hatte der Mord in einiger Entfernung vom Mörder stattgefunden. Das wies auf jemanden hin, der sie loswerden wollte, aber kein besonders emotionales Interesse daran hatte, sie sterben zu sehen. Andererseits ließ die Verwendung von Strychnin auf jemanden schließen, der Emily eines qualvollen und dramatischen Todes sterben lassen wollte. Es gab viel einfachere und weniger schmerzhafte Methoden, einen verhassten Menschen loszuwerden. Der Mord wies sowohl Berechnung in der Vorsätzlichkeit als auch extremen Sadismus in der Methode auf, ein Profil, das gut zu Barry Clough passte, dem Gangster, der nur ungern wertvolle Besitztümer verlor. Aber würde Clough den ganzen Weg von London hierher fahren, nur um Emily vergiftetes Kokain zu geben, weil sie seine männliche Eitelkeit verletzt hatte? Er hatte gesagt, er sei zu der Zeit in Spanien gewesen, was Banks noch überprüfen musste. Das würde nicht leicht sein, angesichts der laschen Grenzkontrollen dieser Tage, aber man konnte zuerst bei den Fluglinien nachfragen und dann in Erfahrung bringen, ob Cloughs spanische Nachbarn ihn gesehen hatten.

Wenn Strychnin auch nicht so schwierig zu bekommen war wie manche anderen Gifte, konnte man es nicht einfach in der nächsten Drogerie kaufen. Banks hatte sich kundig gemacht. Strychnin, ursprünglich aus den Samen des Brechnussbaumes gewonnen, der hauptsächlich in Indien wächst, wurde überwiegend als Rattengift verwendet. Es war auch von medizinischem Nutzen – Tierärzte verabreichten es zum Beispiel als mildes Stimulans –, und es fand Verwendung in der Forschung, um bei Experimenten für krampflösende Medikamente Krämpfe hervorzurufen, sowie bei der Behandlung von Alkoholismus. Keiner von Banks' Verdächtigen war Arzt oder Krankenschwester, und Strychnin gab es nicht auf Rezept, also konnte die medizinische Seite ausgeschlossen werden. Craig Newton war Fotograf, und die hatten manchmal Zugang zu ungewöhnlichen Chemikalien, aber nicht, soweit Banks sich erinnerte, zu Strychnin. Barry Clough konnte sicherlich alles beschaffen, was er haben wollte.

Dann war da auch noch Andrew Handley zu bedenken: »Andy Pandy«, Cloughs Laufbursche, an den er Emily »weitergereicht« hatte in der Nacht, als sie in Banks' Hotel geflüchtet war. Möglich, dass Handley sich für diese Zurückweisung rächen wollte, wenn er der Typ dazu war. Burgess hatte gesagt, er würde Männer darauf ansetzen, Handley aufzuspüren, also bestand vielleicht bald die Möglichkeit, ihn zu befragen.

Aber hätte Emily gelächelt, wenn sie zu Clough oder Handley ins Auto gestiegen wäre? Himmel, warum hatte sie Banks nicht erzählt, mit wem sie sich treffen wollte? Warum hatte er sie nicht gefragt? Er lehnte die Stirn gegen die kühle Scheibe und spürte eine Ader an der Schläfe pochen.

So kam er nicht weiter, entschied Banks. Er brauchte viel mehr Informationen, bevor er auch nur spekulieren konnte, was passiert war. Der Inhalt ihrer Handtasche war wenig aufschlussreich gewesen. Nur das Übliche: Zigaretten, Tampons, elektronisches Notizbuch, Schlüssel, ein Geldbeutel mit 16,53 Pfund, Make-up, eine zerknitterte Filmzeitschrift, ein altes Familienfoto – wahrscheinlich das Foto, das Ruth Walker erwähnt hatte –, Ruths alter Führerschein und die gefälschte Altersnachweiskarte.

Die Spurensicherung hatte nichts Interessantes auf der Damentoilette in der Bar None gefunden, außer jeder Menge unidentifizierter Schamhaare, und auf der Zellophantüte mit dem vergifteten Kokain waren nur Emilys Fingerabdrücke gewesen. In der Kabine gab es Hunderte von Fingerabdrücken – was darauf hinwies, wie selten die Toiletten geputzt wurden –, aber Banks vermutete, dass die Abdrücke nirgendwo hinführen würden. Er war überzeugt, dass der Mörder weder mit noch ohne Emily auf den Toiletten der Bar None gewesen war, sich zur Todeszeit nicht mal im Club befand, ihn vermutlich nie betreten hatte. Das war ein Mord aus der Entfernung, vielleicht sogar ausgeführt durch einen Stellvertreter, wodurch der Fall umso schwieriger zu lösen war.

Constable Templeton hatte einen Hinweis auf das Paar gefunden, das die Bar None laut der Kameraaufzeichnung um 10.47 Uhr verlassen hatte. Eine Bedienung aus dem Jolly Roger Pub, ein bei Studenten beliebtes Lokal in der Market Street, schien sich daran zu erinnern, sie früher am Abend im Pub gesehen zu haben. Sie kannte sie vom Sehen, sagte sie, wusste aber ihre Namen nicht; sie hatte sie nur an der Kleidung erkannt und hielt sie für Studenten vom College, wie die meisten ihrer Gäste.

Als Nächstes wandte sich Banks dem Mord an Charlie Courage zu und musste feststellen, dass sie auch hier keine Fortschritte machten. Charlies Mörder war natürlich am Tatort gewesen, aber Charlie hatte sich weit weg von zu Hause befunden, mitten im Nirgendwo. Der einzige greifbare Beweis war der Reifenabdruck, und der war vollkommen nutzlos, wenn das dazu passende Auto nicht gefunden wurde. Banks beschloss, später Inspector Collaton anzurufen und nachzufragen, ob sich in Market Harborough etwas ergeben hatte. Vielleicht sollte er auch mit Inspector Dalton sprechen und in Erfahrung bringen, was der über PKF Computersysteme herausgefunden hatte.

Banks drückte die Zigarette im Papierkorb aus, versicherte sich, dass sie nicht mehr glimmte, und versuchte, durch Fensteröffnen und Wedeln mit einem Aktendeckel den Rauch so gut wie möglich zu vertreiben.

Als jemand an die Tür klopfte und hereinkam, hatte er ein schlechtes Gewissen, wie damals, als seine Mutter die Zigarettenasche auf dem Fenstersims vor seinem Zimmer entdeckt und ihm das Taschengeld gesperrt hatte. Aber es war nur Annie Cabbot. Er hatte sie gebeten, in sein Büro zu kommen, sobald sie die Aufgaben an die neuen Constables verteilt hatte, die ihnen von Red Ron McLaughlin zugeteilt worden waren.

Annie sah heute besonders gut aus, fand Banks. Das schimmernde kastanienbraune Haar fiel in Wellen über ihre Schultern, die mandelförmigen Augen blickten ernst und wach, wenn sie auch einen Hauch von Müdigkeit zeigten. Sie trug ein loses weißes Hemd und schwarze Jeans, die nicht ganz bis an die Knöchel reichten und den Blick auf ein dünnes Goldkettchen freigaben.

»Annie. Nimm Platz.«

Annie setzte sich und schlug die Beine übereinander. Sie rümpfte die Nase. »Du hast hier drinnen wieder geraucht.«

»Mea culpa.«

Sie lächelte. »Warum wolltest du mich sprechen?«

»Erstens möchte ich, dass du in das Verkehrsbüro am Busbahnhof gehst und herausfindest, wer den Bus um Viertel vor drei gefahren hat, der am Kreisverkehr hält.«

Annie machte sich eine Notiz.

»Rede mit dem Fahrer. Frag ihn, ob Emily im Bus war und ob er gesehen hat, wie sie in der Nähe vom Red Lion in ein helles Auto gestiegen ist. Vielleicht kann er dir ja sogar Hinweise auf die anderen Fahrgäste geben. Es könnte jemandem etwas aufgefallen sein.«

»In Ordnung.«

»Und sprich mit der Bedienung im Jolly Roger, sieh zu, ob sie jemanden kennt, der weiß, wo dieses Paar wohnt und wer die beiden sind. Das ist vermutlich eine Sackgasse, aber wir müssen es überprüfen.«

Annie hatte mitgeschrieben. »Gut. Sonst noch was?«

Banks zögerte. »Es ist mir ein bisschen unangenehm, Annie. Ich möchte nicht, dass du den Eindruck bekommst, es ginge hier um etwas Persönliches, aber seit wir diese Ermittlungen aufgenommen haben, kommt es mir vor, als hätte ich nicht deine volle Kooperation.«

Annies Lächeln gefror. »Was soll das heißen?«

»Ich habe den Eindruck, dass ein Teil von dir nicht bei der Sache ist – dass du abgelenkt bist –, und ich möchte wissen, warum.«

Annie bewegte sich auf dem Stuhl. »Das ist lächerlich.«

»Nicht aus meiner Perspektive.«

»Hör mal, was soll das? Soll ich zusammengestaucht werden? Einen Anschiss bekommen?«

»Ich will nur wissen, was los ist und ob ich dir in irgendeiner Weise helfen kann.«

»Nichts ist los. Zumindest mit mir nicht.«

»Was meinst du damit?«

»Muss ich es dir erst vorbeten?«

»Versuch es.«

»Na gut.« Annie beugte sich vor. »Du sagst, es sei nichts Persönliches, aber das glaube ich nicht. Ich glaube, du verhältst dich so, weil zwischen uns was war und weil ich die Beziehung abgebrochen habe. Du kannst nicht mit mir zusammenarbeiten.«

Banks seufzte. »Annie, hier geht es um einen Mordfall. Ein sechzehnjähriges Mädchen, das zufällig die Tochter unseres Polizeipräsidenten ist, wurde in einem Nachtclub vergiftet. Ich hatte gehofft, dich nicht daran erinnern zu müssen. Bis wir herausfinden, wer das getan hat, arbeiten wir rund um die Uhr, sieben Tage die Woche, und wenn du dazu nicht bereit bis, aus welchem Grund auch immer, möchte ich das wissen. Bist du dabei oder nicht?«

»Du übertreibst maßlos. Ich bin dabei. Ich mag zwar von diesem Fall nicht besessen sein, aber ich bin dabei.«

»Willst du andeuten, ich sei davon besessen?«

»Ich deute gar nichts an, aber wenn du dich getroffen fühlst ... Ich will damit sagen, dass es für dich verdammt viel persönlicher ist als für mich. Ich bin nicht nach London gefahren, um sie zu finden, oder habe mich am Tag ihres Todes mit ihr getroffen. Aber du.«

»Darum geht es nicht. Wir reden über dein Engagement für den Fall. Was war am Sonntag?«

»Sonntag?«

»Sonntagmorgen, als ich angerufen habe, um mich über den neuesten Stand zu informieren. Du warst den ganzen Morgen nicht zu erreichen, und Constable Jackman klang eindeutig zugeknöpft.«

»Ich bin wohl kaum für Constable Jackmans Verhalten am Telefon zuständig.« Annie stand auf, errötete, stützte sich mit den Handflächen auf seinen Schreibtisch, beugte sich vor und hob trotzig das Kinn. »Hör zu, ich hab mir frei genommen. In Ordnung? Willst du mich melden? Wenn ja, mach das und hör auf, mir Vorträge zu halten. Ich hab genug davon.«

Bei jedem anderen wäre Banks an die Decke gegangen, aber er war an Annies aufmüpfiges Verhalten gewöhnt. Es hatte ihn von Anfang an fasziniert, obwohl er immer noch nicht wusste, ob es ihm gefiel oder nicht. Im Moment gefiel es ihm nicht. »Ich will dich nicht melden«, sagte er. »Schon gar nicht, wo du so kurz vor der Beförderung zum Inspector stehst. Ich hatte gehofft, dass du das weißt. Darum rede ich allein mit dir. Ich möchte nicht, dass das so weitergeht. Und eines will ich dir noch sagen: Falls du dich jedes Mal so verhältst, wenn jemand dein Tun in Frage stellt, wirst du es nie zum Inspector bringen.«

»Ist das eine Drohung?«

»Sei doch nicht absurd. Setz dich, Annie. Bitte.«

Annie hielt noch einen Moment stand, funkelte ihn an, setzte sich dann aber.

»Verstehst du denn nicht, dass ich dir helfen will?«, fragte Banks. »Wenn es ein Problem gibt, etwas Persönliches, was mit deiner Familie zu tun hat oder was weiß ich, dann können wir es vielleicht gemeinsam lösen. Ich bin nicht hier, um dich rund um die Uhr zu überwachen.«

»Sieht aber ganz danach aus.«

»Aber ich muss dir vertrauen können, muss das Gefühl haben, dass du dich vollkommen auf die Arbeit konzentrierst.«

»Warum lässt du mich dann nicht meine Arbeit machen?«

»Weil ich nicht glaube, dass du damit beschäftigt warst.«

»Ich habe dir vertraut, und du siehst ja, was ich herausgefunden habe.«

Banks seufzte. »Ich hab es dir erklärt.«

»Und ich hab dir erklärt, was ich gemacht habe.«

»Nicht zu meiner Zufriedenheit, und ich brauche dich wohl nicht daran zu erinnern, dass ich bei diesem Fall der Ermittlungsleiter bin. Ich muss dafür meinen Kopf hinhalten. Wenn es also ein Problem gibt, wenn es etwas ist, wobei ich dir helfen kann, dann spuck's aus, sag mir, was es ist, und ich helfe dir. Egal, was du glaubst. Ich bin nicht darauf aus, dir wegen dem zu schaden, was zwischen uns gewesen oder nicht gewesen ist. Nicht alles ist so persönlich, wie du denkst. Gesteh mir ein bisschen mehr Professionalität zu.«

»Professionalität? Geht es darum?«

»Irgendwas stimmt nicht, Annie. Lass mich dir helfen.«

Ihr Kopf fuhr mit einem scharfen Ruck hoch, und sie stand wieder auf. »Nein.«

In dem Moment streckte Inspector Dalton den Kopf durch die Tür.

»Was ist?«, fragte Banks, verärgert über die Unterbrechung. Dalton sah zu Banks, dann zu Annie, und ein Ausdruck der Panik huschte über sein Gesicht.

»Was ist, Inspector Dalton?«

Dalton sah sie wieder beide an und schien sich zusammenzureißen. »Ich dachte, Sie würden vielleicht wissen wollen, dass der Lieferwagenfahrer heute Morgen gestorben ist. Jonathan Fearn. Hat das Bewusstsein nicht wiedererlangt.«

»Mist«, sagte Banks und klopfte mit dem Stift auf den Tisch. »In Ordnung, Wayne, vielen Dank, dass Sie mir Bescheid gesagt haben.«

Dalton sah auf die Uhr. »Ich fahre jetzt zurück nach Newcastle.«

»Bleiben Sie mit uns in Verbindung.«

»Mach ich.«

Dalton und Annie sahen sich für einen Sekundenbruchteil an, bevor er ging, und Banks erkannte sofort, dass da etwas zwischen ihnen war, irgendein Funke, ein Geheimnis. Es traf ihn wie ein Hammerschlag. *Dalton? Das* war es also. Es passte; ihr seltsames Verhalten deckte sich genau mit seiner Ankunft in Eastvale. Annie und Dalton hatten was miteinander. Banks spürte, wie ihm eisige Schauer über den Rücken liefen.

Annie blieb noch ein paar Sekunden lang stehen, funkelte Banks mit blitzenden Augen trotzig an, drehte sich dann angewidert um, stapfte aus dem Büro und knallte die Tür so fest zu, dass der Aktenschrank klapperte.

Manchmal ist das Aufspüren von Hinweisen wie Zähneziehen, dachte Annie. Der Busfahrer war leicht zu finden gewesen, hatte gerade in der Cafeteria am Busbahnhof vor seiner ersten Fahrt an diesem Tag ein spätes Frühstück eingenommen, aber viel weiterhelfen hatte er ihr nicht können. Er konnte ihr nur sagen, dass Emily am Kreisverkehr ausgestiegen war, aber danach hatte er sich nur noch auf den dichten Verkehr konzentriert. Der Bus war fast leer gewesen, und der Fahrer wusste nicht, wer die anderen Fahrgäste gewesen waren. Er konnte jedoch mit Gewissheit sagen, dass Emily als Einzige an der Haltestelle ausgestiegen war.

Enttäuscht ging Annie zum Jolly Roger, immer noch wütend über ihren Zusammenstoß mit Banks. Nach der Konfrontation mit Dalton hatte sie sich tatsächlich besser gefühlt, selbstsicherer, bereit, sich ihrer Aufgabe ohne Ablenkung zu widmen. Sie hätte Banks vielleicht sogar erzählt, was sie abgelenkt hatte, wenn er sich nicht so selbstherrlich aufgeführt hätte.

Was bildete er sich eigentlich ein, sie so zusammenzustauchen. Er wusste, dass sie so was hasste. Annie war nie in der Lage gewesen, mit Autorität gut umzugehen, was im Polizeidienst eine gewisse Belastung war, aber die meiste Zeit konnte sie, wenn nötig, ein Lippenbekenntnis ablegen. Allerdings nicht bei Banks. Diesmal hatte er sie dort getroffen, wo es wirklich schmerzte: bei ihrer Professionalität. Und die Tatsache, dass er teilweise Recht hatte, schmerzte noch mehr. Aber sie würde es ihm zeigen. Sie dachte nicht daran, sich in Selbstmitleid zu suhlen; sie würde wieder auf das verdammte Pferd steigen und weiterreiten.

Am Marktplatz blieb Annie kurz stehen und beobachtete den ehrfürchtigen Ausdruck auf den Gesichtern der Kinder, die sich um den Weihnachtsbaum scharten. Das erinnerte sie an ihre Kindheit in St. Ives. In der Kommune, in der sie aufgewachsen war, hatte es nur wenige Christen gegeben. Die meisten waren überhaupt nicht religiös, widmeten sich nur der Kunst, und andere neigten eher esoterischeren Glaubensrichtungen zu wie dem Zenbuddhismus oder dem Taoismus, bei denen es keinen Gott gab, wo man über die Bedeutung des Nichts oder das Geräusch des Klatschens mit einer Hand nachsinnen konnte. Annie selbst, mit ihrer Meditation und dem Yoga, stand dem Buddhismus näher als sonst etwas, obwohl sie sich nie dazu bekannte, Buddhistin zu sein. Dazu war sie nicht entrückt genug; sie wusste, dass Begehren Leid schuf, aber sie begehrte trotzdem.

Christlich oder nicht, jedes Weihnachten war für Annie und die anderen Kinder dort eine festliche Zeit gewesen. Es gab immer irgendwelche Kinder, obwohl die meisten nicht lange blieben, und sie gewöhnte sich daran, dass ihre Freunde wegzogen, verließ sich nur auf sich selbst, nicht auf andere. Aber zu Weihnachten besorgte immer jemand einen Baum, und jemand anders beschaffte Lametta und Christbaumschmuck, und Annie bekam stets Weihnachtsgeschenke von allen, die zu der Zeit dort waren, selbst wenn es nur Skizzen und kleine, handgefertigte Figuren waren; die meisten besaß sie nach wie vor, und manche waren inzwischen einiges wert – wobei sie nicht daran dachte, sie je zu verkaufen. Weihnachten war in der Kommune genauso Tradition wie anderswo und brachte stets Erinnerungen an ihre Mutter zurück. Sie hatte ein Foto von ihrer Mutter, die Annie hochhielt, damit sie den Christbaumschmuck bewundern konnte. Damals musste Annie zwei oder drei Jahre alt gewesen sein, und obwohl sie sich selbst nicht an den Augenblick erinnern konnte, spürte sie dabei immer eine Welle von Nostalgie und Verlust.

Sie schüttelte die Vergangenheit ab und ging weiter zum Jolly Roger.

In Eastvale gab es nicht viele Studenten, und das College selbst war eine hässliche Mischung aus Ziegel- und Betonblöcken am südlichen Stadtrand, umgeben von Sumpfland und zwei Gewerbegebieten. Keiner wollte da draußen wohnen, selbst wenn man da hätte wohnen können. Die meisten Studenten wohnten näher am Stadtzentrum, und es waren genug, um zumindest einen Pub zur Studentenkneipe zu machen, was in diesem Fall der »Roger« war.

Auf den ersten Blick dachte Annie, der Jolly Roger unterschiede sich kaum von den anderen Pubs im viktorianischen Stil an der Market Street, aber als sie sich drinnen umschaute, bemerkte sie, dass er schäbiger war und die Musikbox eine seltsame Mischung aufwies. Statt dem gefälligen Pop und Bands mit bekannten Namen enthielt sie viel aggressivere, alternative Songs. Die Gäste bestanden um diese Zeit am Nachmittag hauptsächlich aus Studenten, deren Vorlesungen früh zu Ende waren oder die bereits seit Mittag hier hockten. Sie saßen in kleinen Gruppen zusammen, rauchten, unterhielten sich und tranken. Einige bevorzugten das abgerissene, marxistische Aussehen von früher, andere orientierte sich eher am Stil von Tony Blair, aber alle schienen sich fröhlich zu vermischen. Ein oder zwei Einzelgänger mit dicken Brillen saßen lesend allein an Tischen und nahmen hin und wieder einen Schluck von ihrem Pint.

Annie ging zur Bar und zog das verschwommene Bild aus dem Überwachungsvideo heraus.

»Mir wurde gesagt, dass Sie das Paar vielleicht kennen«, sagte sie zu dem jungen Mann hinter der Bar, der aussah, als sei er selbst Student. »Einer unserer Beamter war gestern hier.«

»Ich nicht, meine Liebe«, sagte er. »Ich hatte gestern frei. Das muss Kath da drüben gewesen sein.« Er zeigte auf eine kleine Blonde, die damit beschäftigt war, Bier zu zapfen und mit einem anderen Mädchen an der Bar zu plaudern. Annie ging hinüber und zeigte ihr das Foto.

»Ist Ihnen dazu noch etwas eingefallen?«, fragte sie, nachdem sie sich vorgestellt hatte.

»Ich hab darüber nachgedacht«, sagte Kath, »aber ich komme nicht drauf. Ich weiß, dass ich sie hier schon gesehen habe, kann sie aber nicht einordnen.«

»Lass mich mal sehen, Kath«, sagte das Mädchen. Sie sah nicht alt genug aus, um Alkohol zu trinken, aber Annie war nicht hier, um die Einhaltung des Jugendschutzgesetzes zu überprüfen. Das Mädchen war ganz in Schwarz gekleidet, einschließlich schwarzer Spitzenhandschuhe, hatte orangefarbenes Haar und ein bleiches, koboldhaftes Gesicht.

Sie sah Annie an. »Wenn ich darf«, fügte sie hinzu.

»Natürlich«, sagte Annie. »Wir brauchen alle Hilfe, die wir kriegen können.«

»Ich heiße Sam. Eine Abkürzung von Samantha.«

Annie hatte nicht angenommen, dass es die Abkürzung für Samuel war, aber man wusste ja nie. »Nett, Sie kennen zu lernen, Sam.«

»Mieses Foto«, bemerkte Sam. »Stammt das aus dem Big Brother Video?«

»Ja«, erwiderte Annie, »von den Überwachungskameras am Marktplatz.«

»Scheußlich, dieses Eindringen in die Privatsphäre«, begann das Mädchen. »Wissen Sie …«

»Ich würde mich gerne mit Ihnen über das Für und Wider von Überwachungskameras in Stadtzentren unterhalten, Sam«, unterbrach Annie liebenswürdig. »Ganz ehrlich, aber ein junges Mädchen, wahrscheinlich nicht älter als Sie, wurde letzte Woche in der Bar None ermordet, und wir versuchen herauszufinden, wer sie ermordet hat.«

»Ja, davon hab ich gehört«, sagte Sam und sah weg. »Es ist eine verdammte Schande, dass eine Frau heutzutage nirgends mehr allein hingehen kann.«

»Haben Sie eine Ahnung, wer die beiden sind?«

»Klar.«

»Sagen Sie es mir?«

»Haben die das getan?«

»Das bezweifle ich sehr. Aber sie haben vielleicht etwas gesehen.«

»Das sind Alex und Carly. Alex Pender und Carly Grant. Carly studiert Kunst, genau wie ich.«

»Wissen Sie, wo sie wohnen?«

»Sie haben eine Wohnung in der Sebastopol Avenue, wissen Sie, in einer dieser großen viktorianischen Villen. Die Vermieter teilen sie in winzige Wohnungen auf und vermieten sie für ein Vermögen. Die reinste Ausbeutung.«

»Können Sie mir die Hausnummer sagen?«

Sam konnte.

Den Grund für Annies merkwürdiges Verhalten zu kennen, verbesserte Banks Stimmung nicht. Ja, im Verlauf des Nachmittags fühlte er sich sogar noch schlechter. Als sie aus seinem Büro gestürmt war, hatte er die Erkenntnis einen Moment lang sacken lassen und gespürt, wie ihm die Galle hochstieg und in der Kehle brannte. Auch wenn er nicht mehr mit Annie schlief, schmerzte ihn der Gedanke, dass sie mit Dalton zusammen war. Dasselbe hatte er mit Sandra durchgemacht. Monatelang, nachdem sie ihn verlassen hatte und er erfuhr, dass sie bei Sean eingezogen war, hatten ihn unerträgliche Bilder verfolgt, und in den langen Nächten, die er trinkend allein verbracht hatte und während einzelne Phrasen aus Bob Dylans bitteren Liebesliedern durch seinen Kopf hallten, hatte sich die Eifersucht wie Säure in seine Seele gefressen.

Vielleicht war er nicht mal eifersüchtig, sondern neidisch: Er konnte Annie nicht haben, konnte aber auch den Gedanken nicht ertragen, dass Dalton sie hatte. Was immer es war, es schmerzte, und Banks musste sich bemühen, es vorläufig zu verdrängen, um weiterarbeiten zu können.

Zuerst wies er Constable Templeton an, Kopien des Fotos von Clough anzufertigen, das Banks von Craig Newton bekommen hatte. Das Foto war gut, Schnappschuss oder nicht, und Craig hatte es so beschnitten, dass nur Cloughs volles, gemeines Gesicht zu sehen war. Mit den Kopien würde Banks ein Team ausschicken, das in jedem Hotel und Gästehaus in und um Eastvale nachfragen sollte, ob Clough dort vor kurzem abgestiegen war. Banks würde auch Winsome Jackman und Jim Hatchley darauf ansetzen, es in Daleview und Charlie Courages Nachbarschaft herumzuzeigen. In der Zwischenzeit waren auch weitere Informationen eingetroffen, denn die Arbeitswoche hatte wieder begonnen.

Aus Riddles Telefonaufzeichnungen war nicht viel zu entnehmen. Die Telecom hatte Constable Templeton mit einer Liste der Nummern versorgt, die im letzten Monat von Riddles Haustelefon aus angerufen worden waren, und hatte dazu auch die entsprechenden Namen und Adressen geliefert. Die meisten schienen politische Freunde von Jimmy Riddle zu sein, oder es waren Anrufe in Rosalinds Anwaltskanzlei. Jemand, vermutlich Emily, hatte zweimal die Nummer von Ruth Walker angerufen, aber das war zehn Tage vor Emilys Tod gewesen. Weder Craig Newton, Andrew Handley oder Barry Clough waren angerufen worden. Die einzigen anderen Telefonate, die Emily geführt zu haben schien, waren mit Darren Hirst und einem Oberstufencollege in Scarborough. Banks hielt es für eine gute Idee, sich die Aufzeichnungen von Craig und Clough zu besorgen, um gegenchecken zu können. Das würde Zeit in Anspruch nehmen, aber daraus könnten sich Hinweise ergeben. Seltsamerweise konnte Banks das Telefonat nicht finden, das Emily am Tag vor ihrem Tod mit ihm geführt hatte. Dann erinnerte er sich an den Krach im Hintergrund und begriff, dass sie ihn wohl von einem öffentlichen Telefon angerufen hatte.

Jetzt, wo Jonathan Fearn tot war, hatte Banks einen weiteren Mord zu bearbeiten, oder zumindest einen Totschlag. Genau genommen war es der Fall von Inspector Dalton, so wie der Mord an Charlie Courage Collatons Fall war, aber bei beiden bestand eine enge Verbindung zu Eastvale, dem Daleview-Firmenpark und PKF Computersystemen. Banks wollte gerade nachsehen, ob sich im Einsatzzentrum etwas tat, als sein Telefon klingelte. Vic Manson, der Fingerabdruckexperte, war dran.

»Es geht um diese CD-Hülle, die Sie mir geschickt haben«, sagte Manson.

»Irgendwas gefunden?«

»Ein paar sehr klare Abdrücke. Ich hab sie mit dem nationalen Register verglichen und siehe da, sie gehören einem Kerl namens Gregory Manners.«

»Wer zum Teufel ist das?«

»Eine gute Frage. Ein ungezogener Junge. Hat vor zwei Jahren sechs Monate für den Versuch bekommen, das Amt für Zölle und Verbrauchssteuern zu betrügen.«

»Was?«

»Für Schmuggel, mit anderen Worten.«

»Sieh an, sieh an.«

»Klingelt da was?«

»Ohrenbetäubend laut. Danke, Vic. Tausend Dank.«

»Aber gerne doch.«

Kaum hatte Banks aufgelegt, rief er Dirty Dick Burgess an.

»Banks. Haben Sie den Mord schon aufgeklärt?«

»Die Morde. Nein, hab ich noch nicht.«

»Wie kann ich Ihnen helfen?«

»Ich hab hier ein paar lose Enden, die sich allmählich zu verbinden scheinen. Erinnern Sie sich an die PKF Sache, von der ich Ihnen erzählt habe?«

»Hatte was mit Computern zu tun, oder?«

»Genau. Charlie Courage, Nachtwächter und ehemaliger Gauner, wird am Tag, nachdem ein Lieferwagen alles aus den PKF-Büros in Daleview abtransportiert und zu einem anderen Gewerbegebiet bei Tyneside karrt, ermordet. Während der letzten vier Wochen hat er fünfmal je zweihundert Pfund bei seiner Bank bar eingezahlt. Soweit alles klar?«

»Jedes Wort.«

»Der Lieferwagen wird nördlich von Newcastle überfallen, und die gesamte Ladung verschwindet. Der Fahrer, Jonathan Fearn, übrigens ein Bekannte von Courage, ist gerade an seinen dabei erlittenen Verletzungen gestorben.«

»Also ein weiterer Mord.«

»Sieht so aus. Aber lassen Sie mich weitererzählen. PKF ist eine Scheinfirma, und wir können niemanden finden, der damit zu tun hatte. Das einzige Beweisstück, das wir haben, ist eine CD-Hülle.«

»Reicht kaum als Beweis, oder?«, bemerkte Burgess. »Leuchtet doch wohl ein, dass Computerleute mit CD-Hüllen zu tun haben.«

»Das ist noch nicht alles. Ich habe gerade erfahren, dass die Fingerabdrücke auf dieser Hülle von einem gewissen Gregory Manners stammen, bis vor kurzem Gast in dem erstklassigen Hotel Ihrer Majestät in Preston. Manners hat sechs Monate für das Schmuggeln einer Lastwagenlieferung Zigaretten via Dover abgesessen. Oder versuchten Schmuggels. Beim Verhör hat er angegeben ...«

» ... dass er allein arbeitete, und niemand hat ihm das Gegenteil beweisen können. Okay, hab verstanden. Im Übrigen erinnere ich mich an den Fall. Es war einer der wenigen Erfolge, den das Amt für Zölle und Verbrauchssteuern im letzten Jahr hatte.«

»Nun raten wir doch mal, wer hinter der Sache steckt: Barry Clough?«

»Genau der. Taucht anscheinend überall auf, wo wir hinschauen, was?«

»Allerdings. Diese Manners-Verbindung bringt Clough in direkten Zusammenhang mit PKF, was auch immer die da gemacht haben, und darüber hinaus mit den Morden an Charlie Courage und Jonathan Fearn.«

»Sie würden ihm auch nach wie vor gern den Mord an dem Mädchen anhängen?«

»Sehr gern. Aber wir haben noch nicht genug, um ihn festzunehmen. Sie haben mir selbst gesagt, wie schlüpfrig er ist.«

»Wie ein Aal in Aspik. Wissen Sie, was ich glaube, Banks?«

»Was denn?«

»Dieser Überfall, von dem Sie mir erzählt haben. Klingt ganz so, als hätte jemand Barry Clough übers Ohr gehauen.«

»Da haben Sie Recht.«

»Und wir wissen, dass Barry das nicht mag. Barry kriegt Wutanfälle, wenn ihm jemand quer kommt.«

»So starke, dass zwei Leute dran glauben müssen?«

»Würde ich sagen.«

»Also stand Courage vielleicht auf Cloughs Gehaltsliste, entschloss sich dann, sein eigenes Süppchen zu kochen, und verkaufte die Information, wann und wohin PKF umziehen wollte. Bei einem Raub in Daleview hätte er kaum die Augen zugedrückt, weil das zu offensichtlich gewesen wäre.«

»Der Überfall auf einen Lieferwagen ist auch ziemlich offensichtlich, wenn Sie mich fragen«, sagte Burgess.

»So helle war Charlie nicht.«

»Offenbar. Auf jeden Fall klingt das alles sehr wahrscheinlich. Muss allerdings ziemlich wertvolles Zeug gewesen sein, um so ein Risiko einzugehen.«

»Das war nicht sonderlich riskant, glauben Sie mir. Nicht sonntags nachts auf so einer Straße da oben.«

»Ach ja, die Provinz. Die verblüfft mich doch immer wieder. Haben Sie sich je gefragt, wo das ganze Zeug abgeblieben ist?«

»Ja«, erwiderte Banks. »Was immer es war, ich nehme an, dass es entweder verkauft ist oder in irgendeinem Versteck untergebracht wurde, bis Gras über die Sache gewachsen ist. Ich lasse andere Firmenparks im Land überprüfen, um zu sehen, ob es in letzter Zeit ähnliche Vorfälle wie den mit PKF gegeben hat, aber das kann ewig dauern.«

»Und was kann ich für Sie tun?«

»Könnten Sie mir alles faxen, was Sie über Gregory Manners haben?«

»Klar.«

»Und haben Sie Fotos von Andrew Handley und Jamie Gilbert bei den Akten?«

»Haben wir.«

»Könnten Sie mir die auch faxen? Ist vielleicht keine schlechte Idee, die Fotos zusammen mit dem von Clough in Daleview und der Nachbarschaft von Charlie Courage rumzuzeigen.«

»Gut, mach ich.«

»Danke. Und Sie behalten Clough im Auge?«

»Ist bereits in die Wege geleitet.«

»Weil ich bald wieder mit ihm sprechen will, falls sich was ergibt, und diesmal werden wir ihn zu uns nach Yorkshire einladen.«

»Oh, das wird ihm gefallen.«

»Darauf wette ich. Also, noch mal vielen Dank. Wir bleiben in Verbindung.«

»War mir ein Vergnügen. Übrigens, wir haben noch nichts zu Andy Pandy. Scheint, als hätte der sich gut versteckt. Aber die Jungs bleiben dran. Ich halte Sie auf dem Laufenden.«

»Danke.«

Banks legte auf und versuchte zu rekonstruieren, was er bisher hatte. Insgesamt nicht viel, nur eine Menge vager Vermutungen, was beide Fälle betraf. Irgendwas fehlte immer noch: der Magnet, das eine Stück, das das chaotische Durcheinander von Eisenspänen in ein erkennbares Muster bringen würde. Bis er das hatte, würde er nicht weiterkommen. Er hatte das Gefühl, dass zumindest ein Teil der Antwort bei PKF und deren Geschäften lag. Wenigstens konnte er Gregory Manners vorladen und rausfinden, was der dazu zu sagen hatte.

Annie fand einen Parkplatz vor dem Haus Nummer 37 in der Sebastopol Avenue, ging die Stufen hinauf und klingelte bei Wohnung vier.

Ihr Glück hielt; die beiden waren zu Hause.

Die Wohnung war recht hübsch, fand Annie, als man sie eingelassen und ihr eine Tasse Tee angeboten hatte. Die Möbel sahen nicht neu aus, vermutlich gebraucht gekauft oder Ausrangiertes von zu Hause, aber sie waren zweckdienlich und bequem. Das kleine Wohnzimmer war sauber und ordentlich, und der einzige Wandschmuck bestand aus dem Druck eines Modigliani-Aktes über dem Kaminsims. Annie erkannte das Bild aus einem der Bücher ihres Vaters; er war immer ein großer Bewunderer von Modigliani und von Akten gewesen. Unter dem Fenster stand ein Schreibtisch mit einem PC, und eine kleine Stereoanlage war zusammen mit einem Stapel CDs in einem Schränkchen untergebracht. Einen Fernseher gab es nicht.

»Was studieren Sie?«, fragte Annie, als Alex den Tee hereinbrachte.

»Physik.«

»Davon verstehe ich leider nichts.« Mit einem Kopfnicken deutete sie auf das Bild. »Aber jemand scheint etwas für Kunst übrig zu haben, wie ich sehe.«

»Das bin ich«, sagte Carly. »Ich studiere Kunstgeschichte.« Sie war schlank, hatte schwarz gefärbtes Haar, trug einen Ring in der linken Augenbraue und einen weiteren mitten durch die Unterlippe, was ihrer Stimme ein merkwürdiges Lispeln verlieh.

Sie redeten eine Weile über Kunst, und als die beiden sich entspannt zu haben schienen, kam Annie zur Sache. Sie war zwar nicht hier, um die beiden zu verhören, aber die Leute werden oft nervös in Anwesenheit der Polizei.

»Haben Sie eine Ahnung, warum ich gekommen bin?« fragte sie.

Sie schüttelten den Kopf.

»Ich habe im Jolly Roger jemanden gefunden, der mir gesagt hat, wo Sie wohnen. Warum haben Sie sich nicht selbst gemeldet? Sie müssen doch von all unseren Bitten um Hinweise gehört haben.«

»Hinweise wozu?«, fragte Alex mit verwirrtem Gesicht. Er sah recht gut aus, jungenhaft, obwohl sein Haar eine Wäsche nötig hatte und sein Adamsapfel so groß wie ein Tennisball war. Rasieren könnte er sich auch mal, fand Annie, oder wurde sie auf ihre alten Tage konservativ? Es hatte eine Zeit gegeben, erinnerte sie sich, als ihr Bartstoppeln bei einem Mann nichts ausmachten. Sie hatte sogar einen Ohrstecker im Nasenflügel getragen. Und das war noch gar nicht so lange her.

»Zu dem Mord«, erklärte sie. »Dem Mord an Emily Riddle. Sie wissen doch sicher, was in der Bar None passiert ist, kurz nachdem Sie den Club am Donnerstagabend verlassen haben?«

Alex und Carly sahen sie verständnislos an. »Nein.«

»Es stand in allen Zeitungen. Das Fernsehen hat darüber berichtet. Alle reden davon.«

»Wir haben keinen Fernseher und, na ja, um ehrlich zu sein«, sagte Alex, »haben wir schon tagelang keine Zeitung mehr gelesen. Zu viel mit dem Studium zu tun.«

So seht ihr aus, dachte Annie. »Aber haben Sie niemanden darüber reden hören?«

»Ich habe was von einer Überdosis gehört«, erwiderte Carly. »Aber ich hab das nicht in Verbindung gebracht. Ich hab auch nicht genau zugehört. Das ist so negativ. Ich lese solche Sachen nie. Das bringt mein Gleichgewicht durcheinander. Was wollen Sie von uns?«

»Warum haben Sie den Club so früh verlassen?«

Sie sahen sich an, dann lispelte Carly: »Uns hat die Musik nicht gefallen.«

»Und deswegen sind Sie gegangen?«

»Ja. Ich meine, Sie würden sich diesen Mist doch auch nicht die ganze Nacht anhören, oder?«

Annie lächelte. Nein, ganz bestimmt nicht. »Warum sind Sie dann überhaupt hingegangen?«

»Wir wussten nicht, was da für Musik läuft«, antwortete Alex. »Jemand vom College hat gesagt, man könnte dort gut etwas trinken und tanzen und, na ja ... sich entspannen.«

»Und Drogen kaufen?«

Carly wurde rot. »Wir nehmen keine Drogen.«

»Sind Sie deswegen hingegangen? Um Drogen zu kaufen? Und als Sie sie gekauft hatten, haben Sie den Club verlassen?«

»Sie sagte, wir nehmen keine Drogen, und das tun wir auch nicht«, knurrte Alex. »Warum glauben Sie uns nicht? Nicht jeder junge Mensch ist ein Drogenabhängiger, wissen Sie. Ich wusste, dass die Bullen gegenüber Schwarzen und Schwulen voreingenommen sind, aber ich dachte nicht, dass das auch für die Jugend im Allgemeinen gilt.«

Annie seufzte. Mal wieder die übliche Leier. »Ich würde Ihnen gerne glauben, Alex«, sagte sie. »Vielleicht in einer perfekten Welt. Aber ein Mädchen ist eines sehr qualvollen Todes gestorben, nachdem sie in der Bar None vergiftetes Kokain genommen hat, kaum eine halbe Stunde nachdem Sie beide gegangen sind, und wir wissen immer noch nicht, wann sie es bekommen hat oder woher. Wenn Sie mir irgendwie weiterhelfen können, gibt mir das ja wohl das Recht, hierher zu kommen und Ihnen ein paar einfache Fragen zu stellen, oder?«

»Es gibt Ihnen trotzdem nicht das Recht, uns zu beschuldigen, Drogen zu nehmen«, widersprach Alex.

»Himmel noch mal! Seien Sie doch kein Kindskopf, Alex. Wenn ich Sie beschuldigen würde, Junkies zu sein, säßen Sie bereits in einer Zelle und würden auf Ihren Pflichtverteidiger warten.«

»Aber Sie sagten …«

»Vergessen wir das, ja?«

Beide schmollten noch etwas, nickten dann aber.

»Welche Musik gefällt Ihnen?«

Alex zuckte die Schultern. »Eigentlich alles Mögliche. Nur nicht dieser Techno-Rave-Disco-Mist, den sie in der Bar None spielen. Davon kriege ich Kopfschmerzen.«

Annie stand auf und ging zur CD-Sammlung, um sich selbst ein Bild zu machen. Hole, Nirvana, die Dancing Pigs, sogar eine alte Van Morrison. In der Tat eine große Bandbreite, aber sicherlich keine Tanzmusik. Nur fiel ihr auf, dass einige CDs keine Cover hatten, bloß getippte Inhaltsangaben, die in der Hülle steckten. Als sie genauer hinsah, entdeckte sie, dass auch die CDs selbst keine Logos von Plattenfirmen aufwiesen. Sie schaute zum Schreibtisch und sah dort ein paar gängige Softwareprogramme und Spiele liegen, die ebenfalls in unbezeichneten Hüllen steckten.

»Wo haben Sie die her?«, fragte sie und bemerkte, dass Carly wieder rot geworden war, als Annie die CD-Hüllen in die Hand nahm.

»Aus einem Laden.«

»Welchem Laden?«

»Computerladen.«

»Nun kommen Sie, Carly. Glauben Sie, ich bin blöd, nur weil ich eine alte Tante bin? Ja? Sie haben die nicht in einem regulären Computerladen gekauft. Das sind Kopien, genau wie die Musik-CDs. Wo haben Sie die gekauft?«

»Das ist nicht verboten.«

»Mir geht es hier nicht um Verstöße gegen das Urheberrecht. Ich will nur wissen, wo Sie die gekauft haben.«

Nachdem das Schweigen fast eine Minute gedauert hatte, sagte Alex: »Der Mann aus dem Secondhandbuchladen unten am Castle Hill verkauft die.«

»Castle Hill Books?«

»Ja, so heißt der Laden.«

Annie machte sich eine Notiz. Vermutlich war es nicht wichtig, und es war nicht ihr Fall, aber sie spürte, dass es eine Verbindung geben könnte zu der leeren CD-Hülle, die sie bei PKF gefunden hatte. Sie würde die Information an Sergeant Hatchley weitergeben.

»Verhaften Sie uns?«, fragte Carly.

»Nein, ich verhafte Sie nicht. Aber ich möchte, dass Sie mir noch ein paar Fragen beantworten. In Ordnung?«

»Okay.«

»Während Sie im Club waren, ist Ihnen da aufgefallen, dass jemand Drogen verkauft oder sich merkwürdig verhalten hat?«

»Da war nicht viel los«, meinte Carly. »Alle holten sich entweder was zu trinken oder setzten sich gerade.«

»Ein paar haben getanzt«, fügte Alex hinzu. »Aber der Laden war noch nicht richtig in Schwung gekommen.«

»Ist Ihnen dieses Mädchen aufgefallen?«

Annie zeigte ihnen das Foto von Emily.

»Ich glaube, die kam mit ein paar Freunden direkt nach uns rein«, sagte Carly. »Zumindest sah sie wie das Mädchen hier aus.«

»Etwa einssiebenundsechzig groß, auf Plateausohlen größer. Ausgestellte Jeans.«

»Das ist sie«, sagte Carly. »Nein, ich habe nicht gesehen, dass sie irgendwas Merkwürdiges gemacht hat. Sie haben sich an einen Tisch gesetzt. Jemand hat Getränke geholt. Ich glaube, sie hat dann getanzt. Ich weiß nicht. Ich hab nicht richtig hingeschaut. Da hat mich die Musik schon genervt.«

»Sie haben nicht gesehen, dass sie mit jemandem außerhalb ihrer Gruppe gesprochen hat?«

»Nein.«

»Haben Sie gesehen, wie sie zur Toilette ging?«

»Wir haben nicht beobachtet, wer zu den Toiletten ging.«

»Sie haben es also nicht gesehen?«

»Nein.«

»Na gut. Erkennen Sie sie wieder? Haben Sie sie schon vorher gesehen?«

»Nein«, antwortete Alex mit einem verstohlenen Blick zu Carly. »Und ich glaube, ich würde mich an sie erinnern.«

Carly warf ein Kissen nach ihm. Er lachte.

»Sie war zu jung für Sie, Alex«, sagte Annie. »Und Sie wären, nach allem, was wir wissen, viel zu jung für sie gewesen.« Wieder dachte Annie an Banks und sein Treffen mit Emily an ihrem Todestag. Hatte sich da noch mehr abgespielt? Sie hatte immer noch den Eindruck, dass er ihr etwas verschwieg.

Mit Alex und Carly kam sie nicht weiter, also beschloss sie, die Befragung zu beenden und nach Hause zu fahren. »Na gut«, meinte sie, stand auf und streckte sich. »Sollte sich einer von Ihnen noch an irgendwas von diesem Abend erinnern, egal, wie unwichtig es Ihnen vorkommen mag, rufen Sie mich bitte unter dieser Nummer an.« Sie gab Carly ihre Karte, die sie auf den Computerschreibtisch legte, und verließ dann die Wohnung. Es war ein schwerer Tag gewesen. Vielleicht sollte sie sich mit einem Buch in die Badewanne legen und Banks und Dalton einfach vergessen.

13

Der Postbote kam, bevor Banks am Mittwochmorgen zur Arbeit fuhr, und brachte außer den üblichen Rechnungen und einem weiteren Brief von Sandras Anwalt, den Banks für später beiseite legte, ein schmales, längliches Päckchen. Als Banks den Absender sah, riss er den wattierten Umschlag auf und hielt die erste offiziell aufgenommene CD seines Sohnes in der Hand, *Blue Rain,* zusammen mit einem Dank für den Scheck über dreihundert Pfund, den Banks ihm geschickt hatte und der ein beträchtliches Loch in sein Laphroaig-Budget riss.

Auf dem Cover war ein Foto der Band, Brian in der Mitte in einstudiert nachlässiger Haltung, zerrissenen Jeans, T-Shirt und einer Haarsträhne, die sein eines Auge verdeckte. Andy, Jamisse und Ali standen rechts und links von ihm. Das Foto war von schlechter Qualität, bemerkte Banks – Sandra würde es sicherlich nicht gefallen – und sah mehr wie eine körnige Schwarzweißkopie eines Farboriginals aus. Auch der Name der Band gefiel Banks nicht sonderlich; Jimson Weed klang viel zu sehr nach Sechzigerjahren und Drogen, aber was wusste er schon?

Die Musik war das, worauf es ankam, und Banks stellte erfreut fest, dass sie ihre Coverversion von Dylans »Love Minus Zero/No Limits« aufgenommen hatten, einen Song, den sie zu seiner Überraschung gespielt hatten, als er das einzige Mal bei einem ihrer Liveauftritte gewesen war. Die restlichen Songs waren Originale, hauptsächlich geschrieben von Brian und Jamisse, bis auf »Avalon Blues«, eine alte Nummer von Mississippi John Hurt. Sie waren keine Bluesband, aber der

Blues beeinflusste ihre Musik, manchmal überlagert von Rock, Folk und Hip-Hop-Elementen: Die Grateful Dead treffen Snoop Doggy Dogg. Banks war außerordentlich geschmeichelt, dass Brian im Covertext seinem Vater dafür dankte, sein Musikinteresse unterstützt zu haben. Hatte allerdings nicht erwähnt, dass sein Dad Polizist war, was in der Musikbranche sicher nicht gut angekommen wäre.

Banks hatte keine Zeit, sich die CD anzuhören, bevor er ins Büro fuhr. Wenn er erwartete, dass sein Team sich rund um die Uhr voll auf den Mord an Emily konzentrierte, dann musste er mit gutem Beispiel vorangehen. Gedanken an die Arbeit führten rasch zu Gedanken an Annie, die ihm eine weitere schlaflose Nacht beschert hatte. Er verstand nicht, was sie an Dalton fand, der Banks wie ein langweiliger, wenig anziehender Typ vorgekommen war. Besonders gut sah Dalton auch nicht aus. Aber, wie Banks nur zu gut wusste, regierten in Fragen von Sex und Liebe weder Sinn noch Verstand.

Er wünschte nur, er könnte die Bilder von den beiden aus dem Kopf bekommen. Letzte Nacht hatte er sich im Bett gewälzt, unfähig, die Vorstellung zu verdrängen, wie sie sich in jeder nur möglichen Stellung liebten, wobei Dalton Annie mehr befriedigte, als Banks es je geschafft hatte, ihr ekstatische Schreie entlockte, während sie ihn wie wild ritt. Der Morgen, dunkel und nasskalt, brachte eine Erlösung von den Bildern, wenn auch nicht von den Gefühlen, die sie hervorgerufen hatten. Die Arbeit mit Annie stellte sich als viel schwieriger heraus, als er erwartet hatte. Vielleicht hatte sie Recht, und er brachte es einfach nicht auf die Reihe.

Als er sich dem Stadtzentrum näherte und im Verkehrsstau auf der North Market Street stecken blieb, deren Läden gerade für den Tag öffneten, fragte er sich, ob andere wohl auch so unter Eifersucht litten wie er. Bei ihm war es schon immer so gewesen; Eifersucht hatte bereits die Beziehung mit seiner allerersten Freundin zerstört.

Ihr Name war Kay Summerville, und sie wohnte in Peterborough im selben Viertel wie er. Wochenlang war er scharf auf sie gewesen, wenn er sie in ihren Jeans und der gelben Jacke vorbeigehen sah, das blonde Haar fast hüftlang. Sie schien unerreichbar zu sein, ätherisch wie die meisten Frauen, auf die er scharf war, aber zu seiner Überraschung brachte er eines Tages, als er mit ihr vom Zeitungskiosk über die Straße zurückging, den Mut auf, sie zu fragen, ob sie mit ihm ausgehen würde, und sie sagte ja.

Alles lief gut, bis Kay die Schule verließ und einen Bürojob in der Stadt annahm. Sie fand neue Freunde, ging Freitags nach der Arbeit regelmäßig mit ihnen auf einen Drink. Banks war immer noch in der Schule, bereitete sich auf das Abitur vor, und ein Schuljunge hatte weit weniger zu bieten als diese etwas älteren, besser gekleideten, erfahreneren Männer von Welt. Sie hatten mehr Geld, mit dem sie herumprotzen konnten, und, wichtiger noch, manche besaßen Autos. Kay bestand darauf, dass sie mit keinem was hatte, aber Banks wurde von Eifersucht gequält, von eingebildeter Untreue, und am Ende machte Kay mit ihm Schluss. Sie konnte sein ständiges Herumgereite darauf, mit wem sie ausging und was sie machte, nicht mehr ertragen, ebenso wenig wie seine pampige Art, wenn sie einen anderen Mann auch nur ansah.

Kurz darauf war Banks nach London gezogen und dort aufs College gegangen. Ein oder zwei Jahre und mehrere oberflächliche Beziehungen später lernte er Sandra kennen. Nach ein paar bewegten Monaten am Anfang, als ihm klar wurde, wie sehr er sie wollte, und er den Gedanken nicht ertragen konnte, sie mit jemand anderem zusammen zu sehen, erkannte er, dass er, wenn er seine Karten richtig ausspielte, der Einzige sein würde, und während der nächsten zwanzig Jahre oder so hatte er nur wenig Probleme mit Eifersucht gehabt. Dann verließ sie ihn, und Sean kam auf den Plan, oder umgekehrt. Und jetzt diese Sache mit Annie. Er fühlte sich allmählich wieder wie ein sexbesessener, von Akne geplagter Teenager, und das gefiel ihm ganz und gar nicht.

Obwohl Banks Brians CD nicht abspielen konnte, hatte er sie auf dem Beifahrersitz liegen, war jedes Mal von Stolz erfüllt, wenn er aus seinen jämmerlichen Gedanken ausbrechen konnte und das Gesicht seines Sohnes auf dem Cover sah. Die Ehe mochte schlimm geendet haben, aber zumindest waren Brian und Tracy daraus hervorgegangen, sagte sich

Banks, und die Welt war ein besserer Ort, weil es die beiden gab. Er griff nach der CD und sprintete durch den Regen in die Polizeiwache. In seinem Büro legte er die CD auf den Schreibtisch, hoffte, dass jemand vorbeikommen und ihn danach fragen würde.

Weil Dienstag ein Tag mit Schreibkram, Telefonieren und Lauferei gewesen war, hoffte Banks, dass sich heute etwas davon auszahlte. Gruppen von Uniformierten und Beamten in Zivil waren mit den Fotos von Gregory Manners, Andrew Handley, Jamie Gilbert und Barry Clough ausgeschickt worden. Wenn einer von den vieren innerhalb des letzten Monats in Eastvale und Umgebung etwas angestellt hatte, würde jemand sie wiedererkennen. Während Banks das Cover der CD von Jimson Weed betrachtete und über einige Dinge nachdachte, die er in letzter Zeit entdeckt hatte, fügten sich ein paar lose Enden zusammen, und er verabredete sich für halb zwei im Queen's Arms mit Granville Baird von der Handelsaufsichtsbehörde.

Annie war erstaunt, dass sie sich am Mittwochmorgen so gut fühlte, besser als seit langem. Sie war nach tiefem und traumlosem Schlaf erwacht, spürte die alte Ruhe wieder, hatte meditiert und ihre Yogaübungen gemacht und schien wieder ins Gleis zu kommen. Erregte Stimmen murmelten immer noch irgendwo in ihrem Kopf, und Klauen kratzten an den offenen Wunden ihrer Emotionen, aber trotzdem fühlte sie sich viel besser. Alles würde gut werden.

Sie fragte sich, ob es etwas mit Daltons Rückkehr nach Newcastle zu tun hatte, und entschied, dass es nur zum Teil daran lag. Sicherlich war es ein Segen, ihn nicht mehr hier zu haben, wo er sie ständig, ob er wollte oder nicht, an jene schreckliche Nacht vor zwei Jahren erinnerte. Auf gewisse Weise hatte sie aber all das durch die Konfrontation auf der Drehbrücke ausgetrieben. Außerdem wollte sie nicht weiter darüber nachgrübeln, warum es ihr so gut ging. Eines hatte sie von ihren Meditationen gelernt: Manchmal ist es besser, einfach loszulassen, die Gefühle zu akzeptieren, die man hat, und sie auszukosten.

Banks war seit ihrem Zusammenstoß am Montagnachmittag ihr gegenüber kühl und distanziert, und wenn ein bisschen Wärme auch nicht schaden könnte, war es ihr im Moment ganz recht, weil sie einfach nur ihre Arbeit erledigen wollte.

Und am frühen Mittwochnachmittag tat sie genau das und fuhr nach Scarlea House. Der Mann am Empfang hatte Barry Clough auf dem Foto erkannt, das ihm einer der Constables gezeigt hatte.

Es war ein trüber Nachmittag, und Annie musste die Scheinwerfer einschalten. Die schweren grauen Wolken hingen so tief, dass sie auf dem Gipfel des Fremington Hill zu ruhen schienen, einem hohen Kalksteinfelsen, der sich in einem Bogen um die Verbindung zwischen Swainsdale und dem kleineren Arkbeckdale wand, das in nordwestlicher Richtung verlief.

Annie fuhr durch das verschlafene Lyndgarth mit seiner winzigen Dorfwiese, der Kapelle, der Kirche und den drei Pubs. Rauch stieg aus den Schornsteinen und verlor sich in den Wolken wie ihre Gedanken, wenn sie meditierte. Sie kam durch den abgelegenen Weiler Longbridge, dessen Namen die meisten komisch fanden, weil er die kleinste, kürzeste Brücke in den Dales hatte. Annie erinnerte sich, dass die Brücke berühmt war, weil jemand im Vorspann einer Fernsehsendung darüber fuhr, aber das war vor ihrer Zeit hier oben im Norden gewesen. Nichts rührte sich; der Weiler wirkte verlassen, die Läden geschlossen, die Cottages aus grob behauenem Stein dunkel. Nur ein dünner Lichtschimmer aus dem Pub deutete darauf hin, dass hier jemand lebte. Ein unheimliches Gefühl, besonders in diesem Zwielicht. Annie stellte sich vor, wenn sie ausstieg und herumlief, würde sie alles in Ordnung vorfinden – Essen auf den Tischen, aufgeschlagene Zeitungen, pfeifende Wasserkessel auf den Herden –, nur dass kein Mensch da war, wie auf der *Marie Celeste*.

Scarlea House ragte vor ihr auf, ein riesiges, dunkles, gotisches Kalksteingebäude. An den Fenstern schienen keine Gardinen zu hängen. Das Haus stand auf einem kleinen Hügel am Ende der breiten Kiesauffahrt und wirkte in dem schwachen

Licht, gegen den Hintergrund der hohen, stumpfgrünen Talwand, wie ein Vampirschloss aus einem Horrorfilm. Fehlten nur noch ein paar Blitze und fernes Donnergrollen. Aber als Annie anhielt und den Motor abstellte, war alles ruhig, bis auf gelegentliches Vogelgezwitscher und das Gurgeln des Arkbeck auf seinem Weg zur Mündung in den Swain auf der Talsohle.

Himmel, Annie, dachte sie, du wirst gleich eines der schicksten Jagdhotels in den Yorkshire Dales betreten, und schau dich an; du siehst total schlampig aus. Sie hatte nicht an schick gedacht, als sie am Morgen ihre Jeans angezogen und einen roten Rollkragenpullover übergestreift hatte. Noch viel weniger, als sie auf dem Weg hinaus nach ihrer Jeansjacke gegriffen hatte. Die müssen mich einfach nehmen, wie ich bin, dachte sie, öffnete die schwere Tür und ging zum Empfang.

Die Decke in der Eingangshalle war höher als ihr gesamtes Cottage, und wenn es auch nicht die Sixtinische Kapelle war, so war die Decke zumindest reich verziert, einschließlich vergoldeter Täfelung und einem Kronleuchter. Die Wände waren mit dunklem Holz getäfelt, und hier und da hingen gewaltige Ölgemälde von Männern mit Knollennasen und zu engen Krägen, Gesichter in der Farbe und Beschaffenheit von rohem Roastbeef wie das von Jim Hatchley – die Art Gemälde, die Ray, Annies Vater, als »optischen Egotismus« bezeichnete. Aber damit ließ sich die Miete bezahlen. Wenn ein örtlicher Maler einen dieser selbst ernannten Bonzen dazu brachte, so ein Porträt in Auftrag zu geben, würde er sich ein paar Jahre lang vermutlich keine Sorgen um Farben und Leinwand machen müssen. Selbst Ray hatte das erkannt.

»Kann ich Ihnen helfen, Miss?«

Ein eleganter, silberhaariger Mann in schwarzem Anzug kam auf sie zu. Auf den ersten Blick, fand Annie, sah er wie ein Beerdigungsunternehmer aus.

»Genau genommen«, sagte sie und kam sich dabei etwas patzig vor, obwohl sie nur ein bisschen eingeschüchtert war von ihrer Umgebung, »bin ich keine Miss, sondern Detective Sergeant Cabbot.«

»Ah, ja, Sergeant, wir haben Sie schon erwartet. Mein Name ist Lacey. George Lacey. Generalmanager. Bitte, kommen Sie hier entlang.«

Er deutete auf eine Tür mit seinem Namen, und als sie eintraten, sah Annie, dass es sich um ein modernes Büro handelte, mit Faxgerät, Computer, Laserdrucker und was sonst noch dazugehörte. Nach dem altmodischen Dekor hätte sie das nie erwartet, aber die zahlenden Gäste waren gut betuchte Geschäftsleute und würden alle modernen Annehmlichkeiten des Elektronikzeitalters erwarten. Und warum nicht? Sie konnten sich das leisten.

Annie setzte sich auf einen Drehstuhl und zog ihr Notizbuch heraus. »Ich weiß nicht, ob ich Ihnen mehr sagen kann als dem anderen Beamten«, sagte Lacey, stützte die Ellbogen auf und legte die Fingerspitzen aneinander. Der Mann hatte weibische Lippen, fiel Annie auf, geformt wie Cupidos Bogen und viel zu rot. Die Lippen irritierten sie, wenn er sprach. Sie versuchte, den Blick auf seine Regimentskrawatte gerichtet zu halten.

»Ich bin nur gekommen, um mir bestätigen zu lassen, dass der Mann auf dem Foto wirklich hier gewesen ist.« Sie legte Cloughs Foto auf den Schreibtisch. »Dieser Mann.«

Lacey nickte. »Mr. Clough. Ja. Das ist er, in der Tat.«

»Ist er schon öfter hier gewesen?«

»Mr. Clough ist während der Jagdsaison ein regelmäßiger Gast.«

»Können Sie mir sagen, wann er zum letzten Mal hier war?«

»Einen Augenblick.« Lacey tippte etwas in den Computer und blickte stirnrunzelnd auf den Bildschirm. »Er war von Sonntag, dem fünften Dezember, bis Donnerstag, dem zehnten hier.«

»Ist es nicht ein bisschen spät im Jahr für einen Urlaub in den Dales?«

»Das hier ist ein Jagdhotel, Sergeant. Die Leute kommen nicht her, um Urlaub zu machen. Sie kommen zum Moorhuhnschießen. Es war das letzte Wochenende der Saison, und wir waren vollkommen ausgebucht.«

»Und wie ist es jetzt?«

»Nicht ganz so viel los. Mal mehr, mal weniger.«

»Aber das Hotel bleibt den ganzen Winter geöffnet, obwohl die Mohrhuhnsaison vorbei ist?«

»O ja. Im Allgemeinen sind wir natürlich über Weihnachten und Neujahr ausgebucht. Die restliche Zeit ist es … nun ja, ruhiger, obwohl wir eine Anzahl ausländischer Gäste haben. Unser Restaurant hat internationalen Ruf. Oft muss man Wochen im Voraus einen Tisch reservieren.«

»So ein Hotel zu führen, kann nicht billig sein.«

»In der Tat.« Lacey sah sie an, als ob die bloße Erwähnung von Geld vulgär war.

»War Mr. Clough alleine hier?«

»Mr. Clough kam, wie gewöhnlich, mit seinem persönlichen Assistenten und einer kleinen Gruppe von Kollegen. Die Jagdsaison ist ein gesellschaftliches Ereignis.«

»Seinem persönlichen Assistenten?«

»Ein Mr. Gilbert. Jamie Gilbert.«

»Ah ja. Natürlich.« Als sie Banks das Geständnis über sein Treffen mit Emily abzwang, hatte er ihr gesagt, dass Emily gemeint hatte, Jamie Gilbert am Montag vor ihrem Tod in Eastvale gesehen zu haben. Vielleicht hatte sie sich das doch nicht nur eingebildet. Interessant war auch, dass Clough nur ein oder zwei Tage vor dem Mord an Charlie Courage in Yorkshire eingetroffen und an Emilys Todestag abgereist war, was bedeutete, dass er durchaus in der Lage gewesen war, sie mit dem vergifteten Kokain zu versorgen.

»Wissen Sie, um welche Zeit Mr. Clough am zehnten abgereist ist?«, fragte sie.

»Nicht genau. Im Allgemeinen reisen die Gäste nach dem Frühstück ab. Ich würde sagen, so zwischen neun und zehn Uhr.«

»Können Sie mir sonst noch etwas über seinen Aufenthalt, sein Kommen und Gehen erzählen?«

»Ich fürchte, nicht. Ich bin nicht dazu angestellt, unseren Gästen nachzuspionieren.«

»Gibt es jemanden, der mir mehr sagen könnte?«

Lacey sah auf die Uhr und kräuselte die Lippen. »Vielleicht Mr. Ferguson. Er ist der Barkeeper. Als solcher verbringt er mehr Zeit mit den Gästen in gesellschaftlichem Rahmen. Er könnte Ihnen möglicherweise weiterhelfen.«

»Gut«, sagte Annie. »Wo ist er?«

»Er kommt erst am späten Nachmittag. Gegen fünf. Wenn Sie dann noch mal wiederkommen wollen …?«

»Gerne.« Annie überlegte, ob sie nach Fergusons Adresse fragen und ihn zu Hause aufsuchen sollte, entschied aber, dass sie warten konnte. Banks war zum Lunch mit jemandem von der Handelsaufsichtsbehörde, und Annie wusste, dass er dabei sein wollte, wenn sie diesen Ermittlungsstrang weiter verfolgte. Sie konnte ihn von ihrem Handy aus anrufen und sich um fünf mit ihm in Scarlea treffen. In der Zwischenzeit würde sie nach Barnard Castle fahren und einen Hinweis überprüfen: Emily Riddle soll dort am Nachmittag vor ihrem Tod gesehen worden sein.

Doch die Nachricht über Clough war aufregend. Das war der erste positive Anhaltspunkt gegen ihn, seit Gregory Manners Fingerabdrücke auf der CD-Hülle Clough mit PKF in Verbindung gebracht hatten, und der erste wirkliche Hinweis, der Clough mit Yorkshire in Verbindung brachte und ihn der Lüge überführte. Ja, Banks würde ganz bestimmt dabei sein wollen.

Banks hatte Granville Baird vor zwei Jahren kennen gelernt, als die Handelsaufsichtsbehörde von North Yorkshire die Polizei um Mithilfe gebeten hatte, weil einer ihrer Ermittler bedroht worden war. Seit damals hatten sie zusammengearbeitet, wenn sich ihre Pflichten überschnitten, und sich auch hin und wieder zu einem Dartspiel im Queen's Arms getroffen. Sie waren keine engen Freunde, aber etwa im selben Alter, und Granville war, wie Banks, ein Jazzfreund und eifriger Operngänger.

Sie plauderten eine Weile über die Opernsaison, und nachdem Banks eine Portion Yorkshire Pudding bestellt und ein Pint mit Theakstons Bitter vor sich stehen hatte, zündete er sich eine Zigarette an und fragte Granville: »Wissen Sie irgendwas über CD-Raubkopien?«

Granville hob eine Augenbraue. »Heißt das, Sie suchen nach was? Dem ›Ring‹-Zyklus vielleicht?«

»Nein. Aber jetzt, wo Sie es erwähnen, hätte ich nichts gegen die komplette Jahrhundertausgabe von Duke Ellington, alle vierundzwanzig, wenn Sie die für mich besorgen könnten.«

»Ich wünschte, ich könnte sie mir leisen. Heißt das, dass die Polizei tatsächlich endlich etwas gegen Raubkopien unternehmen will?«

»Abgesehen von den Urheberrechtsverstößen, die kaum eine Polizeiangelegenheit sind, war ich mir nicht bewusst, dass irgendwelche Gesetze gebrochen wurden. Falls Sie erwarten, dass wir jedes Mal zur Rettung von Bill Gates angaloppiert kommen, wenn jemand eine Kopie von Windows brennt, dann haben Sie wirklich eine komische Vorstellung von unserem Job.«

Granville lachte. »Sie hinken hinter der Zeit her, Alan. Das ist heutzutage das große Geschäft. Wenn es nur darum ginge, Windows oder die neueste CD von Michael Jackson für einen Freund zu kopieren, würde niemand mit der Wimper zucken, aber wir reden hier von großen Unternehmungen. Auch vom großen Geld.«

»Genau daran bin ich interessiert«, sagte Banks. »Wie groß?«

»Bei der letzten Razzia haben wir Zeug im Wert von einer viertel Million Pfund sichergestellt.«

Banks stieß einen Pfiff aus. »So groß?«

»Die Spitze des Eisbergs.«

»Es wäre also ein lukratives Geschäft für das organisierte Verbrechen, oder?«

»Besonders, wenn ihr Burschen nicht mal glaubt, dass es ein Verbrechen ist.«

»Hab schon verstanden. Hören Sie, wir haben da gerade einen Fall – er begann mit einem Mord –, und ich habe zwei und zwei zusammengezählt und bin auf Raubkopien gekommen. Ich weiß noch nicht, wie groß die Sache ist. Tatsächlich wissen wir überhaupt noch nicht viel.« Brians CD war das letzte Stück im Puzzle gewesen. Als Banks gesehen hatte, wie amateurhaft das Cover gemacht war, hatte er an die CD-Hülle gedacht, die Annie bei PKF gefunden hatte, die CDs, die sie in Alex' und Carlys Wohnung gesehen hatte, an Gregory Manners Fingerabdrücke, Barry Cloughs Rauswurf als Roadie, weil er Live-Bootlegs verkauft hatte, an einen Lieferwagen, der es wert war, ausgeraubt zu werden, und wert war, dass man den Fahrer ermordete. Die Ladung des Lieferwagens war immer noch nicht gefunden worden, aber Banks hätte ein Pfund gegen einen Penny gewettet, dass sie aus Geräten zum Kopieren von CDs bestand, zusammen mit dem gesamten Lagerbestand und CD-Rohlingen, die noch übrig waren. Banks wollte jetzt von Granville Baird wissen, ob man mit Raubkopien genug Profit machen konnte, um Clough daran zu interessieren; ebenso viel Profit wie mit dem Schmuggeln.

»*Was* wissen Sie denn?«, fragte Granville.

»Eine Scheinfirma mietet Räume in ländlichen Firmenparks, betreibt dort eine Weile ihr Geschäft und zieht weiter. Sagt Ihnen das was?«

Granville nickte. »Ich habe entsprechende Gerüchte gehört. Und wenn man zwei oder drei solcher Unternehmungen gleichzeitig laufen hat, im ganzen Land verteilt, könnte man es in einem Jahr leicht auf ein oder zwei Millionen Pfund bringen, oder mehr. Wenn man die richtige Ausrüstung hat, natürlich.«

»Es würde sich für ihn also lohnen?«

»Für wen?«

»Wir sind uns noch nicht sicher. Bisher ist es reine Spekulation. Wovon würden die denn Raubkopien herstellen?«

»Von allem, was sie in ihre schmutzigen kleinen Finger bekommen. Musik, Software, Spiele, was auch immer. Momentan lässt sich mit Spielen der größte Gewinn machen. Für die PlayStation von Sony, zum Beispiel. Alle Kids sind heiß auf die neuesten Computerspiele. Wir haben Raubkopien gefunden, deren Originale noch nicht mal auf dem Mark sind. Einige der *Star-Wars*-Spiele kamen aus den Staaten rüber, bevor der Film überhaupt anlief.«

»Was ist mit Raubkopien von Filmen?«

»Die gibt es auch zuhauf, aber die meisten werden in Asien hergestellt.«

»Wie kommen die an die Originale? Von Insidern?«

»Meistens ja. Was die Filme betrifft, da haben die als Masterband oft nur ein per Hand aufgenommenes Video, abgefilmt von einer Kinoleinwand. Ich hab ein paar von den Sachen gesehen, und sie sind grausig. Bei Computerprogrammen und Spielen ist das jedoch was anderes. Für einen Angestellten ist es leicht, eine CD mit rauszuschmuggeln, und wenn er dafür noch ein paar Hunderter kriegt, umso besser. Es gab sogar eine private Website, von der man sich, gegen einen Unkostenbeitrag, eine ganze Auswahl von Raubkopien runterladen konnte, aber die existiert nicht mehr. Vieles von dem Zeug ist allerdings Mangelware. Der reinste Schund. Bei der letzten Ladung haben wir eine Menge Spiele gefunden, die man nur nach komplizierter Umgehung interner Sicherheitssysteme spielen konnte.«

»Die Hersteller werden klüger?«

»Allmählich.«

Ihr Essen kam, und sie schwiegen eine Weile. Banks nahm einen Bissen Yorkshirepudding, gefüllt mit Roastbeef und Bratensaft, und spülte ihn mit Bier runter. Er sah zu Granville, der Mineralwasser trank und an einem Salat kaute. »Was ist los? Sind Sie auf Diät?«

Granville runzelte die Stirn. »Hab letzten Monat meine jährliche Generaluntersuchung machen lassen. Der Doktor sagt, meine Cholesterinwerte sind zu hoch, darum muss ich Alkohol und fettes Essen meiden.«

Banks war überrascht. Granville sah völlig gesund aus, spielte Squash und wog kaum mehr als Banks. »Das tut mir Leid.«

»Kein Problem. Genießen Sie ruhig weiter, bis Sie dran sind.«

Banks, der das Gefühl hatte, bisher Glück mit seiner Gesundheit gehabt zu haben, trotz des ungesunden Essens, der Zigaretten und des Biers, nickte. »Entweder das oder die Prostata, ich weiß. Was ist mit dem Vertrieb?«

»Wo immer man das Zeug loswerden kann. Ich hab sogar Geschichten gehört, dass der örtliche Eiswagen PlayStationspiele an Kinder verkauft. Gibt dem Namen ›Mr. Softy‹ eine ganz neue Bedeutung.«

Banks lachte. Das ergab durchaus einen Sinn, dachte er, während er aß. Clough konnte das gleiche Vertriebsnetzwerk nutzen, das er für die geschmuggelten Zigaretten und den Alkohol aufgebaut hatte – kleine Läden wie Castle Hill Books, mit dessen Inhaber Constable Winsome Jackman heute Nachmittag reden würde, Marktstände, Pubs, Clubs, Fabriken. Schließlich war der Kundenkreis oft derselbe, und keiner dachte sich viel dabei, mal eine geschmuggelte Packung Zigaretten zu kaufen oder die Raubkopie eines Computerspiels als Geburtstagsgeschenk für sein Kind. Die Hälfte aller Polizisten im Land rauchte geschmuggelte Zigaretten und trank illegal eingeführtes Lager. Banks kannte sogar einen Inspector aus West Yorkshire, der alle paar Wochen nach Calais fuhr und seinen Kofferraum mit Alkohol und Zigaretten belud. Der Verkauf auf dem Revier deckte seine Unkosten, und für ihn blieb noch genug übrig bis zur nächsten Fahrt.

Also warum nicht? dachten die Leute. Da war doch nichts dabei. Sie bekamen das Zeug billiger, Bill Gates war schon reich genug und die Steuer auf Zigaretten und Alkohol war maßlos überzogen. Jetzt hatte die EU auch noch den Duty-free-Einkauf innerhalb der Mitgliedsländer abgeschafft. Banks konnte das Verhalten der Konsumenten in gewisser Weise verstehen – außer dass Leute wie Barry Clough davon reich wurden.

Er versuchte sich den Ablauf der Ereignisse vorzustellen. Cloughs Männer bezahlen Charlie Courage, dessen Fähigkeit, krumme Geschäfte aufzuspüren und sich ein Stück vom Kuchen zu sichern, legendär war, dann verkauft Charlie sie an einen Rivalen, der den Lieferwagen überfällt, die Geräte und den Vorrat an Raubkopien klaut und den Laden selbst weiterführen will. Nur geht die Sache schief. Cloughs Männer foltern Charlie. Verrät er den Mann, der den Überfall organisiert hat? Mit Sicherheit. Und was passiert mit ihnen beiden?

»Ich kann es mir gut vorstellen«, sagte Banks zu Granville. »Besonders wenn dabei so viel Geld rausspringt, wie Sie sagen.«

»Sie können mir glauben. Da ist eine Menge Geld drin. Und wenn Ihr Mann gut organisiert ist, wird er sich Multidisc-Kopiergeräte anschaffen, die das Zeug zu Dutzenden rauswerfen.«

»Die Geräte dürften ziemlich teuer sein, oder?«

»Allerdings. Eine Investition, die in die Tausende geht.«

Das beantwortete eine Frage, die Banks zu schaffen gemacht hatte. Wenn in dem Lieferwagen von PKF nur ein paar Raubkopien gewesen wären, hätte sich der Überfall nicht gelohnt, ganz zu schweigen von dem Mord an Jonathan Fearn. Wenn der Wagen jedoch mit hochwertigen Multidisc-Kopiergeräten beladen war, sah die Sache ganz anders aus. »Aber eine, die sich lohnt, nehme ich an, wenn man das nötige Startkapital hat«, sagte Banks.

»In der Tat.«

Und Clough besaß dieses Investitionskapital. Aus dem Schwindelgeschäft mit den reaktivierten Waffen, dem Musikgeschäft, seinem Club, seinen Schmuggelunternehmen, und in welche schmutzigen kleinen Dinge er sonst noch verwickelt war, konnte er das Startkapital mit Leichtigkeit abzweigen. Das Problem war, seine Beteiligung nachzuweisen. Hier traf genau dasselbe zu, was Burgess über Cloughs Schmuggeltätigkeit gesagt hatte: Es gab genügend Verdachtsgründe, aber kaum handfeste Beweise. Alles wurde durch Laufburschen und Mittelsmänner ausgeführt, Leute wie Gregory Manners, Jamie Gilbert und Andy Pandy; Clough machte sich nie selbst die Hände schmutzig. Sein einziger Kontakt mit allem anderen außer den Profiten war rein zufällig.

Oder nicht? Hatte Emily Riddle eine Bedrohung für ihn dargestellt? Wusste sie etwas, das er für gefährlich hielt? Clough verlor nicht gerne, mochte Leute nicht, die ihn verließen, besonders wenn sie etwas mitnahmen, sei es Geld oder Wissen.

Banks hielt es inzwischen für durchaus möglich, dass die beiden Fälle miteinander in Verbindung standen und Emily Riddle vielleicht von derselben Person und aus denselben Gründen umgebracht worden war wie Charlie Courage. Aber von wem? Welchen seiner Laufburschen hatte Clough benützt? Andy Pandy, der bereits einen Zorn auf Emily hatte, die Art Zorn, die entsteht, wenn man ein hartes Knie in die

Eier bekommt? Jamie Gilbert, den Burgess als Psychopathen bezeichnet hatte? Oder jemand anderes, jemand, auf den sie noch nicht gestoßen waren? Gregory Manners konnte ihnen vielleicht weiterhelfen, wenn sie ihn finden würden.

Banks aß seinen Yorkshirepudding auf und zündete sich eine Zigarette an. Von seinem Pint war noch ein Drittel übrig, und er beschloss, kein zweites zu trinken. »Sie sagten, Sie hätten Gerüchte über eine große örtliche Unternehmung gehört«, sagte er. »Ist da was dran?«

»Irgendwas ist immer dran, glauben Sie nicht? Kein Rauch ohne Feuer, wie man so sagt. In letzter Zeit sind in North Yorkshire erheblich mehr Raubkopien auf den Markt gekommen, was nach der Art von Organisation riecht, von der Sie gerade gesprochen haben. Sie sagten, die sind weggezogen?«

»Der Lieferwagen war auf dem Weg zu einem anderen Firmenpark in der Nähe von Wooler in Northumbria, als er überfallen wurde. Die ganze Ladung ist verschwunden, und der Fahrer lag einige Tage im Koma, bevor er gestorben ist. Keine Fingerabdrücke am Tatort. Nichts. Wir haben nur eine CD-Hülle aus dem PKF-Büro in Daleview mit den Fingerabdrücken eines gewissen Gregory Manners, verurteilt wegen Schmuggels und ein Kumpel unseres Mr. Big.«

»Genau das ist es«, sagte Granville und beugte sich vor. »Die großen Jungs begeben sich auf neue Gebiete wie Zigarettenschmuggel und Raubkopien. Damit lässt sich viel Geld machen, wenn man es richtig anstellt, und das Risiko ist viel geringer als beim Drogenhandel. Außerdem sind Drogen dieser Tage billiger als je zuvor. Bei Schmuggelware und Raubkopien braucht man sich nur gemütlich zurückzulehnen und die Gewinne einzustreichen. Das versuchen wir euch schon seit Jahren beizubringen. Und je stärker ihr die Drogenhändler unter Druck setzt, desto mehr werden sie sich bemühen, kreativere Wege zu finden, um zu Geld zu kommen.«

Banks sah auf die Uhr. Kurz nach halb drei. Zeit nachzusehen, was im Einsatzzentrum los war, dann würden der stellvertretende Polizeipräsident McLaughlin und Superintendent Gristhorpe erwarten, von Banks auf den neuesten Stand gebracht zu werden. »Ich muss los, Granville«, sagte er, »aber könnten Sie mir einen Gefallen tun und Augen und Ohren offen halten?«

»Mit Vergnügen.« Granville zögerte, sagte dann: »Ich habe von Jimmy Riddles Tochter gehört. Schreckliche Geschichte.«

»Ja, ist es«, stimmte Banks zu.

»Ihr Fall?«

»Um meiner Missetaten willen.«

»Ist was an den Zeitungsgerüchten dran? Sex und Drogen?«

»Sie wissen, wie das ist, Granville«, sagte Banks, drückte seine Zigarette aus und stand auf. »Da ist immer etwas dran, nicht wahr? Kein Rauch ohne Feuer.«

Annies Nachricht, dass Clough um die Zeit beider Morde in der Gegend gesehen worden war, verschafften Banks dieses erregende Prickeln, das er lange nicht mehr gespürt hatte, als er am späten Nachmittag zum Scarlea House fuhr. Sein Weg führte ihn über uneingezäunte Höhenstraßen, wo sein Tempo nur durch wandernde Schafe vermindert wurde. Er schob die Kassette von Richard und Linda Thompsons *Shoot out the Lights* in den Rekorder und drehte den Ton etwas lauter als gewöhnlich.

Annies metallic-roter Astra parkte vor dem Scarlea, und sie wartete in der Halle, als Banks eintraf. Gerald Ferguson war, laut Gregory Lacey, vor zehn Minuten zur Arbeit erschienen. Er zeigte ihnen den Weg, und Banks und Annie gingen durch die schwach erleuchtete Halle zu der Doppeltür am hinteren Ende.

»Hat der Hinweis aus Barnard Castle was ergeben?«, fragte Banks.

Annie schüttelte den Kopf. »Falscher Alarm. Die Zeugin war eine ältere Frau und gab zu, dass Teenager für sie alle gleich aussehen. Als ich ihr das Foto noch mal zeigte, bekam sie Zweifel.«

Banks schob die schweren Türen auf – was mehr Kraft kostete, als er gedacht hatte –, und sie betraten den prächtig ausgestatteten Speisesaal. Der ehemalige Bankettsaal, wie Banks annahm, hatte eine Reihe großer Fenster, von denen aus man über die Talsohle zu den steilen, von Trockenmauern überzogenen Hängen blickte. Jetzt war es natürlich zu dunkel, um noch viel sehen zu können, aber die Moorhuhnjäger hatten beim Frühstück zweifellos einen schönen Ausblick und konnten sich auf das Abschlachten freuen, während sie ihre Eier im Glas oder Saft und Müsli genossen.

Vermutlich hatte es eine lange, in der Mitte des Raumes stehende Bankettafel gegeben, bevor alles in ein schickes Restaurant umgewandelt worden war, dachte Banks. Jetzt stand eine Reihe von Tischen verstreut im Raum, alle mit makellosem schwerem Leinen gedeckt. Am hinteren Ende gab es weitere Türen, wahrscheinlich zur Küche, und eine lange Bar erstreckte sich über eine Wand, ganz aus dunklem poliertem Holz und Messing, mit schimmernden Flaschen auf den Glasregalen vor dem großen Spiegel. Banks hatte noch nie so viele Single Malt Whiskys an einem Ort gesehen. Von den meisten hatte er noch nicht mal gehört.

Ein Mann in einem burgunderfarbenen Jackett stand mit dem Rücken zu ihnen und fummelte an dem Portionierer einer Ginflasche herum, als Banks an die Bar trat und sich und Annie vorstellte.

»Erfreut, Ihre Bekanntschaft zu machen«, sagte der Mann und sah sie an. »Ich bin Gerald Ferguson, und dieses verdammte Ding ist einfach Scheiße, entschuldigen Sie den Ausdruck, meine Liebe. Ich hab schon einen neuen angefordert, aber dazu sind sie zu geizig. Zum Teufel damit.« Er ließ den Portionierer los und lehnte sich auf die Bar. »Was kann ich für Sie tun?«

Ferguson war ein rundlicher kleiner Mann um die fünfzig, mit rotem Gesicht, Koteletten und einem Schnurrbart. Sein Jackett spannte ein wenig an den Goldknöpfen über Brust und Bauch, und Banks befürchtete, dass sie bei einem tiefen Atemzug abspringen würden. »Wir hoffen, dass Sie uns ein paar Informationen über einen Gast geben können, Mr. Ferguson«, sagte er.

»Gerald. Bitte.« Er sah sich um und legte den Finger an die Nase. »Darf's ein winziger kleiner Schluck sein?«

Banks und Annie setzten sich auf die hohen Barhocker. »Wir möchten Sie nicht in Schwierigkeiten bringen«, meinte Banks.

Gerald wedelte mit der Hand und sah zu der Tür, durch die sie hereingekommen waren. Seine Finger waren erstaunlich lang und schmal, die Nägel sauber geschnitten und glänzend. Vielleicht spielte er in seiner Freizeit Klavier. »Was er nicht weiß, macht ihn nicht heiß. Welches Gift bevorzugen Sie?«

Ein etwas unglücklicher Ausdruck, dachte Banks, während er die Flaschenreihen betrachtete und sich für einen Port Ellen entschied.

»Sergeant Cabbot?«

»Für mich nichts, danke.«

»Sind Sie sicher?«

»Ja.«

Gerald zuckte die Schultern. »Ganz, wie Sie wollen.« Er goss zwei Gläser Port Ellen ein, sehr großzügig bemessen, wie Banks fand, stellte eines vor sich und das andere vor Banks. »*Slainte*«, sagte er und kippte sein Glas mit einem Schluck.

»*Slainte*«, erwiderte Banks und nippte nur. Himmlisch. Er stellte das Glas ab. »Wir sind an einem Gast namens Clough interessiert. Barry Clough. Offenbar gehört er während der Moorhuhnsaison zu den Stammgästen.«

»Ja, das stimmt.«

Banks hörte die Ablehnung in Fergusons Stimme. »Sie mögen ihn nicht?«

»Das habe ich nicht gesagt.« Ferguson goss sich einen weiteren Port Ellen ein. Banks nahm an, dass es nicht der Erste war und an diesem Tag auch nicht der Letzte sein würde. Zumindest trank er diesmal langsam.

»Dann sagen Sie uns, was Sie von ihm halten.«

»Er ist ein Gangster in schnieker Kleidung. Und was sein Faktotum betrifft …«

»Jamie Gilbert?«

»Wenn er so heißt. Der mit dem gebleichten Haar.«

»Das ist er. Erzählen Sie weiter.«

Ferguson nahm noch einen Schluck und senkte die Stimme. »Das Haus hatte mal richtig Klasse, wissen Sie das? Ich arbeite schon seit fünfundzwanzig Jahren hier und hab sie alle kommen und gehen sehen. Wir hatten Parlamentsmitglieder hier – einen Premierminister und einmal einen amerikanischen Präsidenten – Richter, ausländische Potentaten, Geschäftsleute aus London, und manche mögen knickerige Mistkerle gewesen sein, aber sie hatte alle eins gemeinsam: Sie waren Gentlemen.«

»Und jetzt?«

Ferguson schnaubte. »Jetzt? Für das Volk, das wir jetzt hier haben, würde ich keine zwei Pennys geben.« Wieder blickte er zur Tür. »Nicht, seit er hier ist.«

»Mr. Lacey?«

»Mr. George Drecksack Lacey, Generalmanager. Er und seine neuen Ideen. Modernisierung, meine Güte noch mal.« Er zeigte auf die Fenster. »Wozu braucht man Modernisierung, wenn man die beste Aussicht aller Zeiten und die Natur vor der Türschwelle hat? Geben Sie mir darauf eine Antwort, wenn Sie können.«

Banks, der eine rhetorische Frage erkannte, wenn er sie hörte, nickte mitfühlend.

»Seit er da ist«, fuhr Ferguson fort, »kommen hier nur noch dämliche Popstars, Schauspieler, Fernsehpersönlichkeiten und Senkrechtstarter von der Börse her. Himmel, sogar Weiber. Entschuldigung, meine Liebe, ist nicht bös gemeint, aber Moorhuhnschießen war früher nie ein Sport für Frauen.« Er kippte einen weiteren Schluck Port Ellen hinunter.

Annie lächelte, doch Banks hatte dieses Lächeln schon früher gesehen. Ferguson sollte sich besser in Acht nehmen.

»Die Hälfte kann das eine Ende einer Schrotflinte nicht vom anderen unterscheiden«, grummelte Ferguson. »Ein Wunder, dass wir nicht mehr Unfälle haben, sag ich Ihnen. Aber die werfen mit dem Geld nur so um sich. Ja, ja. Nehmen wir mal diesen Clough. Denkt, wenn er am Anfang des Abends ein bisschen Kleingeld hinwirft, dass man ihm für den Rest der Nacht jeden Gefallen tut. Schwachkopf. Und Mary, sie ist eins von den Zimmermädchen. Nette Kleine, aber etwas unterbelichtet, wenn Sie wissen, was ich meine. Was die für Geschichten erzählt über die Sachen, die in den Zimmern rumliegen.«

»Was denn?«, fragte Banks.

Ferguson kam ihm mit dem Gesicht ganz nahe und flüsterte: »Spritzen, zum Beispiel.«

»In Cloughs Zimmer?«

»Nein. Bei einem der Popstars. War eine Woche hier und kam nie aus seinem Zimmer. Ich bitte Sie. Hat Geld wie Heu, diese Bande.«

»Zurück zu Barry Clough, Mr. Ferguson.«

Ferguson lachte und kratzte sich am Kopf. »Ja. Tut mir Leid. Manchmal geht es mit mir durch. Sie haben mich auf eins meiner kleinen Steckenpferde gebracht.«

»Macht nichts«, sagte Banks, »aber können Sie uns mehr über Barry Clough erzählen?«

»Was wollen Sie denn wissen?«

»Haben Sie ihn oft gesehen, während er hier war?«

»Ja. Ich war jeden Abend hinter der Bar – ich habe Hilfe, wenn hier viel los ist, Mandy, eins von den Dorfmädchen aus Longbridge –, und Clough hat jeden Abend vor dem Essen hier was getrunken, hat auch meistens hier gegessen.« Ferguson sah sich um und beugte sich verschwörerisch vor. »Man sagt, das Essen wäre hier ausgezeichnet, aber wenn Sie mich fragen, ist es ungenießbar. Ausländisches Zeug, das meiste davon.«

»Aber Mr. Clough hat es geschmeckt?«

»Allerdings. Und er wusste, welchen Wein man zu welchem Gang bestellt – wir haben einen Weinkellner, Sommelier, wie er sich nennt, der hochnäsige Fatzke –, vom Château neuf du dusseligen Pape bis zu den Sauternes und einem alten Port. Sehen Sie, er hat das ganze Drum und Dran, die teure Kleidung – Armani, Paul Smith –, erstklassige Jagdausrüstung und was nicht alles, und er denkt, er hätte Stil, aber man merkt, dass er hinter der Fassade ein ordinärer Kerl ist. Muss wohl ein Handbuch für Bluffer gelesen haben, aber mich führt der nicht hinters Licht. Eines kann man nicht vortäuschen: Klasse. Wie gesagt, ein Gangster. Warum? Was hat er angestellt?«

»Wir wissen noch nicht, ob er etwas angestellt hat.«

»Ich wette, Sie haben ihn für etwas im Verdacht, oder? Ist doch logisch. Denken Sie an meine Worte, ein Kerl wie der muss etwas angestellt haben. Zwangsläufig.«

»Haben Sie viel mit ihm geredet?«

»Wie gesagt, er stolzierte hier rein wie ein Gentleman, aber er hielt es nicht durch. Ein Gentleman würde seine Zeit nicht damit verbringen, mit jemandem wie mir zu reden. Er macht vielleicht eine freundliche Bemerkung zum Wetter oder dem Jagderfolg des Tages, aber mehr nicht. Es gibt klare Grenzen. Dieser Clough dagegen, die reinste Quasselstrippe, setzt sich an die Bar, trinkt seine verdammten Cosmopolitans und raucht seine kubanischen Zigarren. Und der alberne Pferdeschwanz.«

»Worüber hat er geredet?«

»Über nichts Besonderes, wenn man es recht bedenkt. Fußball. Scheint ein Fan von Arsenal zu sein. Ich selbst bin für Newcastle. Brabbelte von seiner Villa in Spanien, von Partys mit all diesen Berühmtheiten. Als ob mich das auch nur im Geringsten interessiert.«

»Hat er je über sein Geschäft gesprochen?«

»Nicht dass ich wüsste. Was macht er denn?«

»Das würden wir gerne wissen.«

»Tja, ich will nicht behaupten, dass die Leute nicht manchmal was ausplaudern, wissen Sie. Das gehört dazu. Ich habe tatsächlich über die Jahre ein oder zwei gute Investitionen gemacht, auf Grund von Dingen, die ich hier an der Bar gehört habe, aber verraten Sie es keinem. Ich werde dafür bezahlt, die ganze verdammte Nacht hinter dieser Bar zu stehen, und manchmal sehen die Leute in einem eine Art Beichtvater, nicht dass ich katholisch wäre oder so. Strikter Anhänger der Kirche von England.«

»Clough aber nicht?«

»Nein. Darum kann ich mich kaum an etwas erinnern, was er gesagt hat.«

»War er mit einer Gruppe hier?«

»Ja. So fünf oder sechs.«

»Was waren das für Leute?«

»Ein gemischter Haufen. Da war diese hübsche junge Popsängerin, deren Foto man jetzt überall sieht, das, auf dem sie kaum mehr als einen goldfarbenen Schlüpfer trägt. Amanda Khan heißt sie. Hat Negerblut in den Adern. Aber eine schöne Haut.«

Banks hatte das besagte Foto gesehen. Es war auf dem Cover ihrer neuen CD und hing als Poster bei HMV und Virgin Records. Sie sah etwa so alt aus wie Emily Riddle.

»Konnte nicht mal eine verdammte Flinte halten, geschweige denn damit schießen. Allerdings muss ich sagen, dass sie ein nettes Mädel war, besonders für eine Popsängerin. Höflich. Und viel zu nett, ganz zu schweigen von zu jung für jemanden wie Clough.«

»War sie mit ihm zusammen?«

»Was meinen Sie damit? Ob sie mit ihm geschlafen hat?«

»Ja.«

»Das weiß ich nicht. Was die machen, nachdem die Bar geschlossen ist, geht mich nichts an.«

»Hatten Sie den Eindruck, dass sie miteinander schliefen?«

»Na ja, sie schienen sich nahe zu stehen, und ich habe gesehen, wie er sie hin und wieder angefasst hat. Sie wissen schon, den Arm um die Schultern, ein Klaps auf den Po, solche Sachen. Mehr, als wäre sie ein Gegenstand in seinem Besitz, den er ab und zu berühren wollte.«

Das klang ganz nach Clough, dachte Banks. Er hatte nicht lange gebraucht, um ein anderes Mädchen zu finden. »Wer noch?«

Ferguson kratzte sich wieder am Kopf. Banks nahm einen weiteren Schluck von dem feurigen Maltwhisky. »Die anderen kannte ich nicht. Ich bin sicher, Mr. Lacey wird Sie ins Gästebuch schauen lassen oder auf die dämliche Diskette oder wie er das jetzt nennt. Früher hatten wir ein hübsches, in Leder gebundenes Buch. Muss einiges wert gewesen sein. Aber jetzt gibt es nur noch diese blöden Computerdiscs und Websites. Ich bitte Sie. *Websites.*«

Banks holte das Foto von Emily Riddle aus dem Aktenkoffer. »Haben Sie dieses Mädchen je gesehen?«

Ferguson wurde blass. »Darum geht es also, ja? Ich weiß, wer sie ist, das arme Ding. Hab von ihr in der Zeitung gelesen. Sie glauben, er hat das getan? Clough?«

»Wir wissen es nicht«, erwiderte Banks. »Deshalb stellen wir diese Fragen.«

»Ich kann ihm kein Alibi verschaffen«, sagte Ferguson.

»Wie gesagt, ich habe ihn an den meisten Abenden gesehen, aber nie während des Tages. Er kann jederzeit rausgeschlüpft sein.«

»Ein Alibi nützt in einem Fall wie diesem wenig«, erklärte Banks. »Im Moment reicht es schon zu wissen, dass er um die Zeit hier in der Gegend war.«

»Oh, der war hier in der Gegend, allerdings.«

»Haben Sie gesehen, dass er sich mit jemand außerhalb seiner Gruppe getroffen hat?«

»Nur einmal.«

»Wann war das?«

»Ich weiß nicht mehr, ob es Sonntag oder Montag war. Ich glaube, es war Sonntag. An dem Tag gab es Lammrücken. Hätte gut schmecken können, bis auf all diese dämlichen Kräuter und Soßen, die der Koch über alles gießt. Noch ein kleiner Schluck?«

»Nein, danke.«

»Sind Sie sicher, dass Sie nicht doch was trinken wollen, Miss?«

»Nein, danke, Mr. Ferguson.«

»Gerald. Hab ich doch gesagt, Gerald.«

Annie schenkte ihm ihr falsches Lächeln. »Nein, Gerald.«

Er strahlte sie an. »Schon besser.«

»Diese Person, mit der sich Clough getroffen hat«, sagte Banks. »War das ein Mann oder eine Frau?«

»Ein Mann. Wissen Sie, er kam mir irgendwie bekannt vor, aber ich kann ihn im Moment nicht einordnen.«

»Eine Medienpersönlichkeit?«

»Glaub ich nicht. Aber ich hab ihn in der Zeitung gesehen.«

»Wie sah er aus?«

»Etwa einsachtzig groß. Bisschen sauertöpfisch, als hätte er in eine Zitrone gebissen. Schien sich hier überhaupt nicht wohl zu fühlen. Trank nur Mineralwasser. Hat sich dauernd umgesehen.«

»Hatten Sie den Eindruck, dass die beiden sich kannten?«

»Schwer zu sagen. Wenn ich raten sollte, würde ich sagen, es war ihre erste Begegnung. Ich weiß nicht, warum, aber so ist es. Was Sie eine Ahnung nennen würden.«

»Haben Sie gehört, worüber gesprochen wurde?«

»Nein. Ich war hier, hinter der Bar, und sie hatten einen Tisch am Fenster.«

»Gingen sie freundlich miteinander um?«

»Nein, ganz im Gegenteil. Der Mann stand auf und ging, bevor der Hauptgang serviert wurde.«

»Haben sie sich gestritten?«

»Wenn ja, dann sehr leise. Sein Gesicht war jedenfalls ziemlich rot, als er ging, so viel kann ich Ihnen sagen.«

»Cloughs?«

»Nein, das von dem anderen. Clough war völlig gelassen.«

»Können Sie uns sonst noch was über diesen Mann sagen?«

»Völlig kahl, buschige Augenbrauen. Irgendwas an ihm kam mir noch bekannt vor, seine Haltung, als wäre er beim Militär oder so. Nein ... das ist es auch nicht ganz.«

»Vielleicht eine Uniform?«, schlug Banks vor und spürte, wie es ihm kalt den Rücken hinunterlief. »Eine Polizeiuniform?«

Ferguson riss die Augen auf. »Himmel, ja, das ist es. An dem Abend trug er einen Anzug, aber wenn man ihn sich in Uniform vorstellt ... Sie haben Recht. Ich habe ihn im Fernsehen bei der Eröffnung einer Landwirtschaftsausstellung gesehen und wie er sich über sinkende Verbrechenszahlen ausgelassen hat. Mr. Riddle, das war er, jetzt fällt es mir wieder ein. Ihr eigener Polizeipräsident. Ich frag mich, was das wohl sollte.«

Na toll, dachte Banks mit sinkendem Mut. Genau, was wir brauchen. Er hatte etwas Merkwürdiges an Riddle bemerkt, als er ihm in jener Nacht die Nachricht vom Mord an seiner Tochter überbracht hatte. Riddle hatte Clough sofort erwähnt, obwohl Banks ihm den Namen des Mannes nie genannt hatte, und er war sich verdammt sicher, dass Emily es auch nicht getan hatte.

»Danke, Mr. Ferguson«, sagte Banks und trank den letzten Schluck seines Port Ellen aus. »Vielen Dank. Wir müssen vielleicht noch einmal mit Ihnen sprechen, wenn es Ihnen recht ist.«

»Sie wissen ja, wo ich zu finden bin. Nächstes Mal probieren wir den zweiundzwanzig Jahre alten Caol Ila. Köstlicher Malt. Der haut Sie glatt um.«

Banks hatte das Gefühl, bereits umgehauen worden zu sein, als er in die abendliche Dunkelheit hinaustrat. Weder er noch Annie wussten, was sie sagen sollten. Er war müde. Sein Hirn konnte nicht mal die Konsequenzen dessen erfassen, was Gerald Ferguson ihm gerade über das Essen von Chief Constable Riddle mit Barry Clough erzählt hatte. Es war zu schwer zu begreifen. Aber er konnte es nicht einfach hinnehmen; er musste Riddle damit konfrontieren, und je eher, desto besser.

Banks war immer noch müde, als er später am Abend wieder vor der alten Mühle hielt. Annie war verärgert gewesen, als er sie vor dem Revier abgesetzt und ihr gesagt hatte, er wolle Riddle allein mit Fergusons Geschichte konfrontieren, aber sie hatte nicht widersprochen. Riddle war schließlich immer noch Polizeipräsident, und Banks wollte nicht den Eindruck eines formellen Verhörs erwecken, der entstanden wäre, wenn plötzlich zwei Polizeibeamte an der Tür auftauchten. Er wollte eine ehrliche Erklärung, obwohl er seine eigene Vorstellung über das hatte, was da vorgegangen war, und er glaubte, Riddle würde ihm diese Erklärung geben. Nur zu gern hätte Banks diese Aufgabe delegiert, wenn das möglich gewesen wäre, aber das war es nicht. Er war nach wie vor der Ermittlungsleiter, und wenn jemand sich mit Chief Constable Riddle über diese neueste Entwicklung auseinander setzte, dann musste das Banks sein.

Riddle kam selbst zur Tür und bat Banks herein.

»Ros ist leider ausgegangen«, sagte er. »Sie ist bei Charlotte King, unserer Nachbarin. Benjamin ist im Bett.«

Sie gingen durch das große Wohnzimmer und setzten sich. Riddle bot ihm nichts zu trinken an, was Banks nur recht war. Er schob die Müdigkeit auf den kleinen Whisky, den er im Scarlea getrunken hatte. »Wie nimmt er es auf?«, fragte er. »Benjamin?«

»Er weiß nicht, was passiert ist. Er weiß, dass seine Schwester jetzt bei Jesus ist, und er vermisst sie schrecklich. Immer wieder fragt er, ob es was mit den komischen Fotos von ihr im Computer zu tun hat.«

»Was haben Sie ihm darauf gesagt?«

»Dass es nichts damit zu tun hat. Dass er das alles vergessen soll. Aber das scheint er nicht zu können. Wir schicken ihn nach der Beerdigung zu seinen Großeltern – Ros' Mutter und Vater in Barnstaple. Er hat sich immer gut mit ihnen verstanden, und wir glauben, dass ein Ortswechsel ihm helfen wird.«

»Wann ist die Beerdigung?«

»Morgen früh. Der Coroner hat die Leiche so rasch wie möglich freigegeben.« Riddle zögerte. »Werden Sie dort sein?«

»Wenn es Sie nicht stört.«

»Es lässt sich nicht leugnen, dass Sie Teil der ganzen Geschichte sind.«

Banks wünschte, es wäre nicht so, aber Riddle hatte Recht. »Ich komme«, sagte er.

»Gut.«

»Und Ihre Frau? Wie geht es Mrs. Riddle?«

»Einigermaßen. Ros ist stark. Sie wird es durchstehen. Aber Sie sind doch wohl nicht gekommen, um über die Familie zu plaudern, Banks. Was ist los? Hat sich was Neues ergeben?«

Banks atmete tief durch. »Ja«, sagte er schließlich. »Es hat sich tatsächlich etwas ergeben.«

»Dann raus damit.«

»Es wird Ihnen nicht gefallen.«

»Noch mehr schlechte Nachrichten?« Banks bemerkte ein Aufblitzen von Furcht in Riddles Augen, etwas, das er noch nie gesehen hatte. Riddle wandte den Blick ab. »Egal, es spielt keine Rolle, ob es mir gefällt oder nicht«, sagte er. »Dafür sind die Dinge schon zu weit gegangen. Vor zwei Monaten hätte ich mir nicht mal vorstellen können, Sie hier im Haus zu haben, ganz zu schweigen von einer Einladung zur Beerdigung meiner Tochter. Was nicht heißt, dass ich meine Meinung über Sie geändert habe, Banks, nur dass sich die Umstände geändert haben.«

»Ich bin Ihnen nützlich gewesen.«

»Und habe ich meinen Teil des Abkommens nicht erfüllt?«

»Wieso haben Sie am Sonntag, den sechsten Dezember, mit Barry Clough im Scarlea House zu Abend gegessen?«

Riddle ließ sich Zeit mit der Antwort. »Ich hatte gehofft, Sie würden das nicht herausfinden«, sagte er. »Zu viel der Hoffnung, nehme ich an.«

»Sie hätten es wissen müssen.«

»Ja, nun ... Übrigens habe ich nicht mit ihm zu Abend gegessen. Ich bin gegangen, bevor es so weit kam.«

»Lassen Sie doch die Haarspalterei. Sie haben sich mit ihm getroffen. Warum?«

»Weil er mich darum gebeten hat.«

»Wann?«

»Zwei Tage zuvor.«

»Am Freitag?«

»Ja. Er hat mich im Präsidium angerufen und gesagt, er käme zum Ende der Moorhuhnsaison am nächsten Tag nach Yorkshire und er wolle sich mit mir treffen, um über Emily zu sprechen. Mehr wollte er mir am Telefon nicht sagen.«

»Er nannte sie Emily?«

»Ja.«

»Nicht Louisa?«

»Nein.«

»Er hatte also herausgefunden, wer sie war?«

»Natürlich hatte er das. Angefangen bei dem Gespräch, das Emily mit Ihnen in Cloughs Wohnzimmer hatte.«

»Abgehört?«

»Selbstverständlich. Zumindest hat er mir das erzählt.«

»Was wollte er von Ihnen?«

»Was glauben Sie wohl?«

»Sie erpressen?«

»Kurz gesagt, ja. Ich bin schon mehr Typen wie ihm begegnet, Banks. Sie sammeln Leute, von denen sie meinen, dass sie ihnen eines Tages nützlich sein könnten.«

»Erzählen Sie mir von dem Gespräch.«

Riddle sah ihn finster an. »Sie genießen das, was?«

»Wie bitte?«

»Mich in die Zange zu nehmen. Haben Sie davon nicht immer geträumt?«

»Sie überschätzen Ihre Wichtigkeit für mich«, erwiderte Banks, »und um ganz ehrlich zu sein, die Antwort ist nein, ich genieße es nicht. Ich habe nichts von dieser ganzen Sache genossen. Ihnen die Nachricht von Emilys Tod überbringen zu müssen, Sie und Ihre Frau über Emily zu befragen und jetzt das hier. Ich hatte von Anfang an das Gefühl, dass einer von Ihnen oder Sie beide mich belügen oder mir etwas verheimlichen, und jetzt liegt mir ein konkreter Beweis dafür vor. Ich wünschte immer noch, nichts mit Ihnen zu tun haben zu müssen, aber das geht nicht. Ich muss meine Aufgabe erfüllen, und ob Sie es glauben oder nicht, ich habe das Gefühl, Ihrer Tochter etwas schuldig zu sein.«

»Wieso? Was hat sie je für Sie getan?«

»Nichts. Darum geht es nicht.«

»Worum dann?«

»Das würden Sie nicht verstehen. Sprechen wir weiter über das Sonntagsessen im Scarlea, ja? Worüber wollte Clough mit Ihnen reden?«

»Was glauben Sie? Er hatte entdeckt, dass ich Chief Constable bin und daran denke, in die Politik zu gehen. Die Vorstellung, eine so einflussreiche Persönlichkeit in der Tasche zu haben, gefiel ihm.«

»Was hat er gesagt?«

»Er sagte, er hätte Emily in London gekannt – natürlich als Louisa Gamine –, dass sie zwei oder drei Monate zusammengelebt hätten und er kompromittierende Fotos besäße und alle möglichen Geschichten über sie, die er an die Presse geben könnte, Dinge, die meine Aussicht, gewählt zu werden, vernichten würde, sollte ich jemals so weit kommen. Und Dinge, die sogar meine Eignung als Chief Constable in Frage stellten, wenn es nicht so weit kam. Er machte ein paar obszöne Bemerkungen über sie und deutete ebenfalls an, dass er sie jederzeit überreden könnte, zu ihm zurückzukehren. Er schien zu glauben, dass er nur nach ihr zu pfeifen brauchte.«

»Was haben Sie darauf gesagt?«

»Ich habe gesagt, er könne sich zum Teufel scheren. Was denken Sie denn?«

»Und wie hat er darauf reagiert?«

»Er sagte, er könne meine Reaktion durchaus verstehen und er gäbe mir zwei Wochen Zeit, darüber nachzudenken, dann würde er sich wieder mit mir in Verbindung setzen.«

»War das der Moment, in dem Sie aufgestanden und gegangen sind?«

»Ja.«

»Haben Sie danach noch mal von ihm gehört?«

»Nein. Es ist erst anderthalb Wochen her.«

»Keine Drohungen oder so was?«

»Nichts. Und ich erwarte auch keine.«

»Warum nicht?«

»Tja, er wird wohl kaum Aufmerksamkeit auf sich lenken wollen, indem er seine Erpressungsdrohung jetzt wahr macht, oder? Nicht nach dem Mord.«

»Sie glauben nicht, dass der Mord eine Art Warnung an Sie war, ein Signal?«

»Seien Sie doch nicht absurd. Die Dinge befanden sich in einem verletzlichen Gleichgewicht. Clough hatte alles zu verlieren, wenn Emily etwas zustieß, und alles zu gewinnen, wenn er sie am Leben ließ. Er ist kein dummer Mann, Banks. Wie würde er wohl meine Reaktion einschätzen, wenn ich auch nur einen Moment lang glaubte, er hätte meine Tochter ermordet? Das ergibt einfach keinen Sinn.«

»Da wäre ich mir nicht so sicher.« Banks brauchte dringend eine Zigarette, aber er wusste, dass das nicht ging, nicht in Riddles Haus. »Sie müssen gewusst haben, dass wir früher oder später dahinter kommen«, sagte er. »Warum um alles in der Welt haben Sie es mir nicht erzählt?«

»Das war ein kalkuliertes Risiko. Warum sollte ich es Ihnen erzählen? Die Sache ging nur mich persönlich an. Es war mein Problem. Und meine Sache, damit fertig zu werden.«

»Das war kein persönliches Problem. Es hörte in dem Moment auf, ein persönliches zu sein, als jemand Emily ermordet hat, Himmel noch mal. Vielleicht Clough. Sie haben Beweise zurückgehalten.«

»Welche Beweise?«

»Dass er sich um die Zeit ihres Todes hier in der Gegend aufhielt, zum Beispiel. Er hätte ihr ohne weiteres die Drogen geben können.«

»Ich habe versucht, mich auf keine Weise in die Ermittlungen einzumischen. Ich hätte Sie gern von Clough als Verdächtigem abgelenkt, aber das konnte ich nicht tun, ohne Verdacht zu erregen.« Riddle beugte sich vor und stützte die Hände auf die Knie. »Denken Sie mal eine Minute darüber nach, Banks, bevor Sie hochgehen. Welchen Grund sollte Clough haben, Emily zu töten, wenn er mich durch sie in der Hand hatte?«

»Sie musste nicht am Leben sein, damit er seine Drohung wahr machen konnte.«

»Aber er hat nicht nur mit Enthüllungen gedroht, vergessen Sie das nicht. Er sagte auch, er könne sie wiederhaben, wann immer er wollte. Er wusste, dass ich den Gedanken nicht ertragen würde, sie mit ihm zusammen zu wissen. Sie hätten es mir sagen sollen, Banks. Als Sie sie zurückgebracht haben. Sie hätten mir sagen sollen, in welche Art Schwierigkeiten sie sich gebracht hat. Sie werfen mir vor, Beweise zurückgehalten zu haben, aber Sie haben beide kein Wort davon gesagt, was Emily in London gemacht hat.«

Banks seufzte. »Was hätte das denn genützt?« Aber vielleicht hätte er es doch tun sollen, dachte er beschämt. Er hatte geglaubt, den Riddles durch sein Schweigen unnötigen Schmerz zu ersparen und Emily vielleicht ein paar härtere Disziplinarmaßnahmen. Und dann hatte sich alles überschlagen. Jetzt war Emily tot, und Jimmy Riddle steckte selbst tief in Schwierigkeiten. Schwierigkeiten, von denen er sich möglicherweise nie wieder ganz erholen würde. Banks erinnerte sich daran, dass Emily ihm erzählt hatte, was für ein schlechter Detektiv Riddle war, der in den Kriminalromanen, die er als Jugendlicher las, immer den Falschen als Mörder verdächtigt hatte. Was man sich gut vorstellen konnte. »Es bringt nichts, mir Vorwürfe zu machen«, fuhr er fort. »Glauben Sie mir, es gibt Momente, in denen ich mir wünschte, es anders gemacht zu haben. Aber Sie. Sie sind Polizist. Sie sind sogar ein verdammter Chief Constable. Ich kann einfach nicht glauben, wie S so dumm und dickköpfig und stolz sein konnten, mir nic zu erzählen, dass der Mann, den ich ernsthaft als Mörder I rer Tochter verdächtige, Sie vier Tage vor ihrem Tod zu e pressen versucht hat.«

Riddles Gesichtsausdruck wurde hart. »Ich habe es Ihn schon gesagt. Das war eine Privatangelegenheit. Sie hat nich mit Emilys Tod zu tun. Er hatte kein Motiv, sie umzubri gen. Glauben Sie nicht, dass ich Clough inzwischen mit bl ßen Händen erwürgt hätte, wenn ich wirklich glaubte, er wä der Mörder meiner Tochter? Sie mögen das vielleicht nic verstehen, Banks, aber ich habe meine Tochter geliebt.«

»Wer kann das bei jemandem wie Clough schon sagen? argumentierte Banks. »Vom geschäftlichen Standpunkt au wäre es für ihn vielleicht besser, wenn Emily noch am Lebe wäre, aber er ist auch ein gewalttätiger Mann, nach allem, wa ich gehört habe, und ein besitzergreifender. Er mag es nich wenn Leute ihn sitzen lassen. Vielleicht hat er sie deshalb e mordet. Außerdem glaube ich nicht, dass sie so einfach zu ihr zurückgekehrt wäre. Sie hatte Angst vor ihm.«

»Tja, das hätte doch ein guter Grund sein können, zu ihr zurückzukehren, oder? Männer wie er üben eine gewiss Faszination auf Mädchen wie ... wie Emily aus.«

»Was soll das heißen?«

»Frühreif, boshaft und rebellisch. So war sie schon imme Sie wissen, dass Emily und ich nicht miteinander auskamen wie sehr ich mich auch bemühte. Es kam immer falsch raus Und dann Clough. Er ist etwa in meinem Alter, aber er ist ei Verbrecher. Polizist – Verbrecher. Verstehen Sie denn nicht dass sie das gemacht hat, um mich zu verletzen?«

»Wenn Emily Sie verletzen wollte, hätte sie dafür gesorgt dass Sie es erfahren.«

Riddle schüttelte nur den Kopf.

»Hat Clough bei diesem Essen irgendwas über seine Geschäftsinteressen gesagt?«

»Nein.«

»Hat er PKF Computersysteme erwähnt?«

»Nein.«

»Charlie Courage? Gregory Manners? Jamie Gilbert?«

»Nein. Ich habe Ihnen erzählt, was er gesagt hat. Glauben Sie nicht, dass ich Sie informiert hätte, wenn er irgendwas Belastendes gesagt hätte?«

»Nach allem, was ich gerade gehört habe, bin ich mir nicht so sicher.«

»Da war nichts, Banks. Nur sein nicht allzu subtiler Erpressungsversuch.«

»Aber er war hier, in der Gegend von Eastvale, als sowohl Charlie Courage wie auch Ihre Tochter ermordet wurden. Gibt Ihnen das nicht zu denken?«

»Das bringt mich nur zu der Auffassung, dass er nicht für die Morde verantwortlich sein kann. Er ist nicht so dumm, auf der Türschwelle zu stehen, wenn Morde geschehen.«

»Hören Sie auf, ihn zu verteidigen. Meine Güte noch mal, man könnte denken, Sie hätten ...«

»Was?«

»Egal.«

»Was werden Sie jetzt unternehmen?«

Banks schüttelte den Kopf. »Ich weiß es nicht.«

»Was auch immer Sie tun werden, bitte haben Sie den Anstand, bis nach der Beerdigung damit zu warten, ja?«

Banks stimmte zu, war aber mit den Gedanken woanders, bei dem, was er ungesagt gelassen hatte. Er konnte sich nur einen guten Grund vorstellen, warum Riddle so unprofessionell gehandelt und die Einzelheiten über sein geheimes Treffen mit Clough verschwiegen hatte: dass er zumindest überlegte, vor Cloughs Forderung zu kapitulieren. Was für Banks ein noch weit größeres Problem aufwarf. Durch Emilys Tod war eindeutig ein großer Teil von Cloughs Macht über Riddle ausgelöscht worden. Wenn Clough sie nicht umgebracht hatte, wer hatte dann Emily Riddles Tod gewollt, und warum?

14

Viele Leute dachten, sinnierte Banks, dass die Polizei an der Beerdigung von Mordopfern in der Hoffnung teilnahm, den Mörder dort zu finden. Das war nicht der Fall. So was passierte nur in Romanen und im Fernsehen. Andererseits, angesichts der Tatsache, dass die engsten Verwandten des Opfers meist bei der Beerdigung sind und Morde zum größten Teil von nahen Familienangehörigen verübt werden, standen die Chancen ziemlich hoch, dass der Mörder tatsächlich an der Beisetzung teilnahm.

Jedoch nicht an dieser. Barry Clough war zum Beispiel nicht gekommen, und er war der einzige mögliche Verdächtige, den sie bisher hatten, obwohl Riddle vermutlich Recht hatte mit der Annahme, dass Emily lebend für Clough viel wertvoller gewesen wäre. Trug Banks Scheuklappen, wenn es um Clough ging, oder nahm er die Sache zu persönlich, wovor Gristhorpe ihn gewarnt hatte? Das glaubte er nicht. Er wusste, dass es für Clough keinen Sinn ergab, Emily zu töten, nachdem er sie gerade dazu benutzt hatte, ihren Vater zu erpressen. Aber Banks war sich sicher, dass ihm etwas entgangen war, ein Blickwinkel, den er noch nicht in Betracht gezogen hatte. Die einzige Erklärung, die er gefunden hatte, selbst jedoch nicht recht glauben konnte, war, dass Clough eine Art Psychopath war und sich nicht hatte bremsen können. Wenn das der Fall wäre, hätte Clough aber mit Sicherheit dafür gesorgt, zuzusehen und an dem Mord an Emily teilnehmen zu können.

Craig Newton und Ruth Walker waren zusammen gekommen; sie standen verwirrt und etwas jämmerlich im Regen, während der Vikar den dreiundzwanzigsten Psalm intonierte. Banks fing ihren Blick auf. Craig nickte kurz, Ruth schaute böse.

»Der Herr ist mein Hirte; mir wird nichts mangeln. Er weidet mich auf einer grünen Aue und führet mich zum stillen Wasser.« An diesem Morgen war nichts Grünes an den Auen der Dales – alles, vom Himmel über die Häuser bis zu den ungleichmäßig geformten Feldern und Trockenmauern, war schiefergrau oder schlammig braun –, und auch der Swain war alles andere als still, rauschte über ein Reihe kleiner Wasserfälle neben dem Friedhof und übertönte, zusammen mit dem Wind, der wie eine Stockhausenkomposition durch die Lücken der Trockenmauern pfiff, fast die Worte des Vikars. Der Wind trieb den Regen auch quer über den Friedhof, und die Trauergäste schienen sich so tief in ihre dicken Mäntel, Handschuhe und Mützen zu verkriechen wie nur möglich.

Zumindest benutzte der Vikar die alte Version, fiel Banks auf. »Der Herr ist mein Hirte; daher fehlt es mir an nichts«, klang flach, nicht anders als »wie in einem Spiegel, undeutlich«, dachte er. Banks ging nicht oft zur Kirche, erinnerte sich aber an die kraftvolle Kirchensprache seiner Jugend, gegen die alles andere abfiel. Er hatte zwar die Hälfte nicht verstanden, weder damals noch jetzt, aber darauf war es ihm nie angekommen. Religion, dachte er, war sowieso ein einziges Kauderwelsch. Gesänge, Mantras, was auch immer. Tröstliches Kauderwelsch in diesem Fall, obwohl sich niemand täuschen ließ. Rosalind Riddle tupfte sich die Augen hin und wieder mit einem Taschentuch ab, Benjamin stand neben ihr und schaute verwirrt, und ihr Mann sah aus, als hätte er sich die ganze Nacht mit seinem Gewissen herumgeplagt.

Als Banks auf dem Weg zum Grab kurz Riddles Blick auffing, schaute der schuldbewusst weg. Dazu hatte er auch allen Grund, dachte Banks, der immer noch leicht verärgert war, weil Riddle die Ermittlungen behindert hatte. Doch nach dem Gespräch mit Riddle am vorherigen Abend hatte auch Banks erkannt, dass er zu viele Dinge verborgen gehalten hatte; er hatte Annie zuerst nichts von dem Treffen mit Emily gesagt und ihr auch immer noch nicht von der Nacht im Hotel erzählt. Mit ein bisschen Glück würde sie es nie erfahren. Natürlich konnte er seine Versäumnisse viel einfacher begründen als die von Riddle, aber er verstand zumindest, warum Riddle ihm gegenüber nicht hatte zugeben wollen, dass er sich mit dem Liebhaber seiner Tochter zum Essen getroffen hatte, einem Mann, der darüber hinaus auch noch im Ruf stand, ein Krimineller zu sein. Wäre Riddle auf Cloughs Forderungen eingegangen, um sich und Emily zu schützen? Was für eine Art Mann war er, wenn es zum Äußersten kam? Jetzt würde er nie die Möglichkeit haben, das herauszufinden. Tugend kann sich nur beweisen, wenn sie auf dem Prüfstand steht.

»Und ob ich auch wanderte durch das Tal der Todesschatten …« Das Tal der Todesschatten war ein Ausdruck, der Banks stets bewegt hatte, bei dem ihm Schauder über den Rücken gelaufen waren, obwohl er nur schwer hätte erklären können, was es für ihn bedeutete. In der neuen Übersetzung fehlte auch das. Banks dachte an den armen Graham Marshall vor all den Jahren, wie er durch das Tal der Todesschatten gewandert war. Seine Leiche war nie gefunden worden, daher hatte er auch kein Begräbnis bekommen wie Emily. In der Schule hatte es eine Art Trauerfeier gegeben, erinnerte sich Banks, oder eine Gedenkfeier, er war sich da nicht mehr so sicher. Der Direktor hatte den dreiundzwanzigsten Psalm vorgelesen. So viel Tod. Manchmal war Banks' Kopf voll mit den Stimmen der Toten.

Banks wünschte sich, die Beerdigung würde bald vorüber sein. Das lag nicht nur am Wetter, dem Regen, der ihm in den Kragen lief, und dem kalten feuchten Wind, der durch drei Schichten Kleidung bis auf die Knochen drang, sondern auch an dem Anblick des Sarges neben dem offenen Grab, dem Gedanken, dass Emily da drinnen lag, dieser einst so lebendige, widerspenstige Geist, der zusammengerollt wie ein kleines Kind mit dem Daumen im Mund in einem Hotelzimmer geschlafen hatte, während Banks im Sessel saß und Dawn Upshaws Songs über den Schlaf gelauscht hatte. *Kalt, kalt ist das Grab,* die Zeile aus einer alten Folkballade ging ihm durch den Kopf. Das Grab sah in der Tat kalt aus, aber die einzige, die das jetzt nicht empfand, war Emily.

Als es vorbei war, als Emilys Leiche zu ihrem endgültigen Ruheplatz hinabgesenkt worden war, begaben sich die Trauergäste langsam zum Parkplatz. Ruth und Craig traten zu den Riddles. Der Chief Constable schien sie nicht wahrzunehmen, und Craig hielt sich zurück. Ruth sagte etwas zu Rosalind, tiefernst, wie es aussah. Rosalind murmelte ein paar Worte und berührte Ruths Arm. Dann sah sie Banks alleine stehen und kam mit einem älteren Ehepaar auf ihn zu.

»Meine Eltern«, stellte sie die beiden vor.

Banks schüttelte ihnen die Hand und sprach ihnen sein Beileid aus.

»Kommen Sie noch mit zu uns?«, fragte Rosalind.

»Nein«, erwiderte er, »ich kann leider nicht. Zu viel Arbeit.« Er hätte sicher eine halbe Stunde erübrigen können, aber ihm war nicht danach, Smalltalk mit der Familie Riddle zu machen. »Was wollte Ruth?«, fragte er.

»Ach, das war sie also«, sagte Rosalind. »Ich hab mich schon gefragt. Sie sagte, sie sei eine Freundin von Emily, und ob sie vielleicht ein Andenken an sie haben dürfte.«

»Und?«

»Ich hab vorgeschlagen, dass sie bei uns vorbeikommt und ich sehen werde, was ich tun kann. Warum?«

»Nur so. Der Junge bei ihr ist Craig Newton. Emilys ehemaliger Freund.«

»Gehört er zu den Verdächtigen?«

»Theoretisch ja. Er hat sie belästigt, nachdem sie sich getrennt hatten, und er hat kein Alibi.«

»Aber realistisch gesehen?«

Banks schüttelte den Kopf. »Ich glaube nicht.«

Rosalind schaute zu den beiden hinüber. »Dann sollte ich sie vielleicht beide zu uns einladen, oder?«

»Sie sind weit gefahren.«

»Woher wussten sie, dass die Beerdigung heute ist?«

»Ich habe Craig gestern Abend angerufen. Als ich ihn das letzte Mal befragt habe, sagte er, er würde gerne kommen, und ich sah keinen Grund, der dagegen sprach. Er muss sich mit Ruth in Verbindung gesetzt haben.«

Rosalind schüttelte Banks' Hand und ging mit ihren Eltern zu Ruths Auto. Banks sah auch Darren Hirst und die anderen, die an jenem Abend mit Emily in der Bar None gewesen waren, Tina und Jackie. Sie sahen völlig verstört aus. Darren nickte und ging an ihm vorbei. Dabei fiel Banks etwas ein, das er Darren fragen wollte. Aber nicht jetzt, das konnte warten. Der arme Junge musste erst mit seiner Trauer fertig werden.

Im Büro konnte Banks noch nicht mal den Mantel ausziehen und sich setzen, da klopfte Sergeant Hatchley bereits an die Tür und trat ein.

»Wie läuft es, Jim?«, fragte Banks.

»Gut. Die Beerdigung?«

»Das Übliche.«

Hatchley schloss die Tür hinter sich und setzte sich Banks gegenüber. Er war das Gegenteil von Annie, wenn es um bequemes Sitzen ging, hockte immer am Rand des Stuhles und rutschte hin und her, als ob sich etwas Scharfes in seinen Hintern bohrte. Hatchley zog seine Zigaretten heraus und bat Banks mit einem Blick um Erlaubnis. Banks stand auf, öffnete trotz der Kälte das Fenster, und beide zündeten sich eine Zigarette an.

»Es geht um Castle Hill Books«, sagte Hatchley. »Ich hab gestern Nachmittag die junge Lose-Some hingeschickt, und sie kam mit einem interessanten Fund zurück.«

»Erzählen Sie.«

»Der Besitzer ist ein schleimiger kleiner Kerl namens Stan Fish. Verkauft schon seit Jahren nebenbei Pornohefte. Und wie sich rausstellte, hatte er ein ganzes Regal voll Raubkopien von Computersoftware, Spielen und Musik-CDs. Er sagt, er hätte sie von einem Typ, den er nur als Greg kennt. Dieser Greg kommt alle zwei Wochen mit einem weißen Kleinbus vorbei und bringt eine neue Lieferung. Also zieht Lose-Some das Bild von Gregory Manners raus. Volltreffer.«

»Gut«, sagte Banks. »Das gibt uns ein bisschen mehr Munition.« Er sah auf die Uhr. »Manners ist auf dem Weg hierher.«

»Lose-Some hat auch ein paar von den Sachen mitgebracht«, fuhr Hatchley fort. »Vic Manson überprüft sie gerade auf Fingerabdrücke. Ich werde ihn bitten, sich zu beeilen. Wenn er welche findet, die mit denen von Manners übereinstimmen …«

»Damit haben wir immer noch nicht viel«, sagte Banks. »Selbst wenn wir Manners für das Raubkopieren und Vertreiben urheberrechtlich geschützter Software drankriegen, ist das kaum ein ernsthaftes Vergehen.«

»Aber es könnte uns eine Handhabe gegen diesen anderen Gangster geben, hinter dem Sie her sind.«

»Barry Clough?«

»Ja.« Hatchley drückte die Zigarette aus. »Lose-Some hat Manners' Foto auch in Daleview rumgezeigt, und zwei Leute haben ihn erkannt.«

»Von Clough, Andy Pandy oder Jamie Gilbert hat da aber keiner was gesehen, oder?«

»Noch nicht. Wir suchen weiter.« Hatchley stand auf. Bevor er gehen konnte, öffnete sich die Tür und Superintendent Gristhorpe stürmte herein, eines der berüchtigten Londoner Revolverblätter in der Hand. Gristhorpe schnüffelte, sah sie beide finster an und sagte dann: »Haben Sie heute Morgen schon Zeitung gelesen, Alan?«

Banks schaute auf die Zeitung. »Selbst wenn ich die Zeit gehabt hätte«, meinte er, »wäre es bestimmt nicht die gewesen.«

Ein Lächeln breitete sich über Gristhorpes rotes, pockennarbiges Gesicht. »Meine erste Wahl wäre das auch nicht«, sagte er. »Entspricht eher Ihrem Geschmack, was, Sergeant Hatchley?«

»Wenn ich die Zeit dazu hätte, Sir«, murmelte Hatchley, schob sich aus dem Büro und zwinkerte Banks zu, bevor er die Tür hinter sich schloss.

Gristhorpe warf die Zeitung auf Banks' Schreibtisch. »Das sehen Sie sich besser mal an, Alan«, sagte er. »Sieht aus, als müsste ich mich für den Rest des Tages mit Schadensbegrenzung rumschlagen.« Dann ging er genauso abrupt, wie er hereingekommen war.

Schon beim Anblick des Farbfotos auf der Titelseite bekam Banks fast einen Herzschlag. Genau genommen waren es zwei Fotos, eins von Barry Clough beim Verlassen eines Restaurants in Soho, die Handfläche in Richtung des Fotografen ausgestreckt, und eins von Jimmy Riddle beim Verlassen des Präsidiums. So, wie die Fotos platziert waren, sah es aus, als würden sich die beiden Männer gerade treffen. In der Mitte darunter prangte ein Foto von Emily. Ein gutes Foto, professionell aufgenommen, das sie mit ihrem »blasierten«, heroinschicken Ausdruck zeigte. Sie hatte das blonde Haar auf modische Weise hochgesteckt und trug ein schwarzes, ärmelloses Abendkleid. Nicht dasselbe, das sie in der Nacht im Hotelzimmer angehabt hatte, aber ein ähnliches. Banks hatte das Foto im Haus von Craig Newton schon mal gesehen, oder eins, das diesem sehr glich. Hatte Craig es an die Zeitung verkauft? War er immer noch so verbittert über die Trennung von Emily? Wahrscheinlicher war, dachte Banks, dass Clough sich einen Abzug gesichert hatte, als Emily bei ihm lebte, und dass dies seine Antwort auf Emilys Tod und Riddles Schweigen war.

Die Schlagzeile verkündete: »MORD AN TOCHTER DES POLIZEIPRÄSIDENTEN: WAS WIRD HIER VERSCHWIEGEN?« Der Artikel berichtete über Emilys Verbindung mit dem »bekannten Clubbesitzer und Lebemann Barry Clough«, einem Mann »im selben Alter wie ihr hochrangiger Polizistenvater«. Nach ein paar nicht allzu subtilen Andeutungen, dass der »bekannte Clubbesitzer und Lebemann« eine Umschreibung für Gangster war, kamen einige moralinsauere Abschweifungen wie »Wissen Sie, was Ihre Tochter heute Abend macht und mit wem sie zusammen ist?«, bevor der Reporter wirklich zur Sache kam: Spekulationen über die Ausweitung von Cloughs »Geschäftsimperium« im Norden und inwieweit er und Riddle gemeinsam in krumme Geschäfte verwickelt waren. Emilys Rolle bei alldem blieb der Vorstellung der Leser überlassen.

Der Artikel war offensichtlich von der Rechtsabteilung der Zeitung überprüft worden und bewegte sich knapp am Rande der Verleumdung. Zum Beispiel war nirgends die Rede davon, dass Riddle und Clough sich tatsächlich getroffen und miteinander geredet hatten oder dass Riddle über Emilys Beziehung mit Clough informiert war – vom Scarlea House wusste der Reporter offenbar noch nichts –, aber der ganze Artikel war ein Meisterstück von versteckten Andeutungen, und die Anspielungen selbst waren schon schädigend genug. Banks konnte sich vorstellen, wie Riddles politische Freunde darauf reagieren würden.

Ihm war ebenfalls klar, dass der Schaden nicht auf die politischen Ambitionen beschränkt bleiben würde. Diese Sache konnte Riddle leicht zu einem Paria im Polizeidienst machen. Ob nur irgendwas dran war oder nicht, solche Gerüchte konnten seine Polizeikarriere tatsächlich beenden. Banks vermutete, dass auf höherer Ebene bereits darüber getuschelt wurde, wie ein Chief Constable es hatte zulassen können, dass seine eigene Tochter in einem Nachtclub ermordet wurde, wäherend sie Kokain schnupfte. Ganz zu schweigen von den Gerüchten über Drogen und Sex. Banks nahm an, daß es so oder so, egal ob als Politiker oder als hochrangiger Polizist, mit Jimmy Riddles dürftiger Herrschaft zu Ende war.

Banks war überrascht, dass er Mitleid mit dem armen Kerl verspürte.

Und was war mit Rosalind und Benjamin? Wie würde sie das treffen?

Banks fiel Ruth Walkers Schlussfrage vom letzten Samstag wieder ein: Warum wollte Emilys Vater sie zurück, wenn sie ihm bis dahin offenbar gleichgültig gewesen war? Banks hatte seither viel darüber nachgedacht. Zuerst hatte er vermutet, Riddle wollte sie wiederhaben, um weiteren Schaden von seiner Karriere abzuwenden und, unter Zugeständnis einiger väterlicher Gefühle, weil er sich Sorgen um sie machte, nachdem er die Fotos auf der Porno-Website gesehen hatte. Vielleicht irrte sich Banks. An einem bestimmten Punkt der Ermittlungen waren die Riddles für Banks selbst zu Verdächtigen geworden.

Das große Problem mit Riddle als Verdächtigem war, dass der Mord an Emily, von welcher Seite man es auch betrachtete, alles nur schlimmer für ihn machte. Klar, ihr Weiterleben hätte immer das Risiko eines Skandals in sich getragen, aber ihr Tod hatte den Skandal garantiert. Andererseits, angesichts des Drucks, unter dem Riddle seit dem Gespräch mit Clough im Scarlea stand, hätte auch etwas zu einer Kurzschlussreaktion führen können.

Und was war mit Rosalind? Sie hatte Emily nicht unbedingt wieder zu Hause haben wollen. Das hatte sie von Anfang an klar gemacht. Wenn sie nun einen guten Grund dafür hatte und Emily irgendwie zur Bedrohung geworden war? Aber wie? Warum? Irgendwie kam ihm das immer noch nicht richtig vor, vor allem bei der angewandten Mordmethode, aber vielleicht war es an der Zeit, die trauernden Eltern etwas mehr unter Druck zu setzen.

Ein Klopfen an der Tür riss Banks aus seinen Gedanken. Constable Templeton trat ein.

»Ja, Kev?«

»Ich dachte, Sie würden vielleicht Bescheid wissen wollen, Sir. Gregory Manners ist gerade hergebracht worden. Er wartet im Verhörraum drei.«

»Danke, ich komme gleich. Bitten Sie Sergeant Hatchley, auch dabei zu sein, ja?«

»Mach ich, Sir.«

»Übrigens, wo habt ihr ihn gefunden?«

»Am merkwürdigsten Ort, den Sie sich vorstellen können.«

»Ach ja? Und wo ist der?«

Constable Templeton grinste. »Zu Hause, Sir. Hübsche kleine Wohnung in Thirsk.«

Banks grinste ebenfalls. »Ach, Kev, da ist noch etwas, um das ich Sie bitten möchte.«

Gregory Manners war ein aalglatter Bursche, von seinem sorgfältig gekämmten, unmöglich braunen Haar bis zu den Sohlen seiner italienischen Schuhe. Auf gewisse Weise sah er gut aus, und Banks konnte sich vorstellen, dass Manners auf manche Frauen anziehend wirkte.

Der Verhörraum war ein schmuddeliges, stickiges Zimmer mit weiß gestrichenen Wänden, einem winzigen, vergitterten Fenster und einem am Boden festgeschraubten Metalltisch und Stühlen. Der blaue Aschenbecher, aus dem Queen's Arms geklaut, war inzwischen verschwunden, nachdem im ganzen Gebäude nicht mehr geraucht werden durfte, aber es stank immer noch nach kaltem Rauch, Schweiß und Angst. Manners saß ganz kühl da, die Beine übereinander geschlagen, und starrte unbewegt in die Luft. Als Banks und Hatchley hereinkamen, fragte er, warum man ihn hergebracht hätte.

Banks ignorierte die Frage und überprüfte die Kassette im Rekorder. Hatchley setzte sich, gelassen wie Buddha und auch fast so fett.

Die Kassette funktionierte. Banks nannte Zeit, Datum und Ort sowie die Namen der Anwesenden, wandte sich dann an Manners und sagte: »Sie sind hier, um uns bei unseren Ermittlungen zu helfen, Mr. Manners.«

»Welchen Ermittlungen?«

»Das wird im Laufe unseres Gesprächs klar werden.«

Manners beugte sich vor und legte die Arme auf den Tisch. »Sollte ich meinen Anwalt dabeihaben?«

»Wie ich hörte, haben Sie Ihren Anwalt angerufen, bevor Sie das Haus verließen?«

»Bevor ich hergebracht wurde, ja. Und ich hab nur seinen Anrufbeantworter drangekriegt.«

»Anwälte sind viel beschäftigte Leute. Haben Sie eine Nachricht hinterlassen?«

»Ich hab ihm gesagt, er soll auf der Stelle herkommen.«

»Ihnen ist in der Zwischenzeit ein Pflichtverteidiger angeboten worden?«

»Einer von diesen kleinen Scheißkerlen, der noch feucht hinter den Ohren ist und keinen anständigen Job kriegen kann?«

»Und Sie haben abgelehnt?«

»Ja.«

»In dem Fall, Mr. Manners, lassen Sie uns mit dem Verhör fortfahren. Um das mal festzuhalten, Sie sind bisher nicht angeklagt, also gibt es keinen Grund, sich übermäßig aufzuregen. Ich bin sicher, Ihr Anwalt wird so bald wie möglich herkommen, aber bis dahin könnten wir uns ja schon mal ein bisschen unterhalten, nicht wahr?«

Manners kniff die Augen zusammen, lehnte sich aber zurück, entspannte sich und schlug die Beine wieder übereinander. »Was wollen Sie von mir? Ich habe nichts getan.«

»Das glaube ich Ihnen gerne.« Banks zog die CD-Hülle, die Annie bei PKF gefunden hatte, aus dem Umschlag und schob sie über den wackeligen Metalltisch zu Manners. »Wissen Sie, was das ist?«

Manners sah sie sich an. »Eine CD-Hülle.«

»Gut. Vielleicht können Sie uns erzählen, wie ihre Fingerabdrücke auf diese CD-Hülle gekommen sind?«

»Ich muss sie wohl angefasst haben.«

»Ja«, sagte Banks. »Das müssen Sie wohl. Können Sie mir sagen, was Sie im Daleview-Firmenpark gemacht haben?«

»Daleview? Gearbeitet. Warum?«

»Das weiß ich nicht, Gregory. Daher frage ich Sie ja.«

»Tja, genau das habe ich gemacht. Gearbeitet. Ich verstehe das nicht. Ich hab nichts Gesetzwidriges getan. Warum verhören Sie mich?«

»Wir möchten etwas über die Geschäfte von PKF Computersysteme wissen.«

»Was ist damit?«

»Haben Sie in Daleview bei dieser Firma gearbeitet?«

»Ja. Aber ich weiß immer noch nicht, worauf Sie hinauswollen.«

»Und was ist, wenn ich Ihnen sage, dass es eine Scheinfirma ist? Dass sie nicht existiert?«

»Dann wäre ich allerdings sehr überrascht.«

»Wer hat sie gegründet?«

»Was?«

»PKF.«

»Na, ich, natürlich. Die ganze Firma bin ich. Nur ich. Hören Sie, hier muss ein Irrtum vorliegen.«

»Kein Irrtum.«

»Ein Irrtum mit dem Papierkram. Ich dachte, ich hätte alles richtig gemacht.«

»Es gibt keinen Papierkram, Gregory. Überhaupt keinen. PKF existiert nicht.«

»Tja, wenn es nicht existiert, kann ich wohl kaum etwas darüber wissen, oder? Dann kann ich ja gehen.«

»Bleiben Sie sitzen!« Hatchley schlug mit seiner schinkengroßen Faust auf den Tisch, und der Krach ließ Manners zusammenzucken.

»Hey«, sagte Manners. »Was soll das? Das ist Einschüchterung.«

»Noch mehr von diesem Mist, und ich zeig dir, was Einschüchterung ist«, knurrte Hatchley.

»Ich bin sicher, wenn Sie meine Fragen so deutlich und vollständig beantworten, wie Sie können, wird Sergeant Hatchley genauso aufmerksam zuhören wie ich, nicht wahr, Sergeant?«

»Klar«, antwortete Hatchley, »sobald er aufhört, diesen Scheiß zu verzapfen.«

Manners schluckte. »Hören Sie, was wollen Sie wissen? Tut mir Leid, wenn ich die Sache mit dem Papierkram vermasselt habe. Ist das ein Verbrechen?«

»Kann sein«, sagte Banks, »aber darüber machen wir uns später Gedanken. Was haben Sie bei PKF gemacht?«

»Eine kommerzielle Datenbank entwickelt, produziert und vermarktet.«

»Genannt?«

»PKF.«

»Sie haben das Programm geschrieben?«

»Ja.«

»Und Sie haben allein gearbeitet?«

»Größtenteils.«

»Kommt mir wie einem Menge Arbeit für eine Person vor.«

»Harte Arbeit hab ich noch nie gescheut. Gelegentlich habe ich Aushilfskräfte eingestellt, die mir beim Vertrieb und solchen Sachen geholfen haben.«

»Leute wie Jonathan Fearn?«

Manners runzelte die Brauen. »Bei dem Namen klingelt zwar nichts, aber möglich ist es.«

Banks nahm die Fotos von Andrew Handley, Jamie Gilbert und Barry Clough aus seiner Akte und schob sie über den Tisch zu Manners. »Haben Sie einen dieser Männer schon mal gesehen?«

»Nein.«

Banks klopfte auf das Foto von Clough. »Vor allem den hier«, sagte er. »Los, sehen Sie richtig hin. Denken Sie darüber nach.«

»Ich hab's doch schon gesagt. Nein.«

»Haben Sie nicht vor kurzem irgendwo im Süden sechs Monate für versuchten Schmuggel abgesessen?«

»Ich bin nur bei etwas erwischt worden, womit andere täglich durchkommen.«

»Dann müssen Sie aber ein schwerer Raucher und Trinker sein.«

»Ich rauche nicht.«

»Sie wollten also die Waren, die Sie geschmuggelt haben, verkaufen?«

»Natürlich wollte ich sie verkaufen. Meine Güte, die Leute fahren jedes verdammte Wochenende nach Calais und packen ihre Autos voll. Was hat das denn damit zu tun?«

Banks klopfte wieder auf das Foto von Clough. »Wir haben Informationen, die uns zu der Annahme führen, dass dieser Mann hinter den Schmuggeloperationen *und* dem steckte, was auch immer PKF gemacht hat.«

»Dann sind Ihre Informationen falsch. Ich hab ihn noch nie gesehen. Auch die anderen beiden nicht. Ich habe das Zeug selbst *importiert* und auch PKF geführt. Und PKF hat nichts Illegales gemacht, wenn Sie darauf hinauswollen. Vielleicht hab ich das mit dem Papierkram vermasselt, vielleicht habe ich vergessen, das Unternehmen offiziell anzumelden, aber wenn ich deswegen hier bin, klagen Sie mich einfach an und lassen Sie uns die Sache hinter uns bringen. Sie wissen, dass Sie mich sofort gehen lassen müssen, wenn mein Anwalt kommt.«

»Wer hat denn was von Anklage gesagt?«

»Ich verstehe nicht, warum Sie mich sonst hergebracht hätten.«

»Was ist mit PKF passiert?«

»Das wissen Sie doch bereits«, sagte Manners. »Der Lieferwagen wurde auf dem Weg zu unseren neuen Geschäftsräumen in Northumbria überfallen und alles wurde gestohlen. Es gibt kein PKF mehr.«

»Und der Fahrer wurde getötet.«

»Ja. Bedauerlicherweise.«

»Ein Mr. Fearn. Jonathan Fearn.«

»Ja, wie gesagt, es tut mir Leid, aber ich erinnere mich nicht an seinen Namen. Ich habe ihn nur für den Job eingestellt.«

»Wo haben Sie ihn gefunden?«

»Mr. Courage, der Nachtwächter von Daleview, hat ihn empfohlen.«

»Ah ja.« Banks blätterte die Papiere in seinem Aktendeckel durch. »Charlie Courage. Kleinkrimineller. Muss sich übernommen haben.«

Manners runzelte die Stirn. »Wie bitte?«

»Komisch, dass Sie Mr. Courage erwähnen, Greg. Auch ihm ist leider kurz vor Mr. Fearn ein Unglück zugestoßen. Er fand sich auf der falschen Seite einer Schrotflinte wieder.«

»Ja, davon hab ich in der Zeitung gelesen«, sagte Manners. »Ein schrecklicher Schock. War ein netter Kerl.«

»Glauben Sie an Zufälle?«

»Die passieren dauernd.«

»Und Sie glauben, dass der Überfall auf den Lieferwagen, der Tod von Jonathan Fearn auf Grund seiner Verletzungen und der Mord an Charlie Courage Zufälle waren?«

»Könnte gut sein.«

»Warum sind Sie in Daleview ausgezogen?«

»Die Miete war zu hoch. Die neuen Räume waren billiger und besser. Größer.«

»Sagen Sie mir noch mal, was PKF wirklich gemacht hat.«

»Ich habe eine Datenbank, die ich selbst erstellt habe, produziert und vertrieben.«

»Haben Sie eine Ausbildung als Computerfachmann? Einen Collegeabschluss?«

»Hab mir alles selbst beigebracht. Wie viele Leute in dieser Branche.«

»An wen haben Sie diese Software vertrieben?«

»An Einzelhändler.«

»Namen?«

»Hören Sie, ich habe bestimmt noch irgendwo eine Liste. Was soll das alles?«

Wie verabredet, klopfte es an der Tür, und der Moment hätte nicht besser gewählt sein können. Banks kündigte den Eintritt von Constable Templeton an und stoppte die Kassette. »Was ist, Kev?«

»Dachte, das könnte Sie interessieren, Sir«, sagte Templeton und sah beim Sprechen zu Manners. »Ist gerade von unserem Fingerabdruckexperten gekommen. Geht um diese CD-Hüllen.«

»Ach ja. Dann schauen wir uns das doch mal an.« Er öffnete die Akte. Templeton verließ den Raum. Banks las stirnrunzelnd den Bericht durch, zeigte ihn Hatchley und schaltete den Rekorder wieder ein.

»Das ist interessant«, sagte er zu Manners.

»Was ist das?«

»Fingerabdruckergebnisse. Noch eine CD-Hülle.«

»Aber ich verstehe nicht. Sie haben meine Abdrücke schon auf einer CD-Hülle gefunden. Und ich habe es erklärt.«

»Aber das hier ist anders, Greg«, sagte Banks. »Das ist eine ganz andere Hülle.«

»Na ja, ich bin sicher, dass ich mehr als eine Hülle angefasst habe.«

»Ja, aber mich interessiert, wo wir sie gefunden haben und was sie enthielt.«

Manners schien ein wenig blass zu werden. »Ich weiß nicht ... wo haben Sie sie gefunden?«

»In einem Laden namens Castle Hill Books. Geführt von einem Mann namens Stan Fish. Klingelt da was?«

»Könnte einer von meinen Einzelhändlern gewesen sein.«

»Für Ihre PKF Datenbanksoftware?«

»Ja.«

»Wie kommt es dann, dass diese Hülle ein brandneues Spiel für die PlayStation enthielt?«

»Das weiß ich nicht. Vielleicht hat der Ladenbesitzer sie ausgetauscht.«

»Könnte sein«, sagte Banks. »Ich wäre sogar dazu geneigt, genau das zu glauben, außer ...«

»Außer was?«

»Außer, dass wir Ihre Fingerabdrücke auf sechs weiteren

Hüllen mit genau demselben Spiel gefunden haben, und wir haben noch einen ganzen Berg mehr da, den wir überprüfen müssen. Manche enthalten brandneue Musik-CDs von REM. Ist noch kaum in den Läden zu kriegen. Dann sind da noch ein paar Textverarbeitungsprogramme und so weiter. Aber komisch, Greg, keine PKF Datenbank.«

Manners verschränkte die Arme. »Gut, das war's«, sagte er. »Ich sage ab sofort kein Wort mehr, bis mein Anwalt hier ist.«

Zwei Stunden später, gegen Ende des Nachmittags, saß Manners immer noch in der Arrestzelle und wartete auf seinen Anwalt, und Banks war in seinem Büro und las Zeugenaussagen durch, als das Telefon klingelte.

Dirty Dick Burgess war dran, der aus London anrief. »Raten Sie mal, Banks.«

»Sie sind zum Leiter des Ausschusses gegen Rassismus ernannt worden?«

»Sehr komisch. Nein. Aber Andy Pandy ist endlich aufgetaucht.«

»Ach ja?«

»Dachte doch, dass Sie das interessieren würde.«

»Gibt es die Möglichkeit, in nächster Zeit mit ihm zu plaudern?«

»Nur wenn Sie Lust auf eine Séance haben. Er ist tot. Mausetot. Obwohl ich nie kapiert habe, wieso Mäuse mehr tot sein sollen als andere. Aber genug der philosophischen Erörterungen. Er ist tot.«

»Wo?«

»Ziemlich abgelegener Fleck am Rande von Exmoor. Ich sage Ihnen, Banks, wenn es nicht diese Wanderfreaks und Vogelbeobachter gäbe, Gott schütze sie, würden wir nur die Hälfte aller Leichen finden.«

»Die lange Fahrt?«

»Allerdings.«

»Schrotflinte?«

»Wunde am Oberkörper. Aus sehr kurzer Entfernung. Nicht mehr viel übrig.«

»Genau wie bei Charlie Courage. Irgendwelche Anzeichen von Folter?«

»Großer Gott, Banks, selbst von der Brust des armen Kerls ist kaum mehr was übrig geblieben. Was erwarten Sie? Wunder?«

»Und was denken Sie?«

»Ziemlich eindeutig, oder?«

»Sagen Sie's mir trotzdem.«

»Andy Pandy war ein böser Junge. Hat Mr. Clough betrogen. Mr. Clough mag es nicht, betrogen zu werden, also schickt er Andy auf die lange Fahrt. So seh ich das.«

»Und Charlie Courage?«

»Gehört auch dazu. Wohl kaum ein unschuldiger Zuschauer, nach allem, was Sie mir erzählt haben.«

»Er hat Geld von Clough genommen, oder von Cloughs örtlichem Laufburschen Gregory Manners, um dafür zu sorgen, dass PKF ohne Schwierigkeiten arbeiten konnte. Dann zieht PKF plötzlich aus und Charlies Bonus ist beim Teufel. Ich glaube, Charlie wusste, wohin PKF ziehen wollte, und wann. Und ich glaube, Andy Pandy hat ihm ein besseres Angebot gemacht.«

»Warum sollte er das tun?«

»Weil er sauer war auf Clough, der ihn wie Dreck behandelt hat. Er wollte mehr Respekt.« Und er war wütend auf Clough wegen des Vorfalls mit Emily, als sie ihm das Knie in die Eier gerammt hat, dachte Banks.

»Mag sein«, sagt Burgess, klang aber nicht überzeugt.

»Also überfällt er den Lieferwagen, um sein eigenes Geschäft aufzubauen. Der Lieferwagen ist voll mit dem Warenbestand von PKF, aber viel wichtiger ist, dass bei der Ladung auch zwei oder drei Multidisc-Kopiergeräte sind, sehr wertvolle Geräte. Er denkt, Clough kommt in tausend Jahren nicht drauf, dass Andy Pandy der Dieb war. Aber Clough ist kein Dummkopf. Er schickt ein paar Schläger los, um Charlie ein bisschen rumzuschubsen. Nun mag Charlie ja ein Gauner gewesen sein, aber niemand hat je behauptet, dass er ein tapferer Mann war. Charlie verrät Andy Pandy unter der Folter, und sie sind beide Vergangenheit. Ich frage mich nur, wieso Gregory Manners noch lebt.«

»Wie bitte?«

»Manners hat PKF geleitet, also muss er Cloughs erster Verdächtiger gewesen sein. Clough hat ihm gehörig Angst eingejagt, und Manners muss ihn überzeugt haben, dass er mit dem Überfall nichts zu tun hatte. Vielleicht hat Manners ihm erzählt, dass Andy Pandy in der Gegend war und Fragen gestellt hat. Das werden wir vermutlich nie genau erfahren.«

»Und was machen wir jetzt?«

»Wir zeigen weiter die Fotos in Daleview rum. Außerdem habe ich Gregory Manners in der Arrestzelle, wo er auf seinen Anwalt wartet; vielleicht knöpfe ich mir Manners noch mal vor.«

»Er wird nichts rauslassen. Hat viel zu viel Angst vor Clough.«

»Wahrscheinlich, aber ich kann ihn etwas stärker unter Druck setzen. Wäre nett, ihm mit einem Mordkomplott oder so was Hübschem zu drohen. Im Moment haben wir nicht viel mehr gegen ihn in der Hand als den Vertrieb von Raubkopien, und damit kommen wir vermutlich nicht weit. Sobald sein Anwalt hier ist, werden wir Manners laufen lassen müssen.«

»Und was wetten Sie, dass Sie ihn nie wiedersehen?«

»Ein hübsches Sümmchen.«

»Was machen wir nun mit Andy Pandy?«

»Wir werden es höllisch schwer haben, zu beweisen, dass die Sache was mit Clough zu tun hat«, sagte Banks. »Gab es irgendwas am Tatort?«

»Reifenspuren.«

Banks dachte einen Augenblick lang nach und meinte dann: »Ich glaube, es wird Zeit, dass wir Mr. Clough auf einen Schwatz nach Norden einladen. Aber ich hab da noch eine Idee.«

Es war schon spät, und Banks hörte sich Anne-Sophie Mutters Interpretation von Beethovens Frühlings-Violinsonate an und las eine Biografie von Ian Fleming, als er draußen ein Auto vorfahren hörte. Das war äußerst ungewöhnlich. Der unbefestigte Weg, der am Cottage vorbeiführte, endete zehn

Meter weiter und verjüngte sich zu einem Fußpfad, der zwischen dem Wald und Gratly Beck verlief. Manchmal bogen Touristen in die falsche Straße ein und mussten zurücksetzen, aber weder um diese Tages- noch um diese Jahreszeit.

Neugierig legte Banks das Buch beiseite, trat ans Fenster und öffnete die Vorhänge einen Spalt breit. Ein Sportwagen, nach der Form zu schließen, hielt vor dem Cottage, und eine Frau stieg aus. Er konnte ihre Gesichtszüge nicht erkennen, weil es draußen stockfinster war, sie ein Tuch um den Kopf trug und es keine Straßenlaternen auf diesem abgelegenen Weg gab. Doch er würde es bald erfahren, dachte er, da sie zu seiner Haustür ging und anklopfte.

Als er öffnete und Rosalind Riddle das Tuch abnehmen sah, musste er so erstaunt geschaut haben, dass er sie verlegen machte.

»Tut mir Leid«, sagte sie. »Bin ich zu einer unpassenden Zeit gekommen?«

»Nein«, erwiderte Banks. »Nein, ganz und gar nicht.« Er trat zur Seite. »Kommen Sie rein.«

Als sie an ihm vorbeiging, streifte ihre Brust seinen Arm, und er meinte, Wacholderbeeren in ihrem Atem zu riechen. Wahrscheinlich Gin. Er nahm ihr den Pelzmantel ab und hängte ihn in den Schrank neben der Tür. Darunter trug sie ein einfaches pastellblaues Kleid, mehr geeignet für den Sommer, dachte Banks, als für eine kalte Winternacht wie diese. Aber bei einem Nerzmantel brauchte man eigentlich gar nichts darunter. Er unterbrach diesen Gedankengang, bevor er noch weiterführte.

»Hübsch haben Sie es hier«, sagte sie und schaute sich in dem kleinen Zimmer mit den blauen Wänden und der cremefarbenen Decke um. Banks hatte ein paar Aquarelle aufgehängt, die er bei Auktionen erstanden hatte, und über dem Kaminsims hing eine Vergrößerung von Sandras bestem Foto, wie er fand. Das Foto war zufälligerweise nicht weit von dem Cottage aufgenommen worden, in dem Banks jetzt alleine lebte, und zeigte einen Blick über das Tal nach Helmthorpe am späten Abend, im rot-orangefarbenen Licht des Sonnenuntergangs. Rauch stieg aus den Schornsteinen, die Kirche mit ihrem eckigen Turm und dem merkwürdigen, an einer Ecke angebauten Türmchen war zu sehen, der dunkle Friedhof mit den überwachsenen Grabsteinen, zwischen denen Schafe weideten, und krumme Reihen steingedeckter Dächer. Sandra und Banks waren zwar nicht mehr zusammen, aber das hieß nicht, dass er ihr Talent ablehnte. Es gab nicht viele Möbel im Zimmer, nur ein Sofa unter dem Fenster und zwei zusammenpassende Sessel, die schräg zum Kamin standen, in dem ein paar Torfstücke brannten und Schatten an die Wände warfen.

»Leben Sie allein hier?«, fragte sie.

»Für zwei ist kaum Platz.«

»Ich hätte nicht fragen sollen. Tut mir Leid. Natürlich weiß ich ein wenig über Ihre Lebensumstände. Ihre Frau ...«

»Eine Tasse Tee oder sonst etwas?«

»Oder sonst etwas. Nach einem Tag wie diesem brauche ich etwas Stärkeres als Tee. Einen Gin-Tonic, wenn Sie haben.«

»Habe ich.« Banks ging in die Küche und nahm den Gin aus dem Schrank, in dem er seine willkürliche Alkoholauswahl aufbewahrte – ein bisschen Rum, einen Rest Wodka, eine halbe Flasche Cognac und den Laphroaig Single Malt, den rauchigen Islay, der sein Lieblingsgetränk war und die konstante Belastung seines Geldbeutels.

»Wie merkwürdig.«

»Was?« Banks drehte sich um und sah, dass Rosalind ihm in die Küche gefolgt war. Sie stand in der Mitte und blickte sich mit einem seltsamen Gesichtsausdruck um, als lauschte sie einer fernen Stimme.

»Es ist ... ich weiß nicht ... ein bisschen unheimlich, aber auf eine gute Weise.«

Banks war völlig verblüfft. Einer der Gründe, warum er das Haus gekauft hatte, war, dass er von dieser Küche geträumt hatte, bevor er wusste, dass es sie überhaupt gab. Ein Traum voller Wärme und dem Gefühl äußersten Wohlbehagens, und als er die Küche schließlich sah, wusste er, dass er das Cottage haben musste. Zum Glück wollte die alte Dame, die es verkaufte, nicht, dass es in die Hand eines ständig abwesenden Besitzers fiel, und hatte es ihm für den lächerlich geringen

Preis von 50 000 Pfund überlassen – regelrecht geschenkt, wenn man bedachte, dass Doppelhaushälften und Reihenhäuser, die sogar noch kleiner waren, in den beliebten Dörfern der Dales 70 000 Pfund und mehr kosteten.

Banks spürte in der Küche eine gewisse Präsenz, die wohl wollend war und – nur Gott wusste, warum – weiblich. Er glaubte eigentlich nicht an Götter und Geister, hatte nie viel darüber nachgedacht, da er ein eher praktisch veranlagter Mensch war, aber auch das war eine Veränderung, die eingetreten war, nachdem Sandra ihn verlassen hatte. Am Ende fand er sich mit dieser Präsenz ab, nahm sie sogar willig hin und kam zu der Auffassung, dass es sich um einen Hausgeist handelte, wie es auch in anderen Häusern Geister geben soll. Er hatte ein bisschen zu dem Thema gelesen und den Geist Haltia genannt, was aus dem Finnischen kam und der Geist des ersten Menschen sein sollte, der entweder einen Ort durch Anzünden eines Feuers oder Bauen eines Hause in Besitz genommen hatte oder, in manchen Fällen, sogar als erster Mensch dort gestorben war.

Rosalind war die Erste außer Banks, die diese Präsenz spürte. Andere waren hier gewesen – Tracy, Brian, Sandra, Annie, Superintendent Gristhorpe, Jim Hatchley –, aber keiner hatte die übernatürliche Anziehungskraft der Küche gespürt. Banks war fast versucht, Rosalind von seinem Traum zu erzählen, hielt sich aber aus irgendeinem Grund zurück. Er hatte noch niemandem davon erzählt, aus Angst, für übergeschnappt oder verrückt gehalten zu werden, und er sah keinen Sinn darin, jetzt damit anzufangen.

»Der Raum ist sehr gemütlich«, sagte er und schenkte den Drink ein. »Sie sollten ihn sehen, wenn die Sonne durch die Fenster scheint. Wunderschön.« Um die Zeit hielt er sich am liebsten in der Küche auf, wenn die Morgensonne über Low Fell kam und die grüne Talwand hinunterglitt, ihr Licht wie Honig in die Küche ergoss. So weit würde es erst in ein paar Monaten wieder sein.

»Das würde ich gerne«, sagte Rosalind. Dann sah sie weg und errötete. Sie hatte dunkle Ringe unter den Augen, bemerkte Banks, was ihr ein mysteriöses, fast tragisches Aussehen gab, kaum verwunderlich nach allem, was sie durchgemacht hatte. Trotz des ersten negativen Eindrucks, den Rosalind auf Banks gemacht hatte, merkte er jetzt, dass sie eine Frau war, die er gerne näher gekannt hätte, vielleicht zu einer anderen Zeit, in einem anderen Leben. Gleichzeitig hatte er in einem anderen Teil seines Kopfes den Verdacht, dass sie etwas mit dem Mord an ihrer Tochter zu tun hatte.

»Eis? Zitrone?«

»Nur Tonic, bitte.«

Banks reichte ihr den Gin-Tonic und goss sich selbst zwei Finger breit von dem schwindenden Laphroaigvorrat ein. Sie gingen zurück ins Wohnzimmer. Die einzigen Lichtquellen waren das Feuer und die Leselampe neben dem Sessel. Er überlegte kurz, das Deckenlicht einzuschalten, ließ es dann aber. So erschöpft, wie sich Rosalind Riddle in den Sessel ihm gegenüber sinken ließ, schien sie froh über das Halbdunkel zu sein. Er drehte die Musik leiser und zündete sich eine Zigarette an.

»Wie war das Beisammensein?«

»Wie zu erwarten. Sie können froh sein, dass Sie arbeiten mussten.«

»Ich eigne mich nicht für solche Sachen. Hatten Sie die Möglichkeit, mit Ruth und Craig zu reden?«

»Nur kurz. Sie wissen, wie so was abläuft.«

»Wie war Ihr Eindruck?«

»Er scheint ein netter Bursche zu sein.«

»Ist er wohl auch«, sagte Banks. »Und Ruth?«

»Ich hatte kaum Gelegenheit, mit ihr zu reden. Ich bin nur froh, dass das alles vorbei ist.«

»Warum sind Sie hergekommen? Wollten Sie mir etwas sagen?«

»Ihnen sagen? Nein. Wie kommen Sie darauf?«

»Warum sind Sie dann hier?«

Sie schwenkte den Drink in ihrem Glas, bevor sie antwortete. »Ich mache mir Sorgen um Jerry. Er nimmt das alles sehr schwer.«

»Das ist kaum verwunderlich. Ich meine, schließlich ist Ihre einzige Tochter tot, ermordet. Selbstverständlich nimmt er das schwer. Er ist ja nicht aus Stein. Und jetzt noch diese Sache in der Zeitung.«

»Nein, das allein ist es nicht.«

»Was dann?«

Rosalind seufzte, streckte ihre Beine aus und schlug die Knöchel übereinander. Eine Geste, die Banks an Annie Cabbot erinnerte.

»Sein ganzes Leben lang«, begann Rosalind, »hat für Jerry nur die Arbeit gezählt. Die Polizeiarbeit. Sie wissen, wie das ist, wie hoch die Anforderungen sind. Die Opfer, die er gebracht hat ... wir gebracht haben ...« Sie schüttelte den Kopf. »Damit will ich nicht sagen, dass er uns, seine Familie, nicht liebt, aber wir kamen stets an zweiter Stelle. Meine Karriere kam ebenfalls an zweiter Stelle. Wir mussten ständig umziehen, wann und wohin Jerry wollte, egal, was ich tat oder ob die Kinder gut in der Schule mitkamen. Das war schwer, aber ich habe es akzeptiert. Mir macht es nichts aus. Schließlich muss ich nicht bei ihm bleiben, wenn ich nicht will. Aber es hat sich gelohnt. Ich weiß, Sie halten ihn für einen Aufsteiger, und vielleicht ist er das auch, aber er kommt aus sehr bescheidenen Verhältnissen. Wie Sie, kann ich mir vorstellen.«

Banks rauchte und hörte zu. Er hatte nie über Riddles Herkommen nachgedacht, erinnerte sich aber vage, gehört zu haben, dass er aus einer Bauernfamilie in Suffolk stammte. Banks hatte den Eindruck, dass Rosalind einfach nur reden wollte, und er war es zufrieden, sie erzählen zu lassen, solange sie wollte, obwohl es ihm ein Rätsel war, warum sie sich ausgerechnet ihm anvertraute. Trotzdem war es ein gutes Gefühl, eine attraktive Frau im Haus zu haben – und dazu eine, die den Geist des Hauses spürte –, selbst wenn sie Jimmy Riddles Frau war. Aber andererseits gab es immer die Möglichkeit, dass er etwas Wichtiges über den Mord an Emily erfuhr.

»Wie gesagt, er hat hart gearbeitet, und wir haben eine Menge Opfer gebracht. Jerry ist ... ich meine, er ist kein sehr emotionaler Mann. Unsere Ehe ... er findet es schwierig, Gefühle zu zeigen.« Sie lächelte. »Ich weiß, dass es vielen Männern ebenso geht, aber bei ihm ist es extrem. Er hat Emily sehr geliebt, hat es ihr aber nie zeigen können. Er wirkt übervorsorglich, wie eine Art Tyrann, der die Regeln aufstellt und es mir überlässt, sie durchzusetzen. Was mich in den Augen meiner Tochter ebenfalls zum Tyrannen gemacht hat. Er war nie da, wenn sie ihn gebraucht hätte; es ist ihnen nie gelungen, eine enge Bindung herzustellen.«

»Doch er hat sie geliebt?«

»Ja. Sehr. Er war so vernarrt in sie, wie er in jemanden außer sich selbst nur vernarrt sein kann.«

»Warum erzählen Sie mir das alles?«

Sie lächelte. »Ich weiß nicht. Vielleicht, weil Sie ein guter Zuhörer sind.«

»Fahren Sie fort.«

»Es gibt eigentlich nicht mehr viel zu erzählen. Wegen allem, was passiert ist, weil er nie fähig war, ihr seine Gefühle zu zeigen, immer versucht hat, sie zu zügeln, statt ihr Zuneigung zu geben, bricht er allmählich zusammen. Er sitzt nur da und antwortet kaum, wenn ich mit ihm rede. Es ist, als ließe er sich treiben, hätte sich in einer Art innerer Hölle verirrt und könne den Weg hinaus nicht mehr finden. Nach der Beerdigung ist es sogar noch schlimmer geworden. Ich kann nicht mehr mit ihm reden, er schließt mich aus. Zum Glück ist Benjamin mit meinen Eltern nach Barnstaple gefahren, sonst wüsste ich gar nicht mehr, was ich machen soll. Ich weiß, ich erkläre die Sache nicht sehr gut. Ich kann nicht so gut mit Worten umgehen, aber ich mache mir Sorgen um ihn.«

»Bedrückt ihn sonst noch etwas?«

»Keine Ahnung. Zumindest nichts, wovon er mir erzählt hat. Reicht das nicht schon?«

»Vielleicht sollten Sie ihn überreden, Hilfe von außen zu suchen? Bei jemandem, der sich mit Trauerarbeit auskennt? Ihr Arzt kann Ihnen sicher die richtige Behandlungsart empfehlen.«

»Das habe ich schon vorgeschlagen, aber es nützt nichts. Er will nicht.«

»Dann weiß ich nicht, was ich Ihnen raten soll.«

»Können Sie nicht mal mit ihm reden?«

»Ich?« Banks hätte beinahe laut aufgelacht. »Ich weiß nicht, was das bringen soll. Sie wissen, dass er mich nicht ausstehen kann.«

»Seine Einstellung Ihnen gegenüber hat sich in letzter Zeit ein wenig geändert.«

»Seit ich Emily dazu gebracht habe heimzukehren?« Banks schüttelte den Kopf. »Das glaube ich nicht. Er hält sich nur an die Vereinbarung.« Banks fiel ein, was Emily über Riddles Neid gesagt hatte. Tief verwurzelte Gefühle verschwinden nicht einfach, weil man jemand einen Gefallen getan hat. In den meisten Fällen intensivieren sie sich, weil die Leute, die einen sowieso nicht leiden können, es übel nehmen, einem verpflichtet zu sein. Außerdem hatte Banks Riddle bei einer Lüge ertappt, und auch das musste ihn wurmen. Er erinnerte sich an Riddles schuldbewussten Ausdruck bei der Beerdigung.

»Aber er wollte, dass Sie die Ermittlung übernehmen.«

»Das war eine rein berufliche Entscheidung.«

»Ich wünschte trotzdem, Sie würden mit ihm reden.«

»Wenn er nicht auf Sie hört, wird er kaum auf mich hören.«

»Doch, möglich wäre es. Zumindest sind Sie ein Mann. Er hat nicht viele Freunde.«

»Was ist mit seinen Kollegen aus der Politik? Dort muss er doch Freunde haben.«

Rosalind nahm einen Schluck von ihrem Gin-Tonic. »Sie lassen ihn fallen wie eine heiße Kartoffel. Das hat mit dem Mord an Emily angefangen, ist aber seit dem Zeitungsartikel mit all den Andeutungen noch schlimmer geworden. Viele Anrufe, viel Mitgefühl, dann das Alte: ›... vielleicht wäre es das Beste für uns alle, wenn ... zum Besten der Partei‹. Heuchler!«

»Tut mir Leid, das zu hören.«

»Tja, das trägt sicher zu Ihrer schlechten Ansicht über die menschliche Natur bei, besonders über die menschliche Natur der Konservativen.«

Banks schwieg. Er sah ins Feuer, beobachtete, wie sich der brennende Torf verschob und Funken versprühte.

»Entschuldigen Sie. Das hätte ich nicht sagen sollen.« Rosalind lachte rau. »Ich rede mehr über mich als über Sie. Ich muss zugeben, dass meine Ansicht über die menschliche Natur in letzter Zeit auch einen ziemlichen Sturzflug gemacht hat.«

Die Musik endete, und Banks ließ die Stille andauern.

»Wenn Sie was anderes auflegen wollen, ist mir das recht«, sagte Rosalind. »Ich mag klassische Musik.«

Banks ging zur Stereoanlage und wählte eine andere Violinsonate von Beethoven aus, diesmal die Kreutzersonate.

»Mmm«, sagte Rosalind. »Wunderschön.«

Banks staunte darüber, wie sehr sie Emily ähnelte, besonders die Lippen; sie hatten dieselbe volle, aber fein umrissene Form und dasselbe natürliche Rot, bewegten sich sogar genauso, wenn Rosalind sprach. »Ich sehe immer noch nicht, was ich dabei machen kann«, sagte Banks. »Selbst wenn ich mit ihm rede. Und das heißt nicht, dass ich es tun werde.«

»Sie könnten es wenigstens versuchen. Wenn es nichts nützt ...« Rosalind zuckte die Schultern.

»Was ist mit Ihnen?«

»Mit mir? Wieso?«

»Wie kommen Sie klar?«

»Es geht so. Ich stehe es durch. Manchmal habe ich das Gefühl, von Millionen kleiner rot glühender Angelhaken zerrissen zu werden, aber ansonsten geht es mir gut.« Sie lächelte. »Jemand muss ja durchhalten. Ich bin heute Nachmittag ins Büro gefahren, nachdem alle weg waren. Ich weiß, das klingt merkwürdig, aber langweilige Besitzüberschreibungen helfen mir, mich von ernsthafteren Angelegenheiten abzulenken. Jerry hat jetzt nicht mal mehr seine Arbeit. Er hat nichts. Er sitzt nur zu Hause herum und grübelt. Es ist erschreckend zu sehen, wie jemand wie er in sich zusammenfällt. Er war immer so stark, so stabil.«

Wie sind die Helden so gefallen, dachte Banks, sprach es aber nicht aus, weil das grausam gewesen wäre. Trotzdem, er hatte es gedacht, und das machte ihn zu einem schlechten Menschen; war er bereits so niederträchtig? Er verstand natürlich, was Rosalind meinte. Es war viel beängstigender, jemand, auf den man sich stets verlassen konnte, den Fels in der Brandung, zusammenbrechen zu sehen als jemanden, der von vornherein schwach war. Banks hatte eine entfernte Tante, die immer wieder »merkwürdige Anwandlungen« hatte, wie seine Mutter das nannte, aber sie war geistig instabil und es überraschte niemanden. Natürlich machte man sich Sorgen und kümmerte sich, aber ihren »Anwandlungen« fehlte jede Art dramatischer Dimension.

»Na gut«, sagte er. »Ich versuche, mir morgen Zeit zu nehmen und mit ihm zu reden. Aber ich kann nichts versprechen.«

Ihr Gesicht hellte sich auf. »Wirklich? Das ist wunderbar. Um mehr bitte ich ja auch nicht.«

Warum lasse ich mich nur immer wieder auf solche Sachen ein?, fragte sich Banks. Sehe ich wie ein Trottel aus? Erst gebe ich ein Wochenende mit meiner Tochter in Paris auf – überlasse sie den Fängen dieses einsilbigen Damon – und fahre nach London, um Emily Riddle zu suchen, und jetzt spiele ich den Seelenklempner auf Hausbesuch bei Jimmy Riddle, der für meine Karriere so viel getan hat wie Margaret Thatcher für die Gewerkschaften.

»Wo Sie schon hier sind, würde ich Ihnen gern noch ein paar Fragen stellen, wenn ich darf.«

»Wirklich?« Rosalind sah weg und drehte an ihrem Ehering. Sie hatte ihren Drink ausgetrunken und das leere Glas auf der Armlehne stehen gelassen.

»Noch einen Gin-Tonic?«

»Nein, danke. Ich muss noch fahren.« Sie sah auf ihre winzige goldene Armbanduhr und rutschte auf die Sesselkante. »Übrigens sollte ich jetzt wirklich zurückfahren. Ich habe Jerry gesagt, ich würde nur eine kleine Fahrt machen. Ich lasse ihn abends nicht gern allein. Das ist eine schlechte Zeit für ihn.«

»Ich verstehe«, sagte Banks. »Aber ich verspreche, Sie nicht länger als ein paar Minuten aufzuhalten.«

Sie lehnte sich zurück, entspannte sich aber nicht. Wieso war sie so nervös? fragte sich Banks. Was verschwieg sie ihm?

»Ruth Walker sagte, Sie wären am Apparat gewesen, als sie Emily anrief, aber Sie sagten, Sie hätten nie von ihr gehört. Warum?«

»Sie können doch nicht erwarten, dass ich mir den Namen jeder einzelnen Person merke, die anruft und Emily sprechen will. Vielleicht hat sie ihren Namen nicht genannt.«

»Im Allgemeinen tun die Leute das aber. Ich meine, das verlangt allein schon die Höflichkeit.«

»Sie wären erstaunt, wie vielen Menschen es selbst an grundlegender Höflichkeit mangelt. Oder vielleicht wären Sie nicht erstaunt. Worauf wollen Sie eigentlich hinaus?«

»Ich weiß es nicht. Ich habe nur das merkwürdige Gefühl, dass Sie mir etwas verschweigen. Vielleicht hat es mit Ruth Walker zu tun, vielleicht auch nicht, aber Sie weichen immer aus, wenn ihr Name erwähnt wird.«

»Das müssen Sie sich einbilden.«

»Mag sein. Mir ist mehr als einmal gesagt worden, dass ich zu viel Einbildungskraft hätte. Ihr Mann hat es mir oft genug vorgehalten.« Banks beugte sich vor. »Hören Sie, Mrs. Riddle, Sie glauben wahrscheinlich, es wäre nicht relevant oder wichtig, aber ich muss Sie warnen, dass Ihre Urteilsfähigkeit Sie in diesem Fall im Stich lassen könnte. Am besten ist, mir alles zu erzählen und mir das Urteil zu überlassen. Das ist mein Beruf.«

Rosalind erhob sich. »Danke für den Rat. Wenn ich irgendwas wüsste, das Relevanz für Ihre Ermittlungen hätte, würde ich den Rat sicher annehmen, aber da das nicht der Fall ist ... Gut, ich muss jetzt wirklich gehen. Vielen Dank für Ihre Gastfreundschaft. Sie werden Jerry morgen besuchen?«

»Wenn nichts dazwischenkommt. Aber sagen Sie es ihm nicht, sonst versperrt er die Tür und verriegelt die Fenster.« Rosalind lächelte. Ein trauriges Lächeln, dachte Banks, aber trotzdem nett. »Und bitte denken Sie an das, was ich gesagt habe. Wenn es etwas gibt ...«

Rosalind nickte rasch und ging. Banks sah ihr von der Tür aus nach, wie sie zur Straße nach Helmthorpe fuhr, goss sich dann einen weiteren Laphroaig ein und kehrte zu Anne-Sophie Mutter und Beethoven zurück.

15

Banks und Annie sahen Clough durch den Flur auf sich zukommen, begleitet von seiner Polizeieskorte und einem weiteren Mann. Banks bemerkte Cloughs Paul-Smith-Anzug, den Pferdeschwanz, die Goldkette und das dazu passende Armband, den großspurigen, selbstbewussten Gang und dachte: *Drecksack*.

»Tut mir Leid, Sie so früh aus dem Bett geholt zu haben, Barry«, sagte er und öffnete die Tür zum Verhörraum 2, dem kleinsten und muffigsten Verhörraum, den sie hatten. Er entsprach den Vorschriften zur Wahrung der Grundrechte, wie Banks' alter Cortina die letzte Fahrtüchtigkeitsprüfung überstanden hatte: gerade eben noch.

»Ich hoffe, Sie haben einen sehr guten Grund, mich durch das halbe Land zu schleifen«, meinte Clough fröhlich. »Einen, den mein Anwalt versteht.« Er warf Annie einen abschätzenden Blick zu, den sie ignorierte, und wandte sich zu dem Mann um, der ihm den Flur entlang gefolgt war.

»Simon Gallagher«, sagte der Mann. »Und ich bin der fragliche Anwalt.«

Und du siehst in der Tat sehr fragwürdig aus, dachte Banks. Diesmal war der Mandant besser gekleidet als der Anwalt, aber Banks hätte gewettet, dass Gallaghers lässige Eleganz genauso viel kostete wie Cloughs schicker Anzug und der Mann nicht viel Zeit gehabt hatte, sich sorgfältiger zu kleiden. Banks hätte ebenfalls gewettet, dass Gallagher, abgesehen vom Aussehen, ein gewitzter Bursche und sehr genau mit den Kniffligkeiten des Strafrechts vertraut war. Er war Ende zwanzig, schätzte Banks, unrasiert, und sein dunkles Haar hing in schmierigen Strähnen über seinen Kragen. Außerdem hatte er das nervöse, ausgezehrte Aussehen eines Mannes, der bis spät in die Nacht in zu vielen Clubs rumhängt und zu viele Designerdrogen nimmt. Gallagher roch die abgestandene Luft des Verhörraumes und rümpfte die Nase.

Annie stellte den Kassettenrekorder an, übernahm die Einleitung und setzte sich dann neben Banks, ein bisschen aus Cloughs Sichtlinie. An den Rand, hatte Banks ihr gesagt, so dass sie unbemerkt bleiben oder Clough mit einer Bewegung ablenken konnte, wenn sie wollte.

»Können Sie sich beeilen?«, fragte Gallagher mit einem Blick auf die Uhr. »Ich habe heute Abend einen wichtigen Termin in London.«

Banks lächelte. »Wir werden unser Bestes tun, damit Sie ihn nicht verpassen, Mr. Gallagher.« Dann wandte er sich an Clough. »Haben Sie eine Ahnung, worüber wir mit Ihnen sprechen wollen?«

Clough streckte die Hände aus, die Handflächen nach oben. »Nicht die geringste.«

»Na gut. Fangen wir mit Emily Riddle an. Sie geben zu, sie zu kennen?«

»Ich kannte sie als Louisa Gamine. Das wissen Sie. Sie waren in meinem Haus.«

»Aber jetzt wissen Sie, dass ihr wirklicher Name Emily Riddle war?«

»Ja.«

»Wie haben Sie das herausgefunden?«

»Das sagte ich Ihnen schon. Ich habe es in der Zeitung gelesen.«

»Sind Sie sicher, dass Sie den Namen nicht schon davor wussten?«

»Woher denn?«

»Vielleicht gab es eine Abhöranlage in dem Zimmer Ihres Hauses, in dem ich mit ihr gesprochen habe?«

Clough lachte und sah zu Simon Gallagher. »Hör dir das an, Simon. Das ist ja wohl ein Witz, oder? Mein Haus verwanzt.« Er blickte wieder zu Banks und lachte nicht mehr. »Jetzt sagen Sie mir mal, warum ich so etwas tun sollte.«

»Informationen?«

»Was für Informationen?«

»Geschäftsinformationen?«

»Ich belausche meine Kunden oder Partner nicht elektronisch, Chief Inspector. Außerdem sprechen wir über mein Privathaus, nicht über mein Büro.«

»Dann lassen wir das mal für den Augenblick, ja?«, fuhr Banks fort. »Welche Art Beziehung hatten Sie zu Emily Riddle?«

»Beziehung?«

»Ja. Sie wissen schon, das, was menschliche Wesen miteinander verbindet.«

Clough zuckte die Schultern. »Ich hab sie ab und zu gebumst«, sagte er. »Sie war ganz okay im Bett. Auf jeden Fall besser als beim Blasen.«

»Ist das alles?«

»Was soll das heißen?«

»Haben Sie auch noch was anderes zusammen gemacht? Geredet, zum Beispiel?«

»Müssen wir wohl, obwohl ich mich nicht an ein Wort erinnern kann, das sie gesagt hat.«

»Haben Sie ihr je etwas über Ihre Geschäftsinteressen erzählt?«

»Mit Sicherheit nicht. Wenn Sie denken, dass ich irgendeiner Puppe von meinen Geschäften erzähle, müssen Sie verrückt sein.«

»Hat sie mit Ihnen zusammengelebt?«

»Sie lebte im selben Haus.«

»In Little Venice?«

»Ja.«

»Hat sie *mit* Ihnen gelebt?«

»Wir waren einen Teil der Zeit zusammen. Das Haus ist groß. Manchmal kommen Gäste und vergessen für längere Zeit, wieder zu gehen. Man kann sich in dem Haus verlaufen. Sie sollten das wissen. Sie haben es gesehen. Zwei Mal.«

»Ist das mit Emily passiert? Hat sie sich irgendwie in Ihrem großen Haus verlaufen?«

»Kann sein. Ich weiß nicht mehr, wie sie hingekommen ist.«

»Eine Party?«
»Möglich.«
»Haben Sie zusammen geschlafen?«
»Wir haben nicht viel geschlafen.«
»Hören Sie, Chief Inspector«, warf Gallagher ein, »das kommt mir alles recht harmlos vor, da das Mädchen alt genug war, aber ich verstehe nicht, worauf Sie hinauswollen.«
»Wusste Emily Riddle etwas von Ihren Geschäften, Barry?«
»Nein. Außer, sie hat mir nachspioniert.«
»Ist das möglich?«
»Alles ist möglich. Ich bin sehr vorsichtig, aber ...«
»Worin bestehen Ihre Geschäfte?«
»Ein bisschen dies, ein bisschen das.«
»Können Sie das genauer sagen?«
Clough schaute zu Gallagher, der nickte.
»Ich manage zwei ziemlich erfolgreiche Rockbands. Ich besitze eine Bar in Clerkenwell. Außerdem veranstalte ich von Zeit zu Zeit Konzerte. Sie könnten mich wohl als eine Art Impresario bezeichnen.«
»Ein Impresario.« Banks ließ das Wort auf der Zunge zergehen. »Wenn Sie das sagen, Barry.«
»Hat einen bisschen altmodischen Klang, finden Sie nicht? ›Sonntagnacht im Londoner Palladium‹ und so.«
»Mussten Sie befürchten, dass Emily Riddle zu viel über dieses Impresario-Geschäft wusste?«
»Nein. Warum sollte ich?«
»Sagen Sie es mir.«
»Nein.«
»Hat sie das jemals angedeutet? Hat sie Sie zum Beispiel um Geld gebeten?«
»Sie meinen Erpressung?«
»Hat sie?«
»Emily? Nein. Ich sagte Ihnen doch, sie war nur eine Puppe, die ich ab und an gebumst habe, mehr nicht.«
»Und jetzt ist sie tot.«
»Und jetzt ist sie tot. Traurig, nicht?«
»Ja«, sagte Banks und zügelte seine aufsteigende Wut. »Sehr traurig.«

Clough stand auf. »Ist das alles? Können wir jetzt gehen?«

»Setzen Sie sich, Barry. Sie gehen, wenn ich es sage.«

Clough blickte zu Gallagher, der wieder nickte.

»Haben Sie Emily wiedergesehen, nachdem sie London verlassen hat?«

»Nein. Wie gewonnen, so zerronnen.«

»Waren Sie zwischen dem fünften und zehnten Dezember dieses Jahres in Scarlea House?«

»Ich kann mich nicht erinnern.«

»Ach, nun kommen Sie schon, Barry. Sie waren zum Moorhuhnschießen hier. Sie hatten Ihren Gorilla Jamie Gilbert dabei und eine junge Frau. Amanda Khan. Die Popsängerin.«

»Oh, ja. Jetzt erinnere ich mich.«

»Als ich Sie neulich gefragt habe, sagten Sie, zu der Zeit wären Sie in Spanien gewesen.«

»Das hab ich verwechselt. Ich reise viel. Was soll ich sagen? Aber jetzt erinnere ich mich.«

»Sie haben Emily nicht gesehen, als Sie hier in der Gegend waren?«

»Warum sollte ich? Amanda bläst viel besser.«

»Um der alten Zeiten willen?«

»Loslassen und weiterziehen. Das ist mein Motto.«

»Vielleicht, um ihr einen Zellophanbeutel mit Kokain zu geben, das mit Strychnin versetzt war?«

»Chief Inspector«, sagte Gallagher, »Sie begeben sich auf gefährliches Terrain. Seien Sie vorsichtig.«

»Haben Sie das getan?«, fragte Banks, an Clough gewandt.

»Wie sollte ich an Strychnin kommen?«

»Ich wage zu behaupten, dass Sie Ihre Quellen haben. Kokain war nicht das Problem, nicht wahr?«

»Sie wissen so gut wie ich, Chief Inspector, dass von dem Zeug ständig genug im Umlauf ist, um die Staatsverschuldung zu bezahlen. Wenn man das Zeug mag. Was auf mich natürlich nicht zutrifft. Aber Strychnin … ich wüsste nicht mal, wo ich anfangen sollte.«

»Während Sie im Scarlea waren, haben Sie da mit Chief Constable Jeremiah Riddle zu Abend gegessen?«

»Und wenn?«

»Woher kannten Sie ihn?«

»Durch gemeinsame Bekannte.«

»Schwachsinn, Barry. Als Emily Sie verlassen hat, erfuhren Sie durch die abgehörten Informationen aus unserer Unterhaltung, wer sie wirklich war und wo sie wohnte. Und als Sie herausfanden, dass ihr Vater ein hochrangiger Polizeibeamter ist, haben Sie versucht, den Fuß in die Tür zu kriegen und ihn zu erpressen.«

»Chief Inspector«, unterbrach Simon Gallagher, »ich muss Sie bitten, mit diesen absurden Unterstellungen aufzuhören. Wenn Sie meinen Mandanten befragen wollen, dann tun Sie es auf die vorgeschriebene Weise.«

»Entschuldigung«, sagte Banks. »Warum haben Sie mit Chief Inspector Riddle gegessen?«

»Warum fragen Sie ihn nicht?«

»Das habe ich bereits.«

Clough schien überrascht zu sein, hatte sich aber schnell wieder gefangen. »Wir haben über seine Tochter gesprochen. Und wenn er Ihnen etwas anderes erzählt hat, ist er ein Lügner.«

»Was haben Sie empfunden, als Emily Sie verlassen hat?«

»Wie bitte?«

»Sie haben mich schon verstanden.«

»Empfunden? Ich habe nichts empfunden. Warum sollte ich? Ich meine, sie war bloß ...«

»Eine Puppe, die Sie gebumst haben? Ja, ja, das sagten Sie schon. Sie brauchen sich nicht dauernd zu wiederholen. Aber Sie mögen es nicht, wenn Ihre Puppen einfach abhauen, oder? Sie schmeißen sie lieber selber raus.«

»Und genau das ist passiert. Sie hatte ihren Zweck erfüllt. War Zeit, weiterzuziehen. Sie hat's nicht kapiert, also musste ich etwas nachhelfen.«

»Indem Sie versucht haben, sie zu Andrew Handley ins Bett zu schubsen?«

»Andy Pandy? Was hat der damit zu tun?«

»Sie geben also zu, ihn zu kennen?«

»Er arbeitet von Zeit zu Zeit für mich.«

»Jetzt nicht mehr, Barry. Er ist tot.«

»Was? Andy? Tot? Das glaube ich nicht.«

»Er wurde in der Nähe von Exmoor tot aufgefunden. Wissen Sie irgendwas darüber?«

»Natürlich nicht. Das ist ...«

»Traurig?«

»Ja. Andy war in Ordnung.«

»Haben Sie Emily deswegen in sein Zimmer geschubst?«

»Das hab ich nicht getan. Ich habe es Ihnen schon mal gesagt. Wenn sie zu Andy ins Zimmer gegangen ist, dann aus eigenem Antrieb.«

»Sind Sie sicher, dass er es nicht leid war, sich mit den Resten zufrieden geben zu müssen und sich an Ihnen rächen wollte?«

»Hören Sie, Chief Inspector, mein Mandant hat all diese Fragen schon einmal beantwortet. Wenn es sonst nichts mehr gibt ...«

»Gregory Manners«, sagte Banks.

»Wer?«, fragte Clough.

»Gregory Manners. Er hat für Sie diese PKF Sache in Daleview geführt. Erinnern Sie sich, ich habe Ihnen davon erzählt. Der Lieferwagen wurde auf dem Weg zu den neuen Geschäftsräumen überfallen, und der Nachtwächter von Daleview wurde ermordet. Seltsamerweise war es die gleiche Vorgehensweise wie bei dem Mord an Andrew Handley.«

»Ich kann mich vage daran erinnern, dass Sie was darüber gesagt haben, als Sie mit dem anderen Bullen bei mir waren. Ich hab's da schon nicht verstanden, und ich versteh es immer noch nicht.«

»Stimmt. Also, was ist damit?«

»Womit?«

»Kommen Sie schon, Barry. Wir haben Gregory Manners' Fingerabdrücke auf einem Haufen Raubkopien von Spielen und Software gefunden. *Das* haben Sie bei PKF gemacht. Eine ganz große Sache. Sie hatten Multidisc-Kopiergeräte, und die waren in dem Lieferwagen. Andy Pandy wollte sich sowieso absetzen, nicht wahr? Und selbst ins Geschäft einsteigen? Also hat er das Ding zusammen mit dem Nachtwächter von Daleview ausgeheckt. Charlie Courage hatte bereits rausgekriegt, dass bei PKF was Krummes im Gange war – Charlie hatte eine Nase für so was –, und Sie haben ihm Schweigegeld bezahlt. Dann kommt Andy mit einem besseren Angebot daher. Die beiden verabreden, es wie einen Überfall aussehen zu lassen, aber Ihre Jungs holen zuerst Gregory Manners ab, und er erzählt Ihnen, dass da zwischen Charlie und Andy Pandy irgendwas nicht ganz Astreines läuft. Dann greifen Sie sich Charlie, und er plaudert alles aus. Also bringen Sie Charlie um, und dann Andy Pandy. Ist es nicht so gelaufen?«

Clough drehte langsam den Kopf zu Gallagher und hob die Augenbrauen. »Entgeht mir hier was, Simon?«, fragte er. »Ich bin doch Barry Clough, oder? Mr. Banks scheint mich mit einem Kriminellen namens Gregory Manners zu verwechseln.«

Gallagher stand auf. »Sie haben eine blühende Fantasie, Chief Inspector, das muss ich Ihnen lassen. Aber Sie können nichts davon beweisen. Sie haben nicht den geringsten Beweis, der meinen Mandanten mit irgendeinem dieser Männer in Verbindung bringt.«

»Mr. Manners hilft uns nach wie vor bei unseren Ermittlungen«, log Banks. »Wir haben jeden Grund zu der Annahme, dass er uns alles sagt, was er weiß, wenn er das volle Ausmaß der Anklage erkennt, die gegen ihn erhoben werden könnte.«

Clough starrte Banks mit steinernem Gesicht an. »Na und?«

»Was ist mit Andrew Handley?«, fragte Banks, an Gallagher gewandt. »Ihr Mandant hat bereits zugegeben, ihn zu kennen.«

»Aber das bedeutet nicht, dass er irgendwas mit Mr. Handleys bedauerlichem Ableben zu tun hat.«

»Bedauerlichem Ableben?«, wiederholte Banks. »Andrew Handleys Oberkörper wurde von einer Schrotflinte aus nächster Nähe zerfetzt. Das würde ich kaum ein bedauerliches Ableben nennen, verdammt noch mal.«

»Unglückliche Wortwahl«, murmelte Gallagher. »Und das ist kein Grund zu fluchen.«

»Wir sind hier alle Erwachsene, nicht wahr? Und ich bin ja wohl nicht der Erste.«

»Unter uns befindet sich eine Dame«, sagte Clough und grinste Annie an.

»Fick dich ins Knie«, sagte Annie.

Gallagher wedelte mit den Händen. »In Ordnung, in Ordnung, meine Damen und Herren. Können wir uns für einen Augenblick beruhigen und wieder zum eigentlichen Thema zurückkommen? Wenn es ein Thema gibt.«

»Danke, Mr. Gallagher«, sagte Banks. »Ich glaube, wir waren gerade bei Andrew Handley.«

»Na gut«, sagte Clough. »Ja. Ich kannte ihn. Er hat manchmal für mich gearbeitet.«

»Als was?«

»Er hat Dinge erledigt. Ich delegiere eine Menge.«

Banks lachte laut auf.

»Chief Inspector!«

»Tut mir Leid. Ich konnte nicht anders. Delegieren. So, so. Würden Sie sagen, Sie waren mit ihm befreundet?«

»Eigentlich nicht. Wir haben vielleicht ab und zu mal was zusammen getrunken, über das Geschäft geredet, aber darüber hinaus nicht. Ich weiß nicht, was er vorhatte.«

»Und er wusste das von Ihnen auch nicht?«

»Wahrscheinlich nicht.«

»Besitzen Sie eine Schrotflinte, Barry?«

»Seh ich aus wie ein verdammter Bauer?«

»In Ihrem Haus in London haben Sie eine ganze Menge Schusswaffen.«

»Die sind alle deaktiviert und legal erworben. Ich bin Sammler.«

»Also, besitzen Sie eine Schrotflinte?«

»Das habe ich Ihnen bereits gesagt.«

»Nein, haben Sie nicht. Sie haben meine Frage nicht beantwortet. Besitzen Sie eine Schrotflinte?«

»Nein.«

Banks hielt kurz inne. »Was benutzen Sie dann zum Moorhuhnschießen beim Scarlea? Ein Blasrohr?«

Gallagher legte den Kopf in die Hände.

»Die haben Gewehre für ihre Gäste. Zum Leihen.«

»Ach, hören Sie doch auf, Barry. Erwarten Sie, dass ich Ihnen glaube, ein regelmäßiger Moorhuhnjäger wie Sie besäße keine eigene Schrotflinte? Das fällt mir schwer.«

»Glauben Sie, was Sie wollen.«

»Wir können es überprüfen.«

»Na gut, na gut. Kann sein, dass ich eine Schrotflinte besitze.«

»Warum haben Sie es dann nicht gesagt?«

»Weil es so aussieht, als wollten Sie mir einen verdammten Mord anhängen, und mein verdammter Anwalt …«

»Barry!« unterbrach Gallagher. »Sei still. Halt einfach die Klappe. Ja? Lass mich das machen.«

»Lügen macht es nur schlimmer«, sagte Banks. Er nickte Annie zu, und sie unterbrach die Aufzeichnung des Verhörs offiziell.

»Was ist los?«, fragte Clough. »Kann ich jetzt gehen?«

»Ich fürchte nicht, Barry«, erwiderte Banks. »Wir werden uns eine Beschlagnahmungsverfügung für Ihre Schrotflinte besorgen, um sie von Kriminaltechnikern auf die Morde an Andrew Handley und Charlie Courage untersuchen zu lassen.«

Clough lächelte. »Machen Sie das. Wenn ich irgendwas mit diesen Morden zu tun hätte, was nicht der Fall ist, glauben Sie, ich wäre dämlich genug, meine eigene Schrotflinte zu benutzen und sie dann zu Hause rumliegen zu lassen?«

Banks lächelte ebenfalls. »Wahrscheinlich nicht«, sagte er. »Aber das spielt eigentlich keine Rolle. Zumindest wird die forensische Untersuchung die Dinge klären, auf die eine oder andere Weise. Wir müssen auch ein paar Reifenspuren überprüfen, die wir an den Tatorten gefunden haben. In der Zwischenzeit können Sie unsere legendäre nordenglische Gastfreundschaft genießen.«

»Soll das heißen, ich kann nicht gehen?«

Banks schüttelte den Kopf.

»Simon?«

»Ihr Anwalt wird Ihnen sagen, dass wir Sie für vierundzwanzig Stunden in Haft behalten können, Barry. Alles, was darüber hinausgeht, muss von einem höheren Beamten als mir abgesegnet werden. Aber wenn Sie glauben, das sei ein

Problem, sollten Sie nicht vergessen, dass Emily Riddle in der Tat die Tochter unseres Chief Constables war.«

»Das kann er doch nicht machen, oder, Simon?«

»Leider ja«, erwiderte Gallagher und fixierte Banks. »Aber jede Haft, die länger als vierundzwanzig Stunden dauert, wird sehr genau überprüft werden, das versichere ich Ihnen. Wenn Sie mich jetzt entschuldigen wollen, ich muss meinen Termin absagen.«

Banks öffnete die Tür und bat die Uniformierten, Clough in die Arrestzelle im Keller des Reviers zu bringen. »Man wird sich gut um Sie kümmern, Barry«, sagte Banks. »Bald ist Mittagszeit. Heute gibt's Hamburger mit Chips, glaube ich. Tut mir Leid, dass wir Ihnen keinen Château Margeaux dazu servieren können. Vielleicht bekommen Sie einen Becher Tee. Passen Sie auf, dass Sie Ihren Paul-Smith-Anzug nicht verknittern.«

Während Banks ein weiteres Mal zum Haus der Riddles fuhr, ging Annie in die Einsatzzentrale, um nachzusehen, wie es lief. Es summte wie in einem Bienenkorb; die meisten Telefonleitungen waren besetzt, und das Faxgerät spuckte surrend immer neue Bögen aus. Constable Rickerd hatte alles im Griff, ein Mann, der seine wahre Bestimmung gefunden hatte. Er wurde rot, als Annie ihm zuzwinkerte.

Die arme Winsome saß wieder am Computer, stapelweise grüne Formulare zum Eingeben vor sich und einen weiteren Stapel daneben, den sie bereits übertragen hatte.

»Wie läuft's?«, fragte Annie, griff nach den erledigten Formularen und blätterte sie nachlässig durch. Nur weil alles in HOLMES eingegeben wurde, hieß das nicht, dass man irgendwas davon je wieder sah. Bloß wenn ein Link oder eine Verbindung auftauchte, aber danach hatte man vorher suchen müssen.

Winsome lächelte. »Geht schon. Manchmal wünschte ich nur, ich hätte diesen dämlichen Kurs nie gemacht.«

»Kann ich gut verstehen«, sagte Annie. »Aber bei der Prüfung zum Sergeant wird sich das positiv auswirken.«

»Kann sein.«

Annie las die Informationen auf den eingegebenen Formularen nicht gründlich durch, ließ nur den Blick darüber schweifen, aber plötzlich zuckte sie zusammen. »Winsome«, sagte sie, nahm ein Blatt heraus und legte es auf den Schreibtisch. »Was ist damit passiert?«

Winsome sah es sich genauer an. »Inspector Banks hat es gestern abgezeichnet. Keine weiteren Maßnahmen.«

»Keine weiteren Maßnahmen«, wiederholte Annie leise.

»Stimmt was nicht?«

»Nein, nein«, sagte Annie schnell und schob das Blatt wieder in den Stapel. »Ist schon okay. War nur neugierig. Bis später.«

Annie spürte Winsomes verwirrten Blick im Rücken, eilte zurück in ihr Büro, sah, dass sie es für sich allein hatte, griff nach dem Telefon und wählte.

»Hotel Fifty-Five«, meldete sich eine Stimme. »Was kann ich für Sie tun?«

»Mr. Poulson?«

»Oh, Sie wollen Roger sprechen. Einen Augenblick.«

Annie wartete eine Minute, dann kam eine andere Stimme an den Apparat. »Roger Poulson. Was kann ich für Sie tun?«

»Detective Sergeant Cabbot von der Kriminalpolizei Eastvale. Sie haben gestern in unserem Einsatzzentrum angerufen, um Angaben zum Tod von Emily Riddle zu machen?«

»So weit würde ich nicht gehen«, erwiderte Poulson. »Ich habe mich nur an ein merkwürdiges Zusammentreffen erinnert.«

»Erzählen Sie mir trotzdem davon, Mr. Poulson.«

»Na ja, wie ich dem Herrn gestern schon sagte …«

»Welchem Herrn?«

»Dem Polizisten, der mich zurückgerufen hat. Ich hab seinen Namen nicht verstanden.«

Das glaub ich dir gern, dachte Annie, und wir hätten von der ganzen Sache nichts mehr gehört, wenn ich nicht zufällig den Namen und die Telefonnummer gesehen hätte. Hotel Fifty-Five. Dort hatte sie mit Banks übernachtet, als sie in London Verbindungen zum Fall von Gloria Shackleton überprüft hatten. Als sie noch ein Liebespaar waren.

»Was hat er gesagt?«, fragte Annie.

»Er hat sich nur die Einzelheiten notiert und mir für den

Anruf gedankt. Um ehrlich zu sein, ich hatte nicht erwartet, noch mal von Ihnen zu hören. Er klang nicht sehr interessiert. Warum? Hat sich was ergeben?«

Annie spürte, wie ihr die Brust eng wurde. »Nein«, sagte sie. »Darum geht es nicht. Ich muss nur den Papierkram auf dem Laufenden halten. Sie wissen, wie das ist.«

»Ja, wem sagen Sie das«, meinte Poulson. »Wie kann ich Ihnen helfen?«

»Wenn Sie Ihre Angaben kurz wiederholen könnten ...?«

»Natürlich. Wie gesagt, eigentlich ist es nichts. Das war vor einem Monat, als ich Nachtdienst hatte. Ich glaube, ich hab sie gesehen, das Mädchen, das ermordet wurde.«

»Weiter.«

»Zumindest sah sie aus wie das Mädchen in der Zeitung, die Haare hochgesteckt, in einem hübschen Abendkleid. Hauptsächlich waren es die Augen und die Lippen. Ich könnte fast schwören, dass sie es war.«

»Sie sagen, Sie hätten sie im Hotel gesehen?«

»Ja.«

»War sie Gast im Hotel?«

»Eigentlich nicht.«

»Was soll das heißen?«

»Na ja, sie kam herein – ich glaube, sie war gerade aus einem Taxi gestiegen – und sagte, sie wolle zu ihrem Vater.«

»Ihrem Vater?« Annie war verwirrt. Sie wusste nichts davon, dass Jimmy Riddle in London nach seiner Tochter gesucht hatte, nur Banks. Sie spürte, wie eisiges Wasser an ihren Knöcheln hochstieg.

»Genau. Sie sagte, er wäre Gast im Hotel. Ich hatte keinen Grund, ihr nicht zu glauben.«

»Selbstverständlich nicht. Was haben Sie gemacht?«

»Ich habe in seinem Zimmer angerufen und gesagt, seine Tochter wäre in der Halle, wolle zu ihm und wirke etwas aufgelöst. Natürlich hat er gesagt, ich solle sie raufschicken. Sie sah wirklich ziemlich aufgelöst aus, als wäre sie angegriffen worden oder in eine Prügelei geraten. Kein Wunder, dass sie unter den Umständen zu ihrem Daddy wollte, selbst um drei Uhr morgens.«

»Wenn Sie sagen, Prügelei, wie sah sie denn aus?«

»Ach, es war nichts Ernsthaftes, nur ein Riss in ihrem Kleid und ein bisschen Blut im Mundwinkel.«

»Was ist passiert, nachdem sie raufgegangen ist?«

»Nichts. Ich meine, ich hab nichts mitbekommen. Ich hatte Dienst bis um acht Uhr am nächsten Morgen, und ich habe sie beide nicht wieder gesehen.«

»Sie ist also für den Rest der Nacht in seinem Zimmer geblieben?«

»Ja.«

Das kalte Wasser war inzwischen bis zu Annies Nabel hochgestiegen, und sie beschloss, sich kopfüber hineinzustürzen. Manchmal war das das Beste. »Wie war der Name ihres Vaters?«

»Na ja, auf jeden Fall nicht Riddle, wie es in der Zeitung stand. Wie ich gestern schon zu Ihrem Kollegen sagte, deswegen fand ich die Sache ja so merkwürdig. Also habe ich den Kreditkartenbeleg rausgesucht. Er hat schon mal hier übernachtet, kann ich mich erinnern. Damals zusammen mit einer sehr attraktiven jungen Dame. Sein Name ist Banks. Alan Banks.«

Der Schock ließ Annies Blut gefrieren, obwohl sie ihn erwartet hatte. Sie dankte Mr. Poulson und legte wie betäubt auf. *Banks*. Die halbe Nacht mit Emily Riddle in einem Hotelzimmer. *Dasselbe* Hotel, in dem er mit Annie gewesen war. *Und er hatte es ihr nicht erzählt*. Das gab der Sache allerdings ein ganz anderes Aussehen.

Banks legte die Kassette, die er von Brians CD gemacht hatte, in den Rekorder und dachte über das Verhör von Clough nach, während er zur alten Mühle hinausfuhr. Clough saß immer noch in der Arrestzelle, aber sie würden ihn nicht viel länger als bis zum folgenden Morgen festhalten können. In der Hinsicht hatte Gallagher Recht. Jede Grundrechtsverletzung, weil Clough ein Verdächtiger im Mordfall der Tochter des Chief Constables war, würde sehr schlecht ankommen und nur seine Chancen erhöhen, ungeschoren davonzukommen. So lagen die Dinge heutzutage. Früher war es natürlich anders, und

Banks war sich immer noch nicht sicher, was besser war. Er hoffte nur inständig, dass die Informationen, auf die er so verzweifelt wartete, noch rechtzeitig eintrafen.

Allerdings kam er immer wieder auf die Frage zurück, welches Motiv Clough hatte, wenn er tatsächlich Emilys Mörder war. Clough war ein gerissener Gangster, sicherlich schlau genug, sich von der Affäre mit einer Sechzehnjährigen nicht den Rest eines eindeutig angenehmen und profitablen Lebens verderben zu lassen. Aber, wenn Banks sich an die berühmten Gangster aus der Filmwelt erinnerte – James Cagney, Edward G. Robinson –, gab es viele Mafiabosse, die gleichzeitig Psychopathen waren und auch aus anderen als rein geschäftlichen Gründen töteten. Doch wenn Banks Clough gewesen wäre und nach Emilys Abgang rausgefunden hätte, dass sie die Tochter eines Chief Constables war, hätte er sich mit seinem Verlust abgefunden und die Finger davon gelassen. Aber vielleicht war das der Grund, warum Banks nicht Clough war.

Hatte Emily tatsächlich etwas so Dämliches gemacht wie Clough zu erpressen? Banks glaubte das nicht. Sie war ein widerspenstiges, verwirrtes Kind, doch als Erpresserin konnte er sie sich nicht vorstellen. Nach dem Gespräch mit ihr hatte er auch das Gefühl gehabt, dass sie sich ernsthaft vor Clough fürchtete und so weit wie möglich von ihm weg sein wollte. Außerdem mangelte es ihrer Familie nicht an Geld, und Emily war, wie Riddle von Anfang an betont hatte, maßlos verwöhnt worden. Trotzdem hatte ihr vielleicht die Vorstellung gefallen, eine geheime Geldquelle zur persönlichen Verfügung zu haben. Aber hätte das über ihre Furcht gesiegt?

Und warum hätte Clough so lange warten sollen, wenn er sich dafür rächen wollte, dass sie ihn verlassen hatte? Es war über einen Monat her, seit Banks Emily aus London zurückgebracht hatte. Vielleicht hatte Clough so lange gebraucht, um sie zu finden. Oder sie hatte erst so spät mit der Erpressung begonnen. Auf den Telefonaufzeichnungen der Riddles waren keine Gespräche mit Clough verzeichnet, aber das konnte heißen, dass Emily ihn von einem öffentlichen Telefon angerufen hatte. Irgendwas an diesen spärlichen Telefonaufzeichnungen beschäftigte Banks, aber er kam nicht darauf, was es war. Egal. Wie seine Mutter immer sagte, wenn es wichtig ist, kommt es schnell genug an die Oberfläche.

Banks zeigte den Beamten am Ende des Zufahrtsweges seinen Dienstausweis, und sie winkten ihn durch. Hundert Meter weiter hielt er in der Kiesauffahrt vor der alten Mühle und stellte den Motor ab. Der Regen hatte aufgehört, hatte den Mühlbach aber anschwellen lassen, und er rauschte noch lauter und schneller als bei Banks letztem Besuch.

Diesmal wartete Riddle nicht auf ihn. Hatte Rosalind ihrem Mann erzählt, dass Banks ihn besuchen wollte? Hoffentlich nicht. Banks klopfte an die Tür und wartete. Nichts. Riddle war doch bestimmt noch nicht wieder an seinen Arbeitsplatz zurückgekehrt? Banks klopft wieder, diesmal fester, falls das Rauschen des Baches das Geräusch übertönte. Immer noch nichts.

Er trat ein paar Schritte zurück und schaute an der Vorderfront des Hauses hoch. Kein offenes Fenster. Der Nachmittag war trübe, und wenn jemand zu Hause gewesen wäre, hätten vielleicht ein oder zwei Lampen gebrannt, aber es war nichts zu sehen. Vielleicht war Riddle ausgegangen und unternahm eine Autofahrt, um über alles nachzudenken. Banks fühlte sich erleichtert. Er war gekommen, weil er es Rosalind versprochen hatte, aber es war ja nicht sein Fehler, dass Riddle nicht zu Hause war. Mehr hätte er nicht tun können, oder?

Aber wenn Riddle weggefahren war, hätten ihm die beiden Beamten am Ende des Zufahrtsweges das doch wohl gesagt.

In dem Moment nahm er ein weiteres schwaches Geräusch neben dem Rauschen des Mühlbaches wahr. Zuerst bedeutete es ihm nicht viel, doch als er erkannte, was es war, wurde ihm eiskalt.

Es kam aus der umgebauten Scheune und war das Geräusch eines Motors im Leerlauf.

Banks rannte zur Scheune, wollte seinen Ohren erst nicht trauen, doch das sanfte Schnurren des deutschen Motors war nicht zu verkennen. Die Garagentür war zu, aber nicht verschlossen. Banks bückte sich und packte den Griff, zog daran, während er zurücktrat, und die Tür glitt fast geräuschlos auf gut geölten Schienen nach oben. Sofort traf ihn der Gestank der Auspuffgase, und er stolperte zurück, fummelte in den Taschen seines Regenmantels nach einem Taschentuch. Er konnte keines finden, ging aber trotzdem hinein, den Unterarm über Nase und Mund gelegt.

In der Garage war es dunkel und verqualmt, und Banks konnte zuerst kaum etwas erkennen. Seine Augen passten sich an, je weiter er hineinging, und er bemerkte, dass zusammengerollte Handtücher von innen über den Spalt zwischen Boden und Garagentür gelegt worden waren. Er versuchte die Dämpfe so gut wie möglich abzuwehren, bedeckte Nase und Mund mit der Hand und atmete so flach es eben ging. Zumindest vertrieb die jetzt von draußen eindringende Luft das Kohlenmonoxid.

Als Banks zum Auto kam, sah er Riddle zusammengesackt auf den Vordersitzen liegen. Von außen konnte man nicht beurteilen, ob er bereits tot war, also versuchte Banks zunächst, eine Tür zu öffnen. Sie waren alle verriegelt. Er sah sich um und entdeckte eine Brechstange auf einem Bord. Rasch trat er einen Schritt zurück, schwang die Stange gegen eines der hinteren Fenster, um vorne nichts zu zerstören, griff hinein und löste die Türverriegelung. Dann öffnete er die Fahrertür, griff über Riddle hinweg und stellte den Motor ab. Die Dämpfe verzogen sich allmählich durch das weit geöffnete Garagentor, aber Banks fühlte sich schwindlig, und ihm war übel.

Er griff nach Riddles Handgelenk, konnte jedoch keinen Puls spüren. Riddles ganzes Gesicht war rot, wie sonst nur seine Glatze, wenn er wütend war. Kirschrot. Der Schlauch, den er vom Auspuff durch das hintere Fenster geführt hatte, war noch an seinem Platz. Er hatte das Fenster einen Spalt breit geöffnet und die Öffnung um den Schlauch herum mit ölverschmierten Lappen abgedichtet.

Riddle trug seine Uniform, frisch aufgebügelt und proper, bis auf das gelbe Rinnsal von Erbrochenem auf seiner Brust. Auf dem Armaturenbrett lag ein Stück handgeschriebenes Papier. Banks ließ es, wo es war, beugte sich vor und las mit zusammengekniffenen Augen. Die Nachricht war kurz und bündig:

Das Spiel ist vorbei. Bitte kümmere Dich um Benjamin und versuche dafür zu sorgen, dass er nicht zu schlecht von seinem Vater denkt. Es tut mir Leid.

Jerry

Banks las es zwei Mal, Tränen der Wut in den brennenden Augen. Du Dreckskerl, dachte er, *du egoistischer Dreckskerl.* Als hätte deine Familie noch nicht genug durchgemacht.

Erschöpft und wackelig auf den Beinen, taumelte Banks nach draußen und schaffte es gerade noch bis zum Mühlbach, bevor er sich übergeben musste. Er beugte sich hinab, spritzte sich das klare, kalte Wasser ins Gesicht und trank so viel davon, wie er konnte. Die beiden Beamten waren zwar nur hundert Meter entfernt, aber Banks wusste nicht, ob seine Beine ihn so weit tragen würden, also ging er zu seinem Auto, holte sein Handy und rief auf dem Revier an. Dann beugte er sich vor, legte die Hände auf die Knie, atmete tief durch und wartete darauf, dass der Zirkus begann.

16

Banks verbrachte den Abend zu Hause und versuchte, den Ereignissen des Tages einen Sinn abzugewinnen. Er fühlte sich immer noch schwach und benommen, aber davon abgesehen schien ihm nichts Ernsthaftes zu fehlen. Die Sanitäter hatten darauf bestanden, ihm Sauerstoff zu geben und zur Untersuchung mit ins Eastvaler Krankenhaus zu nehmen, aber der Arzt hatte gesagt, Banks könne nach Hause gehen, nur solle er in nächster Zeit nicht rauchen.

Nach dem, was Banks hatte rekonstruieren können, schien es so gut wie sicher, dass Riddle Selbstmord begangen hatte. Genau würde man es erst wissen, wenn Dr. Glendenning die Obduktion durchgeführt hatte, wahrscheinlich morgen, aber es gab keine Anzeichen äußerer Gewaltanwendung an Riddles Leiche, der Abschiedsbrief schien seine Handschrift zu tragen, und die Lappen und Handtücher waren innen vor die Tür gelegt worden, nachdem sie geschlossen wurde. Fenster oder andere Ausgänge waren nicht vorhanden.

Banks hätte Riddle nie für einen typischen Selbstmörder gehalten, aber er war der Erste, der zugeben würde, dass er keine Ahnung hatte, ob so ein Typ überhaupt existierte. Sicherlich hätte der Mord an seiner Tochter, die Zerstörung all seiner politischen und beruflichen Hoffnungen und die von der Sensationspresse angezettelte Verleumdungskampagne jeden über den Rand des Abgrunds getrieben.

Also war es wohl Selbstmord, dachte Banks, aber Clough hatte immer noch eine Menge Fragen zu beantworten. Clough genoss in dieser Nacht die Gastfreundschaft der Arrestzelle in Eastvale, während Kriminalbeamte und forensische Experten, die Burgess da unten im Süden mobilisiert hatte, Überstunden machten bei der Auswertung aller Hinweise zu den Erschießungen von Charlie Courage und Andy Pandy. Mit etwas Glück lag Banks morgen etwas Greifbareres vor, womit er Clough im Verhörraum konfrontieren konnte.

Gegen neun Uhr hielt ein Auto vor dem Cottage, und jemand klopfte an die Tür. Verwundert erhob sich Banks, um nachzusehen, wer es war.

Rosalind Riddle stand in der kalten Nachtluft. Sie trug nur einen langen Rock und einen Pullover. »Kann ich reinkommen?«, fragte sie. »Es war ein schrecklicher Tag.«

Darauf fiel Banks keine Antwort ein. Er trat zur Seite, ließ sie vorbei und schloss die Tür hinter ihr. Sie strich ihren Rock glatt, setzte sich in den Sessel beim Feuer und rieb sich die Hände. »Es ist sehr kalt geworden«, sagte sie. »Vielleicht bekommen wir Nachtfrost.«

»Was machen Sie hier?«, fragte Banks.

»Allein zu Hause rumzusitzen, hat mich einfach verrückt gemacht. Charlotte war eine Weile bei mir, aber ich habe sie weggeschickt. Sie ist ja nett, aber so nahe stehen wir uns auch nicht. Das Haus ist so leer, und es gibt nichts zu tun. Meine Gedanken drehen sich ständig im Kreis. Ich möchte mit Ihnen reden. Es schien ... ich weiß nicht ... tut mir Leid. Vielleicht hätte ich nicht herkommen sollen.« Sie erhob sich halb.

»Nein. Bleiben Sie sitzen. Jetzt sind Sie schon hier. Was zu trinken?«

Rosalind zögerte. »Sind Sie sicher?«

»Ja.«

»Na gut.« Sie setzte sich wieder. »Danke. Ich hätte nichts gegen ein Glas Weißwein, wenn Sie welchen haben.«

»Leider hab ich nur roten.«

»Macht nichts.«

»Nichts Ausgefallenes.«

Sie lächelte. »Keine Bange. Ich mag zwar in manchen Dingen ein Snob sein, aber nicht bei Wein.«

»Gut.« Banks ging in die Küche und öffnete eine Flasche bulgarischen Merlot von Marks und Spencer. Er schenkte auch sich ein Glas ein, weil er das Gefühl hatte, es brauchen zu können. Nachdem er Rosalind ihr Glas gegeben hatte, setzte er sich ihr gegenüber. Sie hatte sich deutlich Mühe gegeben, gut auszusehen, trug einen teuren grauen Rock und einen Fair-Isles-Pullover und hatte sich geschminkt, um ihrem bleichen Gesicht etwas Farbe zu geben. Doch die dunklen Ringe unter den Augen oder die rot geweinten Augenränder waren nicht zu verbergen. Sie war eine Frau, die nur noch am seidenen Faden über dem Abgrund hing.

»Wie geht es Ihnen?«, fragte er. Das war eine dämliche Frage nach allem, was passiert war, aber ihm fiel nichts anderes ein.

»Ich … ich … ich weiß es wirklich nicht. Ich dachte, ich käme damit zurecht, aber innerlich …« Sie tippte sich auf die Brust. »Da drinnen fühlt sich alles so eng und heiß an. Ich habe ständig das Gefühl, gleich zu explodieren.« Tränen standen ihr in den Augen. »Ganz schön happig, wissen Sie, die Tochter und den Ehemann innerhalb einer Woche zu verlieren.« Sie lachte bitter und schlug dann mit der Faust auf die Sessellehne. »Wie kann er es wagen, das zu tun? Wie kann er es wagen?«

»Was meinen Sie damit?«

»Er ist vor allem weggerannt. Und was ist mit mir? Bin ich eine kalte, herzlose Hexe, weil ich immer noch lebe? Weil mir der Mord an meiner Tochter nicht nahe genug gegangen ist, um Selbstmord zu begehen?«

»Tun Sie sich das nicht an, Rosalind.« Banks stand auf und legte ihr die Hände auf die Schultern. Er spürte das leise Zittern von Trauer und Wut, das sie überlief.

Nach einer Weile griff sie hoch und löste sanft seine Hände von ihren Schultern. »Es geht schon«, sagte sie und wischte sich die Tränen aus den Augen. »Tut mir Leid, Sie so zu überfallen, aber es beschäftigt mich schon den ganzen Tag. Ich kann an nichts anderes denken, kann meine Gefühle nicht verstehen. Ich sollte Trauer empfinden, Verlust … aber ich empfinde nur Wut. Ich hasse ihn. Ich hasse ihn für diese Tat! Und ich hasse mich selbst, weil ich so empfinde.«

Banks konnte sich nur hilflos hinsetzen und sie weinen lassen. Ihm fiel seine eigene Reaktion ein, als er Riddles Leiche gefunden hatte; auch die hatte zum großen Teil aus Wut bestanden, bevor die Schuldgefühle einsetzten. *Der egoistische Dreckskerl.*

Als Rosalind sich ausgeweint hatte, sagte er: »Hören Sie, ich kann nicht ermessen, wie Sie sich fühlen, aber ich fühle mich auch schrecklich. Wenn ich früher gefahren wäre, hätte ich ihn vielleicht retten können.« Das klang noch pathetischer als sein Eröffnungssatz, aber er hatte es loswerden müssen.

Rosalind warf ihm einen scharfen Blick zu. »Sie? Machen Sie sich nicht lächerlich. Jerry war ein sehr resoluter Mann. Wenn er sich umbringen wollte, hätte er es auf jeden Fall getan, so oder so. Sie hätten nichts tun können, außer das Unvermeidliche vielleicht hinauszuzögern.«

»Trotzdem ... Ich denke dauernd, wenn ich den Besuch doch nicht auf die lange Bank geschoben hätte. Wenn ich doch nicht ... ich weiß nicht.«

»Ihn so wenig gemocht hätte?«

Banks sah weg. »Das gehört wohl auch dazu.«

»Lassen Sie nur. Jerry war kein sonderlich liebenswerter Mann. Auch sein Tod wird das nicht ändern. Sie brauchen sich nicht schuldig zu fühlen.«

»Ich habe darüber nachgedacht, was ihn zu dem Schritt veranlasst haben könnte«, sagte Banks nach einer kurzen Pause. »Ich weiß, Sie sagten, er sei deprimiert wegen Emilys Tod und den ganzen Auswirkungen, die das hatte, aber irgendwie genügt mir das allein nicht.«

»Er hat sich furchtbar über all die Lügen in der Zeitung aufgeregt.«

Banks zögerte. Er wusste, dass er Rosalind nichts von den Problemen ihres Mannes mit Barry Clough erzählen sollte, hatte aber das Gefühl, dass er ihr irgendwas geben musste; außerdem würde es Riddles Tod für sie vielleicht in eine deutlichere Perspektive rücken. Möglicherweise wollte er sich auch von seinen Schuldgefühlen befreien. Er atmete tief durch. »Gestern nachmittag war ich im Scarlea House. Je davon gehört?«

»Ja, hab ich. Das ist ein exklusives Jagdhotel, oder?«

»Ja. Laut dem Barkeeper hat sich Ihr Mann dort am vorletzten Sonntag mit Barry Clough zum Essen getroffen.«

Rosalind wurde bleich. »Barry Clough?«

»Ja. Der Mann, mit dem Emily in London eine Weile zusammengelebt hat.«

»Ich erinnere mich an den Namen. Und Sie wollen mir weismachen, dass Jerry mit ihm gegessen hat?«

»Ja. Haben Sie bestimmt nichts davon gewusst?«

»Nein. Jerry hat mir nie etwas davon erzählt. Ich weiß zwar, dass er an dem Abend zum Essen verabredet war, aber ich dachte, das sei nur wieder eine seiner politischen Geschichten. Ich habe schon vor langer Zeit aufgehört, ihn zu fragen, wohin er geht. Aber wie könnte eine Zeitung das herausfinden, selbst wenn es wahr ist?«

»Der Reporter musste nichts von diesem speziellen Treffen wissen«, erwiderte Banks. »Wenn Sie sich erinnern, der Artikel stellte keine konkreten Behauptungen auf; es waren alles nur Andeutungen. Möglich ist sogar, dass jemand von den Angestellten im Scarlea House – ein Kellner vielleicht – mit einem Reporter gesprochen hat, sich aber nicht als Quelle zitieren lassen wollte. Ich weiß es nicht. Diese Journalisten arbeiten mit allen möglichen Tricks. Entscheidend ist, dass dieses Treffen tatsächlich stattgefunden hat. Hatten Sie irgendeine Ahnung, dass Ihr Mann mit Clough geredet oder sich mit ihm getroffen hat?«

»Nein. Überhaupt keine.«

Banks glaubte ihr. Riddle wäre sicher nicht so dumm gewesen, seiner Frau zu erzählen, dass er sich mit dem Mann getroffen hatte, der verdächtigt wurde, ihre Tochter ermordet zu haben. »Ihr Mann hat mir erzählt, dass Clough versucht hat, ihn zu erpressen. Mit Emily.«

»Aber darauf hätte sich Jerry nie eingelassen.«

»Ich glaube, das war sein Dilemma. Das hat ihn zerrissen. Bestimmt hat der Mord an Emily ihm wehgetan, aber diese Sache hat ihm schließlich den Rest gegeben. Er, der Ehrenmann, der entscheiden muss, ob er in die Hände eines Gangsters fallen oder zusehen will, wie seine Tochter, und damit letztlich seine ganze Familie, in der Öffentlichkeit verleumdet wird.«

»Wollen Sie damit sagen, dass er nicht wusste, ob er tun

würde, was Clough verlangte, und es nicht ertrug, die Entscheidung fällen zu müssen?«

»Möglich. Nach dem Artikel sieht es jedoch so aus, als hätte er Clough bereits abgewiesen, oder Clough hatte die Geduld verloren.«

»Wenn Clough dahinter steckt.«

»Wer sonst?«

»Ich weiß es nicht.« Rosalind beugte sich vor. »Aber wenn alles, was Sie sagen, wahr ist, dann ergibt es doch keinen Sinn …«

»Dass Clough Emily umgebracht hat?«

»Genau.«

»Das stimmt. Das hat Ihr Mann auch gesagt, als ich ihn danach fragte. Clough hatte nichts zu gewinnen. Ich halte ihn immer noch für einen aussichtsreichen Kandidaten, muss allerdings zugeben, dass mich die ganze Sache ziemlich verwirrt.«

»Wer dann?«

»Keine Ahnung. Ich habe das Gefühl, weiter von der Lösung entfernt zu sein als je zuvor.«

»Was werden Sie wegen Clough unternehmen?«

»Weiter dranbleiben. Es gibt noch andere Sachen, über die wir mit ihm reden wollen. Ich muss Ihnen jedoch sagen, dass ich nicht viel Hoffnung habe, Clough wegen irgendwas überführen zu können, egal, was er getan hat.«

»Warum nicht?«

»Einen Mann wie ihn? Wenn er einen Chief Constable erpressen kann, stellen Sie sich vor, was er sonst noch alles in der Hinterhand haben könnte. Außerdem macht er nichts selbst. Er delegiert, macht sich die Hände nicht schmutzig. Wenn er aus irgendeinem Grund, den wir noch nicht bedacht haben, trotzdem für den Mord an Emily verantwortlich ist, hat er bestimmt einen seiner Laufburschen wie Andrew Handley oder Jamie Gilbert abgestellt, die Drecksarbeit zu übernehmen. Und er ist reich. Das heißt, er kann sich den besten Verteidiger leisten.«

»Manchmal wünschte ich mir, Strafrecht zu praktizieren«, sagte Rosalind mit brennenden Augen. »Ich würde zu gerne die Anklage gegen ihn vertreten.«

Banks lächelte. »Als Erstes müssen wir die Strafverfolgungsbehörde davon überzeugen, dass der Fall zur Verhandlung kommt, und das ist an sich schon eine Herkulesaufgabe. In der Zwischenzeit läuft aber immer noch ein Mörder frei herum.«

Rosalind trank einen Schluck Wein. Wenigstens verzog sie nicht das Gesicht und spuckte ihn gleich wieder aus. »Sie sind inzwischen wohl schon selbst darauf gekommen«, sagte sie, »aber unsere Ehe war größtenteils eine Zweckehe. Er gab mir die Dinge, die ich haben wollte, und ich habe ihn in der Öffentlichkeit nicht in Verlegenheit gebracht. Ich bilde mir sogar ein, dass ich ihm bei seinem Aufstieg geholfen habe. Ansonsten gingen wir getrennter Wege.«

»Affären?«

»Jerry? Kann ich mir nicht vorstellen. Er hatte keine Zeit dazu. Er war mit seiner Arbeit und seinen politischen Ambitionen verheiratet.« Sie sah Banks direkt in die Augen. »Ich? Ein paar. Nichts Wichtiges. Alles sehr diskret. In letzter Zeit keine.«

Sie schwiegen beide. Ein Windstoß rüttelte an dem losen Fenster im ersten Stock. »Sie sagten, Sie wollten mit mir sprechen?«, fragte Banks.

»Ach, das hat nichts mit dem Mord zu tun. Tut mir Leid. Ich wollte Sie nicht in die Irre führen. Aber Sie scheinen den Eindruck zu haben, dass ich etwas verschweige, Ihnen nicht alles erzählt habe.«

Banks nickte. »Ja. Das glaube ich. Von Anfang an ging mir das so.«

»Sie haben Recht.«

»Und nun wollen Sie es mir erzählen?«

»Jetzt gibt es keinen Grund mehr, es nicht zu tun. Aber könnte ich erst noch ein Glas Wein haben?«

Annie machte sich zu Hause ein Gemüsecurry warm, setzte sich damit vor den Fernseher und hoffte, dass die flimmernden Bilder sie von ihrem Problem ablenken würden. Was nicht gelang. Anscheinend liefen nur Natursendungen, Nachrichten oder Sport, und nichts, was sie anschaute, nahm sie gefangen oder lenkte sie ab. Sie sah ihre magere Videosammlung durch und überlegte kurz, ob sie sich einen Film anschauen sollte, *Doktor Schiwago* oder den *Zauberer von Oz*, aber sie war zu aufgewühlt, um sich darauf zu konzentrieren.

Verdammter Banks, dachte sie, während sie das Geschirr spülte. Wie konnte er ihr das antun? Vielleicht hatte sie die Romanze zwischen ihnen abkühlen lassen, aber das gab ihm nicht das Recht, sie wie eine Polizistin auf Probe zu behandeln, der man nicht die ganze Geschichte anvertrauen konnte. Sie wusste, dass seine Handlungen im technischen Sinne keineswegs falsch gewesen waren, aber sie waren unaufrichtig und feige. Als Ermittlungsleiter hatte Banks jedes Recht, eine Spur zu verfolgen und zu entscheiden, ob etwas unternommen werden sollte oder nicht. Offensichtlich wusste er genau, was in jener Nacht mit Emily Riddle geschehen war, und sah keine Veranlassung, weitere Schritte zu unternehmen.

Ihm musste auch klar gewesen sein, dass er die Wahrheit vor Annie verbarg, sonst hätte er ihr von der Nacht erzählt, als er ihr schließlich von seiner Suche nach Emily in London und dem Treffen am Tag ihres Todes berichtet hatte. Annie erinnerte sich, dass sie ihn gefragt hatte, ob das alles sei, und er hatte ja gesagt. Das machte ihn zum Lügner.

Was sollte sie also tun? Das war die Frage, mit der sie sich herumquälte. So wie sie es sah, hatte sie zwei Möglichkeiten; einerseits gar nichts zu tun, nur eine Versetzung zu beantragen und den ganzen Schlamassel hinter sich zu lassen. Das hatte sicherlich seinen Reiz, ließ aber zu vieles ungeklärt. Sie hatte sich schon viel zu lange vor unangenehmen Dingen versteckt und ihnen den Rücken zugekehrt. Jetzt, wo ihr Beruf ihr endlich wieder etwas bedeutete, nach den Jahren apathischen Exils in Harkside, wo sie sich eingeredet hatte, dass die Welt in Ordnung sei, wollte Annie alles wieder aufs rechte Gleis bringen. Und wie würde eine abrupte Versetzung aussehen, wo ihre Prüfung zum Inspector so kurz bevorstand?

Andererseits konnte sie Banks zur Rede stellen und herausfinden, was er selbst dazu zu sagen hatte. Vielleicht sollte sie im Zweifelsfall zu seinen Gunsten entscheiden, ihn für unschuldig halten, bis das Gegenteil bewiesen war und so weiter. Sie konnte schließlich nicht leugnen, dass sie immer noch Gefühle für den Dreckskerl hegte.

Aber sie wusste bereits, dass er nicht unschuldig war und es nur darum ging, wessen er sich schuldig gemacht hatte. Inwieweit würde ein Streit mit Banks Einfluss auf ihre Beförderung zum Inspector haben? Sie hielt ihn nicht für rachsüchtig, glaubte nicht, dass er sich ihr absichtlich in den Weg stellen würde, aber alles hat Auswirkungen, besonders angesichts der Geschichte, die Banks und Annie verband.

Annie schaltete den Fernseher aus und tat das, was sie für gewöhnlich machte, wenn sie zu aufgewühlt war und nicht zur Ruhe kommen konnte: Sie zog ihre warme Jacke an, setzte sich ins Auto und fuhr los. Egal, wohin.

Die Nacht war kalt, und sie drehte die Heizung voll auf. Trotzdem dauerte es eine Weile, bis das Auto warm wurde. Der Nebel gefror auf den kahlen Bäumen und glitzerte im Scheinwerferlicht, das über Äste und Zweige huschte. Die dünne Eisschicht über den Pfützen knackte unter ihren Reifen.

Sie überquerte die schmale Brücke über den Rowan, zwischen den Stauseen von Harksmere und Linwood. Harksmere erstreckte sich kalt und dunkel nach Westen, und dahinter lag der Thornfield-Stausee, dessen Wasser die Ruinen von Hobb's End erneut bedeckte. Dort hatte Annie Banks kennen gelernt, gegen Ende des heißesten, trockensten Sommers seit Jahren. Er war den steilen Abhang hinuntergeschliddert und hatte wie ein Schaulustiger ausgesehen, und sie hatte ihn an der Brücke aufgehalten. Sie hatte ihre roten Gummistiefel angehabt und musste ein Anblick für die Götter gewesen sein.

Annie hatte es ihm nie erzählt, doch sie hatte von Anfang an gewusst, wer er war – sie hatte ihn erwartet –, aber sie wollte erst ein bisschen Spaß haben, darum hatte sie ihn an der Packpferdbrücke aufgehalten. Sein Verhalten hatte ihr gefallen. Er war nicht sauer geworden oder amtlich, hatte nur eine Bemerkung über Robin Hood und Little John gemacht. Danach, musste Annie zugeben, hatte sie ihm wenig Widerstand entgegengesetzt.

Und jetzt war er ihr direkter Vorgesetzter und hatte ihr Dinge verheimlicht.

Hinter dem alten Fliegerhorst bog Annie nach links und fuhr in das offene Heidemoor, das sich meilenweit bis nach Swainsdale erstreckte. Hier oben auf der nicht eingezäunten Straße kam der Vollmond hinter der dünner werdenden Wolkendecke hervor, und Annie sah, dass der Boden um sie herum mit Raureif bedeckt war. Das hatte eine fast unheimliche Schönheit, die gut zu ihrer Stimmung passte. Sie konnte stundenlang durch diese Mondlandschaft fahren, und ihr Kopf würde sich von all ihren Problemen befreien. Sie würde nur noch die Fahrerin sein, die durch das Weltall schwebte – das Steuer, das Auto nur eine Erweiterung ihres Seins, als würde sie über die Astralebene gleiten.

Nur wusste Annie inzwischen genau, wohin sie fuhr, wusste, dass diese Straße über das Heidemoor führte und hinunter durch das Dorf Gratly, in dem Banks wohnte.

Und sie wusste, dass sie, wenn sie an seine Einfahrt kam, dort einbiegen würde.

Banks füllte die Weingläser auf und setzte sich wieder. »Fangen Sie an«, sagte er.

Rosalind lächelte. »Sie werden es kaum glauben«, begann sie, »aber ich war nicht immer die langweilige, anständige Frau des langweiligen, anständigen Chief Constables.«

Banks schreckte bei ihrem Lächeln zusammen. Es glich so sehr dem von Emily, diese versteckte Mutwilligkeit, dieses *Du wirst noch dein blaues Wunder erleben.* »Das klingt wie der Anfang einer Geschichte«, sagte er.

»Ist es auch.«

»Ich bin ganz Ohr.«

»Zuerst muss ich etwas weiter ausholen. Ob Sie es glauben oder nicht, mein Vater war Pfarrer. Inzwischen ist er natürlich pensioniert. Ich bin in der Pfarrei eines kleines Dorfes in Kent aufgewachsen, als einziges Kind, und meine Kindheit verlief relativ ereignislos. Was nicht heißen soll, dass sie schlecht war. Ich machte all die normalen Sachen, die Kinder machen. Ich war glücklich. Es passierte nur nicht viel. Man könnte sogar sagen, es war langweilig. Wie Philip Larkin es in seinem Gedicht beschreibt. Dann, Mitte der Siebzigerjahre, als ich sechzehn war, zogen wir in eine Pfarrei in Ealing. Oh, das war eine nette Gegend – nicht so hektisch wie die Innenstadt –, und die Gemeindemitglieder waren zum größten Teil gesetzestreue, einigermaßen wohlhabende Bürger.«

»Aber?«

»Aber die U-Bahn war nahe. Sie können sich nicht vorstellen, welche wunderbaren neuen Welten sich für eine leicht zu beeindruckende Sechzehnjährige eröffneten.«

Banks dachte, dass er das sehr wohl konnte. Als er mit achtzehn von Peterborough nach Notting Hill gezogen war, hatte sich sein Leben in vielfacher Weise verändert. Zum einen hatte er Jem kennen gelernt, der auf dem gleichen Flur wohnte, und hatte sich an den Rändern der Sechzigerjahre-Szene herumgetrieben, die sich bis weit in die frühen Siebziger erstreckte. Dabei hatte er die Musik mehr genossen als die Drogen. In der Hauptstadt herrschte eine Erregung und Dynamik, die Peterborough fehlte, und sicherlich auch in einer Pfarrei in Kent nicht zu finden war.

»Lassen Sie mich raten: Die Pfarrerstochter wurde ein bisschen wild?«

»Ich bin 1959 geboren. Im November 1975 zogen wir nach Ealing. Während alle anderen sich Queen, Abba und Hot Chocolate anhörten, fuhren meine Freundinnen und ich mit der U-Bahn in die Stadt und hörten uns die Sex Pistols an. Das war ganz am Anfang, als sie noch ziemlich unbekannt waren. Sie hatten gerade ihren ersten Auftritt nach der Guy-Fawkes-Nacht im Saint Martin's College of Art, und ein Mädchen aus meiner neuen Schule war dort gewesen. Wochenlang redete sie von nichts anderem mehr. Als die Pistols das nächste Mal spielten, nahm sie mich mit. Es war fantastisch.«

Punk. Banks erinnerte sich an die Zeit. Doch er war älter als Rosalind und identifizierte sich mehr mit der Musik der Sechziger- als der Siebzigerjahre. Als er in London lebte, hatte er sich für Pink Floyd, Led Zeppelin und die verschiedenen örtlichen Bluesbands begeistert, die sich mit erstaunlicher Regelmäßigkeit zu bilden und wieder aufzulösen schienen. Trotzdem hatte er auf die aggressive Energie mancher Punkmusik reagiert – besonders auf The Clash, bei weitem die beste Band, seiner Meinung nach –, aber zum Kauf ihrer Platten hatte es nicht gereicht. Und da er zu der Zeit noch Polizist auf Probe war, hatte er die Gewalttätigkeit des Punk aus erster Hand erlebt, von der anderen Seite, was ihn ebenfalls abgeturnt hatte.

»Schon bald«, fuhr Rosalind fort und wurde lebhafter, während sie ihre Erinnerungen erneut durchlebte, »war es in vollem Gange. Das Aussehen. Die Musik. Die Einstellung. Alles. Meine Eltern erkannten mich nicht wieder. Wir sahen The Clash, The Damned, The Stranglers, The Jam. Alle. Meist in kleinen Clubs. Wir tanzten Pogo, wir warfen uns aufeinander, wir spuckten uns an. Wir färbten unser Haar in verrückten Farben. Wir trugen zerrissene Kleidung, Sicherheitsnadeln in den Ohren und …« Sie hielt inne und zog den Pulloverärmel hoch. Banks sah eine Reihe mehr oder weniger runder weißer Flecken, die aussahen wie alte Narben. »Wir drückten Zigaretten auf unseren Armen aus.«

Banks hob eine Augenbraue. »Wie um alles in der Welt haben Sie das Ihrem Mann erklärt?«

»So neugierig war er nie. Ich habe nur gesagt, das wären alte Brandnarben.«

»Weiter.«

»Sie können sich vorstellen, wie aufregend das nach der muffigen und langweiligen Kindheit in einem Dorf in Kent war. Wir tickten völlig aus. Aber um es kurz zu machen, ich war siebzehn, und ich wurde schwanger. Es spielt keine Rolle, wer der Vater war; er hieß Mal und war längst weg, bevor ich es selbst wusste. Es passierte im möblierten Zimmer von irgendjemand, nachdem die Pistols einen ihrer Auftritte im Club 100 hatten, im Sommer 1976. Jerry hätte ich das nie erzählen können. Er war entsetzlich prüde, wie Sie bestimmt wissen. Ich weiß nicht, ob er tatsächlich glaubte, ich sei bei unserer Hochzeit noch Jungfrau gewesen, aber er war es mit Sicherheit. Wenn er es je herausgefunden hätte, na ja … wer kann sagen, was dann passiert wäre? Ich habe es ihm jedenfalls verheimlicht.«

Banks erinnerte sich gut an den Club 100. In der Oxford Street, in seinem Revier, und er war mehr als einmal in den höhlenartigen Kellergewölben gewesen, um Prügeleien zu beenden und aufsässige Gäste mit hinauszubefördern. Einige Jahre später wurde ein Jazzclub daraus, fiel ihm ein. »Ich kann verstehen, warum Sie es ihm nicht sagen wollten«, meinte er. »Selbst heute reagieren einige Leute noch merkwürdig auf so etwas, und es überrascht mich nicht, dass Jimmy – ich meine, der Chief Constable – so war. Aber wieso spielt das jetzt noch eine Rolle?«

»Er wusste, dass ihr ihn alle Jimmy Riddle nanntet.«

»Ach ja? Er hat nie was gesagt.«

»Es war ihm egal. So was berührte ihn nicht, ließ ihn völlig kalt. Er war seltsam unempfindlich gegen Kritik oder Lächerlichkeit. Er hatte tatsächlich kaum Sinn für Humor, wissen Sie. Wie auch immer, ich habe Ihnen noch nicht die ganze Geschichte erzählt. Sie werden sehen, warum es eine Rolle spielt.« Sie rutschte auf dem Sessel nach vorne und umklammerte ihre Knie. Das Nächste kam fast flüsternd heraus, als dächte sie, jemand würde sie belauschen. »Mein erster Gedanke war, eine Abtreibung vorzunehmen, aber … ich weiß nicht … ich wusste nicht, wie man das macht. Kaum zu glauben, aber wahr. Ein echter Punk, schwanger, doch in vieler Hinsicht war ich noch ein naives Mädchen vom Land. Dann kam auch noch meine religiöse Erziehung hinzu. Als es so weit war, hatte ich nicht den Nerv, es allein durchzustehen, und der Junge war, wie gesagt, längst verschwunden. Mein Vater ist ein guter Mann. Er hat sein Leben lang über Gnade, Erbarmen und christliche Nächstenliebe gepredigt.«

»Also haben Sie sich an Ihre Eltern gewandt?«

»Ja.«

»Und?«

»Sie haben es unter den Umständen recht gut aufgenommen. Natürlich waren sie verstört, aber sie waren gut zu mir. Sie überredeten mich, das Baby zu bekommen, genau wie ich es erwartet hatte. Vater hält nichts von Abtreibung. So was ist nicht nur den Katholiken vorbehalten, wissen Sie. Wir machten es dann, wie man es damals tat. Ein Aufenthalt bei Tante So-und-so in den letzten paar Monaten, als man es sehen konnte, und danach sofortige Freigabe zur Adoption, als ob nichts passiert wäre. Und wenn ich dabei vom Punk geheilt werden würde, umso besser.«

»Wurden Sie?«

»Vom Punk geheilt?«

»Ja.«

»Als ich das Baby bekam, war ich kurz davor, Abitur zu machen. Das war 1977. Ich weiß nicht, ob Sie sich erinnern, aber Punk war sehr populär geworden, und die großen Bands standen alle bei den wichtigen Plattenfirmen unter Vertrag. Die ganze Szene war sehr kommerziell geworden. Alle redeten vom Punk und übernahmen das Aussehen. Irgendwie war es nicht mehr dasselbe. Sie gehörten uns nicht mehr. Außerdem war ich älter und weiser. Ich war Mutter, wenn auch keine aktive. Ja, ich war geheilt. Ich verbrachte den Sommer zu Hause und ging im Oktober auf die Universität in Bath, um englische Literatur zu studieren, wurde ein intellektueller Snob und verlegte mich auf New Wave, was ich heimlich schon immer bevorzugt hatte. Elvis Costello, Talking Heads, Roxy Music, Television, Patti Smith. Kunstschulmusik. Ich studierte zwei Semester Englisch, wechselte dann zu Jura über.«

»Das ist noch nicht alles, oder?«

»Nein.«

»Das Kind?«

»Wie Sie wissen, haben adoptierte Kinder inzwischen das Recht, Nachforschungen über ihre leiblichen Eltern anzustellen. Ich verstehe das, aber ich muss sagen, dass es in vielen Fällen nur Kummer und Leid bringt.«

»Und in Ihrem Fall?«

»Sie hatte es nicht schwer, mich zu finden. Im letzten Januar. Das Kindergesetz wurde 1975 erlassen, vor ihrer Geburt, wie Sie vermutlich wissen. Das heißt, sie brauchte nicht mal zur Beratung zu gehen, bevor sie vom Amt für Bevölkerungsstatistik die Information bekam, die sie zu mir führte.

Das war immer eine Möglichkeit gewesen. Sie kam eines Tages einfach in mein Büro. Und sie brauchte nicht lange, bis sie kapierte, wie viel Angst ich davor hatte, dass sie es meinem Mann erzählte. Ich weiß nicht, was dann passiert wäre. Es war schlimm genug, dass er so prüde und besitzergreifend war und ich es ihm all die Jahre verheimlicht hatte. Aber sie tauchte genau zu dem Zeitpunkt auf, als seine politischen Ambitionen richtig in Gang kamen, und ich wollte dabei sein. Ich wollte nach Westminster. Jerry hatte schon immer viel auf Familienwerte gegeben, und jede Andeutung eines Familienskandals – Ex-Punk als Frau eines Chief Constables, Kind der Liebe packt aus – na ja, das hätte alles zerstört. Zumindest glaubte ich das.«

»Was hat sie gemacht?«

»Mich um Geld gebeten.«

»Ihre eigene Tochter hat Sie erpresst?«

»So würde ich das nicht nennen. Sie hat mich nur ab und an um Hilfe gebeten.«

»Finanzielle Hilfe?«

»Ja. Ich meine, ich war ihr doch schließlich was schuldig. Offensichtlich hatte sie bei ihren Adoptiveltern kein so gutes Leben gehabt. Sie hatten sich als ungeeignet herausgestellt, sagte sie, obwohl sie nicht erklärte, warum, und sie hatten nicht viel Geld. Nach ihrem zweiten Studienjahr waren die Eltern bei einem Brand umgekommen, und sie war völlig auf sich gestellt. Als sie mich fand, war sie im letzten Studienjahr und konnte jede Hilfe gut gebrauchen. Mir machte es nichts aus.«

»Hat sie je damit gedroht, Ihrem Mann die Wahrheit zu sagen, wenn Sie nicht zahlen?«

»Sie … sie hat angedeutet, dass sie das tun könnte.«

»Und Sie haben sie für ihr weiteres Schweigen bezahlt?«

Rosalind schlug die Augen nieder. »Ja.«

»Selbst nachdem sie mit dem Studium fertig war?«

»Ja.«

»Das ist Erpressung«, sagte Banks. »Werden Sie mir sagen, wer sie ist?«

»Spielt das eine Rolle.«

»Schon möglich.«

Rosalind nahm einen Schluck Wein, sagte dann: »Ruth. Ruth Walker.«

Banks verschluckte sich fast. »Ruth Walker ist Ihre Tochter? Emilys Halbschwester?«

Rosalind nickte.

»Mein Gott, warum haben Sie mir das nicht schon früher gesagt?«

»Ich verstehe nicht, welche Bedeutung das haben sollte.«

»Die Beurteilung überlassen Sie besser mir. Wusste Emily davon?«

»Ich glaubte nicht.«

»Was soll das heißen?«

»Soviel ich damals wusste, waren sie sich nur einmal begegnet. Ruth kam immer in mein Büro in Eastvale. Da haben wir all unsere … unsere Geschäfte abgewickelt. Ob Sie es glauben oder nicht, ich kannte nicht mal ihre Adresse. Sie hatte mir nur erzählt, sie sei in Salford aufgewachsen. Einmal – ich glaube, es war letzte Ostern – war Emily bei mir im Büro. Sie wollte sich von mir Geld zum Einkaufen leihen. Ruth kam herein. Ich stellte ihr meine Tochter vor und sagte, Ruth sei wegen der neuen Computeranlage da, die wir vielleicht installieren wollten. Sie haben sich ein bisschen unterhalten, über Musik, auf welche Schule Emily ging, solche Sachen. Nur höfliches Geplauder. Mehr nicht. Dachte ich zumindest.«

»Also wusste Emily nicht, wer Ruth wirklich war?«

»Das habe ich damals geglaubt.«

»Und was hat Ihre Ansicht verändert?«

»Nachdem Emily heimkam … nachdem Sie Emily zurückgebracht hatten, klingelte eines Tages das Telefon. Ruth war am Apparat. Ich dachte, sie wollte mich anrufen. Ich war wütend, weil ich sie ausdrücklich darum gebeten hatte, nie bei uns zu Hause anzurufen, aber sie wollte Emily sprechen.«

»Und?«

»Später fragte ich Emily danach. Da erzählte sie mir, dass Ruth sie oft in der Schule angerufen hatte, dass sie einmal über das Wochenende nach London gefahren war und bei ihr übernachtet hatte. Dass sie Freundinnen waren.«

»Demnach wusste Emily, dass Ruth ihre Halbschwester war?«

»Ja.«

»Wie hat sie reagiert?«

»Sie kannten Emily. Sie fand es ziemlich cool, dass ihre Mutter eine geheime Vergangenheit hatte. Sie hat mir versprochen, nichts zu sagen. Ihr war völlig klar, wie ihr Vater reagieren würde.«

»Haben Sie ihr vertraut?«

»Größtenteils ja. Emily war nicht gemein, obwohl sie unberechenbar sein konnte. Wissen Sie, in ihrem Alter war ich nicht anders. Wenn wir Gleichaltrige gewesen wären, wer weiß, vielleicht wären wir sogar Freundinnen geworden.«

»Ich kann mir vorstellen, was Sie beide alles angerichtet hätten.«

Rosalind lächelte wieder ihr Emily-Lächeln. »Ja.«

»Wusste sie von der Erpressung?«

»Guter Gott, nein. Zumindest hat sie nie was darüber gesagt. Und ich bezweifle, ob Ruth es ihrer Halbschwester gegenüber zugegeben hätte. Emily war eigensinnig und verantwortungslos, aber im Grunde sehr ehrlich. Ich glaube nicht, dass sie Ruth verziehen hätte, wenn ihr das zu Ohren gekommen wäre.«

Das klang glaubhaft. Aber wenn Emily es nun allein herausgefunden hatte? »Warum erzählen Sie mir das jetzt alles?«, fragte er.

Rosalind zuckte die Schultern. »Aus einer Menge von Gründen. Jerry ist tot. Sie haben ihn gefunden. Sie haben Emily zurückgebracht. Wissen Sie, Sie sind, in Freud und in Leid, in letzter Zeit ein Teil unseres Lebens geworden. Ich musste es jemandem erzählen, und mir fiel niemand anderer ein. Ist das nicht zum Weinen? Seit Emily heimkam, bin ich fast verrückt geworden, es für mich behalten zu müssen, aber ich konnte da noch nicht riskieren, es Ihnen zu erzählen. Nicht, während Jerry am Leben war. Ich weiß, dass Sie ihn nicht mochten, aber ich weiß auch, dass ihr Polizisten zusammenhaltet. Und alles, was ihr herausfindet, landet oft in der Zeitung. Ich will damit nicht sagen, dass Sie etwas verraten hätten, aber …«

»Die Wände haben Ohren?«

»So was in der Art.«

»Und jetzt?«

»Jetzt kommt es nicht mehr darauf an. Auf gar nichts mehr. Abgesehen von meiner Wut fühle ich mich nur leer.« Sie stellte ihr Glas beiseite und stand auf. »Ich muss jetzt wirklich gehen. Ich habe gesagt, was ich sagen wollte. Danke fürs Zuhören.«

Als Annie in Banks' Einfahrt kurz vor der Gratly-Brücke einbiegen wollte, kam ein Auto rückwärts herausgeschossen und so schnell auf sie zu, dass sie scharf bremsen musste, um einen Zusammenprall zu vermeiden. Das andere Auto wendete und fuhr dann den Hügel hinunter in Richtung Helmthorpe.

Mit wild klopfendem Herzen bog Annie nach links und fuhr langsam zum Cottage von Banks. Sie sah ihn an der offenen Tür stehen, trotz der Kälte nur mit Hemd und Jeans bekleidet.

Annie hielt vor dem Cottage und stieg aus.

»Was zum Teufel machst du hier?«, fragte Banks.

»Nette Begrüßung. Kann ich reinkommen?«

Er trat beiseite. »Von mir aus. Alle anderen machen's ja auch.«

Annie war darauf eingestellt gewesen, ihn direkt anzugreifen, hatte sich auf der Fahrt darauf vorbereitet, aber der Adrenalinstoß nach dem Beinahe-Unfall und Banks' Beiläufigkeit nahmen ihr etwas den Wind aus den Segeln. Sie ging hinein und setzte sich auf den Sessel. Er war noch warm von demjenigen, der gerade gegangen war.

»Und was kann ich für dich tun?«, fragte Banks, schloss die Tür und legte mehr Torf aufs Feuer.

»Als Erstes kannst du mir was zu trinken geben.« Annie deutete mit dem Kopf auf den Beistelltisch. »Von dem Wein da.«

Banks ging in die Küche, holte ein sauberes Glas und goss ihr Wein ein.

»Wer war das?«, fragte sie und nahm das Glas.

»Wer?«

»Die Person, die gerade wie eine aufgescheuchte Fledermaus abgerauscht ist. Die Person, die fast in mein Auto geknallt wäre.«

»Oh, *die* Person. Rosalind Riddle.«

»Eine Freundin von dir?«

»Arbeit.«

»Arbeit? Ach so, dann kann ich verstehen, warum du mir nichts davon erzählen wolltest. Ich bin ja auch nur deine stellvertretende Ermittlungsleiterin, oder?«

»Lass den Sarkasmus, Annie. Er passt nicht zu dir. Natürlich hätte ich dir davon erzählt.«

»Wie von allem anderen?«

»Wie bitte?«

»Oh, du weißt genau, was ich meine.«

»Klär mich auf.«

»Rosalind Riddle ist Arbeit, genau wie ihre Tochter Emily, richtig?«

»Ich verstehe dich nicht. Worauf willst du hinaus?«

»Ich will auf gar nichts hinaus.« Annie erzählte ihm, wie sie die grünen Formulare durchgeblättert und den Hinweis auf das Hotel Fifty-Five gefunden hatte. »Keine weiteren Maßnahmen, hat Winsome wenigstens gesagt. Also hab ich mich gefragt, wieso ich nichts davon gehört hatte. Ich habe das Hotel angerufen, und siehe da, wer hat vor einem Monat den größten Teil der Nacht dort zusammen verbracht?«

Banks blieb stumm, schaute nur verlegen ins Feuer.

»Was ist los?«, fuhr Annie fort. »Hat's dir die Sprache verschlagen?«

»Ich weiß nicht, warum ich dir eine Erklärung schuldig wäre.«

»Ach, das weißt du nicht? Ich sag's dir. Mord. Deswegen. Emily Riddle wurde letzte Woche ermordet, oder hast du das vergessen?« Beim Sprechen merkte Annie, dass ihre Wut wieder hochkochte. »Jetzt, nach allem, was ich entdeckt habe, halte ich dich nicht mehr für fähig, diesen Fall zu bearbeiten, aber ich bin deine stellvertretende Ermittlungsleiterin, und du schuldest mir zumindest die verdammte Höflichkeit, mir die Wahrheit über deine Beziehung zu dem Opfer zu sagen.«

»Es gab keine Beziehung.«

»Lügner.«

»Annie, es …«

»Lügner.«

»Lässt du mich wenigstens ausreden?«

»Wenn du die Wahrheit sagst.«

»Ich sage die Wahrheit.«

»Lügner.«

»Also gut. Ich mochte Emily. Na und? Ich weiß nicht, warum. Sie war ein schrecklicher Quälgeist, aber ich mochte sie. Mehr nicht. Eher wie eine Tochter als sonst was. Weiter ist es nicht gegangen. Ich hatte den Auftrag, sie in London zu finden. Sie ist auf einer Party in Schwierigkeiten gekommen, und der einzige sichere Ort, der ihr einfiel, war das Hotel. Ich hatte ihr einen Zettel mit dem Namen drauf gegeben, damit sie mich anrufen konnte, falls sie beschloss, nach Hause zu kommen. Sie war verängstigt und allein und kam ins Hotel. So einfach ist das.«

»Was für Schwierigkeiten?«

Banks erzählte ihr von dem Vorfall mit Andy Pandy bei der Party.

»Und du hieltest es nicht für nötig, mir, deiner Stellvertreterin, diese Information mitzuteilen?« Annie schüttelte den Kopf. »Ich kann es nicht glauben. Was hast du mir sonst noch verschwiegen?«

»Nichts, Annie. Hör zu, ich weiß, dass es falsch war, aber du verstehst doch sicher, dass ich besorgt war, wie es aussehen könnte?«

»Wie es aussehen könnte? Emily Riddle taucht um drei Uhr morgens in deinem Hotelzimmer aus und bleibt die ganze Nacht, und du machst dir Sorgen, wie es aussehen könnte. O ja, ich glaube, ich verstehe, warum.«

»Du denkst doch nicht etwa …?«

»Was soll ich denn sonst denken? Was denn? Du verbringst die Nacht in einem Hotelzimmer mit einer geilen sechzehnjährigen Nutte, und ich soll glauben, da sei nichts passiert? Denkst du, ich bin von gestern?«

»Emily Riddle war keine Nutte.«

»Oh, entschuldige bitte! Ist das nicht grandios? Der edle Ritter, der die hilflose junge Maid verteidigt.«

»Annie, das Mädchen ist tot. Zumindest könntest du …«

»Was? Ihr Respekt erweisen?«

»Ja.«

»Hast du ihr Respekt erwiesen, als du mit ihr in dem Hotelzimmer geschlafen hast?«

»Das hab ich dir doch schon gesagt. Ich habe nicht mit ihr geschlafen.«

»Und ich glaube dir nicht. Oh, vielleicht wolltest du sie nur trösten, sie ein bisschen in den Arm nehmen, ihr sagen, dass jetzt alles in Ordnung sei, aber nach dem, was ich von ihr gehört habe, und nach dem, was ich über Männer weiß, bezweifle ich sehr, dass das alles war.«

»Ich habe sie nicht angefasst.«

»Du hättest ihr ein eigenes Zimmer besorgen sollen.«

»Das wollte ich ja, aber sie ist auf dem Bett eingeschlafen.«

»Ach, erzähl mir doch nichts.«

»Wirklich. Sie war stoned. Genau das ist passiert.«

»Und du? Wo warst du? Ich erinnere mich an die Zimmer. Sie sind nicht sehr groß.«

»Im Sessel am Fenster. Ich habe eine Zeit lang Musik mit dem Walkman gehört, dann habe ich den Rest der Nacht damit verbracht, ihrem Schnarchen zuzuhören, während ich zu schlafen versucht habe, wenn du es genau wissen willst.«

Annie schwieg. Sie versuchte dahinter zu kommen, ob er die Wahrheit sagte oder nicht. Sie vermutete, dass er es tat, aber sie war entschlossen, ihn nicht so leicht vom Haken zu lassen. Wie sehr es Annie auch verletzte oder ärgerte – ob Banks mit Emily Riddle geschlafen hatte, war nicht die eigentliche Frage, sagte sie sich. Er konnte schlafen, mit wem er verdammt noch mal wollte, selbst wenn es ein sechzehnjähriges Mädchen war. Annie hatte keine Macht über ihn. Es kam nur darauf an, dass er ihr wichtige Informationen vorenthalten hatte, wie schon zuvor während dieser Ermittlung, und es fiel ihr immer schwerer, ihm zu vertrauen.

»Ich muss schon sagen«, fuhr Banks fort, »du hast ganz schön Nerven, mir vorzuwerfen, dass ich die Sache vermassele.«

Annie versteifte sich. »Was soll das heißen?«

»Was ist mit dir? Findest du wirklich, dass du dich in letzter Zeit voll eingesetzt hast?«

Annie zuckte bei dem Vorwurf zusammen. »Ich hatte ein paar Probleme. Mehr nicht. Ich hab's dir gesagt. Persönliche Probleme.«

»Ein paar Probleme? Nennst du das so, wenn du dich davonschleichst, um mit Inspector Dalton zu schlafen, kaum dass ich dir den Rücken zugekehrt habe? Glaub doch nicht, dass ich es nicht bemerkt hätte. Ich bin nicht blöd.«

Annie schoss hoch und versetzte ihm eine Ohrfeige. Sie sah, dass es ihm wehtat. Sein Kopf ruckte zurück, die Wange rötete sich. Wütende Tränen standen ihr in den Augen.

»Tut mir Leid«, sagte er. »Ich wollte es nicht so schroff klingen lassen. Aber du musst zugeben, dass du dich ziemlich offensichtlich verhalten hast. Was glaubst du, wie ich mich gefühlt habe?«

Annie spürte, wie das Blut durch ihre Adern rauschte und das Herz gegen die Rippen schlug, sogar lauter und schneller als bei dem Beinahe-Zusammenstoß mit dem Auto vorhin. Sie schwieg, stundenlang, wie es ihr vorkam, atmete langsam und tief durch, versuchte sich zu beruhigen und die Panik und Wut loszuwerden, die sie zu überwältigen drohten. Als sie endlich sprach, war ihre Stimme zu einem Flüstern herabgesunken. »Du dämlicher Idiot. Zu deiner Information, Inspector Dalton war einer der Männer, die mich vergewaltigt haben. Aber kümmer dich nicht darum. Ich gehe jetzt.« Sie stand auf.

»Großer Gott, Annie! Nein, geh nicht. Bitte geh nicht.« Banks griff nach ihrem Handgelenk. Sie sah auf seine Hand und setzte sich dann wieder. All ihr Kampfeswille war erloschen. Banks goss ihr und sich Wein nach. »Ich weiß nicht, was ich sagen soll. Ich komme mir wirklich wie ein Idiot vor. Warum hast du nichts gesagt?«

»Was denn? Sollte ich in meiner ersten Woche im neuen Job weinend zu meinem Chef gerannt kommen?«

»Du hättest sagen können: ›Das ist der Mann, der mich vergewaltigt hat.‹ Ist er derjenige, der …«

»Einer der anderen. Aber das heißt nicht, dass er es nicht auch getan hätte, wenn er dazu gekommen wäre. Was mich betrifft, sind sie alle drei gleichermaßen schuldig.«

»Aber du hättest es mir sagen können. Du weißt, dass ich dich verstanden hätte.«

»Und was hättest du gemacht? Deine Machomuskeln spielen lassen? Ihn verprügelt? So was in der Art? Einen Pisswettbewerb mit ihm veranstaltet? Nein, danke. Das war mein Problem. Ich habe es vorgezogen, selbst damit fertig zu werden.«

»Sieht so aus, als wäre dir das gelungen.«

»Er lebt ja noch, oder?«

Banks lächelte. »Annie, du musst nicht mit allem in deinem Leben allein fertig werden.«

»Zeigt mal wieder, wie viel du darüber weißt. War vielleicht jemand da, mir zu helfen, als es passiert ist?«

»Das heißt nicht, dass jetzt niemand da ist.«

Annie sah ihn an und merkte, wie sie weich wurde. »Aber mit dieser Sache werde ich nicht fertig«, sagte sie und schüttelte den Kopf.

»Annie, es tut mir Leid. Was soll ich sagen?«

»Es spielt keine Rolle.«

»Doch. Ich habe gesehen, wie angespannt Dalton und du gewesen seid, als ihr euch begegnet seid, und ich habe es falsch interpretiert. Ich dachte, zwischen euch wäre was.«

»War es auch. Nur nicht das, was du dachtest.«

»Das weiß ich jetzt. Und es tut mir Leid. Ich hätte dir vertrauen sollen.«

Annie machte ein Geräusch, das halbwegs zwischen einem Lachen und einem Schniefen lag. »Wie ich dir vertraut habe?«

»Ich war eifersüchtig. Außerdem habe ich dir nicht viel Grund gegeben, mir zu vertrauen, nicht wahr? Ich hab das alles falsch angefangen.«

»Das kannst du laut sagen.«

»Annie, ich schwöre dir bei meiner Ehre, dass zwischen Emily Riddle und mir nichts passiert ist, außer dass sie in meinem Hotelzimmer eingeschlafen ist. Was sollte ich denn machen? Am nächsten Tag hab ich ihr auf der Oxford Street was Neues zum Anziehen gekauft und bin mit ihr im Zug nach Hause gefahren.«

»Und du hast wirklich auf einem dieser schrecklichen Hotelsessel gehockt und Musik gehört?«

»Ja. Und geraucht.«

»Und geraucht. Natürlich.«

»Ja.«

»Dann hast du zu schlafen versucht, aber ihr Schnarchen hat dich wach gehalten?«

»Ja. Und der Wind und der Regen.«

»Und der Wind und der Regen.« Er schaute so ernst, dass Annie nicht anders konnte, als zu lachen. Sie konnte ihn sich nämlich vorstellen, wie er genau das tat, was er gesagt hatte. Er sah verletzt aus. »Tut mir Leid, Alan. Wirklich. Niemand könnte sich eine so dämliche Geschichte ausdenken, wenn es nicht tatsächlich passiert wäre.«

Banks runzelte die Stirn. »Also glaubst du mir jetzt?«

»Ich glaube dir. Ich wünschte nur, du hättest es mir früher erzählt. All diese Täuschungen ...«

»Auf beiden Seiten.«

»O nein, ich habe dich nicht getäuscht. Du hast die Situation falsch interpretiert.«

»Aber du hast mir was verheimlicht.«

»Das war privat. Es hatte nichts mit dem Fall zu tun, nicht wie deine Beziehung zu Emily Riddle. Du mochtest sie wirklich?«

»Ich glaube nicht, dass ich es lange in ihrer Gegenwart ausgehalten hätte. Sie konnte einem ganz schön auf die Nerven gehen. Hörte nie auf zu reden. Und ihr Benehmen! Aber, ja, ich mochte sie.«

Annie legte den Kopf schräg und warf ihm ein schiefes Grinsen zu. »Du bist mir so einer. Auf gewisse Weise völlig gradlinig, doch du hast definitiv was von einem Bohemien.«

»Ist das gut?«

»Wird schon gehen. Aber du sollst wissen, dass ich immer noch ernsthaft sauer auf dich bin, weil du mich nicht als Profi behandelt hast. Du hast eine Menge gutzumachen.«

»Annie, es tut mir Leid. Wirklich. Es war schwierig, angesichts dessen, was zwischen uns war, und dann der Gedanke, dass du und Dalton … du weißt schon. Ich meine, es ist ja nicht so, dass ich dich nicht immer noch …«

Annie merkte, wie ihr Herz einen kleinen Hüpfer machte. »Immer noch was?«

»Immer noch mag.« Das Feuer verglimmte, und die Luft wurde kalt. Banks sah Annie an, und sie spürte das Aufflackern der Gefühle für ihn, die sie zu ignorieren versucht hatte, seit sie sich getrennt hatten. Er griff nach einem Torfstück. »Bleibst du?«, fragte er. »Soll ich noch was auflegen? Es wird kalt.«

Annie betrachtete ihn ernst, biss sich auf die Lippe, streckte die Hand aus, dieselbe, mit der sie ihn geschlagen hatte, und sagte: »Also gut, aber wir müssen über eine Menge reden.«

17

Kurz nach elf Uhr am nächsten Morgen hielt Annie auf dem Angestelltenparkplatz hinter der Feuerwache in Salford, nachdem sie mehr als eine Stunde über die M62 gekrochen war und sich im Zentrum von Manchester verfahren hatte. Ein Laster war auf einer der Kreuzungen bei Huddersfield umgekippt, und der Verkehr hatte sich bis zur Auffahrt der M1 gestaut. Das Wetter hatte auch nicht zur Verbesserung der Lage beigetragen. Durch den starken Frost der letzten Nacht waren die Straßen vereist, trotz der strahlenden Wintersonne, die sich in Windschutzscheiben und Motorhauben spiegelte.

Die Feuerwache aus rotem Ziegelstein stand an der Zufahrtsstraße zu einer Siedlung etwas schäbiger georgianischer Reihenhäuser, in der Ruth Walker aufgewachsen war. Banks hatte Annie erzählt, dass Ruth Rosalind Riddles Tochter war. Ruth hatte ihn in vielem belogen, sagte er, und er fand, dass sie mehr über ihre Vergangenheit herausfinden sollten, einschließlich des Feuers, bei dem ihre Eltern vor achtzehn Monaten umgekommen waren. Es war leicht gewesen, über die Feuerwache in Salford an die Adresse zu kommen, und darum war Annie zuerst hierher gefahren. Der Feuerwehrhauptmann George Whitmore hatte ihr versichert, er würde gerne mit ihr sprechen.

Die Feuerwehrleute spielten in einem Raum über den glänzenden roten Feuerwehrautos Karten. Es roch nach Schweiß, Aftershave und Öl. Feuerwehrleute waren merkwürdige Burschen, hatte Annie schon immer gefunden. Wenn alles gut ging, hatten sie nichts zu tun, wie auch die Polizei nichts zu tun hätte, wenn die Leute keine Verbrechen begingen. Annie hatte in St. Ives bei der örtlichen Feuerwehr einen Mann gekannt, der während der Arbeitszeit unter einem Pseudonym Western schrieb und etwa einen im Monat an einen amerikanischen Verleger verkaufte. Sie war auch mit einem Feuerwehrmann ausgegangen, der nebenbei eine Teppichreinigung hatte, und einer seiner Kollegen hatte ein Taxiunternehmen, das Leute zum Flugplatz beförderte. Alle schienen drei oder vier Jobs zu haben. Natürlich sind Feuer so unvermeidbar wie Verbrechen, und wenn es ums Ganze ging, würde niemand den Heldenmut der Feuerwehrleute leugnen. Und egal, wie politisch korrekt man zu sein versuchte, egal, wie viel die Leute darüber redeten, mehr Frauen bei der Feuerwehr einzustellen, ob man sie Brandkontrollingenieure oder Flammenunterdrückungseinheiten nannte, die Wahrheit über Feuerwehrleute war in dem zusammengefasst, wie man sie bezeichnete und immer bezeichnen würde: *Feuerwehrmänner*.

»Ist Mr. Whitmore da?«, fragte sie einen der Kartenspieler.

Er betrachtete sie von oben bis unten, lächelte, als fände er sie sexy, und deutete mit dem Daumen. »Büro ist da hinten.«

Annie spürte die Blicke auf ihrem Hintern, als sie weiterging, hörte ein Flüstern, dann Männerlachen. Sie überlegte, ob sie sich umdrehen und sagen sollte, wie kindisch sie waren, entschied aber, dass es nicht der Mühe wert war.

George Whitmore erwies sich als freundlicher, gutmütiger Mann mit kurzem grauem Haar, nicht weit vom Pensionsalter entfernt, wie es aussah. Er hatte gerahmte Fotos seiner Familie, einschließlich der Enkelkinder, auf dem Schreibtisch stehen.

»Sind Sie das Mädel, das vorhin angerufen hat?«, fragte er und bedeutete Annie, sich zu setzen.

»Ja.«

»Tja, ich hätte Ihnen sagen sollen, dass Sie die lange Fahrt vermutlich umsonst machen.«

Annie lächelte. »Das macht mir nichts aus. Es ist immer nett, mal eine Weile aus dem Büro rauszukommen.« Sie zog ihr Notizbuch heraus. »Sie erinnern sich an das Feuer bei den Walkers?«

»Ja. Ich war damals noch bei der Mannschaft, bevor mich die Rückenschmerzen vor einem Jahr zum Bürodienst gezwungen haben.«

»Sie waren vor Ort?«

»Ja. Das Feuer ist so gegen drei oder vier Uhr morgens ausgebrochen, vielleicht ein bisschen später. Ich könnte nachsehen, wenn Sie die genaue Uhrzeit brauchen.«

»Im Moment noch nicht. Erst mal reichen Ihre Eindrücke.«

Er überlegte und runzelte die Stirn. »Wenn es Ihnen nichts ausmacht, würde ich gerne wissen, warum die Polizei sich nach all dieser Zeit für das Feuer bei den Walkers interessiert.«

»Nur eine Hintergrundüberprüfung«, sagte Annie. »Routine.«

»Weil an dem Feuer nichts Merkwürdiges war.«

»Soviel ich weiß, hat es keine polizeiliche Untersuchung gegeben?«

»Nicht über das hinaus, was das Gesetz und die Versicherungsgesellschaft verlangen. Gab keinen Grund dafür.«

»Wie ist das Feuer entstanden?«

»Durch einen glimmenden Zigarettenstummel auf dem Sofa.«

Noch ein Grund, warum Rauchen der Gesundheit schadet, dachte Annie. »Und Sie haben Brandstiftung ausgeschlossen?«

Whitmore nickte. »Schon gleich zu Anfang. Es gab keine Anzeichen gewaltsamen Eindringens, nichts war durcheinander. Wir haben auch keine Spuren von Brandbeschleunigern gefunden, und um ganz ehrlich zu sein, hatte niemand Grund, den Walkers etwas anzutun.«

»Sie kannten sie?«

»Nur flüchtig. Vom guten Tag sagen. Sie waren eifrige Kirchgänger. Jeder kannte sie. Ich selbst bin nicht sehr religiös. Aber ein nettes, gottesfürchtiges Paar, nach allem, was man weiß. Hatten auch eine nette Tochter. Das arme Mädel ist nur knapp mit dem Leben davongekommen.«

»Meinen Sie Ruth?«

»Ja. Die einzige, die sie hatten.«

»Was ist von dem Moment an, wo Alarm gegeben wurde, passiert?«

»Die Walkers hatten keinen Rauchmelder. Wenn sie einen gehabt hätten, wären sie vermutlich nicht umgekommen. Ein Nachbar sah den Rauch und die Flammen und hat uns angerufen. Als wir ankamen, waren die meisten Nachbarn bereits auf der Straße. Wissen Sie, eine Zigarette kann lange Zeit glimmen und eine Menge Hitze entwickeln. Wenn das Feuer schließlich aufflammt, tut es das richtig. Es hatte sich schon ausgebreitet, und wir brauchten eine gute Stunde, den Brand vollkommen zu löschen. Zumindest gelang es uns, die Ausbreitung zu verhindern.«

»Wo war Ruth zu der Zeit?«

»Schon im Krankenhaus. Sie war gerade noch rechtzeitig aus ihrem Schlafzimmerfenster gesprungen. Hatte sich den Knöchel gebrochen und die Schulter ausgerenkt.«

»Hässlich.«

»Der Knöchel war am schlimmsten. Komplizierter Bruch, offensichtlich. Hat Wochen gebraucht, bis sie wieder ohne Krücken oder Stock laufen konnte. Aber das war bei weitem nicht so hässlich wie das, was mit ihrer Mum und ihrem Dad passiert ist. Sie hat Glück gehabt. Am frühen Abend hatte es geregnet, und die Erde war weich, sonst hätte sie sich vielleicht noch mehr gebrochen.«

»Wie sind ihre Eltern gestorben?«

»Durch Rauchvergiftung. Das kam bei der Obduktion heraus. Hatten nicht mal genug Zeit, aus dem Bett zu kommen. Ruth hatte auch Rauch eingeatmet, bevor sie sprang, aber das hat nicht so viel Schaden angerichtet. Ein bisschen Sauerstoff, und sie war wieder auf dem Damm.«

»Warum hatte sie Zeit zu entkommen, und ihre Eltern nicht?«

Whitmore zuckte die Schultern. »Jünger, kräftiger, schnellere Reflexe. Außerdem ging ihr Zimmer nach vorne raus, und das Feuer brannte hinten am stärksten. Ihre Eltern waren aller Wahrscheinlichkeit nach schon tot, als sie gesprungen ist.«

»Können Sie mir sonst noch was erzählen?«

»Das ist alles, wirklich, meine Liebe. Ich sagte ja schon, Sie haben die Fahrt wahrscheinlich umsonst gemacht.«

»Tja, Sie wissen ja, wie das ist«, meinte Annie. »Wurde das Haus vollkommen zerstört?«

»Fast. Drinnen auf jeden Fall.«

»Und jetzt?«

»Oh, jemand hat es gekauft und renoviert. Wenn Sie es jetzt sehen, würden Sie nicht glauben, dass da so eine Tragödie passiert ist.«

Annie stand auf. »Ist es weit von hier?«

»Bleiben Sie auf der Hauptstraße, biegen Sie bei der nächsten Ampel links ab, und dann ist es die zweite Straße auf der rechten Seite.«

»Vielen Dank.« Annie verließ Whitmores kleines Büro und ging wieder an den Kartenspielern vorbei. Diesmal pfiffen sie ihr nach. Sie lächelte in sich hinein. Eigentlich ein nettes Gefühl. Über dreißig, und ihr wurde noch nachgepfiffen. Das musste sie Alan erzählen.

Alan. Sie hatten fast die ganze Nacht geredet, während das Torffeuer im Kamin brannte und sanfter Jazz im Hintergrund lief. Er hatte ihr von Rosalinds Besuch erzählt, von Emily und Ruth, von den Schuldgefühlen, die er empfand, weil er Riddle tot in der Garage aufgefunden hatte, und sie erzählte ihm, wie Daltons Auftauchen sie aus der Bahn geworfen hatte, all die Gefühle wachrief, die sie immer noch hegte, und wie sie ihn am Sonntagmorgen zur Rede gestellt hatte.

Wäre es Sommer gewesen, hätten sie bis zur Morgendämmerung geredet, aber da es Dezember war, kam das einzige Licht, das um vier Uhr morgens durch das Fenster schien, von einem Vollmond, der so weiß wie Frost war. Selbst da hatten sie noch weitergeredet, und soweit Annie sich erinnerte, war sie wahrscheinlich mitten im Satz eingeschlafen.

Erst nachdem sie beide an die drei Stunden geschlafen hatten, liebten sie sich – vorsichtig und zärtlich –, und am Morgen mussten sie das Eis von ihren Windschutzscheiben kratzen und wie der Teufel fahren, um rechtzeitig zur Arbeit zu kommen.

Jetzt kam es Annie so vor, als gäbe es keine Geheimnisse mehr, als stände nichts mehr zwischen ihnen. Aber sie machte sich immer noch Sorgen um ihre Zusammenarbeit, vor allem, weil sie jetzt auch in Eastvale stationiert war, denn sie würde ihre Angst vor Bindung oder Zurückweisung nie ganz verlieren. Aber Banks hatte sie nicht um eine Bindung gebeten, und wenn überhaupt, war sie es gewesen, die ihn das letzte Mal zurückgewiesen hatte, aus Angst, seine Vergangenheit könnte sich auf ihr Leben auswirken.

Eigentlich wusste sie nur, dass sie das, was zwischen ihnen war, wollte. Es war Zeit, die Lektionen der östlichen Philosophie ernst zu nehmen – sich mit der Flut treiben zu lassen.

Annie lächelte, als sie im Rückspiegel ihr Make-up auffrischte. Dann fuhr sie los, um zu sehen, ob sie bei den Nachbarn der Walkers etwas mehr erfahren konnte.

Die Atmosphäre, die gestern über der Todesszene in Riddles Garage gehangen hatte, schien heute das ganze Revier zu durchdringen. Man kam sich vor wie in einem Beerdigungsunternehmen. Riddle mochte zwar nicht der beliebteste und am meisten bewunderte Polizeipräsident gewesen sein, den sie je gehabt hatten, aber er war einer der Ihren gewesen, und er war tot. Das war, als würde man ein Familienmitglied verlieren. Einen entfernten und strengen Onkel vielleicht, aber trotzdem ein Familienmitglied. Selbst Banks war das Herz schwer, während er seinen bitteren schwarzen Kaffee trank.

Die düstere Stimmung erinnerte ihn an die Tage nach Graham Marshalls Verschwinden, als in der Schule alle wie auf Eiern gegangen waren, wie betäubt, und nur noch im Flüsterton gesprochen wurde. In jenen Tagen hatte Banks zum ersten Mal wirkliche Schuldgefühle empfunden, ein Gefühl der Verantwortung für andere Menschen, etwas, das ihn auch jetzt noch bei der Arbeit anspornte. Innerlich wusste er, dass er weder für Graham Marshalls Verschwinden verantwortlich war, noch dafür, dass Phil Simpkins auf dem Zaun verblutet war, und auch nicht für Jems Überdosis Heroin. Aber er schien Schuldgefühle anzuziehen und sie wie einen tröstlichen Mantel um sich zu hüllen.

Bei dem Gedanken an Annie hob sich jedoch seine Stimmung. Er wusste, dass er nicht zu viel erwarten durfte – das hatte sie ganz deutlich geäußert –, aber zumindest hatten sie die Gerüchte und Ängste überwunden, in denen sie sich in der letzten Woche festgefahren hatten. Banks spürte die Möglichkeit eines neuen, tieferen Vertrauens. Es würde sich jedoch auf natürliche Weise entwickeln müssen; man konnte es nicht erzwingen, nicht bei einem Menschen, der so viel Angst vor Nähe hatte wie Annie, oder jemandem, der noch so viele kaum vernarbte Wunden trug wie er. Sandras Wunsch, sich scheiden zu lassen und Sean zu heiraten, hatte ihm zwar ein Gefühl der Endgültigkeit, der Befreiung gegeben, aber die alten Wunden waren noch vorhanden. Was ihn daran erinnerte, dass er den zweiten Brief des Anwalts beantworten musste, sonst dächte Sandra noch, er hätte seine Meinung geändert.

Banks sah eine Horde Reporter vor dem Revier stehen. Er schaute auf die Uhr: kurz vor Öffnung der Pubs. Bald würden sie alle im Queen's Arms sitzen und sich gegenseitig auf Spesen zum Essen einladen. Riddles Selbstmord war etwas, das sogar die Reporter der Londoner Tageszeitungen bis hier rauf in den Norden brachte. Natürlich würden sie die Sache weidlich ausschlachten: CHIEF CONSTABLE BEGEHT SELBSTMORD, WÄHREND POLIZEI WENIGE METER ENTFERNT WACHE STEHT. Das ließ sich auf verschiedene Art interpretieren.

Rosalind würde zu ihren Eltern nach Barnstaple fahren, sobald sie die Vorbereitung für die Beerdigung getroffen hatte. Dann, so hatte sie Banks am Abend zuvor beim Abschied gesagt, würde sie das Haus verkaufen und entscheiden, was sie als Nächstes tun würde. Sie hatte es nicht eilig – sie würde gut versorgt sein –, aber sie wollte so weit von Yorkshire wegziehen wie möglich. Banks hatte Mitleid mit ihr; er konnte sich nicht vorstellen, wie schrecklich es sein musste, innerhalb weniger Tage eine Tochter und einen Ehemann zu verlieren. Er konnte sich nicht mal vorstellen, wie schrecklich es sein würde, Brian oder Tracy zu verlieren.

Der uralte Heizkörper zischte und blubberte, als Banks sich

setzte und über das gestrige Gespräch mit Rosalind nachdachte. Durch ihre Erzählung hatte sie ihm unabsichtlich mitgeteilt, daß sie ein Motiv hatte, Emily loszuwerden. Wirklich unabsichtlich? Er bezweifelte nicht, dass Rosalind verschlagen sein konnte, wenn sie wollte, schließlich war sie Anwältin, aber er hatte keine Ahnung, warum sie sich selbst hätte belasten sollen. Aber: Wenn Rosalind Ruths Existenz vor ihrem Mann geheim halten wollte und Emily dabei ein uneinschätzbares Risiko war, hatte Rosalind ein Motiv gehabt, Emily aus dem Weg zu räumen.

Und sie hatte darüber hinaus ein noch viel besseres Motiv, Ruth Walker für immer aus dem Weg haben zu wollen.

Doch seit Riddles Selbstmord war das alles hinfällig geworden. Das Geld, der Status, die Berühmtheit, die Möglichkeit der politischen Karriere ihres Mannes – alles hatte sich in Luft aufgelöst. Rosalind blieb nichts mehr außer Benjamin und Ruth, und Banks bezweifelte, dass sie mit Ruth noch etwas zu tun haben wollte, nach allem, was passiert war. Es reichte, um die Worte des Predigers Salomon zu bestätigen, dass alles Eitelkeit ist.

Banks konnte einfach nicht glauben, dass Rosalind ihrer eigenen Tochter vergiftetes Kokain gegeben hatte oder jetzt das Ableben ihrer anderen Tochter plante. Aber er durfte gleichzeitig nicht vergessen, dass zwischen ihnen allen keine Liebe geherrscht, Rosalind damals ihr Kind Fremden überlassen hatte und sich für Wohlstand, Macht und all das Drum und Dran entschied, das sie so sehr zu brauchen schien. Und wenn man es recht bedachte, egal, was ihm sein Instinkt sagte, sind wir bei entsprechendem Anreiz alle dazu fähig, einen Mord zu begehen.

Wie er es auch betrachtete, Ruth Walkers plötzliches Hervortreten bei diesem Fall war eine Komplikation, auf die er gut hätte verzichten können. Während Annie Informationen über Ruths Vergangenheit in Salford ausgrub, versuchte Banks, so viel wie möglich über ihr jetziges Leben in Kennington herauszufinden. Er hatte bereits mehrere Anrufe getätigt, zwei Seiten mit Notizen voll geschrieben und wartete nun auf einen Anruf von Burgess.

Als das Telefon klingelte, dachte er, es sei der Rückruf von Ruths Chef, aber es war das andere Gespräch, auf das er gewartet hatte und das ihm grünes Licht für ein zweites Verhör von Barry Clough gab. Und gerade noch rechtzeitig; sie konnten ihn höchstens noch zwei Stunden festhalten.

Eigentlich eine ganz nette Gegend, dachte Annie und betrachtete die Häuser. So was hätte man in Salford gar nicht erwartet, obwohl sie ehrlich zugeben musste, dass sie noch nie in Salford gewesen war und keine Ahnung hatte, was zu erwarten war. Reihenhäuser standen zu beiden Seiten der stillen Straße, jedes mit einem ansehnlichen Rasenstück hinter einer Ligusterhecke. Die auf der Straße parkenden Autos waren nicht protzig, aber es waren auch keine verrosteten und klapprigen, zehn Jahre alten Fiestas. Die meisten waren importierte japanische und koreanische Modelle, und Annies Astra fiel nicht weiter auf. Verbrechensmäßig, schätzte sie, waren die größten Probleme wohl gelegentliche Einbrüche und Autodiebstähle.

Nummer 39 unterschied sich kaum von den anderen Häusern. Wie Whitmore gesagt hatte, sah man dem Haus nicht an, welche Tragödie sich hier abgespielt hatte. Annie versuchte sich die Flammen vorzustellen, den Rauch, die Schreie und die in Pantoffeln und Morgenröcken herumstehenden Nachbarn, die hilflos zusehen mussten, wie Ruth aus dem oberen Fenster sprang und ihre Eltern erstickten, nicht mal in der Lage, aus ihren Betten zu kriechen.

»Kann ich Ihnen helfen, meine Liebe?«

Annie drehte sich um und sah eine ältere Frau vor sich, die mit rheumatischen Fingern eine Einkaufstüte umklammerte.

»Sie sehen aus, als hätten Sie was verloren oder so.«

»Nein«, sagte Annie lächelnd, um der Frau klar zu machen, dass sie nicht verrückt war. »Nur in Gedanken verloren, vielleicht.«

»Kannten Sie die Walkers?«

»Nein.«

»Weil Sie sich nämlich ihr Haus anschauen.«

»Ja. Ich bin Polizistin«, stellte Annie sich vor.

»Tattersall. Gladys Tattersall«, sagte die Frau. »Freut mich, Sie kennen zu lernen. Sagen Sie bloß nicht, Sie stellen nach all dieser Zeit neue Ermittlungen wegen des Feuers an.«

»Nein. Glauben Sie, das sollen wir tun?«

»Kommen Sie doch herein. Ich stell den Kessel auf. Ich wohne in Nummer siebenunddreißig.«

Also im Haus neben dem der Walkers. »Es muss beängstigend für Sie gewesen sein«, sagte Annie, während sie der Frau zur Haustür und in den Flur folgte.

»Während der Bombenangriffe im Krieg hatte ich mehr Angst. Na ja, da war ich auch noch ein Mädchen. Kommen Sie rein. Setzen Sie sich.«

Annie betrat das Wohnzimmer und setzte sich auf einen mit pflaumenfarbenem Velour bezogenen Sessel. Über dem Kamin hing ein Spiegel mit vergoldetem Rahmen, und der unvermeidliche Fernseher stand in einer Ecke. Am anderen Ende des Wohnzimmers gab es einen Esstisch mit vier dazu passenden Stühlen. Mrs. Tattersall ging in die Küche und kam zurück. »Es dauert nicht lange«, sagte sie und setzte sich auf das Sofa. »Aber Sie haben Recht. Es war eine beängstigende Nacht.«

»Haben Sie die Feuerwehr gerufen?«

»Nein. Das war der Junge der Hennessys von gegenüber. Er kam spät aus einem Club zurück und sah die Flammen und den Rauch. Dann hat er auch bei uns an die Tür geklopft und gesagt, wir sollten so schnell wie möglich das Haus verlassen. Wir, das waren ich und mein Mann Bernard. Er ist letzten Winter gestorben. An *Krebs*.«

»Tut mir Leid, das zu hören.«

»Ach, machen Sie sich da keine Gedanken. Es war eher ein Segen. Der Krebs saß in seiner Lunge, obwohl Bernard nie geraucht hat. Die Schmerzmittel haben am Ende kaum noch gewirkt.«

Annie schwieg einen Moment. Das schien angebracht nach der Erwähnung des verstorbenen Mr. Tattersall. »Wurde Ihr Haus beschädigt?«

Mrs. Tattersall schüttelte den Kopf. »Wir hatten Glück. Die Wände wurden ziemlich warm, das ja, aber die Feuerwehr spritzte von außen genug Wasser für einen ganzen Swimmingpool drauf. Es war August, wissen Sie, warmes Wetter, und wir hatten ein Fenster aufgelassen, daher lief einiges von dem Wasser hinein und beschädigte die Wände – abblätternde Tapeten, Flecken und so was. Aber nichts Ernstes. Die Versicherung hat dafür gezahlt. Am schlimmsten war es eigentlich für uns, hier wohnen zu müssen, während die Leute, die das Haus nach dem Brand kauften, Tag und Nacht gebohrt und gehämmert haben.«

»Renovierungsarbeiten?«

»Ja.« Der Kessel kochte. Mrs. Tattersall verschwand für ein paar Minuten und kehrte mit einem Teeservice auf einem Tablett zurück, das sie auf den niedrigen Tisch vor dem elektrischen Feuer stellte. »Sie haben mir noch nicht gesagt, warum Sie diese Fragen stellen«, sagte sie.

»Nur eine Routineüberprüfung. Hat eigentlich nichts mit dem Feuer zu tun. Das schien nur der leichteste Einstieg zu sein.«

»Routine? Das sagt ihr im Fernsehen auch immer.«

Annie lachte. »Ist vermutlich das einzig Realistische an den Polizeiserien. Wir sind an Ruth interessiert. Der Tochter.«

»Ist sie in Schwierigkeiten?«

»Soweit ich weiß, nicht. Warum fragen Sie?«

Mrs. Tattersall beugte sich vor und schenkte ein. »Milch und Zucker?«

»Nur Milch, bitte.«

»Sie würden ja wohl kaum zum Vergnügen nach ihr fragen, oder?«

»Es geht hauptsächlich um eine Freundin von ihr«, sagte Annie. Wie die meisten Polizisten gab sie nur ungern selbst dürftigste Informationen preis.

»Damit muss ich mich dann wohl zufrieden geben«, meinte Mrs. Tattersall und reicht Annie Tasse und Untertasse.

»Vielen Dank. Kannten Sie die Walkers gut?«

»Ziemlich gut. Das heißt, so gut man sie kennen konnte.«

»Was meinen Sie damit?«

»Sie waren nicht sehr gesellig, die Walkers.«

»Reserviert? Hochnäsig?«

»Nein, eigentlich nicht. Ich meine, sie waren durchaus höflich. Ungeheuer höflich. Und hilfsbereit, wenn man etwas brauchte. Sie hatten ja selbst nicht viel, aber sie hätten Ihnen das letzte Hemd gegeben. Sie mischten sich nur nicht unter die Leute.« Sie zögerte, flüsterte dann: »*Religiös*«, so wie sie *Krebs* geflüstert hatte.

»Mehr als die meisten?«

»Würde ich sagen. Oh, da war nichts Merkwürdiges dran. Keine dieser abartigen Sekten oder Kirchen, die Bluttransfusionen verbieten oder so. Nur Methodisten. Aber streng gläubig. Gegen die Ladenöffnung am Sonntag, Alkohol, Popmusik und solche Sachen.«

»Welchen Beruf hatte Mr. Walker?«

»Lohnbuchhalter.«

»Hat seine Frau auch gearbeitet?«

»Pauline? Lieber Himmel, nein. Die waren so traditionell, wie man nur sein kann. Sie war Hausfrau.«

»So was gibt es heutzutage kaum mehr.«

Mrs. Tattersall lachte. »Das brauchen Sie mir nicht zu erzählen. Ich konnte es meistens kaum erwarten, aus dem Haus zu kommen und zur Arbeit zu gehen. Nicht dass ich so einen tollen Job hatte, ich habe nur am Empfang der Praxisgemeinschaft ein Stück die Straße runter gearbeitet. Aber da hat man Leute getroffen, geplaudert, mitgekriegt, was in der Welt passiert. Ich würde verrückt werden, wenn ich tagein, tagaus nur in meinen vier Wänden hocken müsste. Sie nicht?«

»Doch«, erwiderte Annie. »Aber Mrs. Walker schien es nichts auszumachen?«

»Sie hat sich nie beschwert. Doch es verstößt gegen ihre Religion, nicht wahr, sich zu beschweren?«

»Das wusste ich nicht.« Annie wäre die Erste gewesen zuzugeben, dass sie nicht viel über Religion wusste, außer was sie gelesen hatte, und sie hatte hauptsächlich über Buddhismus und Taoismus gelesen. Ihr Vater war Atheist, also brauchte sie nicht zur Sonntagsschule oder die üblichen Kindheitsindoktrinationen über sich ergehen zu lassen, und die Menschen, die für einige Zeit in der Kommune lebten, hatten die unterschiedlichsten Vorstellungen von Religion und Philosophie. Alles wurde ständig diskutiert, hing in der Luft.

»Ich meine, wenn alles, was mit einem geschieht, Gottes Wille ist, im Guten wie im Schlechten, dann darf man sich bei Gott nicht über Gott beschweren, wenn Sie verstehen, was ich meine.«

»Ich glaube schon.«

»Die Walkers waren nur ein bisschen altmodisch, mehr nicht. Hinter ihrem Rücken wurde oft gelacht. Oh, nicht bösartig oder so. Meistens gutmütig. Aber sie haben es gar nicht bemerkt. Das war auch so etwas, das in ihrer Religion nicht vorgesehen war. Humor. Manchmal hat mir die junge Ruth Leid getan.«

»Warum?«

»Na ja, in ihrem Leben gab es nicht viel Spaß. Und junge Leute brauchen Spaß. Selbst wir Alten brauchen von Zeit zu Zeit ein bisschen Spaß, aber wenn man jung ist ...« Sie seufzte. »Die Werte der Walkers unterschieden sich eben von denen anderer Leute. Und sie hatten nicht viel Geld, da er als Einziger arbeitete.«

»Wie sind sie zurechtgekommen?«

»Mit Sparsamkeit. Pauline konnte gut haushalten, das muss ich ihr lassen. Hielt das Geld zusammen. Aber das bedeutete, dass Ruth mit der Mode und solchen Dingen kaum mithalten konnte. Man sah sie Jahr für Jahr in derselben Kleidung. Auch wenn die Sachen schon etwas knapp saßen. Und die Schuhe. Guter Gott, sie stapfte in den hässlichsten Dingern rum, die man sich vorstellen kann. Pauline hat sie ihr gekauft, weil sie haltbar waren, verstehen Sie. Stabile, zweckmäßige Dinger mit dicken Sohlen, damit sie lange hielten. Keine von diesen Nikes oder Reeboks, wie die anderen Kinder sie trugen. Ob es einem gefällt oder nicht, Liebes, Mode ist so wichtig für Kinder, besonders für Teenager.« Sie lachte. »Ich sollte das wissen; ich hab zwei großgezogen.«

»Was ist passiert?«

»Das Übliche. Die anderen Mädchen in der Schule haben Ruth ausgelacht, ihr Spitznamen gegeben, sie gequält. Kinder können so grausam sein. Und die Eltern hielten auch nichts von Musik oder Fernsehen – weigerten sich, einen Plattenspieler oder Fernseher im Haus zu haben –, also konnte sich die arme Ruth nicht an den Gesprächen der anderen beteiligen. Sie wusste nichts von den neuesten Hits und den beliebten Fernsehserien. Sie hielt sich immer ein bisschen für sich. Und sie war auch nicht gerade eine Schönheit. Sie war eher ein käsiges, plumpes Mädchen, und die werden gern gequält.«

Das klang alles, als hätte Ruth keine angenehme Jugend gehabt, fand Annie. Die Künstlerkolonie, in der sie selbst aufgewachsen war, besaß auch keinen Fernseher, aber es gab immer Musik – oft live – und alle möglichen interessanten Menschen. An manchen Abenden wurden Lieder gesungen und Gedichte vorgetragen. Annie konnte es von ihrem Schlafzimmer aus hören. Für sie war es natürlich ein einziges Kauderwelsch, nichts reimte sich, aber alle schienen Spaß zu haben. Manchmal durfte sie auch etwas vorsingen, und bei aller Bescheidenheit musste sie zugeben, dass sie gar keine so schlechte Stimme für traditionelle Folkmusik hatte.

Trotzdem konnte sie Ruths Gefühl nachvollziehen, ein Außenseiter zu sein. Wenn man auf irgendeine Weise anders ist – egal, ob die eigene Familie zu streng oder zu liberal ist –, wird auf einem rumgehackt, besonders, wenn man nicht dem neuesten Trend folgt. Kinder sind grausam, da hatte Mrs. Tattersall Recht. Annie konnte sich aus der eigenen Kindheit sehr gut an einige ihrer Grausamkeiten erinnern.

Einmal, als sie etwa dreizehn war, hatten ihr ein paar Klassenkameraden auf dem Heimweg aufgelauert, sie zwischen die Bäume gezerrt, ausgezogen und ihren ganzen Körper mit Blumen bemalt, während sie Bemerkungen über dreckige, Drogen nehmende Hippies und Flowerpower machten. Dann waren sie mit Annies Kleidern davongerannt, und sie hatte den restlichen Heimweg nackt zurücklegen müssen. Grausam. Das konnte man laut sagen. Am nächsten Tag hatte sie ihre Kleider auf dem Schulweg an einem Baum hängend gefunden. Und das war 1980, als die Hippies längst Geschichte und die Sechzigerjahre etwas waren, das ihre Klassenkameraden nur aus Büchern und Fernsehdokumentationen kennen konnten. Die Menschen, die in der Kommune lebten, waren Künstler und Schriftsteller, Freidenker, ja, aber Hippies? Nein. Annies einzige Sünde war, anders zu sein, die Sachen zu tragen, die sie tragen wollte (und die ihr Vater sich leisten konnte, da Künstler nie zu den reichsten Mitgliedern der Gesellschaft gehörten). Ja, und auf seltsame Weise konnte sie sich leicht mit Ruth Walker identifizieren: zwei Seiten derselben Münze.

»Ruth hat aber studiert, nicht wahr?«

»Ja. Das hat alles verändert.«

»Wie meinen Sie das?«

»Na ja, die Walkers wollten, dass sie in Manchester studierte und weiter zu Hause wohnte, damit sie ein Auge auf sie haben konnten, aber Ruth ging nach London. Die Eltern dachten, die Universität sei ein Sündenpfuhl, voll mit Sex und Drogen, doch sie wussten auch, dass man heutzutage ohne gute Ausbildung nicht weit kommt. Für sie war das eine Art Dilemma. Aber Ruth bekam ein Stipendium oder Studentendarlehen, also hatte sie zum ersten Mal etwas eigenes Geld, und in den Semesterferien besorgte sie sich meist einen Job. Das gab ihr ein Gefühl von Unabhängigkeit.«

»Was hat sie mit dem Geld gemacht?«

»Vor allem Kleidung gekauft. Sie hätten sie sehen sollen, als sie nach ihrem ersten Semester zurückkam. Besaß all die modischen Klamotten. Was man um die Zeit eben trug. Für mich ändert sich das viel zu schnell, um noch mitzukommen. Auf jeden Fall sah sie wie alle anderen rebellischen Mädchen in ihrem Alter aus. Hatte ihr Haar in allen Farben des Regenbogens gefärbt, trug Ringe in den Ohren und den Augenbrauen. Sah aus, als ob es sehr wehtat. Sie hatte ihre schöne neue Welt gefunden.«

»Wie haben ihre Eltern reagiert?«

»Ich weiß es nicht. In der Öffentlichkeit haben sie nie was gesagt. Ich kann mir aber nicht vorstellen, dass sie erfreut waren. Ich hatte das Gefühl, dass sie sich für Ruth schämten.«

»Haben Sie Streitereien mitgekriegt? Durch die Wände?«

»Sie wurden nie wütend. Das war gegen ihre Religion. Ich glaube, sie haben sie angefleht und sie zu überreden versucht, in Manchester weiterzustudieren und nach Haus zu kommen, aber sie hatte sich bereits zu sehr verändert. Es war zu spät. Sie hatte Geschmack an der Freiheit gefunden und war nicht bereit, die wieder aufzugeben. Ich kann es ihr nicht verdenken.«

»Die Sache blieb also ungelöst?«

»Das nehme ich an. Den Sommer über hat sie im örtlichen Supermarkt gearbeitet, Böden geschrubbt und Waren einsortiert, solche Sachen. Sie war ein aufgewecktes Mädchen und konnte hart arbeiten, und um gerecht zu sein, muss man sagen, dass sie, obwohl sie wie eine Herumtreiberin aussah, nie irgendwelchen Ärger gemacht hat. Sie war immer höflich.«

»Sie sah nur etwas merkwürdig aus?«

»Ja, mehr nicht. Ich glaube, sie hat sich auch gegen die Religion gewandt. Zumindest ging sie nicht mehr mit ihren Eltern in die Kirche. Aber Kinder machen so was, nicht wahr?«

»Ja«, stimmte Annie zu. »Ich habe vorhin mit einem der Feuerwehrleute gesprochen, mit Mr. Whitmore.«

»Ich kenne George Whitmore. Er war mit meinem Bernard befreundet. Sie haben freitagabends gern Dart im King Billy gespielt.«

»Er sagte, es habe keine Ermittlung wegen des Feuers gegeben.«

»Das stimmt. Ich hätte auch nicht gewusst, warum. Darum habe ich mich ja gefragt, was um alles in der Welt Sie hier wollten. Niemand hätte den Walkers etwas antun wollen.«

»Mr. Whitmore sagte, das Feuer sei vermutlich durch eine Zigarette entstanden, die auf dem Sofa glimmte.«

»Tja, das war wirklich etwas merkwürdig«, sagte Mrs. Tattersall langsam. »So religiös, wie die waren, haben die Walkers weder geraucht noch getrunken.«

»Aber ich wette, Ruth schon«, sagte Annie.

Clough sah ein bisschen mitgenommen aus nach der Nacht in der Zelle, obwohl Anzüge, wie er sie trug, kaum Falten zeigen. Er hatte sich nicht rasiert, und die Stoppeln, zusammen mit der gebräunten Haut, dem Gold und der eleganten Kleidung, ließen ihn etwas unwirklich aussehen, wie einen alternden Popstar. Sein Anwalt Simon Gallagher, der über Nacht zweifellos im Burgundy House, Eastvales schickstem und teuerstem Hotel, abgestiegen war, hatte jedoch die Gelegenheit genützt, sich etwas aufzumöbeln, und sah jetzt ganz wie ein sündhaft teurer Anwalt aus. Er hatte jedoch nach wie vor das nervöse, fahrige Verhalten eines gewohnheitsmäßigen Koksers, und Banks fragte sich, ob Gallagher nicht vor dem Verhör ein paar Linien geschnupft hatte. Gallagher sagte nicht viel, konnte aber nicht still sitzen.

Da Annie in Salford war und Winsome weitere Daten eingeben musste, hatte Banks Kevin Templeton gebeten, an dem Verhör teilzunehmen. Nach der üblichen Einführung fing Banks an.

»Hoffe, Sie haben gut geschlafen, Barry.«

»Es ist Ihnen doch furzegal, wie ich geschlafen habe, also lassen Sie den Scheiß und kommen Sie zur Sache.« Clough sah auf die Uhr. »Laut der hier sind meine vierundzwanzig Stunden in einer Stunde und fünfundvierzig Minuten abgelaufen. Stimmt's, Simon?«

Simon Gallagher nickte. Oder zuckte.

»Wir sind gerne höflich«, sagte Banks. »Übrigens, ich weiß nicht, ob Sie es gehört haben, aber Chief Constable Riddle hat in der Zwischenzeit Selbstmord begangen.«

»Tja, wenigstens können Sie mir das nicht anhängen.«

»Ist das alles, was Sie dazu zu sagen haben?«

»Was erwarten Sie denn? Ich kannte den Mann nicht.«

Selbst Menschen, die Riddle näher kannten, dachte Banks, zeigten vielleicht genauso wenig Mitgefühl wie Clough. Banks hatte den Mann ja auch nicht gemocht und gedachte nicht, jetzt heuchlerisch zu werden, aber die Tragik und Verzweiflung der Tat durchlöcherte seine ablehnende Haltung ein wenig. »Haben Sie ihn unter Druck gesetzt, Barry?«

»Was soll das heißen?«

»Ich glaube, Sie wissen, was ich meine. Unter Druck gesetzt, Ihr Mann zu werden, Ihnen hier und da einen Gefallen zu tun, dafür zu sorgen, dass wir wegschauen, wenn Sie hier in North Yorkshire Ihre krummen Dinger drehen.«

»Warum sollte ich das tun?«

»Sagen Sie's mir.«

»Auf den Gedanken käme ich nie.«

»Aber darum ging es doch bei Ihrem Treffen, oder? Deshalb ist er gegangen, bevor Sie richtig loslegen konnten, nicht wahr? Was haben Sie benutzt, Barry? War es Emily? Hatten Sie Fotos? Haben Sie ihm damit gedroht, Sie könnten sie jederzeit zurückholen, wenn Sie wollten?«

Clough seufzte und verdrehte die Augen Richtung Gallagher.

»Ich denke, Sie haben zu diesem Thema bereits genug Fragen gestellt«, sagte Gallagher. »Wie Sie genau wissen, kann mein Mandant nichts mit Mr. Riddles bedauerlichem Tod zu tun haben, selbst wenn es kein Selbstmord gewesen wäre. Er hat das beste aller Alibis: er saß in Ihrer Arrestzelle.«

»Ihr Mandant könnte einer der Hauptauslöser gewesen sein, die den Chief Constable dazu veranlasst haben.«

»Das können Sie nicht beweisen«, erwiderte Gallagher. »Und selbst wenn Sie es könnten, wäre es kaum eine strafbare Handlung. Halten Sie sich an die Fakten, Chief Inspector. Kommen Sie zur Sache.«

Banks hätte das Thema gern weiterverfolgt, aber Gallagher hatte vermutlich Recht. Er müsste wesentlich mehr in der Hand haben, um den Crown Prosecution Service zu überzeugen, auch nur die Möglichkeit in Betracht zu ziehen, jemanden für die Mittäterschaft beim Selbstmord eines anderen anzuklagen. Wenn Banks sich richtig an das Strafrecht erinnerte, konnte Mittäterschaft Hilfe, Begünstigung, Beratung oder Anstiftung zum Selbstmord eines anderen bedeuten, und es gab keinen Beweis, dass Clough, auch wenn er versucht haben mochte, Riddle zu erpressen, sich in diesem Sinne schuldig gemacht hatte. Er war nur der Tropfen, der das Fass zum Überlaufen gebracht hatte.

Banks machte weiter. »Erinnern Sie sich, dass wir gestern über Charlie Courage und Andrew Handley gesprochen haben?«

»Vage.«

»Dass beide durch Schüsse aus einer Schrotflinte getötet und beide in ländlichen Gegenden in einiger Entfernung von ihren Wohnungen gefunden wurden.«

»Ich glaube, ich habe Sie gestern gefragt, was das mit mir zu tun hat, und ich frage es Sie jetzt wieder.«

»Nur Folgendes«, sagte Banks und öffnete die Akte, die er mitgebracht hatte. »Während Sie unten unsere Gastfreundschaft genossen haben, waren wir sehr fleißig, und unseren Kriminaltechnikern ist es gelungen, eine Übereinstimmung der Reifenspuren an beiden Tatorten festzustellen.«

»Ich bin beeindruckt«, sagte Clough und hob die Augenbraue. »Die Wunder der modernen Technik.«

»Es kommt noch besser. Nach weiteren Ermittlungen waren sie in der Lage festzustellen, dass die an den beiden Tatorten gefundenen Reifenspuren mit denen eines cremefarbenen Citroën übereinstimmen, der einem Mr. Jamie Gilbert gehört. Einer Ihrer Angestellten, ja?«

»Jamie? Das wissen Sie bereits.«

»Und es stellte sich ebenfalls heraus, dass eine Nachbarin von Charlie Courage Jamie Gilbert auf einem Foto erkannte, das ihr einer unserer Beamten zeigte. Jamie wurde dabei gesehen, wie er mit Charlie Courage in ein Auto stieg, kurz bevor Charlie verschwunden ist. Haben Sie dazu was zu sagen?«

»Sie müssen sich irren.«

»Wer?«

»Ihre Techniker. Die Zeugin.«

Banks schüttelte den Kopf. »Ich fürchte, nein. Die Reifenspuren stimmen nicht nur überein, wir haben auch Haare und Blutspuren im Auto gefunden, die vermutlich entweder von Charlie Courage oder Andrew Handley stammen. Jamie war nachlässig. Er hat das Auto nicht sorgfältig genug geputzt. Die Proben werden momentan auf DNS getestet.«

»Ich weiß nicht, was ich sagen soll«, sagte Clough. »Ich bin schockiert. Sogar fassungslos. Und ich dachte, ich kenne Jamie.«

»Offenbar nicht. Wie auch immer, Mr. Gilbert ist momentan in London in Gewahrsam. Er wird dem verhörenden Beamten zweifellos genau erzählen, was passiert ist.«

»Jamie wird nicht ...«

»Was wird Jamie nicht, Barry?«

Clough lächelte. »Ich wollte sagen, Jamie wird nicht aussagen. Sie kennen ihn nicht so gut wie ich. Er ist nicht der Typ.«

»Aber Sie sagten gerade, dass Sie nur meinten, ihn zu kennen, und erstaunt darüber sind, dass er ein Mörder ist.«

»Ein angeblicher Mörder«, warf Simon Gallagher ein.

»Entschuldigung«, verbesserte sich Banks. »Ein angeblicher Mörder.«

»Sie wissen, was ich meine.«

»Haben Sie eine Ahnung, warum Jamie Gilbert Charlie Courage und Andrew Handley umbringen wollte?«

»Nicht die geringste.«

»Hat er Charlie Courage überhaupt gekannt?«

»Ich weiß nicht, mit wem er in seiner Freizeit herumhängt.«

»Aber er arbeitet für Sie.«

»Arbeitete. Wenn Sie glauben, dass ich einen Mörder in meinen Diensten lasse, müssen Sie mich für verrückt halten. Er ist mit sofortiger Wirkung entlassen.«

»Zur Zeit der Morde hat er aber für Sie gearbeitet. Er war Ihr Hauptgorilla. Und er kannte Andrew Handley.«

»Jamie war mein Verwaltungsassistent. Das habe ich Ihnen bereits gesagt.«

»Was hat er verwaltet? Bestrafungen?«

»Er hat sich um meine Geschäftsangelegenheiten gekümmert.«

»Und worum genau handelte es sich bei diesen Angelegenheiten?«

»Himmel Herrgott noch mal!« Clough sah zu Gallagher. »Kannst du nicht dafür sorgen, dass er damit aufhört? Das ist ja wie eine alte Schallplatte, auf der die verdammte Nadel hängt.«

»Legitime Fragen, Barry. Legitime Fragen.«

Clough schaute Gallagher finster an, der sich an Banks wandte. »Kommen Sie zur Sache, Chief Inspector. Uns geht hier allen die Zeit und die Geduld aus.«

»Mir nicht«, erwiderte Banks. »Barry, stimmt es, dass Sie als Roadie gefeuert wurden, weil Sie Liveauftritte der Bands mitgeschnitten haben?«

Clough stockte, hatte mit dieser Frage eindeutig nicht gerechnet. »Was zum Teufel hat das mit allem anderen zu tun?«

»Beantworten Sie nur meine Frage, bitte.«

»Das ist Jahre her. Es gab keine Anzeige.«

»Aber Sie haben eine Geschichte als Bootlegger?«

»Das war ein Irrtum.«

»Tja, Raubkopien sind heutzutage das große Geschäft. Filme, Software, Spiele. Das große Geschäft. Vielleicht nicht so groß wie in Asien oder Osteuropa, aber groß genug, um maximalen Profit bei minimalem Risiko abzuwerfen. Genau die Art Geschäftsunternehmen, das Sie interessiert, stimmt's, Barry?«

»Chief Inspector!«

»Tut mir Leid, Mr. Gallagher. Ein Versprecher.« Banks sah, wie Kevin Templeton ein Grinsen unterdrückte. »Sie haben bereits zugegeben, dass Sie Gregory Manners kennen, nicht wahr?«, drängte Banks.

»Ich habe gar nichts zugegeben.«

»Mr. Manners ist für Schmuggel verurteilt worden. Das Amt für Zölle und Verbrauchssteuern hatte ihn schon seit einiger Zeit im Auge.«

»Was hat das mit mir zu tun?«

»Die hatten auch Sie im Auge.«

»Tja, wenn sie was gesehen hätten, dann hätten sie mich verhaftet, oder?«

»Sie sind offenbar ein sehr vorsichtiger Mann. Aber es ist doch seltsam, finden Sie nicht?«

»Was ist seltsam?«

»Dass so viele Ihrer Freunde und Angestellen Kriminelle sind. Jamie Gilbert. Andrew Handley. Gregory Manners. Charlie Courage.«

»Ich habe Ihnen doch gesagt, dass ich noch nie von einem Gregory Manners oder einem Charlie Courage gehört habe.«

»Natürlich nicht. Mein Fehler. Aber von den anderen.«

»Wie gesagt, ich bin wohl kaum dafür verantwortlich, was meine Angestellten in ihrer Freizeit machen. Vielleicht haben Kriminelle mehr Spaß.«

»Es ist wohl verzeihlich anzunehmen, dass sie nur Ihre Befehle ausführten.«

»Sie können annehmen, was immer Sie wollen. Beweisen können Sie nichts.«

»Ich würde sagen, wenn ein Mann einen kriminellen Angestellten hat, könnte das Unachtsamkeit sein, aber zwei …«

»Soll das irgendwo hinführen, Chief Inspector?«, warf Gallagher ein. »Denn wenn nicht, können wir sofort damit aufhören. Entweder Sie scheißen jetzt, oder Sie kommen vom Pott, wie man so schön sagt.«

»Und das von einem gebildeten Mann wie Ihnen, Mr. Gallagher. Ts-ts. Ich bin entsetzt. Waschen Sie sich den Mund aus, wie meine Mutter sagen würde.«

Clough stand auf. »Ich hab genug von diesem Mist.«

»Setzen Sie sich, Barry«, sagte Banks.

»Sie können mich nicht zwingen. Ich kann gehen, wann immer …«

»Setzen Sie sich!«

Clough war so verblüfft über Banks barschen Ton, dass er sich langsam wieder auf den Stuhl sinken ließ. Gallagher schwieg. Er sah aus, als bräuchte er dringend zwei neue Linien Koks. Banks beugte sich vor und legte die Arme auf den Tisch. »Also, lassen Sie mich Ihnen erzählen, was meiner Meinung nach passiert ist, Barry. Sie haben mit Raubkopien von Software und Spielen einen hübschen kleinen Gewinn gemacht. Sie mieten für eine Weile im Namen von Scheinfirmen Räume in Firmenparks im ganzen Land, überschwemmen den örtlichen Markt, benutzen dieselben Vertriebswege wie für Ihr Schmuggelgeschäft; dann ziehen Sie weiter, als würden Sie Himmel und Hölle spielen, der Handelsaufsichtsbehörde immer einen Schritt voraus. Gregory Manners hat die Sache im Daleview-Firmenpark geführt, und Andrew Handley hat die regionalen Operationen überwacht. Das rate ich natürlich nur, aber Andy wurde dort nicht so oft gesehen wie Mr. Manners. Andy Pandy wurde irgendwann sehr sauer auf Sie, vielleicht, weil Sie ihn wie den letzten Dreck behandelt haben und Emily in sein Zimmer schubsten wie ein abgenutztes Spielzeug. Er beschloss, sich aus Rache das Geschäft unter den Nagel zu reißen. Um das zu tun, heuerte er Charlie Courage an, ein Nachtwächter und Kleinkrimineller. Charlie hat vermutlich den Umzug nach Northumbria organisiert und die Einzelheiten an Andy Pandy weitergegeben, der den Überfall vorbereitete und den Fahrer Jonathan Fearn tötet, ein von Charlie Courage angeheuerter örtlicher Tunichtgut. Wie klingt das bis jetzt?«

Clough saß mit verschränkten Armen da, ein hochmütiges Grinsen im Gesicht. »Faszinierend. Sie sollten Kriminalromane schreiben.«

»Aber Sie vermuten ein falsches Spiel. Ihnen gefällt nicht, was Sie über Charlie Courage hören. Vielleicht mögen Sie es nicht, wenn Fremde mit hineingezogen werden. Was auch immer. Sie setzen Gregory Manners so lange unter Druck, bis Sie wissen, dass er es nicht war. Bleibt nur noch Andy Pandy. Dann veranlassen Sie, dass Jamie Gilbert zusammen mit einem anderen Ihrer Gorillas Charlie abholt und ihm ein paar Fragen stellt. Auf die harte Tour. Charlie hatte nie viel für Gewalt übrig, und es dauert nicht lange, bis er die ganze Sache ausspuckt. Die beiden machen mit ihm die lange Fahrt und erschießen ihn, dann machen sie mit Andy Pandy dasselbe, nachdem sie das Versteck der gestohlenen Raubkopien und der Multidisc-Kopiergeräte aus ihm rausgeprügelt haben.«

»Und wo sind die Geräte jetzt, nachdem Sie alles andere schon so clever gelöst haben?«

»Barry«, unterbrach Gallagher. »Ich rate dir dringend …«

Banks winkte ab. »Ist schon gut, Mr. Gallagher. Ich werde Barrys Frage beantworten. Andy Pandy hatte einen Verschlag in Golders Green, in den kurz nach seinem Verschwinden eingebrochen wurde. Ich glaube, das waren ebenfalls Ihre Jungs, die die gestohlene Ausrüstung zurückgeholt haben. Meiner Schätzung nach haben Sie sie inzwischen verkauft und sich auf was anderes verlegt. Wie mache ich mich bisher?«

Clough betrachtete seine Fingernägel. »Wie gesagt, es ist eine faszinierende Geschichte. Sie haben Ihre Berufung verfehlt. Siehst du, Simon, die haben nichts in der Hand.«

»Vergessen Sie nicht, Chief Inspector«, sagte Gallagher, »die Zeit wird knapp. Scheißen Sie oder kommen Sie vom Pott.«

Banks schwieg, kritzelte ein paar bedeutungslose Notizen in die Akte, stand auf und sagte zu Kevin Templeton: »Bringen Sie Mr. Clough nach unten zum Arrestbeamten, Kevin, und lassen Sie ihn unter Anklage der Mittäterschaft bei einem Mord stellen. Ich bin sicher, Mr. Gallagher wird dafür sorgen, dass alles streng nach Vorschrift geschieht.«

Clough wurde rot. »Das können Sie nicht machen. Sag ihm das, Simon. Sag ihm, dass er das nicht machen kann!«

»Ich kümmere mich darum, Barry«, erwiderte Gallagher. »Keine Bange, ich hab dich da in kürzester Zeit raus.«

»Was soll das heißen, du hast mich da in kürzester Zeit raus? Wo raus?«

»Er meint, aus dem Gefängnis, Barry«, sagte Banks. »Und wenn Sie mich fragen, würde ich meinen, er ist etwas zu optimistisch.«

»Wenn ich ehrlich bin«, sagte Banks später bei einem Feierabendbier im Queen's Arms zu Annie, »bin ich wahrscheinlich derjenige, der etwas zu optimistisch ist. Wir werden Clough kaum was anhängen können.«

Annie trank ihr Pint und lehnte sich auf dem Stuhl zurück. Sie sah sich um. Im Pub war es um diese Uhrzeit ziemlich ruhig; die meisten Gäste aßen zu Abend und sahen sich die Nachrichten an. Gelegentlich kam jemand herein, der Weihnachtseinkäufe bei Marks & Spencer, Tandy oder W. H. Smith im Swainsdale-Einkaufszentrum auf der anderen Seite des Marktplatzes gemacht hatte, trank zum Aufwärmen rasch einen Whisky und verschwand wieder. Weihnachtsdekorationen hingen an der Decke. Das schwache Licht des Pubs spiegelte sich im polierten Holz und Messing, den leicht eingedellten Kupferplatten der Tische, den glitzernden Gläsern und Flaschen hinter der Bar. Cyril, der Wirt, plauderte mit einem Stammgast. Die Musikbox schwieg glücklicherweise, und Annie hörte den Kirchenchor, der für ein Flüchtlingshilfswerk sammelte, draußen unter dem großen Weihnachtsbaum »Away in a Manger« singen. Die armen Kinder, dachte sie. Es war widerlich draußen; sie froren wahrscheinlich furchtbar.

»Du glaubst nicht, dass da noch viel Hoffnung besteht?«, fragte sie.

Banks zuckte die Schultern. »Wir werden ein Treffen mit Stafford Oakes im Büro des Crown Prosecution Service vereinbaren, aber bisher haben wir nur sehr kümmerliche Beweise.«

»Was ist mit den Kriminaltechnikern?«

»Ich hab noch nie viel Vertrauen zu Reifenspuren gehabt. Die meisten Leute können Goodyear nicht von Michelin unterscheiden.«

»Aber das Blut?«

»Könnte was bringen, wenn das Labor den Beweis nicht ›verschusselt‹.«

»Was soll das heißen?«

»Erinnerst du dich an das Feuer im Wetherby-Labor vor ein paar Jahren?«

»Ja.«

»Das wurde gelegt, um dort gelagertes Beweismaterial zu vernichten. Glaubst du nicht, dass jemand wie Clough fähig ist, etwas Ähnliches zu tun?«

»Daran hatte ich noch gar nicht gedacht. Was ist mit der Zeugin, die Jamie Gilbert und Courage zusammen gesehen hat?«

»Leicht zu knacken.«

»O je.«

»Allerdings. Ich hab das schreckliche Gefühl, dass sie beide frei ausgehen. Mittäterschaft ist immer schwer zu beweisen. Und Clough mit Riddles Selbstmord in Verbindung zu bringen ... tja, das war ein Pfeifen gegen den Wind.«

»Also war es tatsächlich Selbstmord?«

»Daran besteht kaum Zweifel. Ich habe kurz mit Dr. Glendenning gesprochen, nachdem er heute Nachmittag die Obduktion durchgeführt hat. Keine Anzeichen eines Kampfes, keine Anzeichen, dass er sich gewehrt hat, keine Drogen im Körper. Glendenning wird natürlich noch einen vollständigen toxikologischen Test durchführen, nur um sicher zu sein. Und der Abschiedsbrief ist von einem Experten geprüft worden. Es ist Riddles Handschrift. Nein, ich glaube, wir können ziemlich sicher sein, dass sich Jimmy Riddle freiwillig bei laufendem Motor in sein Auto gesetzt hat. Wir können ebenfalls verdammt sicher sein, dass die Sache mit Emily und der Druck, den Clough auf ihn ausgeübt hat, ihn größtenteils dazu getrieben haben, aber wir können Clough nicht dafür drankriegen.«

»Der Kerl ist ein schlüpfriger Drecksack.«

»Außerdem bin ich immer stärker an Ruth Walker interessiert.«

»Glaubst du, sie hat Emily umgebracht?«

»Könnte sein. So gerne ich ihn auch dafür ins Gefängnis gebracht hätte. Clough als Täter hat für mich eigentlich nie einen richtigen Sinn ergeben, besonders nachdem er versucht hatte, Riddle zu erpressen.«

»Aber Ruth?«

»Zum einen hatte sie durchaus die Gelegenheit dazu. Sie hat sich krankgemeldet zu der Zeit, als Emily ermordet wurde, sagt sie zumindest. Sie hätte ohne weiteres hierher und zurück fahren können.«

»Und das bedeutet?«

»Sie sagt, sie hätte eine Erkältung gehabt, aber ich glaube, das Schniefen könnte von etwas anderem herrühren.«

»Koks?«

»Nehme ich an.«

»Und was ist mit dem Strychnin?«

»Eine der Spuren, die ich verfolge. Soweit ich bisher weiß, hat sie einen Abschluss in Informatik. Sie ist sehr klug, hat erstklassige Noten bekommen und sofort nach dem Studium einen Job gefunden. Sie arbeitet für eine Softwarefirma. Eine der Angestellten sagte mir, dass sie spezielle Softwareprogramme für spezielle Anwender schreiben.«

»Glaubst du, sie hat was mit Cloughs Raubkopierschwindel zu tun?«

»Die Verbindung springt einem sofort ins Auge, muss ich zugeben, aber nein. Das ist es nicht. Von den Sachen könnte man keine profitablen Raubkopien herstellen. Diese Software ist ausschließlich auf bestimmte Geschäftsfunktionen zugeschnitten.«

»Wo führt uns das dann also hin?«

»Die Angestellte, mit der ich gesprochen habe, glaubt, dass Ruth an einem Bestandskontrollsystem für eine große pharmazeutische Firma arbeitet.«

Annie stieß einen Pfiff aus. »Verstehe.«

»Ich versuche jetzt herauszufinden, wenn ich den Chef dort erreiche, ob ihr dieser Job die Möglichkeit gegeben hat, an kontrollierte Drogen wie Strychnin heranzukommen.«

»Und wenn etwas fehlt?«

»Ja. Aber es könnte eine so kleine Menge sein, dass es nicht aufgefallen ist. Ich weiß nicht, wie streng diese Sachen kontrolliert werden.«

»Ziemlich streng, würde ich sagen. Aber wenn Ruth tatsächlich an der Bestandskontrolle gearbeitet hat …«

»Könnte sie Zugang zum Bestand gehabt haben. Ja. Und sie könnte auch in der Lage gewesen sein, Mengenangaben zu fälschen. Wir müssen einfach abwarten. In der Zwischenzeit gibt es noch zwei Dinge, die wir verfolgen müssen.« Banks zündete sich eine Zigarette an. »Möchtest du was essen?«

Annie schüttelte den Kopf. »Ich hab noch einen Rest Nudeln zu Hause. Für eine Vegetarierin ist Pubessen nicht sehr appetitanregend.«

»Die machen hier ein gutes Salatsandwich, hab ich mir sagen lassen.«

»Ich weiß. Ich hatte schon eins. Ein Blatt verwelkter Salat und zwei Scheiben grüne Tomaten. Wie geht's weiter?«

»Als Erstes möchte ich, dass du Darren Hirst fragst, den Jungen, der in der Nacht, als Emily starb, bei ihr war, ob du die Aufzeichnungen seiner Handygespräche haben kannst. Mir ist erst gestern Abend eingefallen, was mich so an den Telefonaufzeichnungen der Riddles gestört hat.«

»Was denn?«

»Emilys Anruf bei mir am Tag vor ihrem Tod. Er war nicht auf der Liste.«

»Sie hätte von einem öffentlichen Telefon aus anrufen können.«

»Das hab ich zuerst auch gedacht, wegen des Krachs im Hintergrund. Aber Darren hat ein Handy, und sie war an dem Abend mit ihm und der Clique aus. Ich wette, sie hat sein Telefon benutzt und hat von dem Handy auch denjenigen angerufen, von dem sie die Drogen gekauft hat. Kaum vorstellbar, dass sie dazu das Telefon zu Hause benutzen würde. Außerdem möchte ich wissen, ob sie von Darrens Handy aus kurz vor dem Mord mit Ruth telefoniert hat.«

»Das sollte leicht festzustellen sein.«

»Dann noch was. Ich habe mit Craig Newton telefoniert, Emilys Exfreund in Stony Stratford.«

»Und?«

»Als ich bei ihm war, sind mir Fotos vom Emily aufgefallen, die starke Ähnlichkeit mit dem hatten, das gestern in der Zeitung abgedruckt war.«

»Du denkst, dass er dahinter steckt?«

»Craig? Nein. Aber er hat mir bestätigt, dass Ruth ebenfalls Abzüge von den Fotos hat, weil sie auf einer Party aufgenommen wurden, bei der sie alle waren.«

»Eine von Cloughs Partys?«

»Diesmal nicht. Vor Clough. Der Punkt ist, dass Ruth die Zeitung mit dem Foto und den Andeutungen über Clough und Jimmy Riddle versorgt haben könnte.«

»Aber woher sollte sie das wissen?«

»Keine Ahnung. Bisher ist das alles Spekulation. Sie wusste offensichtlich von Emily und Clough und wusste wahrscheinlich, dass Clough eine Art Gangster war. Wenn sie rausfinden konnte, dass Rosalind Riddle ihre leibliche Mutter ist und sie damit erpresste, kann sie auch leicht erfahren haben, dass Jimmy Riddle Chief Constable war.«

»Mag sein. Aber warum?«

»Um die Riddles in Schwierigkeiten zu bringen. Sie hat bereits Rosalind erpresst, vergiss das nicht. Vielleicht hat sich Rosalind nach dem Mord an Emily geweigert, weiter zu zahlen.«

»Werden wir bald mit Ruth reden?«

»Auf jeden Fall. Diesmal hier bei uns. Ich lasse sie morgen herbringen. Ich hoffe, wir haben Antworten auf einige unserer Fragen gefunden, bevor sie kommt. Und da ist noch was.«

»Was denn?«

»Wir müssen mit der Person sprechen, die gesehen hat, wie Emily vor dem Red Lion in ein Auto gestiegen ist. Bisher habe ich gedacht, dass der helle Wagen, gefahren von jemand mit kurzem blonden Haar, wahrscheinlich was mit Jamie Gilbert zu tun hat.«

»Und jetzt?«

»Ruth Walker. Sie fährt ein cremefarbenes Auto – ich habe es gesehen – und hatte ihr Haar blond gefärbt, als ich zum zweiten Mal bei ihr war. Noch was zu trinken?«

»Lieber nicht«, sagte Annie. »Ich hab noch die lange Heimfahrt vor mir. Du solltest auch vorsichtig sein.«

»Du fährst nach Hause?«

»Schau nicht so enttäuscht. Wir haben morgen viel zu tun.«

»Du hast Recht. Aber du kannst mir nicht verübeln, dass ich ein bisschen Enttäuschung zeige.«

Annie lächelte. »Ich wäre sauer, wenn nicht. Doch nach der gestrigen Nacht bin ich ziemlich erschöpft. Ich wäre erstaunt, wenn du nicht müde wärst.«

»Es war ein langer Tag. Das stimmt.« Banks wirbelte den Rest seines Pint im Glas herum. »Glaubst du, Ruth hat ihre Adoptiveltern umgebracht?«

»Sehr unwahrscheinlich. Aber ich glaube, dass sie auf jeden Fall für den Zigarettenstummel verantwortlich ist, der das Feuer entfacht hat. Ihre Eltern haben weder geraucht noch getrunken. Sie waren strenggläubige Methodisten. Ruth hat ein bisschen über die Stränge geschlagen, als sie auf die Uni kam. Vielleicht hat sie was getrunken und die Zigarette nicht richtig ausgedrückt.«

»Klingt nicht so, als hätte sie versucht, ihre Eltern zu retten.«

»Wer weiß, was da drinnen passiert ist, was sie hätte tun oder nicht tun können? Sie hat sich bei ihrem Sprung aus dem Fenster ziemlich verletzt.«

»Ja, aber sie hat überlebt. Sind die Eltern obduziert worden?«

Annie nickte. »Das habe ich überprüft. Keine Verdachtsgründe. In beiden Fälle war Rauchvergiftung die Todesursache. Genau wie bei Chief Constable Riddle gab es keine Anzeichen, dass sie irgendwie am Aufstehen gehindert oder betäubt wurden, und keine Spuren, dass ihnen irgendwelche Hindernisse in den Weg gestellt wurden. Sie waren alt und langsam, mehr ist da nicht dran.«

»Man wundert sich aber doch, oder?«

»Worüber?«

»Ach, über das Leben, das Universum, alles.«

Annie gab ihm einen Klaps auf den Arm, lachte und stand auf. »Ich gehe, bevor du richtig philosophisch wirst. Was ist mit dir?«

»Noch eine Zigarette, danach hab ich noch ein paar Dinge im Büro zu erledigen.«

»Also bis morgen.«

»Bis dann.«

Annie trat hinaus in die kalte Nachtluft, blieb eine Weile stehen und hörte dem Chor zu, der mit klappernden Zähnen »Stille Nacht« sang. Dann ließ sie ein paar Münzen in die Sammelbüchse fallen und lief zu ihrem Auto, bevor sie ihre Meinung zu Banks' Angebot ändern konnte.

18

Ruth Walker traf am nächsten Tag kurz nach Mittag mit ihrer Polizeieskorte ein. Sie trug ausgebeulte Jeans und ein formloses, mauvefarbenes Sweatshirt, dessen Ärmel bis weit über die Hände fielen, und sah nervös und gleichzeitig trotzig aus, als sie in dem muffigen Verhörraum Platz nahm. Den Kopf hielt sie hoch erhoben, aber ihr Blick war unstet, auf alles gerichtet, nur nicht auf die Person, die mit ihr sprach. Akne breitete sich über ihre bleichen Wangen, und ihre Haut wirkte teigig und trocken.

Im Gegensatz zu Barry Clough, der jetzt wieder in seiner Villa in Litte Venice saß, hatte Ruth keinen teuren Anwalt im Schlepptau. Man hatte ihr einen Pflichtverteidiger angeboten, aber sie sagte, sie bräuchte niemanden. Banks schaltete den Kasettenrekorder ein, machte die üblichen Angaben und begann mit dem Verhör. Annie saß neben ihm. Die Antworten auf die meisten seiner gestrigen Fragen – einschließlich der beiden Telefonate von Darrens Handy, nur eines davon mit Banks – lagen in einer Akte vor ihm auf dem Tisch, und was sich daraus ergab, gefiel ihm ganz und gar nicht.

»Ich nehme an, Sie wissen, warum Sie hier sind, Ruth?«, fragte Banks zur Eröffnung.

Ruth starrte auf eine zerquetschte Fliege hoch oben an der gegenüberliegenden Wand.

»Wir haben ein bisschen gegraben.«

»Eigentlich nicht die richtige Jahreszeit dafür, oder?«, erwiderte Ruth.

»Ich mache keine Witze«, schnaubte Banks. »Also hören Sie auf damit, Ruth. Das passt nicht zu Ihnen.«

»Wenn Sie meinen.«

»Sie haben mir eine Menge Lügen aufgetischt.«

»Lügen? Mein ganzes Leben ist eine Lüge. Was erwarten Sie denn von mir?«

»Meine Aufgabe ist es, die Wahrheit herauszufinden. Fangen wir mit dem Feuer an.«

»Was hat das damit zu tun?«

»Womit?«

»Dass ich hier bin.«

»Wie schon gesagt, ich versuche, die Wahrheit herauszufinden.«

»Es gab ein Feuer. Ich bin aufgewacht, und mein Zimmer war voll Rauch. Ich musste aus dem Fenster springen. Ich hab mir ziemlich schlimm den Knöchel gebrochen. Ihnen dürfte aufgefallen sein, dass ich immer noch humpele.«

»Was können Sie uns sonst noch über das Feuer erzählen?«

»Was gibt's da zu erzählen? Es war ein Unfall. Ich konnte wochenlang nicht laufen.«

»Wie ist das Feuer entstanden?«

»Angeblich durch eine Zigarette. Meine kann es nicht gewesen sein. Ich hab sie ausgedrückt. Das weiß ich genau …«

»Wessen Zigarette war es dann?«

Ruth zuckte die Schultern. »Keine Ahnung. Meine nicht.«

»Es muss Ihre Zigarette gewesen sein, Ruth. Ihre Eltern sind bei dem Feuer umgekommen, und Sie reden nur über Ihren gebrochenen Knöchel. Was stimmt an dem Bild nicht?«

»Sagen Sie's mir. Und sie waren nicht meine Eltern. Alle behaupten, ich sei die Glückliche gewesen, also muss es wohl stimmen.«

»Waren Sie glücklich?«

»›Bist du heut glücklich, Punk?‹ Entschuldigung. Noch ein schlechter Witz. Schieben Sie's auf den Mangel an Humor in meiner Kindheit und Jugend.«

»Wurde Ihnen Humor vorenthalten?«

»Der gehörte nicht mit zum Paket.«

»Welchem Paket?«

»Sie wissen schon. Dem, bei dem man nicht tanzen, singen, lachen, weinen, lieben und bumsen darf. Das Religionspaket. Manchmal glaube ich, sie mussten ein Kind adoptieren, weil sie es für eine Sünde hielten, ein Kind auf natürliche Weise zu produzieren.«

»Was empfanden Sie für Ihre Eltern?«

»Ich hab's Ihnen schon gesagt, sie waren nicht meine Eltern. Sie waren meine Adoptiveltern. Glauben Sie mir, das ist ein Unterschied. Wissen Sie, dass sie mir nie von der Adoption erzählt haben?«

»Wie haben Sie es erfahren?«

»Durch die Papiere.«

»Aber die sind bei dem Feuer doch bestimmt vernichtet worden?«

»Die lagen in einem Schließfach auf der Bank. Ich hab's erst herausgefunden, nachdem sie tot waren und ich das Fach öffnen musste. Da haben sie mich aufgehoben. In einem Schließfach.«

»Aber sie waren die Eltern, die Sie großgezogen haben.«

»O ja. Alle sagen, sie wären anständige, ehrliche, gottesfürchtige Menschen gewesen. Das Salz der Erde.«

»Und was sagen Sie?«

»Sie waren dämliche Idioten, zu hirntot, um noch eigene Entscheidungen zu treffen. Sie hatten vor allem Angst, außer vor der Kirche. Vor ihren Körpern. Der Welt jenseits ihrer Straße. Ihrem Leben. All das haben sie auf mich übertragen. Und noch mehr. Sie haben mir das Leben vermiest, mich in der Schule zum Gespött gemacht. Ich hatte keine Freunde, konnte mit niemandem reden. Sie wollten nicht, dass ich mit anderen Kindern zusammen war. Sie sagten, Gott sei der einzige Freund, den man braucht. Welche Äußerungen erwarten Sie denn von mir?«

»Waren Sie froh, als sie starben?«

»Ja.« Ruths linke Hand schoss aus dem Ärmel hervor, und sie kratzte sich an der Nase. Ihre Fingernägel waren bis aufs Fleisch abgekaut.

»Was ist mit Ihrer leiblichen Mutter?«

»Ros? So nenne ich sie, wissen Sie. Es ist ein bisschen spät, sie ›Mutter‹ zu nennen, finden Sie nicht auch? Und Mrs. Riddle kommt mir dann doch zu formell vor.«

»Wie haben Sie sie gefunden?«

Ruths Mundwinkel hoben sich zu einem hässlichen Grinsen. »Das sollten Sie doch wissen, wenn Sie so viel gegraben haben. Ich habe einen Abschluss in Informatik. Heutzutage kann man alles rausfinden, wenn man weiß, wo man nachsehen muss. Das Telefonbuch ist meist sehr zuverlässig, wissen Sie. Ein guter Ausgangspunkt. Aber es gibt auch das Internet. Jede Menge Informationen auf der Datenautobahn.«

»Wo haben Sie angefangen?«

»Im Amt für Bevölkerungsstatistik. Die geben einem Einblick in die Originalgeburtsurkunde, wenn man nett fragt. Von da ist es ziemlich einfach.«

»Was haben Sie aus Ihrer Geburtsurkunde erfahren?«

»Dass ich am dreiundzwanzigsten Februar 1977 in der Launceston Terrace dreiundsiebzig in Tiverton geboren bin.«

»Was noch?«

Ruth starrte wieder gelangweilt an die Wand. »Dass meine Mutter Rosalind Gorwyn ist und der Name des Vaters nicht angegeben wurde.«

»Was haben Sie dann gemacht?«

»Ich bin zu der Adresse in Tiverton gefahren, wo ein älteres Ehepaar namens Gorwyn lebt. Das ist kein sehr häufiger Name, selbst in Devon nicht. Ich wusste, dass sie nicht meine leiblichen Eltern sein konnten – sie waren zu alt –, also hab ich sie etwas unter Druck gesetzt und erfahren, dass sie Rosalinds Tante und Onkel sind und sie während der Schwangerschaft bis zur Geburt bei ihnen gewohnt hat. Meiner Geburt. Versteckt vor der Welt, während sie mich bekam.«

»Was haben die Gorwyns Ihnen noch erzählt?«

»Dass meine Mutter mit einem Mann namens Jeremiah Archibald Riddle verheiratet sei, einem wichtigen Polizisten, dass sie jetzt Anwältin sei und mit ihrer Familie in North Yorkshire lebt. Sie hätten mir alles erzählt, nur um mich loszuwerden. Danach war es leicht. Selbst ein Kind hätte sie finden können.«

»Haben Sie jemals mit Rosalinds Eltern gesprochen?«

»Zuerst nicht. Aber ich fand heraus, dass sie als Rentner in Barnstaple wohnten. Er war Pfarrer gewesen. Was wahrscheinlich erklärt, warum meine Mutter mich am Leben ließ.«

»Was meinen Sie damit?«, fragte Annie.

Ruth blickte sie an, als sähe sie Annie zum ersten Mal. »Na ja, so oder so hatte ich ja keine großen Chancen, nicht wahr?«, sagte sie. »Sie hätte mich loswerden, hätte abtreiben können. Das hätte ich an ihrer Stelle getan. Dann hätte ich nie existiert und all das wäre nicht passiert.«

»Oder?«

»Sie hätte mich behalten können. Dann wäre ich das unerwünschte Kind einer allein erziehenden Mutter gewesen und Ihr Chief Constable hätte sie nie geheiratet. Ich wäre wahrscheinlich in einer Punkkommune oder so gelandet, mit Leuten, die sich rund um mein Kinderbett Heroin spritzten, high wurden und mich vergaßen, worauf ich zum Rand der Treppe gekrabbelt, runtergefallen und ebenfalls gestorben wäre. Also denke ich, sie hielt die Adoptionsfreigabe für eine bessere Möglichkeit. Nur dumm, dass es für mich die schlechtere war. Mir wurde gesagt, dass die Adoptionsagenturen sehr gut sind, sehr strikte Ansichten haben, aber einige von uns fallen eben durch die Ritzen. Wie gesagt, alle hielten die Walkers für das Salz der Erde, meinten, sie würden wundervolle Eltern abgeben, doch der Herr hatte sie nicht mit leiblichen Nachkommen gesegnet. Man sollte meinen, sie hätten das als ein Zeichen begreifen sollen.«

Banks und Annie ließen das Gesagte auf sich einwirken, dann nahm Banks die Befragung wieder auf. »Sie sind in Rosalinds Kanzlei gegangen?«

»Ja. Ich hielt es für das Beste. Stellte sich heraus, dass ich Recht hatte.« Ruth kicherte. »Sie hat sich fast in die Hose gemacht vor Angst, ich könnte ihrem Mann was sagen. Dachte, er würde sie rausschmeißen, wenn er es erführe.«

»Also haben Sie sie erpresst.«

Ruth schlug mit der Faust auf den Tisch. »Das stand mir schließlich zu! Ich habe nur verlangt, was mir zustand. Die ganzen Jahre hab ich nichts von ihr bekommen. Nichts. Und von den blöden Walkers nur miese Behandlung. Stellen Sie sich vor, die haben mich mal gezwungen, Schuhe zu tragen, die so klein und eng waren, dass meine Zehennägel abfielen und die Schuhe voll Blut waren, als ich von der Schule nach Hause kam. So waren diese verdammten Salz-der-Erde-Walkers, nur dass Sie es wissen. Ich hatte das Recht, etwas von Ros zu verlangen. Sie war es mir schuldig. Warum sollte sie alles haben, nur weil sie ein paar Jahre später als ich geboren ist, auf der richtigen Seite des Bettes? Beantworten Sie mir das. Es hätte alles meins sein sollen, aber sie hat es weggeworfen. Das stand mir zu.«

Der Verhörraum wurde allmählich immer enger. Banks kam bei den ganzen *sie's* kaum mehr mit; zum größten Teil schien sich Ruth auf Rosalind zu beziehen, dann wieder auf Emily. »Sind Sie von Ihren Adoptiveltern missbraucht worden, Ruth?«

Ruth lachte bitter. »Missbraucht? Guter Witz. Man muss wenigstens etwas für jemanden empfinden, um ihn zu missbrauchen. Nein, ich wurde nicht missbraucht, nicht auf die Art, die Sie meinen. Aber es gibt wohl mehr als eine Art des Missbrauchs. Ich meine, ich würde das Tragen von Schuhen, bis die Zehen bluten, als Missbrauch bezeichnen. Sie nicht? Meistens waren sie nur kalt. Die reinste Ironie, dass sie bei einem Feuer umkamen, finden Sie nicht?«

Wieder spürte Banks, wie ihm ein Schauer über den Rücken rann. Er sah, wie Annie die Stirn runzelte. Ruth achtete nicht darauf. »Haben Sie Rosalind oft besucht?«, fragte Banks.

»Nicht sehr oft.«

»Wenn Sie etwas brauchten?«

»Ich wollte nur, was mir zustand.«

»Was ist mit Emily? Was haben Sie ihr gegenüber empfunden?«

»Ich würde lügen, wenn ich sage, dass ich sie mochte.«

»Aber Sie haben sich mit ihr angefreundet, sie bei sich aufgenommen. Zumindest nehme ich an, dass das so gewesen ist und Sie sie nicht zufällig am Bahnhof getroffen haben. Stimmt das?«

Ruth nickte. »Ich bin ihr einmal in Ros' Büro begegnet und habe mich erkundigt, wo sie zur Schule ging. Sie war im

Internat, also habe ich sie da angerufen und besucht. Als sie mir zu vertrauen begann, als wir Freundinnen wurden, hat sie mich auch oft von der Schule aus angerufen. Sie beschwerte sich über ihre Eltern, wie streng die seien. Ich musste lachen. Also ehrlich, sich bei *mir* über so was zu beschweren. Ich sagte ihr, wenn sie sechzehn sei, könne sie alles tun, was sie wollte. Das war kurz vor Ende des Schuljahrs, und ihr Geburtstag war schon vorbei, daher schlug ich ihr vor, nach London zu kommen und eine Weile bei mir zu wohnen.«

»Sie meinen, Sie haben sie nach London gelockt? Sie haben sie ermutigt, von zu Hause abzuhauen?«

»Ich glaube, *locken* ist ein zu starkes Wort. Ich hatte keine Schwierigkeiten, sie dazu zu bringen. Sie war sofort Feuer und Flamme.«

»Aber Sie haben ihren Eltern nicht gesagt, wo sie war?«

»Warum sollte ich? Das war ihre Angelegenheit, und sie wollte nicht, dass sie es erfuhren.«

»Glauben Sie, dass Rosalind es wusste?«

»Das bezweifle ich. Sie wusste nicht, wie eng Emily und ich befreundet waren. Ich glaube, Ros wusste nicht mal, wo ich wohnte. Hat mich nie danach gefragt. Das zeigt, wie sehr sie nach all den Jahren an mir interessiert war.«

»Haben Sie Emily und Craig Newton miteinander bekannt gemacht?«

Ruths Gesicht umwölkte sich. »Ich dachte, er wäre mein Freund. Ich dachte, er liebte mich. Aber er war genau wie all die anderen.«

»Hat es Sie gekränkt, als Emily was mit Craig anfing?«

Ruth warf ihm einen gequälten Blick zu. »Was glauben Sie denn?«

»Haben Sie sie deshalb umgebracht?«

»Ich habe sie nicht umgebracht.«

»Kommen Sie schon, Ruth. Wir haben die Beweise. Wir wissen es. Sie können uns ebenso gut erzählen, was passiert ist. Ich bin sicher, dass es mildernde Umstände gibt. Was ist mit Barry Clough? Welche Rolle spielt er zum Beispiel dabei?«

Ruths Augen wurden schmal. »Ich hab mich schon gefragt, wann Sie auf den kommen.«

»Was wissen Sie über ihn?«

»Eine Menge.«

»Und was?«

Ruth zögerte einen Moment und rieb sich mit der Faust über den Oberschenkel, als hätte sie da eine juckende Stelle. »Ich wette, das ist etwas, was ihr nicht wisst, ihr cleveren Bullen.«

»Mag sein. Warum erzählen Sie es uns nicht?«

»Der Name meines Vaters stand nicht auf der Geburtsurkunde, wie ich schon sagte. Aber ich hab ihn rausgefunden. Er war es. Barry Clough. Mein *Vater.*« Ruth ließ sich auf dem Stuhl zurücksinken und starrte an die Decke. »Ich bin müde und brauch was zu essen. Sie müssen mir was zu essen geben, oder?«

»Ich weiß nicht, wie es dir geht, Annie«, sagte Banks, nachdem Ruth wieder in ihrer Zelle saß und Hamburger mit Chips aß, »aber ich könnte ein bisschen frische Luft vertragen.«

»Ich auch.«

Sie verließen das Revier und gingen über den Marktplatz, bogen dann in die schmale, kopfsteingepflasterte Castle Wynde, vorbei am kahlen Park, hinunter zum Flussufer. Es war ein frischer, kalter Wintertag, und ihr Atem blieb in der Luft stehen, während unter ihren Füßen die vereisten Pfützen knackten. Der Weg zum Fluss hinunter war steil, auf beiden Seiten gesäumt von kleinen Kalksteincottages, und das Kopfsteinpflaster war schlüpfrig. Banks spürte den eisigen Wind, der vom Fluss heraufblies. Genau das brauchte er, um den Geruch des Verhörraumes loszuwerden.

»Was hältst du von alldem?«, fragte Annie, als sie den halben Weg hinter sich hatten.

Banks wusste nicht, was er von Ruths Bombe halten sollte. Er wusste nicht mal, ob es wahr war; schließlich hatte Ruth schon vorher vielfach gelogen. Aber warum sollte sie in diesem Fall lügen? »Das wirft mehr Fragen auf, als es beantwortet«, sagte er.

»Wie: Hat sonst noch jemand davon gewusst, und hat es etwas mit dem Mord an Emily zu tun?«

»Zum Beispiel.«

»Glaubst du, Ruth hat Emily umgebracht?«

»Wenn nicht, weiß sie, was passiert ist und wer es war. Sie ist daran beteiligt, dessen bin ich mir sicher.«

Sie hatten den Fluss erreicht und blieben eine Weile an der hüfthohen Steinmauer stehen, die am Ufer entlang verlief. Der Wasserfall rauschte und schäumte über die Stromschnellen, gewaltige, moosbedeckte, uralte Felsbrocken, die hier und da aus dem Wasser ragten: das Ergebnis einer geologischen Auffaltung vor Millionen von Jahren. Banks spürte die eisige Gischt auf Wangen und Haaren. Wenn die Kältewelle noch länger anhielt, würde sogar der Wasserfall gefrieren. Über ihnen erhob sich die dunkle Masse der Burgruine mit ihren Türmen vor dem bleigrauen Himmel; es war eine schwarzweiße Welt, oder wie die Welt auf einem Schwarzweißfoto mit all den subtilen Grautönen. Annie hängte sich bei Banks ein. Ein gutes Gefühl, das einzige gute Gefühl, das er an diesem Morgen gehabt hatte.

Sie gingen am Flussufer entlang, vorbei an den terrassenförmig angelegten Grünanlagen, nicht mehr als ein kleiner, mit Bäumen bestandener Park zu ihrer Linken. Es waren kaum Menschen unterwegs, nur ein junges Paar, das seinen Airedale ausführte, und ein alter Pensionär mit einer flachen Kappe auf seinem täglichen Spaziergang. Banks hatte oft überlegt, sich auch eine flache Kappe zu kaufen. Jetzt war er schon so lange in Yorkshire und besaß immer noch keine. Aber er trug nicht gern was auf dem Kopf, nicht mal im Winter.

Auf der anderen Seite des Flusses standen kahle Bäume. Dahinter konnte Banks die Umrisse der großen Häuser an der Dorfwiese ausmachen, hinter denen wiederum die berüchtigten East-Side-Mietskasernen lagen, die der Polizei von Eastvale das ganze Jahr über zu tun gaben.

In einem der großen Häuser wohnte Jenny Fuller, eine Psychologin, mit der Banks bei mehreren Fällen zusammengearbeitet hatte. Sie war eine Freundin und auch jemand, mit der er fast eine Beziehung angefangen hätte. Jenny war ihm gegenüber höflich, aber kühl, seitdem er sie vor drei Monaten ohne eigenes Verschulden versetzt hatte. Aber es war noch mehr dran. Es war, als hätte Jenny sich und ihre Gefühle für ihn zu sehr offenbart und fühlte sich nun durch die angebliche Zurückweisung verletzt. Irgendwie hatte sie sich in sich selbst zurückgezogen. Sie hatte sich damals gerade von einer unglücklichen Beziehung mit einem amerikanischen Professor erholt, wie Banks wusste, also war sie sowieso verletzlich gewesen. Er wünschte, er könnte etwas tun, um die Distanz zu überbrücken und die Freundschaft wieder anzufachen, die ihm über die Jahre wichtig geworden war.

Doch da war auch Annie. Banks war kein Experte, aber er wusste genug über Frauen, um zu erkennen, dass Annie es nicht gut finden würde, wenn er sich jetzt, wo er sich von seiner Ehe befreit fühlte, jemand anderem als ihr widmete.

»Sandra will sich scheiden lassen«, sagte er plötzlich zu Annie. Er spürte, wie sich ihr Arm anspannte, aber sie zog ihn nicht zurück. Das erste gute Zeichen. Von der Scheidung hatte er ihr neulich Nacht nicht erzählt, weil das zu den Dingen gehörte, die er nur schwer in Worte fassen konnte. Was auch jetzt noch galt, aber er wusste, dass er es versuchen musste, wenn die Beziehung mit Annie weitergehen sollte. Es würde sie entweder beruhigen oder abschrecken; das war das Risiko, das er eingehen musste.

»Das tut mir Leid«, sagte sie, ohne ihn anzusehen.

»Nein, so hab ich das nicht gemeint. Ich meine, ich bin froh.«

Annie verlangsamte den Schritt und drehte sich langsam zu ihm um. »Du bist was?«

Sie gingen weiter, und er versuchte ihr zu erklären, wie er sich in London gefühlt hatte, als er davon erfuhr. Er war sich nicht sicher, ob er sich verständlich ausdrückte, aber Annie nickte ab und an und wirkte nachdenklich, als er geendet hatte. Schließlich sagte sie: »Ist wohl das Richtige.«

»Ja?«

»Zeit, loszulassen.«

Das zweite gute Zeichen. »Kommt mir auch so vor.«

»Tut es weh?«

»Nicht mehr. Klar, es gibt Erinnerungen, wird es immer geben, und Gefühle, die man nicht so leicht abschütteln kann – Wut, Enttäuschung, was auch immer. Aber es tut nicht mehr weh. Mir geht es sogar besser als seit Jahren.«

»Gut.«

»Hör mal, möchtest du vielleicht zum Weihnachtsessen zu mir kommen? Tracy wird auch da sein. Nur wir drei.«

»Ich kann nicht. Wirklich, Alan, es tut mir Leid, aber ich fahre über Weihnachten immer nach Hause. Ray würde mir nie verzeihen, wenn ich nicht käme.«

»Verstehe.«

Annie drückte seinen Arm. »Ganz ehrlich, Alan. Das ist keine Ausrede. Ich würde Tracy gern kennen lernen. Vielleicht ein andermal?«

Banks wusste, dass sie die Wahrheit sagte. Annie war keine gute Lügnerin, wie er entdeckt hatte. Wenn sie log, wurde sie missmutig und in sich gekehrt. »Wir gehen mal was zusammen trinken«, schlug er vor.

»Glaubst du nicht, dass sie mich hassen wird?«

»Warum denn?«

Annie lächelte. »Manchmal bist du ziemlich beschränkt, wenn es um Frauen geht, Alan Banks.«

»Ich bin nicht beschränkt«, widersprach Banks. »Mütter, Töchter, Väter, das kann alles recht kompliziert werden. Das weiß ich. Aber Tracy ist keine Hasserin. Ich kenne meine Tochter. Ich erwarte nicht, dass sie auf dich zustürzt und dich in die Arme schließt – zweifellos wird sie ein bisschen zögern, sich erst ein Bild machen wollen –, aber sie ist keine Hasserin und betrachtet mich bei alldem nicht als den Schurken. Sie kann sehr wohl unterscheiden.«

»Im Gegensatz zu Ruth Walker.«

»Allerdings. Hast du die Atmosphäre im Raum gespürt?«

Annie nickte.

»Ich hab das auch vorher schon gespürt, als ich in London mit ihr gesprochen habe«, sagte Banks, »aber da war es nicht so stark. Ich glaube, es liegt daran, dass sie das Gefühl hat, dem Ende nahe zu sein. Sie hat aufgegeben.«

»Meinst du wirklich?«

»Ja. Ich glaube, sie möchte, dass wir jetzt alles erfahren, damit wir ihren Standpunkt begreifen. Damit wir sie verstehen. Ihr vergeben.«

Annie schüttelte den Kopf. »Ich glaube nicht, dass sie Vergebung will, Alan. Zumindest sehe ich sie nicht so. Meiner Meinung nach ist sie nicht der Ansicht, dass es etwas zu vergeben gibt.«

»Vielleicht nicht. Ich hätte es wissen müssen.«

»Was hättest du wissen müssen?«

»Dass da etwas nicht stimmt.«

»Aber du hast gerade erst erfahren, dass Ruth die Halbschwester von Emily ist. Wie hättest du das wissen sollen?«

»Ich weiß nicht. Vielleicht hätte ich schon früher tiefer graben müssen.«

»Warum musst du dir alles selbst aufbürden? Warum ist alles dein Fehler? Warum glaubst du, wenn du nur anders handeln würdest, könntest du verhindern, dass Menschen getötet werden?«

Banks blieb stehen und sah hinaus auf den wirbelnden Fluss, der die Farbe von einem Pint Bitter hatte, ein Eindringling in die schwarzweiße Welt. »Tu ich das?«

»Das weißt du genau.«

Banks zündete sich eine Zigarette an. »Muss etwas mit Graham Marshall zu tun haben.«

»Graham Marshall? Wer ist das?«

»Ein Junge aus meiner Schule. Ich kann nicht sagen, ein Freund, dazu hab ich ihn nicht gut genug gekannt. Er war ein ruhiger Junge, aufgeweckt, aber schüchtern.«

»Was ist passiert?«

»Eines Tages ist er einfach verschwunden.«

»Wieso?«

»Das weiß niemand. Er wurde nie gefunden. Weder tot noch lebend.«

»Was hat die Polizei gesagt?«

»Allgemein wurde angenommen, dass er von einem Kinderschänder entführt und ermordet wurde. Das war ungefähr um die Zeit der Moormorde, wenn auch in einem anderen Landesteil. Daher waren die Menschen besonders sensibilisiert für das Verschwinden von Kindern.«

»Wie traurig«, sagte Annie und stützte sich mit den Ellbogen auf die Mauer neben Banks. »Aber ich verstehe immer noch nicht, was das mit dir zu tun hat.«

»Drei oder vier Monate vor Graham Marshalls Verschwinden habe ich mit ein paar Freunden unten am Fluss gespielt. Wir haben Steine geworfen, nur ein harmloses Vergnügen, wie Kinder das machen …«

Während Banks sprach, stand ihm jener Tag wieder lebhaft vor Augen. Es regnete, und die Regentropfen platschten auf das schlammige Wasser. Ein Mann kam am Flussufer entlang. Banks konnte sich jetzt nur noch daran erinnern, dass der Mann groß gewesen war – aber damals kam ihm jeder Erwachsene groß vor – und dünn, mit schmierigen dunklen Haaren und rauer, pockennarbiger Haut. Banks hatte gelächelt und höflich mit einem großen Stein abgewartet, einem, den er mit beiden Händen halten musste, um den Fremden vorbei zu lassen.

Gleich darauf packte der Mann ihn an den Armen und schubste ihn zum Fluss. Der Stein fiel zu Boden. Banks roch den Bieratem, derselbe Geruch, den er von seinem Vater kannte, und noch etwas anderes – Schweiß, nassen Hund, Körpergeruch, wie der Geruch seiner Socken nach einem langen Rugbyspiel –, während er um sein Leben kämpfte. Er schrie und schaute sich nach seinen Freunden um, aber die rannten bereits zur Lücke im Zaun, durch die sie gekommen waren.

Der Kampf schien ewig zu dauern. Banks gelang es, seine Hacken in den Rand des Flussufers zu rammen, und sich mit aller Kraft dagegenzustemmen, aber das Gras war nass und die Erde darunter verwandelte sich rasch in Schlamm. Er glaubte nicht, dass er noch viel länger standhalten konnte.

Seine kleine Statur und Drahtigkeit waren sein einziger Vorteil, und er wand sich wie ein Aal, um dem festen Griff des Mannes zu entkommen. Denn wenn ihm die Flucht nicht gelang, würde er ertrinken. Er biss den Mann in den Arm, bekam aber nur den Mund voll mit einem übelschmeckenden Stoff, daher ließ er es sein.

Der Mann atmete jetzt schwer, als ließe seine Kraft nach. Banks mobilisierte seine letzten Energiereserven, zappelte und wand sich wie ein Aal. Es gelang ihm, einen Arm frei zu bekommen. Der Mann hielt ihn am anderen Arm fest und versetzte ihm einen Hieb gegen die rechte Schläfe. Banks spürte etwas Scharfes, wie einen Ring, der ihm die Haut aufritzte. Er zuckte unter dem Schmerz zusammen und riss sich los, bekam auch den zweiten Arm frei. Er sah sich nicht um, ob er verfolgt wurde, sondern rannte wie der Blitz zum Loch im Zaun.

Erst als er seine Freunde am Rand des Parks einholte, riskierte er einen Blick zurück. Niemand war zu sehen. Seine Freunde wirkten verlegen, als sie ihn fragten, wie es ihm ginge, aber er markierte den starken Mann. Alles in Ordnung. Innerlich zitterte er jedoch wie Espenlaub. Sie schworen sich gegenseitig, nichts zu sagen. Keinem von ihnen war es erlaubt, überhaupt am Fluss zu spielen. Ihre Eltern sagten, es sei zu gefährlich. Banks wagte nicht, seinen Eltern zu erzählen, was passiert war, erklärte den Schnitt an seinem Auge damit, dass er gefallen und sich an einem Stück Glas geschnitten hätte, und hatte sich danach nie wieder auf die Hilfe anderer verlassen.

»Ich hatte Unrecht. Ich hätte meinen Eltern davon erzählen sollen, Annie. Sie hätten es der Polizei gemeldet, und die hätten den Mann vielleicht geschnappt, bevor er noch mehr Unheil anrichten konnte. Da draußen lief ein gefährlicher Mann herum, und meine Angst und Scham gaben ihm die Möglichkeit, das zu tun, was er wollte.«

»Du gibst dir die Schuld für das, was mit Graham Marshall passiert ist? Für die Taten eines Kinderschänders?«

Banks wandte sich vom bierfarbenen Fluss ab und sah Annie an. »Als er vermisst wurde, konnte ich nur noch an den großen Mann mit den schmierigen dunklen Haaren und dem Körpergeruch denken.« Ein Schauder überlief Banks. Manchmal wachte er nachts immer noch von dem würgenden Geschmack des Ärmelstoffs auf und sah im Traum den Fluss, voll mit toten Jungs, die alle in dieselbe Richtung trieben, in Reih und Glied, und Graham Marshall war der einzige, den er erkannte. So viel Schuldgefühle.

»Aber du weißt doch nicht, ob es derselbe Mann war.«

»Spielt keine Rolle. Ich fühlte mich trotzdem schuldig. Ich war von einem älteren Mann angegriffen worden, vermutlich einem Perversen, und ich hatte es nicht gemeldet. Dann wurde ein Junge entführt, vermutlich von einem Perversen. Natürlich gab ich mir die Schuld. Und da konnte ich es auch nicht mehr melden.«

Annie legte ihm die Hand auf den Arm. »Du hast also einen Fehler gemacht. Du hättest es melden sollen. Aber du kannst nicht dein ganzes Leben damit verbringen, über all die Fehler zu grübeln, die du je gemacht hast. Dann würdest du morgens nie mehr aus dem Bett kommen.«

Banks lächelte. »Du hast Recht. Ich versuche, mich nicht zu sehr davon runterziehen zu lassen. Das passiert nur, wenn so was wie das hier geschieht, etwas, von dem ich glaube, ich hätte es verhindern können.«

Annie ging weiter. »Du bist nicht Gott«, sagte sie über die Schulter. »Du kannst den Lauf der Dinge nicht ändern.«

Banks schnippte seine Zigarette in den Fluss und folgte ihr. Annie hatte Recht, das wusste er; er wünschte nur, er könnte sich besser dabei *fühlen.*

An der prähistorischen Ausgrabungsstätte, einer Art Hügelgrab, bogen sie rechts ab, dann wieder nach links, zurück zum Revier und zu allem, was Ruth Walker noch an Horror für sie in der Hinterhand hatte.

Banks schaltete den Rekorder wieder ein. »Also gut, Ruth«, sagte er, »Sie haben etwas zu essen bekommen und sich ausruhen können. Sind Sie bereit, weiter mit uns zu sprechen?«

Ruth nickte und steckte die Hände tief in die Ärmel ihres Sweatshirts.

»Für das Protokoll«, sagte Banks, »Ms. Walker hat genickt, um zu verstehen zu geben, dass sie bereit ist, das Verhör fortzusetzen.«

Ruth starrte in ihren Schoß.

»Vor der Pause sagten Sie, Ruth, dass Barry Clough Ihr Vater ist. Damit erheben sich eine Menge weiterer Fragen.«

»Fragen Sie nur.«

»Erste Frage: Stimmt das?«

»Natürlich stimmt es. Warum sollte ich darüber lügen?«

»Sie haben schon vorher gelogen. Erinnern Sie sich, ganz am Anfang haben Sie gesagt, Ihr Leben sei eine Lüge?«

»Aber das hier stimmt. Er ist mein Vater. Sie können es überprüfen.«

»Wie haben Sie das herausgefunden, wenn er nicht auf der Geburtsurkunde stand?«

»Ich habe mit Ros' Eltern gesprochen.«

»Und die haben Ihnen das erzählt?«

»So einfach war es nicht.«

»Wie dann?«

»Es ging darum, den Namen herauszufinden, den er jetzt benutzt.«

»Was soll das heißen?«

»Sie konnten mir nur sagen, dass Ros von einem Punk geschwängert worden war. Er hing mit den Bands rum, arbeitete als Roadie, spielte ein bisschen Bass, so was in der Art. Ros hatte ihnen den Namen genannt, aber der Typ war längst weg, bevor sie überhaupt merkte, dass sie schwanger war. Er sei in Amerika, erzählten sie mir. Und Ros wollte sowieso nichts mit ihm zu tun haben. Ihre Eltern auch nicht. Jeder tat einfach sein Bestes, ihn zu vergessen, und es sieht so aus, als ob das ziemlich leicht war.«

»Wie hieß er?«

Ruth lachte. »Sie wissen doch, wie das damals war, alle benutzten irgendwelche blöden Namen, meinten, sie klängen dann besonders hart? Rat Scabies, Rattenkrätze. Sid Vicious, der Bösartige. Johnny Rotten, der Niederträchtige.«

»Ich erinnere mich«, sagte Banks.

»Tja, dieser Typ lief unter dem Namen Mal Licious. Ich bitte Sie. *Mal Licious,* der Arglistige.«

Was für ein passender Name für Barry Clough, dachte Banks. »Und niemand kannte seinen wirklichen Namen?«

»Ros' Eltern und Onkel und Tante nicht.«

»Haben Sie Rosalind danach gefragt?«

»Ja.«

»Und?«

»Sie wusste ihn auch nicht. Er lief nur unter Mal Licious. Sie nannte ihn einfach Mal. Anscheinend hat sie ihn nicht sonderlich gut gekannt. Ich nehme an, das war eine einmalige Sache. Sie wollte nicht darüber reden.«

»Wie haben Sie ihn dann gefunden?«

Ruth rutschte auf dem Stuhl herum. »Ganz leicht. Informationstechnologie. Ich kenn mich ein bisschen in der Musikszene aus, bin in einer Menge Clubs, bei Raves und Konzerten gewesen, und Craig hatte ein paar Kontakte, hatte Fotos von Bands gemacht und so. Ich hab mich umgehört. Schien der logische Ausgangspunkt zu sein. Es bestand immer die Möglichkeit, dass Mal Licious noch irgendwo in der Szene war. Viele dieser Leute werden nie erwachsen. Sehen Sie sich doch nur Rod Stewart an. Clough war ein ziemlich bekannter Name in der Szene, zum Teil wegen seiner trendigen Bar und zum anderen wegen der Bands, die er promotete. Es gab immer noch Leute, die ihn von früher kannten, und jemand erzählte mir, dass Clough damals Mal Licious genannt wurde. Hielt das für einen Witz. Tja, zwei mit diesem Namen kann es ja wohl kaum geben. Leuchtet doch ein, oder?«

Allerdings, dachte Banks. Cleveres Mädchen. Oder Frau. Vieles ergab allmählich einen Sinn. »Also war nichts, was seit Emilys Ankunft in London passiert ist, reiner Zufall?«, fragte er.

»Was wollen Sie damit sagen?«

»Emilys Zusammenleben mit Clough, Cloughs Erkenntnisse über Riddle, der Artikel in der Zeitung, der die beiden in Verbindung brachte?«

Triumph blitzte in Ruths Augen auf. »Nein«, bestätigte sie. »Nichts davon war Zufall. Das war alles ich. Ich habe die Dinge in Gang gesetzt. Danach haben sie ein Eigenleben bekommen. Ich fand bald heraus, dass Clough junge Mädchen mochte, und es war nicht zu schwer, eine Einladung zu einer seiner Partys zu bekommen. Was als Nächstes passierte, war der Lauf der Natur und hatte nichts mit mir zu tun. Craig war schrecklich sauer.«

»Haben Sie sich je an Clough gewandt? Er ist ein wohlhabender Mann. Wohlhabender als Rosalind, würde ich meinen.«

Ruth runzelte die Stirn. »Es geht nicht nur um Geld, wissen Sie. Nein, ich habe mich nie an ihn gewandt. Was sollte er denn auch sagen? Kann sich vermutlich nicht mal an Ros' Namen erinnern, ganz zu schweigen davon, dass er sie gebumst hat. Waren wahrscheinlich vollkommen stoned.«

»Haben Sie Rosalind von Emily und Clough erzählt?«

»Nein.«

»Warum um alles in der Welt nicht? Er war ihr ...« Banks musste kurz überlegen. Egal, wie schlimm es schien, dass Rosalinds Tochter mit dem Mann schlief, mit dem ihre Mutter geschlafen und dessen Kind sie geboren hatte, Emily war auf keine Weise mit Clough verwandt. »Emily war Ihre Halbschwester«, brachte er nur heraus.

Ruth lächelte. »Informationsmanagement. Wissen ist Macht, wie Ihnen wahrscheinlich bekannt ist. Wenn man es sparsam einsetzt, kann es lange halten. Irgendwann hätte ich vielleicht Gebrauch von dieser Information gemacht. Aber ich hatte viel Spaß mit dem, was ich bereits erreicht hatte. Ich glaube, wenn ich Ros von ihnen erzählt hätte, wäre alles zusammengebrochen, und es war noch nicht die Zeit dafür.«

Du hast verdammt Recht, dass das ganze Kartenhaus zusammengefallen wäre, dachte Banks. Bevor er antworten konnte, warf Annie ein: »Sie sagen, Sie hatten Spaß, Ruth. Auf welche Weise?«

Ruth sah sie kurz an, bevor ihr Blick in eine andere Richtung schweifte. »Warum sollte ich keinen Spaß daran haben? Davon hab ich in meinem Leben weiß Gott wenig gehabt. Jetzt war ich mal dran.«

»Spaß?«, wiederholte Annie. »Ruth, zwei Menschen sind deswegen gestorben. Emily und ihr Vater. Eine Familie ist auseinander gerissen worden. Und Sie halten das für Spaß?«

»Ich wollte sie nicht umbringen.«

Annie sah zu Banks und gab ihm mit dem Blick zu verstehen, dass er den Faden aufnehmen sollte. Es war der erste Ansatz zu einem Geständnis, den sie bisher von Ruth gehört hatten. Banks wollte sie jetzt nicht ablenken, wollte aber auch gleichzeitig keine Probleme wegen Grundrechtsverletzungen bekommen. »Wir begeben uns auf gefährliches Terrain,

Ruth«, sagte er. »Ich weise Sie nochmals darauf hin, dass Sie das Recht auf einen Anwalt haben, und ich frage Sie, ob wir Ihnen einen besorgen sollen.«

»Ich habe Ihnen schon mal gesagt«, brüllte Ruth direkt ins Mikrofon, »dass ich keinen verdammten Anwalt will. Ist das deutlich genug?«

»Es reicht«, meinte Banks. »Dann lassen Sie mich noch mal rekapitulieren. Sie haben entdeckt, dass Barry Clough Ihr Vater ist, und haben weder ihm noch Rosalind davon erzählt. Stimmt das?«

»Ja.«

»Haben Sie es Emily gesagt?«

»Natürlich nicht.«

»Aber Sie haben ihm Emily auf einer Party vorgestellt.«

»Mehr war nicht nötig.« Ruths Augen glänzten. »Das war ja das Schöne daran, verstehen Sie. Ich wusste, dass Clough auf junge Mädchen steht, und man musste nicht allzu lange mit Emily reden, um rauszufinden, was für einen verdrehten kleinen Elektrakomplex sie hatte. Sie wollte mit ihrem Vater vögeln. Tja, das konnte ich arrangieren, oder ich konnte ihr zumindest die Möglichkeit verschaffen, mit *meinem* zu vögeln. Es war perfekt.«

»Warum?«

»Weil ich die Einzige war, die die Wahrheit kannte. Der Spaß ging auf ihre Kosten, endlich mal nicht auf meine.«

»Wie war das mit Barry Clough und Emilys Vater?«

»Das war nur ein Bonus. Ich kenne einen jungen Reporter. Das war eine große Geschichte, hat ihm vermutlich zu einer Bombenkarriere verholfen. Ich hab ihm nur eines der Fotos von Emily in Partyklamotten gegeben und ihm erzählt, dass sie mit Barry Clough schlief und ihr Vater ein Chief Constable sei. Der ist wie der Blitz nach Yorkshire gesaust. Hat den Rest der Lauferei selbst erledigt.«

»Was war mit Barry Clough, nachdem Emily ihn verlassen hat? Haben Sie ihm gesagt, wo sie war, wo sie wohnte und wer ihr Vater war?«

»Ja. Ich dachte, das würde ihn vielleicht interessieren. Er kam mir wie ein Mann vor, der gern andere besitzt. Ich dachte, es könnte interessant sein, die beiden zusammenzubringen, während keiner von beiden wusste, was sie tatsächlich verband.«

»Clough weiß also nicht, dass Sie seine Tochter sind oder Emily Ihre Halbschwester war?«

»Natürlich nicht. Die Zeit war noch nicht reif, *so* weit zu gehen.«

»Ich muss noch mal fragen, warum?«

»Sie dachten alle, sie seien so cool, so schön, so mächtig, hätten alles unter Kontrolle. Aber die ganze Zeit war ich diejenige, die die Fäden gezogen hat. *Ich*. Die sind nur wie kopflose Hühner rumgerannt.«

»Und das hat Sie amüsiert?«

»Ja. Ich bin nicht verrückt, falls Sie das denken. Ich versuche nicht, auf Unzurechnungsfähigkeit zu machen. Aber ich hätte doch gern ein bisschen Anerkennung für all die Arbeit, die ich da reingesteckt habe.«

»Was ist mit Emily? Haben Sie ihr gesagt, dass Sie ihre Halbschwester sind?«

»Das musste ich, sonst hätte sie mir nie vertraut oder wäre zu mir gezogen. Sie hätte gedacht, ich wäre hinter ihr her oder so was. Auf diese Weise ergab es mehr Sinn. Es war unser kleines Geheimnis.«

Banks hielt kurz inne, wusste, dass er ein kritisches Stadium erreicht hatte. »Ruth, wir wissen, dass Sie für eine pharmazeutische Firma gearbeitet haben und Zugang zu Strychnin hatten. Kokain ist leicht zu bekommen. Haben Sie Emily die tödliche Mischung gegeben?«

»Sie sollte nicht tödlich sein.«

»Wie sollte sie dann wirken?«

»Sie sollte ihr Angst machen. Sie zum Bibbern bringen. Ich wollte sie nicht damit umbringen. Ehrlich. Ich bin keine Mörderin.«

»Was sind Sie dann?«

Ruth zupfte am ausgefransten Rand ihres Sweatshirts. »Vielleicht habe ich gewisse Probleme. Die Leute mögen mich nicht. Aber ich bin keine Mörderin.« Tränen standen ihr in den Augen.

»Na gut, Ruth. Was ist passiert?«

»Wir haben ein paarmal telefoniert, und sie sagte immer wieder, sie wäre von dem Zeug weg. Zuerst wollte ich sehen, ob ich sie wieder dazu bringen konnte. Ich meine, die Leute behaupten alles Mögliche, nicht wahr, sagen, sie würden das Rauchen aufgeben, aber wenn man ihnen eine Zigarette anbietet, wenn man sie auch nur ein bisschen in Versuchung führt …«

»Und das haben Sie getan?«

»Ja. Hab mit der Karotte gewinkt. In dem Fall mit einem Gramm Koks. Sie hätte hier oben wahrscheinlich selbst was kriegen können, wenn sie rumgefragt hätte, aber das war ein bisschen zu nahe am Territorium ihres Vaters. Man weiß ja nie, ob der Dealer nicht ein getarnter Polizist ist, oder? Ich hab ihr sogar angeboten, es selbst zu bringen. Sagte, ich müsste Verwandte in Durham besuchen und würde unterwegs bei ihr Halt machen.«

»Was hat sie gesagt?«

»Sie sagte, sie würde zurückrufen. Ich wusste, dass sie ernsthaft darüber nachdachte. Auf jeden Fall arbeitete ich am Tag vor der Verabredung länger, und sie rief mich vom Handy irgendeines Typen auf der Arbeit an. Sagte, sie langweile sich und hätte nichts dagegen, am nächsten Tag ein bisschen was zu kriegen. Sie wolle mit ein paar Freunden durch die Clubs ziehen. Ich hatte mir schon vorgenommen, zwei Tage krank zu machen. Und direkt nachdem ich mit ihr telefoniert und mich für den nächsten Tag mit ihr verabredet hatte, musste ich in den überwachten Bereich und Produktcodierungen vornehmen, und da kam mir die Idee mit dem Strychnin. Ich wusste nicht, wie viel man nehmen musste. Ich hatte gehört, dass es manchmal als Basis für Straßendrogen verwendet wird und man davon einen steifen Hals und ein steifes Kinn bekommt. Ich wollte ihr nur einen Schreck einjagen. Es war bloß ein kleines bisschen. Ich dachte nicht, dass sie daran sterben würde, aber sie würde in der Öffentlichkeit vielleicht Zuckungen kriegen, sogar kotzen und sich vollpinkeln.«

»Darauf waren Sie aus? Sie in der Öffentlichkeit zu blamieren?«

»Es war ein Anfang.«

»Selbst wenn Sie es nicht beobachten konnten?«

»Aber ich würde es *wissen*. Dabei zu sein, war zu gefährlich. Verstehen Sie denn nicht? Ich meine, ich hab nicht dabei zugeschaut, aber ich wusste, dass sie mit meinem Vater bumste. Wenn man genug Vorstellungskraft hat, kann man leicht auf seine Kosten kommen.«

»Da muss noch mehr dran sein, Ruth«, warf Annie ein.

Ruth sah weg. »Warum?«

»Es muss einfach. Warum hassen Sie Emily so sehr? Was hat Sie Ihnen je getan?«

»Sie hatte mein Leben, oder? Das Leben, das meines hätte sein sollen.«

»Warum sollte sie leiden?«

»Weil sie alles hatte. Sie hat mir Craig weggenommen.«

»Zwischen Craig und Ihnen war nie was«, nahm Banks Annies Faden auf. »Er hat nicht mal mit Ihnen geschlafen.«

Ruth reckte trotzig das Kinn. »Das behauptet *er* jetzt.«

»Warum sollte er lügen?«

»Er ist gegen mich. Sie hat ihn gegen mich aufgebracht.«

»Das reicht nicht, Ruth«, drängte Annie wieder.

Ruth warf ihr einen scharfen Blick zu. »Was wollen Sie denn noch? Blut?«

»Nein. Das scheinen *Sie* zu wollen. Wir wollen Antworten.«

»Für sie war alles so verdammt leicht. Alles ist ihr in den Schoß gefallen. Craig. Barry Clough. Mein eigener Vater! Kaum kannte er sie zehn Minuten, konnte er die Pfoten nicht mehr von ihr lassen.«

»Aber das gehörte doch zu Ihrem Plan, haben Sie gesagt«, widersprach Annie.

»Man kann die Dinge nicht immer so arrangieren, dass sie einem nicht zumindest etwas wehtun. Sie bekam alles, was sie wollte, einfach so.«

»Warum ist sie dann von zu Hause fortgelaufen, Ruth?«

»Hä? Was meinen Sie damit?«

»Wenn alles in Emilys Leben so perfekt war, warum ist sie dann vor ihren Eltern weggelaufen?«

»Sie haben sie nicht tun lassen, was sie wollte. Sie waren streng.«

»Wie Ihre?«

»Längst nicht so schlimm wie meine. Sie haben ja keine Ahnung.«

»Warum hatten Sie dann kein Mitgefühl mit ihr?«

»Hatte ich ja. Am Anfang. Dann hat sie einfach ... hat sie alles gekriegt, was sie wollte. Craig fing an, mich zu ignorieren. Sogar Emily hat mich verlassen.«

Banks übernahm wieder. »Warum haben Sie sie umgebracht, Ruth?«

Ruth wusste nicht, wen sie anschauen sollte. Sie blickte wieder zu der zerquetschten Fliege an der Wand. »Hab ich nicht. Ich wollte sie nicht umbringen.«

»Aber Sie haben sie umgebracht«, insistierte Banks. »Warum?«

Ruth schwieg, und ihr Gesicht schien sich genauso zu verzerren wie Emilys, als die Wirkung des Strychnins einsetzte.

»Warum haben Sie sie umgebracht, Ruth?«, wiederholte Banks, seine Stimme kaum mehr als ein Flüstern. »Warum?«

»Weil sie sie wieder aufgenommen haben!«, platzte Ruth heraus. »Nach allem, was passiert war. Nach allem, was sie ihnen angetan hat. Sie hat ihnen das Herz gebrochen, und sie haben sie wieder aufgenommen. Sie hat mich rausgeworfen, aber sie hat sie wieder aufgenommen. Sie haben sie wieder aufgenommen! Sie haben sie wieder aufgenommen!« Ruth begann zu weinen, dicke Tränen rollten ihr über die pickeligen Wangen.

Es gab nichts mehr zu sagen. Banks rief die uniformierten Beamten herein, die Ruth zurück in die Zelle brachten. Jetzt war es an der Zeit, sie formell anzuklagen und die Anwälte einzuschalten.

Mit schwerem Herzen fuhr Banks an dem Abend zur alten Mühle hinaus. Er wusste, dass es ihm überlassen blieb, Rosalind zu erzählen, was passiert war, genau wie er die Nachricht von Emilys Tod hatte überbringen müssen, aber es war keine angenehme Aufgabe.

Im Vorderzimmer brannte Licht. Banks parkte vor dem Haus, sah zur Garage, während er den Kragen gegen Wind und Regen hochschlug, und läutete.

Rosalind öffnete die Tür und bat ihn herein. Sie trug einen kurzen Rock und einen Kaschmirpullover. Er folgte ihr ins Wohnzimmer. Sie hatte hübsche Beine und schien keine Strumpfhosen zu tragen. Banks meinte, einen anderen Geruch als sonst im Raum wahrzunehmen, kümmerte sich aber nicht weiter darum; ihn beschäftigten viel ernsthaftere Dinge.

»Ein Drink?«, fragte Rosalind.

»Einen kleinen Whisky, bitte.«

»Sie können genauso gut einen großen nehmen. Ich mag das Zeug nicht, und sonst trinkt das hier ja keiner mehr.«

»Ich muss noch fahren.«

Sie hob die Augenbrauen, während sie einschenkte. »Wirklich?«

»Wirklich.« Guter Gott, dachte Banks, sie flirtet. Er musste sich vorsehen. Er nahm das Kristallglas entgegen und setzte sich auf den einzigen, nicht abgedeckten Sessel. Der Raum war so steril wie immer, und zwei Umzugskisten standen auf dem Boden. Der Flügel war mit einem weißen Tuch zugedeckt, wie auch die meisten anderen Möbel. Banks trank einen Schluck von seinem Whisky. Glenfiddich, nicht gerade seine Lieblingsmarke. Aber im Augenblick war alles recht.

»Ich habe mit dem Packen begonnen«, sagte Rosalind. »Wissen Sie, wie erstaunlich wenig ich für all diese Jahre vorzuweisen habe?« Sie goss sich einen großen Gin-Tonic ein, eindeutig nicht den ersten an diesem Abend, zog das Tuch von einem Sessel und nahm Banks gegenüber Platz. Dabei erhaschte er einen Blick auf schwarze Seide zwischen ihren Beinen. Er sah weg.

»Wohin wollen Sie?«, fragte er.

»Als Erstes?«

»Zum Beispiel.«

»Wenn die Beerdigung überstanden ist, fahre ich mit Benjamin nach Barnstaple. Wir werden eine Weile bei meinen Eltern bleiben. Hier halte ich es nicht mehr aus. Ich komme mir wie eine verrückte alte Frau vor, allein in einer Villa aus einem Schauerroman. Für eine Person ist das Haus viel zu groß. Ich hab schon angefangen, mit den Möbeln und den knarrenden Wände zu reden.«

Banks lächelte. »Und dann, nach Barnstaple?«

»Ich weiß es nicht. Ich muss ganz neu anfangen. Vielleicht irgendwo an der Küste. Ein kleines Fischerdorf in Devon, zum Beispiel. Ich könnte die mysteriöse Frau werden, die in einem langen schwarzen Mantel über den Witwenpfad schreitet.«

»Das war Lyme Regis«, sagte Banks. »*Die Frau des französischen Leutnants.*«

»Ich weiß. Ich hab den Film gesehen. Aber das ist meine Version.«

»Was ist mit Ihrer Arbeit?«

»Die ist nicht wichtig. War sie nie. Jerrys Karriere war die einzig wichtige in der Familie, und nachdem das vorbei ist, zählt eigentlich gar nichts mehr.«

»Und Benjamin?«

»Der kann mit mir spazieren gehen. Das würde mich noch mysteriöser machen. Tut mir Leid, ich wollte nicht schnodderig klingen. Nur …« Rosalind rieb sich die Stirn. »Ich hab wahrscheinlich zu viel getrunken.« Sie runzelte die Brauen. »Warum sind Sie hergekommen?«

»Ich muss Ihnen etwas sagen.«

Rosalinds Augen weiteten sich. »Haben Sie ihn geschnappt? Emilys Mörder?«

Banks schluckte. Die Sache würde schwerer werden, als er sich vorgestellt hatte. »Ja«, sagte er. »Wir haben ein Geständnis.«

»Clough?«

Auch das würde er bewältigen müssen: *Mal Licious.* »Nein. Nicht Clough.« Er beugte sich vor, umschloss das Glas mit beiden Händen, starrte in die bleiche Flüssigkeit und nahm den Geruch wieder wahr. »Hören Sie, es fällt mir nicht leicht, das zu sagen.«

»Was?«

»Es war Ruth.«

»Ruth? Aber … sie kann doch nicht … ich meine …«

»Sie hat gestanden. Sie sagte, sie hätte Emily nicht umbringen wollen. Sie wollte ihr nur einen Schreck einjagen.«

»Stimmt das?«

»Ich weiß es wirklich nicht. Sie hat sich ziemlich oft widersprochen.«

»Ruth.« Rosalind verstummte, und Banks ließ das Schweigen andauern. Der Wind peitschte den Regen gegen die Fensterscheiben wie an dem Abend, als Banks zum ersten Mal ins Haus der Riddles gekommen war. Vor einer Ewigkeit, wie es ihm vorkam.

»Möchten Sie hören, was passiert ist?«, fragte Banks schließlich.

Rosalind sah ihn an. Furcht stand in ihren großen blauen Augen. »Sollte ich wohl«, sagte sie. »Sie können übrigens gerne rauchen. Ich weiß, dass Sie Raucher sind.«

»Das geht schon.«

»Wie Sie wollen.« Rosalind erhob sich ein bisschen unsicher und nahm ein Päckchen Dunhill und eine Streichholzschachtel aus ihrer Handtasche. Sie zündete sich eine Zigarette an, füllte ihren Gin-Tonic auf und setzte sich wieder.

»Ich wusste nicht, dass Sie rauchen«, sagte Banks.

»Hab ich auch nicht. Seit zwanzig Jahren. Aber ich habe wieder angefangen.«

»Warum?«

»Warum nicht?«

Banks zündete sich ebenfalls eine Zigarette an. »Das ist schlecht für Sie.«

»Genau wie das Leben.«

Darauf gab es keine Antwort. Langsam erzählte Banks ihr die ganze Geschichte von Ruth Walkers verdrehter, privater Hass- und Rachekampagne gegen die Familie Riddle. Zuerst berichtete er von Ruths freudlosem Leben mit den strenggläubigen Walkers und von dem Feuer, in dem die Adoptiveltern umgekommen waren. Dann erzählte er, wie Ruth herausgefunden hatte, dass Barry Clough ihr Vater war, ihn aus purer Bosheit mit Emily zusammengebracht und danach die Presse auf den Skandal gehetzt hatte. Wie Ruth das Treffen mit Emily vereinbart und ihr das vergiftete Kokain gegeben hatte, dass sie nicht einmal dabei zu sein brauchte, weil es ihr reichte, sich einfach Emilys Schmerz und Blamage vorzustellen. Während er sprach, wich die Farbe völlig aus Rosalind Riddles Gesicht, und ihre Augen füllten sich mit Tränen. Sie liefen nicht über, sammelten sich nur an den Augenrändern, warteten und vergrößerten ihre Verzweiflung. Rosalind ließ den Drink und die Zigarette unberührt, während sie zuhörte. Die Asche wurde immer länger und fiel auf den Holzboden, als ein leichtes Zittern durch ihre Finger lief.

Als Banks geendet hatte, saß Rosalind eine Weile schweigend da, nahm alles in sich auf, verdaute es, so gut sie konnte, und schüttelte langsam den Kopf, als sei sie sich mit einer inneren Stimme nicht einig. Dann goss sie den Rest ihres Drinks hinunter und flüsterte: »Aber warum? Warum hat sie das gemacht. Können Sie mir das beantworten?«

»Sie ist krank.«

»Das ist kein Grund. Warum? Warum hat sie es gemacht? Warum hasst sie uns so sehr? Habe ich nicht das Beste für sie getan? Ich habe nicht abgetrieben. Ich habe ihr das Leben geschenkt. Woher zum Teufel sollte ich wissen, dass sich ihre Adoptiveltern als religiöse Fanatiker herausstellen würden?«

»Das konnten Sie nicht wissen.«

»Warum gibt sie mir dann die Schuld?«

Ruths letzte Worte vom Nachmittag hallten immer noch in Banks' Kopf wider: *Weil sie sie wieder aufgenommen haben. Sie hat ihnen das Herz gebrochen, und sie haben sie wieder aufgenommen.* »Weil Ruth alles ausschließlich von ihrem Standpunkt betrachtet«, sagte er. »Sie sieht nur, wie sich die Dinge auf *sie* auswirken, wie sie *sie* verletzen, dass *ihr* etwas vorenthalten wurde. Ihrer Sichtweise nach wirkte sich alles entweder positiv oder negativ für sie aus. Hauptsächlich negativ. Sie weiß es nicht anders, erkennt normale menschliche Gefühle nicht.«

Rosalind lachte rau. »Meine Tochter, die Psychopatin?«

»Nein. Nein, das glaube ich nicht. So einfach ist es nicht. Es gefiel ihr, Macht über Menschen zu haben, Schmerz zuzufügen, aber sie hat nicht die Distanz eines Psychopaten. Sie ist besessen, ja, aber nicht psychopathisch. Und sie kennt den Unterschied zwischen Gut und Böse. Um Genaueres zu erfahren, müssten Sie natürlich einen Psychologen fragen, aber das ist meine Meinung.«

Rosalind stand auf und machte sich einen weiteren Drink. Sie bot auch Banks einen an, doch er lehnte ab. Er hatte immer noch etwas im Glas, und das reichte ihm völlig.

»Wird man sie in eine Nervenheilanstalt bringen?«, fragte Rosalind.

»Man wird ihren Geisteszustand psychiatrisch untersuchen, was immer das bringt. Danach wird festgelegt, was am besten mit ihr geschieht.«

»Wird es einen Prozess geben? Gefängnis?«

»Ich fürchte, ja.«

Rosalind schüttelte den Kopf. »Emily ist tot. Jerry ist tot. Ruth ist eine Mörderin. Bevor Emily starb, hat sie mit einem Mann zusammengelebt, der mich vor mehr als zwanzig Jahren geschwängert hat und der Vater von Ruth ist. Dann finde ich heraus, dass meine Tochter, meine zur Adoption freigegebene Tochter Ruth, Emily diesem Mann absichtlich zugeführt hat, nur um uns alle in ihren Augen zu erniedrigen. Sie wusste als Einzige, dass wir alle eine Lüge leben. Dann hat sie Emily umgebracht. Ich hatte zwei Töchter, und die eine hat die andere umgebracht. Wie soll ich das alles miteinander vereinbaren? Wie kann ich darin einen Sinn finden?« Sie nahm einen großen Schluck Gin-Tonic.

Banks schüttelte den Kopf. »Ich weiß es nicht. Vielleicht gelingt es Ihnen mit der Zeit.«

»Erinnern Sie sich an Ihren ersten Besuch hier?« fragte Rosalind, schlug die Beine übereinander und lehnte sich im Sessel zurück, so dass ein Stück ihrer glatten weißen Oberschenkel sichtbar wurde. Ihre Stimme klang ein bisschen verwaschen.

»Ja.«

»Ich war abscheulich, nicht wahr?«

»Sie waren bestürzt.«

»Nein, das stimmt nicht. Ich war abscheulich. Jerry war bestürzt. Wenn überhaupt, war ich verärgert und gereizt über Emilys unverantwortliches Benehmen und machte mir Sorgen, welche Auswirkungen das auf Jerrys politische Ambitionen und auf *meine* Zukunft haben könnte. Ich wollte Emily nicht wieder hier haben. Ich wurde nicht mit ihr fertig.«

»Sie wollten die Welt schützen, die Sie geschaffen haben.«

»Und was war das für eine Welt. Alles Oberflächlichkeit ohne Substanz. Alles Glitter und kein Gold.« Sie machte eine ausholende Geste und vergoss Gin-Tonic auf ihren Pullover, achtete aber nicht weiter darauf. »Das ganze Zeug hier. Merkwürdig, aber ich hatte beim Packen gerade daran gedacht, als Sie kamen. Komisch, es bedeutet mir jetzt kaum noch etwas. Nichts davon. Sie hatten Recht, mich zu verachten.«

»Ich habe Sie nicht verachtet.«

»Haben Sie doch. Geben Sie es zu.«

»Vielleicht hab ich mich ein bisschen über Sie geärgert.«

»Und jetzt?«

»Jetzt?«

»Verachten Sie mich jetzt? Ärgern Sie sich über mich?«

»Nein.«

»Warum nicht? Ich bin noch dieselbe.«

»Nein, sind Sie nicht.«

»Wie tief schürfend. Aber Sie haben Recht. Ich bin nicht mehr dieselbe. All das Geld, der Status, die Macht, die politischen Ambitionen, der Hauch von Westminster ... das hat mir alles so viel bedeutet. Jetzt bedeutet es mir nichts mehr. Weniger als nichts. Nur Staub.«

»Und was hat jetzt Bedeutung für Sie?«

Rosalind zögerte, trank ihren Gin-Tonic und starrte ihn mit leicht verschwommenem Blick an. Draußen heulte weiterhin der Wind, und Regen prasselte gegen die Scheiben. »Nichts«, flüsterte sie. »Bisher noch nichts. Ich muss es erst herausfinden. Aber ich werde nicht aufgeben. Ich bin nicht wie Jerry.« Sie kam unsicher auf die Füße. »Bleiben Sie und trinken Sie noch was mit mir?«

»Nein. Wirklich. Ich muss gehen.«

»Bitte. Was haben Sie denn so Wichtiges zu tun? Zu wem müssen Sie?«

Sie hatte Recht. Da war natürlich Annie, aber so spät würde er nicht mehr zu ihr fahren. Noch ein *kleiner* Drink würde ihm nicht schaden. »Na gut.«

Der Drink, den sie ihm brachte, war nicht klein, aber er musste ja nicht alles austrinken, sagte er sich.

»Tut mir Leid, dass es keine Musik gibt«, sagte Rosalind. »Wir hatten nie Musik im Haus. Ich erinnere mich an Ihr kleines Cottage, wie gemütlich es mit dem Feuer war, der leisen Musik. Vielleicht finde ich auch so etwas.« Sie sah sich düster um. »So was gab es hier nicht.«

Banks wollte auf den Flügel hinweisen, aber er hatte das Gefühl, dass es nur ein Prestigeobjekt war. Emily war gezwungen worden, Klavierunterricht zu nehmen, fiel ihm ein, weil es zum Lebensstil der Riddles gehörte, zusammen mit dem Pferd, den richtigen Schulen und allem anderen. Manchen Menschen gelang es, mit diesen Dingen ihr ganzes Leben lang glücklich zu sein, aber es gab auch solche wie Rosalind, die von einer Tragödie ereilt wurden und mit ansehen mussten, wie alles um sie herum zusammenbrach.

»Ich hätte sie nie zur Adoption freigeben sollen.«

»Was blieb Ihnen anderes übrig?«

»Ich hätte abtreiben können, dann wäre Emilys Mörderin nie geboren worden.«

»Wenn wir alle die Konsequenzen jeder getroffenen Entscheidung kennen würden, dann würden wir vermutlich nie eine treffen«, sagte Banks. »Außerdem waren Sie nicht allein daran schuld, dass Sie Ruth zur Adoption freigegeben haben. Ihre Eltern spielten dabei auch eine Rolle. Sind die dadurch ebenfalls für Emilys Tod verantwortlich?« Er schüttelte den Kopf. »Das ergibt keinen Sinn, Rosalind. Sie waren jung. Sie hätten sich nicht ordentlich um ein Kind kümmern können, vor allem nicht ohne die Hilfe des Vaters. Sie dachten, das Kind würde ein besseres Leben haben. Sie sind nicht schuld daran, dass die Adoptionsagentur meinte, sie hätte für Ruth ein Zuhause bei anständigen Leuten gefunden, die sich dann als Relegionsfanatiker herausstellten. Und es war nicht mal der Fehler der Walkers, dass Ruth so wurde. Ich bin sicher, dass sie auf viele Weise ihr Bestes getan haben. Nach allem, was ich gehört habe, waren sie nicht absichtlich grausam, sondern nur gedankenlos, streng und kalt. Nein. Sie können weiterhin Schuld auf dieses, jenes und noch was schieben, aber am Ende sind wir selbst verantwortlich für das, was wir tun.«

Rosalind drückte die Zigarette aus und leerte den Rest ihres Drinks. »Sie haben ja Recht. Ich weiß. Das geht vorbei. Im Moment ist alles noch so überwältigend. Es fällt mir zu schwer, das alles zu begreifen.« Sie wollte ihr Glas auffüllen und stieß mit der Hüfte gegen den Getränkeschrank. Gläser und Flaschen klirrten.

»Ich muss wirklich los«, sagte Banks. »Es ist schon spät.«

Rosalind drehte sich um und kam ein wenig schwankend auf ihn zu. »Nein, Sie können nicht gehen. Ich will nicht allein sein.«

»Ich kann Ihnen nicht mehr helfen«, sagte Banks.

Rosalind machte einen Schmollmund. »Bitte?«

»Es gibt nichts, was ich noch tun könnte.«

»Doch. Sie sind ein netter Mann. Sie waren gut zu mir. Als Einziger.«

Banks ging zur Haustür und öffnete sie. Sofort schlug ihm der kalte Wind entgegen. Rosalind lehnte an der Wand, den Drink in der Hand, Tränen in den Augen.

»Tut mir Leid«, sagte Banks, zog die Tür hinter sich zu und rannte zum Auto. So sehr ihm Rosalind Riddle auch Leid tat, er wollte nicht mehr Teil ihres Leben sein, wollte so viel Abstand wie möglich zwischen sich und sie bringen. Gratly würde für den Anfang reichen, und Barnstaple war noch besser.

Bevor er einsteigen konnte, hörte er das Kristallglas an der Tür hinter sich zerbersten.

Epilog: Weihnachtstag

Banks wachte am Weihnachtstag früh auf und ging, nachdem er eine Weile ruhig in der Küche gesessen, seinen Tee getrunken und, wie immer, den Frieden dort genossen hatte, ins Wohnzimmer und legte die CD von *Buena Vista Social Club* auf. Dann kehrte er in die Küche zurück und summte »Chan Chan« mit, während er über das große Freilandhuhn gebeugt stand, eine Ausgabe von Delia Smiths Weihnachtskochbuch aufgeschlagen neben sich.

Er gedachte, die traditionelle Füllung aus Mett, Salbei und Zwiebeln zu machen, für die er gestern die Zutaten gekauft hatte. Erschrocken las er, dass Delia Smith empfahl, die Füllung schon am Heiligen Abend zuzubereiten, aber das lag wohl daran, dass die riesige Pute, für die das Rezept galt, vermutlich den ganzen Tag zum Garwerden brauchte. Er würde es schon schaffen. Mit einem Blick auf die Uhr stellte er fest, dass ihm genügend Zeit blieb.

Sein Rücken schmerzte, weil er auf dem kleinen Sofa unten geschlafen hatte. Das war jedoch ein geringer Preis dafür, beide Kinder über Weihnachten bei sich zu haben.

Vor zwei Tagen hatte Brian angerufen und gesagt, er habe das Auto gekauft, von dem er geredet hatte, und ein paar Tage frei. Er bot an, Tracy auf dem Weg nach Gratly in Leeds abzuholen, falls Banks für sie beide Platz hatte. Banks war überglücklich. Natürlich hatte er Platz. Er zog sofort los und kaufte weitere Geschenke: eine aus drei CDs bestehende Geschichte des Blue Horizon Labels für Brian und einige der feinsten und teuersten Make-up-Pinsel, die er für Tracy finden konnte, dazu noch all die Kleinigkeiten für die Weihnachtsstrümpfe.

Sie würden beide bis zum zweiten Feiertag bleiben, dann würde Brian zusammen mit Tracy nach London fahren, zu ihrer Mutter und Sean, die Weihnachten in Dublin verbrachten. Annie war bei ihrem Vater und dem Rest seiner Künstlerkolonie in Cornwall, aber das war in Ordnung. Sie würde bald zurückkommen, und sie hatten eine Verabredung für Silvester.

Das war also sein unvollständiges Weihnachten mit seiner unvollständigen Familie, aber zumindest, sagte er sich, hatte er noch eine Familie, trotz allem, was während des letzten Jahres an Schaden angerichtet worden war. Rosalind Riddle hatte nur ihren kleinen Sohn, der ständig fragen würde, wohin sein Daddy und seine große Schwester gegangen waren, und eine vor langem aufgegebene Tochter, die des Mordes an ihrer Halbschwester angeklagt war, wobei Banks allerdings das Gefühl hatte, dass Ruth eher in der Nervenheilanstalt als im Gefängnis landen würde.

In den vergangenen Wochen hatte Banks oft an den Ausdruck der Verzweiflung in Rosalinds Gesicht gedacht, während sie zwischen den Umzugskisten und den abgedeckten Möbeln saß und sich die ganze Geschichte über Ruths Besessenheit anhörte. Er dachte auch an das Geräusch des zerberstenden Kristallglases, als er gegangen war. Das hatte ihn so beunruhigt, dass er auf dem Heimweg bei Rosalinds Nachbarin Charlotte King vorbeigefahren war und sie gebeten hatte, ein Auge auf Rosalind zu haben.

Er war bei Jimmy Riddles mit allen Polizeiehren durchgeführten Beerdigung gewesen, eine Woche vor Weihnachten. Rosalind war natürlich da, zusammen mit Benjamin und ihren Eltern, aber sie hatte ihn ignoriert. Noch ein Mensch, der sich ihm zu weit geöffnet und wie Jenny Fuller zu viel von dem rohen, nackten Selbst unter der Oberfläche preisgegeben hatte; es dann bedauert und sich abgewendet hatte.

Danach, hatte Banks gehört, waren sie alle nach Barnstaple gefahren, und die alte Mühle stand zum Verkauf. Er wünschte Rosalind alles Gute; sie hatte weiß Gott genug gelitten.

Banks sah in das Rezept. Er hatte gerade Semmelmehl, Salbei und Zwiebeln mit kochendem Wasser vermischt, als das

Telefon klingelte. Wer zum Teufel rief ihn am Weihnachtsmorgen um neun Uhr an, fragte er sich, stellte die Schüssel beiseite und ging ins Wohnzimmer.

»Fröhliche Weihnachten, Banks.«

Großer Gott! Dirty Dick Burgess. »Fröhliche Weihnachten«, gab Banks zurück. »Wie komme ich zu der Ehre?«

»Hab ein Weihnachtsgeschenk für Sie.«

»Das wär doch nicht nötig gewesen.«

»Von mir ist es nicht.«

»Gut, ich geb's auf. Wovon, zum Teufel, reden Sie?«

»Ich dachte, Sie sollten es lieber von mir hören, statt in der Zeitung davon zu lesen oder es im Fernsehen zu sehen.«

»Was sollte ich hören?«

»Barry Clough.«

»Barry Clough? Was ist mit dem?«

»Er ist tot.«

»Tot?«

»Hören Sie auf, mir alles nachzuplappern wie ein verdammter Papagei, Banks. Ja. Tot. TOT. *Tot*.«

Banks fasste den Hörer fester und setzte sich. »Erzählen Sie.«

Vor einer Woche, als er mit Annie bei Stafford Oakes im Büro des Crown Prosecution Service gewesen war, hatte er erfahren, dass alle Beschuldigungen gegen Clough fallen gelassen worden waren. Es hatte sich herausgestellt, dass die Übereinstimmung der Reifenabdrücke im Kreuzverhör wahrscheinlich nicht standhalten würde und dass jemand die Sache mit dem Durchsuchungsbefehl für Jamie Gilberts Auto vermasselt hatte, wodurch alle dort gefundenen Beweise vor Gericht unzulässig waren. Die britische Justiz. Zusätzlich hatte die Zeugin, die Jamie Gilbert mit Charlie Courage gesehen haben wollte, plötzlich merkwürdige Gedächtnislücken.

»In den frühen Morgenstunden«, sagte Burgess, »kam Clough aus einem Nachtclub in Arenys de Mar, von Barcelona ein Stück die Küste hinauf, und jemand hat ihn erschossen.«

»Wer?«

»Ein Mädchen namens Amanda Khan. Soll angeblich eine Art Popstar sein – darum wird es auch eine so große Geschichte –, aber ich muss sagen, dass ich noch nie von ihr gehört habe. Klingt ziemlich arabisch für mich.«

»Sie ist Halbpakistani«, sagte Banks. *Amanda Khan*. Cloughs neue Freundin. Der Ersatz für Emily.

»Was auch immer. Egal, es hört sich wie die klassische Dreiecksgeschichte an, nach allem, was ich bisher in Erfahrung bringen konnte. Clough hat sich anscheinend so ein Dagomädchen angelacht, und diese Amanda war durchgeknallter, als er gedacht hatte. Komische Welt, nicht?«

»Das können Sie laut sagen.« Banks rauchte für gewöhnlich morgens noch nicht, aber jetzt griff er nach seinen Zigaretten.

»Noch komischer ist«, fuhr Burgess fort, »dass sie eine von Cloughs eigenen Waffen benutzt hat. Ironie des Schicksals, was? Diese Amanda war in seiner Villa, und offenbar hat er es vor ihren Augen mit dieser Dolores Sowieso getrieben und versucht, Amanda an einen seiner Dienstboten abzuschieben. Sie hat sich eine von Cloughs Waffen geschnappt und gewartet, bis die beiden aus dem Club kamen. Erinnert an Ruth Ellis.«

»Stimmt.« Ruth Ellis war die letzte Frau, die in England gehängt worden war; sie hatte ihren Liebhaber vor einem Londoner Club erschossen. »Wurde das Mädchen verletzt?«

»Streifschuss. Eine Kugel am Oberarm. Fleischwunde. Nichts Ernstes. Laut meinen spanischen Kontaktleuten hat die Khan sechs Schüsse abgegeben. Zwei haben Clough getroffen: der eine sein hässliches Gesicht, und der andere ging direkt in sein schwarzes Herz. Ein Wunder, dass die Kugel nicht abgeprallt ist, aber er war tot, als er zu Boden fiel. Jamie Gilbert hat zwei Schüsse abgekriegt, einen in die Brust und einen in die Eier. Er ist nicht tot, aber es heißt, er wird nie mehr derselbe sein, und seine Stimme ist um ein paar Oktaven höher. Ein Schuss hat das Mädchen gestreift, und der letzte traf die Hand eines unschuldigen Passanten, eines Teenagers aus der Gegend. Er hat zwei Finger verloren.«

»Also«, meinte Banks, »doch eine gewisse Gerechtigkeit.«

»Mehr war nicht zu erwarten.«

»Danke, dass Sie mich angerufen haben. Und wie geht es dem Mädchen?«

»Amanda Khan? Warum? Sagen Sie bloß nicht, die kennen Sie auch.«

»Nein. Es hat mich nur interessiert.«

»So gut es eben jemandem gehen kann, der von der spanischen Polizei verhaftet wurde. Wiedersehen, Banks. Feiern Sie schön.«

»Sie auch.«

Langsam legte Banks auf. Clough war tot. Banks empfand ein Gefühl der Erleichterung, dass für den Drecksack endlich auch mal was schief gegangen war. Eine Weile schien Clough mit allem und jedem durchzukommen und der Welt eine lange Nase zu drehen. Jetzt nicht mehr. Es war wahrscheinlich nicht sehr christlich, sich über den Tod eines anderen zu freuen, vor allem am Weihnachtstag, aber Banks wäre ein Heuchler gewesen, wenn er nicht zugegeben hätte, froh zu sein, dass Clough in dieser Welt kein Unheil mehr anrichten konnte.

Banks konnte sich auch vorstellen, welcher Schmerz und welche Verwirrung Amanda Kahn zu einer so extremen Tat geführt haben mussten und dass diese sechs Schüsse vermutlich ihr Leben zerstört hatten, ihre Zukunft, ihre Karriere. Aber wenn es je einen Tod gegeben hatte, der des Feierns wert war, dann der von Barry Clough.

Banks drückte die halb gerauchte Zigarette aus, ging zurück in die Küche und wusch sich die Hände, bevor er das Mett mit Salbei und Zwiebeln vermischte. Er blickte auf das Huhn und war sich nicht sicher, was vorne und hinten war.

Rubén González' zartes, fröhliches Klavierspiel bei »Pueblos Nuevo« klang aus dem Wohnzimmer herüber. Etwas Sonnenlicht drang über den langen, ambossförmigen Grat von Low Fell in die Küche und spiegelte sich in den Kupferböden der an der Wand hängenden Töpfe. Banks hörte, wie sich oben etwas bewegte, wie die alten Bodenbretter knarrten. Wahrscheinlich Tracy. Brian verschlief gern den ganzen Morgen.

Banks fiel ein, wie sie als Kinder vor dem Morgengrauen aufgestanden waren, um ihre Geschenke zu öffnen. Einmal, als er um ein Uhr morgens in ihrem Zimmer herumgekrochen war und Kopfkissenbezüge mit Geschenken gefüllt hatte, war er sicher gewesen, Brians Blick zu spüren. Er war wach, weil der Junge wissen wollte, ob es wirklich einen Weihnachtsmann gab. Sie hatten den Vorfall beide nie erwähnt, und Brian hatte sich beim Öffnen der Geschenke wie immer verhalten, aber Banks vermutete, dass sein Sohn an jenem Weihnachten ein wenig von seiner Unschuld verloren hatte.

Wahrscheinlich passierte es genauso, sinnierte er – Unschuld war etwas, das man nach und nach über die Jahre verlor; das geschah nicht über Nacht. Aber es gab intensive Erfahrungen, eine Art Erleuchtung, die zu Quantensprüngen führten.

Banks erinnerte sich an den Tag am Flussufer, als die Regentropfen in den Fluss pladderten und er aus Höflichkeit wie ein Idiot gelächelt hatte, den großen Stein an die Brust gedrückt, damit der an ihm vorübergehende Mann nicht nass wurde. Dann der Kampf, der heiße Bieratem, seine Hacken, die auf dem schlammigen Boden abrutschten, das Entsetzen, der Hieb. An dem Tag hatte sich für ihn die Welt verändert, und auch jetzt noch schmeckte er den dreckigen, verschwitzten Ärmelstoff des Mannes, während er sich an die Arbeitsplatte lehnte.

Er dachte an Emily Riddle, an Rosalind, an Ruth Walker und Amanda Khan. Als er Tracys Schritte auf der Treppe hörte, hatte er plötzlich das Bild von Dr. Glendennings Skalpell vor Augen, als es durch Emilys Spinnentätowierung glitt. Und er erkannte erschreckt, dass der Verlust der Unschuld nie aufhörte, immer weiterging, eine nie verheilende Wunde war, aus der er seine Unschuld vermutlich Tropfen um Tropfen verlieren würde, bis er starb.

Danksagung

Zunächst möchte ich allen danken, die das Manuskript dieses Buches während des Entstehens lasen und kommentierten: meiner Frau und ersten Leserin Sheila Halladay, meinem Agenten Dominick Abel, meiner Lektorin Patricia Lande Grader und meiner Manuskriptbearbeiterin Erika Schmid. Besonderer Dank geht an Robert Barnard für seine Lektüre und den Kommentar zum fertigen Manuskript.

Während ich die Vorgänge bei der Polizei regelmäßig aus dramatischen Gründen aufbausche, verdanke ich die Genauigkeit in diesen Dingen ausschließlich den Gesprächen mit Area Commander Phil Gormley, Detective Inspector Alan Young und Detective Inspector Claire Stevens von der Thames Valley Police sowie Detective Sergeant Keith Wright von der Kriminalpolizei Nottingham. Alle Fehler gehen auf mich selbst zurück.